뿌리

뿌리 하

Roots

알렉스 헤일리 장편소설   안정효 옮김

ROOTS
by ALEX HALEY

이 책은 실로 꿰매는 정통적인 사철 방식으로 만들어졌습니다.
사철 방식으로 만든 책은 오랫동안 보관해도 손상되지 않습니다.

「꼭 예쁜 검둥이 인형 같아!」사흘 후, 앤 아가씨가 벨의 부엌에서 키지를 처음 보고는, 기뻐서 박수를 치며, 신이 나서 깡충깡충 뛰며, 소리를 질렀다. 「나 가지면 안 돼?」

벨은 즐거워서 만면에 미소를 지었다. 「아씨, 지금 아기 나하고 아빠 소유지만, 다 컸다 하면, 아씨 마음대로 얼마든지 데리고 놀아요!」

그리고 앤 아가씨의 뜻은 그대로 이루어졌다. 쿤타가 마차를 쓸 일이 없는지 알아보려고, 또는 그냥 벨을 보러 부엌으로 가면, (이제는 네 살이 된) 황갈색 머리의 쥔님 조카딸이 키지를 눕힌 바구니를 옆에서 굽어보며 얼러 대는 광경을 걸핏하면 목격하게 되었다. 「너 참 예쁘구나. 네가 조금만 크면, 우리 재미있게 놀자. 알았지? 그러니까 빨리 크란 말이야!」이런 꼴을 보면 쿤타는 아무 말도 하지 않았지만, 키지가 마치 신기한 인형이 되려고, 장난감 노릇을 하기 위해 세상에 나오기라도 한 듯 투복 아이가 행동한다는 생각을 하면 속이 상했다. 쿤타를 사들인 사람의 딸이 그의 딸을 가지고 노는 데 대하여 그가 남자로서 그리고 아버지로서 느끼는 기분이 어떤지를 물어보지도 않을 만큼 남편에 대한 아무런 존경심마저도 나타내지 않는 벨이 그는 못내 섭섭하게 생각되었다.

때때로 벨은 쿤타의 감정보다는 쥔님의 기분에 더 신경을 쓰는 듯싶었다. 해산을 하던 어머니와 함께 죽은 진짜 딸 대신 앤 아가씨가 월러 쥔님에게 위안이 되어서 얼마나 큰 축복인지 모르겠다는 얘기를 늘어놓느라고 벨이 보낸 저녁이 얼마나 많은지를 그는 이제 헤아릴 수조차 없어졌다.

「오, 그때 일 다시 생각 정말 싫어요.」어느 저녁에 그녀는 훌쩍이며 그에게 말했다. 「불쌍하고 작은 프리실라 마님 새보다 몸이 별로 크지 않았어요. 항상 이곳저곳 걸어다니며 혼자 콧노래 부르고, 나한테 미소 짓고, 불룩한 배 토닥거려, 아기 나올 때만 기다렸어요. 그러더니 그날 아침, 비명 질러 대고, 결국 죽었는데, 작은 아기 역시 죽었어요! 그린 후 쥔님 웃는 모습 나 거의 못 봤는데— 앤 아씨 이곳 나타나기 전까지 그랬어요.」

쿤타는 쥔님의 외로움에 대해서 아무런 동정심도 느끼지 않았지만, 차라리 재혼이라도 하면 나름대로 너무 바빠져서 조카딸한테 그렇게 열중해서 지낼 시간이 별로 없어지겠고, 그러면 분명히 앤 아씨가 농장으로 찾아오는 일도 보나 마나 줄어들고 — 그래서 키지를 데리고 놀지 않게 되리라는 생각이 들었다.

「그렇게 된 이후 쥔님 꼬마 아씨 무르팍 앉히고, 꼭 껴안고, 애기같이 하고, 노래 불러 재우고, 그리고도 아씨 안고 그냥 앉아 한참 있다가, 침대 눕혔어요. 아씨 이곳 지내는 동안 쥔님 눈 떼려고 하지 않아요. 그리고 그건 마음속에서 쥔님 아씨의 아버지다 생각하기 때문이에요.」

앤 아씨가 새로운 우정을 맺으면 쥔님 댁에 더욱 자주 찾아오겠고, 그러면 키지에게뿐 아니라 그들에게 쥔님이 전보다 더 친절하게 대해 주리라고 벨은 그에게 자주 얘기했다. 그뿐 아니라, 쥔님 존이나 병을 앓는 그의 부인에게도 그들의 딸이 큰아버지와 각별히 친한 사이가 되어서 해로울 일이 없으리라는 교활한 계산도 벨은 염두에 두었다. 「그렇게 되면, 쥔님 돈 뜯어내는 기회 생긴다 그들 생각할 테니까요.」 쥔님의 동생이 아무리 잘난 체해도, 쥔님한테서 자주 돈을 빌려 간다는 사실을 벨은 분명히 알았으며, 쿤타도 그녀의 애기를 믿어야만 할 정도로 사정을 파악했는데 — 그렇다고 해서 어느 투봅이 다른 어느 투봅보다 부유한가 따위는 별로 관심이 없었던 노릇이, 그에게는 모든 투봅이 다 똑같다고만 여겨지기 때문이었다.

키지가 태어난 이후로 가끔, 쿤타는 쥔님을 마차로 모시고 환자와 친구들을 찾아다니는 사이에, 쥔님이 재혼을 했으면 좋겠다고 자주 벨이 얘기하던 소망에 어느덧 공감하게 되었지만, 쿤타가 그렇게 바라던 마음은 벨의 속셈과는 전혀 이유가 달랐다. 「이렇게 큰집에 혼자 사는 쥔님 보면 너무나 불쌍해요. 사실 말인데, 나 믿기에, 쥔님 마차 타고 그렇게 많이 항상 돌아다닌다 이유 따져 보면, 집에 달랑 혼자 앉아 살기보다 계속 마차로 돌아다니기 더 좋아해요. 세상에, 앤 꼬마 아가씨 역시 그런 사실 환히 알아요! 지난번 아씨 여기 왔을 때, 나 두 분 점심 차려 드리는 중이었는데, 아씨 갑자기 말했어요. 〈윌리엄 큰아버지, 왜 다른 사람들처럼 큰아버지 부인 얻지 않으세요?〉 그런데 가엾게 쥔님 조카딸한테 무슨 말 해야 할지 몰랐어요.」

쿤타는 아내가 투붑들의 소문을 들추어내기를 얼마나 좋아하는지 잘 아는 터여서 벨에게 여태까지 한마디도 입 밖에 낸 적이 없었지만, 쿤타가 마차를 몰고 저택으로 들어설 때마다, 쥔님의 마차를 마중하기 위해 뛰다시피 허겁지겁 달려 나오고는 하던 여자를 여러 명 알았다. 고치기 힘든 병을 앓는 어느 환자의 집에서 요리사로 일하는 뚱뚱한 검둥이는 쿤타에게 코웃음을 치며 말했다. 「저 얄미운 바람둥이 마님 여기저기 아프다 하지만, 당신 쥔님 붙잡았다 그러면 모든 병 한꺼번에 말짱해져요. 저 여자 못된 짓 나쁜 짓 많이 하다 벌써 한 남자 무덤 보냈는데, 이제 자꾸 아프다 해서 당신 쥔님 이곳 자꾸 오게 거짓말해요. 당신 쥔님 가면, 주신 약 전혀 안 거들떠보고, 마님 금방 멀쩡해서 우리 검둥개들 노새다 뭐다 취급하고, 고래고래 고함치고 난리치는 꼴 당신 쥔님 봤으면 좋겠어요!」 또 어떤 여자 환자는 쥔님이 떠날 때면 앞마당까지 따라 나와서, 마치 당장 쓰러지기라도 할 듯 쥔님 팔에 매달려, 힘없이 부채를 부치며 그의 얼굴을 몽롱하게 올려다보고는 했다. 그러나 이들 두 여자에 대해서 쥔님은 언제나 아주 딱딱하게 사무적으로 대했으며, 왕진 시간도 다른 환자들보다 훨씬 짧은 것 같았다.

이렇게 몇 달이 흘러갔고, 앤 아씨를 한 주일에 두 번씩 쥔님과 만나도록 모셔 왔으며, 찾아올 때마다 아씨는 키지와 함께 놀며 몇 시간씩을 보냈다. 쿤타로서는 어찌할 길이 없는 노릇이었지만, 그들이 함께 노는 장면을 보지 않도록 피하려는 노력은 했으며, 그렇더라도 그들은 쿤타가 가는 곳마다 따라다니는 듯하여, 쥔님의 조카딸이 쿤타의 아기를 토닥거리며, 입 맞추고, 어루만지는 광경을 피할 도리가 없었다. 그러면 쿤타는 역겨움이 마음속에 가득 찼고, 선조 때부터 내려오던 아프리카의 오래된 속담이 머리에 떠오르고는 했다 ― 〈고양이는 데리고 놀던 쥐를 결국 잡아먹는다.〉

쿤타로 하여금 그나마 참고 견디게 해주었던 것은 아씨가 방문하지 않는 낮과 밤이었다. 여름이 되자 키지는 기어다니기 시작했으며, 벨과 쿤타는 오두막에서 기저귀를 찬 작은 궁둥이를 치켜들고 마룻바닥에서 정신없이 이리저리 바삐 기어다니는 아기를 지켜보면서 즐거운 저녁 시간을 보내고는 했다. 그러다가 앤 아씨가 다시 나타나면, 그들은 함께 어울려 가버리고, 큰 계집아이가 까불고 뱅글뱅글 돌면서 〈나 잡아 봐라, 키지, 나 잡아 봐!〉라고 소리를 질러 대면, 키지는 그런 놀이가 즐거운지 까르르 소리를 내며 정신없이 기어서 쫓아가고는 했다. 벨은 흐뭇해서 미소를 짓고는 했지만, 비록 쿤타가 지금은 쥔님을 마차에 태우고 멀리 갔어도, 집에 도착해서 앤이 왔었다는 사실을 알아내기만 하면 그날 밤 굳은 표정에 입술을 꼭 다문 채 오두막으로 와서, 밤중 내내 완전히 풀이 죽어 지내리라는 사실을 알았고, 그래서 벨은 짜증이 났다. 그러나 만약에 쿤타가 어떤 방식으로든 자신의 감정을 조금이라도 노골적으로 드러냈다가 그런 말이 쥔님의 귀에 들어가기라도 했다가는 무슨 사태가 벌어질지도 모른다는 생각을 하면, 그녀는 쿤타가 그런 식으로 행동할 때마다 좀 겁이 나기도 했다.

그래서 벨은 쿤타가 그들의 관계를 받아들이기만 한다면 아무 해가 없으리라고 그를 설득시키려고 노력했다. 때로는 흰둥이 아가씨들이 어른이 되어서도 평생 어린 시절 검둥이 소꿉친구들에게 참된 헌신 그리고 심지어는 깊은 정성까지 간직하며 살아간다고 그녀는 쿤타에게 말했다. 「당신 마차 몰기 이전 일이에요.」 그녀가 말했다. 「어떤 흰둥이 마님, 마치 쥔님 마님처럼, 아기 낳다 죽었는데, 이번에 딸아기는 살았고, 그래서 마침 자기도 아기 낳은 검둥개 하녀 대신 젖 먹여 키웠어요. 두 어린 계집아이 자매 같은 사이로 잘 자랐는데, 쥔님 다시 결혼하게 되었어요. 그러나 새로 들어온 마님 두 계집아이 가까운 사이 지내는 데 아주 굉장히 반대했고, 그래서 결국 쥔님한테 검둥이 딸하고 엄마 팔아 버려라 설득했어요.」 하지만 검둥이 모녀가 팔려 가버리자마자, 흰둥이 아씨는 그때부터 자꾸만 계속해서 심한 발작을 일으켰고, 그래서 월러 쥔님이 왕진을 나가게 되었는데, 결국 쥔님은 검둥이 계집아이를 다시 데려오지 않았다가는 딸이 슬픔으로 쇠약해져서 죽고 말리라는 얘기를 아씨의 아버지에게 해주었다고 벨

은 설명했다.「쥔님 얘기 듣고 새 마님 채찍 때리려는 지경이 되었대
요. 그 쥔님 말 타고 집을 떠났는데, 검둥 딸하고 엄마 팔아 버린 검둥
개 상인 찾아 헤매다 얼마나 많은 시간 걸렸는지 아무도 모르고, 그리
하여 검둥개 상인 팔아 버린 새 쥔님 찾아내어 다시 샀대요. 그래서
그 쥔님 검둥이 계집애 데리고 와서, 변호사 찾아가, 검둥이 계집애
자기 딸의 소유로 서류 만들었어요.」그리고 여러 해가 지난 지금까
지도, 흰둥이 계집아이는 성장하여 어른이 되어서도 건강을 다시는
되찾지 못했다고 벨이 말했다.「검둥이 딸 흰둥이 여자 돌보면서, 아
직도 같이 계속 사는데, 둘 다 결혼 않았대요.」
　검둥이와 흰둥이의 우정을 옹호하기 위해서가 아니라, 반대하기
위한 목적으로 만일 벨이 이런 이야기를 했다면, 그토록 멋진 웅변은
다시 나오기 힘들었으리라고 쿤타는 생각했다.

70

　키지가 태어났을 무렵부터, 쿤타와 깡깡이는 두 사람 다 이따금 큰
물 건너의 〈아이티〉라는 어떤 섬에 대한 소식을 갖고 농장으로 돌아
오고는 했는데, 그곳에는 프랑스 인이 대부분인 흰둥이가 3만 6천 명
가량 사는 반면에, 그들보다 훨씬 많은 50만 명에 달하는 검둥이들이
아프리카로부터 배에 실려 와서는, 거대한 농장에서 사탕수수와, 커
피와, 인디고와, 코코아 따위를 재배하는 노예로 일한다고 했다. 어느
날 밤 벨은 쥔님이 만찬에 초대한 손님들에게, 아이티 섬의 부유한 흰
둥이 계급은 마치 왕처럼 생활하며, 노예를 소유하지 못한 수많은 가
난 흰둥이들을 구박한다고 하는 얘기를 들었다고 했다.
　「상상 못할 일이야! 누구 그런 얘기 한 번이라도 들었어?」깡깡이
가 코웃음을 치며 말했다.
　「조용하고 나 말 들어!」벨이 웃으면서 말하고는, 얘기를 계속했는
데, 그런 다음에 쥔님이 경악한 손님들에게 덧붙여 설명한 내용에 의
하면, 아이티 섬에서는 몇 대에 걸쳐 흰둥이 남자들과 여자 노예들 사
이에서 어찌나 많은 아이가 태어났는지, 이제는 튀기와 누렁이들의
숫자가 거의 2만 8천 명에 이르고, 흔히 〈유색인〉이라고 통칭되는 그

들 대부분은 실제 아버지인 프랑스 쥔님들로부터 자유로운 신분을 얻게 되었다고 했다. 손님들 가운데 한 사람의 말을 벨이 엿들은 바에 의하면, 이런 〈유색인〉들은 완전히 흰둥이 같은 모습의 자식을 얻으려는 목적으로, 하나같이 피부가 훨씬 더 흰 배우자를 구하려 하고, 얼핏 봐도 튀기가 분명한 모습을 그대로 간직한 혼혈아들은 관리들에게 뇌물을 먹여서, 그들의 선조가 인디오나 에스파냐 사람이라고, 그것도 여의치 않으면 어쨌든 아프리카만 아니면 어떤 다른 나라의 인종으로라도 서류를 고쳐 놓는다고 했다. 그런 애기를 듣고 놀라기도 했으려니와, 몹시 한탄하면서 월러 쥔님이 들려준 애기로는, 많은 흰둥이들이 내려 준 상이나 혹은 유언을 통해서, 상당수의 〈유색인〉들이 아이티 영토 가운데 적어도 5분의 1을 (그리고 거기에 소속된 노예를) 차지하게 되었으며, 이런 유색인들은 프랑스로 건너가 휴가를 즐기고, 부유한 흰둥이들과 마찬가지로 자녀 교육도 그곳에서 시키며, 심지어는 가난 흰둥이들을 업신여기기까지 한다고 했다. 쥔님의 애기를 듣고 사람들이 분개한 반면, 벨의 애기를 듣고 노예들은 기뻐했다.

　깡깡이가 애기를 가로막았다. 「얼마 전 어디 사교 모임에 나 깡깡이 켜다가, 부자 쥔님들 하는 애기 나 들은 대로 애기하면, 모두들 입 이렇게 찢어져라 웃을 거야.」 쥔님들이 머리를 끄덕여 가면서 주고받던 애기는, 아이티에 사는 가난 흰둥이들이 튀기들과 누렁이들을 얼마나 증오하는지, 〈유색인〉들은 밤에 나다니지 못하고, 교회에서 흰둥이들과 나란히 앉지 못하고, 심지어는 흰둥이들과 같은 옷감으로 옷을 지어 입지 못하게 금지해야 한다고 탄원서 서명 운동을 자꾸만 벌여서, 프랑스 정부에서 그런 법률을 결국 통과시키게 되었다는 내용이었다. 그러는 사이에 흰둥이들과 〈유색인〉들은 모두, 50만 명에 이르는 아이티 섬의 검둥이 노예에게 대신 분풀이를 했다고 깡깡이가 말했다. 쿤타도 마치 아이티 섬의 노예들은 이곳 검둥이들보다 훨씬 더 심한 고통을 당한다는 듯, 마을에서 흰둥이들이 웃으며 하던 애기를 우연히 들었노라고 말했다. 쿤타가 들은 애기에 의하면, 검둥이 노예들이 벌을 받느라고 생매장을 당하거나 매를 맞아 죽는 일이 흔하며, 임신한 검둥이 여자들은 유산할 때까지 일을 시킨다고 했다. 쿤타는 그런 애기를 해봤자 그들에게 공포감을 불러일으킬 따름이지 다른 아무런 효과가 없으리라고 판단했기 때문에, 그가 우연히 알게 된 훨씬 더 참혹하고 비인간적인 사건들 — 예컨대 검둥이 남자의 두 손을 벽에다 못으로 박아 놓고는 그의 귀를 잘라 내어 강제로 먹게 했다든가, 어떤 투봅 여자가 자기 노예들을 모조리 혀를 잘라 버렸다든가, 또 어떤 흰둥이 여자가 검둥이 아이의 입에 재갈을 물려 굶어 죽게 했다는 따위의 얘기는 그들에게 하지 않았다.

지난 9개월 내지 10개월 이상이나 그런 끔찍한 얘기를 들어 왔던 다음이었기 때문에, 쿤타는 1791년 여름 어느 날 마을로 나갔다가, 아이티 섬의 검둥이 노예들이 난폭하고 피비린내 나는 폭동을 일으켰다는 소식을 듣고도 전혀 놀라지 않았다. 수천 명의 검둥이 노예들이 물밀 듯이 나아가며 마구 죽이고, 몽둥이를 휘두르고, 흰둥이 남자들의 목을 베고, 아이들의 내장을 끄집어내고, 여자들을 강간하고, 농장마다 불을 질러 아이티 섬 북부는 재만 남은 폐허로 변했으며, 공포에 질려 달아나던 흰둥이들은 목숨을 건지려고 대항하며 반격을 가해서 — 그들이 붙잡은 검둥이는 모조리 고문을 자행하고, 총으로 쏴 죽이고, 심지어는 껍질을 벗겼다고 했다. 그러나 극소수에 불과한 생존자들도 정신없이 퍼져 나가는 흑인 폭동 속에서 끊임없이 숫자가 줄어들어, 8월 말에 이르러서는 겨우 수천 명의 흰둥이들만이 살아남아 숨어 버리거나, 섬에서 탈출하려고 혈안이 되었다.

쿤타는 스폿실베이니아 카운티의 투봅들이 그토록 분노하고 두려워하는 모습을 본 적이 없다고 말했다. 「지난번 이곳 버지니아 일어났던 폭동 때보다 더 겁먹었다 싶어.」 깡깡이가 말했다. 「자네 여기 온 지 2년인가 3년인가 지났다 무렵이었고, 자네 아직 별로 아무하고도 얘기하지 않았다 시절이니, 그래서 아마 자네 전혀 몰랐다 생각해. 어느 해 성탄절 바로 저기 하노버에서, 뉴 웨일스에서 일어난 일이었지. 한 감독 어떤 검둥개 청년 때려 땅바닥 쓰러뜨렸는데, 그 검둥개 갑자기 벌떡 일어나 도끼 들고 감독한테 달려갔대. 그렇지만 도끼로 감독 놓쳐 버렸고, 다른 검둥개 감독한테 덤벼 어찌나 흠뻑 두들겼는지, 첫 번째 검둥개 쫓아가 감독 목숨 구해 줬다고. 감독 온통 피투성이 되어 사람 살려라 도망갔고, 그러는 사이 미친 듯 검둥개들 흰둥이 두 명 더 붙잡아 꽁꽁 묶어 놓고, 한참 두들겨 팬다 하는데, 마침 흰둥이들 잔뜩 한패거리 총 들고 달려왔어. 검둥개들 창고 속에 몸 피했고, 흰둥이 사람들 좋은 말로 나오라 설득한다 했지만, 검둥개들 널빤지하고 몽둥이 들고 와 한꺼번에 몰려나오다가, 검둥개 두 명 총 맞아 죽고, 흰둥이 검둥이 양쪽 다 굉장히 많이 사람들 다쳤지. 흰둥이들 폭동 가라앉는 때까지, 민병대 순찰 시키고, 법률 몇 가지 더 만들었어. 그래서 이번 아이티 사건 흰둥이들 새로 정신 차리게 만들었을 텐데, 바로 자기네들 코앞 검둥개들 훨씬 더 많아, 누구 건드렸다 하면 당장 폭동 일어난다 모르겠고, 일단 사태 벌어졌다 되면, 여기 버지니아 역시 아이티 마찬가지 되니까, 아무렴, 그런 말이야.」 깡깡이는 보아하니 그런 생각만 해도 기분이 좋아 보이는 눈치였다.

얼마 후에 쿤타는 읍내에서 마차를 몰고 어디를 가거나, 술집과 교회당과 네거리 상점 근처에서, 또는 흥분한 사람들이 작은 무리를 이루는 모든 곳에서, 흰둥이들이 그를 보고 두려워하는 표정을 읽게 되었으며, 그들은 쿤타나 다른 검둥이가 가까이 지나가기만 하면 얼굴을 붉히고 낯을 찡그리고는 했다. 어디로 가라는 목적지를 알려 주는 말 이외에는 쿤타에게 별로 얘기를 하지 않던 쥔님까지도 같은 얘기를 하더라도 훨씬 차갑게 딱딱거리는 어조를 썼다. 한 주일도 안 되어서 스폿실베이니아 카운티 민병대가 도로들을 순찰하며, 지나가는 모든 검둥이의 여행 허가서를 조사하고 목적지를 물었으며, 조금이라도 수상하게 행동하거나 의심스럽게 보이기만 해도 붙잡아다 두들겨 패거나 심지어는 감옥으로 끌고 가기도 했다. 지역 쥔님들의 회의에서는, 다가오는 추수를 끝낸 다음 연중행사로 열리던 노예들의 큰 잔치를 취소시키고, 소속 농장 밖에서 열리는 모든 다른 검둥이 집회를 금지했으며, 심지어는 노예 마을에서 춤을 추거나 기도를 드리는 모임도 감독이나 다른 흰둥이들의 감시를 받도록 했다. 「쥔님 그 말 하기에 나 쥔님 나리한테 나하고 수키 아줌마하고 맨디 언니 일요일마다 그리고 기회마다 무릎 꿇고 예수님한테 기도드린다 말했지만, 쥔님 우리들 감시한다 아무 얘기 없었고, 그래서 우리 계속 기도해요!」 벨은 노예 마을의 다른 사람들에게 말했다.

그 뒤 며칠 동안, 밤이 되어 쿤타와 키지와 함께 오두막에서 그들끼리만 시간을 보내게 되면, 벨은 최근 소식을 알아보려고, 쥔님이 버렸다고 생각한 신문 몇 장을 더듬더듬 읽어 내려갔다. 큰 기사 하나를 거의 한 시간이 다 걸려 겨우 읽고 나서, 벨은 그에게 〈무슨 권리 장

전이……〉어떻게 된 모양이라고 설명해 주었다. 벨은 잠시 머뭇거리더니 심호흡을 하고 나서 말했다. 「뭐예요, 장전 그거 비-준인가 뭐 되었나 봐요.」 그러나 신문에는 최근 일어난 아이티 사태에 관한 기사가 더 많이 실렸지만, 대부분은 그들이 노예들 사이에 퍼진 소문을 통해 이미 알던 내용이었다. 대부분 기사의 골자는, 아이티 노예 반란이 이 나라에서 불평불만에 찬 검둥이들 사이에 자칫 무모한 착각을 불러일으키기 쉬우므로, 엄격한 제한과 가혹한 처벌이 부과되어야 한다는 내용이라고 벨이 설명했다. 신문을 차곡차곡 접어서 치워 두며 벨이 말했다. 「나 보기에, 우리 모두 쇠사슬 꽁꽁 묶어 두기 이외에 별로 뾰족한 방법 없겠어요.」

하지만 다시 한 달가량이 흘러가는 사이에, 아이티에서의 사태 진전에 관한 소식은 서서히 자취를 감추었고, 그와 더불어 남부 전역에서 긴장감이 차츰 풀어지고, 제한 조치도 가벼워졌다. 수확기가 시작되었으며, 흰둥이들은 목화 수확이 풍작인 데다가 기록적인 가격까지 받게 되어, 서로 축하 인사를 나누느라고 바빠졌다. 깡깡이는 이곳저곳 큰집의 무도회나 파티에서 연주를 해달라고 불려 다니느라 정신이 없어서, 집으로 돌아와 쉬는 낮 시간에는 잠만 잤다. 「보아하니 목화 벌어들인 돈 어찌나 많은지, 쥔님들 죽을 때까지 춤만 추겠다 작정한 모양이야!」 그가 쿤타에게 말했다.

그러나 얼마 가지 않아서 흰둥이들이 다시 언짢아 할 무슨 일이 생겼다. 쥔님을 모시고 군청 소재지로 가는 길에, 쿤타는 북부에서뿐 아니라 남부에서도, 〈백인종에 대한 반역자〉들이 조직했다는 〈노예 제도를 반대하는 단체〉들에 대해서, 점점 더 많은 사람들이 주고받던 격한 얘기가 귀에 들려오기 시작했다. 좀처럼 그런 얘기가 믿어지지 않았던 쿤타는 그가 들은 소문을 벨에게 얘기했고, 그러자 그녀는 쥔님이 보는 신문에서도 그런 기사를 읽었다면서, 신문에서는 그런 단체들이 최근에 급성장하게 된 까닭을 아이티의 검둥이 반란 탓으로 돌렸다고 했다.

「선량한 흰둥이들 좀 있구나 자꾸 우리한테 주장하는 얘기예요!」 그녀가 소리쳤다. 「사실 말하면, 나 듣기에, 아프리카 검둥개들 이곳으로 끌고 오기 처음부터 나빴다 반대하는 흰둥이 굉장히 많아요!」 쿤타는 도대체 벨은 그녀의 조부모들이 어디 출생이라고 생각하는지 궁금했지만, 그녀가 너무 흥분한 상태여서 그냥 넘어가기로 했다. 그녀는 얘기를 계속했다. 「그렇다 하면, 그런 무슨 얘기 신문에 실렸다 때마다 쥔님들 잔뜩 화가 나서, 나라의 역적이니 뭐니 떠들고 호통치고 하지만, 중요한 사실은 노예 제도 반대하는 흰둥이들 마음속 생각 말로 하면 할수록, 점점 많은 쥔님들 마음속으로 남몰래 자기 하는 짓 옳다 아니다 곰곰하게 따진다는 점이에요.」 그녀는 남편을 빤히 쳐다보았다. 「특히 자기 기독교인이다 자처하는 사람들 그래요.」

그녀는 교활한 눈초리로 다시 그를 쳐다보았다. 「쥔님 우리들 일요일마다 찬송가 부르고 기도만 드린다 알지만, 나하고 수키 아줌마하고 맨디 언니하고 무슨 얘기 한다 당신 생각해요? 나 흰둥이들 뭐 하는지 자세하게 살펴봐요. 퀘이커교도들 예로 보자고요. 그들 혁명 나기 전에도, 바로 이곳 버지니아에서, 정말이지 노예 제도 반대했어요.」 그녀는 얘기를 계속했다. 「아주 많은 그 사람들 잔뜩 노예 거느린 쥔님이었고요. 하지만 그러다가 목사님들 검둥개도 인간이고, 다른 모든 사람 똑같이 자유 찾는 권리 있다 설교 시작하자, 당신 기억하듯이, 몇몇 퀘이커교도 쥔님 검둥개들 풀어 주고, 심지어 북부로 가라 도와주기도 했대요. 이제 검둥개들 그저 거느린 퀘이커교도들 다른 사람들한테 비난받아서, 나 얘기 들어 보니, 앞으로 검둥개 계속 풀어 주지 않으면, 교회 그런 사람들 쫓아낸대요. 정말 당장 말이에요!」 벨이 소리쳤다.

「두 번째로 제일 좋은 사람들 감리교도들이에요. 내 기억에 10년 전인가, 11년 전에 읽었는데, 감리교도들 볼티모어 굉장히 큰 회의 열었고, 노예 제도 하나님 계율 어긋난다, 그리고 기독교인 자처하는 모든 사람 그런 짓 자신에게 일어나면 참지 않는다 마침내 의견이 맞았어요. 그래서 검둥개들 해방시키자 법 만들려고 교회 법석대라고 만든 사람들 대부분 감리교도하고 퀘이커교도들이죠. 우리 쥔님하고 월러 집안사람들 모두 속하는 침례교하고 장로교 믿는 흰둥이들, 나 보기에 반쯤만 진심이고 절반은 건성 같아요. 그런 사람들 가장 큰 걱정거리 자기들 원하는 대로 신앙생활 한다는 자유이면서, 어떻게 검둥개들 막아 놓고 깨끗한 양심 지키나 궁금해요.」

(비록 어느 정도는 쥔님의 신문에서 읽은 내용이기는 하지만) 노예 제도를 반대하는 흰둥이들에 관한 얘기를 벨이 아무리 많이 했더라

도, 쿤타는 완전히 상반된다고 하기는 어려운 견해를 피력하는 투봅의 의견은 한 번도 들어 본 적이 없었다. 그리고 1792년의 봄과 여름 동안에, 쥔님은 버지니아 주의 대규모 농장을 소유한 부자 쥔님들이나, 정치가, 변호사, 그리고 사업가들 몇몇과 마차를 함께 탈 기회가 있었다. 보다 긴박한 무슨 사건이 없는 경우, 그들이 항상 꺼내는 화젯거리라면 검둥이들로 인해서 그들이 겪어야 하는 문제에 관한 내용이 대부분이었다.

누군가는 으레 입에 올리고는 하던 얘기의 내용을 들어 보면, 노예들을 성공적으로 관리하고자 하는 사람이라면 누구든, 아프리카의 밀림에서 짐승들과 함께 생활했던 그들의 과거 습성 때문에, 검둥이들은 태어날 때부터 어리석고 게으르고 더럽기 마련이라는 특성을 우선 이해해야 하며, 하나님으로부터 우월함이라는 축복을 부여받은 기독교인들의 의무는 이런 짐승 같은 자들에게 규율이나 도덕, 그리고 일에 대한 존경심을 가르치기 위해, 물론 시범을 보여 줘야 하고, 그럴 만한 자격을 갖춘 검둥이들에게는 격려와 포상을 베풀어 줘야 마땅하겠지만, 법과 처벌도 분명히 필요하다는 주장이었다.

백인들 쪽에서 조금이라도 늦춰 주기만 했다 하면, 타고난 거짓말과, 계략과, 교활함으로 열등한 종족이 당장 판을 치게 되기 마련이며, 노예 제도를 반대하는 집단이나 그와 비슷한 인간들이 지껄이는 수작은, 특히 북부에서, 검둥이를 전혀 부려 본 적이 없거나, 검둥이들을 데리고 스스로 농장을 경영한 경험이 없는 사람들의 입에서나 나올 법한 소리이며, 노예를 소유한다는 시련과 부담으로 인해서 인간의 인내력과, 심성과, 정신력과, 영혼 자체가 극단적인 긴장 상태에 이르기도 한다는 상황을 그런 위인들이 도대체 어떻게 이해하겠느냐는 식으로 그들의 대화는 언제나 같은 내용으로 이어졌다.

쿤타는 그런 한심한 소리를 어찌나 수없이 들어 왔는지 귀에 못이 박힐 지경이어서, 이제는 더 이상 별다른 신경을 쓰지도 않게 되었다. 그러나 쿤타는 마차를 몰면서 때로는, 그의 고향 사람들은 아프리카 땅에 발을 들여놓은 투봅을 그냥 모조리 잡아 죽이지 않았을까 안타까운 생각이 저절로 들고는 했다. 쿤타는 자기 스스로 수긍할 만한 대답이 전혀 머리에 떠오르지를 않았다.

8월 하순 어느 찌는 듯한 날 한낮이 되었을 무렵, 수키 아줌마가 뒤뚱거리면서 토마토밭으로 깡깡이를 찾아 부지런히 뛰어와서는, 늙은 정원지기가 걱정되어 죽을 지경이라고 (숨을 헐떡거리며) 말했다. 정원지기가 아침을 먹으러 그녀의 오두막으로 오지 않았을 때까지만 해도 그녀는 별다른 생각을 하지 않았으나, 점심을 먹으러 나타나지도 않아서, 그녀는 걱정이 되어, 그의 오두막으로 가서, 문을 두드리고, 큰 소리로 불러 보았지만, 아무 대답도 없었고, 놀란 그녀는 깡깡이에게 가서 혹시 어디서 그를 보지 못했느냐고 물어봐야 되겠다고 생각하여 이렇게 달려왔다고 그녀는 숨을 몰아쉬며 설명했다. 깡깡이는 보지 못했다고 대답했다.

「들어가 보나 마나 미리 다 알았어.」 그날 밤 깡깡이는 쿤타에게 말했다. 그리고 쿤타는 그날 오후 쥔님을 모시고 집으로 돌아오는 길에 느꼈던 오싹하던 기분을 어떻게 설명해야 좋을지 모르겠다고 말했다. 「정말 평화로운 모습 하고 침대에 그냥 누워 있었어.」 깡깡이가 말했다. 「얼굴에 엷은 미소 지은 채 말이야. 잠자는 모습처럼 보였지. 하지만 수키 아줌마 정원지기가 벌써 천당에 가서 깨어났다 그랬지.」 그는 밭에서 일하는 사람들에게 가서 슬픈 소식을 알렸고, 우두머리 밭일꾼 케이토가 그와 함께 돌아와서 시신을 씻어 서늘한 선반에 올려놓도록 거들어 주었다고 말했다. 그리고 전통적인 절차에 따라, 늙은 정원지기가 쓰던 땀에 찌든 갈색 밀짚모자를 그의 오두막 문 앞에다 죽음을 알리는 표시로 걸어 놓아서, 밭일을 나갔던 일꾼들이 나중에 돌아와 오두막 앞에 모여서 마지막 가는 그에게 명복을 빌어 주도록 했으며, 그런 다음에 케이토와 또 다른 밭일꾼 한 사람이 무덤을 파러 갔다.

쿤타는 정원지기가 죽었다는 사실뿐만이 아니라, 키지가 태어난 이후로 그를 별로 자주 찾아보지 못했기 때문에, 두 가지로 슬픈 기분에 젖어 오두막으로 돌아왔다. 이제는 더 이상 무엇을 하려도 충분한 시간이 없는 듯싶었으며, 이제는 후회를 해도 너무 늦었다. 집에 와서 보니 벨이 울고 있었으며, 그는 당연히 그러려니 생각했지만, 그녀가 우는 이유를 듣고는 말문이 막혔다. 「나 한 번도 본 적 없는 아버지,

정원지기 아버지 대신 같았어요.」 그녀는 흐느꼈다.「어쩌다 그분한
테 내 느낌 얘기하지 않았을까 나 모르지만, 이제 그분 이곳 없으니
세상이 옛날 같지 않아져요.」 그녀와 쿤타는 말없이 저녁을 먹은 다
음, (가을밤의 서늘한 바람을 쐬지 않도록 담요로 싼) 키지를 안고는,
한밤중까지 〈돌아가신 분과 함께하는 시간〉을 보내는 사람들과 어울
리러 갔다.

쿤타는 다른 사람들로부터 약간 떨어져서, 불안해하는 키지를 무
릎에 안고, 기도를 드리거나 나지막이 찬송가를 부르는 처음 한 시간
을 보냈으며, 그러고는 맨디 자매가 숨죽인 목소리로 말문을 열어서,
노인이 혹시 언제 친척이 어딘가 살아 있다고 하는 얘기를 들은 사람
이 없느냐고 물었다. 깡깡이가 말했다.「언젠가 영감님 자기 어머니
얼굴도 모른다 말한 적 기억나. 가족 관해 말한 거 나 듣기로는 그거
전부였어.」 그들 가운데 노인과 가장 가까웠던 사람이 깡깡이였으므
로, 그가 모르면 다른 사람은 당연히 아무도 모르리라는 생각에, 아마
도 연락을 취해 줄 사람이 없는 모양이라고 결론이 났다.

다시 기도를 드리고, 찬송가도 한 곡 더 부르고 난 다음에, 수키 아
줌마가 말했다.「영감님 애초부터 월러 집안 식구처럼 보였어요. 쥔
님 소년이었다 시절, 영감님 목말 태웠다 하는 얘기도 나 들었으니,
아마도 그런 이유 쥔님 나중에 큰집 갖게 되었을 때 영감님 이곳 데려
왔구나 짐작 가요.」

「쥔님 역시 진짜 슬퍼한다 계셔요.」 벨이 말했다.「쥔님 내일 한나
절만 하고 나머지 일하지 마라 여러분 모두한테 전하라 그랬어요.」

「봐요, 적어도 영감님 제대로 장례식 묻히겠어요.」 이렇게 말한 밭
일꾼 에이다의 옆에는 아들 노아가 무표정하게 앉아 있었다.「아직
안 식은 시체 땅 속에 당장 파묻어라 하고, 죽은 검둥개 가서 사람들
한 번 더 보게 잠깐 동안만 일 쉬어라 허락하는 쥔님들 얼마든지 많
아요.」

「월러 집안 쥔님들 훌륭한 휜둥이어서, 우리 모두 그런 점 염려할
필요 없어요.」 벨이 말했다.

그러자 다른 노예들은 부자 농장주들이 때로는 오랫동안 자기 집
의 요리사로 일했거나, 아이들 두세 명에게 젖을 먹여 키워 준 늙은
유모가 죽으면, 아주 정성 들여 장례식까지 치러 주기도 한다는 얘기

를 꺼냈다. 「흰둥이들 묘지에 묻히기도 하는데, 그러면 납작한 비석 세워 준다고 그래요.」

고된 한평생에 대한 대가로서는 (다소 때늦은 듯싶기도 하지만) 얼마나 마음 훈훈한 일인가, 쿤타는 씁쓸하게 생각했다. 그는 정원지기 노인이 튼튼하고 젊은 마부로 쥔님의 저택에 와서 오랫동안 일하다가, 말에게 언젠가 심하게 걷어채었다는 얘기를 들었던 기억이 났다. 그래도 그는 여전히 마부 일을 계속했으나, 점점 더 몸이 말을 듣지 않게 되자, 마침내 월러 쥔님은 그에게 힘자라는 대로 아무 일이나 하며 여생을 보내도록 하라고 말했다. 그는 쿤타의 도움을 받으면서 채소밭을 가꾸다가, 그런 일마저 감당하지 못할 만큼 쇠약해지자, 옥수수 껍질로 모자를 짜거나 지푸라기로 의자 깔개와 부채 따위를 엮으며 대부분의 시간을 보냈으며, 그러다가 관절염이 악화되어 손가락조차 쓰지 못하게 되었다. 쿤타는 군청 건너편 부잣집 큰 저택에서 가끔 보았던 또 한 사람의 노인이 머리에 떠올랐다. 그는 이미 오래전에 일을 그만두어도 좋다고 허락받은 터였건만, 여전히 매일 아침마다 젊은 검둥이들에게 정원으로 데려다 달라고 부탁했고, 그곳에서 그는 자기처럼 늙고 불구의 몸이 될 때까지 평생 모셨던 사랑하는 마님의 꽃밭 한가운데 옆으로 누워, 비틀어진 손으로 잡초를 뽑아 주고는 했다. 그리고 이런 사람들은 운이 좋은 경우라고 쿤타는 생각했다. 대부분의 늙은 노예들은 전에 맡았던 만큼의 일을 더 이상 할 기운이 없어지면 매질을 당하기 시작하고, (농장주의 신분으로 상승하겠다는 야망에 눈이 먼) 어느 〈가난뱅이 쓰레기 흰둥이〉 농부에게 결국 20달러나 30달러에 팔려 가서, 그야말로 죽을 지경으로 혹사를 당하기가 보통이었다.

쿤타는 이런 생각에 잠겼다가 주위 사람들이 모두 자리에서 일어나는 바람에 퍼뜩 정신을 차리고는, 마지막 기도를 드리고, 날이 새기 전에 몇 시간 동안이나마 눈을 붙이기 위해, 지친 몸을 끌고 집으로 발걸음을 옮겼다.

아침 식사를 끝내자마자 깡깡이는, 노인에게 오래전에 월러 쥔님의 아버지가 준 닳아빠진 검은 양복을 입혔다. 쿤타에게 벨이 설명한 바에 따르면, 죽은 사람의 옷을 입는 사람은 덩달아 곧 죽게 된다고 했기 때문에, 몇 가지 안 되는 그의 다른 옷은 모두 불태워 버렸다. 그러고 나서 케이토는 도끼로 양쪽 끝을 뾰족하게 깎은 널찍한 판자에 다 노인의 시체를 묶었다.

잠시 후에 쥔님이 검은 표지를 씌운 큼직한 『성서』를 들고 저택에서 나오더니, 노새 마차에 끌려가는 듯 시체의 뒤에서 이상한 걸음걸이로 멈추었다 다시 한 발자국 나아가는 노예 마을 사람들을 뒤따라 갔다. 그들은 쿤타가 한 번도 들어 본 적이 없는 노래를 나지막하게 흥얼거렸다. 「아침이 되어, 그곳에 가면, 우리 예수님께 반가운 인사 드리겠네! 인사드리겠네!…… 아침이 되면, 자리에서 일어나 우리 예수님께 인사를 드리겠네! 인사를 드리겠네!……」 그들은 노예 묘지에 이를 때까지 계속해서 노래를 불렀는데, 쿤타가 알기로는 모든 사람이 이곳 묘지를 피하는 까닭이, 그가 아는 아프리카의 악령과 비슷한 〈귀신〉이나 〈유령〉을 무척 두려워하기 때문이었다. 쿤타의 부족이 묘지를 피하던 까닭은 두려움 때문이 아니라, 죽은 자들의 마음을 불안하게 하지 않으려는 배려에서였다.

쥔님이 무덤의 한쪽 옆에 서고, 반대쪽에 노예들이 줄지어 서자, 늙은 수키 아줌마가 기도를 시작했다. 그런 다음에 펄이라는 젊은 밭일꾼 여자가 슬픈 노래를 불렀다. 「빨리 고향으로 돌아가자, 나의 지친 영혼이여…… 나는 오늘 천국에서 부르는 소리를 들었다네…… 어서 서둘러 가라, 나의 지친 영혼이여…… 나의 죄는 용서받고, 나의 영혼은 자유를 찾았도다……」 그러자 월러 쥔님은 머리를 숙이고 연설했다. 「조세푸스여, 그대는 착하고 충성스러운 종이었도다. 하나님께서 그대의 영혼에 명복과 은총을 내리시리라. 아멘.」 쿤타는 슬픔의 와중에서도 정원지기 영감을 쥔님이 〈조세푸스〉라고 부르는 소리를 듣고는 놀랐다. 그는 (아프리카의 조상들이 내려 준) 정원지기의 진짜 이름은 무엇이며, 그가 어느 부족 출신인지 궁금했다. 그리고 정원지기 자신은 그런 것들을 제대로 알았었는지도 궁금했다. 아마도 보아 하니 그는 살았을 때나 마찬가지로 (자신이 정말로 누구인지를 알지도 못하면서) 그냥 죽었을 가능성이 많았다. 눈물을 글썽이며 쿤타를 비롯한 다른 노예들은, 그렇게 오랜 세월 동안 노인이 갖가지 화초를 키워 냈던 흙 속으로 케이토와 그의 조수가 정원지기를 내려 보내는 광경을 지켜보았다. 노인의 얼굴과 가슴으로 흙이 한 삽씩 투덕거리며 떨어지자, 쿤타는 눈을 껌벅여 눈물을 감추고 울음을 삼켰으며, 그의 주변에서 여자들은 흐느껴 울기 시작했고, 남자들도 헛기침을 하거나 코를 풀었다.

　다른 사람들과 함께 묘지에서 말없이 터벅터벅 걸어 내려오면서, 쿤타는 주푸레 마을에서 죽은 사람의 가족과 친지들이 오두막 안에서 온몸이 흙과 잿가루로 뒤범벅이 되도록 뒹굴며 통곡하는 사이에, 다른 사람들은 밖에서 춤을 추고는 하던 생각이 났는데, 대부분의 아프리카 사람들은 행복이 없으면 슬픔도 없고, 삶이 없으면 죽음도 없다고 믿었으며, 그가 사랑하던 야이사 할머니가 죽었을 때도 쿤타의 아버지는 이런 순환에 따라 설명을 해주었다. 그는 오모로가 〈쿤타야, 이제 그만 울어라〉고 말한 다음, 할머니는 (알라신과 함께 살려고 간 사람들, 세상에서 아직 살아가는 사람들, 그리고 아직 태어나지 않은 사람들, 이렇게) 모든 마을의 세 종류 사람들 가운데 어떤 다른 한 종류의 사람들을 만나러 갔을 뿐이라고 말해 주었던 기억이 났다. 얼핏 쿤타는 벨에게 그런 설명을 해줘야 되겠다고 생각했으나, 그녀가 이해하지 못하리라는 사실을 그는 알았다. 그는 상심했으며 — 잠시 후에 쿤타는 언젠가 키지에게 딸이 영원히 가보지 못할 고향에 관한 많은 얘기를 해줄 때, 이런 얘기도 잊지 않고 꼭 해주리라고 마음먹었다.

72

　정원지기의 죽음은 쿤타의 마음을 계속해서 어쩌나 무겁게 했던지, 어느 날 밤 벨은 키지가 잠든 다음 급기야 그 애기를 꺼냈다.

　「나 하는 말 들어요, 쿤타, 당신 정원지기에 대한 감정 어떤지 나 잘 알지만, 이제 그런 생각 버리고, 살아갈 궁리 할 때 되지 않았어요?」 그는 그녀에게 눈을 부라리기만 했다. 「어디 마음대로 해요. 하지만 다음 일요일 두 번째 맞는 키지 생일에 당신 지금처럼 울상 짓기만 하면, 참 대단한 생일 되겠어요.」

　「나 괜찮아져.」 통명스럽게 말하면서 그는 자신이 생일에 대해서 까맣게 잊어버렸었다는 사실을 눈치 채지 못했기만 바랐다.

　쿤타에게는 키지에게 줄 선물을 만들 시간이 닷새밖에 없었다. 목요일 오후까지 걸려서 그는 소나무로 아름다운 만딩카 인형을 깎았고, 아마씨 기름과 등피(燈皮) 검댕을 문질러 발라서, 고향의 흑단(黑檀) 조각품처럼 반짝거릴 때까지 광을 냈다. 그리고 이미 오래전에 옷을 지어 놓은 벨이 (수키 아줌마와 맨디 자매가 일요일 저녁에 와서 함께 먹기로 약속한 초콜릿 케이크에 조그마한 분홍색 초를 두 개 꽂느라고) 부엌으로 들어간 사이에, 존 쥔님의 마부 루스비가 마차를 끌고 도착했다.

쥔님이 싱글벙글 웃으면서 벨을 불러들이더니, 앤 아씨가 부모님께 졸라서 이번 주말 내내 큰아버지와 시간을 함께 보내도 좋다는 허락을 받아, 내일 저녁에 도착하리라고 알려 주자, 그녀는 저도 모르게 혀를 깨물었다. 「손님방을 치워 놓도록 해.」 쥔님이 말했다. 「그리고 일요일에 쓸 케이크나 뭣 좀 구해 놓지그래? 내 조카딸 얘기로는, 벨의 어린 딸이 생일을 맞게 되었고, 그래서 아이들끼리만 둘이 자기 방에서 파티를 열고 싶다던데. 앤은 또 아이를 이 집으로 불러다 밤을 함께 보내도 되겠느냐고 해서, 내가 괜찮다고 했으니까, 침대 발치 마룻바닥에 잠자리도 마련해 두도록 하라고.」

벨이 쿤타에게 이런 소식을 알리면서, 그녀가 만들던 케이크는 그들의 오두막이 아니라, 저택에서 쓰이게 되었으며, 키지는 앤 아씨와 파티를 벌이느라고 바빠서, 그들만의 파티는 열지 못하게 되었다는 설명까지 곁들이자, 쿤타는 너무나 화가 나서, 한마디 말은커녕, 그녀를 아예 쳐다보려고조차 하지 않았다. 밖으로 뛰쳐나간 그는 곧장 마구간으로 가서, 짚단 밑에 숨겨 두었던 인형을 끄집어냈다.

그는 키지에게는 절대로 이런 일이 생기지 않도록 하겠다고 알라신에게 맹세했지만 — 지금 그가 어떻게 하겠는가? 그는 어찌나 속이 뒤집힐 정도로 심한 좌절감을 느꼈는지, 이제야 이곳 검둥이들이 투톱들에게 저항하기가 쏟아지는 눈 속에서 머리를 들고 버티려는 꽃처럼 소용없는 짓이라고 결국 믿게 되었는지 이해가 갈 듯싶었다. 그렇기는 하더라도, 그는 인형을 노려보면서, 자기가 낳은 아기의 머리를 노예 경매장 말뚝에 쳐서 박살을 내며, 〈나한테 한 짓 내 아기한테 절대 못한다!〉라고 울부짖었다는 검둥이 엄마가 생각났다. 그리고 그는 벽에다 던져 부서 버리려고 인형을 머리 높이 치켜들었고, 그러고는 도로 팔을 내렸다. 아니다, 그는 결코 딸에게 그런 짓을 하면 안 되었다. 그렇다면 도망은 어떨까? 벨 자신도 언젠가 그런 얘기를 했었다. 그녀는 정말로 가려는가? 그녀가 간다고 할지라도, 그들이 (두 사람의 나이가 이렇게 많고, 그의 한쪽 발은 반 토막이 없어졌고, 아이는 이제 겨우 걸음마를 할 정도인데) 성공할 가능성이 도대체 조금이라도 있을까? 여러 해 동안 그는 도망치려는 생각을 진지하게 해본 적이 없었지만, 그러나 이제 그는 이 지역의 지리를 농장만큼이나 환히 알았다. 어쩌면……

쿤타는 인형을 던져 버리고, 일어나서 오두막으로 돌아갔다. 그러나 그가 미처 입을 뗄 기회도 주지 않고, 벨이 먼저 말문을 열었다. 「쿤타, 나 당신하고 마찬가지 기분이지만, 내 말 들어 봐요. 우리 아이 자라서 어린 노아 녀석 똑같이 밭일꾼 되기보다, 차라리 이거 좋다 생각해요. 노아 키지보다 겨우 두 살 위지만, 벌써 밭 끌려 나가 김매고 물 길어라 일시키잖아요. 당신 기분이 어떻든 상관없으니, 당신 그렇다 찬성해야 옳아요.」 여느 때나 마찬가지로 쿤타는 아무 말이 없었지만, 25년이라는 긴 세월 동안 노예로 일해 온 그로서는, 밭일꾼으로서의 생활이 밭갈이 짐승의 삶과 다를 바가 없음을 잘 알았으니, 딸에게 그런 운명을 지워 주느니 차라리 자신이 죽고 싶은 생각이 들 정도였다.

그러다가 몇 주일이 지난 다음 어느 날 저녁, 쿤타가 집으로 돌아와서 보니, 오랫동안 마차를 몰고 난 다음이면 늘 그가 즐겨 마시는 차가운 우유를 손에 들고 벨이 문간에서 기다렸다. 그가 흔들의자에 앉아 저녁 식사가 준비되기를 기다리려니까, 그녀가 쿤타의 등 뒤로 와서는 (해달라고 청하지도 않았는데) 하루 종일 고삐를 잡고 나면 항상 아프기 마련인 곳들을 문질러 주었다. 그가 각별히 좋아하는 아프리카식 스튜를 그의 앞에 차려 내놓자, 쿤타는 그녀가 무엇인지 부탁할 일이 생겨서 그의 비위를 맞추려고 그런다는 사실을 알았지만, 그렇기는 해도 왜 그러느냐고 먼저 물어볼 정도로 어리석은 쿤타는 아니었다. 저녁 식사가 끝날 때까지 줄곧 그녀는, 평상시라면 신경도 쓰지 않았을 하찮은 일에 관해서도, 평상시보다 훨씬 더 심하게 수다를 늘어놓았으며, 식사를 끝내고도 한 시간이나 지나 잠자리에 들 무렵이 다 되어서, 도대체 언제쯤 그녀가 하고 싶은 얘기를 꺼내려는지 쿤타가 막 궁금해지기 시작했을 때, 그녀는 잠시 얘기를 그치고, 숨을 깊이 들이쉬고는, 그의 팔에 손을 얹었다. 드디어 본론이 나오는구나 하고 그는 생각했다.

「쿤타, 어떻게 얘기해야 좋다 나 모르겠어서, 그냥 단도직입 말하겠어요. 쥔님 나한테 말하기를, 내일 왕진 나가는 길 존 쥔님 집에 들러, 키지 데려다 줘서 함께 하루 지내라 앤 아씨한테 약속했다 그랬어요.」

이것은 너무나 지나친 처사였다. 키지가 서서히 얌전하고 귀여운 강아지처럼 변해 가는 꼴을 가만히 앉아 구경만 하기도 기가 막힐 노릇이었는데, 이제는 그만큼 길을 들이고 났으니, 아이를 동물처럼 새 쥔님에게 배달까지 해달라는 판이었다. 쿤타는 분을 삭이기 위해 두 눈을 꼭 감았다가는, 의자를 박차고 일어나서, (벨이 잡았던 팔을 사납게 뿌리치고는) 문밖으로 뛰쳐나갔다. 그날 밤 그녀는 침대에서 잠을 못 이룬 채 꼬박 새웠고 그는 마구간에서 마구들 밑에 앉아 밤을 지새웠다. 그리고 두 사람 다 흐느껴 울었다.

다음 날 아침 존 쥔님의 집 앞에서 마차를 세우고, 쿤타가 미처 키지를 안아 땅에 내려놓을 사이도 없이, 앤 아씨가 달려 나와 그들을 맞이했다. 잘 가라는 말 한마디 없구나, 쿤타는 씁쓸하게 생각하면서, 시끄럽게 까르르 웃어 대는 계집아이들의 소리를 뒤로하고, 큰길로 나서기 위해 말 머리를 뒤로 돌려 진입로를 내려갔다.

30킬로미터쯤 길을 더 내려가서 어느 큰집 밖에서, 오후 늦게까지 몇 시간 동안 쿤타가 쥔님을 기다리고 났더니, 노예 한 사람이 나와서 그에게 말하기를, 월러 쥔님께서는 환자 아씨 곁에 앉아 밤을 새워야 할지도 모르겠으니, 돌아갔다가 내일 데리러 다시 와달라고 했다. 침울했던 쿤타는 시키는 대로 지시를 따랐으며, 딸을 데리러 가서 보니, 키지가 하룻밤 묵어가도 괜찮겠느냐고 앤 아씨가 병들어 앓던 마님에게 물었다고 했다. 하지만 그들이 떠드는 소리에 마님이 골치가 아파져서 안 되겠다는 대답을 듣고 쿤타는 크게 안심했으며, 잠시 후에 그는 좁다란 마부석을 붙잡고 매달려 덜컹거리며 흔들리는 키지를 옆에 앉히고는 집으로 마차를 몰았다.

마차를 타고 가던 쿤타는, 아기의 이름을 말해 주던 그날 밤 이후 딸과 단둘이만 자리를 같이하기는 지금이 처음이라는 생각이 머리에 떠올랐다. 어둠이 몰려드는 속으로 마차를 몰고 들어가면서, 그는 이상하게 점점 더 용솟음치는 회열을 느꼈다. 하지만 그는 어쩐지 바보스러운 기분도 들었다. 쿤타는 첫아이를 위한 계획과 딸에 대해서 그가 져야 할 책임을 놓고 그토록 많은 생각을 했었지만, 지금은 어떻게 행동해야 좋을지 확신이 서지를 않았다. 그는 갑자기 키지를 집어 들어 무릎에 올려 앉혔다. 어색한 손길로 그는 딸의 팔과, 다리와, 머리를 만져 보았고, 아이는 몸을 비비 꼬면서 이상하다는 듯 그를 빤히 쳐다보았다. 그는 체중이 얼마나 나가는지 알고 싶어서 다시 한 번 아이를 들어 보았다. 그러고는, 아주 조심스럽게, 조그마하고 따스한 아이의 손바닥에 고삐를 쥐여주었으며 — 그러자 곧 터져 나온 키지의 즐거운 웃음소리는 그가 평생 처음 들어 본 행복한 소리였다.

「어리고 예쁜 내 딸.」 마침내 그는 아이에게 말했다. 아이는 그를 물끄러미 그냥 쳐다보기만 했다. 「너 내 작은 동생 마디 닮았어.」

아기는 계속해서 그냥 쳐다보기만 했다. 「파!」 그는 자기를 손으로 가리키면서 말했다. 그러자 아기는 쿤타의 손가락을 쳐다봤다. 가슴을 가볍게 두드리면서 쿤타는 다시 말했다. 「파!」 그러나 아이는 어느새 말들에게로 다시 관심이 쏠린 다음이었다. 아기는 고삐를 치면서, 쿤타가 하던 다른 말을 흉내 내어 소리를 질렀다. 「이랴!」 아이는 자랑스러운 듯 그를 올려다보며 웃었지만, 쿤타가 너무나 침울해 보이자 미소가 곧 사라졌으며, 그들은 남은 길을 다 가도록 아무 말도 나누지 않았다.

몇 주일이 지난 다음, 그들이 앤 아씨를 두 번째로 방문하고 집으로 돌아오던 길에, 키지는 쿤타 쪽으로 몸을 기울이더니, 토실토실하고 작은 손가락으로 그의 가슴을 쿡 찌르고는, 눈을 반짝이며 말했다. 「파!」

그는 갑자기 흥분했다. 「에 토 무 키지 레!」 아이의 손가락을 잡고, 거꾸로 딸을 가리키며 그가 말했다. 「너 이름 키지.」 그는 잠시 기다렸다. 「키지!」 아이는 자기 이름을 알아듣고 미소를 지었다. 그는 자신을 손가락으로 가리켰다. 「쿤타 킨테.」

그러나 키지는 당황한 눈치였다. 아기는 그를 가리켰다. 「파!」 이번에는 두 사람 다 활짝 미소를 지었다.

한여름이 되자 쿤타는 그가 가르치는 말을 키지가 어찌나 빨리 배우는지 — 그리고 함께 마차를 타고 다니기를 딸이 얼마나 좋아하는지를 알고는 마음이 기뻤다. 아직 딸에게는 희망이 남았을지도 모른 다고 그는 생각하기 시작했다. 그러다가 어느 날, 벨과 단둘이 남았을 때 키지가 우연히 한두 마디 만딩카 말을 하는 소리를 듣고, 벨은 나 중에 키지를 수키 아줌마의 오두막으로 저녁을 먹으라고 보내고는, 그날 밤 쿤타가 집으로 돌아오기를 기다렸다.

「당신 생각 하나도 없어요, 이 남자야?」 그녀가 소리쳤다. 「당신 나 하는 말 신경 써야 한다 모르는데— 그런 한심한 실수하면 아이하고 우리하고 모두 나쁜 고생 한다고요! 우리 아이 아프리카 사람 아니다 생각 당신 딱딱한 머리에 집어넣어요!」 쿤타는 이번만큼은 처음으로 아내를 정말로 때리고 싶은 생각이 잔뜩 치밀었지만 겨우 참았다. 그 녀는 남편에게 언성을 높인다는 (생각조차 해서는 안 되는) 잘못을 저질렀을 뿐만 아니라, 그보다 더 못된 짓이었지만, 쿤타의 핏줄과 뿌 리까지 무시한 셈이었다. 어느 투봅으로부터인가 처벌을 받을까 봐 두려워하지 않고는, 자신의 참된 문화적인 유산에 대해서는 숨소리 조차 내지 못한다는 말인가? 그러나 벨과 어떤 형태로든 정면충돌을 벌이기라도 했다가는, 그가 키지와 함께 마차를 타고 다니는 여행이 자칫 끝날지도 모르는 일이었기 때문에, 그가 느끼는 분노를 섣불리 터뜨리면 안 된다고 마음의 한구석에서 무엇인가 그에게 경고했다. 그러나 다시 생각해 보니, 쥔님에게 이유를 말하지 않고는 벨이 그들 의 동행을 막지는 못할 터이며, 감히 그런 얘기를 입 밖에 내지는 않 으리라는 생각에 마음이 놓이기는 했다. 하지만 아무리 그렇다고 해 도, 그는 자기가 도대체 무엇에 홀렸기에 투봅 땅에서 태어난 여자와 결혼하게 되었는지 이해가 가지를 않았다.

이튿날 쿤타가 근처 어느 농장에서 쥔님의 왕진이 끝나기를 기다 리는 동안, 어떤 다른 마부 한 사람이 쿤타에게, 한때 노예였지만 아 이티에서 검둥이 반란자들로 대규모 군대를 조직하여 그들을 이끌고 프랑스 인들뿐 아니라 에스파냐와 잉글랜드 사람들에 대항해서 성공 적으로 싸움을 계속하던 투생[12]에 관한 최근 소식을 알려 주었다. 그

12 Toussaint L'Ouverture(1743~1803). 아프리카 노예의 아들로, 반란을 거쳐 노예가 해방된 다음, 프랑스 공화주의자들과 합류하여 아이티의 지도자로 인정을 받았으며, 혼혈아들과 내란을 겪기도 하고, 노예 제도를 복원하려는 나폴레옹의 시 도에 저항하다 포로로 잡혀 프랑스로 끌려가 감옥에서 죽었음.

마부의 얘기로는 투생이 〈알렉산드로스 대왕〉이나 〈율리우스 카이사르〉라는 유명한 옛날 전투가들에 관한 책들을 읽어서 전쟁의 기술을 배웠으며, 그에게 이런 책을 주었던 옛 쥔님은 나중에 투생이 아이티에서 〈아메리카 합중국〉으로 도망치도록 도와주기까지 했다. 지난 몇 개월 동안에 투생은 쿤타의 마음속에서, 전설적인 만딩카의 무사 순디아타 다음가는 영웅으로 자리를 잡게 되었으며, 쿤타는 어서 집으로 돌아가 이렇게 신나는 얘기를 다른 사람들에게 알려 주고 싶어서 조바심을 했다.

그는 사람들에게 해줄 얘기를 잊어버리고 말았다. 벨이 마구간까지 쫓아 나와서, 키지가 열이 나고 여기저기 부어올랐다는 말을 전했기 때문이었다. 쥔님은 그것을 〈유행성 이하선염〉이라고 했으며, 쿤타는 벨에게서 어린애들에게 흔히 생기는 병이라고 설명을 듣기 전에는 심하게 걱정했다. 쿤타는 키지가 회복될 때까지 (적어도 두 주일 동안) 앤 아씨에게 접근하지 말라는 지시가 내려졌다는 소식을 나중에 듣고는, 조금쯤 기분이 좋아지기까지 했다. 그러나 키지는 불과 며칠밖에 앓지를 않았고, 그러자 존 쥔님의 마부 루스비가 앤 아씨가 보낸 선물이라며 옷을 잘 차려입힌 투봅 인형을 가지고 나타났다. 키지는 인형에 반해 버렸다. 아이는 침대에 앉아 인형을 꼭 껴안고는, 앞뒤로 흔들어 주면서, 눈을 반쯤 감고 감탄했다. 「너무 예뻐!」 쿤타는 아무 말도 없이 그곳을 나와서, 화를 내며 마당을 가로질러 마구간으로 갔다. 그가 던져 버리고 몇 달 동안 잊었던 인형은 건초 선반 속에 그대로 있었다. 쿤타는 인형을 소매로 문질러 닦고는 오두막으로 가지고 가서, 키지에게 던지다시피 건네주었다. 아이는 인형을 보고 좋아서 웃었고, 벨까지도 잘 만들었다고 감탄했다. 그러나 몇 분 후에 쿤타가 보니, 키지는 투봅 인형을 분명히 더 좋아하는 눈치였고, 그는 난생처음 딸에 대해서 분노를 느꼈다.

두 계집아이가 함께 지내지 못해서 아쉬웠던 몇 주일에 대한 벌충이라도 하려는 듯, 무척이나 열심히 놀면서 즐거워하는 모습을 보고, 쿤타는 더욱 마음이 언짢아졌다. 가끔 쿤타는 키지를 앤 아씨의 집에서 놀도록 데려다 주라는 지시를 받기는 했지만, 앤 아씨의 어머니는 그들이 떠드는 소리 때문에 머리가 아프다고 불평을 하는가 하면, 요리사 오메가의 얘기로는, 기절이라는 최후의 수단까지 서슴지 않고 동원하는 바람에, 앤 아씨가 큰아버지의 집으로 찾아오기를 더 좋아한다는 사실은 누구나 다 아는 비밀이었다. 그러나 아무리 〈노마님〉이라고 해도 딸의 날랜 혀 앞에서는 꼼짝도 못한다고 요리사 오메가는 말했다. 루스비가 어느 날 벨에게 해준 얘기로는, 마님이 두 계집아이에게 〈하는 짓이 꼭 검둥개들 같구나!〉라고 소리를 질렀더니, 앤 아씨가 냉큼 〈그렇지만요, 검둥개들은 걱정거리가 없어서, 우리들보다 훨씬 더 재미있게 살아요!〉라고 되받아 쏘아 주었다고 했다. 그래도 두 아이는 월러 쥔님 집에서 제멋대로 시끄럽게 떠들어 댔다. 쿤타는 꽃이 만발한 길을 따라 마차를 몰고 올라가거나 내려가려면, 두 계집아이가 집 안에서, 마당에서, 정원에서, 그리고 (벨이 한사코 말리는데도 불구하고) 닭장과, 돼지우리와, 헛간과, 심지어는 노예 마을에서 문을 잠가 두지 않는 오두막들을 드나들며, 까불고 장난을 치느라고 질러 대는 소리를 거의 언제나 어디선가는 듣기 마련이었다.

어느 날 오후, 쿤타가 쥔님을 모시고 나간 사이에, 키지는 앤 아씨를 그들의 오두막으로 데리고 와서는, 키지가 유행성 이하선염을 앓느라고 집에서 지내다가 우연히 발견하고는 굉장히 호기심을 느꼈던 쿤타의 자갈 바가지를 보여 주었다. 키지가 막 바가지에 손을 넣으려는 순간에 마침 오두막으로 들어온 벨이 이런 광경을 보고는 당장 소리를 질렀다 「아빠 돌멩이 손대지 말고 저리 가! 그거 봐야 아빠 나이 계산해!」 다음 날 동생이 쥔님 앞으로 보낸 편지를 가지고 루스비가 찾아왔고, 5분쯤 뒤에 월러 쥔님은 거실에서 벨을 불렀는데, 쥔님의 날카로운 목소리에 그녀는 부엌을 나서기도 전에 벌써 겁을 먹었다. 「앤 아씨가 너희 오두막에서 뭔가를 보았다고 부모님한테 얘기를 했다던데. 보름달이 떠오를 때마다 바가지에다 돌을 한 개씩 집어넣는다는 아프리카 부두[13]는 도대체 무엇이냐?」 그가 물었다.

정신이 아찔해진 벨은 황급히 둘러댔다. 「돌요? 돌이라고요, 쥔님?」

「내 얘기가 무슨 말인지 잘 알면서 시치미 떼지 마!」 쥔님이 말했다.

벨은 억지로 불안한 웃음을 웃었다. 「오, 쥔님 무슨 말씀 알겠어요.

---

13 *voodoo.* 흑인들이 행하는 일종의 마교.

아닙니다, 쥔님, 아무런 부두 아녜요. 나 결혼한 우리 아프리카 검둥개 그냥 숫자 셀 줄 몰라서, 그것 전부예요, 쥔님. 그래서 보름달 뜬다할 때마다 돌 하나씩 바가지 넣고, 그래서 돌멩이 개수 전부 세어 보면 자기 나이 알아요!」

월러 쥔님은 여전히 상을 찡그린 채로, 벨에게 부엌으로 돌아가라고 손짓했다. 10분쯤 지나서 벨은 오두막으로 와락 달려 들어가서, 쿤타의 무릎에 앉은 키지를 낚아채고는, 손바닥으로 엉덩이를 때리며, 비명을 지르듯 소리쳤다.「절대 다시 그 계집애 여기 데려오지 말아야 하고, 말 안 들으면 너 목 비틀겠으니, 알겠어?」

울어 대는 키지를 침대로 보내고 나서, 벨은 가까스로 마음을 진정시키고는, 쿤타에게 자초지종을 설명했다.「바가지하고 돌멩이 아무런 해 끼치지 않는다 나 알아요.」그녀가 말했다.「그렇지만 아프리카 수작 골칫거리 일으킨다 나 말했던 그대로예요! 그리고 쥔님 뭐 하나 절대 잊어버린다 하는 일 없어요!」

쿤타는 어찌나 격분했는지 저녁도 먹지 못했다. 스무 장마철이 넘도록 거의 매일같이 쥔님을 마차로 모시고 다녔는데도, 단순히 나이를 알기 위해 바가지에 돌을 집어넣기만 했는데도 의심을 하다니, 쿤타는 기가 막히고 화가 났다.

두 주일이 더 지나서야 앤 아씨가 다시 찾아올 만큼 긴장감이 가라앉았으며, 일단 한 번 놀러 오고 나니까 그런 사건이 언제 일어났었느냐는 듯 모두 까맣게 잊어버려서, 쿤타로서는 섭섭한 기분까지 들 정도였다. 딸기가 제철을 만나자, 두 계집아이는 덩굴로 뒤덮인 담장을 따라 오르락내리락 뒤지며 돌아다니다가, 검푸른 야생 딸기가 무성한 밭을 찾아내어, 그들의 손(과 입)이 온통 시뻘겋게 물든 모습으로, 물통 가득히 딸기를 따서 가지고 돌아왔다. 또 어떤 날은 달팽이 등껍질이나, 굴뚝새 둥우리나, 녹으로 딱지가 앉은 오래된 화살촉 같은 희귀한 보물을 찾아 가지고 와서, 벨에게 하나씩 신이 나서 보여 주고는, 아무도 모르게 어딘가 숨겨 놓은 다음, 진흙으로 떡을 만들며 놀았다. 오후가 되면, 두 아이는 진흙 반죽을 팔꿈치까지 잔뜩 묻히고 부엌으로 뛰어 들어왔다가, 얼른 나가 우물가에 가서 씻고 오라는 벨의 야단을 맞고 다시 나갔으며, 그러고는 기분 좋게 지쳐 빠진 두 아이는 벨이 만들어 준 간식을 먹고, 누비 이부자리에 나란히 누워 낮잠을 잤다. 앤 아씨가 하룻밤 묵어가는 경우라면, 아씨는 쥔님과 저녁 식사를 같이하고, 잠자리에 들 시간까지 쥔님과 시간을 보낸 다음, 옛 날애기를 들려줄 시간이라고 알려 주기 위해 쥔님이 아씨를 벨에게 로 보냈다. 그러면 벨은 역시 녹초가 된 키지까지 데리고 저택으로 가 서, 두 아이에게 토끼를 속인 여우가 나중에는 자기 꾀에 속아 넘어간 다는 모험 얘기를 해주었다.

쿤타는 두 계집아이의 친밀한 사이가 점점 깊어지자, 키지가 아직 아기였을 때 처음 시작 단계였던 그들의 관계보다 훨씬 더 못마땅하 게 생각됐다. 물론 마음 한구석에서는 키지가 어린 시절을 그토록 즐 겁게 잘 보내서 솔직히 기쁘기도 했고, 투봅의 장난감 노릇을 하는 편 이 그래도 밭에 나가 평생을 보내는 신세보다야 아무래도 낫다고 한 벨의 말에 차츰 동감하게 되었다. 그러나 두 아이가 그토록 친하게 까 불고 뛰어다니며 노는 모습을 지켜보는 동안 벨조차 어떤 막연한 불 안감을 때때로 느낀다는 사실을 분명히 확인하고는 했다. 쿤타는 적 어도 그런 경우에는 벨도 자기와 마찬가지 감정을 느끼며 두려워하 는 모양이라고 지레 생각하고는 했다. 때로는, 오두막에서 밤에 벨이 키지를 무릎에 앉혀 놓고, 〈예수〉 노래를 중얼거리며 아이를 쓰다듬 어 주는 모습을 지켜보던 쿤타는, 아이의 잠든 얼굴을 내려다보면서 그녀가 딸에 대한 걱정을 하면서, 아무리 서로 좋아한다 할지라도 투 봅을 너무 믿어서는 안 된다고 일러주고 싶어 하는 듯한 인상을 받고 는 했다. 키지는 너무 어려서 그런 이치를 깨닫지 못했지만, 벨은 투 봅을 믿으면 얼마나 쓰라린 고통을 겪게 되는가를 너무나 잘 알았으 니 — 그들은 그녀를 두 아기와 갈라놓고 따로 팔아 버리지 않았던 가? 키지의 앞날에 무슨 일이 닥칠지에 대해서는 상상할 길조차 없었 고, 따지고 보면 벨과 쿤타의 앞날도 마찬가지였다. 그러나 쿤타는 키 지에게 조금이라도 해를 끼치는 투봅에게는 알라신이 무시무시한 복 수를 하리라는 한 가지 사실만큼은 굳게 믿었다.

73

매달 두 번씩 일요일마다, 쿤타는 쥔님을 농장에서 10킬로미터가량 떨어진 월러 집안의 전용 교회당으로 모시고 갔다. 깡깡이 말로는, 월러 집안뿐 아니라, 다른 몇몇 부유한 흰둥이 집안도 카운티 여기저기 자기들만의 교회를 지었다고 했다. 쿤타는 이웃에 사는 신분이 낮은 흰둥이 가족들 그리고 심지어는 인근 지역의 〈가난뱅이 흰둥개들〉까지도, 구두를 끈으로 묶어 어깨에 메고 걸어서 마차 옆을 지나, 예배에 참석하러 교회당으로 오가는 모습을 보고 놀랐었다. 벨이 〈고급 사람〉들이라고 부르는 계층이나 쥔님들은 〈가난뱅이 흰둥개〉들을 마차에 절대로 태워 주지를 않았으며, 쿤타는 그런 사실을 다행으로 여겼다.

교회당에서는 항상 길고도 지루한 설교가 이어졌으며, 그러는 틈틈이 마찬가지로 맥이 풀리는 노래와 기도가 굉장히 여러 번 끼어들었고, 그렇게 해서 마침내 예배가 끝나면, 모두들 줄지어 천천히 밖으로 걸어 나와 한 사람씩 목사님과 악수를 했으며, 〈가난뱅이 흰둥개〉들과 쥔님 계층의 흰둥이들이, 마치 다 같은 흰둥이라는 사실이 그들에게 동등한 자격을 부여하기라도 한다는 듯 서로 미소를 지으며 모자를 벗어 인사를 교환하는 모습을 보고 쿤타는 우습다고 생각했다. 하지만 그러다가 뿔뿔이 흩어져 나무 아래서 점심을 먹을 때가 되면, 언제나 두 계층의 사람들은 (마치 우연히 그렇게 갈라져 앉게 되기라도 한 듯) 교회를 가운데 두고 양쪽으로 갈라져 따로 모였다.

어느 일요일 쿤타가 다른 마부들과 함께 기다리면서 이 엄숙한 의식을 지켜보고 있으려니까, 루스비가 옆 사람들에게만 겨우 들릴 만한 목소리로 숨죽여 말했다.「흰둥이들 예배 재미없다 하는 만큼 먹기 역시 재미없다 하는 모양이야.」쿤타는 벨을 알고 난 이후 오랜 세월 동안, 노예 마을에서 〈예수〉 모임이 열리기만 하면, 언제나 급한 일이 생겼다고 핑계를 대고는 멀찌감치 마구간으로 피하기는 했지만, 그래도 검둥이들이 시끄럽게 떠들고 분주히 돌아다니는 소란스러운 소리가 귀에 거슬렸고, 그래서 투봅들을 칭찬해 줄 만한 몇 가지 안 되는 점들 가운데 하나가 훨씬 조용하게 예배를 드리는 그들의 태도라고 혼자 생각하고는 했었다.

그로부터 겨우 한 주일 남짓 지났을 무렵에, 벨은 7월 말경에 그녀가 가기로 계획했던 〈부흥회〉 얘기를 쿤타에게 상기시켜 주었다. 그것은 쿤타가 이곳 농장에 온 이래로 매년 여름에 열리는 검둥이들의 큰 행사였으며, 해마다 온갖 핑계를 대면서 그가 함께 가지 않겠다고 그랬음에도 불구하고, 벨이 여전히 그에게 졸라 댄다는 끈기가 쿤타는 그저 놀라울 따름이었다. 그렇게 엄청난 규모의 모임이 벨의 이교도적인 종교와 무엇인가 관련이 있다는 정도 이외에는, 그곳에서 어떤 일들이 벌어지는지에 대해서 쿤타는 거의 아는 바가 없었고, 신경을 쓰고 싶지도 않았다. 그러나 벨은 다시 한 번 고집을 부렸다. 「당신 정말 얼마나 열심히 가고 싶어 하는지 나 잘 알아요.」 심하게 비꼬는 투로 그녀가 말했다. 「그래도 시간 충분하다 주면, 혹시 함께 가기 가능하도록 계획 짜봐라 하는 마음에서 한번 해본 얘기예요.」

쿤타는 갈 생각이 조금도 없었지만, 그럴듯한 대답이 얼른 생각나지 않았고, 그래도 어쨌든 말다툼을 벌이고 싶지도 않았기 때문에, 〈나 생각해 보겠어〉라고 건성으로 말했다.

집회 바로 전날, 쿤타가 군청 소재지에서 돌아온 후 저택 현관에 마차를 멈추자, 쥔님이 말했다. 「내일은 마차가 필요 없어, 토비. 하지만 벨과 다른 하녀들에게 내일 부흥회에 가도 좋다고 허락해 주었는데, 그들이 타고 갈 짐마차를 네가 몰게 해도 괜찮다고 했으니 그렇게 알아.」

쿤타는 이것이 분명히 벨이 꾸민 계획이라고 생각하고는 화가 치밀어 올라서, 말들을 헛간 뒤에 매고는, 마차를 풀어놓느라고 지체할 시간도 없이, 곧장 오두막으로 달려갔다. 벨은 문간에 버티고 선 그를 힐끗 쳐다보고는 말했다. 「키지 세례받는데, 그 방법 말고 당신 거기 데려갈 다른 방법 생각 안 났어요.」

「뭘 받는다고?」

「세례요. 그 애 교회 나가게 된다 뜻이에요.」

「무슨 교회? 당신 믿는 〈오, 주여〉 종교 말이야?」

「그 얘기 다시 따진다 하지 마요. 나 상관없는 일이니까요. 앤 아씨 일요일마다 키지 교회당에 데리고 간다 부모님한테 부탁하고, 그래서 자기들 앞줄에 기도드리는 동안, 키지 뒷줄 앉혀 놓자 졸라 댔어요. 그렇지만 세례 안 받으면 키지 흰둥이 교회 간다 안 돼요.」

「그러면 키지 교회 안 가면 돼!」

「당신 아직 이해 못해요, 안 그런가요, 아프리카 사람아! 교회 와라 초대받으면, 특권이라고요. 당신 싫다 그러면, 다음 날 당장 우리 목화 따러 밭에 나가야 해요.」

다음 날 아침 길을 떠나면서, 쿤타는 높직한 마부석에 올라 꼿꼿하게 앉아, 굳어 버린 자세로 뚫어져라 앞만 바라보았으며, 다른 여자들과 들놀이 바구니들 사이에 끼여, 엄마의 무릎에 올라앉아 들뜬 마음으로 웃어 대는 키지를 뒤돌아보려고도 하지 않았다. 얼마 동안 여자들은 자기네들끼리 잡담을 주고받더니, 찬송가를 부르기 시작했다. 「우리는 야곱의 사다리[14]를 오른다네…… 우리는 야곱의 사다리를 오른다네…… 우리는 야곱의 사다리를 오른다네…… 십자가 병정들아…….」 쿤타는 어찌나 구역질이 날 지경이었는지, 노새의 엉덩이를 자꾸만 힘껏 채찍질해서, 마차가 앞으로 쏠려 뒤에 탄 사람들이 와르르 엎어지도록 했지만 — 아무리 여러 번 그리고 아무리 갑작스럽게 그래도 그들은 입을 다물려고 하지 않았다. 그는 다른 여자들이 떠드는 소리 속에서 키지가 재잘거리는 작은 목소리도 들었다. 아내가 기꺼이 딸을 저렇게 주어 버릴 마음이라면 투봅들이 키지를 구태여 빼앗아 가려고 애를 쓸 필요조차 없으리라고 생각하니 쿤타는 마음이 쓰라렸다.

마찬가지로 잔뜩 사람을 태운 짐마차들이 여러 다른 농장의 샛길을 따라 나와서는, 즐겁게 서로 손을 흔들고 인사를 나누며 행렬에 어울릴 때마다, 쿤타는 점점 더 짜증이 났다. (꽃이 만발하고 언덕들이 굽이치는) 야외 집회장에 그들이 이르렀을 무렵에는 쿤타 혼자서 어찌나 화가 치밀었는지, 먼저 도착한 10여 대의 짐마차와 사방에서 계속 모여드는 다른 마차들은 눈에 띄지도 않았다. 짐마차가 한 대 멈추기만 하면, 타고 있던 사람들이 우르르 쏟아져 내리며, 환호성을 지르고 법석을 떨었으며, 당장 벨이나 다른 일행들과 어울려, 서로 입을 맞추거나 껴안고 야단이었다. 어느덧 쿤타는 투봅 땅에서 그토록 많은 검둥이들이 한곳에 모인 광경을 여태껏 본 적이 없었다는 생각이 들어, 관심을 갖기 시작했다.

나무들이 작은 숲을 이룬 곳에다 여자들이 음식 바구니를 모아 놓는 사이에, 남자들은 초원 한가운데 솟아오른 조그만 언덕 위로 올라갔다. 쿤타는 땅에다 말뚝을 박고 노새들을 묶어 놓은 다음에, (무슨

14 하늘에 닿는 사다리. 「창세기」 28장 10~22절 참조.

일이 벌어지는지를 한눈에 살펴볼 수 있을 만한 자리를 골라잡아) 짐
마차 뒤에 앉았다. 얼마쯤 시간이 지나자, 모든 남자들은 언덕 꼭대기
에서 가까운 땅바닥에 옹기종기 자리를 좁혀 둘러앉았으며, 그들 가
운데 가장 나이가 많아 보이는 네 명만은 그대로 서서 기다렸다. 그러
더니, 마치 미리 정해 놓은 듯한 신호에 따라, 네 명 중에서도 가장 나
이가 들어 보이던 (피부가 아주 검고, 허리가 굽었으며, 야위고, 흰
수염을 기른) 사람이 갑자기 머리를 뒤로 젖히고 여자들이 있는 곳을
향해 크게 외쳤다. 「들어라, 예에수님 아이들아!」
　쿤타는 눈과 귀가 믿어지지 않는다는 듯 놀라서, 여자들이 동시에
재빨리 몸을 돌려 〈예에, 주여!〉라고 크게 외치는 광경을 열심히 지켜
보았고, 그러더니 여자들은 황급히 서두르며 남자들이 무리를 지은
뒤에 모여들어 앉았다. 쿤타는 그런 광경이 주푸레 마을에서 한 달에
한 번씩 열리던 마을 어른들의 모임과 너무나 비슷하다는 사실에 깜
짝 놀랐다.
　노인이 다시 외쳤다. 「들어라— 너희들 모두 예에수님 아들딸
인가?」
　「예에, 주여!」
　그러자 다른 세 사람이 노인의 앞으로 걸어 나와서, 한 사람씩 차례
로 외쳤다.
　「우리들 우리 주 예에수님 종 될 때 머지않아 온다!」
　「예에, 주여!」 땅바닥에 앉은 모든 사람이 크게 외쳤다.
　「예에수님 오신다 준비 다 하셨으니, 너희들 맞을 준비 다하라!」
　「예에, 주여!」
　「거룩한 하나님 아버지 뭐라 방금 나한테 말씀하셨나 너희들 아느
냐? 주님 말씀하시기를, 아무도 이방인 아니라 하셨다!」
　군중의 외침이 일어나자, 네 명 가운데 가장 나이가 많은 노인의 목
소리가 거의 잠겨 버리다시피 했다. 이상하게 쿤타마저도 그들의 흥
분에 어느 정도 휩싸이는 듯싶었다. 마침내 군중이 조용해졌고, 쿤타
는 허연 수염의 노인이 하는 말을 듣게 되었다.
　「하나님 아들딸들아, 약속의 땅 저기 있도다! 주님을 믿는 자 누구
나 다 저기 간다! 주님 믿는 자 그곳에 영원히 살리라!」
　그러자 노인은 땀을 비 오듯 흘리며, 두 팔을 허공에서 휘저었고,

단조로운 노래 같은 외침에 맞춰 그의 몸은 긴장하여 부들부들 떨었고, 그의 목소리는 격한 감정으로 쉿소리가 났다.「『성서』에 말씀하시기를, 양과 사자 한자리에 누워 잔다고 했도다!」노인은 머리를 뒤로 젖히고, 두 손을 하늘로 번쩍 치켜들었다.「더 이상 이제 쥔님하고 노예하고 따로 없으리라! 모두 주님의 아들딸뿐이로다!」

그러자 갑자기 어떤 여자가 벌떡 일어나 고함을 지르기 시작했다.「오, 예수님! 오, 예수님! 오, 예수님! 오, 예수님!」그러자 그녀 주변의 모든 사람들이 따라서 외쳤고, 그러고는 몇 분도 안 되어서 20여 명의 여자들이 비명을 지르고 몸을 떨어 대기 시작했다. 깡깡이에게서 언젠가 들었던 애기가 쿤타의 머릿속에 얼핏 떠올랐는데, 노예들이 신앙을 갖지 못하게 쥔님이 금지하는 몇몇 농장에서는, 가까운 숲 속에 커다란 무쇠 가마솥을 숨겨 놓고서, 혼령이 찾아온 듯한 느낌이 드는 사람들은 그 속에 머리를 처박고 소리를 지르며, 그러면 가마솥 안에서 소리가 죽어 쥔님이나 감독이 듣지 못한다고 했다.

이런 생각에 잠겼던 쿤타는, 비틀거리며 비명을 지르는 여자들 속에서 벨을 발견하고는, 심한 충격을 받고 당황했다. 바로 그때 어떤 사람이 〈나 주님 자식이다!〉라고 외치더니, 마치 무엇엔가 얻어맞은 듯이 땅바닥으로 고꾸라져, 그 자리에 쓰러지더니 누운 채 경련을 일으켰다. 다른 여자들도 덩달아 땅바닥에서 뒹굴고 몸부림치며 신음하기 시작했다. 지금까지 격렬하게 굴러다니던 또 다른 여자가 말뚝처럼 뻣뻣해지더니 목청껏 비명을 질렀다.「오, 주여! 당신뿐입니다, 주님!」

쿤타는 지금 그들이 취하는 어떤 행동도 계획했던 것이 아니라고 믿었다. 그냥 그들이 느끼는 대로, (그의 고향에서 사람들이 마음속에서 느꼈던 바를 겉으로 나타내면서 혼령들에게 춤을 추듯이) 저절로 그럴 따름이었다. 비명과 경련이 가라앉기 시작하자, 쿤타는 이것도 역시 주푸레 마을에서 춤을 추다가 (기진맥진해서 극도로 피곤한 모습으로) 끝나는 과정과 흡사하다는 생각이 얼핏 들었다. 그리고 쿤타는 이곳 검둥이들도 마침내 기진한 가운데 자신의 마음속에서 평화를 찾는 듯한 지경에 이른다는 사실도 깨달았다.

그러더니, 한 사람씩 차례로, 그들은 땅바닥에서 벌떡 일어나서, 다른 사람들에게 서로 큰 소리로 말했다.

「나 주님께 말씀드리기 전까지 허리 무척 아팠습니다. 그런데 주님 〈똑바로 일어서라〉 나한테 말씀하시고, 나 그때부터 안 아픕니다.」

「나 주 예수 만나 주님 나 영혼 구해 주셨고, 이제 어느 누구보다 그분 위해 내 사랑 바칩니다!」

다른 사람들도 비슷한 얘기를 계속했다. 그러더니 마지막으로, 노인들 가운데 한 사람이 기도를 이끌었고, 기도가 끝나자 모두들 〈아멘!〉이라고 외쳤으며, 엄청난 기세로 찬송가를 드높여 부르기 시작했다. 「나 신발 얻었고, 너 신발 얻었고, 주님의 아들딸 모두 신발 얻었네! 우리 천당에 가면, 신발 신고, 주님의 나라 걸어가리라! 천당이로다! 천당 얘기 하는 사람 모두 가자 안 된다! 천당이로다! 천당이로다! 나 주님의 나라 걸어가리라!」

그들은 찬송가를 부르면서, 한 사람씩 땅바닥에서 일어나, 백발인 목사의 뒤를 따라, 언덕을 내려가서 풀밭을 가로질러 아주 천천히 걸어가기 시작했다. 찬송가가 끝나 갈 무렵에 그들은 반대편 물웅덩이의 둑에 이르렀으며, 거기서 목사는 군중을 향해 돌아섰고, 다른 세 사람의 노인이 그의 양쪽에 섰으며, 그러자 그는 군중을 향해 두 팔을 번쩍 들었다.

「그러면 이제, 형제자매여, 요단강 물에 씻어 버리지 못한 그대들 죄 씻을 때 왔도다!」

「맞습니다!」 둑 위에서 한 여인이 소리쳤다.

「가나안 땅 성스러운 물로 지옥불 끌 때가 왔도다!」

「옳은 말씀 맞습니다!」 또 다른 사람이 외쳤다.

「전능하신 영혼 앞에 물 속 들어갔다 주님 함께 다시 나올 모든 사람들, 그대로 서 기다리시오. 그리고 세례 먼저 받았거나 아직 예수님 만날 준비 안 된 사람들, 앉으시오!」

영문을 몰라 어리둥절해서 쿤타가 지켜보는 가운데, 겨우 열두어 명만 남겨 놓고 모든 사람이 자리에 앉았다. 다른 사람들이 물가에 줄을 지어 늘어서는 사이에, 네 명의 노인 가운데 가장 힘센 사람과 목사가 웅덩이로 곧장 걸어 들어가서는, 엉덩이까지 물에 잠기자 멈추고는 돌아섰다.

목사는 제일 앞에 서서 기다리던 10대 소녀에게 말했다. 「아가야, 준비되었느냐?」 소녀가 머리를 끄덕였다. 「그러면 앞으로 나와라!」

나머지 두 사람이 그녀의 두 팔을 움켜잡고는, 비틀거리면서 웅덩이로 데리고 들어가, 한가운데서 기다리던 두 사람과 마주섰다. 몸집이 가장 큰 남자가 뒤에서 두 손으로 소녀의 어깨를 잡고, 나머지 두 사람이 팔을 꽉 잡은 다음, 목사가 오른손으로 소녀의 이마를 짚으면서, 〈오, 주여, 이 아이 깨끗하게 씻어 주시옵소서〉라고 말하고는 소녀를 뒤로 밀었으며, 뒤에서 잡고 기다리던 남자는 소녀가 완전히 물에 잠길 때까지 그녀의 두 어깨를 뒤로 젖혀 아래로 내리눌렀다.

수면으로 물방울이 끓어오르고, 소녀가 팔다리로 물을 치며 허우적거리기 시작하자, 그들은 하늘을 우러러보면서, 소녀를 계속해서 꽉 붙들어 두었다. 이윽고 소녀는 난폭하게 발로 차기 시작했고, 몸뚱어리가 격렬하게 버둥거렸지만, 그들은 소녀를 물 속에 처박아 두기만 했다.「거의 다 되었도다!」그의 두 팔 밑에서 물이 요란하게 소용돌이를 치는 사이에 목사가 외쳤다.「이제 되었도다!」그들은 물에서 소녀를 위로 끌어 올렸으며, 숨이 차서 헉헉거리고, 물을 토해 내고, 미친 듯이 버둥거리는 소녀를 그들은 물가로 끌고 나가다시피 해서, 기다리는 엄마의 품에 안겨 주었다.

그러고 나서 그들은 다음 차례의 사람에게로 돌아섰는데, 20대 초반의 청년인 그는 너무나 무서워서, 그들을 멍하니 쳐다보기만 할 뿐, 몸을 전혀 움직이지도 못했다. 그들은 그를 강제로 끌고 들어가다시피 했다. 쿤타는 입이 더욱 벌어진 채로 (다음에는 중년 남자, 그리고는 열두어 살가량의 또 다른 소녀, 이어서 거의 걷지도 못할 만큼 나이가 많은 여자 등) 다른 사람들이 차례대로 하나씩 웅덩이로 끌려 들어가, 똑같이 한심한 시련을 당하는 꼴을 지켜보았다. 도대체 왜 저런 짓을 하는가? 그를 믿고 싶어 하는 사람들에게 저런 고통을 요구하다니, 얼마나 잔인한 〈주님〉이란 말인가? 사람을 반쯤 물에 빠뜨려 죽이는 짓이 어떻게 그의 죄를 씻어 준다는 얘기일까? 쿤타의 마음은 (어느 하나도 스스로 해답을 찾기가 불가능한) 온갖 의문으로 가득 찼으며, 마침내 마지막 사람이 철버덕거리며 물 속에서 기어 나왔다.

이제야 끝나는가 보다고 쿤타는 생각했다. 그러나 목사는, 물에 흠뻑 젖은 옷소매로 얼굴을 닦으며 웅덩이에 서서, 다시 말했다.「그러면 이제, 여러분 중에 오늘처럼 거룩한 날 예에수님께 아이 바치고자 원하는 분 없습니까!」네 여자가 일어섰는데, 제일 먼저 일어선 사람은 ——

키지의 손을 잡고 일어선 벨이었다.

쿤타는 짐마차 옆에서 벌떡 일어났다. 절대로 그런 짓을 못 하게 해야 한다! 그러나 쿤타는 벨이 웅덩이 둑 쪽을 향해서, 처음에는 불안한 듯 천천히, 그러나 점점 더 빨리, 웅덩이 언저리의 군중을 향해 걸음을 옮기는 모습을 보았다. 목사가 벨에게 이리 오라고 손짓하자, 그녀는 몸을 숙여 키지를 팔에 안아 들고는, 힘차게 물 속으로 성큼성큼 걸어 들어갔다. 쿤타는 발이 잘리고 난 후 25년 만에 처음으로, 마구 달리기 시작했지만, 웅덩이 가에 도착했을 때는 발이 지끈거리며 쑤셨고, 벨은 이미 웅덩이 한가운데로 들어가 목사의 옆에 섰다. 호흡을 가다듬으려고 헐떡거리며, 쿤타가 막 소리를 지르려고 하는 순간, 목사가 입을 열었다.

「친애하는 자들이여, 새로운 어린 양 우리들 무리 들어온다 환영하기 위해 여기 우리 모였습니다! 아기 이름 무엇인가요, 자매여?」

「키지입니다.」

「주여…….」 그는 왼손을 키지의 머리 밑에 받치고, 눈을 지그시 감으면서 말했다.

「안 돼요!」 쿤타가 목이 터지라고 외쳤다.

벨이 머리를 획 돌렸고, 그녀의 눈은 그의 눈을 불태워 버릴 듯이 이글거렸다. 목사는 그들 두 사람을 번갈아 바라보며 서서 기다렸다. 키지가 훌쩍훌쩍 울기 시작했다. 「울지 마, 애야.」 벨이 속삭였다. 쿤타는 사방에서 적개심에 찬 눈으로 그를 노려보는 주위의 시선을 느꼈다. 온 세상이 멈추었다.

벨이 정적을 깨뜨렸다. 「괜찮아요, 목사님. 저 사람 나 아프리카 남편이에요. 이해 못하는 사람요. 나중에 남편한테 나 설명해 주겠어요. 목사님 하던 거 계속해요.」

너무 기가 죽어 말문이 막혀 버린 쿤타는, 목사가 머리를 설레설레 흔들고는, 키지에게 돌아서서, 눈을 감고, 다시 시작하는 모습을 멍하니 쳐다보기만 했다.

「주여, 이 거룩한 물로 축복받는 이 아이…… 이름 뭐라고요?」

「키지요.」

「이 아이 키지 축복해 주시고, 약속한 땅에 주님 함께 안전히 살게 하소서!」 그러면서 목사는 오른손을 물에 담갔다가, 키지의 얼굴에 몇 방울을 튕겨 뿌려 준 다음, 소리쳤다. 「아멘!」

벨은 돌아서서, 키지를 안고 물가로 와서, 어기적거리며 웅덩이 밖으로 나와서는, 물을 뚝뚝 흘리면서 쿤타의 앞에 섰다. 쿤타는 자신이 멍청하고 창피하게 느껴져서, 진흙투성이인 그녀의 발을 내려다보다가, 눈을 들어 그녀를 마주 보았는데, 그녀의 눈이 (눈물이었을까?) 글썽거리는 것 같았다. 그녀는 키지를 쿤타의 품에 안겨 주었다.

「괜찮아. 그냥 젖었어.」 거친 손으로 키지의 얼굴을 어루만지며 그가 말했다.

「그렇게 뛰었으니, 당신 배고프겠어요. 나 정말 고파요. 먹으러 가요. 통닭구이하고, 겨자 묻힌 계란하고, 그리고 당신 한없이 잘 먹는 달콤 우유 과자하고 가져 왔어요.」

「맛 좋겠군.」 쿤타가 말했다.

벨은 그의 팔짱을 끼었고, 그들은 풀밭을 가로질러, 바구니를 놓아둔 곳까지 천천히 되돌아 걸어가서, 호두나무 그늘의 풀밭에 자리를 잡고 앉았다.

74

어느 날 밤 오두막에서 벨이 키지에게 말했다. 「너 일곱 살 곧 되는구나! 밭일하는 애들, 노아처럼, 벌써 매일 일하러 나가니까, 이제 너 큰집에서 나 도와 일 좀 해야 되겠어!」 그런 문제에 대해 아빠가 어떻게 생각하는지를 잘 알았던 키지는 불안한 눈으로 쿤타를 쳐다보았다. 「너 엄마 하는 얘기 잘 들어.」 자신이 없는 태도로 그가 말했다. 벨은 이미 쿤타와 의논을 했었고, 키지가 앤 아씨의 단순한 놀이 친구가 되기보다는 월러 쥔님의 눈에 띄는 무슨 일을 시작하는 편이 현명하리라는 그녀의 말에 쿤타는 동의하지 않을 수가 없었다. 또한 내심으로 키지가 쓸 만한 일을 몸에 익혀야 한다고 그가 생각했던 까닭은, 주푸레 마을에서도 그만 한 나이가 되면 엄마가 딸에게 여러 가지 기술을 가르치기 시작해야, 나중에 아버지가 사윗감에게서 비싼 신붓값을 요구할 입장이 되기 때문이었다. 그러나 투봅과 키지가 더욱 가까워지게 하려는 어떤 행동에 대해서도, (그가 딸에게 불어넣어 주려

430

고 했던 존엄성이나 문화적 유산으로부터, 그리고 쿤타 자신으로부터 딸이 더욱 멀어지게 하는 모든 행동에 대해서) 그가 열성적인 반응을 보이리라고 벨이 조금도 기대하지 않으리라는 사실을 쿤타는 잘 알았다. 며칠 아침이 지난 다음, 키지가 벌써 은식기를 반짝거리게 닦거나, 마루를 문지르거나, 집 안에서 나무로 된 부분들에 왁스를 칠하거나, 심지어는 쥔님의 이부자리를 정돈하는 솜씨가 훌륭해졌다는 말을 벨에게서 듣고, 쿤타는 그렇게 자랑스러워하는 벨과 기쁨을 같이 나누기가 어렵다는 기분이 들었다. 그리고 밤에 쥔님이 배설한 오물을 담아 둔, 하얀 에나멜칠을 한 요강을 자기 딸이 깨끗하게 씻어 헹궈 내는 모습을 보자, 쿤타는 그가 가장 두려워하던 상황이 현실로 닥쳐왔다는 생각에, 화가 나서 뒷걸음질을 쳤다.

또한 벨이 키지에게 쥔님의 개인적인 하녀로 봉사하는 요령에 관해서 충고하는 소리를 듣고도 쿤타는 핏발이 곤두섰다. 「애야, 너 나 하는 말 잘 들어! 쥔님같이 고상한 흰둥이 위해 일한다 기회 아무 검둥이나 생기지 아니란다. 그렇게 되면 당장 너 다른 아이들보다 높은 위치 차지하게 되지. 그러니까 배워야 하는 중요한 일, 쥔님 말 안 해도 쥔님 무엇 원한다를 알아야 해. 이제 너 나하고 함께 일찍, 쥔님보다 훨씬 일찍 일어나야 하지. 그래야 쥔님보다 먼저 모든 일 시작하고— 나 항상 그 요령 믿었어. 첫 번째 먼저, 쥔님 양복저고리하고 바지하고, 먼지 털어 낸 다음 빨랫줄 걸어 바람 쐬는 방법 가르쳐 주겠어. 단추 하나도 깨뜨리거나 긁히지 않는다 조심해야 하고……」 이런 식으로 어떤 경우에는 몇 시간이나 가르침이 계속되기도 했다.

쿤타가 보기에는 우스꽝스러운 자질구레한 일까지도 포함해서, 더 많은 요령을 가르쳐 주지 않고 그냥 지나가는 밤은 단 하루도 없었다. 「쥔님 구두 닦을 때 말이다.」 벨은 어느 날 밤 키지에게 말했다. 「병에다 감식초하고 등잔 검댕에 달콤한 기름하고 얼음사탕 조금 섞어라. 하룻밤 그대로 묵혀서 두었다 다시 잘 흔들면, 쥔님 구두 유리알처럼 까맣게 반짝반짝거리지.」 더 이상 그런 소리를 듣고 싶지가 않아서 숨을 돌리려고 깡깡이의 오두막으로 도망치기 전에, 쿤타는 집안 살림에 필요한 아주 귀중한 몇 가지 요령을 귀동냥으로 더 터득하고는 했다. 「후춧가루 한 찻숟가락하고 흑설탕하고 반죽 만들어 우유 더껑이 함께 섞어 접시 담아 놓으면, 파리 방에 절대로 얼씬도 못해!」 혹은 더러워진 벽지는 빵이 이틀쯤 묵어 푸석푸석해진 다음 속을 파서 문지르면 깨끗해진다는 그런 따위의 요령도 가르쳐 주었다.

비록 쿤타는 그러지 않았지만, 키지는 어머니의 가르침에 주의를 기울이는 듯이 보여서, 몇 주일이 지난 어느 날, 키지가 닦아 놓기 시작한 다음부터는 벽난로의 장작 받침쇠가 반짝거려서 쥔님의 기분이 좋다고 그랬다는 말을 벨이 전해 주었다.

그러나 물론 앤 아씨가 찾아오기만 하면, 아씨가 묵어가는 동안은 쥔님이 별다른 말이 없더라도 키지는 아무 일도 할 필요가 없었다. 그러면 언제나 그렇듯이, 두 계집아이는 이리저리 까불고 뛰어다니며, 줄넘기와 숨바꼭질을 하거나, 자기들이 만들어 낸 놀이를 즐겼다. 어느 날 오후에 〈검둥개 놀이〉를 하느라고, 익은 수박을 쪼개 놓고, 푸석푸석하고 질펀한 속에다 얼굴을 처박는 바람에, 옷의 앞자락을 더럽혀 놓았을 때는, 참다못한 벨이 손등으로 따귀를 때려 키지가 비명을 질러 댔고, 앤 아씨에게도 딱딱거리며 야단을 쳤다. 「여태 자라면서 배운 거 그게 전부예요! 열 살이면 학교 다니고, 그러다 어느새 보면 상류 계급 아가씨 되어 버려요!」

비록 쿤타는 이제 그런 일에 더 이상 불평을 늘어놓지는 않았지만, 그래도 앤 아씨가 와서 지내는 동안과 그다음 하루 정도는, 벨이 함께 지내기에 가장 힘든 남편이 되었다. 그렇지만 쿤타는 키지를 존 쥔님 댁에 데려다 주라는 지시를 받으면, 또다시 어린 딸과 단둘이 마차를 타게 될 시간이 어서 오기만 초조하게 기다렸다. 키지도 이제는 나이가 들어 마차를 타고 가면서 나눈 모든 얘기는 그들 두 사람만의 비밀이라는 사실을 이해하게 되었으므로, 쿤타는 벨이 알게 될까 봐 두려워할 필요가 없이 키지에게 고향에 관해서 마음 놓고 더 많이 가르쳐 주어도 된다고 믿었다.

먼지가 이는 스폿실베이니아 카운티의 길을 따라 달리면서, 쿤타는 그들이 지나치는 사물들의 이름을 만딩카 말로 키지에게 가르쳐 주었다. 나무를 가리키면서 그는 〈이로〉라고 말했으며, 그리고 마차 밑의 길을 가리키면서 〈실로〉라고 했다. 풀을 뜯는 암소를 지나치며 그는 〈닌세무소〉라고 가르쳤으며, 작은 다리를 건너가면서 〈살로〉라고 했다. 언젠가 갑자기 소나기를 만나자, 쿤타는 〈산지오〉라고 소리치면서 손을 휘저어 빗발을 가리켰고, 다시 태양이 나타나자 그것을

432

가리키면서 〈틸로〉라고 말했다. 키지는 쿤타가 말을 한 마디 할 때마다 그의 입술을 주의 깊게 지켜보고는, 그녀가 본 그대로 입술로 흉내를 내고, 옳게 발음이 될 때까지 자꾸만 반복했다. 그리고 키지는 스스로 이것저것 손으로 가리키면서, 만딩카 말로 무엇이라고 하는지를 그에게 물어보기 시작했다. 어느 날, 그들이 쥔님의 저택 그림자를 미처 벗어나기도 전에, 키지는 그의 옆구리를 쿡쿡 찔러 대고는, 그녀의 한쪽 귀 위쪽을 손가락으로 톡톡 두드리면서 속삭였다. 「나 머리 뭐라고 해?」 쿤타는 딸에게 마주 속삭여 주었다. 「쿵고.」 키지는 머리카락을 비틀어 잡아당겼고, 그는 〈쿤티뇨〉라고 대답했다. 딸이 코를 잡았고, 쿤타는 그녀에게 〈눙고〉라고 했으며, 키지가 귀를 꼭 쥐었더니, 그는 〈툴로〉라고 대답해 주었다. 키지는 깔깔거리면서 발을 번쩍 들어 엄지발가락을 두드렸다. 「신쿰바!」 쿤타가 소리쳤다. 그리고 이것저것 물어보느라고 가리키던 집게손가락을 키지가 잡아 흔들자, 그는 〈불로콘딩〉이라고 말했다. 딸의 입을 건드리면서 그는 〈다〉라고 가르쳐 주었다. 그러자 키지는 쿤타의 집게손가락을 잡아 그를 가리켰다. 「파!」 키지가 외쳤다. 쿤타는 키지에 대한 사랑으로 가슴이 벅찼다.

　잠시 후에 그들은 느릿느릿 흐르는 작은 강을 건너게 되었고, 쿤타는 강물을 가리키면서 말했다. 「저거 볼롱고.」 쿤타는 딸에게 고향에서 그가 〈캄비 볼롱고〉라는 강 근처에서 살았었다고 말해 주었다. 그날 저녁 집으로 돌아오는 길에, 다시 그 강을 지나게 되자 키지는 손으로 가리키면서, 〈캄비 볼롱고!〉라고 소리쳤다. 그가 이 강은 감비아의 강이 아니라 마타포니 강이라고 설명해 주었어도 키지는 물론 무슨 말인지 알아듣지 못했지만, 그러나 키지가 그 이름을 기억했다는 사실이 너무나 기뻐서 쿤타는 그런 사소한 오해는 신경조차 쓰지 않았다. 그는 캄비 볼롱고가 이곳의 하찮은 강보다 훨씬 크고, 물살이 빠르며, 힘차다고 말했다. 그는 생명을 주는 고향의 강을 그곳 사람들이 비옥함의 상징으로 얼마나 숭배했는지를 키지에게 얘기해 주고 싶었지만, 어떻게 설명해야 딸이 알아들을지를 모르겠어서, (걸핏하면 배로 뛰어오르기도 하던 힘세고 맛 좋은 쿠잘로를 포함하여) 엄청나게 많은 물고기가 그곳에서 산다는 얘기, 그리고 거대한 살아 있는 융단처럼 강을 가득 뒤덮은 새들이 물 위에 떠서 다니다가, 쿤타처럼

어린 어떤 소년이 강둑의 수풀에서 고함을 지르면서 갑자기 뛰쳐나
오면, 새들이 날아올라서 마치 깃털의 눈보라처럼 하늘을 가득 채우
는 광경을 보게 된다는 애기만 해주고 말았다. 그런 광경을 보면, 알
라신이 감비아에 너무나 끔찍한 메뚜기의 역병(疫病)을 보내서, 태양
을 가려 세상을 어둡게 하고 푸른 빛깔의 초목은 닥치는 대로 모두 먹
어 치우다가, 바람의 방향이 바뀌면서 메뚜기 떼가 바다로 밀려 나가,
결국 떨어져서 모두 그곳 물고기들에게 잡아먹혔다고 야이사 할머니
가 얘기해 주었던 때가 생각나고는 했다고 쿤타가 말했다.
　「나 할머니 있어?」키지가 물었다.
　「둘 있지. 나 어머니하고 너 엄마의 엄마하고.」
　「그 할머니들 왜 우리하고 같이 안 살아?」
　「할머니들 우리 어디 있는지 몰라.」쿤타가 말했다. 그는 잠시 후에
키지에게 물었다.「너 우리 어디 있는지 알아?」
　「우리 마차 안에 있어.」키지가 말했다.
　「우리 사는 곳 어디냐 말이야.」
　「월러 쥔님 집에 살아.」
　「그럼 그건 어디야?」
　「저기.」길 아래쪽을 가리키며 키지가 말했다. 그런 애기에는 흥미
가 없다는 듯, 키지가 말했다.「아빠 고향 메뚜기 곤충 뭐 그런 애기
또 해줘.」
　「글쎄, 커다란 붉은 개미 사는데, 나뭇잎 타고 강 건널 줄 알고, 군
대처럼 전쟁하고 행군하고, 사람 키보다 더 큰 언덕 만들어 그 속에
살아.」
　「무서운 개미야. 아빠 그놈들 밟아 죽였어?」
　「꼭 죽여라 할 때 아니면 안 밟아. 모든 생명 너 사람 똑같이 이 세
상 살아가는 권리 있으니까. 심지어 풀도 사람처럼 살고, 영혼 있단
다.」
　「그럼 이제 풀 밟으면 안 되네. 나 마차에서 안 내려.」
　쿤타는 미소를 지었다.「아빠 고향 마차 없었지. 어디 가든지 그래
서 걸어다녔어. 한번은 아버지 함께 주푸레에서 큰아버지들 세운 새
마을까지 나흘 걸었단다.」
　「주-푸-레가 뭐야?」

「나 거기서 왔다 그렇게 여러 번 말했는데.」

「아빠 아프리카서 왔는 줄 알았어. 아빠 말한 감비아 아프리카에 있어?」

「감비아 아프리카에 있는 나라 이름이고, 주푸레 감비아에 있는 마을 이름이야.」

「그럼 감비아하고 주푸레 어디 있어, 아빠?」

「큰물 건너편.」

「큰물 얼마나 큰데?」

「너무나 커서, 건너가는 데 달 네 개 걸리지.」

「뭐가 네 개?」

「달[15]이라고. 월[16]하고 같아.」

「그럼 왜 월이다 안 그래?」

「우리 고향에서 달 몇 개다 그렇게 말하니까.」

「〈년〉은 뭐라고 하는데?」

「장마철.」

키지는 잠시 생각에 잠겼다.

「큰물 어떻게 건넜어?」

「큰 배 타고.」

「고기 잡는 사람들 타고 노 젓는 배보다 더 큰 배야?」

「백 명 탈 만큼 커.」

「왜 안 가라앉아?」

「가라앉아라 아빠 바랐었지.」

「왜?」

「우리 멀미 너무 나서 아무래도 죽는다 생각했어.」

「멀미 왜 나는데?」

「똥하고 뒤죽박죽 엎혀 누웠기 때문 멀미했어.」

「왜 변소 안 갔어?」

「투봅이 우리 쇠사슬 묶어 놓았어.」

「투봅이 누구야?」

15 *moon*을 말함.
16 *month*를 말함.

「흰둥이들.」
「왜 쇠사슬 채웠지? 아빠 뭐 잘못했어?」
「나 살던 주푸레 가까이 숲에 들어가 북 만들 나무토막을 찾는데, 투봅 아빠 붙잡아 끌고 왔어.」
「아빠 몇 살이었어?」
「열일곱.」
「아빠 가도 좋은지, 아빠의 부모님 물어봤어?」
쿤타는 믿어지지가 않는다는 듯 아이를 쳐다보았다. 「물어보러 만났다면, 부모 함께 끌고 왔지. 오늘까지 식구들 나 어디 있는지 몰라.」
「아빠도 남자 형제 여자 형제 같이 살았어?」
「남자 동생 셋이었어. 지금쯤 더 생겼는지 모르겠고. 어쨌든 이제는 다 자라, 자기들 아이 낳았을 거야.」
「나중에 우리 만나러 가?」
「우리 아무 데도 못 가.」
「지금 우리 어디 가잖아.」
「존 쥔님에게만 가야 해. 우리 나타나지 않으면 해 질 때 개 풀어놓을 거야.」
「우리들 때문에 걱정해서?」
「우리 끌고 가는 이 말들처럼, 우리 그들의 소유물이다 때문이지.」
「나 아빠하고 엄마가 갖는 거처럼?」
「너 우리 딸이야. 그거 달라.」
「앤 아씨 나 자기 혼자 갖고 싶다 했어.」
「너 아씨 가지고 노는 장난감 아냐.」
「나 역시 아씨하고 놀잖아. 아씨는 자기 나의 가장 친한 친구라 말했어.」
「너는 누구 친구이면서 노예이다 할 수 없어.」
「왜 못해, 아빠?」
「친구 서로 가지지 않는다 때문이야.」
「엄마하고 아빠는 서로 안 가져? 둘이 서로 친구 아냐?」
「그거 똑같지 않아. 우리 서로 사랑하기 때문에, 서로 원하기 때문에 서로 가져.」

「그러면 나 앤 아씨 사랑하니까, 아씨가 나 가지기 원해.」
「그렇게 되지 않아.」
「어째서?」
「너희들 다 자라나면, 행복해지기 안 되니까.」
「행복해져. 아빠는 분명히 좋아한다 안 하겠지만.」
「그거 분명해!」
「오, 아빠, 나 아빠하고 엄마 절대 헤어지지 못해.」
「키지야, 우리도 절대 너 가거라 내버려 두지 않아!」

75

어느 날 오후 늦게 월러 쥔님의 부모 댁 마부가, 리치먼드에서 온 어느 거물 사업가가 프레더릭스버그로 가는 길에 엔필드에서 하룻밤 묵고 가게 되어 그를 위해 만찬을 개최하기로 했으니 쥔님더러 참석해 달라는 전갈을 가져왔다. 날이 저문 직후에 쿤타가 쥔님을 모시고 도착해서 보니, 엔필드 저택에는 벌써 10여 대의 마차가 도착한 다음이었다.

쿤타는 벨과 결혼한 다음 8년 사이에 여러 번 이곳을 다녀갔지만, 쿤타를 굉장히 좋아했었던 뚱뚱한 검둥이 요리사 해티가 다시 그와 말을 하기 시작한 것은 불과 지난 몇 개월 전으로, 어느 날 할아버지를 방문하러 온 앤 아씨와 함께 키지를 데리고 온 다음부터였다. 오늘 밤 쿤타가 (무엇을 좀 얻어먹기도 할 겸) 인사를 하러 부엌문으로 가서 기웃거리자, 해티가 그를 들어오라고 청했으며, 그녀가 조수 한 사람과 음식을 나르는 네 명의 여자들과 함께 만찬 준비를 하는 모습을 보고, 쿤타는 부글부글 음식이 끓어 대는 그렇게 많은 솥과 냄비는 본 적이 없다는 생각이 들었다.

「당신 귀여운 어린 딸 잘 있어요?」 음식마다 돌아가며 조금씩 맛을 보고 냄새를 맡으며 해티가 물었다.

「딸 잘 있어요.」 쿤타가 말했다. 「이제는 벨한테 요리하기 법 배워요. 며칠 전 저녁 딸 만든 사과 파이에 나 놀랐어요.」

「기특하다 하지! 이러다 보면 나 만든 과자 키지 먹는 대신, 키지

만든 과자 나 먹겠군요. 지난번 왔을 때 나 만든 생강 과자 키지가 반 통이나 먹어 버렸어요.」

해티는 (가마에다 굽던) 군침이 돌게 만드는 서너 가지 빵을 마지막으로 한 번 더 살펴보고는, 빳빳하게 풀을 먹인 노란 작업복을 입은 하녀들 가운데 가장 나이가 든 여자에게로 돌아서서 말했다.「준비 끝났군요. 마님 말씀드려요.」지시를 받은 하녀가 흔들이문으로 나가 모습이 사라지자, 그녀는 나머지 세 여자에게 말했다.「그릇 차려 놓다가 나 준비한 최고 좋은 식탁보에 국물 한 방울만 떨어뜨리면, 쫓아가 국자로 때려 준다.」그녀는 부엌일을 돕는 10대의 아이에게 말했다.「펄, 지금 일 시작해. 무청, 달콤 옥수수, 호박죽, 그리고 오크라 좋은 사기그릇에 너 담아 놓는 동안, 나 양 등심 도마에 올려놓는다.」

몇 분 후에, 하녀 하나가 돌아와서, 해티에게 한참 동안 뭐라고 열심히 귓속말을 하고는, 얼른 다시 서둘러 나갔다. 해티가 쿤타에게로 돌아섰다.

「몇 달 전 상선 한 척 큰물 어디서 프랑스한테 습격받았다 기억하죠?」

쿤타는 머리를 끄덕였다.「애덤스 대통령 너무 화가 나 합중국 해군 몽땅 보내 혼쭐냈다 깡깡이한테 들었어요.」

「진짜 혼냈죠. 루비나가 방금 나 말해 주었는데, 저기 리치먼드서 온 사람 말하기 프랑스 편 배 80척 해치웠다 하더래요. 루비나 또 말하기를, 저기 온 흰둥이들 프랑스 버릇 잘 고쳐 줬다 신나서, 당장 노래하고 춤춘다 야단이래요.」

그녀가 얘기하는 동안, 쿤타는 그의 앞에다 수북하게 그녀가 갖다 쌓아 놓은 음식을 먹어 치우기 시작하면서, 큰 접시에 담아 들여보내려고 해티가 분주하게 준비하는 쇠고기 구이, 구운 햄, 칠면조고기, 닭고기, 오리고기를 둘러보고 감탄했다. 그가 막 버터에 볶은 고구마를 한입 가득 삼키려는 순간, 하녀 넷이 (저마다 빈 그릇과 수저를 잔뜩 들고) 부엌으로 우르르 몰려 들어왔다.「수프 다 먹었네요!」해티가 쿤타에게 알려 주었다. 잠시 후에 음식을 잔뜩 담은 쟁반을 들고 하녀들이 다시 줄지어 나갔고, 해티는 기름이 묻은 앞치마 자락으로 얼굴을 닦으며, 부뚜막 너머로 몸을 수그리고 말했다.「후식 먹을 준비 되려면 40분쯤 시간 남았어요. 조금 전 당신 무슨 말 하려다 말았죠?」

「나 생각에, 배 80척 얘기 아무 상관 없다 싶어요.」쿤타가 말했다. 「흰둥이들 우리 대신 자기네들끼리 괴롭혀도 아무 소용 없어요. 저 사람들 누군가 싸우지 않으면 재미없나 봐요.」

「나 생각에는, 저 사람들 누구하고 싸우는지 그거 중요해요.」해티가 말했다. 「지난해 어떤 튀기 투생하고 싸우자 반란 일으켰는데, 만일 대통령이 투생 도와주는 배 보내지 않았으면, 튀기들 이겼을지 몰라요.」

「월러 쥔님 말 들어 보니, 투생 혼자 힘으로 나라를 다스리기는커녕, 장군 될 지각 별로 없었다 했어요.」쿤타가 말했다. 「쥔님 말하기를, 그저 구경하고 기다리면, 아이티 자유 노예들 옛날 쥔님들 밑 일할 때보다 훨씬 비참해진다 그래요. 물론 그야 흰둥이들 바라는 일이지만요. 그렇지만 그곳 사람들 직접 농장일 하게 되었으니, 벌써 더 잘사는 계산이에요.」

부엌으로 돌아온 하녀 한 명이 얘기를 한참 듣고는, 대화에 끼어들었다. 「저 안에서 바로 지금 사람들 노예 자유 시킨다 그 얘기 해요. 버지니아 하나만 해도 만 3천 명이어서, 검둥개 너무 많다 그래요. 판사님 말하기를, 혁명 때 쥔님들 옆 나란히 서서 싸웠다, 또는 검둥개들 반란 계획 흰둥이들한테 알려 줬다, 또는 거의 모든 만병 고친다고 흰둥이들 믿는 약초 알아냈다 하는 등등 훌륭한 일 뛰어난 검둥개들 자유로 풀어 주겠다 대찬성한대요. 판사님 얘기하기를, 충실하고 늙은 하인들 해방 줄 권리 쥔님들한테 있고, 쥔님들 그럴 마음 역시 가졌다 생각한대요. 그렇지만 판사님하고 저기 모인 모든 손님 아무 이유 없이 검둥개 몽땅 자유 시키자 얘기하는 퀘이커교도들 그리고 다른 흰둥이들 죽어라 반대한대요.」하녀는 문으로 가면서 한마디 더 덧붙였다. 「판사님 말하기를, 그런 짓 금지시키게 새로운 법 머지않아 생길 테니 자기 말 잘 믿으라 했어요.」

해티는 쿤타에게 물었다. 「북부 사는 알렉산더 해밀턴 쥔님 얘기하기를, 흰둥이하고 검둥개 서로 너무 달라서 함께 살지 못하니까, 모든 자유 검둥개 아프리카로 보내야 한다 그랬는데, 당신 그 말 대해 어떻게 생각해요?」

「그 사람 말 옳다 나 생각해!」쿤타가 말했다. 「그렇지만 흰둥이들 말 그렇게 하면서, 아프리카에서 더 많이 노예들 자꾸 데리고 와요!」

「그 이유 당신 나만큼 훤히 잘 알아요.」 해티가 말했다. 「몇 년 전 조지아 주하고 캐롤라이나 주에 씨 빼기 솜 틀기 기계 생긴 다음, 목화 재배 맞춰 그곳 검둥개들 자꾸 보내야 하니까요. 똑같은 이유 때문에 여기 많은 쥔님들 부리는 검둥개 살 때 값보다 곱절 세 곱절 돈 많이 받고 남부에 팔아 버려요.」

「깡깡이 말하기를, 남부 큰 농장 쥔님들 못된 가난 흰둥이들 감독관 시켜서, 새로운 목화밭 만든다 개간한다고 검둥이들 노새처럼 부려 먹는다 그래요.」 쿤타가 말했다.

「맞아요. 그래서 요새 신문 보면 도망 노예 광고 잔뜩 나와요.」 해티가 말했다.

바로 그때, 하녀들이 더러워진 접시와 쟁반을 들고 부엌으로 다시 들어오기 시작했다. 해티는 자랑스럽게 미소를 지었다. 「보아하니 손님들 배 터지기 직전 잔뜩 먹은 모양이에요. 지금쯤 후식을 내놓는다 준비하려고 식탁 치우는 동안 쥔님 샴페인 따르겠어요.」 그녀는 쿤타에게 말했다. 「저 사람들 이 건포도 푸딩 파이 얼마나 맛있다 하는지 보세요.」 그녀는 파이 한 조각을 접시에 담아 쿤타 앞에 놓았다. 「그거 말고도 브랜디에 담근 복숭아 저 안에 내놓지만, 당신 술 입에 안 댄다 나 알아요.」

쿤타는 파이를 맛있게 먹으면서, 얼마 전에 「가제트」에서 벨이 읽어 주었던 도망친 노예에 관한 광고를 생각해 보았다. 〈키가 큰 튀기 하녀로서, 젖통이 아주 크고, 오른쪽 젖통에 깊은 상처가 났음.〉 광고의 내용은 이러했다. 〈교활한 거짓말쟁이에 도둑으로서, 전 쥔님한테 글을 좀 배워, 자기 손으로 만든 큼직한 위조 여행 허가서를 소지했을지도 모르고, 자유 신분의 검둥개라고 주장할 가능성도 다분함.〉

해티는 몸이 무거운 듯 주저앉더니, 브랜디에 담근 복숭아를 한 개 손가락으로 병에서 꺼내 재빨리 입속에 털어 넣었다. 그녀는 아직 설거지를 하지 않은 유리잔, 접시, 칼, 그릇 따위를 담아 부엌 저쪽에 처박아 둔 두 개의 큼직한 물통을 넘겨다보고는, 깊은 한숨을 내쉬며, 짜증스럽게 중얼거렸다. 「하나님 맙소사, 나 아주 녹초 되었으니, 오늘 밤 잠자리 들면 정말 반갑겠어요.」

벌써 여러 해째 쿤타는 매일 아침 동트기 전에, 노예 마을의 어느 누구보다도 일찍 일어나서 — 어떤 사람들은 〈저 아프리카 사람〉은 고양이처럼 어둠 속에서도 앞이 훤히 보이는가 보다고 믿을 정도로 일찍 일어나고는 했다. 남들이 어떻게 생각하더라도 개의치 않고 쿤타는 살며시 자리에서 빠져나와 혼자 마구간으로 가서, 커다란 두 무더기의 건초 더미 사이에 엎드려, 희미하게 밝아 오는 첫 햇살을 향해, 날마다 알라신에게 수바 기도를 드렸다. 그런 다음에 말구유에 건초를 좀 던져 주고 날 때쯤이면, 벨과 키지는 세수를 하고, 옷을 입고, 큰집으로 일하러 갈 준비를 끝냈으며, 우두머리 밭일꾼인 케이토도 자리에서 일어나 에이다의 아들 노아와 함께 밖으로 나오고, 노아는 다른 노예들을 깨우기 위해 종을 쳤다.

거의 매일 아침마다 노아는 머리를 끄덕이며 〈안녕히 주무셨어요〉라고 인사를 하는데, 그 모습이 어찌나 엄숙하고 근엄해 보이는지 쿤타는, 누군가 아침에 인사를 하면 그 사람은 하루 종일 입 밖에 꺼낼 쓸 만한 말은 다 해버린 셈이라는 속담의 주인공인 아프리카의 잘로프 부족이 생각났다. 비록 함께 얘기를 나누는 일이 거의 없기는 하면서도 쿤타가 노아를 좋아했던 까닭은 아마도, 그를 보면 비슷한 나이였을 당시 (진지한 몸가짐이나, 자신이 할 일만 열심히 하고 남의 일에는 상관하지 않는 태도, 말이 별로 없으면서도 무슨 일이나 하나도 빠뜨리지 않고 주의 깊게 지켜보는 버릇 따위) 자신의 모습이 머리에 떠오르기 때문이었는지도 몰랐다. 가끔 쿤타는 자신이 그렇듯이 노아가, 농장 여기저기를 까불며 뛰어다니는 키지와 앤 아씨를 말없이 바라보고는 한다는 사실을 눈치 챘다. 언젠가는 쿤타가 뒤뜰에서 굴렁쇠를 굴리며 깔깔대고 노는 두 아이의 모습을 마구간 문가에 서서 지켜보다가 다시 안으로 들어가려고 몸을 돌리는 순간, 케이토의 오두막 앞에 서서 물끄러미 바라보는 노아의 모습이 눈에 띄었다. 그들은 시선이 마주쳤고, 한참 동안 서로 빤히 쳐다본 다음에야 저마다 볼 일을 보기 위해 돌아섰다. 쿤타는 노아가 무슨 생각을 하고 있었을까 궁금했으며, 노아도 자기가 무슨 생각을 했을지 궁금하게 여기리라는 기분이 들었다. 쿤타는 어쩐지 그들이 똑같은 생각을 했으리라는 느낌이 들었다.

열 살이었던 노아는 키지보다 두 살이 위였지만, 농장 안에는 노예의 자식이 그들뿐이었음에도 불구하고 두 아이가 동무가 되어 같이 놀기는커녕, 그냥 친한 사이조차 되지 않는다는 이유를 그만 한 나이 차로는 충분히 설명할 수가 없었다. 쿤타는 그들이 서로 우연히 지나칠 때마다 마치 서로 보지도 못한 척하는 것을 눈치 채고는, 왜 그러는지 이해가 가지 않았으며 — 아마도 아직 그렇게 어린 나이이기는 해도 집 안에서 일하는 노예와 밭에서 일하는 노예가 서로 어울리지 않는다는 관습을 벌써 의식하기 시작했기 때문인지도 모른다고만 막연히 추측했다.

이유야 어쨌든 간에, 노아가 하루 종일 다른 사람들과 함께 밭에 나가서 일하는 동안, 키지는 매일 집 안을 치우고, 먼지를 털고, 놋쇠 장식에 광을 내고, 쥔님의 이부자리를 깨끗이 청소했으며, 그러면 벨이 나중에 호두나무 회초리를 들고 들어와서 검사를 했다. 앤 아씨가 찾아오는 토요일이면, 키지는 무슨 요술이라도 부리듯이 다른 날보다 절반밖에 안 되는 시간에 집안일을 모두 미리 끝마치고, 두 아이는 나머지 시간을 하루 종일 함께 놀았으며 — 다만 쥔님이 집에서 점심 식사를 할 때만큼은 예외였다. 그러면 쥔님과 앤 아씨는 식당에서 식사를 했고, 키지는 그들 뒤에 서서 잎이 많이 달린 나뭇가지로 천천히 부채질을 해서 파리를 쫓았으며, 그러는 사이에 벨은 음식을 들고 들락날락하면서, 〈쥔님 계실 때 서로 낄낄거리다 나 눈에 띄었다 하면, 둘 다 가죽 벗겨 놓을 테니 정신 차린다 해야 해!〉라고 미리 경고했던 대로, 두 아이를 날카로운 눈으로 열심히 감시했다.

이제는 쿤타도 상당히 체념한 마음으로, 월러 쥔님과 벨 그리고 앤 아씨와 함께 키지를 공유하는 생활에 점차 익숙해졌다. 그는 저택에서 키지에게 무슨 일을 시키는지를 생각하지 않으려고 노력했으며, 앤 아씨가 오면 마구간에서 대부분의 시간을 보냈다. 매주 일요일 오후 예배가 끝나고 앤 아씨가 부모와 함께 집으로 돌아갈 때만을 그냥 기다리는 수밖에, 쿤타는 아무것도 할 수가 없었다. 그런 날이면 오후 늦게, 쥔님은 혼자 휴식을 취하거나 응접실에서 친구들과 시간을 보내기가 보통이었고, 벨은 수키 아줌마와 맨디 언니와 함께 매 주일 열리는 〈예수님 모임〉에 갔으며 — 그러면 쿤타는 딸과 단둘이 귀중한

두어 시간을 자유롭게 보낼 여유가 생겼다.

날씨가 좋으면 그들은 산책을 나가서, 거의 9년 전 갓 태어난 아기를 위해 〈키지〉라는 이름을 지어 주러 갔었던, 덩굴로 덮인 담장을 따라 거닐고는 했다. 사람들의 눈에 안 뜰 정도로 멀리 걸어 나오면, 쿤타는 말을 할 필요는 느끼지도 않으면서, 보드랍고 조그만 키지의 손을 잡고, 작은 시냇가로 천천히 걸어 내려갔으며, 그늘진 나무 아래 앉아서 키지가 부엌에서 챙겨 가지고 (대개는 쿤타가 좋아하는 나무 딸기 속을 가득 넣은 시원한 버터 빵 따위의) 음식을 먹고는 했다. 그리고 그들은 얘기를 나누기 시작했다.

얘기는 주로 쿤타가 했으며, 키지는 걸핏하면 〈왜 그런가……〉라는 말로 시작되는 질문으로 그의 말을 가로막고는 했다. 그러던 어느 날, 쿤타는 좀처럼 입을 열려고 하지 않았으며, 그래서 키지가 먼저 열심히 재잘거리기 시작했다. 「어제 앤 아씨 나 가르쳐 준 얘기 무엇인가 알고 싶어?」

그는 킬킬거리기만 하는 흰둥이 계집애와 관계되는 일은 무엇이라도 듣고 싶지 않았지만, 키지의 기분을 상해 주고 싶지 않았으므로 〈어디 얘기해 봐〉라고 말했다.

「피터는, 피터는, 호박을 먹고는, 마누라 얻었다니까.」 키지가 암송했다. 「그런데 마누라 도망간다니까, 호박 껍질 속에 가둬 둘까 생각하니까, 마누라 겁나니까 말 잘 듣지 뭡니까.」

「그거 전부야?」 그가 물었다.

그녀는 고개를 끄덕였다. 「재미있지?」

(멍청하기 짝이 없는) 앤 아씨에게서 그 이상 무엇을 배웠겠느냐고 쿤타는 생각했다. 「너 어려운 말 참 빨리 잘하는구나.」 그는 어정쩡하게 말했다.

「아빠 그 말 나만큼 빨리 해봐.」 키지는 눈을 반짝이며 말했다.

「나 그런 거 배우고 싶지 않아!」

「해봐, 아빠. 나 위해 한 번만 해봐.」

「그런 엉터리 집어치워라!」 그의 목소리는 실제보다 더 화난 듯이 들렸다. 하지만 키지는 계속해서 졸라 댔고, 쿤타는 자신이 딸에게 그토록 꼼짝도 못한다는 사실에 조금은 바보가 된 기분을 느끼면서도, (그냥 더 이상 키지가 귀찮게 굴지 못하게 하기 위해서라고 속으로 생각하면서) 그 한심한 말장난 동요를 더듬거리며 되풀이했다.

동요를 다시 한 번 해보라고 딸이 조를 틈을 주지 않고 쿤타는, 다른 무엇인가를 (『꾸란』이 얼마나 아름다운지를 키지가 깨닫게 하려고 경전 몇 구절을) 읊어 주게 되겠다는 생각이 얼핏 머리에 떠오르기는 했지만, 그래 봤자 〈피터는, 피터는〉이 그에게 아무런 의미도 없듯이, 『꾸란』 구절도 키지에게는 아무 의미도 없을지 모르겠다는 생각이 들었다. 그래서 쿤타는 딸에게 차라리 옛날얘기를 하나 해주리라고 마음먹었다. 키지는 악어와 어린 소년에 관한 얘기는 이미 들었으므로, 그는 게으른 거북이 어리석은 표범에게, 몸이 너무 아파서 걷지를 못하겠다고 거짓말을 해서 등에 좀 태워 달라고 속여 먹은 다른 얘기를 해주었다.

「아빠 나 해주는 옛날얘기 다 어디서 들었어?」 쿤타가 얘기를 끝내자 키지가 물었다.

「나 너하고 같은 나이 때 현명한 뇨 보토 할머니한테 들었지.」 쿤타는 무슨 생각이 났는지 재미있다는 듯 갑자기 웃음을 터뜨렸다. 「할머니 달걀처럼 반들반들 대머리였어! 이빨도 하나 없었지만, 대신 혀 분명히 대단했단다! 어린 우리들 모두 자기 애들 똑같이 사랑했고.」

「할머니 자기 낳은 애 없었어?」

「주푸레 마을 오기 오래전, 아주 젊었을 때 아이 둘이었지. 그렇지만 다른 부족하고 전쟁할 때 끌려갔어. 할머니 그 슬픔 끝까지 이기지 못했단다.」

쿤타는 지금까지 한 번도 염두에 두지 않았던 생각이, 벨도 젊어서 똑같은 일을 겪었다는 생각이 나자, 섬뜩한 기분이 들어 입을 다물었다. 그는 키지에게 그녀의 두 이복형제에 관한 얘기를 해주고 싶었지만, 그랬다가는 (키지가 태어나던 날 밤에, 잃어버린 두 딸에 관한 얘기를 그에게 한 다음 한 번도 그런 말을 입에 올린 적이 없는) 벨은 물론이요, 키지도 마음만 상하게 되리라는 사실을 알았다. 그렇지만 쿤타 또한, 그리고 노예선에서 그의 곁에 쇠사슬로 묶였던 모든 사람들도, 어머니와 생이별을 하지 않았던가? 쿤타 이전에, 그리고 이후에 이곳으로 끌려 온 수많은 다른 사람들이 모두 그런 일을 당하지 않았던가?

「투봅 우리들 발가벗겨 이곳 데리고 왔어!」 자기도 모르게 쿤타의 입에서는 그런 소리가 튀어나왔다. 키지는 머리를 퍼뜩 들고 쿤타를 빤히 쳐다보았지만, 그는 말을 중단할 수가 없었다. 「우리 이름도 빼앗았어. 너처럼 이곳 태어난 사람들 그래서 자기 누군지 몰라! 하지만 너 나처럼 킨테가 이름이다. 그거 절대 잊으면 안 된다! 우리 조상들 무역상, 여행가, 성직자 했고— 수백 장마철 거슬러 올라가 옛날 말리 그때부터 그랬지! 애야, 나 무슨 말 하는지 너 알겠니?」

「응. 아빠.」아이가 얌전히 대답했지만, 딸이 무슨 얘기인지 알아듣지 못했음을 그는 알았다. 그는 묘안이 머리에 떠올랐다. 그는 막대기를 집어 들고, 두 사람 사이의 땅바닥을 편편하게 고르고는, 아랍 글자 몇 개를 썼다.

손가락으로 글자를 하나씩 천천히 짚어 나가며 그가 말했다. 「이거 내 이름— 쿤-타 킨-테.」

그녀는 신기하다는 듯 자세히 살펴보았다. 「아빠, 그럼 나 이름 써봐.」쿤타가 써보였다. 키지가 웃었다. 「이거 키지.」그는 머리를 끄덕였다. 「아빠처럼 글쓰기 가르쳐 줄래?」키지가 물었다.

「안 어울려.」쿤타가 엄하게 말했다.

「왜 안 어울려?」키지는 기분이 상한 목소리였다.

「아프리카에서 사내아이들만 글 읽기 글쓰기 배워. 여자 애들 배워서 소용없는데— 여기서도 마찬가지야.」

「그런데 엄마 어떻게 글 읽기하고, 글쓰기 해?」

쿤타가 꾸짖었다. 「그 얘기 너 절대 하지 마! 너 내 말 알겠니? 아무도 알면 안 돼! 흰둥이들 우리 글 읽기 글쓰기 아무라도 하는 것 싫어하거든!」

「어째서?」

「우리 모르면 모를수록 말썽 덜 일으킨다 그들 알기 때문이야.」

「나 말썽 안 일으켜!」키지가 토라져서 말했다.

「빨리 오두막 돌아가지 않으면 엄마 우리 둘 다 야단치겠다.」

쿤타는 일어나서 걷기 시작했고, 그러고는 키지가 뒤따라오지 않는다는 사실을 눈치 채고는, 걸음을 멈추고 돌아섰다. 키지는 아직도 개울가에 서서, 자갈 하나를 눈여겨 살펴보고 있었다.

「키지, 시간 되었고, 어서 가자!」키지는 머리를 들고 그를 쳐다보았으며, 쿤타는 딸에게로 가서 손을 내밀었다. 「이렇게 하자.」쿤타가 말했다. 「너 그 자갈 집어 가지고 가서, 어디 안전한 곳 숨겨 두었다가, 그 얘기 입 다물고, 그러다가 다음 새 달 오면, 아침에 너 내 바가지에 넣어라.」

「정말이야, 아빠?」 키지가 미소를 지었다.

77

　(1년쯤 지나서, 1800년 여름) 키지가 쿤타의 바가지에 자갈을 하나 더 넣을 무렵이 다 되어서, 쥔님은 벨을 불러 볼일이 생겨 한 주일가량 프레더릭스버그로 갈 예정이며, 자기가 없는 동안 동생이 와서 〈농장을 대신 건사〉하리라고 말했다. 쿤타는 그 말을 듣자, 벨과 키지로부터 그렇게 오랫동안 떨어져 지내야 한다는 사실보다는, 그들을 전 쥔님에게 남겨 놓고 떠난다는 것이 더욱 싫었기 때문에, 다른 어느 노예보다도 더 걱정이 되었다. 물론 이런 걱정을 겉으로 드러내지는 않았지만, 떠나는 날 아침 오두막을 나와 말을 꺼내러 가려던 쿤타는 벨이 그의 마음속을 환히 들여다보는 듯한 기분이 들어서 섬뜩했다. 그녀가 말했다. 「존 쥔님 분명히 형하고 같다 않지만, 나 그런 종류 사람 다루는 법 잘 알아요. 그리고 겨우 한 주일 동안이잖아요. 그러니까 전혀 걱정 마요. 우리 괜찮을 거예요.」

「나 걱정 안 해.」 그가 거짓말을 한다는 사실을 벨이 눈치 채지 않기를 바라면서 쿤타가 말했다.

　키지에게 키스를 해주려고 무릎을 꿇고 앉은 그는, 딸의 귀에다 대고 〈새달 되면 자갈 집어넣는다 잊어버리지 마라!〉라고 속삭였으며, 키지도 무슨 음모라도 꾸미는 듯 윙크를 했고, 벨은 그 말을 듣지 못한 척했지만, 그녀는 그들이 무슨 일을 하는지를 이미 아홉 달 전부터 알았다.

　쥔님이 떠난 뒤 이틀 동안은, 존 쥔님이 하는 모든 말이나 행동 때문에 벨이 가벼운 짜증을 느끼기는 했지만, 모든 일이 보통 때나 별로 다름이 없었다. 벨이 특히 싫어했던 점은, 존 쥔님이 밤늦게까지 서재에 버티고 앉아, 형이 가장 아끼는 최고급 위스키를 병째 내놓고 마시면서, 고약한 냄새가 나는 크고 검은 여송연을 피우느라고 양탄자에

다 담뱃재를 아무렇게나 털어 대는 버릇이었다. 그렇기는 해도 존 쥔 님은 벨의 일상적인 일에 별로 간섭하지 않았고, 대부분의 시간을 혼 자서 지냈다.

그러나 사흘째 되는 날 아침나절에, 벨이 밖에서 현관을 쓸고 있을 때, 흰둥이 한 사람이 거품처럼 땀을 흘리는 말을 타고 달려 들어오더 니 훌쩍 뛰어내리며 쥔님을 뵙겠다고 했다.

10분쯤 지난 다음 남자는 올 때와 마찬가지로 황급히 돌아갔다. 존 쥔님이 벨에게 서재로 들어오라고 복도에 대고 고함치는 소리가 들 려왔다. 그는 몹시 심한 충격을 받은 듯한 표정이었고, 무슨 끔찍한 일이 쿤타와 쥔님에게 생겼구나 하는 생각이 벨의 머리를 스쳐 갔다. 그가 벨에게 노예들을 모두 뒤뜰에 집합시키라고 퉁명스럽게 지시하 자 그녀는 그런 생각이 확신으로 바뀌었다. 노예들이 모두 모여 한 줄 로 늘어서서, 두려움과 긴장 속에 기다렸으며, 그러자 존 쥔님은 뒤쪽 미닫이문을 벌컥 열어젖히고, 눈에 잘 띄도록 허리춤에 권총을 차고 는 그들 앞으로 뚜벅뚜벅 걸어 나왔다.

차가운 눈으로 그들의 얼굴을 훑어보면서 그가 말했다. 「방금 나는 리치먼드의 검둥개 몇 놈이, 주지사를 납치하고, 리치먼드 백인들을 학살하고, 도시를 불태워 버리려는 음모를 꾸몄다는 소식을 들었다.」 노예들이 놀라서 서로 멍하니 쳐다보는 사이에 그는 얘기를 계속했 다. 「그런데 하나님께서 도우셔서, 똑똑한 검둥이 몇 놈이 그런 사실 을 알아내고는 때맞춰 쥔님들한테 보고를 했고, 그래서 음모는 수포 로 돌아갔으며, 일을 꾸민 검둥개들은 대부분 체포되었다. 무장 순찰 대들이 나머지 놈들을 수색 중이며, 놈들이 한 명이라도 이곳으로 숨 어들어 하룻밤 묵어가기라도 했다가는 내가 가만두지 않겠다. 너희 들 중 혹시 폭동을 일으키겠다고 꿈을 꾸기라도 하는 놈이 있으면, 내 가 밤낮으로 감시를 늦추지 않을 테니까 각오해야 한다. 아무도 이 농 장 밖으로 한 발자국이라도 나가서는 안 된다! 어떤 종류의 모임도 나는 용서하지 않겠고, 날이 어두워지면 각자 오두막에서 나올 생각 조차 하지 마라!」 그는 허리에 찬 권총을 툭툭 두드리면서 말했다. 「나는 형님만큼 검둥개들을 연약한 마음이나 인내심으로 대하지 않 는다! 너희들 가운데 어떤 놈이 한 발자국이라도 선을 넘어서려는 기 색만 보여도, 의사가 절대로 고치지 못할 정도로 골통에 총알을 박아

넣겠다. 그럼 어서 제자리로 돌아가라!」

존 쥔님은 빈말을 하지 않는 사람이었다. 그다음 이틀 동안, 그가 지켜보는 앞에서 모든 음식을 먼저 키지에게 먹여 보기 전에는 절대로 식사를 하지 않겠다고 고집해서 벨을 분개하게 만들었다. 낮이면 그는 말을 타고 여기저기 밭을 감시했으며, 밤에는 엽총을 무릎에 걸쳐 놓은 채 현관에 앉아서 버티었고 — 그의 철야 감시는 너무나 완전하여, 노예 마을 사람들은 스스로 반란을 일으키겠다는 음모를 계획하기는커녕, 다른 사람들의 반란에 관한 얘기조차 섣불리 입 밖에 내지를 못했다. 존 쥔님은 새로 배달된 「가제트」를 받아 읽고 나면 당장 벽난로에 던져 넣어 태워 버렸고, 어느 날 오후 이웃 쥔님이 찾아왔을 때는 벨에게 집에서 나가라고 명령하고는, 창문을 모두 닫고 서재에 붙어 앉아 비밀 얘기를 나누었다. 그래서 반란 계획에 관한 보다 자세한 내용, 그리고 특히 후일담에 대해서는 어느 누구도 알아낼 길이 없었는데, 벨과 다른 노예들이 걱정했던 사람은 (쥔님과 동행했기 때문에 안전하게 지냈을 쿤타가 아니라) 리치먼드에서 열리는 거창한 사교계 무도회에서 연주하기 위해 전날 길을 떠났던 깡깡이였다. 다른 지방에서 온 검둥이들이 분노와 공포에 휩싸인 흰둥이들의 손에 리치먼드에서 무슨 일을 당할지는 노예 마을 사람들은 그냥 상상밖에 할 수가 없었다.

폭동으로 인해 여행을 중단하고 (사흘이나 일찍) 쿤타와 쥔님이 돌아왔을 때까지도 깡깡이는 아직 돌아오지 않았다. 그날 늦게 존 쥔님이 떠나게 되자, 그가 실시했던 제한 사항들이 다소 풀리기는 했지만, 완전히 해제되지는 않았고, 쥔님은 누구에게나 아주 냉정하게 대했다. 벨과 오두막에 단둘이 남게 된 다음에야 쿤타는 그녀에게 프레더릭스버그에서 귀동냥을 해서 알게 된 사실을 얘기해 주었는데 — 이미 체포된 검둥이 반란자들은 고문을 당한 끝에, 당국이 다른 관련자들을 검거하는 데 협조하게 되었고, 몇 사람이 자백한 바로는, 반란을 계획한 인물이 게이브리얼 프로서라는 자유 검둥이 대장장이로서, 그는 (집안일을 맡은 하인, 정원지기, 청소부, 음식을 나르는 시종, 철공, 밧줄 제조자, 광부로 이루어진) 2백 명가량의 검둥이들을 정선하여, 1년이 넘도록 훈련까지 시켰다고 했다. 프로서는 아직도 체포되지 않아서 민병대가 혐의자들을 찾느라고 전 지역을 샅샅이 뒤지는 중이며, 가난 흰둥이 〈순찰자〉들이 도로마다 휩쓸고 다니며 공포를 조장하고, 어떤 쥔님들은 아무 이유도 없이 노예들을 때려, 몇몇은 죽이기까지 했다는 소문이 나돈다고 쿤타가 전했다.

「보아하니 유일한 희망 흰둥이들에게 우리 말고 아무도 안 남았다 같아요.」벨이 말했다. 「우리 죽여 버린다면 그들에게 더 이상 노예 없어지니까요.」

「깡깡이 돌아왔나?」쿤타는 지금까지 벌어진 사건들을 얘기해 주느라고 정신이 팔려, 친구 생각을 하지 못했다는 사실을 부끄러워하며 물었다.

벨은 머리를 흔들었다. 「우리 모두 몹시 걱정했어요. 그렇지만 깡깡이 약아빠진 검둥개예요. 무사히 집 돌아올 거예요.」

쿤타는 그녀의 말에 전적으로 동의하지를 않았다. 「하지만 아직 집 안 왔잖아.」

깡깡이가 다음 날도 돌아오지 않자, 쥔님은 보안관에게 알리는 편지를 써서, 쿤타더러 그것을 군청에 전해 주라고 지시했다. 쿤타는 지시를 따랐고 — 보안관은 편지를 읽더니 말없이 머리를 저었다. 그러고는 집으로 돌아오느라고 쿤타는 5~6킬로미터를 천천히 마차를 몰면서, 앞으로 뻗어 나간 길을 침울한 시선으로 바라보면서, 깡깡이를 다시 만나게 되려는지 궁금해졌으며, (비록 술을 많이 마시고, 욕을 잘하고, 여러 가지 다른 결점을 지녔음에도 불구하고) 깡깡이를 좋은 친구라고 생각한다는 그의 감정을 겉으로 표현했던 적이 없다는 사실을 미안하게 생각하려니까 — 가난 흰둥이들의 흐리멍덩한 말투를 서투르게 흉내 내는 목소리가 들려왔다. 「이봐, 검둥개야!」

쿤타는 무슨 소리를 잘못 들었다고 생각했다. 「너 도대체 여기가 어디라고 감히 지나가려고 그래?」목소리가 다시 들려왔고, 쿤타는 말고삐를 끌어당기면서 주위를 둘러보고, 길 양쪽을 살펴보았지만, 아무도 눈에 띄지 않았다. 그러더니 갑자기, 〈너 여행 허가증 휴대하지 않았으면, 굉장히 혼날 줄 알아라〉하는 소리와 더불어 — 도랑에서 기어 올라오는 사람의 모습이 나타났는데, 너덜너덜 찢어진 옷을 걸쳤으며, 온통 찢어지고 멍든 상처에, 온몸이 진흙투성이고, 찌그러진 통을 들고, 입이 찢어져라 싱글벙글 웃는 얼굴을 자세히 살펴보니, 깡깡이였다.

쿤타는 소리를 지르며 자리에서 뛰어내렸고, 눈 깜짝할 사이에 쿤타와 깡깡이는 와락 껴안고, 서로 빙글빙글 돌리며, 마구 웃었다.

「당신 나 아는 아프리카 사람 꼭 닮았는데.」 깡깡이가 소리쳤다. 「하지만 그 사람일 리 없어. 그 사람 누구 보고도 반갑다 기색 한 번도 나타내지 않거든.」

「나 왜 그런다 나도 모르겠어요.」 쿤타는 당황스러워했다.

「너 못생긴 얼굴 다시 보겠다 해서 리치먼드부터 줄곧 여기까지 엎드려 기어 온 친구 그렇게 반가워해야 마땅하지.」

쿤타의 진지한 태도는 그가 얼마나 걱정했는지를 잘 보여 주었다. 「고생 심했나요?」

「심한 고생 저리 가라 정도야. 그곳 무사히 빠져나온다 전에, 천당 가서 천사들하고 같이 이중주 연주하는구나 생각 들었으니까!」 쿤타는 진흙투성이가 된 바이올린 통을 집어 들었고, 두 사람은 마차로 기어 올라갔으며, 깡깡이는 숨 한 번 쉬지 않고 계속 지껄였다. 「리치먼드 흰둥이들 미친 듯 벌벌 떨어. 곳곳마다 민병대 검둥개들 붙잡아 세워 조사하고, 여행증 없는 검둥개 머리통 맞고 곧장 감옥 끌려가지. 그 정도는 운 좋은 셈이야. 가난 흰둥이들 마치 들개 떼처럼 거리를 휩쓸고 돌아다니다가, 검둥개들 달려들어, 누구나 얼굴 알아보기 힘들다 정도 두들겨 패지.」

「폭동 소식 처음 전해지자 반쯤 진행한 무도회 중단되었고, 여자들 비명 지르며 달아난다 제자리 뱅뱅 돌고, 쥔님들 악단 무대 모인 우리 검둥개들 총 겨누었어. 그런 소동 속에 나 부엌으로 얼른 빠져나가, 쓰레기통 속 들어가 숨어서, 모두 사라질 때까지 기다렸어. 그런 다음 나 창문으로 기어 나와, 뒷길 따라 도망치고, 보이는 불빛 멀리 피했어. 거의 도시 언저리 이르렀을 때, 나 등 뒤에서 갑자기 지르는 소리 들었고, 그러고는 많은 사람들 나하고 같은 방향 달려오는 발소리 들었어. 그들 검둥이 아니다 상상 들었지만, 정말 아니다 알아내려고 기다릴 생각 없었지. 다음 길모퉁이 가서 골목 꺾어져 납작 몸 숙이고 죽어라 도망쳤지만, 점점 가까워지는 사람들 소리 들었고, 죽었구나 해서 나 기도드리려는데, 진짜 나지막한 앞마당 마루 보이기에 그 밑 굴러 들어갔어.

마루 밑 정말 비좁았고, 한 뼘씩 뒤로 몸 겨우 밀어 넣는데, 바로 그

때 가난 흰둥이들 횃불 들고 지나가며 〈검둥개 잡아라!〉 하고 소리 질
렀어. 나 커다랗고 물렁물렁한 무엇하고 부딪쳤는데, 누군가 손으로
내 입 틀어막고, 〈다음번 남의 집 들어올 때 신고 먼저 하라고!〉라는
검둥개 목소리 들렸어. 나중 알고 보니, 먼저 마루 밑 숨은 검둥이 창
고 야간 경비원이었는데, 흰둥이 패거리 몰려와 자기 친구 팔다리 찢
어 놓는 꼴 보고 거기 숨었다 하면서, 내년 봄 된다 해도 폭동 가라앉
지 않는다 하면 마루 밑에서 안 나가겠다 하더라고.
　어쨌든 잠시 후, 나 그 사람한테 행운 빌어 주고, 다시 밖으로 나가
고, 숲으로 도망쳤어. 그거 닷새 전 일이었지. 벌써 여기 왔겠지만, 길
에 순찰대 쭉 깔렸고, 그래서 나 숲 속으로만 이동했고, 산딸기 따 먹
고, 토기 함께 나무들 사이에 잤어. 이곳부터 동쪽 몇 킬로미터 떨어
진 곳 올 때까지, 어제까지 무사했는데, 탁 터진 곳에서 진짜 못된 가
난 흰둥이들한테 나 붙잡혔어.
　그치들 검둥개 혼내 주고 싶어 근질근질했다 싶고, 심지어 매달아
죽이려고까지 했는지, 밧줄 가지고 다녔어! 놈들 나 앞뒤로 흔들어
대면서 누구 검둥개인가, 어디 가는가 물었지만, 나 사실 말하는데 하
나도 듣지 않다가, 마침내 나 깡깡이 악사다 하니까 정신 차렸지. 그
치들 그래도 나 놓아주지 않고, 나 거짓말한다 생각하는지, 고함질렀
어. 〈그럼 어디 너 연주 솜씨 한번 들어 보자!〉
　이봐, 아프리카, 이 얘기 진짜라고. 나 깡깡이 통 열었는데, 거기 길
바닥 한복판 나 했던 그런 연주 너 들어 본 적 없어. 가난 흰둥이들 좋
아하는 음악 〈밀밭의 칠면조〉 너 알지만, 연주 시작했는데, 나 아직
몸도 풀리기 전, 그치들 함성 지르고, 손뼉치고, 발 박자 맞춰 구르고,
그치들 기분 다 풀어라 할 때까지 나 연주 그치지 않았고, 그랬더니
나한테 말하기를, 가도 좋다, 그리고 여기저기 어물쩍 말고 곧장 집에
가라고 했어. 누구 곧장 오고 싶지 않아서 안 왔나! 말이나 마차 보이
면 나 도랑에 몸 던져 숨고 했는데, 드디어 너 나타났어! 지금까지 그
렇게 되었지!」
　그들이 저택으로 올라가는 좁은 길로 접어들자, 곧 외치는 소리가
들려왔고, 그러고는 마차를 향해 달려 나오는 노예 마을 사람들이 보
였다.
　「마치 죽었던 사람 다시 본다 난리 같아.」 깡깡이가 비록 히죽 웃었

지만, 쿤타는 그가 얼마나 감격했는지를 알아차리고는, 역시 웃으면서 말했다. 「아무래도 자초지종 얘기 다시 한 번 처음부터 해야 하겠는데요.」

「하라 하면 누가 무서워 못할 줄 아는 모양이지?」 깡깡이가 물었다. 「이렇게 멀쩡 살았으니까 얘기하고말고!」

78

그 후 몇 달 동안, 용의자들이 하나 둘씩 붙잡혀, 재판을 받고 처형되었으며, 마침내 게이브리얼 프로서까지 제거되자, 리치먼드 폭동(과 그로 인해서 야기된 긴장감)에 관한 소식이 서서히 잠잠해졌고, 정치 문제가 다시 쥔님과 친구들 사이에서, 그러고는 노예 마을에서도 마찬가지로 주요 화젯거리가 되었다. 차기 대통령 선거에 관한 이야기들을 쿤타와 벨, 그리고 깡깡이가 갖가지 방법으로 열심히 수집해서 정리해 보니, 아론 버라는 쥔님이 유명한 토머스 제퍼슨 쥔님과 막상막하하였다가, 강력한 알렉산더 해밀턴 쥔님의 지지를 받아 토머스 제퍼슨 쥔님이 결국 당선되었으며, 해밀턴 쥔님의 호적수였던 버 쥔님은 부통령 자리를 차지했다는 소문이었다.

버 쥔님에 관해서는 별로 아는 사람이 없는 듯싶었지만, 쿤타는 버지니아에서 제퍼슨 쥔님이 소유한 몬티셀로 농장으로부터 그리 멀지 않은 곳에서 태어난 어느 마부에게서, 제퍼슨 쥔님처럼 훌륭한 사람은 세상에 다시없으리라고 그의 노예들이 장담한다는 이야기를 들었다.

「그 마부 나한테 말하는데, 제퍼슨 쥔님 감독들에게 아무도 절대로 채찍질하지 말라 금지했다 그래요.」 쿤타는 노예 마을 사람들에게 알려 주었다. 「그리고 모두 좋은 음식 먹고, 여자들 훌륭한 옷 짜서 바느질해 만들게 내버려 두고, 갖가지 기술 배우게 해야 좋다고 믿는대요.」 쿤타가 들은 소문으로는, 제퍼슨 쥔님이 긴 여행을 한 번 마치고 돌아오면, 그의 노예들이 농장에서 10리 밖까지 마중을 나와서, 말들을 풀어 주고는, 대신 그들이 즐겁게 마차를 끌며 몬티셀로 저택까지 먼 거리를 간 다음, 쥔님을 어깨에 목말을 태우고 현관까지 모셔다 드린다고 했다.

깡깡이가 코웃음을 쳤다. 「거의 누구나 다 아는 사실인데, 제퍼슨 쥔님 소유한 여러 검둥개 누렁이 여자 샐리 헤밍스하고 사이에서 출생했다 그래.」 그가 얘기를 좀 더 하려고 했으나, 벨은 그녀가 아는 가장 흥미 있는 얘기를 들춰내며 거들었다. 「제퍼슨 쥔님 거느렸던 어느 부엌 하녀 얘기라는데, 나리께서 기름, 백리향, 로즈메리, 마늘 밤새도록 담가 둔 토끼고기, 다음 날 뼈에서 살 물러 떨어질 때까지 다시 포도주 넣고 팔팔 끓이면, 가장 좋아 먹었다 그러더군요.」

「그거 대단한 얘기구먼!」 깡깡이가 조롱하듯이 소리쳤다.

「나더러 자꾸 만들어 달라 조르던 대황 파이 당신 이제 다시 쉽게 맛보기 힘들어질 테니, 어디 두고 봐요!」 벨이 쏘아붙였다.

「누가 만들어 달라 부탁하는가 두고 보라고!」 그가 되받아 쏘았다.

쿤타는 전에 너무나 자주 그랬듯이, (그의 아내와 깡깡이가 서로 말다툼을 시작할 때면 말린답시고 끼어들었다가, 나중에는 쓸데없이 무슨 간섭이냐고) 공연히 말려들어 오히려 그들의 공격 대상이 되기를 원하지 않았기 때문에, 아무 소리도 못 들은 척했으며, 그들이 말 참견을 하기 전에 그가 하려다가 그만둔 얘기를 그대로 이어서 계속했다.

「나 들은 얘기인데, 제퍼슨 말하기를 노예 제도 우리 검둥이들 똑같이 흰둥이들한테 역시 나쁘다 했고, 해밀턴 쥔님 의견 동의해서, 흰둥이하고 검둥이 타고나기를 서로 워낙 달라서, 서로 평화롭게 사는 방법 배우기 너무나 어려움 많다 그랬대. 사람들 말하는데, 제퍼슨 쥔님 우리들 해방된다 보고 싶어 하지만, 자유 검둥이 된 다음 우리들 이 나라에 남아서 돌아다니며 가난한 흰둥이들 일자리 빼앗으면 좋지 않다면서— 큰 소동 안 피우고 복잡하지 않게, 우리들 배에 태워 아프리카 돌려보내자 좋다고 한다는 소리야.」

「제퍼슨 쥔님 노예 상인들한테 물어봐야 할 거야.」 깡깡이가 말했다. 「노예들 배 태워 어느 쪽 가야 한다 생각 서로 다르니까.」

「최근 쥔님 모시고 여기저기 다른 농장 가면, 나 팔려 간 사람 이야기 많이 들어.」 쿤타가 말했다. 「날 때부터 평생 여기서만 살아온 검둥이 가족들 남쪽으로 쥔님 팔아 버리고 그래. 어제만 해도 나 길에서 노예 상인 하나 마주쳤어. 그 사람 손 흔들고, 싱글벙글 웃고, 모자 벗어 들어 인사했지만, 쥔님 본 척도 하지 않으셨어.」

「맙소사! 읍내 가면 노예 상인들 파리 떼처럼 우글거려.」깡깡이가 말했다.「지난번 나 프레더릭스버그 갔을 때, 그놈들 나처럼 늙고 말라빠진 사람 역시 와글와글 달려들었고, 그래서 나 통행증 여봐라 보여 줬지. 불쌍하고 늙고 수염 허연 검둥개 6백 달러 팔려 간다 나 봤어. 젊고 튼튼한 검둥개나 받던 값이지. 그런데 그 늙은 검둥개 고분고분 조용히 끌려간다 아니더군! 사람들 경매 말뚝에서 그 노예 낚아채서 가려는데, 늙은 노예 호통 소리 질렀어.〈너희 흰둥이들 모두 하나님의 땅 우리 검둥이들한테 생지옥 만들었다! 하지만 심판의 날 아침 틀림없이 다가오고, 그러면 너희들 스스로 만든 지옥에 모두 떨어진다! 너희들 아무리 빌고 빌어도, 파멸 물러가지 않는다! 파멸 약으로도 못 막고…… 아무리 달아나도 소용없고…… 아무리 총 많아도 소용없고…… 기도해도 소용없고, 아무것도 도움 주지 않는다!〉그러더니 결국 끌려가 버렸어. 그 늙은 검둥개 말하는 얘기 들어 보니 목사님 뭐 그런 사람 같았지.」

쿤타는 벨이 갑자기 흥분하는 것을 눈치 챘다.「그 노인……」그녀가 물었다.「혹시 아주 피부 까맣고, 말랐다 하며, 허리 약간 굽고, 수염 허옇고, 목에 큰 상처 나지 않았나요?」

깡깡이가 깜짝 놀란 표정을 지었다.「맞아! 바로 그랬어! 다 맞는 얘긴데— 그럼 그 사람 누군지 알아?」

벨은 금방이라도 울음을 터뜨릴 듯한 표정으로 쿤타를 바라보았다.「키지 세례 내려 주신 목사님 맞아요.」그녀는 구슬프게 말했다.

다음날 느지막하게 쿤타가 깡깡이의 오두막에 들렀을 때, 케이토가 열린 문을 노크했다.「거기 바깥서 뭘 해? 어서 들어와!」깡깡이가 소리쳤다.

케이토가 들어왔다. 쿤타와 깡깡이는 그가 찾아와서 두 사람 다 매우 기뻐했다. 최근에 그들은 조용하고 꿋꿋한 밭일꾼 우두머리 케이토가, 정원지기 노인이 그랬듯이, 그들과 보다 가깝게 지냈으면 좋겠다고 공감을 했었다.

케이토는 어딘가 불편해 보였다.「수많은 노예들 남부로 팔려 간다 두 사람 여기저기 들은 굉장히 무서운 얘기 사람들한테 모두 하는 거 나 좋지 않다 믿는다는 말 그냥 하고 싶은데요……」케이토가 주춤

거렸다.「나 사실대로 이런 말씀 하는 까닭, 밭일꾼들 곧 팔려 갈지 모른다 겁이 나서 도무지 일 손에 잡히지 않는다 그러거든요.」 그는 다시 잠깐 말을 멈추었다.「적어도 나하고 노아 총각 제외하고 나면 모두 다 그래요. 나 팔려 간다 하면, 글쎄요, 어차피 팔려 간다 나로서 어쩔 도리 없으니 그냥 내버려 둬요. 그리고 노아 말하자면— 별로 무엇도 두려워하지 않고요.」

세 사람은 몇 분 동안 이야기를 나눈 다음에, (대화를 주고받는 동안 쿤타는 그들이 케이토의 방문을 따뜻하게 맞아 주었더니 그의 반응도 호의적이라는 사실을 느꼈으며) 공연히 다른 사람들을 놀라게만 할 따름인 무시무시한 소문은, 벨에게조차 알려 주지 말고, 그들 세 사람만 알아 두는 편이 최선의 방법이리라고 의견을 모았다.

그러나 한 주일쯤 지난 다음 어느 날 밤, 오두막에서 벨이 뜨개질을 하다가, 갑자기 머리를 들고는 말했다.「보아하니 이곳 모두 꿀 먹은 벙어리 되었다 모양인데— 아니면 흰둥이들 검둥이 팔아 먹기 모두 그만 두었나 싶지만, 그렇지 않다는 사실 알 정도 나 눈치 살았어요!」

당황해서 어물어물하던 쿤타는, 그녀가 (그리고 어쩌면 노예 마을의 모든 사람들이) 자신과 깡깡이가 알아낸 소문을 더 이상 모두 그들에게 말해 주지 않는다는 사실을 직감적으로 눈치 챈 모양이라고 흠칫했다. 그래서 그는 노예 매매 이야기를, 가장 기분 나쁜 세부적인 내용만 빼놓고, 다시 말해 주기 시작했다. 하지만 그는 도망치는 데 성공한 경우는 강조해서 얘기했으며, 무식하고 가난한 흰둥이 〈순찰대〉를 말솜씨로 멋지게 따돌린 꾀 많은 노예들에 대해서 그가 들은 검둥이 무용담은 빠트리지 않고 우선적으로 얘기해 주었다. 어느 날 밤 그가 노예 마을 사람들에게 전해 준 얘기의 주인공은 누렁이 하인 과 검둥이 마구간 일꾼으로서, 마차와 말과 좋은 옷과 모자를 훔치고 는, 부유한 쥔님으로 변장한 하인은 도로에서 흰둥이 순찰대가 나타 나기만 하면 일부러 들으라고 검둥이 마부에게 큰 소리로 욕설을 퍼 부어 댔고, 그렇게 서둘러 마차를 몰고 북쪽으로 가서 결국 자동적으 로 자유를 얻었다. 또 언젠가 쿤타가 전해 준 모험담의 주인공 역시 그에 못지않게 대담한 노예로서, 일부러 〈순찰대〉의 코앞까지 말을 몰고 달려가 갑자기 멈춰 서서는, 작은 글씨를 가득 써넣은 큼직한 서 류를 좌르륵 펼쳐 흔들어 내보이며, 쥔님의 급한 심부름을 가는 길이라고 설명하고는 했는데 — 그의 도박은 항상 정확해서, 가난 흰둥이들은 글을 읽을 줄 모른다고 창피하게 시인하기보다는, 손을 흔들어서 가라고 통과시켜 주고는 했다. 이제 쿤타는 자주 노예 마을 사람들로 하여금 폭소를 터뜨리게 해가면서, 어떤 때는 검둥 도망자들이 고질적인 말더듬이 기술을 완벽하게 익혀서, 너무나 갑갑하여 견디기 어려워진 〈순찰대원〉들이 검문을 한답시고 한심하게 몇 시간을 보내느니, 차라리 그냥 보내 버리고는 했던 얘기도 여럿 전했다. 그리고 또 다른 어떤 탈주자들은 무서워서 차마 말을 못 하는 척 한참 버티다가, 마침내 못 이기는 체하면서 변명하듯 털어놓기를, 돈과 권력을 손에 쥔 그들의 쥔님이 가난 흰둥이들을 얼마나 멸시하는지, 하인들에게 그들이 조금이라도 간섭했다가는 얼마나 가혹하게 혼이 났는지를 슬그머니 털어놓기도 한다고 쿤타는 얘기했다. 어느 날 밤 쿤타가 노예 마을 사람들이 허리가 부러지라고 폭소를 터뜨리게 만들었던 얘기의 주인공은 집안일을 맡았던 하인으로서, 정신없이 뒤쫓아 오던 쥔님보다 한 발자국 먼저 안전한 북부의 경계선을 넘어서자마자 그곳의 경찰관을 불렀다. 「야, 너도 알잖아. 넌 내 검둥개야!」 쥔님이 미친 듯 노예에게 고래고래 소리를 질렀지만, 노예는 그냥 멍청한 표정을 짓고는 자꾸만 이렇게 소리쳤다. 「하나님 이름 맹세하는데, 나 저 흰둥 사람 난생 한 번 본 적 없어요!」 구경을 하려고 모여든 사람들은 모두 그의 말을 믿었고, 그래서 경찰관은 화가 치밀어 오른 흰둥이에게 조용히 돌아가지 않으면 치안을 교란시킨 죄로 체포하겠다고 명령했다.

노예 경매장에서 한 여인이 그에게 도와 달라고 헛되이 울부짖다가 끌려간 일을 겪은 이후로, 쿤타는 여러 해 동안 무슨 수를 써서든지 그런 곳에는 가까이 가지 않으려고 노력했었다. 그러나 케이토와 깡깡이하고 이야기를 나누고 나서 몇 달이 지난 어느 날 이른 오후에, 쿤타가 쥔님을 모시고 군청 소재지 광장으로 들어가려니까, 마침 그곳에서 노예 경매가 막 시작되던 참이었다.

「어서 옵쇼, 어서 옵쇼, 스폿실베이니아 신사 여러분, 여기 여러분 평생 본 적이 없는 훌륭한 노예를 잔뜩 준비했습니다!」 경매자가 군중을 향해 이렇게 외치는 사이에, 살이 뒤룩뒤룩 찌고 나이가 아래인 그의 조수가 늙은 검둥이 여자를 단상으로 낚아채듯 끌고 올라왔다.

「훌륭한 요리사입니다!」 그가 설명을 시작했지만 — 그러나 검둥이 여자는 군중 속의 한 흰둥이 남자를 미친 듯이 손으로 가리키며 소리를 질러 댔다. 「필립 쥔님! 필립! 쥔님하고 쥔님 형제들 아버지 모두 어린애였다 할 때부터 나 쥔님들 위해 일했다 잊어버린 사람처럼 이렇게 하여서 되나요! 나 이제 늙어 일 많이 못한다 알지만, 제발 하나님 부탁하는데, 나 팔지 마세요! 쥔님 위해 열심히 일하겠어요, 필립 쥔님! 제발, 쥔님, 나 남부 어디로 보내 매 맞아 죽는다 내버리지 마세요!」

「토비, 마차 세워!」 쥔님이 명령했다.

말고삐를 당겨 마차를 멈추던 쿤타는 피가 얼어붙는 기분을 느꼈다. 그토록 오랫동안 노예 경매에 한 번도 관심을 안 보이던 월러 쥔님이 무엇 때문에 이번에는 구경을 하려고 그럴까? 누군가를 사고 싶거나 뭐 그렇기라도 한가? 저 가엾은 여인의 비통한 절규 때문일까? 누구인지는 몰라도 그녀가 애원하던 상대방이 무슨 조롱하는 말을 질러 댔고, 모인 사람들이 아직도 한참 웃어 대는 사이에, 어느 상인이 그녀를 9백 달러에 사들였다.

「살려 주세요, 하나님, 예수님, 주님, 살려 주세요!」 소리를 질러 대는 그녀를 검둥이 조수가 노예 우리 속으로 거칠게 밀어 넣었다. 「너 시커먼 손 치워, 검둥개야!」 그녀가 고함쳤고, 군중은 요란하게 웃어 대었다. 쿤타는 입술을 깨물었고, 눈물을 흘리지 않으려고 눈을 깜박거렸다.

「오늘 나온 물건 가운데 최상품 젊은 수컷입니다, 여러분!」 다음에 단상으로 끌려 올라온 젊은 검둥이 사내는 악의에 찬 증오의 눈을 부릅떴고, 튼튼한 가슴과 근육이 발달한 몸뚱어리에는 아주 최근에 심하게 맞은 채찍 자국이 얼기설기 시뻘겋게 부어올랐다. 「이놈은 약간 버르장머리를 고쳐 줘야 할 필요가 있었던 녀석입니다! 상처는 곧 낫게 될 겁니다! 이놈은 노새로 밭갈이를 할 줄 압니다! 언제라도 하루에 5백 킬로그램의 목화를 따고요! 이 물건을 한번 보십시오! 진짜 종마나 마찬가지여서— 여러분 집의 계집년들 당연히 그래야 하듯 해마다 새끼를 까지 못할 때는, 이것이 해결해 드립니다! 아무리 비싼 것 같아도, 알고 보면 거저입니다!」 쇠사슬에 묶인 젊은 사내는 천 4백 달러에 팔렸다.

임신해서 배가 잔뜩 부른 혼혈 여자가 흐느껴 울면서 단상으로 올라가는 모습을 보자 쿤타는 다시 한 번 눈앞이 흐릿해졌다. 「두 마리가 한 마리 값이요, 다른 방법으로 계산한다면, 한 마리는 공짜로 얹어 드린다고 생각하십쇼!」 경매자가 소리쳤다. 「요즈음에는 세상에 튀어나왔다 하면 갓 나은 아기도 한 마리가 백 달러는 나갑니다!」 그녀는 천 달러에 팔렸다.

다음 차례가 되어, 한 여자가 쇠사슬에 묶여 끌려 올라오자, 쿤타는 참을 수가 없을 지경이었고 — 하마터면 앉은 자리에서 떨어질 뻔했다. 겁에 질려 벌벌 떠는 10대의 검둥이 소녀는 체격이나 피부 빛깔, 그리고 얼굴의 용모마저, 키지가 좀 더 자란 후의 모습 그대로였다! 쿤타는 도끼에 찍히기라도 한 기분으로, 경매자가 떠들어 대는 소리를 들었다. 「잘 훈련된 하녀인데— 원하신다면 아이를 낳는 암소 노릇도 최고로 잘할 겁니다!」 그는 음흉하게 곁눈질을 하면서 설명을 덧붙였다. 더 가까이 와서 잘 구경해 보라면서, 그는 갑자기 소녀의 통옷에 달린 목 끈을 풀었고, 옷이 발까지 흘러내려 벗겨지자 그녀는 비명을 지르면서, 울음을 터뜨리면서, 두 팔을 밑으로 내려서, 추파를 던지는 군중으로부터 벌거숭이 몸을 가리려고 했으며, 몇 명의 구경꾼이 손을 뻗치며 앞으로 몰려들더니, 그녀를 어루만지고 쿡쿡 찔러 보았다.

「더 이상 못 보겠구나! 어서 여기를 벗어나자!」 쥔님이 명령했는데, 1초라도 더 지체했더라면 쿤타가 먼저 마차를 출발시켰을지도 모를 일이었다.

농장으로 돌아오는 동안 쿤타는 거의 앞이 보이지 않을 정도로 마음이 어지러웠다. 그 소녀가 정말로 키지였다면 어떠했을까? 그리고 그 요리사가 그의 아내 벨이었다면? 만일 그들이 팔려 두 사람 다 그의 곁을 떠나게 된다면? 아니면 그가 그들의 곁을 떠나야 한다면? 그것은 생각하기에도 너무나 끔찍한 일이었지만 — 그래도 그는 다른 생각은 하나도 머리에 떠오르지조차 않았다.

마차가 저택에 도착하기도 전에 쿤타는 직감적으로 무엇인가 잘못되었음을 알았는데, 어쩌면 그것은 무더운 여름날 저녁이었음에도 불구하고, 노예 마을에서 밖에 나와 앉았거나 거니는 사람이 한 명도 보이지 않았기 때문이었는지도 몰랐다. 쿤타는 쥔님을 내려 주고, 서둘러 말을 풀어 마구간에 넣고는, 지금쯤 벨이 쥔님의 저녁을 준비하고 있을 부엌으로 곧장 달려갔다. 쿤타가 미닫이문을 통해 그녀에게 〈당신 별일 없어?〉라고 물어볼 때까지 벨은 그가 오는 소리를 듣지도 못했다.

「오, 쿤타!」 그녀는 충격을 받은 듯 휘둥그레진 눈으로 휙 돌아서더니, 큰 소리로 다짜고짜 말했다. 「노예 상인들 여기 왔었어요!」 그러더니, 목소리를 낮춰서, 「바깥에 케이토 밭에서 쏙독새 휘파람 불어나 소리 듣고 앞쪽 창문 달려갔어요. 도시 사람 같은 얼굴 흰둥이 말에서 내린다 보고, 나 뭘 하는 사람이다 당장 냄새 맡았어요! 하나님 맙소사! 그 사람 층계 올라와서, 나 얼른 문 열었어요. 쥔님이나 마님 뵙겠다 흰둥이 말했어요. 그래서 마님 무덤 속 계시고, 쥔님 의사인데 환자 보러 나가서, 몇 시 돌아올지 모르겠다 했어요. 그러자 그 사람 능글맞은 표정 나한테 지으며, 글씨 인쇄한 조그만 쪽지 한 장 나 주면서, 쥔님 그거 주고, 나중에 자기 다시 온다 말하라 그랬어요. 그런데, 쪽지 쥔님 드린다 무서워서— 그냥 책상 위 갖다 놓았어요.」

「벨!」 거실에서 부르는 소리가 났다.

그녀는 놀라서 숟가락을 떨어뜨릴 뻔하였다. 그녀가 속삭이는 소리로 말했다. 「기다려요! 갔다 올게요!」 쿤타는 (최악의 순간을 상상하고, 거의 숨도 쉬지 못하면서) 기다렸으며, 마침내 한껏 마음이 놓인 표정으로 돌아오는 벨의 모습을 보았다.

「쥔님 저녁 일찍 먹는다 하시는군요! 책상 위 나 두었던 쪽지 없어졌지만, 아무 말씀 안 하셔, 나 역시 아무 말 하지 않았어요.」

저녁 식사 후에, 케이토의 경고 휘파람 소리가 난 다음 벌어진 상황을 밭일꾼들에게 벨이 보충해서 설명을 해주었더니, 수키 아줌마가 울음을 터뜨렸다. 「하나님 구부려 살피사, 쥔님 우리들 몇 명 팔아 버린다 모두 생각하지 않아요?」

「아무도 나 절대로 더 이상 때린다 안 돼요!」 몸집이 큰 케이토의 아내 불라가 외쳤다.

길고 무거운 침묵이 흘렀다. 쿤타는 아무리 생각해 봐도 할 말이 없었지만, 자신이 노예 경매장에서 본 광경에 대해서는 아무 얘기도 하고 싶지 않았다.

「어쨌든 말이다.」 마침내 깡깡이가 입을 열었다. 「쥔님 남아도는 검둥개 굉장히 많지 않아. 그리고 돈 상당히 많다 그런 쥔님이어서, 다른 여러 쥔님들처럼 빚 갚는다 위해 껌둥개 판다 할 필요 없을 거다.」

쿤타는 남들에게 위안을 주려는 깡깡이의 이런 노력을 다른 사람들이 자기보다 더 잘 믿기를 바랐다. 벨은 약간 희망을 갖는 눈치였다. 「나 쥔님 잘 알고, 뭐, 어쨌든 좀 잘 안다 생각하는 편이에요. 우리 모두 이곳 오래 지내는 동안, 쥔님 아무도 팔지 않으셨고— 예외적으로 마부 루터 한 검둥이 팔았던 이유 어떤 하녀 도망치라 지도 그려 주었던 때문이었어요.」 벨은 말을 잠시 중단했다가 다시 계속했다. 「안 그런다예요!」 그녀가 말했다. 「쥔님 충분한 이유 없다 하면 아무도 내쫓지 않는데— 쥔님 그럴 사람이다 생각하는 사람 누구 있어요?」 그러나 아무도 대답이 없었다.

79

저녁 식사를 함께하기 위해 집으로 데리고 가면서, 달리는 마차의 뒷자리에서 쥔님이 그가 아끼는 사촌 한 사람과 나누는 대화에 쿤타는 열심히 귀를 기울였다.

「요전 날 군청 소재지 노예 경매장에서 난 깜짝 놀랐어.」 쥔님이 말했다. 「밭에서 부리는 흔한 일꾼이 불과 몇 년 전보다 두세 배 비싼 값으로 팔리더구먼. 그리고 〈가제트〉에 실린 광고를 보니까 목수, 벽돌공, 대장장이는 물론이고— 피혁공, 돛장이, 악사처럼 어떤 분야에서라도 재주가 있는 노예라면 누구나 노예 한 명에 2천5백 달러나 나간다던데.」

「새로운 조면기가 생겨난 다음엔 어딜 가나 다 그렇다니까!」 쥔님의 사촌이 소리쳤다. 「듣자 하니 이 나라에는 노예가 이미 백만 명이 넘는다지만, 그래도 북부 솜 공장의 수요를 감당하지 못해서, 최남부 저지대에 공급할 새로운 노예를 정신없이 배로 실어 들여오는 모양이야.」

「내가 걱정하는 건, 지금까지는 똑똑하게 일을 해오던 많은 농장주들이 얼른 돈을 벌겠다고 이렇게 덤비다가, 버지니아 주에서 최상급 노예들이 결국 사라지고, 질 좋은 혈통까지도 잃게 되지 않을까 하는 문제야.」 월러 쥔님이 말했다. 「아무리 생각해도 정말 멍청한 짓이지!」

「멍청하기만 해? 버지니아 주에는 노예가 필요 이상으로 많지 않을까? 대부분의 노예는 노동력의 가치보다 유지하는 비용이 더 많이 드는 실정이라고.」

「지금은 아마 그럴지도 모르지.」 쥔님이 말했다. 「그렇지만 5년이나 10년 후에 사정이 어떻게 돌아갈지 지금 어찌 알겠어? 지금처럼 솜 사업이 잘될 줄이야 10년 전에 누가 꿈이라도 꾸었나? 그리고 노예를 건사하는 데 비용이 너무 많이 든다고 모두들 떠들어 대는 얘기에 난 전혀 동의하지 않아. 내가 보기엔 웬만큼 짜임새가 있는 곳이면 어디서라도 노예들은 자기들 먹을 건 스스로 심고, 키우고, 수확하지 않던가? 그리고 검둥이들은 아이도 워낙 많이 낳는데— 아이는 태어났다 하면, 그것도 다 돈이잖아. 그리고 대부분 노예들은 기술을 배우면, 더욱 값이 나가게 되지. 요즈음엔 가장 좋은 투자 대상이 노예와 토지인데, 그중에서도 토지보다는 노예가 훨씬 수지가 맞는다고 난 확신하네. 노예와 토지는 우리 경제 체제의 주춧돌 노릇을 하고— 바로 그러한 이유 때문에 나는 둘 가운데 하나도 절대로 팔 생각이 없어.」

「많은 사람들이 깨닫지도 못하는 사이에 그런 체제가 변하기 시작했는지도 모르지.」 쥔님의 사촌이 말했다. 「보잘것없는 목화밭, 담배밭에서 얼마 안 되는 수확을 거두어들이려고 죽도록 부려 먹을 쇠약한 한두 명의 노예를 겨우 사들였다고 해서, 마치 자기들이 농장주 계층이 되기라도 한 듯 거들먹거리며 돌아다니는 건방진 촌뜨기들을 보라고. 정말 구역질이 나는 그 촌뜨기들 또 새끼는 깜둥개보다도 훨씬 더 빨리 싸갈긴다니까. 그냥 순전히 숫자 면에서만 보아도 놈들은 머지않아 우리 토지는 물론 노동력까지도 잠식하기 시작할 기세야.」

「글쎄, 내 생각엔 그렇게까지는 걱정하지 않아도 괜찮을 듯싶은데.」 사촌의 얘기가 재미있다고 생각해서인지, 쥔님이 껄껄 웃으며 말했다. 「가난한 흰둥이들이 쓰레기 노예들을 사들이려고 해방 검둥이들하고 경쟁을 벌이는 한은 말이야.」

사촌도 따라 웃었다. 「그래, 믿기 어려운 일 아냐? 듣자 하니, 도시에 거주하는 해방 깜둥개 가운데 절반쯤이, 노예 생활을 하는 가족이

나 친척들을 사들여 해방시켜 주기 위해 돈을 모으려고 밤낮으로 뼛골 빠지게 일한다는구먼.」

「그러니까 남부 지방에 해방 검둥이가 그렇게 많아졌지.」 쥔님이 말했다.

「버지니아 주에서 깜둥개 해방을 너무 많이 허용하는 것 같은 생각이 들어.」 사촌이 말했다. 「해방 깜둥개들이 일가친척을 사들여 점점 더 많은 해방 깜둥이가 생겨나 우리 노동력 공급을 저해하는 데서 문제가 끝나는 것도 아니라고. 대부분 폭동의 배후에서는 그놈들이 날뛰니까. 리치먼드의 대장장이를 우린 절대로 잊어서는 안 돼.」

「사실이야!」 월러 쥔님이 말했다. 「그렇기는 해도 난 아직도, 도시 지역에서는, 효율적이고 엄격한 법을 적용하여 검둥이들이 동요하지 못하게 막고, 사고뭉치들을 제대로 혼을 좀 내서 본보기로 보여 주면, 대부분의 검둥이들은 상당히 도움이 되리라고 생각하네. 내가 들은 바로는 지금 현재로서도 대부분의 직종에서 그들이 거의 다 맡아서 일을 한다는구먼.」

「워낙 여행을 많이 하다 보니 나도 그런 현상이 얼마나 널리 퍼졌는지는 자주 확인했다네.」 사촌이 말했다. 「그들은 창고와 부두 노동자, 상인, 장의사, 그리고 정원지기로 활동하지. 그들은 요리 솜씨도 뛰어나고, 물론 악사도 있지! 그리고 린치버그에는 도시를 통틀어 휜둥이 이발사가 한 사람도 없다는 얘기도 들었어. 이러다가 아예 수염을 길러야 하는 거나 아닌지 모르겠구먼! 깜둥개가 내 목에 면도칼을 들이대게 내버려 둘 수야 없는 노릇이니까.」

두 사람이 함께 웃었다. 그러더니 쥔님은 심각한 표정을 지었다. 「도시 지역은 해방 검둥이들보다 훨씬 더 심각한 사회 문제를 일으킨다는 생각이 드는데— 교활한 사기꾼 노예 상인들 말이네. 내가 들은 바로는, 그들 대부분이 술집 주인, 투기꾼, 얼치기 선생, 변호사, 목사 출신이라더구먼. 군청 소재지에서 그런 사람 서너 명이 나한테 접근해서는, 듣도 보도 못한 돈을 주겠다면서 내 노예들을 사겠다고 덤비는가 하면, 어떤 작자는 뻔뻔스럽게도 집으로까지 찾아와 명함을 두고 갔어! 내가 보기에 그들은 물불을 가리지 않는 짐승들 같기만 해.」

그들은 월러 쥔님의 집에 도착했고, 쿤타는 (마치 그들이 지금까지 한 얘기는 한마디도 듣지 못했다는 듯 태연하게) 얼른 마차에서 뛰어

내려 그들이 내리도록 부축해 주었다. 쥔님과 사촌이 집으로 들어가서, 여행길에 먼지투성이가 된 몸을 씻고, 거실에서 편안히 자리를 잡고 앉아, 마실 것을 가져오라고 벨을 불렀을 때쯤에는, 그녀뿐 아니라 농장의 모든 사람들이 쿤타로부터 얘기를 듣고 쥔님에게는 그들을 팔아 버릴 계획이 없다는 중대한 사실을 다 알고 난 다음이었다. 그리고 저녁 식사를 끝내자마자, 곧 쿤타는 넋을 잃고 경청하는 노예 마을 청중에게, 그가 들은 모든 얘기를 최선을 다해서 기억을 더듬어 되풀이해서 전해 주었다.

잠시 동안 침묵이 흘렀다. 그러더니 맨디 자매가 입을 열었다.「쥔님 나리 사촌 나리 일가친척 사들여 해방 준다 위해 돈 모으는 해방 검둥이 개들 얘기 했어요. 그 해방 검둥개들 도대체 어떻게 자기들 해방시켰나 나 그거 알고 싶어요.」

「그거 말이죠.」깡깡이가 말했다.「굉장히 많은 도시 쥔님 나리들 노예들한테 재주 배우라 허락하고, 그런 다음 쥔님 나한테 그러듯, 나가서 돈벌이 해와라 시키고, 그래서 번 돈 조금 잘라 줘요. 그래서 10년, 15년 저축하면, 정말 운 좋다 하는 경우, 돈벌이 다니는 검둥개 주인한테 돈 주고 자기가 자기 사는 거예요.」

「그래서 깡깡이 연주 그렇게 열심히 하시나요?」케이토가 물었다.

「흰둥이들 춤추는 꼴 보기 좋아 하는 일 아니지.」깡깡이가 말했다.

「아저씨 자신 살 돈 충분히 벌었나요?」

「그랬다면 여기 앉아 너한테 그런 질문 듣지 않아.」모두들 웃었다.

「그럼 거의 다 모았나요?」케이토가 끈질기게 물었다.

「너 그만 꼬치꼬치 해.」깡깡이가 화를 내며 말했다.「지난주보다 목표 액수 가까워졌지만, 다음 주보다 덜 가까워.」

「좋아요. 그럼 돈 다 모으면, 어떻게 하나요?」

「바람 가르며 날아가지! 곧장 북쪽으로! 나 애기 들어 보니, 북부 해방 검둥개들 중에 어떤 사람들 많은 흰둥이들보다 더 잘 산다 그러던데, 그거 아주 듣기 좋다 소식이지. 나 계획하기로, 살 하얀 트기들 사는 집 이웃으로 이사 가서, 고상한 말투 이야기하고, 그 사람들 똑같이 비단으로 옷 입고, 하프를 연주 시작하고, 모임 나가서 책 읽은 토론도 하고, 꽃 키우고, 뭐 그렇게 살겠어.」

웃음소리가 수그러든 다음에 수키 아줌마가 물었다.「트기들하고

누렁이들하고 그렇게 잘난 까닭 그들 몸에 흰둥이 피 받아 우리보다
똑똑해졌다 때문이라고 흰둥이들 하는 말 다들 어떻게 생각해요?」
　「하기야, 흰둥이들 분명 사방에다 피 많이 섞었어요!」 벨이 애매하
게 말했다.
　「우리 엄마하고 감독 얘기 조심해!」 깡깡이는 모욕을 당했다는 표
정을 짐짓 지으며 외쳤다. 케이토는 의자에서 떨어질 정도로 웃어 대
다가, 불라가 그의 머리를 철썩 소리가 나게 손등으로 후려갈긴 다음
에야 멈추었다.
　「그럼 이제 진지한 얘기 하자고요.」 깡깡이가 말을 계속했다. 「수키
아줌마 질문했고, 나 거기 대답해야 되겠어요! 나 같은 사람 보고 판
단하면 알겠지만, 살 색깔 하얀 검둥개 분명히 똑똑해요! 그리고 살
빛 갈색인 벤저민 배너커 보면, 숫자에 귀신이라 흰둥이들 그러고, 별
과 달까지 연구한다 그러는데— 그래도 수많은 똑똑한 깜둥이 당신
들 똑같이 검은 살빛이에요!」
　벨이 말했다. 「뉴올리언스에 검둥개 의사 제임스 더햄 있다 나 쥔
님한테 얘기 들었어요. 그 검둥개 가르친 흰둥이 의사 주장하기를 검
둥개가 자기보다 더 많이 안다 그랬는데, 제임스 더햄 진짜 까만 검둥
개래요.」
　「나 또 다른 사람 얘기하죠.」 깡깡이가 말했다. 「검둥이 비밀 결사
조직한 프린스 홀 말이에요! 나 검둥개들의 교회 세운 대단한 목사님
들 몇 사람 사진 봤는데, 대부분 어찌나 까만지 눈을 뜨지 않으면 거
기 사람 있는지 알아보기 어려울 지경이에요. 그리고 흰둥이들 그렇
게 훌륭하다 여기는 시 써내는 필리스 휘틀리는 어떡하고, 또 책 써내
는 구스타버스 배사는 어쩌고요?」 깡깡이는 쿤타 쪽을 힐끗 쳐다보
았다. 「그 두 사람 모두 아프리카에서 곧장 온 검둥개들이어서, 흰둥
이 피 한 방울도 섞이지 않았고, 그래도 얘기 들어 보면 그 사람들 전
혀 멍청이 아니었어요!」 그러더니 웃으면서 깡깡이가 말했다. 「물론
어디로 가나 항상 살빛 까만 멍청이 검둥개 꼭 눈에 띄는데— 예를
들면 여기 케이토가 그래요……」 케이토가 덤벼들려고 하자 깡깡이
는 자리에서 얼른 일어나 도망쳤다. 「잡히기만 하면 멍청이 될 만큼
머리 두들기겠어요!」 케이토가 소리쳤다.
　다른 사람들이 웃음을 거두자 쿤타가 입을 열었다. 「웃고 싶은 사

람 실컷 웃어요. 흰둥이들 눈에 모든 검둥개들 다 똑같아 보여요. 한 방울이라도 검둥개의 피 섞였다 하면 아무리 살빛 하얗다 해도 검둥개이고— 나 그런 사람들 처지 많이 보았어요.」

한 달쯤 지난 다음, 깡깡이는 여행에서 돌아와 가는 곳마다 의기양양해하는 흰둥이들을 보았다는 소식을 전하자, 노예 마을은 슬픔에 빠졌다. 나폴레옹이라는 프랑스의 지도자가 대군을 큰물 건너로 파병해서, 수많은 처절한 전투 끝에 검둥이들과 그들을 해방시킨 투생 장군으로부터 아이티를 탈환했다는 소식이었다. 승리를 거둔 프랑스 군대의 장군으로부터 만찬에 초대를 받은 투생은 초청에 응하는 실수를 저질렀으며, 식사가 진행되던 도중에 웨이터들이 그를 붙잡아 꽁꽁 묶어서, 프랑스로 가는 배에다 서둘러 실었고, 프랑스에서 그는 쇠사슬에 묶인 채로, 이런 모든 계략을 꾸민 나폴레옹 앞에 끌려갔다.

농장에서 어느 누구보다도 더 검둥이 장군 투생을 존경하는 사람이었던 쿤타는 그 소식을 크나큰 충격으로 받아들였다. 그는 다른 사람들이 모두 조용히 무거운 발걸음으로 나가 버린 뒤에도 여전히 깡깡이의 오두막집에서 풀이 죽어 앉아 있었다.

「투생 장군 대하여 자네 어떻게 느끼는지 난 알아.」 깡깡이가 말했다. 「내가 그 사건을 대수롭지 않다 여긴다고는 생각하지 말아야 되지만, 나 얼른 자네한테 말하지 않으면 조금도 못 견딜 소식 하나 생겼어.」

쿤타는 침울한 마음으로 깡깡이를 힐끗 쳐다보고는, 너무 기뻐서 당장 터져 버리기라도 할 듯싶은 깡깡이의 표정에 더욱 마음이 상했다. 도대체 얼마나 즐거운 소식이기에, 영원히 역사에 남을 만큼 위대한 검둥이 지도자가 당한 수난에 대해서 겉으로나마 제대로 예우를 갖추지 못하겠다는 말인가?

「나 해냈어.」 깡깡이는 흥분해서 어쩔 줄을 몰라 했다. 「겨우 한 달 전 케이토 나한테 얼마 돈 모았느냐 물었을 때, 나 아무 말 하지 않았지만, 그때는 몇 달러만 돈 모자랐었고— 이번 여행 가서 그 돈 채웠어! 흰둥이들 춤춰라 내가 깡깡이 켜기를 9백 번 넘었는데, 나 과연 언젠가 목적 달성할까 정말 믿지 못했어! 아프리카 친구, 나 자유 사려면 7백 달러 벌어야 한다 오래전에 쥔님 나한테 얘기했고, 드디어 나 그 돈 만들었다고.」

쿤타는 벼락이라도 맞은 듯이 놀라서 아무 말도 못했다.

「여기 봐!」깡깡이는 그의 침대 깔개를 찢어 속에 담긴 내용물을 마룻바닥에 쏟아 놓았고, 수백 장의 지폐가 그들의 발치에서 썰물처럼 밀려 다녔다.「그리고 여기 봐!」침대 밑에서 굵은 삼베로 짠 자루를 끌어내어, 각종 단위의 짤랑거리는 동전 수백 개를 지폐 더미 위에 쏟아 부으면서 그가 말했다.

「자, 아프리카 친구, 입 벌리고 그렇게 그냥 섰지 말고, 뭐라고 말 안 해?」

「뭐라 말해야 하나 모르겠어요.」쿤타가 말했다.

「축하한다 그러면 어떤가?」

「너무 좋은 일이어서 믿어지지 않아요.」

「진짜니까 믿어도 좋아! 천 번 넘게 돈 세어 보았으니까. 골판지 가방 살 돈 역시 따로 충분하다고!」

쿤타는 도저히 믿어지지가 않았다. 깡깡이가 정말로 자유의 몸이 되다니! 그것은 헛된 꿈이 아니었다. 쿤타는 (친구뿐이 아니라 자신을 위해서도) 웃고 싶었으며, 울고 싶기도 했다.

깡깡이는 무릎을 꿇고 돈을 긁어모으기 시작했다.「말이지, 이 일 관해서 내일 아침까지 자네 벙어리하고 귀머거리야, 알았지? 나 덕택에 쥔님 7백 달러 더 부자 되었다 할 때까지 말이야! 나 떠난다 하면 쥔님처럼 자네 역시 기쁘겠어?」

「당신 기쁘겠죠. 나 그렇지 않아요.」쿤타가 말했다.

「자네한테 나 그렇게 미안하다 느끼게 만들면, 나 자네도 사줄 테니까, 조금만 기다려! 나 혼자 해방되는 거 무려 33년 깡깡이 켰으니까!」

그의 오두막집으로 돌아갔을 때쯤에 쿤타는 벌써 깡깡이가 그리워지기 시작했지만, 벨은 그의 슬픔을 투생 장군 때문이라고 잘못 생각했으며, 그래서 그는 자신이 느끼는 감정을 아내에게 감추거나 설명할 필요가 없었다.

다음 날 아침 말들에게 먹이를 주고 나서 그가 깡깡이의 오두막집으로 갔더니, 집은 텅 비었고, 그래서 그는 벨에게로 가서 깡깡이가 혹시 쥔님과 함께 있는지 물어보았다.

「깡깡이 한 시간 전에 나갔어요. 유령 본 사람같이 행동하면서요.

무슨 일이에요? 쥔님한테 무슨 볼일이었고요?」
「나갈 때 무슨 말 했어?」 쿤타가 물었다.
「아무 말 안 했어요. 당신한테 나 얘기했듯이, 마치 나 눈에 안 보이는 듯 곁을 그냥 지나가 버렸어요.」
더 이상 아무 말 없이 빗살문 밖으로 나가 노예 마을 쪽으로 돌아가는 쿤타의 등 뒤에다 대고 벨이 소리쳤다. 「헌데 당신은 어디 가는 거예요?」 그리고 그가 대답을 하지 않으니까, 「좋아요! 나 같은 거 말도 안 한다 이거죠! 나야 보잘것없는 마누라일 뿐이니까요!」 쿤타의 모습이 사라졌다.
여기저기 물어보고, 오두막마다 문을 두드리고, 심지어 화장실 안까지도 들여다보고, 헛간에서 〈깡깡이!〉 하고 큰 소리로 불러 본 다음, 쿤타는 울타리를 따라 걸어 내려갔다. 상당히 먼 거리를 걸어간 다음에야 무슨 소리를 들었는데 — 언젠가 부흥회에서 검둥이들이 부르던 슬프고도 느린 찬송가 〈오, 주여〉의 가락이었고…… 다만 이번에는 그 노래를 깡깡이로 켜는 소리였다. 깡깡이가 연주하던 음악은 언제나 신나고 즐거웠는데, 이번에는 마치 깡깡이가 흐느껴 우는 듯한 소리가 울타리를 타고 올라왔다.
걸음을 서둘러 쿤타는 월러 쥔님의 소유지 경계 가까이에 위치한 개울 위로 반쯤 가지를 뻗쳐 나간 한 그루의 떡갈나무가 보이는 곳까지 갔다. 더욱 가까이 다가가자 그는 나무 뒤에서 빠져나온 깡깡이의 신발을 보았다. 바로 그때 음악이 멈췄고 — 갑자기 침입자가 된 기분을 느끼며 쿤타도 발걸음을 멈추었다. 그는 꼼짝도 하지 않고 서서 깡깡이 연주가 계속되기를 기다렸지만, 벌들이 붕붕거리고 시냇물이 졸졸 흘러가는 소리만이 침묵을 깨뜨렸다. 결국, 죄라도 지은 듯 멋쩍어 하며, 쿤타는 나무 뒤로 돌아가서 깡깡이를 마주 보고 섰다. 첫눈에 무슨 일이 일어났는지 분명했는데 — 그의 친구는 얼굴에서 생기가 사라졌고, 낯익은 반짝임도 그의 눈에서 꺼져 버렸다.
「침대 깔개 채워 넣을 속 혹시 안 필요해?」 깡깡이의 목소리는 당장이라도 울음을 터뜨릴 듯했다. 쿤타는 아무 말도 하지 않았다. 눈물이 깡깡이의 두 뺨을 타고 줄줄 흘러내리기 시작했으며, 그는 산(酸)이 흘러내리기라도 한다는 듯 화를 내며 눈물을 거칠게 닦아 냈고, 그러고는 그의 입에서 얘기가 쏟아져 나왔다. 「나 쥔님에게 말하기를,

드디어 나 해방되게 사는 돈 한 푼도 안 빼놓고 다 모았다 그랬어. 쥔 님 얼마 동안 헛기침 소리만 내고, 천장 올려다보더군. 그렇게 많이 돈 모았다 나한테 축하해 주었지. 그런 다음에 나한테 말하기를, 만약 나 원한다 하면 7백 달러 선금 삼아 받아 주겠다면서, 사업 얘기 따지 자면, 조면기 등장한 이후 잔뜩 노옛값 오른 사실 고려해야 한다는 거 야. 쥔님 말하기를, 이제는 나같이 훌륭한 돈벌이하는 깡깡이 적어도 천5백 달러 받아야 하고, 나 아니라 다른 사람 누구에게 팔더라도 2 천5백 달러 쉽게 받는다 말했어. 쥔님 말하기를, 정말로 미안하지만, 사업은 사업이다 하는 사실 나 이해해야 하고, 그래서 쥔님 투자에 대 한 정당한 대가 받아야 한다 바란다고 그러더구면.」 깡깡이는 이제 드러내 놓고 흐느껴 울기 시작했다. 「쥔님 말하기를, 해방된다 해서 꼭 그렇게 대단히 좋은 일 아니고, 그래도 나 해방 계속 원한다면, 나 머지 돈 모으는 일 행운 바란다고 하고는…… 그리고 계속 일 열심히 하라고 말하고는…… 나 방에서 나오려니까, 벨에게 커피 가져다 달 라 얘기 전해라 그러더군.」

깡깡이는 입을 다물었다. 쿤타는 우두커니 서서 기다렸다.

「개 같은 자식!」 깡깡이는 갑자기 울부짖었고, 팔을 뒤로 젖혀서, 깡깡이를 시냇물에다 힘껏 던져 버렸다.

쿤타는 깡깡이를 건지러 시냇물로 들어갔지만, 손으로 집어 들기 도 전에 그는 깡깡이가 부서졌음을 알았다.

80

몇 개월 후, 어느 날 쿤타가 쥔님과 함께 밤늦게 집으로 돌아왔을 때, 그들 두 사람이 다 너무 지쳐서 그녀가 애써 준비한 저녁 음식에 입도 대지 않자, 벨은 화가 나기보다는 걱정이 되었다. 이상한 열병이 군 전체를 휩쓸기 시작해서, 지역 의사로서 번지는 전염병을 쫓아다 니며 치료하느라고 쥔님이 바빠지자, 두 사람은 매일 아침이면 점점 더 일찍 떠났다가 밤에는 점점 더 늦게 돌아오곤 했다.

쿤타는 어찌나 기진맥진했는지, 흔들의자에 털썩 주저앉아서는, 멍한 눈으로 불을 물끄러미 쳐다보느라고, 벨이 그의 이마를 손으로 짚어 보고 신발을 벗겨도 아무런 반응을 보이지 않았다. 그리고 다시 반 시간쯤 지난 후에야 갑자기 그는, 여느 때 같으면 그녀가 만든 무슨 새로운 장난감을 보여 주면서 오늘 하루 동안 무엇을 하며 보냈는지를 재잘대며 떠들었을 키지가 그의 무릎 위에 없다는 사실을 깨달았다.

「애 어디 갔어?」그가 마침내 물었다.

「한 시간 전 잠자라 했어요.」벨이 말했다.

「혹시 그 애 아픈 건 아니지?」몸을 일으켜 앉으면서 그가 물었다.

「아니에요. 노느라 지쳤을 뿐이에요. 앤 아씨 오늘 놀러 왔었어요.」쿤타는 너무 피곤해서 그 말을 듣고도 다른 때처럼 짜증조차 내지 않았고, 그래도 어쨌든 벨은 화제를 돌렸다. 「앤 아씨 집에 모셔 간다 기다리는 동안 루스비가 나에게 말했는데, 지난번 밤 존 쥔님 모시고 프레더릭스버그 무도회 가서 깡깡이 연주를 들었다 그랬어요. 그의 깡깡이 켜는 소리 하마터면 알아듣지 못할 만큼, 소리 예전 같지 않더라 루스비 말했어요. 해방되지 않는다 알게 된 이후 깡깡이 자신 역시 예전 그대로 아니라는 사실 나 루스비한테 얘기하지 않았어요.」

「깡깡이 더 이상 세상만사 관심 없는 사람 같아.」쿤타가 말했다.

「정말 그래요. 키지가 저녁 갖다주고 깡깡이 식사하는 동안 함께 앉아 있을 때 제외하고는, 혼자서만 지내겠다 하며, 누구든 인사조차 하지 않아요. 깡깡이 그나마 쳐다보기라도 하는 사람 키지 전부예요. 당신하고도 이젠 시간 같이 안 보내잖아요.」

「요즘 유행하는 이 열병 때문이야.」쿤타가 피곤한 듯 말했다. 「최근에 나 깡깡이 찾아간다 시간 없고 힘도 없어졌어.」

「네, 나도 역시 눈치 챘는데, 이틀에 하루는 당신 저녁에 여기 앉아 시간 안 보내고, 곧장 잠자리 들잖아요.」

「상관하지 마. 나 멀쩡하니까.」

「아뇨, 당신 멀쩡 안 해요!」벨은 단호히 말하고는, 그의 손을 잡고, 그가 일어서도록 부축해 주고, 그를 침실로 데리고 갔지만, 그는 더 이상 아무런 저항도 하지 않았다. 옷을 벗도록 그녀가 도와주는 동안, 쿤타는 침대 가에 걸터앉아 기다렸고, 그러고는 한숨을 내쉬면서 자리에 누웠다.

「돌아누우면 나 등 주물러 줄게요.」

그는 순순히 시키는 대로 그녀의 말에 따랐고, 벨은 손가락에 힘을 주어 그의 등을 주무르기 시작했다.

그는 몸을 움찔했다.

「왜 그래요? 나 별로 세게 주무르지 않았는데요.」

「아무것도 아냐.」

「여기도 아파요?」 허리 아래쪽을 누르면서 그녀가 물었다.

「어우!」

「당신 표정 보니까 걱정돼요.」 그녀는 손길을 부드럽게 해서 쓰다 듬으며 말했다.

「나 그냥 피곤해서 그래. 잠만 자고 나면 멀쩡해져.」

「두고 보면 알아요.」 그녀가 말하고는, 촛불을 끄고, 침대로 올라가 그의 곁으로 들어갔다.

그러나 다음 날 아침, 쥔님에게 아침 식사를 차려 주면서, 벨은 쿤 타가 잠자리에서 일어나지 못했다고 말했다.

「열병인 모양이군.」 짜증스러운 표정을 보이지 않으려고 애쓰면서 쥔님이 말했다. 「병간호를 어떻게 해야 할지는 벨이 잘 알겠지. 하지 만 그동안에도 전염병은 계속 퍼질 테고, 난 마부를 구해야 해.」

「그럼요, 쥔님 나리.」 그녀는 잠시 생각해 보았다. 「쥔님 생각에 밭 일하는 사내아이 노아 어떠세요? 노아 아주 빨리 자라 이제는 몸집 거의 어른 같아요. 노새몰이 잘하고, 그러니까 분명히 쥔님 말도 잘 다룰 거 같아요.」

「올해 그 아이 몇 살이지?」

「글쎄요, 쥔님 나리, 노아가 우리 애 키지보다 두 살쯤 더 먹었고, 그러니까……」 그녀는 말을 멈추고 손가락으로 꼽아 보았다. 「열세 살 아니면 열네 살 된다 생각하는데요, 나리.」

「너무 어리군.」 쥔님이 말했다. 「깡깡이장이한테 가서 대신 일을 맡 으라고 해. 요사이 정원에서 하는 일도 별로 많지 않고, 깡깡이도 그 다지 자주 켜지 않으니까. 어서 말들을 마차에 잡아매고, 집 앞쪽으로 끌고 오라고 그래.」

깡깡이의 오두막으로 가면서, 벨은 깡깡이가 이런 소식을 들어도 전혀 무관심하거나 매우 속이 상하거나 둘 중 하나이리라고 추측했 다. 그는 두 가지 반응을 다 보였다. 그는 쥔님의 마차를 몰아야 하는 일에 관해서는 아무래도 상관이 없다는 듯한 태도를 보였지만, 쿤타가 병이 났다는 말을 듣고는 어찌나 걱정이 심했던지, 그녀는 줸님을 마차에 태우러 가기 전에 쿤타의 오두막부터 들려야 한다고 우기는 깽깽이를 말리느라고 애를 먹었다.

그날부터 깽깽이는 사람이 달라져서 — 물론 지난 몇 달 동안보다 조금이라도 즐거워지지는 않았지만, 남들에게 관심을 보이고 사려가 깊어졌으며, 피곤한 줄 모르고 밤낮으로 줸님을 여기저기 태워다 주었으며, 그런 다음에는 집으로 돌아와서 쿤타를 간호하는 벨과, 노예 마을에서 열병에 걸려 앓는 다른 사람들을 찾아다니며 도와주었다.

얼마 후에는 (농장의 안팎에서 모두) 얼마나 많은 사람들이 병에 걸렸는지 줸님은 벨을 조수로 동원하지 않으면 안 될 지경이었다. 줸님이 흰둥이들을 찾아다니며 돌보는 사이에, 그녀는 노아 소년이 끄는 노새 수레를 타고 이곳저곳을 돌아다니며 검둥이들을 돌보았다. 「줸님 약 따로 있고, 나 쓰는 약 따로예요.」 그녀는 깽깽이에게 털어놓았다. 줸님이 준 약을 쓴 다음에, 그녀는 환자들에게 감나무껍질을 주었는데 — 그녀는 흰둥이들의 어떤 약보다도 감나무 껍질이 훨씬 효과가 좋고 빠르다고 주장했다. 그렇지만 정말로 환자들을 치료하는 힘은 그녀가 항상 환자의 침대 곁에 무릎을 꿇고 앉아 그들을 위해 드리는 기도라고 그녀는 맨디 언니와 수키 아줌마에게 귀띔해 주었다. 「하나님께서 사람한테 주는 모든 것 하나님 원하시면 거두어 가십니다.」 그녀가 말했다. 그러나 그녀가 돌보던 환자 몇 명은 그래도 목숨을 잃었고 — 월러 줸님의 환자들도 마찬가지였다.

벨과 줸님이 기울인 모든 노력에도 불구하고, 쿤타의 병세가 계속해서 악화되어 가자, 그녀의 기도는 점점 더 열렬해졌다. 그녀 자신도 역시 너무 피곤한 나머지 잠도 못 자게 되자, 벨은 쿤타의 이상하고 과묵하고 완강한 성격 따위는 까맣게 잊어버렸고, 매일 밤 그녀가 병상에 붙어 앉아 지켜보는 가운데, 그는 아내가 겹겹으로 덮어 준 몇 채의 이불 밑에서 식은땀을 뻘뻘 흘리며, 몸을 뒤척이고, 신음하고, 혼수상태에 빠져 때로는 헛소리를 늘어놓기도 했다. 그녀는 뜨겁고 물기가 없는 그의 손을 꼭 쥐고는, 그토록 오랜 세월이 흐른 뒤에야 이런 역경을 거치면서 마침내 그녀가 제대로 깨닫게 된 사실을 — 인격과 힘에 있어서, 그와 맞먹는 남자는 지금까지 그녀는 한 번도 본 적이 없으며, 그를 매우 깊이 사랑한다는 사실을 그에게 말해 줄 기회가 다시는 찾아오지 않을지도 모른다는 절망적인 두려움을 느꼈다.

쿤타가 혼수상태에 빠져 사흘을 보낸 다음, 쥔님을 방문하러 온 앤아씨는 오두막으로 키지를 만나러 갔다가, 그녀와 함께 울면서 기도를 드리는 벨과, 맨디 자매와, 수키 아줌마와 다른 사람들을 보았다. 눈물을 글썽이며 큰집으로 돌아간 앤 아씨는 피곤해하는 월러 쥔님에게 키지의 아빠를 위하여 『성서』에서 무엇인가 읽어 주고 싶다는 얘기를 했다. 그렇지만 그녀는 어디가 읽어 주기에 좋은 구절인지를 알 길이 없었고, 그래서 그에게 가르쳐 달라고 부탁했다. 쥔님은 사랑하는 조카딸의 젖은 눈망울 속에서 진지한 마음을 엿보았고, 자리에서 일어난 그는 책장 문의 자물쇠를 열고, 커다란 『성서』를 꺼냈다. 잠시 생각에 잠겼던 그는 책장을 펼치더니, 그녀가 읽기 시작해야 할 곳을 정확히 검지로 짚어 주었다.

앤 아씨가 무엇인가를 읽어 주기로 했다는 말이 노예 마을에 퍼지자, 모두들 벨과 쿤타의 오두막 앞에 곧 모여들었고, 앤 아씨가 소리 내어 읽기 시작했다.

「여호와는 나의 목자, 아쉬울 것 없어라. 푸른 풀밭에 누워 놀게 하시고 물가로 이끌어 쉬게 하시니 지쳤던 이 몸에 생기가 넘친다. 그 이름 목자이시니 인도하시는 길, 언제나 곧은 길이오.」앤 아씨는 잠시 멈추고, 미간을 찌푸리며 글자를 자세히 살펴보더니, 계속해서 읽었다. 「나 비록 음산한 죽음의 골짜기 지날지라도 내 곁에 주님 계시오니 무서울 것 없어라. 막대기와 지팡이로 인도하시니 걱정할 것 없어라.」 그녀는 다시 멈췄는데, 이번에는 깊은 숨을 쉬기 위해서였으며, 그러고는 그녀를 굽어보는 얼굴들을 자신이 없는 듯 올려다보았다.

깊은 감동을 받은 맨디 자매는 자기도 모르게 소리 내어 외쳤다. 「주여, 저 아이 말 들으십니까! 저렇게 자라나 매우 훌륭하게 글 읽기 배웠나이다.」

다른 사람들도 칭찬을 늘어놓느라고 웅성거리는 가운데 노아의 어머니 에이다가 감탄했다. 「저 아가씨 기저귀 차고 여기 뛰놀던 때 바로 어제 같은데! 지금 몇 살 됐나요?」

「열네 살 된 지 얼마 안 돼요!」 벨은 그녀가 마치 자기의 친딸인 양

자랑스럽게 말했다.「아가야, 어서 좀 더 읽어 다오!」

그들의 찬사에 얼굴이 붉어져서 앤 아씨는「시편」제23편의 마지막 구절을 읽었다.

치료와 기도를 곁들여 번갈아 계속되는 가운데, 며칠 후에 쿤타는 회복의 기미를 보이기 시작했다. 더 이상의 불운과 질병을 막기 위해, 그녀가 그의 목에다 매달아 준 말린 토끼 발과 아위(阿魏)를 담은 주머니를 잡아 뜯어 버리면서 그가 눈을 부라리고 노려보는 순간, 벨은 쿤타가 완쾌하리라는 사실을 알았다. 그리고 키지는 아버지의 귀에다 대고, 지난번 새 달이 시작되는 날 아침에 자기가 아버지의 바가지에다 예쁜 조약돌 한 개를 넣었다고 속삭이자 그의 야윈 얼굴에서 활짝 피어나는 웃음을 보고는 아버지가 무사하리라는 사실을 알았다. 그리고 쿤타는 어느 날 아침, 그의 침대 곁에서 들려오는 깡깡이 소리에 깜짝 놀라 잠에서 깨어났을 때, 그의 친구 깡깡이가 제정신을 차렸다는 사실을 알게 되었다.

「나 꿈꾸는 모양이야.」눈을 뜨면서 쿤타가 말했다.

「아니, 자네 꿈 아냐.」깡깡이가 말했다.「나 자네 쥔님 온갖 험한 곳 태우고 다니는 일 신물 났어. 쥔님 내 등 어찌나 자꾸 노려보는지, 나 저고리 눈독 못 이겨 구멍들 뚫렸다니까. 자네 어서 일어나거나 아니면 차라리 뒈져 없어져라, 이 깜둥 친구야!」

81

이튿날 쿤타가 침대에 일어나 앉아 있으려니까, 방학을 맞아 놀러 온 앤 아씨와 웃고 떠들면서 키지가 오두막으로 들어왔고, 그는 옆방에서 그들이 의자를 끌어당겨 책상 앞에 앉는 소리를 들었다.

「키지야, 너 숙제 다 했니?」앤 아씨가 선생님처럼 근엄하게 물었다.

「네, 선생님.」키지는 킬킬대며 웃었다.

「아주 좋아, 그러면…… 이게 뭐지?」

잠시 침묵이 흘렀고, 열심히 귀를 기울이던 쿤타는 키지가 생각이 나지 않는다고 어물거리는 말을 들었다.

「이건 D야.」앤 아씨가 말했다.「그럼 이건 뭐지?」

질문이 떨어지기가 무섭게 키지는 의기양양해서 외쳤다. 「그 동그라미 O예요.」

두 계집아이는 즐겁게 웃었다.

「잘했어! 잊어버리지 않았구나. 자, 저건 뭐지?」

「음, 어…… 어…….」 그러더니 키지가 신이 나서 소리쳤다. 「저거 G예요!」

「맞았어!」

다시 짤막한 침묵이 흐른 다음에 앤 아씨가 말했다. 「자, 저거 보이지? D-O-G. 무슨 말이지?」

키지가 잠잠해지자 쿤타는 딸이 답을 모른다는 사실로 받아들였는데 ― 답을 모르기는 쿤타 자신도 마찬가지였다.

「〈개〉라는 말이야!」 앤 아씨가 소리쳤다. 「내 말 알겠어? 〈개〉라는 뜻이니까, 잊어 먹지 말라고! 넌 모든 글자를 잘 익혀야 하고, 그런 다음에는 글자들이 모여서 어떻게 단어가 되는지에 대해서도 좀 더 공부를 해야 돼.」

그들이 오두막집에서 나간 뒤에, 쿤타는 자리에 누워 깊은 생각에 골몰했다. 그는 키지가 공부를 잘해서 어떤 면에서는 자랑스럽기도 했다. 그러면서도 한편으로는 딸의 머릿속이 투봅 생각으로만 가득해지리라고 생각하니 화가 나서 참을 수가 없었다. 아마도 그런 까닭에서인지 딸은 요즈음 아프리카에 관한 그들의 대화에 관심을 덜 보이는 눈치였다. 너무 때가 늦었는지도 모르겠지만, 아랍 어를 읽는 법을 딸에게 가르치지 말기로 했던 자신의 결정을 재고해야 하지 않을까 쿤타는 궁금한 생각이 들기도 했다. 그러나 그것은 앤 아씨에게서 공부를 계속하라고 딸을 부추기는 짓만큼이나 어리석은 일이리라고 그는 생각했다. 만일 월러 쥔님이 키지가 (어떤 언어로라도) 글을 읽을 줄 안다는 사실을 알게 된다면 어떤 일이 벌어지겠는가! 그러면 그 흰둥이 계집아이의 〈학교 놀이〉는 깨끗이 끝나겠고, 두 아이의 관계까지 아예 끝장이 난다면 더욱 좋은 일이었다. 그러나 쥔님이 과연 거기에서 일을 끝내고 말 것인지를 쿤타로서는 확신할 길이 없어서 문제였다. 어쨌든 키지의 〈학교 놀이〉는, 앤 아씨가 날마다 자신의 공부를 하러 학교로 돌아갈 때까지, 적어도 1주일에 두세 번씩 계속되었으며, 그러는 사이에 쿤타는 몸이 충분히 회복되어, 쥔님의 마차를 모는 일에서 풀려나게 된 깡깡이를 기쁘게 해주었다.

그러나 앤 아씨가 돌아간 다음에도, 밤이면 밤마다, 쿤타가 벽난로 앞 흔들의자에 앉아서 휴식을 취하고 벨이 바느질이나 뜨개질을 할 때면, 키지는 책상 앞에 쪼그리고 앉아서, 연필을 거의 뺨에 닿을 듯 손에 들고, 앤 아씨가 준 책이나 쥔님이 버린 신문지에서 찢어 낸 조각을 보고 단어들을 정성껏 베껴 쓰고는 했다. 그들에게 등을 돌리고 앉은 쿤타는 (엄마도 역시 어느 정도 글을 읽고 쓴다는 사실을 알면서도) 키지가 자꾸 벨을 공부에 끌어들이려고 부추기는 소리를 들었다.

「아녜요, 그거 A예요, 엄마.」 키지가 설명했다. 「그리고 이건 O이고요. 조그맣게 동그라미 하나 그리면 다 끝나요.」

얼마 후에 키지는, 앤 아씨가 자신에게 그랬던 것과 똑같이, 단어 공부로 넘어갔다. 「이거 〈개〉이고, 저거 〈고양이〉…… 그리고 또 저거 〈키지〉이고, 또 여기 이거 엄마 이름, ㅂ-ㅔ-ㄹ이에요. 어때요? 그럼 엄마 한번 써봐요.」 그러면 벨은 연필을 잡기가 굉장히 힘드는 척하며 서툴게 글씨를 쓰는데, 키지가 잘못을 바로잡아 줄 기회를 갖게 하려고 일부러 조금씩 틀리고는 했다. 「나 가르치는 그대로 하면, 엄마 나처럼 글씨 잘 쓰게 된다고요.」 모처럼 엄마에게 무엇인가 가르쳐 줄 기회가 생겨 자랑스러워진 키지가 말했다.

몇 주일 후 어느 날 밤, 키지가 앤 아씨로부터 최근에 받은 글쓰기 숙제를 서너 시간 계속하다가 책상에서 잠이 든 다음, 벨은 딸을 잠자리에 들게 하고는 곧 쿤타 곁에 눕더니, 조용히 말했다. 「그냥 놀이 정도 이제는 아닌 모양이에요. 저 아이 나보다 벌써 더 많이 알아요. 주님 자비 베풀어, 그냥 아무 탈 없었으면 좋겠어요!」

그리고 몇 달이 더 흘러가는 동안, 키지와 앤 아씨는 계속해서 서로 찾아다니기는 했어도, 대부분 주말에 만났지만 매 주일은 아니었고, 그러다가 얼마 후에, 키지보다 네 살 위였던 앤 아씨가 젊은 여인으로 성숙하는 티를 보이기 시작함에 따라, 두 아이의 사이가 꼭 식어 버렸다고 말하기는 어렵더라도, 그들의 친근함이 서서히 멀어지면서 미묘하게 뜸해진다는 사실을 쿤타는 감지하기 시작했는데 ─ 은근히 바라던 바였기 때문에 그냥 그런 기분이 들었는지도 모를 일이기는 했다.

결국 그녀가 오랫동안 기다렸던 열여섯 번째 생일이라는 획기적인 행사가 눈앞으로 다가왔지만, 계획했던 파티를 사흘 앞두고, 고집이 세고 성미가 급한 앤 아씨는 화가 잔뜩 나서 (마차를 끄는 말에 안장도 얹지 않은 채로 타고) 월러 쥔님 집으로 정신없이 달려와서는, 눈물을 펑펑 쏟아 대며, 몸이 편찮은 그녀의 어머니가 생일 파티를 취소하게 하려고 벌써 1주일째 두통이 난다고 꾀병을 부리는 중이라고 그에게 말했다. 그러고는 잔뜩 입을 삐죽거리고, 속눈썹을 파르르 떨어 대고, 그의 소매 자락을 잡아당겨 가면서, 큰아빠 집에서 대신 파티를 열게 해달라고 애원했다. 앤 아씨의 부탁이라면 이제껏 무엇이나 거절해 본 적이 없던 그는 물론 좋다고 승낙했으며, 그래서 수십 명의 같은 또래 손님들에게 루스비가 일일이 찾아가서 파티 장소가 바뀌었다고 통고하는 사이에, 벨과 키지는 마지막 순간까지 준비에 정신이 없는 앤 아씨를 열심히 도와야 했다. 앤 아씨가 파티를 위한 가운을 입고 아래층으로 내려가서 손님들을 맞도록 키지가 도와주어야 했던 마지막 순간에 겨우 맞춰, 그들은 준비를 완벽하게 끝냈다.

하지만 그런 다음에, (벨이 나중에 쿤타에게 얘기한 바에 의하면) 첫 번째 마차가 도착한 순간부터 앤 아씨는 갑자기, 빳빳하게 풀을 먹인 제복을 입고 앞치마를 두른 키지를 누구인지 알지도 못하는 사람이라는 듯 행동했고, 음식을 쟁반에 담아 나르느라고 손님들 사이를 돌아다니던 키지는「결국 가엾게 눈물 펑펑 쏟아 대며 부엌에서 울음 터뜨렸어요.」그날 밤 오두막에서, 아직도 흐느껴 우는 키지를 벨이 위로하려고 애를 썼다.「자, 얘야, 앤 아씨 이제 젊은 마님 성장했고, 그래서 그 나이 맞는 생각들 마음 팔린단다. 그렇다고 아씨 너덜 생각한다 아니고, 정말로 나쁜 마음에 그런 거 아니라고. 이런 때 누구한테나 꼭 오기 마련이어서, 어릴 때 흰둥이 아이 진짜 가깝게 지내더라도, 어른 되면 너는 너 길로 가고, 검둥이들 따로 검둥이 길 가는 거야.」

쿤타는 키지가 바구니 요람 속의 아기였을 때 앤 아씨가 장난감 취급을 하는 모습을 처음 보았을 때나 마찬가지로 속이 부글부글 끓어오르는 심정으로 앉아 있었다. 그로부터 열두 번의 장마철이 흘러가는 동안, 그는 투봅 계집아이와 키지의 가까운 사이가 끝나기를 여러 번 알라신에게 기도했었는데 — 마침내 그의 기도가 이루어지기는 했지만, 그래도 딸이 그처럼 깊이 마음의 상처를 입은 모습을 보니까 쿤타는 마음이 아프기도 하고, 분노가 치밀어 오르기도 했다. 그러나 이것은 사필귀정이었으며, 이런 경험을 통해서 딸이 정신을 차리고 현실을 잊지 않기만을 그는 바랐다. 그뿐 아니라, 키지에게 위로의 말을 할 때 벨의 얼굴에서 굳어진 표정을 보고 쿤타는, 분명히 괘씸하고도 사람을 깔보기나 하는 〈젊은 아씨〉에 대해서 역겨울 정도로 깊은 애정을 보여 주고는 하던 벨까지도 이제는 적어도 어느 정도나마 정신을 차리게 되었을지도 모른다는 희망을 느꼈다.

앤 아씨는 (루스비가 벨에게 몰래 귀띔해 주었듯이) 젊은 쥔님들이 그녀의 시간을 많이 빼앗아 가기 시작했기 때문에, 비록 전보다 찾아오는 일이 훨씬 뜸해지기는 했지만 여전히 월러 쥔님을 계속해서 방문했다. 그렇게 찾아올 때마다 앤 아씨는 키지를 꼭 만났으며, 대개는 자신이 입던 헌 옷을 가져다주면서, 몇 살이나 아래이면서도 몸집은 훨씬 더 큰 키지가 입도록, 벨더러 〈단을 내달라〉고 맡기고는 했다. 그렇지만 이제는, 어떤 묵계에 의한 듯, 그들 두 사람은 노예 마을 뒤편에서, 함께 거닐고 조용히 얘기를 나누면서 반 시간 정도 함께 보내고, 그러고는 앤 아씨가 떠나가 버리고는 했다.

그러면 키지는 떠나가는 앤 아씨의 뒷모습을 물끄러미 바라보며 한참 서 있다가, 갑자기 무슨 생각이 났다는 듯 서둘러 오두막으로 다시 들어와서는 공부에 파묻혀, 저녁 식사 때까지 책을 읽거나 글을 썼다. 쿤타는 그녀의 읽기와 쓰기 능력이 나아진다는 사실을 아직도 달갑게 생각하지를 않았지만, 어릴 적부터의 친구를 잃어버린 지금 딸이 무엇인가 몰두해야 할 일이 필요하다는 점은 받아들이기로 했다. 그의 딸 키지도 이제는 역시 사춘기를 맞을 나이가 되었고, 그러니 그들 두 사람에게는 새로운 걱정거리들이 잔뜩 닥치게 되리라고 그는 생각했다.

다음 해인 1803년 성탄절 직후에, 강풍이 불어 깃털 같은 눈이 높이 쌓여 길이 여기저기 파묻혀서, 아주 큰 짐마차를 제외하고는 지나다니지도 못하게 되었다. (가장 사정이 급한 환자들의 경우에만) 집을 나서게 될 때면 쥔님은 말을 타고 가야 했고, 뒤에 남은 쿤타는 케이토와 노아, 그리고 깡깡이를 도와 마찻길을 치우거나 집집마다 땔감이 떨어지지 않도록 장작을 패느라고 바빴다. (심지어 월러 쥔님에게 오는 「가제트」 신문까지도 첫 번째 폭설 이후 한 달째 배달이 끊기고) 길이 모두 끊겨 고립된 노예 마을 사람들은 그들에게 전해졌던 마지막 소식을 두고 아직도 얘기를 주고받았는데, 그것은 비록 흰둥이 쥔님들이 노예에 대한 그의 견해를 처음에는 못마땅하게 생각했었지만, 그래도 나중에는 제퍼슨 대통령의 〈통치하는 솜씨〉에 상당히 호감을 갖게 되었다는 내용이었다. 취임한 이래 제퍼슨 대통령은 육군과 해군의 규모를 감축했고, 공채를 낮추었으며, 심지어 개인의 재산세를 폐지했는데 — 이 마지막 조처는 특히 쥔님 계층 사람들에게서 대단한 호응을 받았다고 깡깡이가 말했다.

그러나 쿤타는 눈이 내려 고립되기 전에 마지막으로 군청 소재지에 나갔을 때 보니, 제퍼슨 대통령이 광활한 〈루이지애나 주〉를 1에이커당 겨우 3센트씩에 사들인 사건에 대해서 흰둥이들이 훨씬 더 흥분했던 듯싶다고 말했다. 「그 소문 나 좋아한 까닭 따로 있었지.」 쿤타가 말했다. 「나 들은 바 의하면, 나폴레옹 쥔님 루이지애나 땅 그만큼 싸게 팔아야 한다는 이유, 아이티에서 투생 장군 격퇴하다 5만 명 프랑스 병사 죽고 돈 굉장히 많이 들어서, 입장 고생스러웠다고 그러더구먼.」

어느 날 늦은 오후, 그 소문의 흐뭇한 뒷맛을 그들이 아직도 즐기던 무렵에, 검둥이 한 사람이 쥔님에게 위급한 환자의 편지를 전하러 폭설을 헤치고 말을 타고 와서는, 노예 마을에 또 다른 슬픈 소식을 전했는데 — 나폴레옹이 가둬 놓은 프랑스의 외딴 산 속 음침한 토굴 감옥에서 아이티의 투생 장군이 추위와 굶주림으로 죽음을 맞았다고 했다.

사흘쯤 지나서 어느 날 오후, 아직도 마음이 괴롭고 무겁던 쿤타가, 뜨거운 수프라도 한 그릇 마실까 하는 생각에 오두막으로 터벅터벅 돌아가서, 발을 굴러 신발에 묻은 눈을 털고는, 장갑을 벗으면서 집 안으로 들어섰는데, 키지가 겁에 질리고 핼쑥한 얼굴로 앞방에서 짚으로 만든 깔개 위에 너부러져 누워 있는 모습이 눈에 띄었다. 「몸 안 좋은가 봐요.」 벨이 그에게 설명하고는, 약초를 끓인 차를 한 잔 걸러서는 키지에게 가져다주고 일어나 앉아서 마시라고 했다. 쿤타는 벨이 뭔가 설명을 덜 해주었다는 눈치를 알아차렸으며, 진흙으로 구멍을 메워 바람이 통하지 않을 정도로 밀폐된 데다가 지나치게 불을 많이 땐 오두막 안에서 몇 분쯤 앉아 있으려니까, 키지가 초경을 맞았다는 사실을 콧구멍이 그에게 냄새로 가르쳐 주었다.

그는 거의 열세 장마철 동안 딸 키지가 자라고 성숙해 가는 과정을 날마다 열심히 지켜보았고, 딸아이가 한 여자로서 성숙하게 될 날은 다만 시간문제일 뿐이라는 사실을 최근에는 당연하게 받아들이려는 마음의 준비를 갖추었지만, 그러면서도 이처럼 노골적인 증거에 대해서는 어쩐지 전혀 준비가 안 된 상태라는 기분이 들었다. 그러나 하루만 더 자리에 누워서 보낸 다음, 튼튼한 키지는 다시 일어나 오두막 안에서 돌아다녔고, 그러고는 큰집으로 일을 하러 돌아갔는데 ─ 그야말로 하룻밤 사이에 쿤타는 지금까지 항상 빈약하기만 했던 딸의 체구가 얼마나 눈에 띌 만큼 발육했는지를 처음으로 눈치 채기 시작했다. 일종의 당황하고도 경이로운 마음으로, 그는 딸의 젖가슴이 어느새 망고 열매만큼이나 커졌고, 엉덩이도 팽팽하게 곡선을 이루기 시작했음을 알아챘다. 심지어 이제는 딸의 걸음걸이조차 아이 티를 벗어난 것 같았다. 이제는 두 개의 침실을 갈라놓은 휘장을 들추고 키지가 자는 앞방으로 들어갈 때면, 그는 눈길을 돌리기 시작했으며, 어쩌다 제대로 옷을 입지 않았을 경우에는 키지도 역시 똑같이 어색해한다는 사실을 그는 깨달았다.

(언제부터인가 때로는 그렇게도 까마득히 멀게만 느껴지던) 아프리카에서였다면 지금쯤, 빈은 키지에게 고무나무 진액을 발라 살갗이 반들거리게 하고, 솥의 밑바닥에 더께를 이룬 검댕을 빻아 가루로 만들어 입과, 손바닥과, 발바닥을 멋지고도 아름답게 치장하는 기술을 가르쳤으리라. 그리고 지금의 나이라면 키지도 벌써, 훌륭한 가정교육과 훈련을 받으며 성장한 젊은 처녀를 아내로 맞으려는 남자들의 관심을 끌기 시작할 터였다. 쿤타는 키지의 사타구니로 어떤 남자의 포토가 들어가는 장면을 생각만 해도 아찔한 기분을 느꼈지만, 그런 일은 제대로 결혼식을 치르기 전에는 벌어지지 않으리라고 자신에게 다짐한 다음에는 한결 마음이 놓였다. 그의 고향에서는 지금쯤이면, 키지의 아버지로서 그는 딸에게 가장 이상적인 남자를 골라 주기 위해서, 결혼을 하고 싶어 하는 모든 후보자들의 개인적인 자질은 물론이요, 집안의 배경도 아주 꼼꼼히 따져 보는 책임을 지게 될 터였

고, 또한 딸을 데려가려면 신붓값으로 얼마가 적절할지도 결정해야
할 처지였다.

그러나 얼마 후에, 깡깡이와 젊은 노아와 케이토와 함께 계속해서
눈을 치우던 쿤타는, 자신이 아프리카의 풍습과 전통에 관하여 아직
까지도 신경을 쓴다는 사실이 이제는 점점 더 우스꽝스럽다는 기분
을 슬그머니 느끼기 시작했는데, 그런 풍습과 전통은 이곳에서는 결
코 지켜지지도 않고, 아무도 존중하지 않을 뿐더러 ― 어쩌다 그가
다른 검둥이들에게 혹시 그런 얘기를 입에 올리기라도 했다가는 웃
음거리나 되고 말 일이었다. 그리고 어쨌든 그는 (서른에서 서른다섯
장마철 사이의) 결혼 적령기에 달했으며, 마땅하고 훌륭한 자질을 갖
춘 신랑감이라고는 하나도 눈에 띄지도 않았는데 ― 어느새 그는 또
아프리카식으로 생각을 하지 않는가! 그는 이곳 투붑 나라의 결혼 풍
습에 맞춰 생각하도록 자신을 길들여야 했으니 ― 이곳 처녀들은
(〈빗자루 뛰어넘기〉라고 하는) 결혼의 상대를 그들과 비슷한 나이의
남자들 중에서 골랐다.

그러고는 당장 쿤타는 노아 생각이 머리에 떠올랐다. 그는 벌써부
터 그 아이를 좋아했다. 키지보다 두 살 위여서 열다섯 살인 노아는,
덩치가 크고 힘도 좋을 뿐 아니라, 성숙하고 신중하며 책임감도 강해
보였다. 쿤타가 이리저리 생각해 보니, 노아에게서 모자라는 점을 하
나 꼽으라면 (마치 노아가 존재하지도 않는 듯 행동하는 키지도 물론
문제였지만) 노아 또한 키지에 대해서 전혀 아무런 개인적인 관심도
보이지 않는다는 사실이었다. 적어도 친구 사이로나마 가까이 지낼
만도 한데, 도대체 왜 그들은 서로 그토록 관심이 없는지, 쿤타는 아
무리 곰곰이 생각해 봐도 이해가 가지 않았다. 따지고 보면 노아는 젊
었을 때의 쿤타와 사람 됨됨이가 아주 비슷해서, 키지가 흠모까지는
하지 않더라도 관심 정도는 충분히 가질 만한 상대였다. 그들이 서로
가까워지게끔 그가 영향을 줄 만한 방법은 없을지, 쿤타는 궁금했다.
그러나 쿤타는 섣불리 끼어들었다가는 아마도 그들이 영원히 가까워
지지 못하도록 갈라놓는 결과만 가져올 지도 모르겠다는 생각도 들
었다. 늘 그렇듯이 그는 자신의 문제나 걱정하는 편이 가장 현명하리
라고 판단했으며 ― 같은 노예 마을에서 함께 살아가는 그들 젊은 남
녀는 (벨의 표현을 빌면) 이왕 〈물이 오르기 시작한 모양이니〉, 자연

의 섭리가 제대로 돌아가도록 도와 달라고 알라신에게 혼자 빌기나
해야 되겠다고 생각했다.

82

「너 잘 들어, 이것아, 다시 노아 앞에 너 꼬리 친다 얘기 나 들었다
하면 너 재미없어! 당장 호두나무 회초리 갖다 막 때릴 테니까!」집으
로 돌아가던 쿤타는 오두막의 문에서 두세 발자국 못 미쳐 걸음을 멈
추고 서서는, 벨이 하는 얘기에 귀를 기울였다.「그래, 너 아직 열여
섯 살조차 안 되었어! 너 그렇게 처신한다 얘기 들으면 아빠 뭐라 생
각하겠니?」
　그는 조용히 돌아서서, 그가 엿들은 얘기가 뜻하는 바가 무엇인지
를 혼자 생각해 보려고, 아무도 간섭하는 사람이 없는 헛간을 향해 길
을 따라 내려갔다. 노아의 앞에서 〈꼬리를 친다〉니! 무슨 일인지는 몰
라도 벨은 직접 그런 꼴을 보지는 못했겠고, 누군가 그녀에게 고자질
을 한 모양이었다. 틀림없이 수키 아줌마나 맨디 자매의 짓이었겠는
데 — 그 늙은 수다쟁이들이 어떤지를 잘 알았던 쿤타로서는, 그들
가운데 누구 한 사람 또는 둘이서 함께, 전혀 아무 죄가 없는 무엇인
가를 보고는 마치 혀를 차며 한탄해야 마땅한 무슨 사건이라도 된다
는 듯 암시하는 말투로 얘기를 전했다고 해도 전혀 놀랄 일이 아니었
다. 하지만 무슨 일이었을까? 그가 우연히 엿들은 얘기로 미루어 보
아, 문제의 사건이 다시 되풀이되어 쿤타가 막아 줘야 할 필요성을 느
끼기 전에는, 아마도 벨이 그에게 털어놓을 만한 얘기는 아닌 듯싶었
다. 아무리 생각해도 그것은 여자들끼리 뒷전에서 주고받을 얘기 같
기만 해서, 그는 벨에게 물어보려는 생각은 꿈도 꾸지 않았다.
　하지만 만일 그렇게 결백한 경우가 아니라면? 키지가 노아 앞에서
교태를 부리기라도 했을까? 그리고 만일 정말로 그랬다면, 노아가 어
떻게 부추겼기에 키지가 그랬을까? 그는 행실이 올바르고 성품이 착
한 젊은 남자 같았는데 — 그래도 알 길이 없는 노릇이었다.
　쿤타는 어떻게 생각해야 하고 어떻게 느껴야 할지를 확실히 알 수
가 없었다. 어쨌든, 벨의 말마따나, 딸은 겨우 열다섯 살이었고, 투봅

481

땅에서의 풍속에서는 그 나이라면 결혼할 생각을 하기는 아직 너무 일렀다. 그는 이 문제를 자신이 그다지 아프리카식으로 이해하려고 하지 않는다는 사실을 깨달았지만, 아무튼 그는 딸과 나이가 같거나 훨씬 어린 계집아이들까지도 그런 경우를 많이 보았듯이, 키지가 집 채만큼 배가 불러 돌아다니는 꼴은 상상조차 하기가 싫었다.

하지만 혹시 딸이 정말로 노아와 결혼한다면, 적어도 그들의 아기 는, 욕정을 품은 쥔님이나 감독들에게 강간당한 어머니들이 낳은 허 연 사쏘 보로는 아니어서, 살빛이 분명히 검을 터였다. 쿤타는 수없이 여러 번 월러 쥔님이 검둥이와 흰둥이의 혼혈에 반대하는 신념을 밝 혀 왔었기 때문에, 적어도 자기가 이곳으로 온 다음에는 그의 키지나 노예 마을의 다른 여자들이 그런 무시무시한 경험을 전혀 겪지 않았 음을 알라신에게 감사드렸다.

다음 몇 주 동안 쿤타는 기회만 나면, 키지가 혹시 엉덩이를 흔들지 나 않는지 눈여겨 지켜보았다. 그런 행동은 전혀 잡아내지 못했지만, 키지가 혼자 오두막 안에서 꿈꾸듯 콧노래를 부르며 머리를 뒤로 젖 히고는 빙글빙글 돌며 춤을 추는 동안 불쑥 마주치고는, 두 사람이 다 같이 놀란 적은 한두 번 있었다. 쿤타는 노아도 열심히 감시했는데, 그는 이제 (전과는 달리) 노아와 키지가 서로 지나칠 때마다, 혹시 근 처에서 누가 지켜보면, 미소를 짓고 머리를 끄덕여 인사를 주고받는 다는 사실을 눈치 챘다. 곰곰이 생각해 보니, 그는 그들이 교묘하게 그들의 열정을 감추고 있다는 의심이 들었다. 얼마쯤 시간이 지난 후 쿤타는 노아가 남들이 보는 곳에서 키지와 대화를 위한 산책을 하거 나, 그녀와 함께 부흥회에 간다고 해도 별 탈은 없으리라는 판단이 섰 고, 해마다 여름이면 열리는 마을 무도회에 같이 갈 남자로도 (어떤 건방진 낯선 사람보다는 차라리) 노아가 훨씬 마음에 드는 상대라는 생각이 들었다. 사실 한두 장마철만 더 지나고 나면 노아는 키지에게 훌륭한 짝이 될지도 모를 노릇이었다.

자신이 그를 주시해 왔듯이 노아도 자기를 열심히 관찰하기 시작 했다는 생각이 쿤타에게 어렴풋이 들기도 했고, 쿤타는 머지않아 노 아가 키지와 결혼시켜 달라고 청혼할 용기를 내기 위해 마음을 가다 듬고 있으려니 하는 어수선한 생각이 들기도 했다. 4월 초순 어느 일 요일 오후에, 월러 쥔님은 교회에서 예배가 끝난 다음, 어느 한 가족을 손님으로 집에 초청해서 데리고 왔으며, 쿤타가 헛간 밖에서 손님들의 마차에 윤을 내고 있으려니까 — 갑자기 이상한 낌새가 느껴졌고, 그래서 눈을 들어 보니, 검고 호리호리한 모습의 노아가 단단히 무슨 작정이라도 한 듯, 노예 마을 쪽에서 길을 따라 걸어 내려왔다.

쿤타 앞에 다다르자 그는, 미리 연습이라도 해두었던 듯, 조금도 주저하지 않고 거침없이 말했다. 「선생님, 나 믿을 사람 선생님 하나뿐이에요. 나 누구한테 꼭 얘기해야 돼요. 나 더 이상 이렇게 살지 못해요. 나 도망쳐야 되겠어요.」

쿤타는 너무나 놀라서, 처음에는 할 말도 생각이 나지를 않았고 — 그저 멍하니 서서 노아를 물끄러미 쳐다보기만 했다.

마침내 쿤타는 입을 열었다. 「너 키지 같이 도망가는 거 아니겠지!」 그것은 질문이 아니라 선언이었다.

「아닙니다, 선생님, 키지 말썽에 끌어들인다 생각 없어요.」

쿤타는 어색한 기분이 들었다. 잠시 후에 그는 침착한 표정을 되찾고 말했다. 「누구나 한 번쯤 달아나고 싶다 생각할 때 오나 봐.」

노아가 그의 눈을 살펴보았다. 「키지 그러는데, 벨 아주머니 말씀이, 선생님 네 번 도망쳤다 하더래요.」

쿤타는 머리를 끄덕였지만, 그의 얼굴에는 자기가 노아와 같은 나이였을 때, 이 나라에 갓 도착해서, 〈도망, 도망, 도망친다!〉는 생각에 결사적으로 몰두해서, 날이면 날마다 다시 조금이라도 기회가 닥칠 때만 기다리면서 틈을 엿보던 시간들이 얼마나 참기 힘든 고통처럼 여겨졌었던가 하던 기억을 머릿속에서 되새겼어도, 얼굴에는 그런 기색을 아직은 조금도 나타내지 않았다. 노아가 조금 아까 한 말로 미루어 보면 키지는 아직 이런 사실을 모르는 듯싶었는데, 만일 딸이 정말로 모른다면, 언제가 되더라도 사랑하는 이가 갑자기 사라져 버리는 경우에 키지는 (투봅 아씨 때문에 그토록 큰 마음의 상처를 입은 지 얼마 안 되어서) 틀림없이 철저하게 좌절하리라는 생각이 얼핏 그의 머리에 떠올랐다. 그래도 어쩔 도리가 없는 일이라고 그는 생각했다. 여러 가지 이유로, 그는 자기가 노아에게 할 모든 얘기를 신중하게 미리 따져 봐야 되리라고 생각했다.

그는 엄숙하게 말했다. 「너 달아나라 말라 나 얘기 안 하겠다. 하지만 붙잡힌다 경우 죽겠다 각오 안 섰으면, 아직 너 준비 덜 된 셈이야.」

「붙잡힐 생각 없어요.」 노아가 말했다. 「나 얘기 들었는데, 북극성 죽어라 따라가는 일 중요하고, 여기저기 퀘이커 흰둥이하고 해방 검둥개들 낮에 숨겨 준다더군요. 그러다가 오하이오 일단 다다른다 하면 자유래요.」

이 아이는 세상물정을 정말 모르는구나 하고 쿤타는 생각했다. 도망이 어디 그렇게 간단한 일이란 말인가? 그러자 그는 (자기도 그랬듯이) 노아는 지금 나이가 어리며, 대부분의 노예들이나 마찬가지로, 농장 울타리 밖에는 발을 디뎌 본 적도 별로 없었음을 깨달았다. 그랬기 때문에 도망친 대부분의 사람들, 특히 밭일을 하던 노예들은 대부분, 찔레에 여기저기 찔린 상처에서 피를 흘리며, 방울뱀이나 독사들이 우글거리는 숲과 늪지대에서 고꾸라지고 헤매다가, 반쯤 굶어 죽다시피 한 몸으로 그렇게 빨리 붙잡혀 오고는 했다. 쿤타는 두서없이 도망질과, 개 떼와, 총과, 채찍 ― 그리고 도끼를 기억했다.

「애야, 너 세상 돌아가는 일 뭐가 뭔지 하나도 몰라!」 그는 이를 악물고 말했으며, 미처 말이 떨어지기도 전에 벌써 후회했다. 「나 하고 싶은 얘기― 그냥 그렇게 쉽지 않다 그거야! 너 노예 잡는다 하고 쓰는 사냥개 알아?」

노아는 오른손을 호주머니에 집어넣더니 칼을 한 자루 꺼냈다. 그는 휙 칼을 펼쳤고, 열심히 숫돌에 갈아 댄 듯한 칼날이 반짝였다. 「나 생각에, 죽은 개 아무도 잡아먹지 못해요.」 노아는 세상에서 아무 것도 겁을 내지 않는다는 얘기를 케이토가 했었다. 「나 막을 것 하나도 없어요.」 노아가 말하고는, 칼을 접어 다시 호주머니에 넣었다.

「그래, 도망치겠다 한다면, 도망쳐야 하지.」 쿤타가 말했다.

「언제 할지 아직 확실히 몰라요.」 노아가 말했다. 「꼭 한다는 사실 그것은 알죠.」

쿤타는 어색하게 다시 강조했다. 「키지 절대 얽혀 들어가지 않는다 하나만 확실하게 해.」

노아는 기분이 상한 듯싶지는 않았다. 그는 쿤타를 당당하게 마주 보았다. 「알아요, 선생님.」 그는 머뭇거렸다. 「하지만 나 북부 도착하면, 돈 벌어서 키지의 자유 살 생각이에요.」 그는 잠깐 말을 멈추었다. 「이 얘기 키지한테 절대 안 하시죠?」

이제는 쿤타가 머뭇거렸다. 그러더니 그는 말했다. 「그건 너하고 키지 사이 문제야.」

「적당한 때 되면 나 얘기하겠어요.」 노아가 말했다.

충동적으로 쿤타는 젊은이의 손을 그의 두 손으로 움켜쥐었다. 「성공 바란다.」

「그럼요. 또 뵙죠!」 노아가 말하고는, 돌아서서 노예 마을을 향해 걸어갔다.

그날 밤 오두막의 앞방에 앉아, 벽난로에서 나지막하게 타오르는 호두나무 장작의 불꽃을 응시하면서, 쿤타는 정신이 나간 듯 멍한 표정을 지었고, 벨과 키지는 지금까지의 경험으로 미루어 보아 이럴 때는 그와 얘기를 나눠 보려고 해봤자 아무 소용이 없음을 알았다. 벨은 조용히 뜨개질을 했다. 키지는 보통 때처럼 책상 앞에 구부리고 앉아서 글쓰기 연습에 열중했다. 쿤타는 노아에게 행운을 내려 달라고 해가 뜰 무렵에 알라신에게 빌기로 결심했다. 만일 노아가 정말로 도망을 친다면, 앤 아씨 때문에 벌써 그토록 심한 상처를 입었던 키지는, 남에 대한 믿음이 완전히 무너져 또다시 심한 고통을 받으리라는 생각이 그의 머리에 다시금 떠올랐다. 그는 손가락으로 책장을 짚어 가면서 소리 없이 입술을 움직이는 소중한 딸의 얼굴을 지켜보았다. 투봅 땅에 사는 모든 검둥이들의 삶은 고통으로 가득 찬 듯 여겨졌지만, 그는 딸의 고통만큼은 조금이나마 덜어 줄 수 있기를 바랐다.

83

키지의 열여섯 번째 생일이 지나고 나서 한 주일 후, 10월의 첫 월요일 이른 아침에, 노예 마을의 밭일꾼들이 하루의 일을 나가려고 여느 때처럼 모여들고 있을 때, 어떤 사람이 궁금해하며 물었다. 「노아 어디 갔지?」 마침 근처에서 케이토와 얘기를 나누던 쿤타는 그가 도망쳤음을 당장 눈치 챘다. 두리번거리는 얼굴들 사이에서 그는 자연스럽게 놀란 표정을 지으려고 애쓰는 키지를 보았다. 그들의 눈길이 마주쳤고 — 그녀는 얼굴을 돌렸다.

「당신하고 일찍 여기 나왔다 생각했는데.」 노아의 엄마 에이다가 케이토에게 말했다.

「아냐. 나 그 애 늦잠 자는구나 해서 혼내 주려던 참인데.」케이토가 말했다.

케이토는 전에 늙은 정원지기가 살다가 최근에 열여덟 번째 생일을 맞아 노아가 물려받은 통나무집으로 가서 닫힌 문을 주먹으로 쾅쾅 두드렸다. 문을 휙 잡아채어 열고 케이토는 안으로 달려 들어가며, 화가 나서 소리를 질렀다.「노아!」그는 걱정스러운 표정으로 다시 나왔다.「없는 거 같아.」그가 조용히 말했다. 그러더니 그는 모든 사람들에게 어서 달려가 그들의 오두막과, 변소와, 창고와, 밭을 모조리 뒤져 보라고 명령했다.

다른 사람들이 모두 사방으로 뿔뿔이 흩어져 달려갔고, 쿤타는 헛간을 뒤져 보겠다고 나섰다.「노아! 노아!」그럴 필요가 없음을 알면서도 그는 남들이 들으라고 큰 소리로 불러 댔으며, 외양간의 가축들은 아침 여물을 씹다 말고 이상하다는 듯 그를 쳐다보았다. 그러고는 문간에서 머리를 내밀고 아무도 이쪽으로 오지 않음을 확인한 다음, 쿤타는 서둘러 안으로 들어가 재빨리 건초 더미 위로 기어 올라가서 엎드려, 노아가 도망에 성공하기를 알라신에게 두 번째로 빌었다.

케이토가 걱정스럽게 나머지 밭일꾼들을 일터로 보내면서 자기는 깡깡이와 함께 곧 뒤따라가겠다고 말했는데, 깡깡이는 무도회에서의 연주로 돈벌이가 신통치 않아진 다음부터, 약삭빠르게 밭일을 돕겠다고 자원했었다.

「나 생각에 그 애 달아났어.」뒷마당에서 만나자 깡깡이는 쿤타에게 나지막이 말했다.

쿤타가 투덜거리는 소리를 내자 벨이 말했다.「그 아이 슬며시 없어진 적 없었고, 밤에 몰래 빠져나가지도 않아요.」

그러더니 케이토는 그들 모두의 마음을 가장 무겁게 짓누르던 걱정을 입에 올렸다.「맙소사, 쥔님께 얘기해 줘야 하는데!」황급히 의견을 주고받은 다음에 벨은 월러 쥔님이 아침 식사를 끝낼 때까지는 알려 주지 말자고 제안했다.「그 애 그저 슬그머니 어디 빠져나갔다가 순찰대 길에서 붙잡힐까 봐 겁나서, 날 어둡기 전 다시 돌아오지 못했는지 모르죠.」

벨은 쥔님에게 그가 좋아하는 (크림을 듬뿍 친 통조림 복숭아와,

호두나무 장작 연기를 쐬인 훈제 돼지고기 튀김과, 으깬 달걀과, 거칠게 빻은 밀가루 빵과, 따끈한 사과 버터와, 버터밀크 과자로) 입맛 나는 아침 식사를 차려 주고, 그가 두 잔째 커피를 달라고 할 때까지 기다린 다음에야 입을 열었다.

「쥔님!」 그녀는 겁에 질려 침을 삼켰다. 「쥔님, 케이토가 나더러 쥔님께 얘기하라는데, 노아 오늘 아침 여기 모습 안 보였다 그러대요.」

쥔님은 얼굴을 찌푸리면서 커피를 내려놓았다. 「그럼 어디로 갔다는 얘기야? 그 애가 술에 나가떨어졌다든가, 어디서 계집질을 하는 모양이니까, 오늘 나중에라도 몰래 돌아오리라는 얘기야, 아니면 그 애가 도망치려고 했다는 소리야?」

「우리 그저 그 애 여기 없다 생각되어 사방 다 뒤져 봤다 말씀드리려고요.」 벨의 목소리가 떨렸다.

월러 쥔님이 그의 커피 잔을 노려보았다. 「난 오늘 밤까지 ─ 아니, 내일 아침까지 시간을 주겠고 ─ 그다음에는 조처를 취하겠어.」

「쥔님, 그 애 착한 아이고, 여기 쥔님 땅 태어나 자랐고, 언제나 일 잘했고, 쥔님이나 누구한테나 조금도 걱정 안 끼쳤어요─」

그는 벨을 빤히 쳐다보았다. 「만일 도망치려고 했다면, 그 애 후회하게 될 거야.」

「그럼요, 쥔님.」 벨은 마당으로 달려 나가서 다른 사람들에게 쥔님이 한 얘기를 전했다. 그러나 케이토와 깡깡이가 들판 쪽으로 황급히 달려가자마자, 월러 쥔님은 벨을 다시 불러 마차를 대라고 명령했다.

하루 종일 여기저기 환자를 찾아 쥔님을 마차에 태우고 돌아다니는 동안 쿤타는 (열심히 도망치는 노아를 생각하면서) 환희에 마음이 들뜨기도 했고, 가시덤불과 찔레와 개들이 머리에 떠오르면 고통스럽기도 했다. 그리고 그는 키지가 어떤 희망과 고통을 참고 견뎌 내는지도 생각해 보았다.

그날 밤에 열린 숨죽인 모임에서 사람들은 모두 귓속말에 가까운 나지막한 목소리로 얘기를 나누었다.

「그 애 여기 떠나 버렸어요. 그 애 눈에서 나 그 기색 벌써 보았고요.」 수키 아줌마가 말했다.

「그래, 나 알기로 그 애 술 마시러 몰래 빠져나간다 하는 젊은이 아녜요.」 맨디 자매가 말했다.

노아의 어머니 에이다는 하루 종일 울어서 목이 쉬었다. 「우리 아이 물론 나한테 도망친다 얘기 절대 한 적 없어요! 맙소사, 쥔님 내 아들 팔아 버린다 모두 생각해요?」 아무도 대답하려고 나서지를 않았다.

오두막으로 들어온 키지는 문을 들어서자마자 울음을 터뜨렸고, 말문이 막힌 쿤타는 어찌 해야 좋을지 알 길이 없었다. 그러나 벨은 아무 말도 없이 탁자로 가서, 흐느끼는 딸을 감싸 안고는, 그녀의 머리를 가슴에 품었다.

화요일 아침이 왔고, 아직도 노아의 자취가 보이지 않자, 월러 쥔님은 쿤타더러 군청 소재지로 가자고 명령했으며, 그곳에 도착하자 그는 곧장 스폿실베이니아 감옥으로 갔다. 반 시간쯤 후에 쥔님은 보안관과 함께 나와서는, 쿤타더러 보안관의 말을 마차 뒤에 매고 집으로 돌아가자고 무뚝뚝하게 명령했다. 「보안관은 크리크 로드에서 내려 드릴 거야.」 쥔님이 말했다.

「검둥개들이 요새는 어찌나 많이 도망치는지 정신을 차릴 수가 없어요. 남부로 팔려 가느니 숲으로 도망치는 모험을 하려고 그러죠.」 마차가 움직이기 시작하자 보안관이 얘기를 꺼냈다.

「내가 농장을 운영하기 시작한 이후로 난 규칙을 어기기 전에는 노예를 한 명도 팔아 치운 적이 없고, 그건 모두들 잘 알아요.」 월러 쥔님이 말했다.

「하지만 훌륭한 쥔님을 고마워할 줄 아는 검둥개들이 정말 드물다는 건 의사 선생님도 잘 알고 계시잖아요.」 보안관이 말했다. 「그 애가 열여덟 살쯤 되었다고 하셨죠? 그렇다면 그 나이 또래의 대부분 밭일꾼들이나 마찬가지로, 북부로 가려고 시도하려는 확률이 상당히 크다는 생각이 듭니다.」 쿤타는 몸이 굳어졌다. 「만일 집안일을 돌보던 검둥개라면 일반적으로 훨씬 꾀가 많고, 말도 잘해서, 해방 검둥개처럼 행동하려고 가장하거나, 순찰대에게는 쥔님의 심부름을 가는 길인데 여행증을 잃어버렸다고 거짓말을 하고는, 검둥개들이 많이 모여 사는 리치먼드나 다른 큰 도시로 가서 숨어 살다가, 잘하면 일자리를 얻기도 하죠.」 보안관이 잠깐 말을 멈추었다. 「선생님 농장에서 일하는 어머니 말고, 그 아이가 찾아가려고 할 만한 친척이 혹시 어디 살고 있지 않나요?」

「내가 알기에는 아무도 없는데요.」

「그렇다면 말이죠, 그 자식 혹시 어디에 친한 여자 있는지 모르시나요? 그런 젊은 것들은 물이 오르면, 노새를 훔쳐서 들판에 숨겨 두었다가, 타고 달아나 버리죠.」

「난 모르겠는데요.」 쥔님이 말했다. 「하지만 내 농장에 처녀가 하나 있는데, 요리사의 딸로 아직 상당히 어려서 잘은 모르지만, 열다섯이나 열여섯 살일 거요. 둘이서 붙었는지 어쨌는지는 모르겠고요.」

쿤타는 숨이 막힐 지경이었다.

「열두 살에 새끼를 배는 것들도 있었어요!」 보안관이 낄낄거렸다. 「이 어린 검둥개 계집들은 흰둥이들도 탐을 내는 경우가 많고, 그래서 검둥개 사내아이들 무슨 짓이라도 다 한답니다!」

몸이 떨릴 정도로 화가 난 쿤타는 월러 쥔님이 갑자기 차갑게 쏘아붙이는 말을 들었다. 「난 내 노예들과는 될 수 있는 대로 개인적인 접촉을 하지 않고, 그들의 사생활에 대해서도 신경을 쓰지 않아요!」

「예, 예. 물론 그러시죠.」 보안관이 재빨리 말했다.

그러자 쥔님의 목소리가 누그러졌다. 「그러니까 당신이 생각하기에는 이 아이가 다른 농장에 있는 어떤 여자를 만나려고 몰래 빠져나갔다는 얘기로군요. 그건 난 잘 모르는 일이고, 다른 사람들은 안다고 하더라도 물론 입을 열지 않을 거예요. 사실 무슨 일이 일어났었는지는 통 알 길이 없어서— 혹시 싸움이 벌어져, 어디서 반쯤 죽은 꼴이 되었을지도 모르겠어요. 노예를 훔치는 가난 흰둥이들이 잡아갔을 가능성도 있죠. 당신도 알다시피 이곳에선 그런 일이 벌어지는 실정이고, 못돼 먹은 장사꾼들까지도 몇몇은 그런 짓을 벌인다더군요. 다시 말하지만, 난 그런 사정은 잘 모르겠어요. 하지만 이 아이가 없어지기는 이번이 처음이라는 보고를 받았어요.」

이제는 대체적으로 훨씬 조심하면서 보안관이 말했다. 「선생님 농장에서 태어났고, 별로 여행한 경험이 없다고 그러셨죠?」

「북부는커녕, 리치먼드에라도 가려면 도대체 어떻게 해야 할지조차 모를 거예요.」 쥔님이 말했다.

「하지만 검둥개들은 정보를 상당히 많이 주고받아요.」 보안관이 말했다. 「우리가 몇 명 붙잡아 족쳤더니, 어디로 도망치고 어디에 숨어야 할지 얘기를 들어서, 머릿속에다 훤히 지도를 담고 있더군요. 상당히 많은 경우 뒤를 캐고 들어가면 검둥개들을 좋아하는 퀘이커교도 들이나 감리교도들과 연결이 닿습니다. 하지만 그 녀석 가본 곳도 없 고, 전에는 도망치려고 한 적도 없고, 지금까지 말썽을 부리지도 않았 다고 하니, 내 생각에는 며칠만 더 숲에서 밤을 보내고 나면, 죽을 지 경으로 겁이 나고 굶주려 반죽음이 되어 제 발로 되돌아올 가능성이 큰 것 같아요. 검둥개는 배를 굶주리면 꼼짝도 못합니다. 그러니까 선 생님은 〈가제트〉에 광고를 내거나, 개를 몰고 그의 뒤를 쫓아갈 검둥 개 사냥꾼들을 고용하느라고 돈을 쓰지 않아도 되겠어요. 선생님 애 기를 들어 보니까, 제 경험에 비추어 보아서, 요즈음 늪지대나 숲에서 출몰하며 주민들의 소나 돼지들을 토끼처럼 사냥해 대는 흉악한 무 법자 검둥개들 같지는 않다고 여겨지는군요.」

「당신 말대로였으면 좋겠어요.」 월러 쥔님이 말했다.「하지만 경우 야 어떻든 간에, 그 애는 우선 내 허락도 없이 농장을 벗어나서 규칙 을 깨뜨렸으니까, 난 그 녀석을 당장 남부로 팔아 버릴 작정이오.」 쿤 타는 고삐를 어찌나 꽉 움켜쥐었던지, 손톱이 그의 손바닥을 파고드 는 듯싶었다.

「그렇다면 지금쯤 선생님의 돈 천2백이나 천5백 달러가 어디선가 제멋대로 돌아다니는 셈이로군요.」 보안관이 말했다.「선생님이 인상 착의를 저한테 써주셨으니까, 그것을 꼭 군 순찰대에 전하고, 만일 그 녀석을 우리가 잡거나 무슨 소식이라도 들으면, 곧 선생님께 알려 드 리겠습니다.」

토요일 아침에 식사를 끝내고 난 다음, 쿤타가 헛간 밖에서 말에 게 빗질을 해주려니까, 어디선가 케이토가 쏙독새 휘파람 소리로 신 호를 하는 듯한 생각이 들었다. 목을 길게 뽑은 그는 휘파람 소리를 다시 들었다. 그는 얼른 말을 근처의 말뚝에 매고, 절름거리며 서둘 러 길을 올라가 오두막으로 갔다. 앞쪽 창문에서는 큰길까지 거의 다 내려가서 큰집의 마찻길이 갈라져 나온 곳이 내려다보였다. 그는 케이토의 신호가 큰집에서 일을 하던 벨과 키지에게도 전해졌음을 알았다.

다음에 그는 마찻길을 내려오는 마차를 보았는데 — 고삐를 잡은 보안관을 보고는 놀라움으로 가슴이 울렁거렸다. 자비로운 알라신이 여, 노아가 붙잡혔다는 말인가? 마차에서 내리는 보안관을 지켜보던

490

쿤타는, 오랫동안 훈련을 받은 본능에 따라, 서둘러 밖으로 나가서 방문객의 말이 숨을 돌리도록 물을 먹이고 문질러 줘야 함을 알았지만, 마치 그 자리에서 마비되기라도 한 듯이, 오두막 창가에 서서 한 번에 두 개씩 큰집의 앞 계단을 뛰어 올라가는 보안관을 멍하니 쳐다보기만 했다.

몇 분밖에 지나지 않았는데, 쿤타는 거의 고꾸라지다시피 하면서 뒷문으로 뛰어나오는 벨을 보았다. 그녀는 뛰기 시작했고 ── 그녀가 경첩이 떨어져 나갈 정도로 문을 잡아채는 순간, 쿤타는 이미 무서운 예감에 사로잡혔다.

그녀의 뒤틀린 얼굴에서는 눈물이 줄줄 흘러내렸다. 「보안관하고 쥔님 키지한테 얘기해요!」 그녀는 비명을 질렀다.

그 말에 쿤타는 얼이 빠졌다. 잠깐 동안 그는 멍하니 서서 믿어지지가 않는다는 듯 그녀를 쳐다보기만 하다가, 격렬하게 그녀를 붙잡고 흔들면서 물었다. 「무엇 물어보는데 그래?」

울먹이면서, 목소리가 커지면서, 그녀는 보안관이 집에 들어서자마자 위층에서 방을 치우던 키지더러 내려오라고 쥔님이 소리를 질렀다는 얘기를 겨우 그에게 해주었다. 「쥔님 키지한테 고함치는 소리 부엌에서 듣고, 나 항상 엿듣는 거실 복도로 달려갔지만, 쥔님 잔뜩 화났다 말고는 하나도 알아듣지 못했어요⋯⋯.」 벨은 숨을 몰아쉬고 침을 삼켰다. 「그러더니 쥔님 종 울리는 소리 들려서, 나 부엌에서 나오는 척하면서 다시 뛰어갔어요. 하지만 쥔님 등 뒤로 손잡이 잡고 문간에 서서 기다렸어요. 나 그런 눈으로 쳐다보는 쥔님 처음 봤어요. 쥔님 얼음처럼 차갑게, 나더러 집 밖에 나가 부르러 보낼 때까지 오지 말라 그랬어요.」 벨은 작은 창문으로 가서, 그녀가 방금 한 얘기가 실제로 벌어지고 있음을 믿지 못하겠다는 듯한 눈으로, 큰집을 멍하니 쳐다보았다. 「하나님 아버지, 도대체 보안관 내 딸한테 뭐 알고 싶어 그럴까요?」 그녀는 믿어지지가 않는다는 듯 말했다.

쿤타는 어떻게 해야 할지를 몰라서 필사적으로 머리를 짜내려고 애썼다. 밭으로 달려 나가 그곳에서 칼질을 하는 사람들에게 경고라도 해야 하나? 그러나 본능적으로 그는 자기가 없어지면 엄청난 무슨 일이 일어날지도 모른다는 생각이 들었다.

벨이 커튼을 들추고 침실로 들어가면서, 목청을 다해 예수에게 애

원하는 사이에, 그는 격분해서 아내를 뒤따라 들어가, 쥔님이나 어느
다른 투봅의 선량함에 대해서라도 그토록 어수룩하게 속거나 현혹되
지 말라고, 거의 마흔 장마철 동안이나 입이 닳도록 그녀에게 얘기하
지 않았느냐고 고함을 치고 싶은 충동을 겨우 참았다.
「나 다시 가봐야겠어요!」 갑자기 벨이 소리쳤다. 그녀는 커튼을 젖
히고 문밖으로 뛰쳐나갔다.
쿤타는 부엌 안으로 사라지는 그녀의 뒷모습을 지켜보았다. 어쩌
려고 저러는가? 그는 그녀의 뒤를 따라 달려가서, 망을 친 문으로 안
을 들여다보았다. 부엌은 텅 비었고, 안쪽 문이 흔들리고는 닫혔다.
그는 안으로 들어가서, 소리를 내지 않고 문을 닫고는, 까치발을 하고
부엌을 지나갔다. 그는 한 손으로는 문을 잡고 다른 손은 불끈 움켜쥐
고, 그 자리에 서서 혹시 무슨 소리가 들려오지 않나 잔뜩 긴장해서
귀를 기울였지만 — 그가 숨을 몰아쉬는 숨소리뿐이었다.
다음 순간 그는 말소리를 들었다. 「쥔님 계세요?」 벨이 나지막한
목소리로 물었다. 대답이 없었다.
「쥔님?」 이번에는 조금 크게, 날카로운 목소리로 그녀가 다시 불
렀다.
쿤타는 거실 문이 열리는 소리를 들었다.
「우리 키지 어디 있나요, 쥔님?」
「그 앤 내가 잘 가둬 두었어.」 그는 냉정하게 말했다. 「한 사람 더
도망치기를 우린 바라지 않으니까.」
「무슨 말 모르겠는데요, 쥔님.」 벨이 어찌나 나지막하게 얘기를 하
는지 쿤타는 그녀의 말을 알아듣기가 힘들었다. 「내 딸 쥔님의 마당
밖으로 거의 나가지도 않았어요.」
쥔님이 무슨 얘기를 하려다가, 입을 다물었다. 「그 애가 무슨 짓을
했는지 정말 모르는 모양이로구먼.」 그가 말했다. 「노아가 붙잡혔는
데, 가지고 있던 가짜 통행증에 대해서 따지는 순찰 두 사람에게 심한
칼질을 하고 나서야 체포되었어. 힘에 눌려 꼼짝 못하게 되자, 그 애
가 결국 자백했는데, 그 통행증은 내가 아니라 네 딸이 써주었다는 거
야. 키지도 보안관에게 그렇다고 시인했어.」
괴롭고도 긴 침묵의 순간이 지났고, 그러자 쿤타는 비명과 뛰어가
는 발소리를 들었다. 그가 문을 벌컥 열었더니, 벨이 (남자처럼 센 힘

492

으로 그를 밀어제치고는) 쏜살같이 그를 지나쳐 뒷문으로 나갔다. 복도는 텅 비었고, 거실 문이 닫혔다. 그는 그녀의 뒤를 따라 쫓아갔고, 오두막 문간에서 그녀를 잡았다.

「쥔님 키지 팔아 치운다 나 분명히 알아요!」벨이 비명을 지르기 시작했고, 그의 마음속에서 무언가 부러져 나가는 듯한 기분이 들었다. 「그 애 데려오겠어!」그는 목멘 소리로 말하고는, 절름거리며 큰집으로 되돌아가서, 서둘러 부엌으로 들어갔고, 벨은 그를 바로 뒤따라갔다. 미친 듯이 격노한 그는 안쪽 문을 왈칵 열어젖혔고, 한없이 길게만 느껴지던 복도를 달려 내려갔다.

거실의 문이 갑자기 열리자, 쥔님과 보안관은 믿을 수가 없다는 듯한 표정을 지으며 돌아섰다. 눈에 살기가 등등한 쿤타는 우뚝 걸음을 멈추었다. 벨이 그의 뒤에서 고함쳤다. 「우리 아이 어디 갔어요? 우리 그 애 데리러 왔어요!」

쿤타는 보안관의 오른손이 총집에 든 권총으로 미끄러져 내려가는 것을 보았고, 쥔님은 격분해서 소리쳤다. 「나가!」

「너희 검둥개들은 귀도 없어?」보안관은 손에 권총을 꺼내 들었고, 쿤타가 권총을 빼앗으러 덤벼들려고 몸을 도사렸으며, 벨이 (그의 등 뒤에서 떨리는 목소리로 〈알겠어요, 쥔님〉이라고 말하면서) 결사적으로 그의 팔을 뒤에서 잡아끌었다. 그러자 그는 뒷걸음질을 쳐서 문간으로 끌려갔고, 갑자기 문이 꽝 닫히더니, 자물쇠를 채우느라고 짤깍 날카로운 소리가 들렸다.

수치심으로 어쩔 바를 몰라 하며 쿤타가 아내와 함께 복도에 웅크리고 앉은 다음, 긴장해서 숨죽인 대화가 쥔님과 보안관 사이에 얼마 동안 오갔고…… 그러더니 발들이 돌아다니고 힘없이 저항하는 소리가 났으며…… 그러더니 키지가 울음을 터뜨리고 앞문이 쾅 소리를 내며 닫히는 소리가 들려왔다.

「키지! 애야, 키지! 오, 하나님 키지 못 팔려 가게 해주소서!」쿤타보다 앞서 뒷문으로 뛰쳐나온 벨의 비명 소리는 들판까지 들려서, 밭일꾼들이 뛰어왔다. 곧 달려온 케이토는, 쿤타가 끌어안아 땅바닥으로 쓰러트리려고 하는데도, 발버둥을 치면서 미친 듯이 소리를 질러대는 벨을 보았다. 윌러 쥔님이 앞장을 서서 층계를 내려왔고, 그 뒤에는 보안관이 (울부짖으며 몸을 뒤로 젖히고 버티려는) 키지를 쇠사슬에 묶어 한쪽 끝을 잡아끌며 따라왔다.

「엄마, 엄마아!」키지가 소리를 질렀다.

벨과 쿤타는 땅바닥에서 벌떡 일어나, 돌진하는 두 마리의 사자처럼 격노하여 집 모퉁이를 돌아 달려 나갔다. 보안관이 총을 뽑더니 똑바로 벨을 겨누었고, 그녀는 발길을 우뚝 멈추었다. 그녀는 키지를 노려보았다. 벨의 목구멍에서 찢어지듯 이런 질문이 나왔다. 「너 저분들 한 얘기 그대로 했냐?」그들은 모두 키지의 충혈되고 글썽거리는 눈이 (애원하듯 벨과 쿤타에게서 보안관과 쥔님에게로 시선을 돌리며) 침묵으로 전하는 대답을 보기는 했지만 — 그녀는 아무 말도 하지 않았다.

「아, 하나님이시여!」벨이 소리를 질렀다. 「쥔님, 제발 자비 베풀어 줘요! 저 애 나쁜 뜻 그런 거 아닙니다! 세상모르고 그런 짓 했죠! 저 애한테 글 가르친 사람 앤 아씨예요!」

월러 쥔님이 얼음장 같은 목소리로 말했다. 「법은 법이야. 저 애는 내 규칙을 깨뜨렸어. 사기죄를 범했지. 살인을 방조한 죄를 저지른 셈인지도 모르고. 흰둥이 한 사람이 죽을지도 모른다는 얘길 들었으니까.」

「저 애 그 사람한테 칼질 안 했어요, 쥔님! 쥔님, 저 애 쥔님 요강 들고 다닐 수 있다 할 때부터 줄곧 여기서 쥔님 위해 일했어요! 그리고 나 40년 동안 손과 발 닳도록 쥔님 요리하고 시중들었고, 그리고 저 사람…….」쿤타를 가리키면서 그녀는 말을 더듬었다. 「마찬가지 오랫동안 쥔님 가시는 곳 어디나 마차 몰았어요. 쥔님, 그게 다 아무 소용 없나요?」

월러 쥔님은 그녀의 눈길을 피하려고 했다. 「그건 너희들이 마땅히 해야 하는 일이었어. 저 애는 팔아 버리기로 했고— 그 얘기는 거기서 끝이야.」

「값싸고 형편없는 흰둥이 사람들만 식구 갈라놓아요!」벨이 소리쳤다. 「쥔님 그럴 사람 아녜요!」

월러 쥔님이 화가 나서 손짓 신호를 했고, 보안관은 키지를 거칠게 비틀어 마차 쪽으로 끌고 가려고 했다.

벨이 그들의 길을 막아섰다. 「그럼 나하고 아빠, 저 애 같이 팔아요! 우리 갈라놓지 마요!」

494

「길 비켜!」 그녀를 난폭하게 옆으로 밀어 던지며 보안관이 소리 쳤다.

쿤타는 고함을 지르며 표범처럼 앞으로 달려 나가 보안관을 주먹 으로 마구 두들겨 땅으로 넘어뜨렸다.

「살려 줘요, 아빠!」 키지가 비명을 질렀다. 그는 딸의 허리를 감아 안고는 미친 듯이 쇠사슬을 잡아당기기 시작했다.

보안관의 권총 손잡이가 그의 귀 위쪽을 내려치자 쿤타는 머리가 터져 나가는 듯한 기분을 느끼면서 힘없이 무릎을 꿇고 주저앉았다. 벨이 보안관에게 덤벼들었지만, 그가 휘두르는 주먹에 균형을 잃고 는 힘없이 쓰러졌고, 보안관은 키지를 마차의 뒤쪽에 집어던진 다음 쇠사슬에다 자물쇠를 채웠다. 민첩하게 마부의 자리로 뛰어오른 보 안관이 채찍을 치자 말이 앞으로 달려 나갔고, 쿤타는 비틀거리며 몸을 일으켰다. 얼이 빠지고 머리는 지끈거렸지만, 쿤타는 권총 따 위는 신경도 쓰지 않으면서 점점 더 속력을 내는 마차의 뒤를 쫓아 달려갔다.

「앤 아씨!…… 앤 아씨이이이이!」 키지는 목이 터져라고 소리를 질 렀다. 「앤 아씨이!」 거듭거듭 외치는 소리가 들려왔으며, 그 소리는 어느새 큰길로 접어들던 마차의 뒤 허공에 매달려 울리는 듯싶었다.

쿤타가 숨을 헐떡이며 자꾸 고꾸라지기 시작했을 무렵에는 마차가 1킬로미터나 멀어졌고, 달리기를 멈춘 그는 그 자리에 서서, 먼지가 가라앉고 아무도 없는 길이 멀리 드러날 때까지, 마차가 사라진 쪽에 서 눈을 떼지 못했다.

쥔님은 몸을 돌려서는, 머리를 떨어뜨리고 아주 빠른 걸음으로 돌 아가서, 층계 밑에 쪼그리고 앉아 흐느끼는 벨을 지나 집 안으로 들어 가 버렸다. 몽유병 환자처럼 절뚝거리며 천천히 마찻길을 따라 돌아 온 쿤타의 머릿속에서 — 문득 아프리카에서의 일이 생각났고, 그래 서 그는 집 앞에서 허리를 굽히고 여기저기 살펴보았다. 키지의 맨발 이 흙바닥에 남긴 가장 선명한 자국을 찾아낸 그는 그 발자국을 두 손 으로 떠내어 들고는, 서둘러 오두막으로 돌아갔는데 — 옛날 조상들 의 말에 의하면, 그 소중한 흙을 어디 안전한 곳에다 잘 보관해 두면 키지는 자기가 발자국을 남긴 곳으로 틀림없이 돌아온다고 했다. 그 는 오두막의 열린 문으로 달려 들어가서, 재빨리 방 안을 훑어보았고,

돌멩이가 담긴 바가지가 선반 위에서 눈에 띄었다. 그쪽으로 뛰어가서, 흙을 털어 넣으려고 움켜쥔 손을 펼치려는 순간, 그는 갑자기 진실을 깨달았으니 — 그의 키지는 가버렸고, 돌아오지 못할 몸이었다. 그는 사랑하는 키지를 다시는 보지 못하리라.

얼굴이 일그러지면서 쿤타는 흙을 천장에다 뿌렸다. 눈물을 콸콸 쏟으면서, 그는 무거운 바가지를 머리 위로 번쩍 치켜들었고, 소리 없는 고함을 지르느라고 입을 크게 벌린 그는, 힘껏 바가지를 땅바닥으로 집어 던졌고, 단단한 흙바닥에 부딪혀 바가지가 산산조각이 나면서, 그가 보낸 쉰다섯 장마철을 나타내는 662개의 돌멩이가 사방으로 마구 흩어졌다.

84

해가 진 다음 얼마 안 되어 노새가 끄는 마차를 타고 도착하여, 떠밀려 들어온 캄캄한 오두막 안에서, 키지는 기운이 빠지고 반쯤 넋이 나간 채로, 무슨 삼베 자루 같은 것을 깔고 누워 있었다. 어렴풋이 지금이 몇 시쯤일까 그녀는 궁금한 생각이 들었는데, 밤은 끝없이 길기만 하게 여겨졌다. 그녀는 몸을 이리저리 뒤척거리고 비틀면서, 아무 생각이라도 좋으니 무서움을 느끼지 않을 무슨 생각을 억지로라도 해보려고 애썼다. 이윽고, 벌써 백 번은 해보는 생각이었지만, 그녀는 어떻게 해야 〈북부〉라고 하는 곳으로 갈 수 있을까 곰곰이 생각해 보려고 했는데, 용케 그곳까지 가서 도망을 치기만 한다면 살색이 검은 사람들도 자유를 얻게 된다는 얘기를 그녀는 너무나 자주 들었다. 잘못 길을 들었다가는, 월러 쥔님보다 더 고약한 쥔님들과 감독들이 많다는 〈남부의 오지〉로 가게 된다는 얘기도 나돌았다. 어느 쪽이 북쪽으로 가는 길일까? 그녀는 알 길이 없었다. 아무튼 나는 도망치겠다고 그녀는 독하게 마음을 먹었다.

오두막의 문이 열리는 삐걱거리는 소리를 처음 들었을 때, 그녀는 등골이 바늘에 찔린 듯한 기분이었다. 어둠 속에서 벌떡 일어나 뒤로 물러서던 그녀는, 촛불의 너울거리는 불꽃을 손으로 가리며 살그머니 안으로 들어서는 사람의 모습을 보았다. 키지는 불빛 위로 그녀를 사들였던 흰둥이의 얼굴을 알아보았으며, 그가 당장이라도 후려칠 듯 다른 쪽 손에 움켜잡은 짤막한 회초리도 보았다. 하지만 그녀를 제자리에 얼어붙게 만든 것은 흰둥이 남자의 얼굴에서 번들거리는 음흉한 눈빛이었다.

「난 너를 다치게 하고 싶은 생각이 털끝만큼도 없다.」 그가 말했으며, 그의 입에서 나는 술 냄새 때문에 그녀는 숨이 막힐 지경이었다. 그가 무엇을 하려는지를 그녀는 알아차렸다. 그녀가 잠들었다고 판단한 다음, 커튼으로 가린 저쪽 방에서 이상한 소리가 들려올 때면 아빠가 엄마에게 하던 그런 무엇을 남자는 키지에게 하려는 모양이었다. 남자가 지금 하려는 행위는, 둘이서 울타리를 따라 걸어 내려간 다음 그녀에게 노아가 조르고는 하던 그런 일이었으며, 그녀는 몇 차례 하마터면 그의 말대로 몸을 내맡길 뻔했었는데, 특히 그가 떠나기 전날 밤에는 탁한 목소리로, 〈너 내 아기 가지기 나 바란다!〉고 소리를 지르는 바람에 그녀는 굉장히 겁이 나기도 했었다. 그런 짓을 하도록 그녀가 내버려 두리라고 생각했다면 이 흰둥이는 제정신이 아니리라고 키지는 생각했다.

「지금 너하고 노닥거릴 시간이 없어!」 흰둥이는 혀가 꼬부라진 소리로 말했다. 키지의 눈은 어떻게 남자를 피하여 밤의 어둠 속으로 도망쳐 나갈까 상황을 살폈지만 ― 그런 낌새를 이미 눈치라도 챘는지, 남자는 약간 옆으로 자리를 옮겨서, 오두막 안에 하나뿐인 부서진 의자의 바닥에다 촛불을 기울여 촛농을 떨어뜨리면서도 그녀에게서 시선을 떼지 않았고, 그러고는 작은 불꽃이 팔락거리며 발딱 일어섰다. 천천히 한 발짝씩 뒷걸음질을 치던 키지는 오두막의 벽에 어깨가 스치는 감촉을 느꼈다. 「넌 내가 너의 새 쥔님 나리라는 사실도 몰라?」 그는 일그러진 미소를 지으며 그녀를 노려보았다. 「너 상당히 예쁜 계집년이로구나. 네가 정말 내 마음에 들면 해방시켜 줄지도 모르지―」

그가 달려들어 그녀를 낚아채자, 키지는 비명을 지르며 몸을 뿌리쳤고, 그러자 화가 치민 남자는 욕설을 퍼부으며 회초리로 그녀의 목덜미를 후려쳤다. 「네년 껍질을 벗겨 놓겠어!」 야생녀처럼 덤벼들면서 키지는 그의 일그러진 얼굴을 손톱으로 할퀴었지만, 남자는 그녀를 천천히 힘으로 거칠게 마룻바닥에 넘어뜨렸다. 손으로 밀치며 몸을 일으키려고 하는 그녀를 남자는 다시 밀어 쓰러트렸다. 그녀 옆에 무릎을 꿇고 앉은 남자는 (《살려 주세요, 쥔님, 살려 주세요》라고) 소리치는 키지의 입을 한 손으로 틀어막고는, 다른 손으로 더러운 부대 조각을 그녀의 입속으로 틀어넣어 재갈을 물렸다. 고통스러워서 그녀가 두 팔을 휘저어 버둥대면서, 허리를 활처럼 휘며 덮치는 남자를 떨쳐 내려고 했지만, 남자는 그녀의 머리를 거듭, 거듭, 거듭 마룻바닥에다 찧더니, (점점 더 흥분하면서) 그녀의 뺨을 갈기기 시작했으며, 키지는 남자가 옷을 훌렁 위로 들어 올리고, 속옷이 찢어져 나가는 것을 느꼈다. 미친 듯이 발버둥을 치고, 입속에 쑤셔 넣은 삼베 조각 때문에 비명마저 막혀 버린 채로, 그녀는 허벅다리를 더듬어 올라오던 그의 두 손이, 마침내 그녀의 비밀스러운 곳을 찾아내어 손가락으로 만지고, 움켜잡기도 하고, 벌려 보기도 하는 손길을 느꼈다. 다시 한 번 정신이 나갈 만큼 냅다 후려갈기고 나서, 남자는 성급하게 바지 멜빵을 끌어내리더니, 바지 앞자락을 더듬거렸다. 그러더니 그녀의 몸속으로 그가 강제로 파고 들어오면서 온몸이 찢어지는 듯한 고통이 닥쳐왔고, 키지는 모든 감각이 터져 나가는 듯했다. 그런 동작은 자꾸자꾸 계속되었고, 마침내 키지는 의식을 잃어버렸다.

　이른 새벽 키지는 깜박거리면서 눈을 떴다. 젊은 검둥이 여인이 허리를 구부리고 따뜻한 비눗물로 걸레를 축여 그녀의 비밀스러운 곳을 씻어 내는 것을 보고는 어찌나 창피한지 몸 둘 바를 몰랐다. 퀴퀴한 냄새로 자기가 똥까지 쌌다는 사실을 알고 그녀는 어쩔 줄을 몰라서 눈을 감아 버렸으며, 잠시 후에 여자는 그녀의 뒤까지도 닦아 주었다. 다시 키지가 실눈을 떠서 살펴보니, 그 여자의 얼굴은 흡사 빨래라도 하는 듯, 그런 일이 마치 평생 계속해야 하는 숱한 일거리들 가운데 하나에 지나지 않는다는 듯 무표정했다. 마지막으로 여자는 키지의 사타구니에 깨끗한 수건을 덮어 주면서, 키지의 얼굴을 힐끗 올려다보았다. 「지금 얘기하고 싶은 생각 없겠구나 나도 알아.」 여인은 그렇게 조용히 말하면서, 더러운 걸레들을 거두고 물통을 집어 들더니 밖으로 나갈 채비를 했다. 한쪽 팔로 그것들을 몽땅 챙겨 든 여인은, 다시 허리를 숙여서, 다른 손으로 삼베 부대를 덮어 키지의 몸을 거의 다 가려 주었다. 「조금 후에 먹을거리 좀 가져다줄게.」 그녀가 말하고는 오두막 문을 나가 버렸다.

498

자리에 누운 키지는 마치 몸이 공중에 매달린 듯한 느낌이 들었다. 그녀는 입에 올릴 수도 없고, 생각조차 하기 싫은 사건이 자기 자신에게 정말 일어났다는 사실을 부인하려고 들었지만, 찢어진 음부를 창으로 쑤시는 듯한 아픔은 그것이 실제로 일어났음을 상기시켜 주었다. 그녀는 깊숙한 곳까지 자신을 파고든 더러움을, 결코 지워 버리지 못할 수치를 느꼈다. 그녀는 몸의 자세를 바꿔 보려고 했지만, 고통이 온몸으로 퍼져 나가는 것 같았다. 몸을 꼼짝하지도 않으면서 그녀는, 마치 앞으로 또 닥쳐올지 모르는 가혹한 짓으로부터 자신을 숨기기 위해 거치를 틀려는 듯, 삼베 부대로 몸을 단단히 감싸려고 했지만, 고통은 점점 더 심해졌다.

키지의 마음은 지난 사흘 낮과 밤을 주마등처럼 회상해 보았다. 공포에 질린 아버지와 어머니의 얼굴이 아직 눈앞에 생생했고, 그녀가 끌려올 때 그들이 울부짖던 절망적인 외침이 귓전에 쟁쟁했다. 스폿실베이니아 군의 보안관이 그녀를 인계해 준 흰둥이 노예 상인의 손에서 한사코 벗어나려고 몸부림치던 그때의 느낌도 되살아났고, 오줌을 누러 간다고 핑계를 대고는 도망에 거의 성공했던 때도 생각났다. 그러다가 끝내 어느 작은 도시까지 끌려가서 (사납게 신경을 곤두세우고 끈질긴 흥정을 벌인 끝에) 노예 상인은 결국 이 새 쥔님에게 그녀를 팔아 넘겼고, 그 남자는 밤이 되기를 기다렸다가 키지를 범하기에 이르렀다. 엄마! 아빠! 소리쳐 불러서 그들이 듣기만 한다면 얼마나 좋을까마는 ― 그들은 그녀가 지금 어디에 와 있는지조차 알지를 못했다. 그리고 그들의 신상에도 무슨 일이 일어났는지 키지는 알 길이 없었다. 월러 쥔님은 그가 소유하는 노예들이 그의 〈규칙을 어기지만 않으면〉 아무도 팔아 치우지 않는다는 사실을 그녀는 알았다. 하지만 키지를 팔아 버리지 못하게 쥔님을 말리려고 들었던 과정에서, 그들은 규칙을 여남은 번쯤은 위반한 꼴이 되었다.

그리고 노아, 노아는 어떻게 되었을까? 어디선가 매를 맞아 죽었을까? 그녀의 사랑이 진실함을 증명하고 싶다면, 글쓰기 솜씨를 발휘하여, 그를 수상히 여겨서 못 가게 막거나 심문하려고 하는 순찰대와 다른 흰둥이들에게 내보일 가짜 여행 증명서 한 장 만들어 줘야 한다고 화를 내며 요구하던 노아의 모습이 다시금 생생하게 키지의 눈앞에서 어른거렸다. 북부에 일단 가기만 하면, 얼른 일자리를 구해 돈을 벌어 좀 저축해서, 〈몰래 여기 돌아와 너 북쪽까지 데리고 가서, 나머지 세월 함께 살아간다〉고 맹세하던 그의 얼굴에 역력했던 단호한 결심도 그녀는 잊지 않았다. 그녀는 다시 울음이 복받쳤다. 그녀는 그를 다시는 못 만나게 되었다. 그리고 부모님도. 하지만 혹시…….

그녀의 마음은 갑자기 희망으로 용솟음쳤다! 앤 아씨는 어렸을 때부터, 만일 돈 많고 미남인 쥔님과 결혼하기만 하면, 그녀의 몸종이 될 사람은 키지뿐이고, 나중에는 집 안 가득해질 아이들의 시중도 키지가 들게 하겠다고 맹세하지 않았던가. 키지가 없어졌다는 사실을 알고, 앤 아씨가 울고불고 때를 쓰면서, 월러 쥔님께 키지를 돌려 달라고 애원할 가능성은 과연 없었던가? 세상에서 그분의 마음을 움직이는 데 앤 아씨를 당할 사람은 아무도 없었다! 그러면 쥔님이 사람들을 풀어서 그 노예 상인을 찾아내게 하고, 그녀를 누구에게 팔았는지 알아내고는, 다시 사가면 되지 않을까?

하지만 키지의 가슴속에서는 새로운 슬픔이 솟아올랐다. 보안관은 키지를 팔아 버린 노예 상인이 누구였는지를 정확히 알고 있었으니, 찾으려고만 했다면 그들은 지금쯤 벌써 찾아오고도 남았으리라는 사실을 그녀는 깨달았다. 그래서 이제 그녀는 더욱 절망적이었고, 철저히 버림을 받았다는 느낌만 더욱 심해졌다. 그리고 한참이 지난 다음, 더 흘리려야 흘릴 눈물마저 말라 버린 다음, 그녀는 누워서 하나님에게, 그녀가 노아를 사랑했다는 이유만으로 이런 모든 고초를 겪어야 마땅하다고 생각한다면, 하나님은 차라리 그녀를 죽여야 옳다고 간절히 빌었다. 미끌미끌한 무엇이 허벅다리 사이에서 새어 나온다고 느낀 그녀는 아직도 출혈이 멎지 않았음을 알았다. 하지만 고통은 조금 가라앉아 쑤시는 정도가 되었다.

문이 삐걱 소리를 내며 다시 열리자, 벌떡 일어나 벽 쪽으로 뒷걸음질을 치던 그녀는, 아까 그 여자가 돌아왔음을 알았다. 그녀는 밥그릇과 숟가락, 그리고 김이 무럭무럭 나는 작은 냄비 하나를 들고 들어왔고, 키지는 다시 흙바닥에 힘없이 털썩 주저앉았으며, 여자는 냄비를 탁자에 내려놓고, 숟가락으로 음식을 조금 떠 그릇에 옮겨 담아서 키지 옆에 놓아 주었다. 키지는 음식이나 여자를 거들떠보지도 않았지만, 여자는 아무렇지도 않은 듯 키지 곁으로 와서 쭈그리고 앉더니, 마치 두 사람이 여러 해 동안 잘 알고 지내 온 사이나 되는 듯 얘기를

500

시작했다.

「나 큰집 요리사, 이름 말리지야. 너 이름 뭐지?」

결국 키지는 대답을 안 하는 편이 더 바보 같다는 생각이 들었다. 「이름 키지예요, 말리지 언니.」

말리지 언니는 그만하면 되었다는 듯 힘주는 소리를 냈다. 「너 말투 고상하게 들려.」 그녀는 손을 대지 않은 스튜가 담긴 그릇을 흘깃 쳐다보았다. 「음식 다 식어라 내버려 두면 너에게 안 좋다 알 텐데.」 말리지는 말투가 맨디 언니나 수키 아줌마와 거의 비슷했다.

머뭇거리면서 숟가락을 집어 든 키지는 스튜의 맛을 보고는, 천천히 먹기 시작했다.

「너 몇 살이지?」 말리지가 물었다.

「열여섯 살요.」

「쥔님 틀림없이 지옥에 간다!」 말리지는 반쯤 숨을 죽이고 나지막한 소리로 외쳤다. 키지를 쳐다보면서 그녀가 말했다. 「미리 말해 둔다 하는 것 좋겠다 생각인데, 쥔님은 검둥개 계집들 좋아하고, 특히 너처럼 어린 계집 좋아해. 나하고도 한참 그랬었는데, 나 너보다 아홉 살쯤 많지만, 어린 아가씨 여기 데려온 다음 나 버리고, 그 아가씨 사는 집에서 나 부엌데기 일하라 그랬으니, 하나님 맙소사!」 말리지는 얼굴을 찌푸렸다. 「너 그 사람 여기 자주 찾아온다 확실해.」

놀란 키지가 손을 입으로 가져가는 것을 보고, 말리지가 말했다. 「애, 너 검둥개 계집이다 하는 거 잘 깨달아야 해. 쥔님 같은 종류 흰둥이 만나면, 차라리 항복하는 편 낫지, 아니면 얼른 항복했어야 좋았다 후회할 때까지, 이리저리 고달프게 만들어. 그리고 또 말해 주겠는데, 쥔님 성질 잘못 건드렸다 하면 고약한 꼴 본다. 사실 말인데, 나 온 세상 그처럼 무섭게 화낸다 사람 절대로 본 적 없어. 모든 일 무사하고 잘돼 가다가, 쥔님 화나게 만드는 일 벌어진다 하면 (말리지는 손가락을 튕겨 딱 소리를 냈다) 이 소리처럼 빨리 시뻘게지고, 꼭 미친 사람 똑같이 날뛴다고!」

키지는 재빨리 따져 보았다. 일단 날이 어두워지면, 그가 다시 오기 전에, 무슨 수를 써서라도 도망쳐야만 한다. 하지만 말리지는 그런 그녀의 마음을 읽기나 한 듯이 이렇게 말했다. 「섣불리 아무 데건 달아난다 생각조차 말라고, 아가씨야! 쥔님 당장 피 굶주린 사냥개들 풀어 너 잡아 오고, 그러면 너 더 험한 꼴 뻔하지. 하지만 걱정 진정시켜. 앞으로 나흘이나 닷새 동안 쥔님 어쨌든 여기 없어질 테니까. 쥔님하고 늙은 검둥개 쌈닭 훈련사 이 주(州) 반쯤 건너가 벌어지는 닭쌈 참가한다 떠나 버렸으니까.」 말리지는 잠깐 말을 중단했다. 「쥔님 닭쌈 말고 다른 일에 관심 없어.」

말리지는 쉬지 않고 지껄였으며 — 가난뱅이로 성장한 쥔님이, 어쩌다가 25센트짜리 복권을 샀다가, 운이 맞아서 훌륭한 싸움닭 한 마리를 타게 되었고, 그 사건을 계기로 쌈판을 쫓아다니기 시작해서, 마침내는 이 지방에서 손꼽히는 닭쌈꾼으로 성공하게 되었다는 얘기를 장황히 늘어놓았다.

키지가 결국 말을 가로막았다. 「쥔님 마님하고는 안 자나요?」

「물론 같이 자!」 말리지가 말했다. 「쥔님 여자라면 그냥 좋아해. 마님 여기서 별로 눈에 안 보이는 이유 쥔님 죽어라 무서워하기 때문이어서, 정말 숨죽여 집 안 틀어박혀 지내니까 그래. 마님 쥔님처럼 가난 흰둥이 집안이고, 나이 역시 쥔님보다 굉장히 훨씬 적어서, 결혼했을 때 나이 열네 살로 여기 쥔님이 데리고 왔어. 하지만 마님 얼마 안 가서 쥔님 자기보다 닭 더 좋아한다 알게 되었지.」 말리지가 쥔님과 그의 아내, 그리고 닭에 관한 얘기를 계속 늘어놓는 동안, 키지는 또다시 도망칠 생각에 여념이 없었다.

「애! 너 내 말 들어?」

「예! 들어요.」 키지는 황급히 대답했다. 찡그렸던 말리지의 얼굴이 다시 펴졌다. 「너 지금 어디 왔는지 잘 알아라 가르쳐 주는 거니까, 그래, 알아서 잘해야 좋을 거야!」

잠시 여인은 키지를 찬찬히 뜯어보았다. 「그런데 너 대체 어디서 왔지?」 키지는 버지니아 주의 스폿실베이니아 군에서 왔다고 대답했다. 「절대 들어 보지 못한 곳이군! 아무튼 여기는 북칼리니 주 캐스웰 군이다.」 키지는 그 지명이 어디인지 전혀 모르겠다는 표정을 지었지만, 그녀가 자주 들어 본 북캐롤라이나가 아닐까 생각했으며, 버지니아에서 가까운 어디쯤이리라는 짐작이 갔다.

「이봐, 너 쥔님 성함이나 알아?」 말리지가 물었다. 키지는 멍한 표정을 지었다. 「쥔님 이름 톰 리이고—」 그녀는 잠시 무엇인가 속으로 따져 보았다. 「그러니까 너 이름 이제부터 키지 리가 되었어.」

「나 이름 키지 월러예요!」키지가 큰 소리로 항의했다. 그러자 순간적으로 그녀는 이런 모든 일이 자기에게 벌어진 까닭은, 그녀가 이름을 이어받은 월러 쥔님 때문이라는 생각이 들었고, 그래서 흐느껴 울기 시작했다.「그렇게 상심 많이 하지 마, 얘야!」말리지가 말했다.「검둥개들 누구든 쥔님 이름 따른다 너도 잘 알잖아. 검둥개 이름 절대로 아무 상관 없고, 그냥 부르기 좋으라 붙인 거니까.」

키지가 말했다.「우리 아빠 진짜 이름 쿤타 킨테예요. 아프리카 사람이에요.」

「정말이냐!」말리지는 깜짝 놀란 눈치였다.「나 들은 얘기로는, 우리 증조할아버지 역시 아프리카 사람이다 말 들었어! 우리 어머니 말하기를, 할머니한테 들었는데, 증조할아버지 숯보다 더 살빛 까맣고, 양쪽 뺨에 흉터가 구불구불했다 그랬어. 하지만 증조할아버지 이름 한 번도 엄마 말하지 않았어.」말리지는 잠깐 뜸을 들였다.「너, 어머니 누군지 역시 알아?」

「물론 알아요. 엄마 이름 벨요. 아줌마처럼 큰집 요리사예요. 그리고 우리 아빠 쥔님 마차 몰았어요— 최근까지요.」

「그럼 너 엄마 아빠 둘 다 함께 살다가 왔다 말이야?」말리지는 믿어지지가 않는 모양이었다.「누구 하나 곧 팔려 가버리기 예사니까, 맙소사, 정말 부모 둘 다 아는 사람 많지 않아!」

말리지가 자리를 뜨려는 기미를 알아차린 키지는, 혼자 남기가 갑자기 두려워져서, 대화를 좀 더 계속할 길이 없을까 궁리해 보았다.「아줌마 우리 엄마하고 말하기 굉장히 비슷해요.」키지가 호의적으로 말했다. 말리지는 깜짝 놀란 듯싶었고, 아주 기분이 좋아진 눈치였다.「너 엄마 나처럼 훌륭한 기독교인이다 생각한다.」잠시 망설이면서, 키지는 얼핏 머리에 떠오르던 문제를 물어보았다.「나 여기서 무슨 일 시킬까요, 말리지 아줌마?」

말리지는 그 말을 듣더니 무척 놀란 표정을 지었다.「무슨 일 시키냐고?」그녀가 물었다.「여기 검둥개 몇이다 쥔님 얘기 안 했어?」키지는 고개를 저었다.「우리 아가씨, 너까지 합해서 꼭 다섯이야. 닭들하고 함께 사는 늙은 검둥개 밍고까지 합쳐서 말이야. 그러니까 나 음식 만들고, 빨래하고, 집안 살림 돌보고, 세라 언니와 팜퍼 아저씨 밭에서 일하고, 보나 마나 너 역시 거기 밭에 가서 일한다!」

키지의 놀란 표정을 보고 말리지는 눈썹을 추켜올렸다. 「너 앞에 살던 곳에서 무슨 일 했니?」

「큰집 청소하고 어머니 부엌일 거들었어요.」키지는 더듬거리는 목소리로 대답했다.

「너 부드러운 손 보았을 때, 그런 정도 생각했어! 그렇지만, 쥔님 돌아왔다 당장 손 부르튼다 못 박힌다 각오해야 좋아!」 그렇게 말하고 나서 말리지는 말투를 좀 부드럽게 고쳐야 좋겠다는 생각이 든 모양이었다. 「불쌍하기도 하구나! 내 말 들어야 하는데, 너 부자 쥔님 모시기밖에 몰라. 하지만 여기 가난 흰둥이 집에서는 별짓 다 해서 아껴 한 푼 두 푼 모은 돈 가지고 땅 한 조각 사고, 알맹이 비었어도 겉 그럴듯하다 보이려고 앞쪽만 크게 만든 집 지어 놓지. 여기 가난 흰둥이들 대개 그 모양이야. 〈백 에이커 땅에 네 명 검둥개로 농사짓는다〉 속담이 있지. 하지만 우리 쥔님 그만큼 노예 부리기 너무 돈이 없는 사람이지. 땅이라고 80에이커 더 이상 없고, 그냥 쥔님 소리 겨우 들을 정도 농사지으니까. 쥔님 큰 재산 알아보면, 내기 닭쌈 내보낸다 하고 밍고 검둥개 키워 훈련시키는 백여 마리 닭뿐이라고. 쥔님 조금이라도 돈 쓰는 곳 닭들밖에 없어. 쥔님 보면 새 마님한테 언젠가 닭들이 한밑천 근사하게 벌어들인다 자꾸 큰소리 쳐. 술 취하면 쥔님 새 마님한테 하는 소리인데, 대박 터진다 하는 날, 앞쪽 기둥 여섯 개 세우고, 2층까지 올린 높은 집 지어 주겠다 하면서, 쥔님하고 마님하고 아직도 옛날 똑같이 가난 흰둥이다 깔보는 부자들, 정말 돈 많은 이곳 부자 쥔님들 집보다 더 멋진 집 지어 주겠다 큰소리라고! 진짜로, 쥔님 그렇게 멋진 집 짓겠다 정말 돈 저축한다 그래. 흥! 그럴지 어쩔지 나 모르지. 다른 쥔님들 모두 그렇듯이 마차 몰고 다니는 검둥개 두기는커녕, 마구간일 하는 아이 하나 둘 돈도 아끼는 사람이니까. 타는 마차 짐 싣는 마차 둘 다 자기 손으로 말 잡아매고, 말에 안장 역시 자기 손 없고, 마차몰이도 혼자 한다니까. 애야, 나 밭일하라 쫓겨나지 않는 오직 이유 새 마님 물 끓이기도 제대로 못하는데, 쥔님 먹는 거 아주 좋아하기 때문이란다. 그리고 집에 손님 올 때 집안 검둥개 음식 갖다 바치는 모양 근사해 보여서 좋거든. 어디 밖에 나가 술 마시고 취하면, 특히 자기 기른 쌈닭 내기해서 돈 좀 따면, 뽐내고 싶다 생각해서, 저녁 같이하자 손님들 집으로 끌고 불러오기 좋아해. 하지만 어

쨌든 팜피 아저씨하고 세라 언니하고만 가지고는 심고 싶은 만큼 농
사짓기 못한다 알고, 결국 누군가 사람 하나 더 구해야 했어. 그래서
쥔님 너 사왔는데—」 말리지는 말을 잠깐 멈추었다. 「너 값이 얼마구
나 아니?」

「아뇨.」 키지는 힘없이 말했다.

「글쎄, 나 요즘 검둥개 몸값 들어 봐서 아는데, 게다가 너 튼튼하고
젊은데다가, 아이도 잘 낳아 공짜로 검둥개 새끼들 얻게 생겼으니까,
다 계산하면 아마 6백에서 7백 달러 주었다 생각해.」

키지는 다시 말문이 막혔고, 문으로 향하던 말리지는 걸음을 멈추
었다. 「사실 말이야, 부자 쥔님들 농장에 키워 돈 받고 빌려 주는 씨
받이 검둥개 하나 데려다 너하고 접붙인다 하더라도 나 놀라지 않았
겠어. 하지만 나 보기에, 너하고 아기 만드는 일 쥔님 직접 할 생각
같아.」

85

대화는 짧았다.

「쥔님, 나 아기 낳으려고 그래요.」

「그래서 나더러 어쩌란 말이야? 일을 하지 않으려고 꾀병은 부리
지 않는 게 좋을 거다!」

하지만 키지의 배가 불러 오기 시작하자, 그녀의 오두막집을 찾던
그의 발길도 전처럼 잦지는 않았다. 땡볕에서 죽도록 일을 하다 보니,
키지는 어지러움도 느꼈고, 처음 해보는 고된 밭일이라서 아침에는
몸살이 나고는 했다. 양쪽 손바닥에서 물집이 터져 아팠고, 다시 물집
이 잡혔고, 거칠고 무거운 괭이의 손잡이에 계속 쓸려 어느새 또 터졌
다. (두 사람 다 아직은 그녀를 어떻게 대해야 좋을지 결정을 못 내린
듯싶은) 작달막하고, 다부지고, 경험이 풍부하고, 피부가 까만 팜피
아저씨, 그리고 깡마른 몸에 강인하고, 피부 색깔이 엷은 갈색인 세라
언니 뒤에서 너무 처지지 않으려고 애를 쓰며, 괭이질을 계속하던 그
녀는 아기를 낳을 때는 어떻게 해야 한다고 엄마가 해주었던 얘기를
모조리 기억해 내려고 열심히 머리를 짜내고는 했다. 벨을 이곳으로

데려다 주기만 한다면 그녀는 무엇이라도 내놓고 싶은 심정이었다. 아이를 배어 배가 집채만큼 불러 버린 창피한 꼴로 (《너 노아하고 너무 가까이 지내면서 나쁜 짓 하고 돌아다녔다가는》 틀림없이 당하게 될 부끄러운 불명예에 대해서 그토록 거듭거듭 경고하던) 엄마를 대하기란 쉬운 일이 아니겠지만, 그래도 자신의 잘못이 아니었음을 벨이 이해하고, 그녀가 알아야 할 일들을 가르쳐 주리라고 그녀는 생각했다.

키지는 벨의 목소리가, 전에 자주 그랬듯이, 무엇이 윌러 주인의 마님과 아이를 함께 비극적인 죽음으로 몰고 갔는지, 구슬프게 하던 애기가 귓전에 들려오는 듯했다. 〈가엾은 마님 몸 그냥 너무 작아 그렇게 큰 아기 낳기 힘들었어!〉 그렇다면 키지의 몸은 크기가 충분했나? 키지는 겁에 질려 생각해 보았다. 그것을 알아낼 방법은 없을까? 그녀가 앤 아씨와 함께 언젠가, 암소가 새끼를 낳는 광경을 구경하며 눈이 휘둥그레져서, 어른들이 아무리 아기를 황새가 물어다 준다고 말해 왔지만, 아마도 사람 엄마들도 저렇게 무서운 방법으로 아이를 그들의 사타구니에서 밀어내 낳는지도 모르겠다고 귓속말을 주고받았던 때가 생각났다.

말리지와 세라 언니처럼 나이가 많은 여자들은 계속해서 점점 커지는 키지의 배(와 젖가슴)를 별로 눈치 채지도 못하는 듯싶었고, 그래서 화가 난 키지는 그들에게 자신의 공포감을 호소하는 짓이 리 쥔님에게 매달리기만큼이나 시간 낭비이리라고 마음을 먹었다. 농장에서 말을 타고 돌아다니면서, 조금이라도 게으름을 피운다고 생각되면 아무에게나 고함을 질러 위협하는 리 쥔님은 분명히 전혀 신경이라고는 쓰지 않는 듯싶었다.

(1806년 겨울에) 아기가 태어날 때는 세라 언니가 산파 노릇을 했다. 끝도 없이 신음하고, 비명을 지르고, 몸이 찢겨 나가는 듯한 아픔을 겪은 다음에, 키지는 온몸이 땀에 젖은 채로 누워, 싱글벙글 웃으며 세라 언니가 집어 올린 꼼지락거리는 갓난아기를, 신기해하며 물끄러미 쳐다보았다. 사내아이였지만 ― 피부는 거의 누렁이에 가까워 보였다.

키지가 놀라는 모습을 보고 세라 언니가 안심을 시켰다. 「갓 태어난 아기 적어도 한 달 걸려야 제대로 검정색 된다고!」 하지만 하루에도 여러 차례 아기를 살펴보면서 키지는 점점 더 걱정이 심해졌으며, 한 달이 다 지난 다음에는 아기의 살색이 영원히 기껏해야 호두 같은 정도의 갈색이 되리라는 생각이 들었다.

그녀는 엄마가 자랑스럽게 뽐내던 소리를 기억했다. 「이곳 쥔님 댁에는 진짜 살색 까만 검둥개들만 살아요.」 그리고 그녀는 흑단처럼 까만 아버지가 (경멸스럽다고 입을 뒤틀어 가면서) 튀기들의 피부색을 〈사쏘 보로〉라고 부르던 소리를 생각하지 않으려고 애썼다. 그녀는 부모가 (수치심을 함께 느끼며) 이런 꼴을 보지 않게 되었다는 사실만이 그나마 고마웠다. 하지만, 비록 부모가 그녀의 아이를 영원히 보지 않게 되더라도, 그녀의 피부와 아기의 살색을 비교해 보기만 하면 그녀가 (어떤 사람과) 어떤 일을 저질렀는지를 누구라도 빤히 알게 되었기 때문에, 다시는 떳떳하게 고개를 들고 다니기가 불가능해졌음을 깨달았다. 그녀는 노아를 생각하고는 더욱 심한 수치심을 느꼈다. 「이거 나 떠나기 전 우리들 마지막 기회인데, 왜 너 못하겠다 그래?」 그가 하던 말이 그녀의 귓전에 다시 들려왔다. 그녀는 노아의 뜻을 따르고, 그래서 이 아기가 노아의 아들이었다면, 적어도 살결은 검은 빛깔이었으리라는 절망적인 아쉬움을 느꼈다.

「아가씨, 이렇게 크고 멋진 아기 낳고, 왜 행복한 얼굴 안 보여!」 어느 날 아침, 키지의 슬픈 얼굴을 보고, 또 자기 아이지만 차마 들여다보지도 못하겠다는 듯이 그녀가 매우 거북스럽게 아기를 옆으로 안은 모습을 보고 말리지가 말했다. 그러고는 갑자기 이유를 깨달은 말리지는 대뜸 이렇게 말했다. 「이봐, 너 걱정하는 문제 조금도 걱정할 문제 안 된다니까. 요즘 세상에 그런 거 문제 삼는다 사람 아무도 없고, 신경조차 안 쓰니까, 다 상관없다고. 우리 같은 진짜 검둥이 숫자 거의 맞먹는다 많게 튀기들 생겨나잖아. 세상 다 그렇다 알아 둬——」 말리지는 호소하는 표정으로 키지에게 말했다. 「그리고 쥔님 자기 애라고 절대 빼앗아 가지 않아. 너처럼 밭일시켜 부려 먹을 공짜 어린애 하나 생겼다 기쁠 따름이지. 그러니까 저 크고 잘생긴 아기 네 아이다 그 생각만 하라고!」

그런 식으로 세상을 이해하니 키지는, 적어도 어느 정도는, 마음이 진정되었다. 「하지만 언젠가 마님 이 애 보면 어떻게 되나요, 말리지 언니?」 키지가 물었다.

「마님 남편 나쁜 사람이다 다 알아! 남편들 검둥개한테 아이 만든다 아는 모든 흰둥이 여자 숫자만큼 동전 모으면 나 굉장히 부자 된다고. 중요한 거, 자기 아이 하나도 낳지 못하는 새 마님 질투한다 문제야.」

(아이를 낳은 지 한 달쯤 지난) 이튿날 밤에 리 쥔님이 오두막으로 와서는, 침대를 굽어보며 잠자는 아기에게로 촛불을 가까이 가져갔다.「흠. 그놈 참 못생긴 얼굴은 아니군. 게다가 몸집도 괜찮고.」 그는 검지로 갓난애의 작은 주먹 한쪽을 가볍게 흔들어 보더니, 키지를 돌아보며 말했다.「좋아. 이번 주말까지만 쉬면 충분하겠어. 월요일엔 다시 밭에 나가서 일을 해.」

「하지만 쥔님, 여기 집에서 나 애 젖 먹여야 되는데요!」 어리석게도 그녀가 말했다.

그녀의 귀청이 터져 나갈 정도로 쥔님이 화를 냈다.「입 닥치고, 내가 시키는 대로 해! 네년은 버지니아의 어느 잘난 놈의 귀족 덕분에 버르장머리가 고약하게 들었단 말이야! 애새끼는 밭으로 데리고 나가면 되고, 그게 싫다면 애는 내가 가져가고 네년은 정신도 못 차릴 정도로 당장 다른 곳으로 팔아 치울 테니까 알아서 해!」

혼비백산 겁이 와락 난 키지는 자기가 낳은 애한테서 떨어져 팔려 간다는 생각만 해도 눈물이 펑펑 쏟아졌다.「알겠습니다, 쥔님!」 몸을 도사리며 키지가 소리쳤다. 그녀가 단숨에 기가 죽어 고분고분해지는 모습을 보자 그는 곧 화가 누그러졌지만, 그녀는 (차마 믿어지지 않는 일이기는 했어도) 쥔님이 찾아온 까닭이, 아기가 바로 곁에서 잠을 자는 처지인데도 지금 당장 그녀를 다시 사용하려는 생각 때문이었음을 알아차리게 되었다.

「쥔님, 쥔님, 너무 빨라요.」 그녀는 눈물을 글썽거리며 애원했다. 「쥔님, 상처 제대로 아물지 않았어요.」 하지만 쥔님이 아예 들은 체도 하지 않자, 그녀는 촛불을 끄는 잠깐 동안만 저항을 조금이나마 했을 뿐, 그다음에는 혹시 애가 잠이 깨면 어쩌나 겁을 내면서, 말없이 시련을 견디어 냈다. 쥔님이 기운을 빼고 난 다음, 자리에서 일어나 나가려고 준비를 할 때까지도 아기가 깨어나지 않아서 그녀는 마음이 놓였다. 어둠 속에서 탁 소리를 내며 멜빵을 어깨에 걸치고 나서 쥔님이 말했다.「헌데, 애 이름을 뭐라고 붙이나——」 키지는 숨을 죽이고 누워서 기다렸다. 잠시 더 생각해 보더니 그가 중얼거렸다. 「조지라고 해야겠어. 그건 내가 알기로 세상에서 제일 열심히 일했던 검둥개의 이름이었어.」 또 잠시 혼자 생각해 보더니 그는 혼잣말처럼 말을 이었다. 「조지. 그래. 내일 내 『성서』에 그렇게 써넣겠어. 조지— 그래, 좋은 이름이고말고!」 그리고 그는 밖으로 나갔다.

키지는 몸을 닦아 내고는 다시 자리에 누웠지만, 어떤 만행에 대해서 가장 많이 화를 내야 할지 판단이 서지를 않았다. 그녀는 쿤타나 킨테가 아이에게는 이상적인 이름이라고 생각했었지만, 그렇게 별난 이름에 대해서 쥔님이 어떤 반응을 보일지 사실 자신이 없었다. 그렇지만 그가 고른 이름에 반대했다가 그의 성미를 자극하는 위험한 짓은 감히 자초하고 싶지가 않았다. 아프리카 피를 물려받은 아버지가 이름 짓기를 얼마나 중요하게 생각하는지를 잘 알았던 키지는 쿤타가 손자의 이름을 뭐라고 할까 생각하니 다시금 겁이 났다. 〈아들은 가족을 이끌어 갈 가장 노릇을 해야 하기 때문에!〉 아버지의 고향에서는 아들의 이름을 지어 주는 일이 세상에서 가장 중요한 일이라고 아빠가 그토록 힘을 주어 강조했던 말을 키지는 잊지 않았다.

그녀는 아버지가 (〈투봅〉이라고 부르던) 흰둥이들의 세계에 대해서 왜 항상 그토록 못마땅해했는지를 그녀가 조금도 이해하지 못했을까 의아하게 생각했다. 그녀는 벨이 하던 말도 생각났다. 〈애야, 너 너무 운이 좋아 나 겁이 나는데, 너 검둥개 되어 살아가는 신세 진짜 어떤지 모르고, 하나님에게 빌지만, 너 절대로 그런 거 알지 않게 해달라 생각이야.〉 하지만 그녀는 결국 알게 되었고 — 흰둥이들이 검둥 사람들에게 자행하는 고통은 끝이 없어 보였다. 하지만 그들이 저지른 잘못 가운데 가장 고약한 짓은 검둥이들로 하여금 자신이 누구인지를 알지 못하게 하고, 그들이 정말 사람다운 사람 노릇을 못하도록 무지한 존재로 만들려는 속셈이라고 쿤타는 말했었다.

엄마는 그녀에게 이런 말을 했었다. 〈너의 아빠 처음 내 마음 붙잡은 이유, 내가 본 남자 가운데 제일 자존심 강한 사람이다 때문이었지!〉 잠 속으로 빠져 들기 전에 키지는, 그녀가 낳은 아이가 아무리 미천한 출신이고, 아무리 살빛이 희고, 쥔님이 강제로 무슨 이름을 갖다 붙였더라도, 그녀의 아들이 아프리카 인의 손자라고만 생각하겠다고 속으로 다짐했다.

아침에 마주치더라도 키지에게 〈안녕하게 지내?〉라는 정도의 한마디 인사 이외에는 별로 말을 하지 않던 팜피 아저씨였기 때문에, 아기를 안고 다시 일하러 밭으로 나간 첫날 그녀는 놀라기도 하고 무척 감격하기도 했다. 팜피 아저씨는 어색하게 그녀에게로 다가오더니, 땀에 절은 밀짚모자 끝에 손을 가져갔다가, 밭의 언저리에 있는 나무를 가리켰다. 「아기 저 아래 갖다 눕히면 좋겠다 생각했어.」 그가 말했다. 무슨 뜻으로 그런 말을 하는지 알 길이 없었던 키지가 눈을 가늘게 뜨고 살펴보니, 어느 나무 밑에 놓인 무엇이 눈에 띄었다. 그곳으로 가까이 걸어가서 보니까, 나무에 붙여 작은 집을 하나 지어 놓았는데, 길게 잘라 낸 싱싱한 풀과 줄기가 굵은 갈대와 푸른 잎으로 지붕을 엮어 얹었고, 그녀의 눈에서는 어느새 눈물이 반짝였다.

고마운 마음으로 키지는 깨끗한 적황색 자리를 그늘이 진 풀잎 방석 위에 펴놓은 다음, 그 위에다 아기를 눕혔다. 아기는 잠깐 울었지만, 그녀가 달래고 다독거려 주자, 곧 트림을 하고는 손가락을 빨았다. 담배밭에서 일을 하던 두 사람 곁으로 되돌아가서 키지가 말했다. 「팜피 아저씨, 정말 고마워요.」 그는 대답 대신 무엇인가 중얼거리더니, 어색함을 감추려고 더 빨리 풀을 베어 나갔다. 가끔 키지는 서둘러 아기에게로 가서 살펴보았고, 세 시간마다 아기가 울기 시작하면, 그녀는 자리를 잡고 앉아서, 퉁퉁 불어난 젖 한쪽을 물려 주었다.

「여기서 아무리 봐도 마음 붙일 데 하나 없는데, 키지 아기 우리 모두한테 힘을 줘.」 며칠 후에 세라 언니가 한 말은 키지에게 한 얘기였지만, 세라의 시선은 은근히 팜피 아저씨에게로 향했고, 팜피 아저씨의 반응은 성가신 모기를 쫓는 듯한 눈치였다. 이 무렵에는 해가 지면 작업이 끝났고, 집으로 돌아갈 시간이면 세라 언니는 아기를 안고 가겠다며 키지더러는 두 사람의 괭이를 대신 들고 가도록 고집했고, 지친 발걸음으로 터벅거리며 그들이 돌아가던 노예 마을은 우람한 밤나무 한 그루 근처에 창문을 하나만 내고 작은 궤짝처럼 지은 네 채의 오두막이 전부였다. 땅거미가 지기 시작할 때쯤이면 키지는 오두막에 도착해서 작은 아궁이에 얼른 장작불을 지폈고, 토요일 아침마다 리 쥔님이 배급해 준 식량에서 남은 먹을거리로 요리를 했다. 식사를 빨리 끝내고는 옥수수 껍질로 만든 자리에 누워 조지와 함께 놀아 주었지만, 배가 고파서 칭얼댈 때까지는 젖을 물리지 않았다. 그런 다음에는 한껏 물을 마시게 하고는, 어깨에 아기를 얹어 놓고, 등을 쓰다듬어서 트림을 시킨 후에 다시 데리고 놀았다. 그녀는 아기와 함께 가능한 한 늦게까지 잠이 들지 않도록 해서, 아기가 다시 일어나 젖을 조를 때까지 한껏 오래 잠을 자게 했다. 이렇게 중간쯤 잠에서 깨어날 시간이면, (한 주일에 두 번이나 세 번) 쥔님이 찾아와서 강제로 그녀를 올라타고는 했다. 그럴 때마다 그에게서는 언제나 술 냄새가 풍겼지만, 그녀는 (아기뿐 아니라 그녀 자신을 위해서도) 이제는 더 이상 그에게 반항을 하지 않기로 마음먹었다. 역겹기 짝이 없는 마음으로, 그녀는 다리를 벌린 채 누워서, 끙끙거리면서 쥔님이 그녀에게서 쾌락을 만끽하는 동안, 꼼짝도 하지 않고 말없이 기다리기만 했다. 일을 끝내고 그가 몸을 일으키면, 그녀는 눈을 감은 채 그대로 누워서 (늘 그렇듯이 10센트짜리나 어떤 때는 25센트짜리 동전을 그가 탁자 위에 던져 놓고) 밖으로 나가는 소리가 들릴 때까지 가만히 기다렸다. 키지는 새 마님 아내 역시, 이쪽 소리가 모두 들릴 만큼 가까운 곳에 위치한 큰집에 홀로 누워서, 잠을 자지 않고 있으려나 궁금했는데, 쥔님이 다른 여자의 냄새를 몸에서 풍기며 그들이 함께 쓰는 침대로 기어 들어가면 새 마님은 기분이 어떻고, 무슨 생각이 들까, 알 길이 없었다.

동이 트기 전까지 조지에게 두 번 더 젖을 먹인 그녀는, 드디어, 깊은 잠에 떨어졌다가 — 그녀를 깨우려고 팜피 아저씨가 문을 두드리는 소리를 듣고 겨우 자리에서 일어났다. 키지는 아침을 먹고, 세라 언니가 와서 아기를 데리고 그날 나갈 밭으로 앞장서기 전에, 젖을 한 번 더 먹였다. 옥수수와, 담배와, 목화를 재배하는 밭이 모두 따로 떨어졌는데, 팜피 아저씨는 이제 밭마다 언저리에 나무 그늘이 지는 작은 쉼터를 지어 놓았다.

쥔님과 마님은 일요일마다 점심을 먹고 나면, 잠시 후에 늘 마차로 주말 나들이를 나갔으며, 그들이 집을 비운 사이에 몇 안 되는 노예 마을 사람들은 밤나무 둘레에 모여 앉아 한 시간가량의 대화 시간을 즐기곤 했다. 이제는 키지와 그녀의 아들이 끼어들게 되면서부터, 말리지와 세라 언니 사이에서는 한시라도 가만히 있지를 않으려는 조지를 서로 맡겠다면서 줄다리기 실랑이가 벌어지게 되었다. 담뱃대를 뻐끔거리며 앉아서, 팜피 아저씨는 키지와 즐겨 애기를 나누었는데, 아마도 나이가 더 많은 다른 두 여자보다 그녀가 말을 훨씬 덜 가로막으며 애기를 잘 들어 주기 때문에 그랬는지도 모를 일이었다.

「이곳 1에이커에 50센트 정도밖에 안 나간 형편없는 임야뿐이었어.」어느 날 오후에 팜피 아저씨가 말했다.「그런 시절에 쥔님 처음으로 땅 30에이커 마련하고, 처음 산 노예 이 아기하고 이름 같아서 조지였지. 그 검둥개 죽을 때까지 쥔님 일시켰고.」키지가 놀라서 입이 벌어지자 팜피 아저씨는 애기를 중단했다.「왜 그러지?」그가 물었다.

「아녜요, 아저씨. 아무것 아니에요!」키지는 곧 마음을 가다듬었고, 팜피 아저씨는 애기를 계속했다.

「나 여기 왔을 때, 그 가엾은 검둥개 1년째 쥔님이 일 부렸는데, 나무 베고, 나무 밑동 캐내고, 수풀 개간해 없애고, 첫 농사 짓는다 위해 땅 갈고 씨 뿌렸지. 그런데 어느 날, 저기 저 집 사용할 널빤지 만든다 해서 나하고 그 검둥개 함께 통나무 톱으로 한참 잘랐어.」팜피 아저씨는 손가락으로 큰집을 가리켰다.「맙소사, 이상한 소리 나기에, 고개 들어 톱 너머 저쪽 얼른 보았지. 그런데 검둥개 조지 눈알 뒤집히고, 가슴 쥐어뜯고, 그 자리 고꾸라져, 눈 깜짝 사이에, 죽어 자빠졌다고.」

키지가 화제를 바꾸었다.「나 여기 와서부터 계속 들었는데, 모두들 자꾸 쌈닭 애기했어요. 그런 애기 전에 들어 본 적 별로 없는데요.」

「하지만, 나 쥔님 나리한테 버지니아에 닭쌈 많다 애기 자주 들었어.」말리지가 말했다.「아마 너 살던 곳 근처 그런 닭 아무 데 없던 모양이야.」

「우리들 여기 사람들 쌈닭 관해서 다 알지 않아.」팜피 아저씨가 말했다.「다만 안다 하는 거, 특수한 종류 수탉 있어서, 그놈들 키워 서로 죽이는 타고난 버릇 훈련시키고, 사람들 거기다 큰돈 걸고 내기 붙인다 그러지.」

세라가 끼어들었다.「그것 대해 더 많은 애기 들려줄 사람, 쌈닭들 함께 사는 검둥개 영감 밍고뿐이야.」

512

키지가 놀라서 입을 딱 벌리는 모습을 보고 말리지가 말했다. 「너 여기 왔던 첫날 나 그 얘기 했는데. 너 아직 그 영감 못 봤을 뿐이지.」 그녀는 웃었다. 「하마터면 한 번도 영원히 못 볼지 몰라.」

「나 여기 14년 살았는데, 그 검둥개 여덟 번인가 열 번인가밖에 못 봤다니까!」 세라가 말했다. 「그 영감 사람들보다 닭하고 같이 살기 더 좋아하거든! 흥!」 그녀는 코웃음을 쳤다. 「사실 말인데, 밍고 엄마 알 품어서 그 영감 깠는지 몰라!」

키지가 덩달아 웃었고, 세라 언니는 말리지 쪽으로 몸을 기울이면서 두 손을 내밀었다. 「자, 이제 나 아기 좀 안게, 이리 줘.」 말리지는 마지못해서 아기를 내주었다.

「아무튼 말이야.」 그녀가 말했다. 「그놈 닭들 덕택에 쥔님하고 마님 누더기 거지 신세 면하고, 지금처럼 저렇게 거드럭 마차 타고 돌아다니게 분명히 되었어.」 그녀는 요란하게 거드름 피우는 흉내를 냈다. 「이거 쥔님 마차 타고 가다가, 부자 쥔님 좋은 마차 만났을 때 손 높이 들어 보이는 모습이지!」 그녀는 손가락으로 날아다니는 나비의 동작을 보여 주었다. 「이거 마님 손수건 팔랑거리다 마차에서 떨어질 뻔한 장면이고!」

한참 웃고 떠드는 가운데, 말리지는 정신을 가다듬느라고 한참 시간이 걸렸다. 그러고는 아기를 되돌려 받으려고 손을 내밀자, 세라 언니가 쏘아붙였다. 「좀 기다려! 나 아기 1분 동안밖에 못 안았단 말이야!」

자기 아이를 놓고 그들이 서로 다투는 모습을 보니 키지는 기분이 좋았고, 팜피 아저씨도 조용히 지켜보기만 하다가 아기의 시선이 어쩌다 그에게로 가면 당장 미소를 짓고는, 아기의 시선을 붙잡아 두기 위해 웃기는 표정을 짓고 손가락으로 이상한 시늉을 해보였다. 몇 달이 지난 다음 어느 일요일에, 여기저기 기어다니던 조지가 젖을 달라고 보채기 시작했다. 키지가 아기를 안아 올리려고 하니까 말리지가 말했다. 「조금만 더 참아라 놔둬 봐. 아이 저만큼 컸다 하면 이젠 뭘 먹기 시작해도 충분해.」 오두막으로 달려간 말리지가 몇 분 후에 돌아왔고, 그들은 그녀가 찻숟가락 뒤쪽으로 찻잔에 반쯤 담아 온 옥수수빵과 고기 끓인 국물을 으깨어 섞는 것을 지켜보았다. 그러고는 조지를 그녀의 펑퍼짐한 무르팍에 올려놓고, 그녀는 숟가락으로 죽을 아주 조금 떠서는 입속에 넣어 주었다. 아이가 그것을 꿀꺽 삼키고는 더 먹고 싶다는 듯 입맛을 다시는 모습을 보고 그들은 모두 웃었다.

그들이 밭일로 바쁜 사이에 조지가 이제는 여기저기 기어다니며 탐험을 벌이는 바람에, 키지는 아이가 너무 멀리까지 제멋대로 돌아다니지 못하게 길고 가느다란 줄로 아이의 허리를 매놓았지만, 멀리는 못 가더라도 닥치는 대로 조지가 기어다니는 벌레나 흙을 집어먹는다는 사실을 그녀는 곧 알게 되었다. 그들은 무슨 수를 써야만 하리라는 데 모두 의견을 모았다. 말리지가 제안했다. 「이제 젖은 안 먹여도 괜찮다 되었으니까, 아이 나한테 맡겨 두기로 하면, 모두 밭에 나가 일할 때 나 아이 보면 되겠어.」 세라 언니까지도 그럴듯한 제안이라고 하자, 키지는 정말 마음이 내키지 않으면서도, 아침마다 밭으로 나가기 전에 조지를 큰집 부엌에 데려다 맡겨 두었다가, 집으로 돌아올 때면 찾아가고는 했다. 조지가 처음으로 남들이 알아들을 만한 말을 한 것이 〈밀리즈〉였을 때, 키지는 아이를 맡기기로 했던 결정을 취소하고 싶기까지 했지만, 얼마 안 가서 조지가 확실하게 〈엄마〉라고 말하자, 키지는 뛸 듯이 기뻤다. 조지가 다음에 한 말은 〈폼프 아짜〉였으며, 그 말을 듣고 노인은 햇빛을 삼킨 사람처럼 얼굴이 밝아졌다. 그러고는 곧 〈시라 언나〉라는 말이 뒤따랐다.

돌이 된 조지는 누가 붙잡아 주지 않아도 걸어다니기 시작했다. 생후 15개월째에는 뛰어다닐 정도까지 되어서, 드디어 혼자 자립하게 되었다는 기쁨을 한껏 누렸다. 이제는 누가 안아 주려고 해도, 졸리거나 몸이 아플 때가 아니고서는 좀처럼 말을 듣지 않았는데, 조지가 아플 일이 별로 없었던 까닭은, 말리지가 부엌에서 온갖 좋은 음식을 날마다 배불리 골라서 먹였기 때문이었다. 일요일 오후가 되면 이제는, 아이에게 흠뻑 빠진 세 어른과 키지는 얘기를 주고받으면서, 뒤뚱거리고 돌아다니며 혼자 즐겁게 놀다가, 오줌을 싸서 축 늘어진 기저귀가 어느새 흙빛과 같아지는 조지의 모습을 대견스럽게 바라보고는 했다. 조지는 나뭇가지를 빨아먹기도 하고, 딱정벌레를 잡기도 하고, 잠자리나 고양이를 쫓아다니면서 즐겁게 놀았으며, 그에게 쫓긴 닭들은 놀라서 꼬꼬댁거리며 달아나 다른 곳에서 땅을 파헤치곤 했다. 어느 일요일에는, 평소라면 늘 엄숙하기만 하던 팜피 아저씨가 황홀해하는 아이를 위해서 만든 연을 날리겠다고, 가벼운 바람이나마 타기 위해 뒤뚱거리며 어색하게 달려가는 모습을 보고, 세 여자는 허리가 부러져라 웃었다. 「이봐, 저런 광경 정말 안 믿어져.」 세라 언니가 키지에게 말했다. 「저 아이 여기 나타나기 전까지, 팜피 한 번 자기 오두막 들어간다 하면, 아침까지 모습 본다 얼마나 힘들었지.」

「진짜야!」 말리지가 말했다. 「사실 말하면, 나 팜피 아저씨 좋아하는 일 세상에 하나 없다 생각했어!」

「글쎄, 나 처음 조지 밭에 데리고 나갔다 했을 때, 아이 위해 영감님 작은 오두막들 지어 놓아서 정말 기분 좋았어요.」 키지가 말했다.

「키지 기분 좋았다니! 저 아이 우리 모두 기분 좋게 만들어!」 세라 언니가 말했다.

조지가 두 살이 되었을 때부터 옛날애기를 들려주기 시작하면서 팜피 아저씨는 더욱 아이의 관심을 끌었다. 일요일 저녁이 되어 해가 지고 시원한 저녁 기운이 돌 무렵이면, 팜피 아저씨는 모기들을 쫓기 위해 생나무를 모아다가 작은 모깃불로 연기를 피웠고, 세 여자는 의자를 들고 나와 불가에 둘러앉았다. 조지는 가장 편한 자리를 잡고 앉아서, 토끼 형제와 곰돌이 형제 애기를 하는 팜피 아저씨의 부지런한 손짓과 풍부하고 역동적인 표정을 열심히 쳐다보았으며, 시간이 흐름에 따라 영감님이 어찌나 무궁무진하게 애기 보따리를 풀어놓았던지, 한 번은 세라마저 감탄하고 말았다. 「영감님 그렇게 많이 옛날애기 아는구나 나 꿈에 생각 못했어요!」 팜피 아저씨는 그녀에게 묘한 시선을 보내면서 한마디 던졌다. 「나에 관한 애기 당신 숱하게 알 턱 없지.」 그러자 세라는 고개를 휙 젖히면서, 짐짓 굉장히 못마땅한 표정을 보였다. 「흥! 누가 알고 싶다 하기나 하는 줄 알고!」 주름진 눈가에 미소를 띠면서 팜피 아저씨는 엄숙하게 담뱃대를 뻐끔거렸다.

「말리지 언니, 나 할 말 생겼어요.」 어느 날 키지가 말했다. 「세라 언니하고 팜피 아저씨하고 언제나 자꾸 서로 약 올려요. 그렇지만 가끔 나 느끼는데, 두 사람 서로 좋아한다 이따금 눈치 들곤 해요.」

「이거 봐, 나 잘 모르겠어. 진짜 그렇다 하더라도, 두 사람 다 그렇다 말할 사람들 아니지. 하지만 심심한 시간 보내려고 둘 다 서로 농담하는 건 사실이야. 너 역시 우리처럼 나이 먹고, 말할 상대 없어지면, 어쩔 도리 없으니, 그것 또 습관 되고 말아.」 말리지는 키지의 표정을 찬찬히 살펴본 다음에 말을 계속했다. 「우리 늙었고, 그래서 다 그만이지만, 너처럼 젊은데 말 상대한다 사람 없다면, 그거 문제 달라! 쥔님 사람 하나 더 사서, 너하고 자연스럽다 짝 맞으면 참 좋겠다 나 생각했지만 소용없어!」

「그래요, 말리지 언니, 나 그런 생각 안 한다 시치미 떼는 필요 없어서, 사실 나 그런 생각 진짜로 해요.」 키지는 말을 잠시 멈추었다. 그러고는 그들이 서로 틀림없이 알리라고 생각되는 애기를 꺼냈다. 「하지만 쥔님 그렇게 안 해요.」 순간적으로 키지는, 그녀와 쥔님 사이의 관계가 아직도 계속되는 중이라고 그들 모두가 뻔히 알면서도 그런 애기를 전혀 입에 올리지 않았으며, 적어도 그녀 앞에서는 절대로 언급하지 않았다는 데 대해서 고마움을 느꼈다. 「우리 서로 터놓은 애기 나누고 지내니까 말하겠어요.」 그녀는 말을 이었다. 「나 떠나 온 곳에 알던 남자 있었어요. 나 아직도 그 사람 생각 무척 많이 해요. 우리들 결혼한다 했었지만, 모든 일 엉망 되어 말았어요. 사실 그래서 나 여기 팔려 왔지만요.」

말리지 언니가 진심으로 애정이 담긴 걱정을 해준다고 느껴서, 키지는 일부러 한결 명랑한 말투로, 노아와의 사이에서 벌어졌던 사건들을 애기하고는, 결국 이렇게 말을 맺었다. 「나 자꾸 나한테 말하는데, 노아 한결같이 지금 계속 나 찾아다니고, 그러다 곧 어디서 얼굴 불쑥 나타나라고 그래요.」 키지의 표정은 기도를 드리는 사람처럼 바뀌었다. 「그런 일 일어난다 하면, 말리지 언니, 진실로 맹세하는데, 우리 두 사람 아무 말 차마 못해요. 우리 두 사람 그냥 서로 손 잡고, 나 여기 몰래 들어와서, 모두한테 작별 인사 나누고, 조지 데리고, 우리 떠나요. 우리 어디로 가나 나 묻지도 않고, 알고 싶다도 안 할 거예요. 노아 마지막 한 말 나 절대로 잊어버리지 못해요. 죽을 때까지 〈나머지 세월 함께 살아간다〉 그랬어요!」 키지의 목소리가 울먹였고, 말리지 언니와 그녀는 함께 흐느껴 울었으며, 얼마 후에 키지는 자기 오두막으로 돌아갔다.

몇 주일이 지난 다음 어느 일요일 아침에, 조지가 큰집에서 점심 식사를 차리는 말리지 아줌마를 〈거들어 준다〉며 말썽을 부리는 사이에, 리 쥔님 농장으로 팔려 온 후 처음으로 키지를 세라 언니가 자기 오두막으로 초대했다. 키지는 진흙으로 틈을 막은 벽들을 둘러보았는데, 여기저기 나무못과 쇠못에 걸어 놓은 온갖 말린 뿌리와 약초로

뒤덮이다시피 해서, 거의 모든 병은 자연 요법으로 치료가 가능하다
는 세라 언니의 주장을 여실하게 보여 주었다. 집 안에 하나밖에 없는
의자를 손으로 가리키며 그녀가 말했다.「거기 앉아라.」키지가 앉았
고, 세라 언니는 말을 꺼냈다.「나 이제 아무도 모른다 하는 무슨 애
기 너한테 해주겠어. 우리 엄마 루이지애나 사는 케이전 튀기 여자여
서, 나한테 점치기 잘하는 방법을 가르쳐 주었지.」그녀는 키지의 놀
란 얼굴을 찬찬히 살펴보았다.「내가 너 점 봐줄까?」

키지는 세라 언니가 점치는 재간이 뛰어나다고 팜피 아저씨와 말
리지 언니가 여러 차례 했던 말이 얼핏 생각났다. 키지는 저도 모르게
얼른 말했다.「그렇게 하면 나 좋겠어요, 세라 언니.」

땅바닥에 쪼그리고 앉아서, 세라 언니는 침대 밑에 숨겨 두었던 커
다란 상자를 끄집어냈다. 그 안에서 작은 상자를 꺼낸 그녀는, 다시
그 속에서 신비스럽게 보이는 말린 물건들을 두 손으로 한 움큼씩 가
득히 집어 들고는, 천천히 키지 쪽으로 돌아섰다. 그 물건들을 대칭형
으로 조심스럽게 배열해 놓고 나서, 세라 언니는 품속에서 마술 지팡
이 같은 가느다란 막대기를 끄집어내어, 늘어놓은 물건들을 열심히
휘젓기 시작했다. 땅바닥에 늘어놓은 물건들에 이마가 닿을 정도로
몸을 앞으로 숙였다가, 다시 허리를 펴서 뒤로 젖히면서, 그녀는 이상
하리만큼 높은 목소리로 말했다.「신령님들 하는 말 너한테 해주기
싫구나. 너 살아생전 어떻게 해도 엄마하고 아빠하고 다시는 보지 못
하고, 적어도 이 세상에서 볼 날이 없는데 ―」

키지는 울음을 터뜨렸다. 그녀를 완전히 무시하고, 세라 언니는 다
시 점치는 물건들을 정성 들여 가지런히 늘어놓고는, 휘저었고 다시
휘젓기를 아까보다 훨씬 오래 끌었으며, 그래서 키지는 마음을 어느
정도 가라앉혔으며, 흐느낌도 약해졌다. 안개처럼 흐려진 눈으로 그
녀는, 떨리고 진동하는 점 지팡이를 응시했다. 이윽고 세라 언니는 들
릴락 말락 한 목소리로 중얼거리기 시작했다.「이 애 운 좋지 않다 싶
은데…… 사랑하는 오직 한 남자…… 너무 힘겨운 길 걷고…… 남자
역시 여자 사랑하지만…… 사실대로 알아야 좋겠다 신령님들 말하기
를…… 희망도 모두 버려라 하고…….」

키지는 비명을 지르면서 벌떡 일어섰는데, 이번에는 세라 언니가
크게 짜증을 냈다.「조용히! 조용히! 조용히! 신령님들 방해하면 나

쁘다, 애야! 조용히! 조용히! 조용히!」하지만 키지는 계속해서 비명을 질렀고, 밖으로 뛰쳐나가 자기 오두막으로 들어가서 문을 쾅 닫아 버리자, 팜피 아저씨의 오두막 문이 벌컥 열렸고, 큰집 안채와 부엌 창문에 리 쥔님과, 리 마님과, 말리지와, 조지의 얼굴이 한꺼번에 나타났다. 키지가 옥수수 껍질 잠자리를 치며 울부짖으려니까 조지가 달려 들어왔다. 「엄마! 엄마! 왜 그래?」일그러진 얼굴이 눈물로 얼룩진 채, 키지는 신경질적으로 아들을 향해서 소리쳤다. 「닥쳐!」

87

세 살이 된 조지는 노예 마을 어른들을 〈도와주겠다〉는 결심을 행동으로 보여 주기 시작했다. 「맙소사, 물통 들지도 못한다 그러면서 나한테 물 길어다 준다 그런데!」말리지가 웃으면서 말했다. 그리고 또 언젠가는, 「세상에, 땔나무 한 개씩 옮겨 장작통 가득 채워 넣고, 그러고는 아궁이 재를 갈퀴로 긁어냈어.」그런 아들이 대견스럽기는 하면서도, 키지는 말리지 언니처럼 조지를 칭찬하지는 않았던 노릇이, 조지가 벌써부터 그녀의 골치를 썩여 댄다고 생각했기 때문이었다.

「엄마, 왜 나 엄마처럼 안 새까매?」어느 날 밤 그들 단둘이 오두막에 남았을 때 아들이 물었고, 당황한 키지는 침을 삼키면서 대답했다. 「사람 그냥 저마다 여러 가지 색깔 태어나서 그래.」하지만 며칠 밤도 안 지나서, 아들은 같은 문제를 다시 제기했다. 「엄마, 누가 나 아빠야? 왜 나 아빠 한 번도 못 보았지? 아빠 어디 갔어?」키지는 짐짓 윽박지르는 말투로 대답했다. 「그냥 입 닥쳐!」하지만 몇 시간 후, 잠을 이루지 못하며 아들 곁에 누워서 그녀는, 아직도 기분이 상하고 당혹한 그의 표정을 보았고, 이튿날 아침 아들을 말리지에게 데려다 맡기면서, 그녀는 어색하게 사과했다. 「애, 너 자꾸 많은 질문 해서, 나 신경 곤두섰다 했나 봐.」

하지만 굉장히 예민하고 호기심 많은 아들이 이해하고 받아들이게 하려면, 그보다는 훨씬 탐탁한 어떤 대답을 해줘야만 한다는 사실을 그녀는 잘 알았다. 「아빠는 키 크고, 캄캄한 밤 똑같이 살빛 새까맣

고, 그리고 한 번도 절대로 웃는 일 없지.」 마침내 그녀가 털어놓았
다. 「아빠는 나하고 한식구 마찬가지로 너하고 한식구이지만, 너는
할아버지다 불러야 한다!」 조지는 흥미를 느끼는 듯, 더 듣고 싶어서
호기심을 보였다. 할아버지가 배를 타고 아프리카에서 〈우리 엄마 그
러는데 사람들 《나폴리스》다 부르는 곳〉으로 왔다고 설명해 주고는,
월러 쥔님의 동생이 그를 스폿실베이니아 군의 농장으로 데리고 갔
지만, 도망을 치려고 했었다는 얘기도 들려주었다. 그리고 어떻게 해
야 그다음 얘기가 듣기에 부담이 없을지 알 길이 없어서, 그녀는 간단
히 줄이기로 작정했다. 「그래도 자꾸 도망쳐 달아나니까, 발을 반 토
막 잘라 버렸어.」
　　조지의 작은 얼굴이 일그러졌다. 「엄마, 사람들 왜 그런 짓 해?」
　　「검둥개 잡는 어떤 사람 죽일 뻔했거든.」
　　「검둥개 왜 잡아?」
　　「글쎄, 도망간 검둥개니까.」
　　「무어 때문 도망가?」
　　「횐둥이 쥔님한테서 도망가지.」
　　「횐둥이 쥔님 어떻게 했는데?」
　　궁지로 몰린 키지가 소리를 질렀다. 「입 꼭 닥쳐! 나 죽어라 걱정시
키지 말고, 저리 나가!」
　　하지만 조지는 오랫동안 입을 다무는 법이 없었고, 아프리카 할아
버지에 관한 얘기를 다 알게 되기 전에는 궁금증이 가실 눈치가 아니
었다. 「아프리카라는 곳 어디야, 엄마?」……「아프리카 가면 꼬마 애
들 살아?」……「나 할아버지 이름 뭐랬지?」
　　조지는 키지가 기대했던 이상으로 할아버지에 관한 상상의 날개를
펼치는 듯싶었고, (그녀의 인내심이 감당하는 한) 키지는 그녀 자신
의 풍부한 기억들을 더듬어, 온갖 얘기로 아들의 상상을 채색하도록
도와주었다. 「애야, 나 지금의 너 나이만큼 어린 계집아이였을 때, 쥔
님 마차 같이 타고 가면서 할아버지 나한테 불러 준 아프리카 노래 너
들었으면 얼마나 좋았을 텐데.」 키지는 높다랗고 좁은 마부석에 아빠
와 나란히 올라앉아, 뜨겁고 흙먼지가 일어나는 스폿실베이니아 군
의 길을 달리던 때를 생각하면서, 그리고 쿤타와 손을 잡고 울타리를
따라 산책하던 때를 생각하며, 그리고 또 나중에, 울타리 끝에서 흐르

는 개울가에서 노아와 손을 잡고 거닐던 기억을 되새기면서 자기도 모르게 미소가 입가에 떠올랐다. 그녀는 조지에게 말했다. 「할아버지 나한테 아프리카 말 얘기해 주기 많이 좋아했어. 예 들면, 깽깽이 〈코〉라 말하고, 어느 강 이름 〈캄비 볼롱고〉 그랬고, 또 이상한 소리 나는 말 아주 많이 했지.」 그녀는 쿤타가 지금 어디 있는지 알 길은 없지만, 그의 손자 역시 아프리카 말을 알게 되었다는 소식을 들으면 얼마나 기뻐할까 하는 생각이 들었다.

「코!」 그녀가 힘주어 발음했다. 「너 그 말 할 수 있니?」

「코.」 조지가 따라 했다.

「좋아. 너 똑똑해. 〈캄비 볼롱고〉 해봐!」 조지는 한 번에 그 말을 완벽하게 반복했다. 그녀가 가르치기를 계속하지 않으리라는 눈치를 채고는 조지가 졸랐다. 「나한테 더 얘기해, 엄마!」 아들에 대한 정이 마음에 넘치면서, 키지는 (앞으로 틈이 나면) 다음에 더 얘기해 주겠다고 약속하면서, 싫다고 투정을 부리는 아들을 잠자리에 눕혔다.

88

조지가 (밭에 나가서 일을 해야 할 나이인) 여섯 살이 되자, 말리지 아줌마는 부엌에서 같이 지내던 그를 빼앗겨서 속이 상했지만, 키지와 세라 언니는 드디어 아이를 되찾게 되었다고 기뻐했다. 밭일을 하러 나온 첫날부터 조지는, 그것을 새로운 모험의 세계인 양 즐거워했고, 사랑이 담긴 어른들의 눈길을 받으며 팜피 아저씨의 쟁깃날을 부러뜨릴지도 모르는 돌멩이들을 주워 내느라고 이리저리 뛰어 돌아다녔다. 그는 밭의 한쪽 끝에 있는 샘으로 가서 시원한 물을 낑낑거리며 한 통 길어다가는 그들에게 저마다 떠다 주느라고 바빴다. 그는 심지어 그들이 옥수수나 목화를 심는 일도 거들어 준답시고, 일궈 놓은 밭이랑을 따라 씨를 제법 간격을 맞춰 좀 뿌리기도 했다. 손잡이가 제 키보다 큰 괭이를 딴에는 열심히 휘둘러 대는 그의 서투른 솜씨를 보고 어른들이 웃음을 터뜨렸을 때는, 조지도 싱글벙글 따라 웃으며 그의 착한 성품을 보여 주었다. 조지가 팜피 아저씨한테 자기도 쟁기질을 할 줄 안다고 고집을 부렸다가, 키가 작아서 쟁기의 손잡이를 잡지

못하게 되자, 쟁기의 중간쯤을 두 팔로 끌어안으면서 노새한테 〈이
랴!〉 소리를 지르자 그들은 또 한바탕 웃었다.

　저녁 늦게 그들이 마침내 오두막으로 돌아오면, 조지가 얼마나 배
가 고픈지를 잘 알았던 키지가, 저녁밥을 짓는 다음 일을 당장 시작하
고는 했다. 하지만 어느 날 밤 그는 방법을 바꿔 보자고 제의했다.
「엄마, 하루 종일 힘들다 일했어. 저녁 짓기 전 좀 누워 쉬면 안 돼?」
조지는 가끔, 야단을 맞지 않을 정도에서 그치기는 했지만, 엄마더러
이래라저래라 명령까지 하려고 나서기도 했다. 때때로 키지는 그들
두 사람의 삶에서 빠져 버린 가장의 역할을 아들이 대신하려고 그러
는 듯한 생각이 들었다. 조지는 어린아이치고는 워낙 자립심이 강하
고 혼자 의젓하게 어찌나 잘 버티었는지, 어쩌다 감기가 들거나 작은
상처를 입더라도, 세라 언니는 약초를 억지로 먹이느라고 요법으로
아이를 거의 질식시켜야만 했고, 이어서 키지가 넘치는 사랑으로 치
료를 마무리 짓고는 했다. 그들이 잠을 자려고 나란히 누운 다음 이따
금, 그는 어둠 속에서 그가 상상해 낸 얘기를 들려주어 키지로 하여금
혼자 미소를 짓게 만들었다. 「나 큰길 따라 걸어 내려가는데 말이지.」
어느 날 밤 그가 속삭였다. 「올려다보니까 이렇게 큰 곰 한 마리 달려
오는데— 말보다 더 커 보이는 곰이고— 그래서 나 야단쳤어. 〈곰 아
저씨! 나 말 들어, 곰 아저씨! 우리 엄마 해친다 하면, 내가 너 껍질
홀랑 까놓는다 하니까 각오해!〉」 그리고 또 어떤 때는, 피곤한 엄마에
게 조르고 졸라서, 그가 큰집 부엌에서 함께 지내던 무렵 말리지 아줌
마한테서 배운 노래를 결국 같이 부르게 만들었다. 그러면 작은 오두
막은 모자의 이중창으로 부드럽게 넘쳐흘렀다. 「오, 마리아, 울지 마
요, 울지 마! 오, 마리아, 울지 마요, 흐느끼지 마! 파라오의 군대 모
두 물에 빠져 죽었어요! 오, 마리아, 울지 마요!」

　오두막 안에서 재미있는 일이 아무것도 없다는 생각이 들면, 잠시
도 가만있지 못하는 여섯 살짜리 조지는, 벽난로 앞에 엎드려 시간을
보내고는 했다. 손가락만 한 나무토막을 가지고 그는 한쪽 끝을 뾰족
하게 깎아서는, 불에다 까맣게 태워 연필처럼 만들어서, 그것으로 하
얀 소나무 널빤지에다 사람이나 동물의 형상을 대충 그리고는 했다.
그럴 때마다 키지는, 조지가 다음에는 글쓰기나 읽기를 배우겠다고
나서지 않을까 걱정이 되어서, 숨이 막힐 지경이었다. 하지만 그런 생

각은 그의 머리에 전혀 떠오르지 않는 모양이었으며, 키지도 그녀의 팔자를 영원히 망쳐 놓았다고 여겨지는 글쓰기나 읽기에 관한 얘기는 절대로 입에 올리지 않도록 굉장히 조심했다. 사실 리 쥔님 농장에서 살아온 여러 해 동안 키지는 단 한 번도 펜이나 연필, 또는 책이나 신문에 손을 댄 적이 없었으며, 전에 그녀가 글을 읽고 썼었다는 얘기를 누구에게도 하지 않았다. 그런 생각을 할 때면 키지는 그녀가 아직도 글을 읽거나 쓸 줄을 알기나 하는지, 그리고 언젠가는, 무슨 이유에서라도, 다시 읽고 쓰기를 원하게 되려는지 자신에게 물어보았다. 그러고는 머릿속에서 그녀가 아직도 정확히 기억한다고 여겨지는 단어의 철자를 생각해 보았으며, (비록 자신의 글씨체가 어떤지는 더 이상 분명히 생각나지도 않는 터였지만) 그런 단어들을 글로 써놓으면 어떤 모양으로 보이는지를 머릿속에서 그려 보기 위해 정신을 열심히 집중했다. 가끔 그녀는 그런 단어들을 써보고 싶은 유혹을 느꼈지만 — 다시는 글쓰기를 하지 않겠다고 자신에게 한 약속을 지켰다.

글쓰기와 읽기보다도 그녀가 훨씬 더 아쉬워했던 바는, 농장 바깥의 세상에서 벌어지는 일들에 관한 소식을 접하지 못한다는 어려움이었다. 그녀의 아버지가 월러 쥔님을 따라 여행을 갔다가 돌아와서 보고 들은 얘기를 전해 주던 때를 그녀는 기억했다. 그러나 쥔님이 자기 말을 타거나 손수 마차를 몰고 다니는 이곳 자그마한 외딴 농장에서는 바깥소식을 듣기란 정말 드문 일이었다. 노예 마을에서 바깥세상 소식을 그나마 얻어듣는 경우란 (몇 달 만에 한 번 정도이기는 했지만) 리 쥔님과 마님이 저녁 식사에 손님을 초청할 때뿐이었다. 1812년 어느 일요일 오후에, 그런 저녁 초대가 모처럼 이루어졌을 때, 말리지가 큰집에서 노예들에게로 달려 내려왔다. 「지금 손님들 식사한다 바쁘고, 나 금방 돌아가야 하지만, 사람들 얘기 들으니까, 잉글랜드하고 새로 전쟁 시작했다 그래! 들어 보니 잉글랜드 배에다 군인 잔뜩 실어 여기 우리한테 보낸다고 해!」

「나한테 보낸다 얘기는 아냐!」 세라 언니가 말했다. 「흰둥이들끼리 싸운다 얘기야!」

「이 전쟁 어디서 싸운다 그래?」 팜피 아저씨가 물었지만, 말리지는 그런 얘기는 듣지 못했다고 말했다. 「좋아.」 그가 반박했다. 「북부 어디 싸우고 이 근처 아니라면, 나 아무 상관 없어.」

그날 밤 오두막에서, 어린 조지가 귀를 쫑긋 세우고 키지에게 물었다. 「엄마, 전쟁 뭐 하는 거야?」

그녀는 잠시 생각해 보고 나서 대답했다. 「그건 말이야, 많은 사람 서로 싸우기 하는 말이야.」

「왜 싸워?」

「아무거나 기분 나쁘다 그러면 싸워.」

「흰둥이들하고 잉글랜드하고 왜 서로 기분 나빠?」

「얘, 너한테 무슨 설명 하면, 도대체 끝이 없구나.」

그리고 반 시간쯤 후, 어둠 속에서 조지가, 혼잣말을 하듯 거의 들리지 않는 목소리로, 말리지 아줌마가 가르쳐 준 노래를 부르는 소리를 듣고 키지는 저절로 웃음이 나왔다. 「길고도 흰 제복 걸치리! 저 아래 강가에서! 저 아래 강가에서! 전쟁 이제 구경만 하지 않으리!」

더 이상 아무 소식도 듣지 못한 채로 아주 오랜 시간이 지난 다음, 큰집에서 저녁 초대를 또 한 번 했을 때, 말리지가 이렇게 전해 주었다. 「잉글랜드 사람들 북쪽 〈디트로이트〉라 하는 도시 빼앗았대요.」 그리고 다시, 몇 달이 지난 다음, 말리지는 쥔님과 마님과 손님들이, 〈굉장히 큰 합중국 배 《올드 아이언사이드》〉 얘기를 신이 나서 하는데, 〈마흔네 개 대포 쏴서 잉글랜드 배 많이 격침했다!〉는 소식을 다시 전했다.

「세상에!」 팜피 아저씨가 환호성을 올렸다. 「그만하면 방주(方舟) 격침하겠다!」

그러고는 1814년 어느 일요일에, 말리지 아줌마를 〈도와준다〉고 부엌으로 갔던 조지가, 갑자기 노예 마을로 달려오더니 숨을 헐떡이며 이런 소식을 전했다. 「말리지 아줌마 모두한테 얘기 전하라 그러던데, 5천 명 합중국 군인들 잉글랜드 군대가 쳐부수고, 국회 의사당하고 백악관하고 둘 다 홀랑 불태웠다 했어요.」

「맙소사, 그거 어디예요?」 키지가 물었다.

「워싱턴 있어.」 팜피 아저씨가 대답했다. 「여기서 멀어.」

「자기들 서로 죽이고 불태우고 한다 그래도 우리들 그냥 두면 상관없어!」 세라가 소리쳤다.

그러다가 그해가 다 갔을 무렵, 저녁 식사를 준비하던 말리지가 달려 내려와서 그들에게 말했다. 「볼티모어 근처 어떤 큰 요새에 잉글

랜드 배들 대포 쏘았다 하는 노래 불러 대고 큰집 모두들 온통 야단이
야.」 그리고 말리지는 그녀가 들은 소리를 절반은 노래로 그리고 절
반은 애기로 전해 주었다. 그날 오후 느지감치, 바깥에서 이상한 소리
가 나기에 어른들이 황급히 달려가 오두막 문을 열고 내다보고는 기
가 막혀 그대로 멈춰 섰는데 — 조지가 기다란 칠면조 깃털을 머리에
꽂고는, 막대기로 바가지를 두들겨 대면서, 말리지 아줌마에게 배운
노래를 제멋대로 가사를 바꿔 목청껏 부르면서, 보무도 당당하게 걸
어오는 모습을 보았기 때문이었다.「여봐라, 저 새벽 동트는 빛 속에
너 보았나…… 빨간 광채 불꽃놀이를…… 오, 성조기 나부끼고……
아, 그 자유의 나라, 용감한 자의 땅에 —」

　다시 한 해가 지나는 사이에, 남의 목소리를 흉내 내는 조지의 솜씨
는 노예 마을에서 가장 즐기는 오락거리가 되었는데, 그에게 제일 많
이 들어오는 신청은 리 줸님의 흉내를 내보라는 주문이었다. 우선 줸
님이 근처에는 없음을 잘 확인하고 난 다음, 그는 눈을 가늘게 뜨고
얼굴을 찡그리면서, 느릿느릿한 말투로 화를 냈다.「너희 검둥개들
이 목화밭 해 지기 전 깨끗하게 따서 치운다 안 하면, 식량 배급 아무
도 어림없을 줄 알아!」 정신없이 웃어 대면서 어른들은 서로 감탄했
다.「저 아이 하는 그런 소리 어디 보기나 했어?」……「물론, 나 처음
본다고!」……「진짜 놀랐어!」 조지는 누구이건 잠깐만 눈여겨보고 나
면 굉장히 우스꽝스럽게 흉내를 냈으며 — 저녁 식사에 손님으로 초
대를 받아서 왔다가, 줸님의 요청으로 식사 후에 잠깐 밤나무 밑에서
노예들에게 설교를 했던 흰둥이 목사도 예외가 아니었다. 그리고 줸
님의 쌈닭을 훈련시키는 신비한 늙은이 밍고를 처음으로 자세히 살
펴볼 기회가 생겼을 때, 조지는 곧 절뚝거리는 영감님의 이상한 걸음
걸이를 완벽하게 흉내 내었다. 헛간 마당에서 꺽꺽거리고 돌아다니
는 닭을 두 마리 잡아서 그는, 다리를 꼼짝 못하게 꽉 잡고는, 마치 닭
들이 서로 위협이라도 하는 듯 빨리 앞으로 내밀었다 떼어 놓으면서,
닭들의 대화를 갖다 붙이기도 했다.「야, 이 늙고 못생긴 말뚱가리 같
은 놈, 네 눈깔 나 후벼 낸다!」 그 말에 두 번째 닭은 가소롭다는 듯이
이렇게 대답했다.「한 입도 못 되는 깃털 덩어리야, 까불지 마!」

　그다음 토요일 아침, 리 줸님은 노예 마을에 한 주일 치 식량을 배
급하러 갔고, 키지와 세라 언니와 말리지와 팜피 아저씨가 저마다 오

두막 문 앞에 얌전히 서서 기다리는데, 쥐 한 마리를 쫓아 모퉁이를 냅다 돌아 나오던 조지는, 급히 멈춰 겨우 쥔님과의 충돌을 피했다. 반쯤은 웃음이 나오려던 리 쥔님은 일부러 무뚝뚝한 목소리로 물었다. 「넌 네 몫의 식량을 벌기 위해 여기서 무슨 일을 하느냐?」 아홉 살 난 조지가, 당당하게 어깨를 펴고 쥔님을 빤히 마주 보면서, 〈밭에서 일하고, 설교합니다, 쥔님!〉이라고 대답하자, 네 사람의 어른들은 허리가 부러져라 웃었다. 놀란 리 쥔님이 말했다. 「좋아, 그렇다면 어디 네 설교 좀 들어 보자!」 다섯 사람의 시선이 그에게 집중된 채로, 조지는 한 발짝 뒤로 물러서더니, 〈쥔님 지난번 여기 데려온 목사님—〉이라고 알리더니, 갑자기 두 팔을 마구 흔들면서 열광적으로 소리를 지르기 시작했다. 「팜피 아저씨 쥔님의 돼지고기 훔쳐 가면, 쥔님한테 보고하라! 말리지 아줌마 마님의 밀가루 훔쳐 가면, 마님에게 보고하라! 너희들 모두 다 그런 착한 검둥개라서, 훌륭한 쥔님하고 마님하고한테 착한 일 잘하면, 너희들 모두 죽었다 한 다음, 천당 부엌 들어갈지다!」

조지가 미처 설교를 끝내기도 전에 리 쥔님은 고꾸라지듯 웃었고 — 그러더니 아이는 그의 튼튼하고 하얀 이빨을 반짝이면서, 말리지 아줌마가 좋아하는 노래를 한 곡 불렀다. 「기도드리려 서서 기다리는 사람, 그거 저예요. 저예요, 저예요, 오, 주님이시여! 기도드리려 서서 기다리는 사람, 엄마 아니고, 아빠 아니고, 그거 저예요, 오, 주님이시여! 기도드리려 서서 기다리는 사람, 목사님 아니고, 집사님 아니고, 그거 저예요, 오, 주님이시여!」

어른들 가운데는 지금까지 리 쥔님이 그처럼 요란하게 웃는 모습을 본 사람이 아무도 없었다. 확실히 반해 버린 듯, 그는 조지의 어깨를 툭툭 두드려 주면서 말했다. 「애야, 네가 하고 싶으면 여기서는 언제건 설교를 해도 좋다!」 식량 바구니를 그들이 알아서 나눠 갖도록 놓아둔 채, 큰집으로 돌아가던 쥔님은 어깨를 들먹이며 웃었고, 행복하게 싱글벙글 웃어 대는 조지를 뒤돌아보기도 했다.

그해 여름 몇 주일이 지난 다음, 리 쥔님은 두 개의 기다란 공작새 깃털 부채를 가지고 여행에서 돌아왔다. 말리지를 시켜 밭에서 조지를 불러오게 한 그는, 돌아오는 일요일 오후에 그가 초청할 손님들 뒤에 서서 깃털 부채를 얌전히 흔들도록 지시했다.

「부자 흰둥이들처럼 행세한다 잘난 체 야단이군!」말리지가 코웃음을 치고는, 아이를 큰집으로 올려 보내기 전에, 박박 문질러 때를 벗기고, 새로 빨아 빳빳하게 풀을 먹이고 다리미질을 한 옷을 입혀야 된다는 리 마님의 지시를 키지에게 전했다. 조지는 제가 맡은 새 역할에, 그리고 (쥔님과 마님까지 포함해서) 모두들 그에게 보이는 관심에 너무나 흥분한 나머지, 기쁨을 억누를 길이 없었다.

손님들이 아직 큰집에 그대로 있는데도, 그녀를 초조하게 기다리는 청중에게 더 이상 보고를 지연시킬 수가 없었던 말리지는, 부엌에서 빠져나와 노예 마을로 달려왔다.「모두들 나 말 들어야 하는데, 그애 진짜 굉장해요!」그러고는 조지가 공작 깃털 부채를 흔드는 모습을 설명했다.「손목 이리 비틀고, 허리 굽혔다 폈다 하고, 쥔님하고 마님하고보다 더 멋 부려요. 그리고 디저트 다음, 포도주를 따르던 쥔님 갑자기 무슨 생각 떠올라서 말하기를, 〈인마, 네 설교 좀 듣자꾸나!〉그리고 나 장담하는데, 그럴 줄 알고 조지 연습해 두었다 틀림없다고 믿어요! 분명히 그래서, 말 떨어지자마자 쥔님한테『성서』노릇하게 책 하나 달라고 조지 부탁했고, 쥔님 책 한 권 주었어요. 세상맙소사! 그 애 마님 발 올려놓으라고 제일 예쁜 수놓은 의자 냉큼 올라갔죠! 조지 설교 바람에 저녁 먹던 방 온통 환해졌다고요! 그러더니 아무도 부탁하지 않았는데, 조지 머리통 터져 나가라 노래 불러젖힌다 시작했어요. 바로 그때 나 달려 나왔어요!」그녀는 황급히 큰집으로 돌아갔고, 뒤에 남은 키지와 세라 언니와 팜피 아저씨는 믿어지지 않는다고 머리를 설레설레 흔들면서도, 자랑스러워서 흐뭇하게 웃었다.

조지의 연기는 어찌나 대단한 성공을 거두었는지, 일요일 오후 마차를 타고 나들이를 나갔다가 돌아올 때마다, 리 마님은 말리지에게 지난번 저녁 식사에 손님으로 왔던 사람들을 만나면 언제나 조지의 안부를 묻더라는 얘기를 했다. 얼마 후에는 평소 내성적이고 말이 없던 리 마님까지도 조지를 귀여워하는 마음을 털어놓게 되었으며, 말리지는 〈하나님 잘 아시지만, 마님 어떤 검둥개 여태 좋아한 적 한 번 없어요!〉라고 감탄했다. 리 마님은 차츰 큰집 안팎에서 조지에게 시킬 심부름을 찾아 주기 시작했고, 열한 살이 되어서는 조지가 밭에서 그들과 함께 지내는 시간이 절반도 안 된다고 키지는 생각했다.

그리고 만찬이 열릴 때마다 깃털로 부채질을 하느라고 식당에서 오가는 흰둥이들의 대화를 계속해서 들었기 때문에 그는, 식당과 부엌을 들락날락하느라고 바쁜 틈틈이 얘기를 엿듣던 말리지 아줌마보다 훨씬 많은 소식을 거둬들이기 시작했다. 만찬 손님들이 떠나가 버리고 나면 그는 얼른 노예 마을로 가서, 기다리는 사람들에게 그가 들은 얘기를 자랑스럽게 모두 전해 주었다. 그들은 어느 손님이 털어놓은 이런 얘기를 전해 듣고 놀랐다.「여러 다른 지방부터 모여든 3천 명쯤 해방 검둥이들 필라델피아라는 곳 큰 모임 가졌다 그래요. 그 흰둥이 말하는데, 그곳 모인 검둥개들은 무슨 결의안 매디슨 대통령한테 보내기를, 노예하고 해방 검둥개들 다 같이 이 나라 세우는 일 도왔고, 그리고 또 모든 전쟁 싸워라 역시 도왔지만, 검둥개들 혜택 모두 똑같이 나눠 누린다 안 하면, 합중국 주장하는 그렇게 좋은 나라 아니다 그랬어요.」그리고 조지는 덧붙여 말했다.「쥔님 말하기를, 해방 검둥개 모조리 나라 밖에 쫓아내라 하는 이유 이제 모르는 바보 없다 그랬고요.」

다음에 열린 어느 만찬 식탁에서는, 서인도 제도에서 일어난 대규모 노예 반란 사태 소식을 애기하다가〈어떻게 화났는지 흰둥이 사람들 얼굴 모두 빨개졌다〉고 조지가 전했다.「하나님한테 맹세컨대, 자꾸자꾸 계속한 얘기 모두들 들었다 하면 참 좋았겠다 생각하는 이유는, 선원들 소문으로, 서인도 제도 노예 검둥개들 농작물하고 집하고 막 태워 버리고, 심지어 쥔님이었던 흰둥이들 때리고, 토막 내고, 목매달았대요!」그 이후에는 만찬이 끝난 다음에 조지는, 여섯 마리의 말이 끌고 보스턴과 뉴욕 사이를 오가는〈콩코드 역마차〉가, 군데군데 휴게소에서 쉬는 시간까지 포함해서, 한 시간에 15킬로미터를 주파하는 기록을 세웠으며,〈로버트 풀턴 쥔님 발명한 새 외륜 증기선 대서양 12일 안에 건넜대요!〉라는 소식을 전해 주었다. 그다음 만찬에 참석했던 어떤 손님은 노래 유람선이 굉장한 인기라는 얘기도 들려주었다.「나 알아들은 만큼 애기한다면, 유랑 가수라 하는 사람들 나오는데— 흰둥이들 코르크나무 불에 태운 검댕 가지고 얼굴 까맣게 칠하고 검둥개 똑같이 노래하고 춤춘다 그랬어요.」또 어느 일요일 만찬에서는 인디언들이 화제였다고 조지가 말했다.「어떤 흰둥이 애기하는데, 흰둥이 필요로 하는 땅 8천만 에이커 체로키 족 차지했다 그랬어요. 말하기를, 벌써 정부가 인디언들 오래전 어떻게 처리했어야 괜찮았는데, 거물 흰둥이들 훼방해서 마음껏 못했고, 특히 데이비 크로켓 쥔님하고 대니얼 웹스터 쥔님 두 사람 골치다 했어요.」
　1818년 어느 일요일에는 조지가 이런 소식을 전했다. 「손님들 아메리카 식민 협회라 부르는 단체 해방 검둥개들 배에 실어 아프리카 어디 리베리아라는 곳 풀어놓겠다 그랬대요. 리베리아 가면 베이컨 나무 자라서, 베이컨 조각들 잎사귀 똑같이 주렁주렁 매달렸다 하고, 꿀나무 자르면 실컷 마실 꿀 얼마든지 나온다 검둥개들 하는 소리 듣고 흰둥이들 한바탕 웃었어요!」 조지가 말했다. 「쥔님 맹세하는데, 자기라면 그놈 해방 검둥개들 당장 배 태워 보내겠다 했어요!」
　「흥!」 세라 언니가 코웃음을 쳤다. 「검둥개들 모두 원숭이들 함께 나무 올라가 사는 아프리카 나 같다 하면 틀림없이 안 가겠어.」
　「어디서 그런 소리 들었어요?」 키지가 날카롭게 물었다. 「우리 아빠 아프리카 오셨지만, 나무에 올라가서 살았던 적 분명히 없어요!」
　반격을 당해 흠칫한 세라 언니가 발끈해서 말했다. 「글쎄, 누구나 다 자라면서 들은 얘기야!」
　「말 안 되는 얘기 하지 마.」 곁눈질을 하면서 팜피 아저씨가 말했다. 「해방 검둥개 아니면 태워 주는 배 없어.」
　「나 해방 얻어도 안 가요!」 세라가 도도하게 머리를 젖히며 쏘아붙이고는, 누런 잎담배를 한 줄기 흙바닥에 찍 뱉고, 팜피 아저씨와 키지에게 다 같이 화가 나서, 그들의 작은 모임이 끝난 다음 뿔뿔이 헤어져 저마다 자기 오두막으로 갈 때는 일부러 그들에게 인사조차 하지 않았다. 키지는 키지대로, 현명하고 근엄하면서도 점잖은 그녀의 아버지와 그가 사랑하는 아프리카 고향에 대해서 모욕적인 투로 얘기한 세라 언니 때문에 화가 잔뜩 났다.
　그녀는 조지까지도 그의 아프리카 할아버지가 모욕을 당했다고 느껴서 분개했음을 알고는 놀라기도 하고 기쁘기도 했다. 비록 그는 아무 말도 안 하려고 들었지만, 감정만큼은 어쩔 도리가 없었다. 하지만 막상 입을 열었을 때는, 혹시 자기가 건방지게 굴지 않았나 아들이 걱정하는 마음을 그녀는 눈치 챘다. 「엄마, 세라 아줌마 사실 아닌 얘기 사실이라고 안 그래?」
　「그렇단다!」 키지는 힘주어 그 말에 동의했다.

조지는 한참 조용히 앉아 있더니, 다시 입을 열었다.「엄마.」주저하면서 그가 말했다.「혹시 할아버지 얘기 나한테 조금 더 해주면 안 돼?」

키지는 지난해 겨울 어느 날 밤, 끝도 없이 질문을 계속하는 조지 때문에 너무나 화가 나서 할아버지에 관한 얘기는 더 이상 물어보지 말라고 야단을 쳤던 때가 생각나서, 후회하는 마음이 왈칵 밀어닥쳤다. 그래서 이제 그녀는 부드럽게 말했다.「나 혹시 할아버지 대해 너한테 안 한 얘기 없나 머릿속 아주 여러 번 살펴봤지만, 더 할 얘기 없나 보다 생각해.」그녀는 잠시 말을 멈추었다.「너 하나도 얘기 잊어버리지 않는다 나 알지만— 한 얘기 아무거나 너 다시 듣겠다 그러면 또 해주겠다.」

조지는 다시 잠깐 동안 침묵을 지켰다.「엄마.」그가 말했다.「언젠가 한 번 엄마 나한테 말하기를, 할아버지 제일 중요하다 마음에 생각한 거 엄마한테 아프리카 얘기 하기라고 그랬는데—」

「그래, 나 그런 생각한 적 아주 많아.」생각에 잠기며 키지가 말했다.

또다시 침묵한 다음에 조지가 말했다.「엄마, 나 생각했어. 엄마 나한테 얘기한 것 똑같이, 내 아이들한테 나 할아버지 얘기 해줄 테야.」별난 아들답게, 열두 살짜리가 미래의 자기 아이들에게 들려줄 얘기를 생각하다니, 참으로 기특한 생각이 들어 키지는 미소를 지었다.

조지에 대한 줜님과 마님의 호감이 계속해서 더 깊어짐에 따라, 그는 그들의 허락을 받아야 할 필요도 없이 점점 더 많은 자유를 누리게 되었다. 이따금, 특히 그들이 마차를 타고 나들이를 나가는 일요일 오후면, 그는 저 혼자 멋대로 어디론가 돌아다녔고, 리 농장의 구석구석을 호기심에 차서 샅샅이 탐험하느라고 때로는 몇 시간씩이나 모습을 보이지 않아 노예 마을 어른들이 어찌된 일인가 수군거리기도 했다. 그런 어느 일요일, 해가 지고 거의 어두워질 무렵에 집으로 돌아온 그는 키지에게, 그날 오후에 줜님의 쌈닭을 돌보는 늙은이를 찾아갔었다고 얘기했다.

「나 도망간 큰 수탉 잡는 일 거들어 줬고, 그런 다음에 할아버지하고 나하고 얘기하게 됐지. 다른 사람들 모두 말하던 것처럼 할아버지 이상한 사람 같지 않았어, 엄마. 그리고 나 그런 닭들 세상에 처음 봤어! 아직 다 자라지 않았다 그러는 수탉들 벌써 닭장서 소리 지르고, 뛰어오르고, 서로 싸운다 덤비고 야단이야! 할아버지 나더러 풀 뜯어 먹여라 허락했고, 그래서 풀 뜯어 먹였지. 그 닭들 길러 내기 대부분 엄마들 아기 길러 낸다 하는 것보다 더 고생스럽다 할아버지 말했어!」 그 말을 듣고 키지는 화가 좀 났지만, 아들이 그까짓 닭을 두고 그렇게 흥분하는 모습이 재미있다는 생각이 들어, 아무 반응도 드러 내지 않았다.「닭들더러 최고로 잘 싸워라 해서 등하고 목하고 다리 문질러 주는 방법 할아버지 나한테 가르쳐 주었다고!」

「너 거기 내려가지 말도록 해!」그녀가 조심을 시켰다.「너 알지만, 거기서 닭들 함께 어울려라 줜님 허락하는 사람 영감님뿐이니까!」

「밍고 할아버지 줜님 말씀드려 나 거기 내려가 닭 모이 주는 일 도 와라 허락 부탁한대요!」

이튿날 아침 밭으로 나가는 길에 키지는 세라 언니한테 조지가 최 근에 겪은 모험담을 얘기해 주었다. 세라 언니는 생각에 잠겨 말없이 걸었다. 그러고는 이렇게 말했다.「나 키지 앞날 점치는 얘기 더 듣겠 다 생각 별로 없는 줄 알지만, 그래도 어쨌든 조지에 대한 말 나 조금 꼭 하겠어.」그녀는 잠깐 말을 멈추었다.「그 애 자라면 사람들 평범 하다 말하는 그런 검둥개 절대 되지 않아! 죽는다 그날까지 언제나 새롭고 남다른 무슨 일 자꾸 하면서 살 테니까.」

89

「훌륭하게 자란 아이 같고, 재주 많기도 한 것 같아요, 줜님.」밍고 할아버지는 노예 마을에서 살기는 하지만 깜박 잊고 이름을 알아 두 지 못했던 아이에 관한 설명을 결론지었다.

리 줜님이 지체 없이 시험 삼아 아이에게 기회를 주겠다고 승낙하 자, (몇 년 전부터 조수를 두고 싶어 했던) 밍고는 크게 기뻐했지만, 별로 놀라지는 않았다. 그는 줜님이 (지난 대여섯 달 동안 심한 기침 에 점점 더 자주 시달리던) 쌈닭 훈련사가 나이를 많이 먹고 건강도 여의치 않아 걱정하던 참이라는 사실을 잘 알았다. 그리고 그는 또한 줜님이 젊고 유망한 노예 조수를 하나 사들이려던 노력이, 상당히 당

530

연한 일이었지만, 부근에서 활동하는 쌈닭 주인들이 협조하려는 기미를 보이지 않아서, 허사로 돌아갔다는 사실도 알았다. 다른 쥔님 한 사람이 이런 얘기까지 했다고 쥔님은 그에게 알려 주었다.「능력이 있어 보이는 아이를 발견했는데, 그 애를 자네한테 팔아 버릴 만큼 내가 바보라고 생각해서는 안 되지. 자네를 위해 일하는 밍고 영감이 그런 애를 훈련시켜 주기만 한다면, 5년이나 10년 후엔 자네가 날 이길 테니까 말이야!」하지만 리 쥔님이 당장 허락했던 가장 중요한 이유는, 신년맞이 〈대회〉와 더불어 해마다 시작되는 캐스웰 군의 본격적인 닭쌈철이 눈앞에 다가왔으며, 심부름하는 아이가 어린 닭들에게 모이를 주는 일만 맡아 주더라도, 밍고가 그만큼 더 많은 시간적인 여유를 가지고, 풀어놓아 먹이다가 이제 곧 모아들이게 될 씩씩하고 튼튼한 두 살배기들을 길들이고 훈련시키게 되기 때문임을 밍고는 알았다.

조지가 처음 일을 시작하던 날 아침에 밍고는 그에게, 나이와 몸집에 따라 젊고 비슷한 닭들을 모아 놓은 여러 개의 닭장에서, 수십 마리의 어린 쌈닭들에게 모이를 주는 방법을 가르쳐 주었다. 아이가 그 시험을 쓸 만하게 해내자, 노인은 이어서 (아직 한 살은 채 안 되었지만, 얼기설기 엮은 울타리 안의 삼각형 닭장 속에서 벌써부터 서로 싸우려고 푸드덕거리는) 좀 더 성숙한 수탉들에게 모이를 주도록 시켰다. 그러고는 여러 날 동안 밍고는 조지로 하여금 눈코 뜰 새 없이 뛰어다니게 하다시피 하면서, 닭에게 빻은 옥수수를 먹이고, 깨끗한 왕모래와 굴 껍데기와 목탄을 주고, 샘에서 신선한 물을 길어다가 물통의 물을 하루에 세 번씩 갈아 주게 했다.

조지는 자기가 닭에게 위압을 당하게 되리라고는 꿈에도 생각해 본 적이 없었고 — 며느리발톱이 자라나고 깃털 빛깔이 밝아지기 시작하면서, 도전적인 눈을 번득이며 당당하게 돌아다니는 젊은 수탉들을 특히 우습다고 생각했다. 밍고 할아버지가 가까이서 지켜보지 않을 때면 이따금, (과거에 벌인 전투로 흉터가 여기저기 났고, 밍고 할아버지가 〈수탉잡이〉라고 부르며 언제나 손수 먹이를 주고) 자주 억센 목소리로 울어 젖히는 여섯 살이나 일곱 살 난 밍고의 어른 수탉들과 경쟁이라도 벌이려는 듯, 어린 수탉들이 갑자기 고개를 뒤로 젖히고는 어색하게 목쉰 소리를 내는 꼴을 보고 큰 소리로 웃음을 터뜨리고는 했다. 조지는 자기 자신이 젊은 수탉이고 밍고 할아버지는 늙은 수탉잡이라고 상상했다.

날마다 적어도 한 번쯤, 리 쥔님이 말을 타고 모랫길을 내려와서 쌈닭 훈련장으로 들어오면, 자신에 대한 쥔님의 태도가 여기에서는 갑자기 훨씬 차가워진다고 느꼈기 때문에, 조지는 되도록 눈에 안 띄도록 조용히 처신했다. 조지가 말리지 아줌마한테서 애기를 들은 바로는, 쌈닭들을 치는 곳은 마님조차 얼씬 못하게 쥔님이 금했다는데, 마님은 그 소리를 듣고 나서 그런 곳에는 모시고 간다고 해도 안 갈 테니 안심하라고 화를 냈다고 했다.

쥔님과 밍고는 쌈닭들을 가둔 여러 닭장을 살펴보면서 돌아다녔는데, 밍고는 상처투성이 늙은 수탉잡이들이 시끄럽게 울어 대는 속에서도 쥔님의 말을 잘 듣고 냉큼 대접하기 위해서, 언제나 쥔님의 뒤에서 정확히 한 발짝 떨어져 따라다녔다. 쥔님이 밍고 아저씨와 애기할 때는, 겨우 밭일꾼에 지나지 않는 팜피 아저씨와 세라 아줌마 그리고 조지의 엄마를 대할 때의 사납고 냉정한 태도하고는 판이하게 달라서, 거의 다정할 지경으로 말을 주고받는다는 사실을 조지는 깨달았다. 그들이 순시를 하다 보면 이따금 조지가 일하는 곳까지 아주 가까이 오기도 했고, 그러면 그는 두 사람이 나누는 애기를 조금씩 얻어듣기도 했다. 「이번 시즌에는 30마리를 출전시켜야 할 것 같은데, 밍고, 그러니까 60마리 이상은 노천 양계장에서 잡아들여야 되겠어.」 어느 날 쥔님이 말했다.

「예, 쥔님. 우리 쓸 만한 놈들 다 추려 내면, 훈련시켜 볼 만큼 좋은 닭 40마리는 족히 건지겠죠.」

조지의 머릿속에서는 날이 갈수록 점점 더 많은 의문이 잔뜩 생겨났지만, 그는 꼭 물어볼 필요가 없는 문제라면 밍고 할아버지에게 섣불리 물어보지 않는 편이 제일이라는 사실을 알게 되었다. 현명한 쌈닭 훈련사는 남에게 밝혀서는 안 될 많은 비밀을 혼자 간직할 줄 알아야 하는 법이라고 믿었던 밍고는, 지나치게 말을 많이 하지 않고 참을 줄 안다는 점을 조지에게서는 장점으로 꼽았다. 작지만 재빠르고, 곁눈질을 잘하는 밍고의 움푹한 눈은 그러면서도 조지가 일을 처리하는 솜씨를 세심하게 확인해 두었다. 일부러 그는 간단하게 지시를 내리고는 얼른 자리를 떠서, 얼마나 빨리 그리고 정확하게 소년이 시키는 일들을 이해하고 기억하는지를 시험했으며, 밍고는 대부분의 경우 조지에게는 한마디만 하면 족하다는 사실을 알고 기뻐했다.

얼마 후에 밍고는 리 쥔님에게 조지가 쌈닭을 다루는 정성과 주의력이 쓸 만하다고 인정했지만, 조심스럽게 단서를 붙였다.「제가 짧은 시간에 관찰한 바 그렇다 하는 얘기입니다, 쥔님.」

리 쥔님의 대답은 밍고로서는 전혀 예상하지 못했던 것이었다.「난 그 애가 여기서 자네와 늘 함께 지내야 할 필요가 있으리라고 벌써부터 생각했었지. 늘 데리고 살면서 그 애한테 언제라도 심부름을 시키려면, 자네 오두막이 별로 크지 않으니까, 아이가 살 집을 둘이서 어디다 한 채 지어야 되겠지.」밍고는 지금까지 20년이 넘도록 누구로부터도 방해를 받지 않고 쌈닭하고만 살아왔는데, 누군가가 갑자기 그의 생활을 송두리째 짓밟게 되었다는 생각에 기가 막혔지만, 그래도 노골적으로 싫다는 내색은 하지 않기로 했다.

쥔님이 자리를 뜨고 나서 그는 조지에게 언짢은 투로 말했다.「쥔님 나더러 널 여기 늘 데려다 놓고 지내라더구나. 쥔님 아마 내가 모르는 뭔가를 알기 때문에 그러겠지.」

「알았어요.」조지는 되도록이면 덤덤한 표정을 지으려고 애쓰면서 말했다.「하지만 나 어디 살아요, 밍고 할아버지?」

「우린 너 지낼 집을 지어야 해.」

그가 비록 쌈닭과 밍고 할아버지와 같이 지내기를 좋아하기는 했지만, 이렇게 되면 쥔님과 마님 그리고 손님들을 위해서 설교를 벌이고 공작 깃털로 부채질을 하며 큰집에서 누린 즐거운 시간은 끝이라는 사실도 조지는 알았다. 리 마님까지도 요즘에는 그를 귀여워하는 내색을 감추지 않았다. 그리고 그는 부엌에서 말리지 아줌마한테 얻어먹던 맛 좋은 음식들도 이제는 더 이상 못 먹게 되었다고 생각했다. 하지만 노예 마을을 떠나면서 가장 괴로운 일은 이런 소식을 엄마에게 어떻게 전해야 할까 하는 문제였다.

평소의 그답지 않게 엄숙한 얼굴을 하고 조지가 오두막으로 들어섰을 때, 키지는 더운 물을 가득 담은 대야에 두 발을 담그고 피곤을 풀던 중이었다.「엄마, 나 할 말 생겼어요.」

「뭐냐, 하루 종일 밭일하고 나 피곤해 죽겠으니, 그놈들 닭 얘기 아예 꺼내지 마!」

「글쎄요, 꼭 그 얘기 아녜요.」 그는 깊은 숨을 몰아쉬었다. 「엄마, 쥔님 나하고 밍고 할아버지더러 말하는데, 집 하나 짓고 나더러 거기 내려가 살아라 그래요.」

조지에게 당장 달려들 것만 같은 기세로 키지가 자리에서 벌떡 일어서는 바람에 대야의 물이 사방으로 튀었다. 「내려가다니, 왜 내려가? 그냥 지금처럼 여기 살면서 못한다 하는 일 뭐야?」

「엄마, 나 그러자 하지는 않았어요! 쥔님 뜻이에요!」 그는 분노가 치민 엄마의 얼굴을 보고 한 발짝 물러서며, 언성을 잔뜩 높여 외쳤다. 「나 역시 엄마 떨어진다 싫어요, 엄마.」

「너 집 나간다 충분할 만큼 나이 먹지 않았어! 그놈 늙은이 검둥개 밍고 쥔님 그렇게 하라 꼬인 거 분명해!」

「아녜요, 엄마, 할아버지 그러지 않았어요! 나 확실히 아는데, 할아버지도 그러는 거 좋아한다 아녜요! 자기 곁에 사람 항상 붙어 지낸다 하면 할아버지 좋아한다 않아요. 나한테 분명히 말하기를, 혼자 지내기 더 좋다 그랬어요.」 조지는 엄마의 화를 가라앉힐 만한 무슨 말이 어서 생각났으면 좋겠다고 싶었다. 「쥔님 나한테 좋은 일 하고 싶다 그러나 봐요, 엄마. 쥔님 밍고 할아버지하고 나하고 잘해 주는데, 밭일꾼들 대하는 태도하고 달라서…….」 엄마도 역시 밭에서 일하는 노예라는 사실이 불현듯 기억나서, 아차 하는 생각에, 잔뜩 긴장한 조지는 침을 삼켰다. 질투와 노여움에 뒤틀린 얼굴로, 키지는 아들을 움켜잡고 걸레 조각처럼 흔들어 대면서, 소리를 질렀다. 「쥔님 너한테 전혀 관심 없어. 쥔님 네 아버지라 해도, 닭 말고 아무도 전혀 위할 줄 몰라!」

그녀는 자기도 모르게 튀어나온 말에 아들만큼이나 놀랐다.

「그거 참말이야! 쥔님 그처럼 좋은 호의 베푼다 너 생각하는 모양이니, 사실 그대로 알아 두는 필요도 좋아! 쥔님 너한테 원하는 마음 그 미친 검둥개 닭 돌보기 너 도와줘서 자기 부자 되면 그만이야!」

조지는 말문이 막힌 채 멍하니 서 있었다.

그녀는 두 주먹으로 조지를 마구 갈겼다. 「그래, 너 뭣 때문 여기서 아직 어물쩍하니?」 그녀는 휙 돌아서더니, 몇 가지 안 되는 그의 옷들을 주워 모아 아들에게 내던졌다. 「가! 이 집 썩 나가!」

조지는 마치 도끼로 얻어맞은 사람처럼 그냥 거기 서 있기만 했다.

홍수처럼 흘러나와 볼을 적시는 눈물을 막을 길이 없었던 키지는 오두막에서 달려 나와 마당을 가로질러 말리지 언니에게로 갔다.

조지도 눈물이 얼굴을 타고 흘러내렸다. 한참 머뭇거리다가, 달리 무엇을 해야 할지를 몰라서, 그는 몇 가지 안 되는 옷을 챙겨 자루 속에 집어넣고는, 비틀거리는 걸음걸이로 내리막길을 달려 쌈닭을 키우는 곳으로 향했다. 그는 젊은 수탉들을 가둔 어느 닭장 곁에서, 옷자루를 베개 삼아 잠을 잤다.

동이 트기도 전에, 늘 일찍 일어나던 밍고는 그곳에서 잠든 그를 보고는 무슨 일이 벌어졌는지 눈치를 챘다. 그날 하루 종일 그는, 풀이 죽어 조용히 일만 하는 소년을 상냥하게 대하려고 각별히 애를 썼다.

자그마한 움막을 짓느라고 이틀 동안 함께 일하면서, 밍고는 그때 비로소 처음으로 소년의 존재를 알게 되었다는 듯한 투로 조지와 말을 주고받기 시작했다. 「닭들이 너한테 가족처럼 될 때까지, 너 생활 닭하고 항상 똑같아야 해.」 어느 날 아침에 그가 불쑥 말했는데 — 그것은 아이의 머릿속에 그가 제일 먼저 심어 주고 싶었던 생각이었다.

하지만 조지는 아무 반응도 보이지 않았다. 그의 머릿속에서는 엄마가 한 말 이외에는 아무 생각도 떠오르려고 하지를 않았다. 쿤님이 그의 아버지였다. 그의 아버지는 쿤님이었다. 그는 이 문제를 어느 쪽으로도 받아들이지 못할 판이었다.

소년이 아무 대답도 없자 밍고는 다시 말했다. 「저 너머 사는 검둥개들 날 괴짜라고 생각한다는 걸 난 알아—」 그는 잠시 망설였다. 「아마 난 괴짜인지도 몰라.」 그러더니 그는 입을 다물어 버렸다.

조지는 밍고 할아버지가 그에게서 대답을 기다린다는 사실을 깨달았다. 하지만 그는 노인에 대해서 사람들이 정말로 그런 소리를 하더라고 털어놓을 수야 없는 노릇이었다. 그래서 그는 처음 이곳에 찾아왔을 때부터 생각해 왔던 문제를 물어보기로 했다. 「밍고 할아버지, 왜 이곳 닭들 다른 닭들하고 달라요?」

「너 길들인 닭들 말하는 모양인데, 그놈들 먹어 없애는 재주밖에 없어.」 밍고 할아버지는 경멸하는 말투로 내뱉었다. 「여기 닭들은, 쿤님이 그러는데, 옛날 밀림 속에서 살던 들닭들하고 별로 안 다르다고 그랬어. 나 어떻게 믿느냐 사실 말하면, 이 수탉들 가운데 한 마리 다시 밀림 속으로 가져가 놓으면, 한 번도 밀림을 떠난 적 없던 것처럼, 암탉들 전부 차지한다고 다른 수탉들 싸워서 다 죽여 없앨 거야.」

조지는 때가 오면 물어보겠다고 벼르던 질문이 많았지만, 한 번 밍고 할아버지가 입을 열었다 하면 소년은 말을 꺼낼 기회가 별로 없어졌다. 젊은 수탉이 채 되기도 전에 쌈닭 병아리가 울면, 당장에 목을 비틀어 죽여야 한다고 그는 말했는데, 너무 일찍 울어 대는 놈은 틀림없이 자라서 겁쟁이가 되기 때문이라고 했다.「진짜 닭들은, 알에서 깨어날 때부터, 할아버지 닭하고 증조할아버지 닭한테 받은 투지를 이미 그 핏줄 속에 담고 나오거든. 쥔님이 말하기를, 옛날 쌈닭하고 사람하고 관계는 지금 개하고 주인하고 관계나 비슷했다 그랬어. 하지만 여기 닭들은 개나 소나 곰이나 너구리보다 투지 훨씬 강하고, 굉장히 많은 사람보다 더 용감해! 쥔님 말하기를, 옛날로 많이 올라가면, 임금이나 대통령까지 닭쌈 즐겼는데, 닭쌈이 세상에서 제일 위대한 오락이어서 그랬다고 했어.」

밍고 할아버지는 자기의 검은 손과, 손목과, 팔뚝에 얼기설기 남은 상처를 조지가 유심히 살펴보는 눈길을 의식했다. 밍고는 그의 오두막으로 돌아가서, 쇠를 휘어서 만든 다음 끝을 바늘처럼 날카롭게 다듬은 쇠발톱 한 쌍을 들고 잠시 후에 돌아왔다.「굉장히 조심하지 않으면, 네가 닭들을 직접 다루기 시작하는 날부터, 네 두 손은 내 손 비슷해진다.」밍고 할아버지가 말했고, 조지는 자기가 언젠가는 쥔님의 쌈닭에 쇠발톱을 채울 날이 오리라고 노인이 인정한다는 생각이 들어 신이 났다.

하지만 그러고 나서 몇 주일 동안은, 밍고 할아버지가 한참씩 대화를 허락하지 않고는 했는데, 쥔님과 쌈닭들밖에는 어느 누구하고도 말을 주고받지 않으며 살아온 세월이 너무나 길었기 때문이다. 하지만 조지와 더불어 살아가는 생활에 (그리고 그가 자신의 조수라는 생각에) 점점 더 익숙해짐에 따라, 밍고 할아버지는 더 자주, 거의 언제나 느닷없이 꺼내는 얘기처럼 갑자기 침묵을 깨트리고는, 가장 훌륭한 핏줄을 타고났으며, 가장 훌륭히 길들여 체력을 조절하고 훈련시킨 쌈닭만이, 계속해서 싸움에 이겨 리 쥔님에게 돈을 벌어다 준다는 사실을 조지가 이해하는 데 도움이 될 만한 얘기를 들려주었다.

「쥔님은 닭쌈터에 나가면 아무도 무서워할 줄 몰라.」어느 날 밤 밍고 할아버지가 그에게 말했다. 「사실을 말하면 쥔님은, 해마다 천 마리나 쌈닭 사들이고, 그 가운데 최고짜리 닭 백 마리 골라서 내보내는 정말 부자 쥔님들하고 붙어 보는 싸움 참 좋아해. 너도 보아서 알지만, 우리 닭들 그다지 굉장히 많지는 않아도, 쥔님 아직 부자들과 내기 걸고 싸움 붙어 상당히 잘 이겨. 쥔님이 가난 흰둥이로 출발해서 출세했기 때문에, 부자 쥔님들 아니꼽다 안 좋아해. 하지만 정말 훌륭한 닭 충분하고, 거기다 운이 따르면, 쥔님 그 사람들만큼 부자 될지 몰라――」밍고 할아버지는 곁눈질로 그를 보았다. 「너 내 얘기 알아들었니, 꼬마야? 닭쌈에서 얼마나 돈 많이 벌리는지, 세상 많은 사람들 잘 모르고 살아. 나 한 가지 분명히 아는데, 만약 누가 나한테 백 에이커 목화밭이나 담배밭 갖느냐, 아니면 진짜 훌륭한 쌈닭 한 마리 갖느냐, 골라 보라고 하면, 나 백 번에 백 번 모두 쌈닭 가지겠어. 쥔님도 그렇게 똑같이 생각해. 그렇기 때문에 쥔님 거창하게 큰 땅을 사거나 많은 검둥개 거느리겠다 해서 돈을 쓰지 않아.」

열네 살이 되었을 때부터 조지는 일요일이면 일을 쉬고 노예 마을의 가족을 방문하게 되었는데, 가족이라고 하면 엄마뿐만 아니라 말리지 아줌마, 세라 아줌마, 팜피 아저씨도 당연히 포함된다고 그는 생각했다. 그만큼 시간이 흘렀음에도 불구하고 그는 엄마가 아버지에 관해서 쏟아 놓은 말 때문에 그가 나쁜 감정을 품지는 않았음을 안심시켜 줘야만 했다. 그렇지만 그는 아직도 아버지에 대해서 많은 생각을 했으며, 그러면서도 그러한 사실을 놓고 아무하고도, 특히 쥔님하고는 전혀 상의해 본 적이 없었다. 노예 마을의 모든 사람은, 비록 겉으로는 안 그런 체하면서도, 그가 얻은 새로운 지위에 대해서 조금쯤은 노골적으로 존경심을 나타내었다.

「나 네 더러운 궁둥이 기저귀까지 채웠는데, 이제 와서 조금도 잘난 티 내면, 지금이라도 금방 볼기짝 때려 준다!」세라 아줌마가 어느 일요일 아침에 짐짓 무서운 체하면서도 애정이 담긴 목소리로 야단쳤다.

조지가 히죽 웃었다. 「그럼요, 나 조금도 안 잘났어요.」

하지만 그가 쌈닭들과 함께 생활하는 저 아래 금단 지역에서 벌어지는 신비로운 일들에 대해서 모두들 대단한 호기심에 사로잡혔다. 조지는 그들에게 일상적인 내용들만 얘기해 주었다. 그는 쌈닭들이 쥐를 죽이고, 고양이를 쫓아 버리고, 심지어 여우들을 공격하는 경우도 보았노라고 얘기했다. 하지만 쌈닭 암컷들도 수탉만큼 성질이 고약하고, 때로는 수탉처럼 물어 젖히기도 한다는 얘기도 조지는 그들에게 해주었다. 쥔님은 침입자가 없는지 감시를 잠시도 게을리 하지 않았는데, 그것은 훔쳐 내기만 하면 다른 주로 가져가서 팔기가 쉽거나, 아니면 아예 자신의 소유로 만들어 버리고는 닭쌈에 내보내도 될 만한 우승 쌈닭은 말할 나위도 없고, 그런 닭의 알만 훔치더라도 꽤 비싼 값을 받기 때문이었다. 돈이 아주 많은 주잇 쥔님이라는 닭쌈장이가 쌈닭 한 마리를 3천 달러나 주고 샀다는 얘기를 밍고 할아버지한테서 들었다고 조지가 말하자, 말리지 아줌마는 혀를 내둘렀다. 「하나님 맙소사, 그런 닭 살 돈 주면 검둥개 서넛 사고도 남겠다!」

그들과 한참 얘기를 나누고 나서, 일요일 오후가 되면, 조지는 안절부절 못하고 불안해지기 시작했다. 그러면 그는 곧 모랫길을 달려 내려가 닭들에로 돌아갔다. 길을 따라 늘어선 닭장을 지나면서, 그는 걸음이 느려지고, 싱싱하고도 연한 푸른 풀을 뜯어서, 저마다의 닭장에 한 줌씩 넣어 주고, 어떤 때는 그 자리에 한참씩 서서, 젊은 수탉들이 풀을 쪼아 삼키면서 꾸룩꾸룩 만족스러워하는 소리에 귀를 기울이며 즐거워했다. 이제 생후 1년이 된 닭들은, 풍성한 깃털이 성숙하여 한껏 윤기가 돌고, 눈에서는 불길이 이글거리며, 갑자기 터질 듯한 소리를 지르면서 서로 덤벼들려고 푸드덕거리는 단계로 접어들었다. 「흘레 어서 빨리 붙어라 하루 빨리 노천 사육장에 내놓아야 좋겠어!」 밍고 할아버지가 얼마 전에 말했었다.

이미 노천 사육장으로 내보낸 완전히 성숙한 수탉들을 들여다가 다가오는 닭쌈철에 대비해서 훈련을 시키고 체력을 조절해야 할 때쯤에는 그런 일이 벌어지리라고 조지는 알고 있었다.

젊은 수탉들을 둘러본 다음 조지는, 노천 사육장을 만들어 놓은 소나무밭으로 들어가는 길을 따라 더 내려가서 일요일의 나머지 시간을 보냈다. 가끔 그곳에서 조지는 한 무리의 암탉을 거느리고 철저한 자유를 누리는 다 자란 수탉의 모습을 얼핏 보기도 했다. 그곳에는 풀과, 씨앗과, 메뚜기 따위의 곤충들이 풍부할 뿐 아니라, 닭들의 모이주머니를 위한 돌멩이도 많았고, 숲 속에 흩어진 몇 개의 샘에는 맛좋고 시원한 물도 넉넉했다.

11월 초순의 쌀쌀한 어느 이른 아침에, 밍고 할아버지와 조지가 뚜껑이 달린 고리버들 상자 속에 미리 잡아넣은 젊은 수탉들이 소리를 지르며 사납게 쪼아 대고 있으려니까, 노새가 끄는 마차를 타고 리 쥔님이 도착했다. 상자들을 모두 마차에 실은 다음, 조지는 밍고 할아버지를 도와서, 그가 가장 좋아하던 꺽꺽거리는 상처투성이 수탉잡이를 붙잡았다.

「그 녀석 자네하고 똑같구먼.」 리 쥔님이 웃으면서 말했다. 「소싯적에 싸움도 많이 하고, 병아리도 열심히 만들었지. 하지만 이제는 먹고 우는 소리만 하지 아무짝에도 쓸모가 없어졌으니 말이야!」

싱글벙글 웃으면서 밍고 할아버지가 대답했다. 「난 이제 제대로 울 힘도 없어졌어요, 쥔님.」

쥔님을 무서워하는 만큼이나 밍고 할아버지를 어려워했던 조지는, 두 사람이 그처럼 즐거워하는 모습을 오래간만에 보게 되어, 덩달아 기분이 좋아졌다. 그러고는 그들 세 사람은 함께 마차에 올랐으며, 밍고 할아버지는 수탉잡이를 품에 안은 쥔님 옆에 나란히 앉았고, 조지는 뒤쪽 상자들 뒤에서 넘어지지 않도록 균형을 잡고 앉았다.

리 쥔님은 깊은 소나무 숲 속으로 들어간 다음에야 이윽고 마차를 세웠다. 쥔님과 밍고 할아버지는 고개를 꼿꼿하게 세우고는 주의 깊게 귀를 기울였다. 그러더니 밍고가 나지막하게 말했다. 「저쪽에서 소리 나는데요!」 갑자기 두 뺨이 잔뜩 부풀어 오를 정도로 입 안 가득히 바람을 머금은 다음, 그는 늙은 수탉잡이의 머리에 대고 힘차게 불었고, 수탉잡이는 당장 우렁찬 목소리로 울었다.

몇 초도 안 되어서, 요란한 울음소리가 나무 사이로 들려왔고, 늙은 수탉잡이가 목털을 바짝 일으켜 세우며 다시 울었다. 그러자 숲의 언저리에서 갑자기 화르륵 튀어나오는 멋진 수탉을 보고, 조지는 온몸에서 소름이 돋아 올랐다. 근육이 다부진 몸 위로 현란하게 반짝이는 깃털들을 높이 곤두세우고, 젊은 수탉은 윤이 흐르는 꼬리 깃털을 활처럼 휘여 보였다. 아홉 마리의 암탉이 무리를 지어, 불안스러운 듯 꼬꼬댁거리고 땅을 긁으며 뒤따라 나오자, 노천 사육장의 수탉은 힘차게 날개를 파닥이더니, 찢어질 듯 크게 울어 젖히고는, 침입자를 찾느라고 머리를 이리 돌리고 저리 틀었다.

리 쥔님이 나직한 목소리로 말했다. 「저 녀석에게 수탉잡이를 보여 줘, 밍고!」

밍고 할아버지가 수탉잡이를 높이 치켜들었고, 놓아먹인 수탉은 당장 늙은 닭에게 덤벼드느라고 폭발이라도 하는 듯 하늘로 솟아올랐다. 리 쿼님은 날쌔게 몸을 놀려서, 푸드득거리는 수탉을 공중에서 낚아채더니, (쿼님이 젊은 수탉을 상자에 잡아넣고 뚜껑을 채우는 사이에 조지가 겨우 잠깐 볼 기회를 포착했던) 흉악하게 자란 기다란 며느리발톱을 교묘하게 피했다.

「야, 너 뭘 얼빠진 사람처럼 그렇게 구경만 해? 어서 젊은 수탉 한 놈 풀어 줘야지!」 마치 조지가 전에도 그런 일을 해왔던 듯 밍고 할아버지가 고함을 질렀다. 조지는 가장 가까이 놓인 상자를 더듬거려 열었고, 풀려난 수탉은 노새 마차 뒤로 퍼덕거리며 날아가 땅바닥으로 내려섰다. 겨우 한순간 주저하는 듯하다가, 젊은 수탉이 날개를 치고, 목청을 뽑아 요란하게 울고는, 한쪽 죽지를 떨어뜨리더니 암탉 한 마리를 세워 놓고 그 주위를 꼿꼿한 기세로 활기차게 한 바퀴 돌았다. 그러더니 노천 사육장에 새로 들어선 젊은 수탉이 나머지 암탉을 모조리 솔밭 속으로 다시 몰고 들어갔다.

스물여덟 마리의 성숙한 두 살배기 수탉을 한 살배기로 대체한 다음에야 노새 마차는 해가 저물기 직전에 겨우 돌아왔다. 이튿날 서른 두 마리를 더 잡아들이기 위해 똑같은 작업을 되풀이한 다음, 조지는 마치 평생 동안 노천 사육장에서 쌈닭을 회수하는 일만 해온 듯한 기분이 들었다. 이제 그는 60마리의 수탉을 먹이고 물을 주기에 여념이 없었다. 조지가 받은 인상으로는, 수탉들은 모이를 먹지 않을 때는 울어 대거나 쌈닭장 울타리를 맹렬히 쪼아 대기만 하는 듯싶었는데, 계사(鷄舍)를 닭들이 서로 보지 못하도록 지어 놓았으니 망정이지, 만일 보이기만 했다면 서로 싸우려고 미친 듯 덤벼들어 적어도 몇 마리는 상처를 입었을 터였다. 이렇게 웅장하게 야생적이고, 사납고, 아름다운 수탉들을 보면 조지는 경이감이 느껴지고는 했다. 용감한 야생 조상들의 혈통에 대해서, 언제 어디서라도 다른 어떤 쌈닭하고라도 목숨이 끊어질 때까지 싸우기 위한 육체적인 조건과 본능에 대해서, 밍고 할아버지가 지금까지 그에게 말해 주었던 모든 면모를 이곳의 수탉들은 완벽하게 갖추었다.

쿼님은 닭쌈철에 치를 싸움에 출전시키기로 계획한 숫자보다 두 배의 수탉을 훈련시켜야 한다는 원칙을 믿었다. 「어떤 닭들은 다른 닭들처럼 제대로 건강하고, 먹고, 활동하지 않기 때문이야.」밍고 할아버지가 조지에게 설명해 주었다. 「그런 놈들 우리가 추려 내 없애야 하지.」그러다가 리 쥔님은 전보다 일찍 내려와서는, 밍고 할아버지와 함께 일하면서, 날마다 몇 시간씩 걸려 60마리의 수탉을 한 마리씩 자세히 살펴보았다. 그들이 나누는 대화를 틈틈이 조금씩 곁에서 들어 가며, 조지는 두 사람이 닭의 몸이나 머리에 조그마한 상처라도 났는지, 그리고 부리나 목이나 날개나 다리 또는 전체 골격에서 어딘가 한 군데 조그마한 결함만 눈에 띄어도 모두 제거한다는 사실을 조지는 깨달았다. 하지만 가장 나쁜 결점은 공격성을 충분히 발휘하지 못하는 소심함이었다.

어느 날 아침 쥔님은 큰집에서 판지 상자를 하나 가지고 나타났다. 조지는 밍고 할아버지가 빻은 밀과 귀리를 정확히 재서 꺼내더니, 버터와 맥주 한 병과 쌈닭 암컷이 낳은 달걀 열두 개의 흰자위와 약간의 괭이밥과 가루로 만든 담쟁이덩굴과 감초를 조금 섞어 함께 범벅을 만드는 과정을 지켜보았다. 그렇게 해서 빚은 반죽을 두드려 얇고 둥근 떡으로 만들어서 작은 흙솥에 넣고는 파삭파삭해질 때까지 구워 냈다. 「이 빵 먹어야 닭들은 기운이 나거든.」밍고 할아버지가 말하고는, 조지더러 구워 낸 떡을 작은 조각으로 부스러트려서, 모든 닭에게 하루에 세 줌씩 먹이되, 물을 갈아 줄 때마다 물통에 모래를 조금씩 넣어야 한다고 일러 주었다.

「닭들이 근육과 뼈만 남을 때까지 군살이 빠지도록 훈련시켜, 밍고! 닭쌈에 내보낼 때는 비계가 조금이라도 붙어서는 안 돼!」조지는 쥔님이 그렇게 명령하는 소리를 들었다. 「꽁지 빠질 만큼 뛰어다니게 하겠습니다, 쥔님!」이튿날부터 조지는, 밍고 할아버지의 늙은 수탉잡이 한 마리를 한쪽 옆구리에 꼭 끼고 왔다 갔다 달리면서, 젊은 수탉들이 열심히 쫓아오도록 한 마리씩 훈련을 시켰다. 밍고가 시킨 대로 조지는, 이따금 거리를 좁혀 주어서, 쫓아오는 수탉이 뛰어올라 사납게 울부짖는 수탉잡이를 날카로운 부리로 물어뜯고 두 발로 찢도록 내버려 두었다.

숨을 헐떡거리며 공격해 오는 놈을 잡아서 밍고 할아버지는, 소금을 치지 않은 버터와 짓이긴 약초를 섞어 빚은 호두알만 한 덩어리를 게걸스럽게 쪼아 얼른 먹어 버리게 만들었다. 그러고는 지친 닭을, 부드러운 짚을 깔아 놓은 깊숙한 바구니 속에 집어넣고는, 닭의 머리까지 몽땅 덮이도록 짚을 좀 더 채운 다음 뚜껑을 닫았다. 「이러면 닭은 저 속에서 땀을 뻘뻘 흘린단다.」 그가 설명했다. 마지막 수탉까지 훈련을 마치고 나면, 조지는 바구니에서 땀에 흠뻑 젖은 닭들을 꺼내 놓기 시작했다. 그들을 닭장으로 돌려보내기 전에 밍고 할아버지는 혓바닥으로 닭들의 머리와 눈을 한 마리씩 혀로 핥아 주면서, 조지에게 이렇게 설명했다. 「이렇게 해주면, 닭들 싸우다 심한 상처 입었을 때, 숨 쉬게 해주려고 부리에 엉겨 붙은 피 내가 입으로 빨아도 가만히 있어라 미리 길들이는 거야.」

한 주일이 다 지나자, 조지의 손과 팔에 날카로운 닭 발톱의 상처가 어찌나 많이 생겼던지, 밍고 할아버지가 혀를 찼다. 「너 조심하지 않다가는 닭쌈꾼이라고 오해받는다!」 성탄절 아침에 노예 마을을 잠깐 찾아본 시간을 제외하면, 연말 휴일은 조지가 거의 정신도 못 차리는 사이에 훌쩍 지나가 버렸다. 닭쌈철이 가까워진 지금쯤, 죽이겠다고 덤비는 그들의 본능은 어찌나 맹렬하게 고조되었는지, 젊은 수탉들은 날개를 요란스럽게 푸덕이고 울부짖어 대면서 닥치는 대로 아무것이나 미친 듯 쪼아 댔다. 조지는 엄마와, 말리지 아줌마와, 세라 아줌마 그리고 팜피 아저씨가 너무나 자주 그들의 운명을 한탄하는 소리를 들어 왔지만, 길을 따라 조금만 걸어 내려오면 이렇게 신나는 다른 인생이 존재한다는 사실을 그들이 꿈조차 못 꾸리라는 생각이 자기도 모르게 자꾸 머리에 떠올랐다.

새해로 접어든 지 이틀 후, 조지가 쌈닭을 한 마리씩 움켜잡으면, 리 쥔님과 밍고 할아버지가 닭의 머리에 난 깃털을 바싹 깎아 주고, 목과 날개와 엉덩이에 붙은 털도 짧게 자르고, 꼬리 깃털은 부채처럼 짧은 곡선으로 다듬었다. 그렇게 다듬고 나니까 닭의 매끈하고 단단한 몸과, 뱀 같은 목 그리고 크고도 억센 부리에 눈매가 반짝이는 머리가 얼마나 돋보이는지 조지는 믿어지지가 않을 정도였다. 몇 마리의 닭은 아래쪽 부리도 다듬어야만 했는데, 〈부리에 깍지를 씌워야 할 때를 위해서〉라고 밍고 할아버지가 설명했다. 마지막으로, 본디 며느리발톱은 반들반들하고 깨끗하게 긁어 주었다.

닭쌈이 벌어지는 첫날 새벽 먼동이 틀 무렵에, 밍고와 조지는 마지막으로 선발한 열두 마리의 닭을 가느다랗게 갈라 낸 호두나무 조각으로 짠 네모난 여행용 닭장에 차례차례 넣었다. 밍고 할아버지는 쌈닭들에게 흑설탕과 버터를 섞어 빚은 호두알만 한 덩어리를 하나씩 먹였고, 그러자 리 쥔님이 짐마차에 붉은 사과 한 짝을 싣고 도착했다. 조지와 밍고가 열두 개의 닭장을 싣고 나자, 밍고가 쥔님 옆자리로 기어 올라갔고, 짐마차는 굴러 가기 시작했다.

힐끗 뒤를 돌아본 밍고 할아버지는 귀에 거슬리는 목소리로 물었다.「너 가는 거야, 마는 거야?」

그들을 뒤쫓아 달려가서 조지는 짐마차 뒷문을 잡고 뛰어올라 마차에 탔다. 조지도 데리고 간다는 말은 아무도 한 적이 없다! 숨을 몰아쉬면서 그는 쪼그린 자세로 엉거주춤 앉았다. 그의 귓전에서는 마차의 삐걱거리는 소리가 쌈닭들이 울고, 꾸룩거리고, 쪼아 대는 소리와 뒤섞였다. 그는 밍고 할아버지와 리 쥔님에 대해서 깊은 고마움과 존경심을 느꼈다. 그리고 쥔님이 그의 아버지라고, 아니면 아버지가 그의 쥔님이라고 (어느 쪽이건 간에) 엄마가 한 말을 (늘 그러하듯이 곤혹스러움과 놀라움을 느끼면서) 다시 생각해 보았다.

길을 따라 한참 더 내려갔더니, 조지는 앞서 가거나 샛길에서 나타나는 다른 짐마차들과, 수레들과, 사륜마차와, 이륜 경마차들을 보게 되었으며, 말을 타고 가는 사람들이나, 틀림없이 짚을 가득 채운 적황색 부대에 쌈닭을 담아 메고 걸어가는 가난 흰둥이들도 나타났다. 리 쥔님도 복권에서 땄다는 그의 첫 번째 쌈닭 한 마리를 저렇게 메고 닭쌈터로 걸어갔을까 하고 그는 궁금해졌다. 조지가 살펴보니 대부분의 마차에는 한 명 이상의 흰둥이와 노예들이 동승했으며, 모든 마차에는 몇 개씩 닭장이 실렸다. 조지는 〈닭쌈꾼들은 큰 시합 열린다 하면, 제아무리 거리가 멀고 시간이 걸리더라도 개의치 않는다〉고 하던 밍고 할아버지의 말이 생각났다. 이렇게 걸어가는 가난 흰둥이들 가운데 누군가는 장차 쥔님처럼 농장과 큰집을 갖고 살게 될까 조지는 궁금했다.

두 시간쯤 지난 다음에, 조지는 멀리서 희미하게 들려오는 (틀림없이 수많은) 쌈닭들의 울음소리를 들었다. 높다란 소나무들이 빽빽이 들어찬 숲에 마차가 가까이 갈수록, 닭들의 희한한 합창이 점점 더 요란해졌다. 그는 고기를 굽는 냄새를 맡았고, 일행은 어느새 세울 자리를 찾아 이리저리 비집고 돌아다니는 마차들 속에 끼어들었다. 어디를 둘러봐도 주위에는 온통 말과 노새들이 말뚝에 묶인 채, 콧바람을 뿜어 대고, 발을 구르고, 꼬리를 쳤으며, 얘기를 나누는 사람도 많았다.

「토옴 리!」

뻣뻣해진 무릎을 펴느라고 마차 안에서 방금 몸을 일으킨 쥔님을 누가 알아본 모양이었다. 조지가 둘러보았더니, 근처에 서서 술 한 병을 나눠 마시던 가난 흰둥이들이 지른 소리였고, 소년은 사람들이 한눈에 쥔님을 알아보았다는 사실에 감격했다. 그들에게 손을 흔들어 보이며 리 쥔님은 마차에서 뛰어내려 곧 그들 무리와 어울렸다. (아버지의 바지 자락에 매달린 어린 소년에서부터 쪼글쪼글한 늙은이에 이르기까지) 수백 명의 흰둥이들이 무리를 지어 밀려다니며 이야기를 주고받았다. 주위를 두리번거리던 조지는 거의 모든 노예들이 마차 속에 남아서 닭장에 갇힌 쌈닭들을 지키는 듯싶었고, 수백 마리의 닭은 마치 목청 뽑기 시합이라도 벌이는 듯 울어 댔다. 조지는 곁에 세워 둔 여러 마차 밑에 둘둘 말아서 매단 담요를 보고는, 그 마차 임자들이 너무나 먼 곳에서 왔기 때문에 오늘 밤은 여기서 자고 갈 작정이라도 한 모양이라고 생각했다. 옥수수술의 독한 냄새가 그의 코를 찔렀다.

「야, 거기 입 벌리고 멍하니 앉아 어쩔 참이냐! 이 닭들 주물러 몸풀어 줘야지!」 마차를 세워 놓을 자리를 겨우 찾아낸 밍고 할아버지가 말했다. 믿어지지 않는 흥분을 최대한 자제하려고 애쓰면서, 조지는 여행용 닭장들을 열어, 화가 나서 쪼아 대는 닭들을 한 마리씩 밍고 할아버지의 울퉁불퉁한 검은 손에 넘겨주기 시작했고, 뼈마디가 굵은 밍고의 검은 손은 닭의 다리와 날개를 차례로 주물러 주었다. 마지막 닭을 받으면서 밍고 할아버지가 말했다. 「저 사과를 대여섯 개 곱게 잘 찧어라. 이 닭들 싸움에 나가기 전 마지막으로 먹는 최고의 식사이니까.」 그러고는 힐끗 쳐다보던 늙은이의 시선은 몰려든 인파를 보느라고 넋이 나간 조지의 눈을 알아챘고, 밍고 할아버지는 더 이상 헤아리기도 귀찮아졌을 만큼 까마득한 옛날, 자신이 첫 닭쌈터에 나갔을 때의 기분이 어떠했었는지가 생각났다. 「가봐!」 노인이 소리쳤다. 「그럴 생각 심하면, 마차에서 내려 좀 돌아다녀도 괜찮지만, 시합이 시작되기 전에 돌아와야 해, 알았지?」

〈예, 할아버지〉라는 대답이 미처 밍고 할아버지의 귀에 닿기도 전에 벌써, 조지는 마차의 옆으로 뛰어넘어, 어디론가 사라져 버렸다. 시끄럽게 몰려다니며 술을 마셔 대는 군중 사이를 뱀처럼 이리저리 빠져나가며 달려가던 그는 맨발에 밟히는 폭신한 솔잎의 감촉을 느꼈다. 그가 지나친 수십 개의 닭장 속에 갇혀서 울어 대는 닭들은 깃털이 믿어지지 않을 정도로 다양해서, 눈처럼 새하얀 빛깔에서부터 숯처럼 새까만 빛깔에 이르기까지, 상상하기도 어려운 온갖 색채의 배합을 이루었다.

조지는 그것을 보았고, 우뚝 멈춰 섰다. 그것은 1미터쯤 움푹 팬 원형이었고, 빙 둘러가며 두툼한 덧대기를 했으며, 모래를 깔고 단단하게 다진 흙바닥 한가운데에는 작은 동그라미를 그려 놓았고, 양쪽으로 똑같은 거리에 두 개의 직선을 표시해 놓았다. 투계장이었다! 머리를 들고 그는 투계장 뒤쪽 비탈에서 앉을 자리를 찾으려고 시끄럽게 떠드는 남자들을 보았는데, 많은 사람들이 서로 술병을 주고받느라고 바빴다. 그러더니 근처에서 얼굴이 시뻘건 경기 임원이 고함을 치는 바람에 그는 기겁을 했다. 「여러분, 닭쌈을 시작하도록 합시다!」

조지는 들토끼처럼 달려서, 리 쥔님보다 한 발짝 먼저 마차에 도착했다. 그러자 쥔님과 밍고 할아버지는 나직한 목소리로 애기를 나누면서, 마차의 뒤로 돌아가더니, 닭장에 갇힌 닭들을 둘러보았다. 마차의 앞자리에 일어선 조지는 사람들의 머리 위로 닭쌈터를 넘겨다보았다. 그곳에서는 네 명의 남자가 서로 머리를 맞대고 긴밀하게 애기를 나누었으며, 저마다 쌈닭 한 마리를 겨드랑이에 끼고 두 사람이 그들에게로 다가갔다. 구경꾼들이 갑자기 시끄러워졌다. 「빨간 놈에 10달러 걸었다!」…… 「받았소!」…… 「파란 놈에 20!」…… 「같은 놈에 다섯!」…… 「다섯 더!」…… 「받았소!」 두 마리 쌈닭이 무게를 달고, 닭 주인들이 저마다 (조지도 잘 알았던) 바늘처럼 날카로운 쇠갈고리를 채워 주는 사이에, 점점 더 많은 사람들이 외쳐 대는 소리가 자꾸만 더 커졌다. 그는 문득, 두 마리 가운데 하나라도 체중이 다른 놈보다 50그램만 더 무겁거나 가벼워도 싸움이 이루어지는 경우가 드물다고 언젠가 밍고 할아버지한테서 들은 애기가 생각났다.

「닭들을 소개하시오!」 투계장 언저리에서 누군가 소리쳤다. 그러고는 소리친 남자와 다른 두 사람이 동그라미 밖에 쪼그려 앉았고, 두 사람의 닭 주인은 동그라미 안쪽에 쪼그리고 앉아, 그들의 닭들이 서로 상대를 잠깐씩 쪼아 보도록 가까이 갖다 대주었다.

「준비!」 다시 출발점으로 돌아간 두 명의 닭쌈꾼들은, 서로 상대를 공격하려고 긴장해서 기다리는 닭을 땅에 내려놓고 꼭 붙잡았다.

「쌈 붙여!」

제대로 형체도 알아보기 어려울 만큼 빠른 속도로 달려 나간 두 마리의 닭은, 어찌나 세게 부딪쳤던지 반동으로 서로 튕겨져 나갔지만, 순식간에 다시 정신을 차리고는 공중으로 치솟아 올라서, 쇠갈고리가 달린 발을 휘둘러 대었다. 투계장 바닥으로 떨어진 닭들은 다시금 깃털을 휘날리며 높이 솟아올랐다.

「빨간 놈이 찔렸다!」 누군가 소리쳤고, 공중에서 내려오는 자기 닭을 닭쌈꾼들이 낚아채어, 재빨리 살펴보고, 다시 출발점에 되돌려 놓는 모습을 조지는 숨을 죽이며 지켜보았다. 일격을 받아 필사적이던 빨간 닭이 어쩐 일인지 이번에는 적수보다 훨씬 더 높이 뛰어오르더니, 갑자기 가윗날처럼 다리를 놀려, 쇠갈고리 하나를 파란 닭의 골통에 박았다. 파란 닭은 발작적으로 날개를 퍼덕거리며 떨어져 죽어 버렸다. 흥분해서 외치는 소리와 거친 욕지거리가 뒤섞이는 가운데 조지는 심판이 큰 소리로 알리는 결과를 들었다. 「그레이슨 씨의 닭이— 2회전 1분 10초에 승리했습니다!」

조지는 숨이 막힐 지경이었다. 다음번 시합은 더욱 빨리 끝장이 났고, 한쪽 닭쌈꾼은 화가 치밀어, 싸움에 져서 피투성이가 된 닭의 시체를 걸레처럼 옆으로 내던졌다. 「죽은 닭 지저분한 깃털 쓰레기만 남거든.」 조지의 등 뒤에 바싹 붙어 있던 밍고 할아버지의 말이었다. 여섯 번째인가 일곱 번째 싸움이 끝나고 나자 임원이 소리쳤다. 「리 씨!」

쥔님은 마차에서 닭 한 마리를 겨드랑이에 끼고 황급히 가버렸다. 조지는 그 닭에게 먹이를 주고, 훈련을 시키고, 품에 안았던 생각이 났고, 어지러울 정도로 자랑스러운 기분을 느꼈다. 그러고는 쥔님과 상대방이 투계장 앞에 나타나서, 그들이 가져온 닭의 체중을 달아 보게 하고는, 내기를 거는 시끄러운 소음 속에서 닭의 발톱에다 쇠갈고리를 끼워 주었다.

546

〈쌈 붙여!〉라는 소리가 떨어지기 무섭게, 두 마리의 닭은 정면으로 세차게 충돌했고, 공중으로 치솟아 올랐다가 다시 바닥으로 떨어지자, 미친 듯이 쪼아 대고, 잽싸게 피하고, 뱀처럼 유연하게 목을 놀리며, 공격할 빈틈을 열심히 찾았다. 다시 힘차게 위로 솟아오른 두 놈은 날개로 상대를 때렸는데 — (분명히 쇠갈고리에 찔린 모양이어서) 떨어진 순간 리 쥔님의 닭이 비틀거렸다! 그러나 다음 순간, 다시 벌어진 공중 혼전에서, 쥔님의 닭은 죽음의 쇠갈고리로 적에게 치명타를 입혔다.

리 쥔님은 (아직도 승리감에 취해 소리를 질러 대는) 그의 닭을 얼른 붙잡아 마차로 달려왔다. 〈리 씨가 이겼습니다〉라는 소리를 조지가 어렴풋이 들었다는 생각이 들기가 무섭게, 밍고 할아버지는 어느새 피를 흘리는 닭을 받아 쥐고는, 잽싸게 닭의 몸을 손가락으로 더듬어 갈빗대에서 깊이 찢어진 상처를 찾아냈다. 입술로 상처를 꼭 물고 밍고 할아버지는 두 뺨이 안으로 빨려 들어갈 정도로 힘껏 엉겨 붙은 피를 빨았다. 느닷없이 조지의 무릎 앞으로 닭을 들이밀면서 밍고는 고함을 질렀다.「여기다 오줌 싸! 바로 여기!」놀란 조지는 벼락을 맞은 사람처럼 입이 딱 벌어졌다.「오줌을 싸라니까! 그래야 상처 도지지 않는다고!」바지 자락을 더듬거려 조지는 시키는 대로 했으며, 힘찬 오줌 줄기가 상처 입은 닭의 몸에서 튀어 밍고 할아버지의 손을 적셨다. 그러고 나서 밍고 할아버지는 깊숙한 바구니 속의 부드러운 짚 사이에 닭을 넣어 주었다.「목숨은 살린 모양입니다, 쥔님! 다음은 어느 놈이 싸우러 나가나요?」리 쥔님이 닭장 하나를 손으로 가리켰다.「저 닭을 내놓아!」조지는 고꾸라질 듯 달려가 쥔님이 시키는 대로 했으며, 리 쥔님은 또 다른 승리자의 발표와 더불어 함성을 지르는 군중 쪽으로 서둘러 돌아갔다. 수백 마리 수탉이 사납게 울어 대고, 출전한 닭에다 다시금 돈을 거느라고 사람들이 시끄럽게 떠드는 소음의 한가운데서, 조지는 상처를 입은 닭이 바구니 속에서 힘없이 골골대며 신음하는 소리를 희미하게 들었다. 그는 슬프고, 환희하고, 두려웠으며, 지금까지 이처럼 흥분해 본 적이 없었다. 그리고 날씨가 화창했던 그날 아침에, 이렇게 해서 새로운 닭쌈꾼이 한 사람 탄생했다.

90

「수탉보다 훨씬 꺼덕거리는 저 꼴 보라고!」키지는 말리지 언니와 세라 언니 그리고 팜피 아저씨에게 소리쳤다. 조지는 일요일 아침을 그들과 함께 지내기 위해 성큼성큼 길을 올라오던 중이었다.

「흥!」세라 언니가 키지를 흘깃 쳐다보면서 코웃음을 쳤다.「아, 헛소리 마, 여편네야, 우리도 자네만큼 그 애 자랑스럽다 여긴단 말이야!」

거리가 멀어 이쪽에서 하는 말을 아직 듣지 못하면서 조지가 걸어 올라오는 사이에, 말리지는 다른 사람들에게, 바로 어제저녁에 닭쌈꾼 몇 명을 불러다 저녁을 같이하는 자리에서, 술기운이 오른 리 쥔님이 한 말을 들었다며 전해 주었는데, 겨우 4년 동안 조수 생활을 거친 아이가 〈천부적인 재능을 타고나서〉 조금만 더 기다리면 〈캐스웰 군에서는 흰둥이건 검둥이건 어떤 닭쌈 훈련사 못지않을 인물〉이 되리라고 장담했다는 내용이었다.

「쥔님 말하기를, 밍고 검둥개 영감 그러는데, 저 아이 마치 닭처럼 생활하고 숨 쉰다 감탄했다는 거야! 쥔님 말 그대로 하면, 밍고 맹세하는데, 어느 날 저녁 늦게 저 아래 이리저리 걸어다니다 보니까, 나무 그루터기에 이상하다 엉거주춤 조지 걸터앉았대. 밍고 말하기를, 정말 살금살금 걸음 늦게 뒤에 다가갔더니, 세상에 글쎄, 알 품고 앉은 암탉들한테 조지가 말을 했어. 밍고 맹세하는데, 그 애 암탉들에게 한 말 전부가 다, 그 암탉 곧 까게 될 병아리들 머지않아 닭쌈 많이 이긴다 그랬어.」

「세상에!」아들이 다가오는 모습을 흐뭇한 눈으로 대견스럽게 바라보면서 키지가 말했다. 늘 그렇듯이 조지가 여자들과는 키스와 포옹을 하고, 팜피 아저씨하고는 악수를 나누고 나서, 그들은 저마다 오두막에서 재빨리 가지고 나온 의자에 둘러앉았다. 먼저 그들은 조지에게 말리지 아줌마가 지난 한 주일 동안 귀동냥을 해서 엿들었던 흰둥이들의 최근 소식을 얘기해 주었다. 이번에는 새로운 소식이 별로 없어서, 이상한 언어를 사용하는 흰둥이들이 점점 더 많이 배를 타고 큰물을 건너 몰려와 북부에 도착해서, 어찌나 그들의 숫자가 많이 늘어나는지 전에는 해방 검둥이들이 차지했던 일자리들을 놓고 벌써부터 싸움을 벌여 왔는가 하면, 해방 검둥이들을 배에 태워 아프리카로 되돌려 보내야 한다는 얘기가 점점 더 끈질기게 나돈다는 정도의 내용이 고작이었다. 그렇게 동떨어진 곳에서 괴팍한 늙은이와 단둘이 살아가려니까, 이런 소식은 물론이요, 세상에서 돌아가는 어떤 다른 일에 대해서도 역시 (《어떤 닭들한테서 얘기 들었다면 또 모르지만》) 깜깜하지 않겠느냐고 그들은 놀려 댔고 — 조지도 옳은 말씀이라고 맞장구를 치며 웃어넘겼다.

이렇게 매 주일 찾아오면 그는 엄마와 다른 사람들을 만나 기쁘기도 했지만, 사람보다는 닭들의 입맛에 더 맞게 밍고 할아버지가 요리한 음식을 먹지 않아도 되는 여유도 맛보게 되었다. 이제는 말리지 아줌마나 키지도 사정을 잘 알았던 터여서, 조지가 좋아하는 음식을 적어도 두세 가지쯤 준비해 놓고는 했다.

(흔히 정오쯤이었지만) 그의 대화가 맥이 풀리기 시작할 무렵이면, 그들은 그가 돌아가고 싶어서 안절부절못한다는 기미를 눈치 채기 마련이었고, 그들은 조지한테서 빼먹지 않고 기도를 드리겠다는 약속을 받아 내고는, 다시 한 번 돌아가며 포옹과 키스를 주고받거나 힘차게 손을 잡아 흔들고 나서, 조지는 밍고 할아버지와 나눠 먹을 음식이 담긴 바구니를 들고 왔던 길을 서둘러 되돌아갔다.

여름이면 자주, 일요일 오후 여가의 나머지 시간에, 풀이 우거진 목장에서 메뚜기를 잡으러 돌아다니는 조지의 모습이 밍고 할아버지의 눈에 띄고는 했는데, 그는 잡은 메뚜기를 닭장에 가둔 수평아리나 젊은 수탉에게 간식으로 먹였다. 하지만 지금은 이른 겨울이었고, 두 살배기 닭들을 훈련시키려고 노천 사육장에서 이제 막 잡아들였으며, 너무 난폭하고 사람을 피하는 편이어서 제대로 훈련에 응하지 못할 듯싶어서 결국은 솎아 내어 내버릴 가능성이 많다고 밍고와 쥔님이 내쳐 버린 몇 마리의 수탉 가운데서 한 마리를 조지가 그래도 건져 보려고 애쓰던 참이었다. 마구 쪼려고 소리를 지르며 발버둥 치는 젊은 수탉을 힘껏 움켜잡고 조지가 콧노래를 불러 주면서, 머리와 목덜미에 가만히 입김을 불어 주는가 하면, 눈부시게 빛나는 깃털에 얼굴을 문지르다가, 몸과 다리와 날개를 주물러 주어서 — 닭이 마침내 얌전해지기 시작하는 모습을 밍고 할아버지는 재미있어하며 다정한 눈길로 지켜보았다.

밍고는 그가 성공하기를 빌었지만, 믿음직스럽지 못한 닭을 데리고 모험을 해보라고 그가 귀띔했던 말을 조지가 기억해 주기도 바랐다. 닭쌈꾼이 번식시키고 개량한 좋은 쌈닭 한 무리는 평생을 건 투자로 얻기도 하지만, 단 한 번의 감정적인 도박으로 모조리 잃기도 했다. 찾아내기가 가능한 모든 결함을 빠짐없이 찾아 완전하게 영원히 고쳐 놓기 전에는 닭을 싸움에 내보내는 모험을 결코 해서는 안 되는 일이었다. 그리고 병에 걸린 쌈닭이라면, 별다른 감정의 동요를 느끼지 않으면서 그냥 목을 비틀어 죽여 버려야 한다는 원칙도 조지는 이제 배웠다. 오직 격렬한 훈련과 조절에다가, 본능적인 공격성과 용기까지 곁들여서, 중간에 싸움을 그만두기보다는 차라리 투계장에서 쓰러져 죽을 줄 아는 수탉만이 훌륭한 쌈닭이라고 믿는 쥔님과 밍고 할아버지의 견해에 이제는 조지도 전적으로 공감하기에 이르렀다.

조지는 쥔님의 닭이 상대편을 빨리 (때로는 30초나 40초 이내에) 그리고 상처 하나 입히지 않고 죽여 버리는 광경을 보면 좋아했지만, 그래도 속으로는 (비록 그런 속마음을 밍고나 리 쥔님에게는 절대로 내색조차 하지 않았지만), 그가 어린 병아리 때부터 키운 닭이 다른 완벽한 명적수와 붙어서 목숨이 끊어질 때까지 한 판의 사투(死鬪)를 벌여, 두 놈 다 비틀거리고, 온몸이 찢어져 피투성이가 되어, 부리는 힘이 빠져 벌어지고, 혀가 밖으로 늘어지고, 두 날개는 투계장 바닥에 질질 끌리고, 몸과 다리가 부들부들 떨리다가, 마침내 둘 다 기진맥진 힘없이 쓰러지고 — 그러고는 심판이 마지막으로 열을 헤아리기 시작하자, 쥔님의 닭이 마지막 한 가닥의 힘을 내어 비틀거리면서 겨우 몸을 일으키고는, 최후의 치명타를 가해 죽음의 발톱을 찍어 넣는 장면을 보게 된다면, 그보다 신나는 일은 없으리라고 생각했다.

조지는 밍고가 늙고 상처투성이인 대여섯 마리의 수탉잡이에 대해서, 특히 쥔님의 생애에서 최고 액수의 내기가 걸린 싸움을 이기게 해 주었다고 그가 설명해 준 수탉에 대해서) 깊은 애착을 느끼며 거의 애완동물처럼 애지중지하는 까닭을 아주 잘 이해했다. 「그렇게 처절한 싸움 나 평생 처음 봤어!」 애꾸눈이 된 노병(老兵)을 머리로 가리키며 밍고 할아버지가 말했다. 「저 녀석 전성기였으니까, 네가 여기 오기 3년이나 4년 전이겠다. 어떻게 손을 썼는지 쥔님은 버지니아 주서리 군에서 통틀어 어떤 진짜 부자 쥔님이 뒤에서 밀어 열린다 하는 굉장히 큰 신년 닭쌈 시합에 나가게 되었지. 발표하기를, 만 달러가 본상에 내걸려, 2백 마리 이상 쌈닭들 참가했다는데, 덤으로 백 달러 되는 내기들 걸렸다 했어. 그래서 쥔님하고 나하고 우리 스무 마리를 가지고 갔지. 나 자신만만하게 말하겠지만, 우리 스무 마리 모두 준비가 단단했어! 며칠 걸려 마차를 몰아 거기까지 가면서, 닭장 속 수닭들을 먹이고, 물을 주고, 주물러 주기도 계속했지. 헌데, 대회 거의 끝날 무렵이 되니까, 우리 좀 따기는 했는데, 너무나 많은 닭 잃어서, 본상이 걸린 시합에 나갈 형편이 못 된다고 쥔님 화가 머리끝까지 났어. 그러자 그때, 버지니아 주에서 제일 고약하다고 사람들 얘기하던 쌈닭과 우리가 붙게 되었다는 사실 알았지 뭐야. 그 닭에 돈 걸겠다고 외치는 그 고함 소리를 너 한 번 들어 봤어야 하는데!

그런데 말씀이야! 쥔님은 술병을 꺼내 들고, 두어 모금 꿀꺽꿀꺽 마시더니, 얼굴이 그렇게 굉장히 빨개졌어! 그러더니 우리들한테 남은 닭들 가운데서, 지금 네 눈에 저기 보이는 저 말뚱가리 같은 녀석을 골랐어. 쥔님은 저 닭을 한쪽 겨드랑이에 끼고, 투계장 주위를 돌면서, 누구의 내기도 거절하지 않는다 모두 받아 주겠다 큰소리를 쳤지! 쥔님 말하기를, 나 빈손으로 시작했으니, 이제 다시 몽땅 잃어 다시 비렁뱅이가 되어도 상관없다, 밑져 본전이다 그랬어! 세상에, 정말 굉장했다고! 저기 저 무서운 녀석 온몸에 솜털까지 바짝 세우고 투계장으로 들어갔는데, 싸움 끝나니까 겨우 목숨만 붙어 가까스로 기어 나왔고, 하지만 딴 놈은 죽어 버렸지! 심판이 발표해서 말하는데, 두 놈이 서로 죽이려고 거의 14분 동안이나 사투를 계속했어!」밍고 할아버지는 흐뭇한 향수를 느끼는 눈길로 늙은 수닭을 넘겨다보았다. 「얼마나 찢기고 피를 흘렸는지, 다 죽는 줄 알았지만, 내가 한숨 안 자고 뜬눈으로 밤을 새워 저놈을 살려 놓았지!」

밍고 할아버지는 조지에게로 시선을 돌렸다. 「사실 말인데, 애야, 내가 한 그대로보다 너 더 열심히 해야 하는 무슨 일 얘기해 주고 싶은데— 너 다친 닭들 생명 구하기 위해서 무슨 일이나 다 해야 한다. 운이 좋아서 적수 빨리 죽이고는, 당장이라도 다시 싸우겠다는 듯 잘난 체하고 벌떡 일어나 요란하게 울어 대는 닭들이라고 해도, 그래, 너 그런 놈들한테 속으면 안 돼! 마차로 다시 데려오자마자, 온몸을 분명히 잘 확인해야 하는데, 빈틈없이 봐야 한다! 발톱에 아주 작게 찢어졌다 하거나, 흠집만 났다 해도, 쉽게 감염이 되니까 말이야. 그런 상처 나타나면, 그 자리에다 오줌 잔뜩 싸야 한다. 피가 조금이라도 나면, 거미줄이나 토끼의 배에 난 보드라운 털로 칭칭 덮어서 말아주고. 그러지 않았다가는, 이틀이나 사흘 지난 다음, 닭이 후줄근 걸레처럼 비쩍 말라 버리는 모양이 되고, 그러고는 어느 틈엔가 닭이 죽어 버려. 내가 얘기 들어 보니까, 쌈닭은 경마하는 말하고 똑같아. 경마는 힘 튼튼하지만, 동시에 굉장히 섬세하기도 하니까.」

수없이 많은 일들에 대해서 밍고 할아버지로부터 배운 듯싶은데도, 가르쳐 주지 않은 내용이 수천 가지 밍고의 머릿속에 아직도 남았으리라고 조지는 생각했다. 이해를 하려고 아무리 열심히 노력했어도, 조지는 밍고가 (그리고 쥔님이) 앞으로 어떤 닭들이 투계장에서 가장 똑똑하고, 대담하고, 당당한 쌈닭으로 자라나게 될지를 어떻게 〈감각〉으로 구별해 내는지 아직도 이해가 가지 않았다. 그것은 단순히, 이제는 조지도 식별하는 능력을 터득하게 된, (짧고 넓은 이상적인 등이나, 단단하고 동그란 가슴이나, 곧고 섬세하게 가늘어지는 용골 돌기나, 작고 당찬 복부처럼) 닭의 장점만 보고는 알아낼 길이 없었다. 뼈가 둥글고, 견실하고, 훌륭한 날개는 깃대가 단단하고, 윤택하고도 넓은 깃털이 정중각(正中角)인 꼬리 밑으로 모이는 구조를 갖추어야 하며, 짧고, 굵고, 근육질인 다리는 간격이 제대로 벌어지고, 기다란 뒷발가락이 뒤로 적절하게 넓어져서 땅바닥에 납작하게 밀착하고, 힘센 발 위로는 강인한 며느리발톱이 균일하게 벌어져야 한다는 사실도 그는 알았다.

밍고 할아버지는 조지가 어떤 닭들을 지나칠 정도로 좋아하게 되어, 그들이 지닌 밀림 본능을 잊어버리는 듯싶다고 가끔 꾸짖었다. 조지가 무르팍에 올려놓고 어루만져 주는 동안 얌전하기만 하던 쌈닭이 가끔 어쩌다가 밍고 할아버지의 늙은 수탉잡이를 발견하면, 찢어지는 듯 울부짖는 소리와 함께 조지의 손아귀에서 빠져나가, 늙은 닭을 맹렬히 추적해서, 혹시 죽이기라도 할까 봐 조지가 정신없이 쫓아가 잡아야 하는 일도 벌어졌다. 그리고 조지가 돌보던 어떤 쌈닭이 투계장에서 죽는 경우, 덩치가 크고 건장한 그가 몇 차례 울음을 터뜨리는 모습을 보고, 밍고 할아버지는 그에게 감정 조절을 더 잘해야 한다고 그에게 여러 차례 거듭해서 주의를 시키기도 했다. 「시합 때마다 이긴다고 아무도 기대하면 안 된다고, 도대체 몇 번씩이나 말해야 알 아듣겠어!」밍고가 말했다.

밍고는 이 기회에 또한, 조지가 지난 몇 달 동안, 사방이 완전히 어두워지기만 하면 잠시 후에, 슬그머니 종적을 감추었다가 아주 늦게야, 그리고 최근에는 동이 틀 때가 다 되어서야 돌아온다는 사실을 그가 벌써부터 알고 있었음을 그에게 털어놓아야 되겠다고 작정했다. 밍고 할아버지는 그런 행동이, 어느 날 조지가 리 쥔님과 함께 제분소에 갔다가 만났노라고, 일부러 지나가는 말처럼 전에 슬그머니 귀뜸을 했던, 이웃 농장의 큰집 하녀이며, 살빛이 누렁이에 가깝고 예쁘장하다는 체리티와 관련이 있으리라고 확신했다. 「여기 내려와서 워낙 오래 살다 보니까, 내 눈하고 귀가 고양이처럼 밝아졌지. 네가 몰래 나가던 첫날 밤부터 나 다 알았으니까.」밍고 할아버지가 하는 말에 조수는 놀라서 말문이 막혔다. 「나는 남의 일 간섭하는 사람은 절대로 아니지만, 해두고 싶은 무슨 얘기는 하겠어. 자네 가난 흰둥이 순찰대 붙잡히지 않도록 분명히 조심해야 하는데, 붙잡혔을 때 흰둥이들 반쯤 죽도록 자네 때리지 않는다고 해도, 이곳 끌어다 놓으면 쥔님이 자네 엉덩이 터져라 채찍질한다 이거야!」밍고 할아버지는 풀밭 건너편을 한참 물끄러미 쳐다보고 나서 다시 입을 열었다. 「슬그머니 빠져나가지 마라 그런 소리 나 안 했다는 거 눈치는 챘겠지?」

「예, 영감님.」조지는 공손하게 대답했다.

다시 한참 침묵이 흐른 다음에, 밍고는 그가 좋아하는 나무 그루터기에 앉아서, 몸을 약간 앞으로 숙이고, 두 다리를 꼬아 얹고는, 무릎을 두 손으로 잡았다. 「그래! 나도 옛날 처음 여자가 무엇인지 알게 되었던 때가 생각나는구나──」그리고 밍고 할아버지의 눈에서 한 가닥 새로운 빛이 흘러나오더니, 늙은 얼굴이 부드러운 표정으로 바뀌었다. 「여기서 아주 오래전 일이었는데, 키가 큰 그 아가씨 이 고장 새로 왔던 시절에, 쥔님이 사서 이웃 농장으로 함께 이사를 왔지.」밍고 할아버지는 잠시 말을 멈추고 미소를 지었다. 「뭐라고 그 여자 설명해야 제일 좋을지 나 모르겠지만, 그래, 나보다 나이가 많은 검둥개들 그 여자더러 〈까만 뱀〉이라고 불렀어.」밍고 할아버지는 회상을 계속했고, 점점 더 많은 일이 기억나자 그의 미소 또한 점점 더 밝아졌는데 ── 노인은 무척 많은 추억을 아직도 간직했다. 그러나 조지는 들켰다는 사실 때문에 너무나 화가 나서, 밍고가 들려주는 어떤 내용에 대해서도 당황할 겨를이 없었다. 하지만 그가 노인을 과소평가했던 점이 한두 가지가 아니었다는 사실만큼은 상당히 분명해졌다.

91

어느 일요일 아침, 조지는 노예 마을로 가는 길을 걸어 올라가다가, 밍고 할아버지와 함께 살아온 지난 4년 동안 단 한 번도 잊지 않고, 다른 때 같으면 늘 그랬듯이 그를 반겨 맞으려고 모두 키지의 오두막 앞에 모여 기다렸을 그의 어머니와 다른 사람들이 오늘은 아무도 눈에 띄지 않아서, 문득 불길한 예감에 사로잡혔다. 걸음을 재촉하여 어머니의 오두막에 도착한 그가 막 문을 두드리려는 순간, 문이 급히 열리더니 키지가 그를 낚아채듯이 안으로 끌어들이고는, 두려움으로 굳어 버린 얼굴로 재빨리 문을 닫았다.
「혹시 마님이 너 보았니?」
「못 보았는데요, 어머니! 무슨 일이에요?」
「큰일이다, 애야! 쥔님이 듣고 와서 말하는데, 남쪽 칼리니 주 찰스턴의 어느 해방 검둥이 이름이 덴마크 베시라는데, 바로 오늘 밤 검둥개 수백 명 시켜 흰둥이 얼마나 많이 죽일지 모르는 계획 세웠다가 붙잡혔대. 쥔님 조금 아까 여기 왔다 가면서 미친 사람처럼 행동하고, 엽총 휘두르며 협박하기를, 무슨 커다란 대책 회의 쥔님 갔다 오기 전 큰집 근처 아무나 얼씬거리다 마님 눈에 띄기만 하면 쏴 죽인다 그랬단다!」
키지는 오두막의 벽을 타고 하나뿐인 창문으로 다가가서 큰집 쪽을 살폈다. 「마님 아까 몰래 숨어 내다보던 곳에 지금은 없어! 아마 너 온다 보고는 어디 숨었나 같아!」 리 마님이 〈숨는다〉는 상상도 못할 상황에 대한 키지의 놀라움이 얼마쯤은 조지에게도 전해졌다. 「너 빨리 닭들한테 돌아가, 애야. 너 여기 올라왔다고 쥔님한테 붙잡히면 무슨 일 벌어질지 몰라!」
「나 여기 그대로 기다렸다 쥔님 만나 얘기하겠어요, 엄마!」 그는 이처럼 극한적인 상황에서라면, 비록 간접적으로나마 쥔님에게 그가 누구의 아버지인지를 상기시켜 주고, 그러면 적어도 어느 정도나마 쥔님이 분노를 진정시킬지도 모른다는 생각을 했다.

「너 완전히 미쳤니? 어서 빨리 나가!」키지는 조지를 오두막의 문을 향해 떠밀었다. 「가라고! 나가! 쥔님 그렇게 화가 잔뜩 났으니, 여기서 너 붙들리면, 우리들 역시 무사하지 못해. 마님 눈에 띄지 않게 변소 뒤쪽 숲 지나서 빠져나가!」

키지는 발작을 일으키기 직전처럼 보였다. 어머니가 저렇게까지 겁에 질린 모습을 보니까, 쥔님은 여태까지 그가 상상했던 정도보다 훨씬 더 나쁜 사람인지도 모를 일이었다. 「알았어요, 어머니.」그가 마침내 말했다. 「그렇지만 나 숲 속으로 도망가지 않아요. 나 잘못 하나도 안 했으니까요. 나 그냥 왔던 길 그대로 되돌아가겠어요.」

「그래, 좋아, 그냥 어서 가기나 하라고!」

쌈닭을 키우는 곳으로 돌아간 조지가, 혹시 그의 얘기가 바보처럼 들리지나 않을까 걱정해 가면서, 밍고 할아버지에게 그가 들은 소식을 겨우 다 전해 주자마자, 그들은 말이 달려 올라오는 소리를 들었다. 채 몇 분도 되지 않아서, 리 쥔님은 눈을 부라리며 안장에 올라앉아 그들을 노려보면서, 한 손으로는 고삐를 잡고 다른 손에는 엽총을 들고, 냉혹한 분노의 말을 조지에게 퍼부었다. 「우리 집사람이 너를 보았다니까, 너희 두 사람 다 무슨 일이 벌어졌는지는 잘 알겠지!」

「예, 쥔님—」엽총을 응시하며 조지는 겁이 나서 침을 삼켰다.

그러더니, 말에서 내리려던 쥔님이 다시 생각해 보고는 말 위에 그대로 올라앉아서, 화가 나서 얼룩덜룩해진 얼굴로, 두 사람에게 말했다. 「검둥개 하나가 늦기 전에 그의 쥔님에게 보고를 해주지 않았더라면, 상당히 많은 선량한 백인들이 오늘 밤에 목숨을 잃을 뻔했어. 그러니까 너희 검둥개 놈들은 하나도 믿지를 못하겠다는 거야!」리 쥔님이 엽총으로 그들을 가리켰다. 「여기서 너희들끼리 지내면서 도대체 무슨 생각들을 하는지 알 길이 없으니까! 하지만 너희들 조금이라도 수상한 짓 하다가 내 눈에 띄었다 하면, 토끼처럼 그 자리에서 너희들 머리통을 쏴서 박살내겠어!」험악하게 밍고 할아버지와 조지를 노려보던 리 쥔님은 말을 돌려 길을 따라 정신없이 달려갔다.

몇 분이 지나도록 밍고 할아버지는 움직이지도 않았다. 그러더니 그는 화를 벌컥 내며 침을 뱉고는, 쌈닭을 운반하는 바구니를 엮고 있던 호두나무 쪽들을 발로 차버렸다.「흰둥이를 위해 천 년을 일해 준다 하고 나서도 검둥개는 그냥 검둥개야!」그는 분개해서 소리쳤다. 조지는 뭐라고 말을 해야 좋을지 알 길이 없었다. 다시 무엇인가 말을 하려던 밍고는, 입을 다물었고, 그의 오두막을 향해 걸어가다가 문간에서 걸음을 멈추더니, 조지를 뒤돌아보았다.「내 말 잘 들어, 애야! 너 쥔님한테 자기가 무슨 대단한 사람이다 생각하는 모양이지만, 화가 나고 겁에 질린 흰둥이들한테는 누구나 다 똑같아! 이 사태 다 가라앉을 때까지 너 바보같이 몰래 빠져나간다 그런 짓 하지 마. 내 말 알아들었어? 내 얘기 새겨들어야 한다고!」

「알았어요, 할아버지!」

조지는 밍고 할아버지가 만들던 바구니를 집어 들고는 근처의 나무 그루터기에 앉았다. 그는 호두나무 쪽들을 함께 엮기 시작하면서 머릿속을 정리해 보려고 했다. 이번에도 역시 밍고 할아버지는 그의 머릿속에서 오가는 생각을 정확하게 읽어 냈다.

쥔님이 자기에게는 결코 쥔님처럼 행세하지는 않으리라고 어수룩하게 믿었던 자기 자신에 대해서 조지는 점점 화가 났다. 그는 지금쯤은 쥔님을 아버지로 생각하려는 욕심이 (아무 소용도 없으며) 고통스럽기만 하다는 사실을 깨닫고도 남았어야 했다. 그러나 그는 이 문제에 관해서 속을 털어놓고 얘기를 나눌 만한 사람이 있었으면 하고 갈망했다. 밍고 할아버지는 어림도 없는 일이었으니 ― 그랬다가는 쥔님이 아버지임을 조지 자신이 벌써부터 알았다는 사실을 밍고 할아버지에게 시인하는 셈이기 때문이었다. 같은 이유로 해서 조지는 말리지 아줌마나, 세라 아줌마나, 팜피 아저씨에게도 얘기를 꺼낼 처지가 못 되었다. 그는 그들이 쥔님과 어머니의 관계를 알고 있는지 확인할 길이 없었지만, 만일 그들 가운데 한 사람이라도 알았다면, 그들 모두가 알게 되었으리라고 믿었으니, 사람들이란 누구나 흔히 무슨 얘기를 들으면, 비록 자신들 사이에서 벌어진 일이라고 할지라도, 남의 등 뒤에서 소문을 내는 습성이 있기 때문이었고, 이러한 면에서는 그와 키지도 예외가 아니었다.

그는 이렇게 괴로운 일을 어머니에게는 입 밖에 꺼내지도 못했으니 ― 애초에 그런 얘기를 그에게 했다는 사실에 대해서 어머니가 뼈아프게 후회하며 쏟아 낸 변명을 들었기 때문에 더욱 그러했다.

그토록 오랜 시간이 흐른 다음, 적어도 그가 알기로는, 쥔님과 어머니가 마치 상대방이 존재한다는 사실조차 더 이상 의식하지도 않는 듯 행동하는 지금에 이르러서, 이런 모든 고통스러운 일에 대해서 어머니가 정말로 어떻게 느끼는지, 조지는 궁금했다. 조지가 농장에서 몰래 빠져나가는 밤이면 그가 체리티와 (그리고 보다 최근에는 뷸라와) 했던 그런 짓을 어머니가 쥔님과 했었다는 생각만 해도 그는 창피했다.

그러고 보니, 오래전 어느 날 밤에 관한 기억이 그의 머릿속 깊은 곳에서 서서히 떠올랐는데, 그가 서너 살쯤 되었을 무렵 한밤중에, 그는 침대가 흔들린다고 느껴서 잠이 깼고, 그래서 꼼짝도 않고 누운 채로 겁에 질려 눈을 부릅뜨고 어둠 속을 뚫어져라 살펴보면서, 옥수수 껍질이 와삭거리는 소리와 더불어 그의 곁에서 어머니를 올라타고 몸을 들썩거리는 남자가 끙끙거리던 소리에 귀를 기울였다. 그는 남자가 몸을 일으키고, 그러고는 탁자 위에 동전 한 닢이 떨어지는 〈딸그랑〉 소리가 나고, 발소리도 나고, 오두막 문이 쾅 닫힐 때까지 공포에 질려 누워 있었다. 무척 오랫동안 조지는 뜨거운 눈물을 억지로 삼키며, 그가 보고 들은 상황을 쫓아 버리기라도 하려는 듯 눈을 꼭 감았다. 하지만 그가 어머니의 오두막 선반 위에 놓인 유리 항아리 속에 5센티미터나 쌓인 동전이 어쩌다 눈에 띌 때마다 그 기억은 구토의 물결처럼 다시금 밀려오고는 했다. 날이 갈수록 항아리 속의 동전은 점점 높이 쌓였으며, 결국 그는 더 이상 항아리를 똑바로 쳐다볼 엄두가 나지 않을 지경에 이르렀다. 그러다 그가 열 살쯤 되었을 무렵의 어느 날, 조지는 항아리가 사라졌음을 깨달았다. 어머니는 그가 그런 일에 관해서 아들이 눈치를 조금이라도 챘으리라고는 꿈도 꾸지 않았으며, 조지는 그런 내색을 절대로 보이지 않으리라고 결심했다.

그는 자존심이 너무 강해서 한 번도 입 밖에 꺼낸 적이 없지만, 조지는 한때 그의 흰둥이 아버지에 대해서 체리티와 얘기를 나눠 볼 생각을 했었다. 그녀는 이해를 해주리라고 그는 생각했다. 숯처럼 새까만 뷸라와는 대조적으로, 체리티는 조지보다 살빛이 상당히 더 하얀 혼혈이어서, 사실 그녀의 피부는 아주 새까만 사람들이 〈누렁이〉라고 부르는 그런 황갈색이었다. 그녀는 자신의 피부색에 관해서는 전혀 정신적인 부담을 느끼지 않았을 뿐 아니라, 그녀의 아버지는 남캐롤라이나에서 백 명이 넘는 검둥이 노예를 부리며 쌀과 쪽 염료를 생산하던 큰 농장의 흰둥이 감독이었다고 자진해서 조지에게 털어놓고는 웃기까지 했으며, 자기는 그 농장에서 출생하고 성장했으며, 열여덟 살이 되던 해에 경매장에서 티그 쥔님에게 팔려 그의 큰집 하녀가 되었다는 설명도 덧붙였다. 피부 빛깔에 관해서 체리티가 한 번이라도 조금이나마 걱정했던 사실이라고는 남캐롤라이나에 그녀가 남겨 두고 온 엄마와 남동생의 피부가 거의 흰둥이나 마찬가지라는 점이었다. 피부가 검은 아이들이 남동생을 잔인하게 놀려 대고는 했는데, 그러던 어느 날 엄마는 그를 괴롭히는 아이들에게 이렇게 마주 소리를 질러 주라고 시켰다는 얘기도 했다. 「나 말똥가리 알에서 태어났다! 뜨거운 햇볕으로 나 알에서 깨어났다! 하나님 나한테 이런 살색 주셨으니까, 너희들 새까만 검둥개들 까불지 마!」 그 이후로는 그녀의 동생을 괴롭히는 아이들이 없어졌노라고 체리티가 말했다.

그러나 (어떻게 그런 살색으로 태어났는가 하는) 조지 자신의 피부색에 관한 문제를 그가 당분간이나마 제쳐 두어야만 했던 까닭은, 멀리 떨어진 찰스턴에서 벌어질 뻔했던 봉기로 인하여 그가 오랫동안 머릿속에서 조심스럽게 키워 온 계획에 틀림없이 차질이 생기리라는 좌절감 때문이었다. 사실 그가 밍고 할아버지에게 시험 삼아 물어봐야 되겠다는 결심에 마침내 이르는 데만도 거의 2년이나 걸렸다. 그러나 리 쥔님이 그러한 계획을 받아 주느냐 주지 않느냐에 따라 모든 일이 좌우될 처지에, 화가 난 쥔님에게 무슨 일을 위해서이건 접근하기란 얼마 동안은 어림도 없으리라는 사실을 그는 잘 알았던 터인지라, 지금 밍고 할아버지에게 그런 얘기를 해봤자 아무 소용도 없는 일이 되어 버렸다. 비록 쥔님은 한 주일쯤 지난 다음부터는 엽총을 들고 돌아다니지는 않았지만, 매일 쌈닭을 대충만 검사하고는, 밍고 할아버지에게 퉁명스러운 지시를 내린 다음, 올 때와 마찬가지로 험악한 표정을 짓고는 말을 달려 가버렸다.

다시 두 주일이 지난 다음 (밍고 할아버지의 경고에도 불구하고) 그의 여자 친구들 가운데 하나를 만나기 위해 몰래 빠져나가려는 유혹을 더 이상 물리칠 수가 없어졌을 때까지, 조지는 찰스턴에서 일어날 뻔했던 사건의 심각성을 제대로 깨닫지 못했다. 조지는 충동적으로 이번에는, 그를 만날 때면 항상 야수처럼 행동하며 달려들던 그녀에 대한 기억 때문에 마음이 흔들려, 체리티 쪽으로 관심이 기울었다. 조지는 밍고 할아버지의 코 고는 소리가 날 때까지 기다렸다가, 들판을 가로질러 거의 한 시간이나 달려가서, 그가 항상 몸을 숨기고 쏙독새 휘파람으로 그녀를 불러내고는 하던 호두나무 숲에 이르렀다. 네 번이나 휘파람을 불었는데도, 체리티의 오두막 창문에서 촛불을 흔들어 〈와도 괜찮다〉는 짤막한 신호를 보내지 않자, 그는 걱정이 되기 시작했다. 그래도 어쨌든 몰래 들어가 봐야 되겠다는 생각으로 숨어 있던 곳에서 막 나오려던 순간에, 조지는 앞쪽 나무들 사이에서 어떤 움직임을 보았다. 체리티였다. 조지가 그녀를 꺼안으려고 달려 나갔지만, 체리티는 잠깐 동안의 포옹과 키스만을 허락하고는, 그를 밀어냈다.

「왜 그래, 이 아가씨야?」 조지가 물었지만, 그녀의 물큰한 체취를 맡고 어찌나 흥분이 되었는지 체리티의 목소리가 떨린다는 사실을 알아채지도 못했다.

「검둥개들 얼마나 많이 순찰대 총에 맞아 죽는다 하는 이런 시간에, 몰래 나와 돌아다니면, 너 정말 굉장한 바보야!」

「뭐 그렇다 하면, 어서 너 오두막에 들어가자.」 그녀의 허리를 한 팔로 감싸 안으며 조지가 말했다. 하지만 그녀는 다시 몸을 피했다.

「검둥개들 들고 일어났다 소식 듣지도 못한 사람처럼 너 그러는구나!」

「아니야! 나도 그건 잘 알고 있어.」

「그런 일 일어났었다 정도만 알아──」

〈그럼 나 너한테 그 얘기 해주겠어〉라고 말한 체리티는 그녀의 쥔님과 마님이 하는 얘기를 우연히 들었는데, 『성서』를 열심히 읽는 찰스턴의 해방 검둥이 목수 덴마크 베시가 주모자로서, 여러 해 동안 계획을 준비한 다음, 가까운 친구 네 명을 은밀히 포섭하여, 도시의 해방 검둥이와 노예 수백 명을 끌어들여 반란 조직을 만들었다는 내용이었다. 중무장한 그들 네 집단은 무기고와 다른 주요 건물들을 접수하고, 다른 사람들은 도시의 건물들을 모두 불태우고, 흰둥이들을 닥치는 대로 죽이려는 계획을 세워 놓고 신호만 기다렸다. 심지어 흑인 마부들로 구성된 1개 중대는 짐마차와 수레와 우마차를 끌고 사방으로 마구 달려서, 흰둥이들이 집단을 구성하지 못할 정도로 정신을 빼놓으려는 계획까지 세웠다. 「하지만 일요일 아침, 어느 검둥개 겁이 나서, 그날 자정에 무슨 일 난다 쥔님에게 고자질했고, 그래서 흰둥이들 온통 사방에 깔려, 검둥개들 붙잡아서, 반란 꾸민 놈들 누구냐 자백하라 때리고 고문했어. 지금까지 교수형 서른 명 넘었고, 어디 가나 하나님 무서워하라 검둥개들 닦달 내고, 지금도 사방에서 그런 일 벌어지는데, 남쪽 칼리니 특히 심해. 찰스턴의 해방 검둥개들 몰아내고, 그들 살던 집 불태우고, 검둥개 목사님들 역시 쫓겨나고, 그들 교회 폐쇄했는데, 설교하는 대신 글 쓰고 읽기 가르쳤다 트집을 잡아서—」

조지는 체리티를 오두막으로 끌고 가려는 노력을 다시금 시작했다. 「나 하는 말 못 들었어?」 체리티는 사납게 화를 내며 소리쳤다. 「순찰대 눈에 띄었다 총 맞고 죽기 전에 어서 집에 가!」

조지는 그녀의 오두막 안으로 들어가면 어떤 순찰대원으로부터도 더 안전하고, 그뿐 아니라 총에 맞아 죽을 위험을 그로 하여금 무릅쓰게 했던 그녀에 대한 그의 욕정도 해소가 되지 않겠느냐고 따졌다.

「안 된다 그랬잖아!」

화가 치밀어 오른 조지는 결국 체리티를 사납게 밀쳐 버렸다. 「좋아, 그럼 가겠어!」 그리고 속이 상한 조지는 왔던 길을 되돌아 달려가면서, 대신 불라한테 갔었더라면 좋았겠지만, 이제는 그곳으로 가기에 너무 늦어 버려서 더욱 화가 났다.

아침에 조지는 밍고에게 말했다. 「나 간밤에 어머니 만나러 갔는데, 말리지 아줌마 나한테 말하기를, 반란에 대해서 쥔님이 마님한테 얘기했는데—」 밍고가 그의 말을 믿어 주려는지 확신은 없었지만, 그래도 어쨌든 그는 얘기를 계속했고, 체리티에게서 들은 내용을 전했으며, 노인은 열심히 귀를 기울였다. 얘기를 끝내면서 조지가 물었다. 「밍고 할아버지, 남쪽 칼리니에서 분명히 일 벌어졌는데, 왜 이곳 검둥개들 총 맞고 죽나요?」

밍고 할아버지는 잠시 생각에 잠겼다가 말했다. 「우리 검둥개들 언젠가 조직 만들어 한꺼번에 반란 일으킨다고 흰둥이들 모두 겁났어—」 그는 비웃는 듯 코웃음을 쳤다. 「하지만 검둥개들 아무리 가도 모두들 한꺼번에 아무것도 못해.」 그는 다시 잠깐 생각에 잠겼다. 「하지만 너 얘기하는 총질하고 죽이기하고, 항상 그렇게 되듯이, 앞으로 역시 수그러지게 되는데, 머지않아 검둥개들 충분히 많이 죽이고 겁주고 나서, 곧 새로운 법 잔뜩 만들고, 그리고 가난 흰둥이 순찰대원들 굉장히 잔뜩 보수 주는 데도 진절머리가 날 테니까.」

「얼마쯤 오래 기다리면 그렇게 돼요?」 조지가 물었는데, 그는 자신의 말이 떨어지자마자 그것이 얼마나 어리석은 질문인지를 깨달았고, 그를 힐끗 쳐다보던 밍고 할아버지의 시선도 그렇게 생각한다는 눈치였다.

「글쎄, 나 분명히 그런 질문에 할 대답 모른다!」 리 쥔님과의 관계가 정상으로 돌아가기 전에는 그가 생각하던 바를 밍고 할아버지한테 얘기하지 말아야 되겠다고 작정해서, 조지는 입을 다물었다.

그로부터 두어 달이 흘러가는 사이에, 아닌 게 아니라 리 쥔님은 점차적으로 과거의 자신과 거의 비슷하게 행동하기 시작해서 — 대부분의 경우 냉혹하기는 해도, 위험하지는 않았다. 그리고 얼마 안 가서어느 날, 조지는 적절한 때가 왔다고 판단했다.

「밍고 할아버지, 나 지금까지 오랫동안 무슨 일 하나 연구해 왔는데요.」 그가 말문을 열었다. 「쥔님 닭들 싸움에서 지금보다 많이 더 이기도록 도움 된다고 나 믿는 좋은 방법 알아냈어요.」 밍고는 키가 크고 건장한 열일곱 살 난 그의 조수가 마치 어떤 유별난 정신병에 걸리기나 했다는 듯한 눈초리로 쳐다보았고, 조지는 설명을 계속했다. 「나 5년 동안 함께 큰 닭쌈 시합에 다 갔었어요. 두 차례 닭쌈철 전이다 기억하는데, 그때부터 줄곧 나 무엇인가 정말 자세히 살펴보기 시작했어요. 보니까 여러 모든 쥔님들 키우는 쌈닭들 쥔님 따라 저마다 싸우는 방식 다르더군요.」 조지는 그가 태어나기 훨씬 이전부터 쌈닭들을 훈련시켜 왔던 노인과 시선이 마주치지 않으려고, 한쪽 신발의 코끝을 다른 쪽 신발 코끝에 문질러 대었다. 「우리는 쥔님 닭들을 다른 닭들보다 오래 버티는 방법으로 싸움 많이 이기도록, 호흡 질기고 진짜 튼튼한 닭이 되라 훈련시키죠. 하지만 나 헤아려 보았는데— 우리 닭싸움에 졌다 했을 때 대부분, 어떤 닭이 우리 쥔님 닭보다 더 높이 날아 올라가서, 위에서부터 찍어 버리고, 전반적인 경우 그렇게 머리통 찍어 내릴 때였어요. 밍고 할아버지, 만일 나 생각하는 대로 특별한 날개 훈련 온통 시켜서, 쥔님 닭들 날개만 더 강해진다면, 다른 닭들보다 더 높이 날아오르고, 그래서 지금보다 훨씬 많이 죽일 수 있다 나 믿어요.」

주름진 이마 밑으로 움푹 들어간 밍고의 두 눈은 조지의 신발과 자신의 신발 사이 풀밭을 응시했다. 이윽고 밍고가 말을 꺼냈다. 「너 뭘 말하는지 알겠어. 나 생각에 너 쥔님하고 얘기해 봐야 좋겠어.」

「그렇게 생각한다 하면, 쥔님한테 얘기 좀 해주겠어요?」

「아냐. 그거 너 생각해 냈어. 쥔님 네 말도 내 말 똑같이 들어줄 거다.」

조지는 적어도 자신의 생각을 밍고 할아버지가 웃어 버리지 않았다는 사실에 대해서 크나큰 안도감을 느꼈지만, 그날 밤 조지는 옥수수 껍질로 만든 좁다란 잠자리에 누워 잠을 이루지 못하면서, 리 쥔님에게 설명할 일이 불안하고 걱정스러웠다.

월요일 아침 쥔님이 나타났을 때, 조지는 바짝 긴장해서 심호흡을 하고는, 거의 침착할 정도로, 밍고 할아버지에게 했던 얘기를 되풀이했으며, 여러 다른 쌈닭들이 싸우는 특징적인 방식에 대해서 보다 상세한 설명을 덧붙였다. 「그리고 자세히 살펴보면요, 쥔님, 그레이엄 쥔님의 닭들 재빠르고 오만하게 싸우죠. 그러나 맥그리거 쥔님의 닭들 정말 조심스럽게 눈치 살피며 싸워요. 피바디 대위님 닭들은 발하고 며느리발톱 바싹 붙이고 공격하지만, 하워드 쥔님 닭들 다리 상당히 넓게 벌리고 가위질해요. 돈 많은 주잇 쥔님 닭들 전반적으로 공중에 낮게 떠서 싸우고, 땅에 내려와서는 굉장히 무섭게 쪼아 대어서, 그들에게 제대로 걸렸다 하면 어떤 닭이건 그 자리에서 갈고리발에 찍히고—」 쥔님의 시선을 피하느라고 조지는 쥔님의 얼굴에서 대단히 솔깃해하는 진지한 표정을 보지 못했다. 「나 무슨 말 하느냐 하면요, 쥔님, 만약 나하고 밍고 할아버지하고 어떻게 머리 짜내어 닭들한테 날개 튼튼하게 만드는 온갖 종류 훈련하도록 쥔님이 허락해 주면, 쥔님 닭들 다른 놈들보다 훨씬 높이 날아올라 위에서 공격한다 가능하고, 아무도 빨리 우리들 따라오지 못해요.」

리 쥔님은 조지를 전에 한 번도 본 적이 없다는 듯 멍하니 쳐다보았다.

다음 닭쌈철까지 남은 몇 달 동안에 쥔님은 쌈닭 훈련장에서 전보다 훨씬 많은 시간을 보내면서, 밍고 할아버지와 조지가 쌈닭을 공중으로 점점 더 높이 집어던져 날리는 모습을 지켜보았고, 때로는 도와

주기도 했다. 쌈닭들은 2∼3킬로그램의 몸무게로 공중에서 버티기 위해 미친 듯이 날개를 마구 펄럭였고, 그러는 사이에 그들의 날개는 계속해서 점점 더 강해졌다.

조지가 예언했던 것처럼, 1823년도 닭쌈철이 시작되고, 주요 〈본시합(本試合)〉 경기가 하나씩 차례로 진행되었지만, 리 쥔님의 닭들이 어떻게 또는 왜 작년보다 승률이 훨씬 높아졌는지는 아무도 눈치를 채지 못하는 듯싶었다. 닭쌈철이 끝났을 때, 리 쥔님의 닭들은 52마리의 적수 가운데 39마리를 강철 발톱으로 치명상을 입혔다.

한 주일쯤 지난 다음 어느 날 아침, 쥔님이 (무척 즐거운 기분으로) 찾아와서, 닭쌈철 동안에 심한 부상을 입은 대여섯 마리의 아끼던 닭들이 얼마나 회복되었는지 확인했다.

「이 닭은 상처 제대로 아물지 않는다 싶은데요, 쥔님.」밍고 할아버지는 너무나 공격에 시달려 축 늘어진 닭을 가리키며 말했고, 리 쥔님은 머리를 끄덕여 지체 없이 동의를 표시했다. 「하지만 다음 두 닭장 안에 치료하는 닭들 회복 아주 잘 되어 다음 닭쌈철 다시 출전하기 아무 문제없어요.」그리고 밍고는 거의 다 회복된 마지막 세 마리의 닭을 가리켰다. 「여기 이놈들 충분히 회복되어 더 많이 닭쌈 나갈 만큼 절대로 되지 않겠지만, 쥔님 원하신다면 수탉잡이로 사용해도 되고, 최소한 골라내기 노릇으로 쓸 만합니다.」리 쥔님은 밍고의 예측에 대해서 만족감을 나타내고, 말을 세워 둔 곳으로 향하다가 돌아서더니, 조지에게 지나가는 말처럼 한마디 했다. 「요즈음 너 밤이면 계집질하러 몰래 빠져나가고는 하는 모양인데, 너하고 같은 년을 따라다니는 못된 검둥개 녀석을 아주 조심해야만 할 거다.」

조지는 너무나 기가 막혀서, 잠시 시간이 지난 다음에야 틀림없이 자기를 배반했으리라고 여겨지는 밍고 할아버지에 대한 분노가 치밀어 올랐다. 그러나 조지는 그때 밍고 할아버지의 얼굴도 자기 못지않게 놀란 표정이 되었음을 알았고, 쥔님은 말을 계속했다. 「누비이불 만드는 모임에서 티그 부인이 우리 집사람한테 그런 애기를 했다던데, 자기네 누렁이 하녀가 도대체 무슨 일로 늘 기운이 없는지 알 길이 없어서 궁금했었지만, 너하고 너보다 나이가 많은 힘센 어느 검둥개 녀석과 두 탕을 뛰느라고 기진맥진해서 그렇다고 최근에 와서 다른 검둥개들이 귀띔해 준 다음에야 겨우 알게 되었다고 그러더란 말이야.」 쥔님이 킬킬 웃었다. 「너희들 둘이서 아마 그 계집을 작살내는 모양이구먼!」

체리티가! 두 탕을 뛰다니! 조지는 그날 밤 그녀가 오두막으로 가지 못하게 얼마나 악착같이 막으려고 덤볐던지 기억해 내고는 울컥 화가 치밀면서도 억지로 미소를 지으며 불안하게 선웃음을 쳤으며, 밍고 할아버지도 덩달아 어설프게 따라 웃었다. 조지는 두들겨 맞기라도 한 기분이었다. 이제 쥔님은 자기가 밤에 몰래 빠져나가고는 했다는 사실을 알게 되었으니, 이제 그는 무슨 행동을 취하려는가?

벼락이 떨어지리라고 조지가 쥔님의 분노를 예상하도록 잠시 내버려 둔 다음, 리 쥔님은 대신 (믿어지지 않을 정도로, 거의 사나이 대 사나이로서) 이렇게 말했다. 「제기랄, 네 할 일만 제대로 한다면, 계집년 꽁무니를 쫓아다니건 말건 내 알 바 아냐. 어떤 놈한테 칼질만 당하지 말고— 또 순찰대원들이 검둥개들 총질해 쏴 죽이는 도로에서 걸려들지만 않도록 해.」

「알겠습니다, 쥔님! 틀림없이 안 그러겠습니다.」 조지는 너무도 혼란스러워서, 무슨 말을 해야 좋을지 알 길이 없었다. 「정말 고맙습니다, 쥔님—」

리 쥔님이 말 위에 올랐고, 천천히 말을 달려 길을 올라가는 그의 두 어깨가 눈에 띌 정도로 들먹거리는 뒷모습을 보고 두 쌈닭 훈련사는 쥔님이 혼자 웃어 대고 있음을 알았다.

밍고 할아버지의 얼어붙은 듯한 기분을 하루가 다 가도록 견디어 낸 다음, 마침내 밤이 되어 그의 오두막에 홀로 남아서, 체리티에 대해 분노를 마음 놓고 쏟아 놓을 시간이 되자, 조지는 그녀에게 마구 욕설을 퍼부었고 — 그는, 비록 체리티만큼 화끈할 정도로 정열적이지는 않지만 틀림없이 훨씬 정숙하다고 여겨져서 (겉으로 보기에는 별로 그럴 만한 가치가 없을지도 모르는) 뷸라에게로 관심을 돌리겠다고 맹세했다. 그는 또한, 어느 날 밤 서둘러 집으로 돌아오던 길에, 숲 속에서 우연히 마주쳐 단둘이 잠깐 놀게 되었을 때 그에게 은밀한 눈짓을 던졌던, 계핏빛 피부에 키가 큰 여자를 기억해 냈다. 당장 그 자리에서 조지가 그녀를 어떻게 해보지 못했던 까닭은 그녀가 그에게 제공했던 밀주 위스키에 얼마나 취했는지 비틀거리며 동틀 녘까지 걸어서야 겨우 집에 도착할 정도였기 때문이었다. 하지만 그는 그 여자가 이름이 오필리아라고 말했으며, (적어도 소문이 나기로는) 천 마리도 넘는 쌈닭을 소유했다고 알려진 아주 돈이 많은 주잇 쥔님의 노예이고, 그녀의 쥔님 집안은 조지아와 남캐롤라이나에 거대한 농장을 여럿 소유했으며, 캐스웰 군에도 농장이 하나 있다고 알려 주었던 얘기가 기억났다. 걸어가기에는 무척 먼 길이기는 했지만, 다음에 기회가 생기기만 하면 당장 조지는, 주잇 쥔님이야 아마도 밭에서 그런 노예가 일을 하는지 어쩐지 눈여겨본 적도 없었겠지만, 맛 좋아 보이는 그 계집애와 좀 더 친해져야 되겠다고 작정했다.

92

　어느 일요일 아침, 조지가 매 주일 찾아가는 노예 마을로 가고 없을 때, 날마다 점검하는 닭들을 돌아보려고 리 쥔님이 나타났다. 완벽한 기회였다. 한참 동안 이리저리 돌아다니며 쌈닭들에 대한 얘기를 나눈 다음, 밍고 할아버지는 마치 방금 우연히 그런 생각이 머리에 떠오르기라도 한 듯 말했다. 「쥔님, 닭쌈철 거칠 때마다, 쥔님 아시다시피, 사람들 가지고 쌈 나오는 굉장히 많은 닭보다 훨씬 실력 좋은 놈들 우리들이 열다섯에서 스무 마리쯤 골라내잖아요. 나 믿는데, 조지 녀석한테 쥔님 골라낸 버림닭 가지고 싸워 봐라 하면, 부수입 꽤 재미 볼 것 같습니다.」

　캐스웰 군에서는 동서남북 어디를 가나, 톰 리라는 이름이 가난한 백인으로서 훌륭한 닭 한 마리만 가지고 뒷전 닭쌈꾼으로 시작하여, 존경받는 일급 투계사로 출세한 대표적인 경우를 상징한다는 사실을 밍고 할아버지는 잘 알았다. 걸핏하면 쥔님은 밍고 노인에게 배고프던 옛 시절을 그가 얼마나 소중하게 돌이켜 보는 줄 아느냐고 얘기를 하면서, 당시 뒷전 닭싸움에서 느꼈던 흥분은 훗날 그가 참가했던 모든 〈본시합〉 경기에서 누렸던 즐거움 못지않았노라고 장담했다. 중요한 차이점을 찾아본다면, 큰 〈본시합〉 닭쌈에는 보다 차원이 높은 상류층 사람들과 닭쌈꾼들이 모여들고, 따라서 걸린 돈의 액수도 훨씬 오르기 마련이어서, 단 한 번의 닭쌈에서 엄청난 돈을 따는 (또는 잃는) 진짜 부자 닭쌈꾼을 보기가 어렵지 않았다고 리 쥔님은 말했다.

뒷전 닭쌈은 한 번이나 두 번, 또는 세 차례 정도, 흔히 2급이나 3급 닭을 내놓고 싸우기가 보통인 사람들을 위해서 열렸으며, 이런 닭쌈에 참여하는 가난 흰둥이나 해방 검둥이나 노예들의 지갑 사정은 기껏해야 25센트에서 1달러밖에 여유가 없었으며, 어떤 닭쌈꾼이 머리가 돌아 버리기라도 했는지 세상에서 그가 소유한 모든 재산을 내놓는 그런 경우라면 20달러까지 거는 액수가 올라가기도 했다.

「조지가 투계장에서 쌈닭을 제대로 다룰 수 있을지 어떨지 자네가 어떻게 알아?」리 쥔님이 물었다.

밍고 할아버지는 일단 리 쥔님의 입에서 그의 제안에 반대한다는 소리가 나오지 않아 안심이었다. 「그러니까 말입니다, 쥔님, 쥔님도 아시다시피, 지금까지 5년이다 6년이다 동안 그 아이 닭쌈을 한 번도 빼놓지 않고 구경했고, 닭쌈터에서 쥔님 보여 준 솜씨 하나도 놓치지 않았어요. 그럴 뿐만 아니라, 쌈닭 다루는 솜씨 천성적으로 타고났다 하는 사실도 합치면, 조금만 더 가르쳐도 필요 없을 정도로 되겠다고 나 믿어요. 그 아이 닭쌈에 졌다 해도, 우리 잃는 거 아무래도 쥔님 거의 절대로 쓰지 않을 버림닭이 전부예요, 쥔님.」

「그렇구먼.」무엇인가 골똘히 생각하느라고 턱을 쓰다듬으며 쥔님이 중얼거렸다. 「그래, 그렇게 해서 손해 볼 일은 없다는 생각이 드는구먼. 자네가 버림닭 몇 마리 골라서 발톱에 가죽을 씌운 다음, 여름 동안 닭쌈 훈련을 하도록 도와주지 않겠나? 다음 닭쌈철이 되기 전에 조금이라도 싹수가 보인다면, 내가 그 녀석을 위해 돈을 좀 걸고 내기를 주선하겠어.」

「물론 훈련 돕겠습니다, 쥔님!」밍고 할아버지는 벌써 여러 달 전부터 조지와 함께, 닭쌈 훈련장에서 나무가 우거져 눈에 잘 띄지 않는 곳으로 들어가, 버림닭의 며느리발톱에다 노인이 고안해 낸 가벼운 가죽 주머니를 덮어씌워 상처가 나지 않도록 한 다음, 오랫동안 모의 닭쌈을 해왔던 터라, 밍고는 뛸 듯이 기뻐했다. 워낙 조심성이 많았던 노인은 그의 유능한 조수가 정말로 훌륭한 쌈닭 조련사로 발전할 참된 잠재력을 갖추었는지 여부를 자신이 먼저 확인하기 전에는 이러한 제안을 쥔님에게 감히 털어놓을 생각이 없었다. 뒷전 닭쌈 경험을 충분히 쌓기만 한다면, 조지도 언젠가는 리 쥔님만큼 뛰어난 솜씨로 투계장에서 쌈닭을 다루게 되리라고 그는 혼자 속으로 생각했다. 밍고 할아버지의 말마따나, 쥔님의 쌈닭처럼 훌륭한 무리 속에서 골라 낸 버림닭이라면, 철따라 군의 주변 지역에서 즉흥적이고 비공식적으로 열리는 각종 뒷전 닭쌈에 흔히 출전하는 많은 투계보다 훨씬 우월할 터였다. 이런저런 모든 여건을 따져 보면, 조지가 실패할 확률은 거의 없으리라고 밍고 할아버지는 생각했다.

「너 그렇게 입만 벌리고 서 있겠다 생각이야?」 그날 오후에 이 반가운 소식을 알려 준 다음에 밍고 할아버지가 물었다.

「뭐라 말해야 좋을지 몰라서요.」

「네 입에서 할 말 없다는 소리 나오게 될 그런 날 나 죽기 전에 올 줄은 몰랐다.」

「뭐라…… 감사하다 해야 할지 모르겠어요.」

「그렇게 싱글벙글하는 꼴 보니까, 너 말 안 해도 다 알겠구나. 일이나 시작하자고.」

그해 여름 내내 날마다, 그는 밍고 할아버지와 함께 늦은 오후에 적어도 한 시간씩은, 제대로 된 투계장에 비해 직경이 짧고 깊이도 훨씬 얕았지만 훈련을 위해서는 그런대로 손색이 없는 임시 닭쌈터에서 마주 보고 쪼그려 앉아 훈련을 했다. 몇 주일 후에는 쥔님이 훈련 과정을 구경하러 내려왔다. 그는 조지가 닭을 다루며 보여 준 닭쌈터에서의 민첩함과 예민한 반사 신경에 대해서 깊은 인상을 받아서, 그가 나름대로 터득했던 닭쌈 요령 몇 가지를 그에게 알려 주었다.

「넌 닭이 높이 튀어 오르기를 바라겠지. 그렇다면 내가 어떻게 하는지 보라고―」 밍고의 닭을 넘겨받으면서 그가 말했다.「좋아, 심판이 이미 〈준비!〉 하고 소리를 질렀다고 쳐. 넌 닭을 잡고 여기 내려와 앉았는데― 하지만 닭은 쳐다보지 마! 심판의 입술에서 눈을 떼지 말라고! 넌 심판이 〈붙여!〉라고 소리치는 바로 그 순간을 정확히 알고 싶겠지. 그건 심판이 두 입술을 꼭 다무는 바로 그 순간인데―」 리 쥔님은 자신의 두 입술을 꼭 다물어 보였다.「바로 그 순간에 너는 두 손을 번쩍 치켜들고― 〈붙여!〉라는 소리가 네 귓전에 울리는 것과 동시에 네 닭은 먼저 튀어 나가게 된다고.」

훈련 시간이 끝나고 그들이 사용했던 버림닭들을 다시 우리 속에 집어넣은 다음, 오후에 가끔, 밍고 할아버지는 자리를 잡고 앉아 조지에게, 뒷전 닭쌈에서 얻게 될 영광과 돈에 대한 얘기를 해주었다.「가난 흰둥이들이 쥔님더러 이겨라 함성을 지르는 그대로, 큼직한 뒷전 닭쌈에서 검둥개들한테 함성 지르는 장면 나 봤어. 그리고 닭쌈 한 판에 10달러, 12달러, 그리고 그 이상 따기도 한다고!」

「나 1달러 가져 본 적 한 번도 없어요, 밍고 할아버지! 나 아직 1달러짜리 돈 어떻게 생겼는지 잘 몰라요!」

「나도 그런 돈 많이 못 봤어. 사실 말인데, 이제 그런 돈 가져도 쓸 데도 없어. 하지만 쥔님 말하기를, 너한테 돈 걸고 내기 만든다 그랬는데, 만일 너 한 번이라도 이기면, 그 돈 조금 너한테 가져라 할지도 몰라.」

「쥔님 그렇게 한다 생각하세요?」

「나 그렇다 생각하는 까닭은, 날개 튼튼하게 만들자고 너 제안해서 호주머니에 돈 들어왔다고 쥔님 기분이 상당히 좋아졌다고 알기 때문이야. 중요한 사실은, 쥔님 그렇게 하면, 넌 들어오는 돈을 모으겠다 할 만큼 머리가 똑똑하냐 문제야.」

「그러고말고요! 꼭 그렇게 한다고요!」

「뒷전 닭쌈으로 딴 돈 충분히 모아서 쥔님으로부터 자기들 해방 샀다 하는 검둥개들 얘기도 나 들었어.」

「난 나하고 어머니 해방도 다 사겠어요!」

갑자기 밍고 할아버지가 앉았던 나무 그루터기에서 벌떡 일어섰는데, 방금 그가 경험한 질투의 예리한 아픔이 전혀 예기치 못했던 바이기도 했지만, 마음속 깊이 어찌나 심한 동요를 일으켰는지, 그는 어떤 반응을 보여야 옳은지 작정이 서지 않기 때문이기도 했다. 그러자 그는 자기도 모르는 사이에 이렇게 쏘아붙였다.「하기야— 불가능한 일은 전혀 아니겠지!」 진실로 가까운 애정을 함께 나누려는 자신의 인식이 제대로 보상받지 못했다는 느낌을 갑자기 떨쳐 버리고 싶었던 노인은 서둘러 그의 오두막으로 가버렸고, 조지는 영문을 모르는 채로 제자리에 서서 그의 뒷모습을 물끄러미 쳐다보기만 했다.

1824년 초 리 쥔님이 출전한 어느 규모가 큰 닭쌈터에서, 밍고 할아버지는 여러 해 동안 잘 알고 지내던 어느 늙은 조련사로부터, 오는 토요일 오후에 어떤 변두리 농장의 큰 헛간 뒤에서 뒷전 닭쌈이 벌어지리라는 소식을 들었다.「쥔님, 조지는 준비가 끝날 만큼 다 끝났다는 생각이 들어요.」 밍고 할아버지가 나중에 쥔님에게 말했다. 약속했던 대로 토요일 아침에 쥔님이 내려와서는, 잔돈과 동전으로 20달러를 헤아려 밍고 할아버지에게 주었다. 「자, 내 생각이 무엇인지는 잘들 알겠지.」 그는 두 사람에게 말했다. 「돈을 걸기가 겁나거든, 닭을 끌고 들어가 싸움에 끼어들지 말아야 해! 아무것도 안 걸면 따는 돈도 없으니까! 둘이서 함께 잃는 돈이라면 난 기꺼이 잃겠지만, 돈을 거는 사람은 나이고, 또 두 사람은 내 닭을 가지고 싸우게 되니까, 난 따는 돈 전액에서 절반을 받아야 해. 내 말 알아듣겠어? 그리고 만일 내 돈을 가지고 너희들 조금이라도 장난쳤다는 생각이 들기만 하면, 난 두 사람 껍질을 벗겨서라도 그 돈을 찾아낼 거야!」 그러나 그들은 쥔님이 공연히 퉁명스러운 체했을 따름이며, 그들이 입을 모아 〈알겠습니다, 쥔님〉이라고 외쳤을 때, 그가 사실은 유쾌한 기분이었음을 분명히 알았다.

그가 얼마나 흥분했는지를 겉으로 드러내지 않으려고 애쓰며, 회색 칠을 한 커다란 헛간 모퉁이를 돌아선 조지는, 널찍하고 야트막한 닭쌈터의 한쪽 옆에서 서성거리며 웃고 떠들어 대는, 스무 명쯤 되는 검둥이 뒷전 닭쌈꾼들을 보았다. 그들 가운데 절반 정도가, 조지나 마찬가지로, 쥔님과 함께 큰 닭쌈터에 갔다가 낯을 익힌 얼굴이어서, 그는 손을 흔들고 미소를 지어 인사를 나누었으며, 요란한 옷차림과 안하무인격의 태도로 보아 해방 검둥이임에 틀림없다는 생각이 드는 다른 검둥이들과도 고개를 끄덕여 인사를 주고받았다. 닭쌈장의 건너편에서는 비슷한 수의 가난 흰둥이들이 힐끗거리며 쳐다보고는 했는데, 그는 놀랍게도 그들 중에서도 몇 명은 그가 아는 얼굴임을 발견했고, 그들이 서로, 〈저기 저 둘은 톰 리의 검둥개들이잖아〉라고 하는 소리를 듣고는 뿌듯한 기분까지 들었다. 검둥이 닭쌈꾼들과 흰둥이 닭쌈꾼들은 곧 다 같이 건초로 채운 노란 자루를 풀고, 울부짖거나 꾸룩거리는 닭들을 끄집어내어 주물러서 몸을 풀어 주기 시작했으며, 밍고 할아버지는 투계장 주변을 돌아서 건장하고 얼굴이 불그레한 심판에게 가서는 뭐라고 말을 했고, 심판은 조지를 건너다보면서 알겠다고 고개를 끄덕였다.

조지가 부지런히 그의 젊은 수닭을 주물러 주려니까, 밍고가 돌아와서 그들이 가져온 다른 한 마리의 쌈닭에게 준비 운동을 시켰다. 조지는 대체적으로 검둥이들에게는 귀찮은 존재일 따름인 가난 흰둥이들을 전보다 실제로 훨씬 가까이에서 대한다는 데 대해서 막연한 불안감을 느꼈으나, 가난 흰둥이들과 검둥이들이 함께 어울리는 유일한 일이 뒷전 닭쌈뿐이라고 이곳으로 오는 도중 밍고 할아버지가 그에게 했던 말을 상기했다. 규칙은 두 명의 검둥이나 두 명의 흰둥이들끼리만 짝이 되어 서로 닭쌈을 벌이지만, 닭쌈에 출전하는 모든 닭에 누구나 마음대로 돈을 걸어도 된다고 했다.

그의 닭을 충분히 주물러 유연하게 몸을 풀어 준 다음 자루 속에 편안히 들어앉힌 조지는, 주변의 떠들썩한 분위기를 좀 더 맛보았고, 불룩한 자루를 든 뒷전 닭쌈꾼들이 여럿 더 헛간 쪽으로 서둘러 오는 모습을 보았고, 그러자 심판이 두 손을 흔들어 대기 시작했다.

「자, 좋아요, 좋습니다, 여러분! 이제 닭쌈을 시작합시다! 짐 카터! 벤 스펜스! 이리 와서 쇠발톱을 달아요!」

비쩍 마르고 남루한 옷을 걸친 흰둥이 두 명이 앞으로 나와서, 닭의 체중을 저울에 달고는, 25센트니 50센트니 하며 돈을 거는 아우성 소리가 간간이 터지는 가운데, 강철 갈고리들을 닭에게 채웠다. 조지가 보기에는 두 닭이 모두, 그의 자루와 밍고 할아버지의 자루 속에 담긴 쥔님의 버림닭에 비하면, 평범하기 짝이 없는 수준에 불과했다.

〈붙여!〉라는 구령과 더불어, 쌈닭들이 달려 나가서, 하늘 높이 뛰어올랐다가, 퍼덕거리고 눈속임 동작을 취하며 뒤로 나가떨어졌는데 — 판에 박힌 싸움이어서, 밍고 할아버지와 쥔님이 큰 닭쌈에서 항상 느끼고는 했던 그런 극적인 면모가 보이지 않는다고 조지는 생각했다. 마침내 한쪽 닭이 갈고리를 박아 상대편 닭의 목에 깊은 상처를 입힌 다음에도, 몇 분이나 더 걸려서야 겨우 끝장을 냈는데, 조지가 잘 알던 일류 쌈닭들이라면 불과 몇 초밖에 안 걸릴 일이었다. 그는 쌈에 진 닭 주인이 재수가 없다고 심하게 욕지거리를 퍼부으며, 죽은 닭의 발을 거머쥐고 걸음을 서둘러 떠나가는 뒷모습을 지켜보았다. 두 번째와 세 번째 싸움에서도 진 닭이나 이긴 닭 모두, 조지가 전에 늘 보아 왔던 열띤 투지와 멋을 보여 주지 못했고, 그랬기 때문에 그는 네 번째 싸움이 질질 끌며 진행될 때쯤에는, 초조한 마음이 어느덧 사라졌고, 어서 투계장에 자신이 나갈 차례가 되기만을 오만한 기분으로 기다렸다. 그러나 막상 그의 차례가 되자, 그의 가슴은 당장 요란하게 두근거리기 시작했다.

「좋아요, 좋습니다! 자, 이제는 점박이 회색 닭을 출전시킨 롬스 씨의 검둥개와, 붉은 닭을 들고 나온 리 씨의 검둥개가 대결합니다! 양쪽 모두 발톱을 채워요!」 조지는 그들이 이곳에 도착했을 때, 그의 적수인 작달막한 검둥이를 알아보았는데, 사실상 지난 몇 년 동안 그들은 여러 차례 큰 시합에서 잠깐씩 얘기를 주고받기도 했었다. 이제, 그를 지켜보는 밍고 할아버지의 고정된 시선을 의식하면서, 조지는 계체량을 끝내고는, 무릎을 꿇고 앉아 그의 작업복 앞주머니 단추를 풀고, 잘 포장해서 넣어 둔 갈고리를 끄집어냈다. 갈고리를 수탉의 발목에 채우면서 그는, 밍고 할아버지가 가르쳐 준 주의 사항을 상기했다 — 〈너무 헐겁게 묶으면 갈고리가 흘러내리고, 너무 단단히 잡아매면 갈고리가 발목을 마비시켜 쥐가 나니까 조심하라고.〉 가장 알맞게 단단히 매려고 노력하면서, 조지는 주위에서 아우성치는 소리를 들었다. 「붉은 놈에다 50센트!」…… 「받겠다!」…… 「회색에다 1달러!」…… 「좋아!」 그러더니, 「붉은 닭에 4달러!」 남들과 비교가 안 될 만큼 큰 액수를 걸겠다고 고함친 사람은 밍고 할아버지였고, 그의 도전을 받아 주겠다고 외치는 소리가 당장 여기저기서 터져 나왔다. 조지는 자기 자신이나 마찬가지로 주위 사람들의 흥분이 고조되고 있음을 느꼈다. 「준비!」

조지는 무릎을 꿇고, 수탉을 땅바닥에 대고 단단히 잡고는, 닭이 당장 공격을 개시하고 싶어서 온몸을 떨고 있음을 느꼈다.

「붙여!」

그는 심판의 입술을 지켜봐야 한다는 요령을 잊어버렸다! 그가 두 손을 재빨리 치켜드는 순간, 상대편 닭은 벌써 눈에 보이지 않을 정도로 빠른 동작을 시작했다. 뒤쪽으로 더듬더듬 물러서면서 조지는, 그의 닭이 온몸으로 세차게 얻어맞아 균형을 잃고 나둥그러지고 나서, 오른쪽 옆구리에 재빠르고 강력한 갈고리 발톱 세례를 받고 비틀거리는 꼴을 공포에 질린 채 지켜보았다. 그러나 재빨리 정신을 차린 그의 닭은, 시커멓게 피로 물든 한 덩어리의 깃털이 되어, 공격을 위해 몸을 돌렸다. 두 마리의 닭은 푸드득거리며 솟구쳤고, 그의 닭이 더 높이 솟아오르기는 했지만, 내려오면서 휘두른 갈고리 발톱은 그만 목표로부터 빗나가고 말았다. 닭들은 눈속임 동작을 쓰면서 다시 뛰어올랐는데, 이번에는 비슷한 높이였고, 두 닭의 갈고리 발톱은 어느 누구도 눈으로 따라잡을 수 없을 정도로 순식간에 번득였다. 투계장을 온통 헤집고 돌아다니며 두 마리의 닭이 쪼아 대고, 헛동작을 취하고, 돌진하고, 뛰어오르는 동안, 조지의 심장은 한참 고동을 멈추었다. 비록 그의 닭은 번쩍이는 갈고리를 휘두르는 회색 닭이 줄기차게 계속하는 공격을 열심히 막아 내기는 했지만, 쉬지 않고 피를 흘려서 기운이 빠지고 있음을 조지는 알았다. 그러더니 갑자기, 갈고리 발톱이 섬광처럼 번득였고, 싸움은 다 끝났고, 조지의 닭은 쓰러져 마지막 고통으로 몸을 떨고 날개를 퍼덕였다. 투계장에서 죽어 가는 닭을 낚아채듯 집어 든 그의 귀에는 돈을 건 사람들의 아우성과 욕지거리가 거의 들리지도 않았다. 눈물이 쏟아졌고, 기가 막혀 노려보는 군중을 헤치고 나가던 그의 팔꿈치를 밍고 할아버지가 거칠게 움켜잡고는, 다른 사람들이 그들의 얘기를 듣지 못하게 멀찌감치 떨어진 곳으로 그를 끌고 갔다.

「너 바보처럼 왜 이래!」 그는 숨을 헐떡이며 말했다. 「다음번 싸움에 내보낼 다른 닭을 꺼내 오라고!」

「나 소질 없어요, 밍고 할아버지. 쥔님 닭을 죽게 했어요!」

밍고는 믿어지지가 않는 표정이었다. 「닭쌈을 하면 한쪽은 꼭 지기 마련이야! 넌 쥔님이 지는 걸 한 번도 안 봤니? 자, 기운을 내서 다시 해봐!」 그러나 그의 위협이나 부추김도 조지의 마음을 움직이는 데는 충분치를 못했고, 마침내 그는 설득하기를 포기했다. 「좋아! 집에 돌아가서 쥔님 나리께, 우리들 겁이 나서 돈을 되찾으려 노력조차 하지 않았다고 말 나는 못하겠어!」

화가 난 밍고 할아버지는 투계장 주변의 군중에게로 돌아갔다. 수치심을 느낀 조지는 다른 닭쌈꾼들이 다음 시합에 관심이 쏠려서, 그를 거의 거들떠보지도 않는다는 사실에 놀랐고 또 감사했다. 두 차례의 닭쌈이 더 진행된 후에 심판은 다시 소리쳤다. 「톰 리의 검둥개입니다!」 그는 밍고가 무려 10달러라는 돈을 걸자 더욱 심한 수치심을 느꼈고, 내기를 받아 주는 상대가 나선 다음 노인은 쥔님의 두 번째 버림닭을 내보냈다. 그 닭은 노련하게도 채 2분도 안 되어서 상대편 닭을 해치웠다.

농장으로 터벅거리며 돌아오는 길에 조지를 위로하려던 밍고 할아버지의 노력은 별로 효과가 없었다. 「우린 2달러를 벌었는데, 넌 왜 마치 죽으러 가는 녀석 같아?」

「졌다는 사실이 너무나 창피하고— 아마도 쥔님 나더러 더 이상 쥔님의 닭 죽내지 마라 그런다 생각해요.」

밍고는 조지가 아예 시작도 제대로 하지 못하고 지레 움츠러들어 패배자가 되려고 작정이라도 한 듯싶어서 어찌나 걱정이 되었는지, 조지가 마치 땅이 꺼져서 그를 통째로 삼켜 버리기를 바라는 듯, 울상을 짓고 사흘 동안이나 맥이 풀려 지낸 다음, 리 쥔님에게 그 얘기를 털어놓았다. 「저 녀석한테 한마디 해주시겠어요, 쥔님? 시합에서 한 번만 졌다 해도 치욕이라고 생각하는 눈치예요!」 다음번에 쥔님이 쌈닭 사육장을 찾아왔을 때, 그는 조지에게 일부러 말을 걸었다. 「듣자니까 넌 쌈에 한 번도 져서는 안 된다고 생각하는 모양인데, 도대체 그게 무슨 소리냐?」

「쥔님 닭 죽여서 나 정말 한심해요!」

「하지만 나한테는 네가 앞으로 닭쌈에 끌고 나갈 놈이 스무 마리나 더 남았는데!」

「알겠습니다, 쥔님.」 그는 쥔님이 안심을 시켜 주었음에도 불구하고 마음이 절반밖에는 놓이지를 않았다.

그러나 다음번 뒷전 닭쌈판에서 두 마리의 닭이 모두 이기자, 그는 마치 승리를 거둔 그의 수탉처럼 뽐내고 시끄러워졌다. 의기양양하게 그가 딴 돈을 거둬들인 후, 밍고 할아버지는 그를 옆으로 끌어내서 귓속말로 경고했다. 「그렇게 잘난 체하면, 또다시 진다고!」

「나 이 돈 한 번 전부 만져 보게 해줘요, 밍고 할아버지!」 그는 두 손을 모아 내밀면서 소리쳤다.

그가 꾸깃꾸깃한 1달러짜리 돈 한 무더기와 그보다 더 많은 액수의 동전을 물끄러미 쳐다보는 동안, 밍고는 웃으면서 말했다. 「그 돈 네가 쥔님께 갖다 드려. 그러면 두 사람한테 다 좋은 일 될 테니까!」

집으로 돌아가는 길에 조지는, 그가 백 번은 사정했다가 실패한 설득을 다시 시작해서, 밍고 할아버지더러 노예 마을로 같이 가서 그의 어머니와, 말리지 아줌마와, 세라 아줌마와, 팜피 아저씨를 만나 달라고 부탁했다. 「쥔님 소유한 검둥개 우리 여섯뿐이니까, 밍고 할아버지, 적어도 우리 서로 알고 지낸다 하면 좋잖아요! 모두들 할아버지 정말 만나고 싶다 그래요. 나 거기 가면 늘 할아버지 얘기 했지만, 그들은 할아버지가 자기들 좋아하지 않거나 뭐 그런다고 생각해요!」

「너도 그렇고 그 사람들도 그렇고, 모두 알아 둬야 하는데, 난 내가 알지도 못하는 사람들을 싫어하고 뭐고 하지 않아!」 밍고가 말했다. 「그러니까 지금까지처럼 그대로 지내면, 거기 사람들 나 때문에 신경 쓸 필요 없고, 나도 마찬가지야!」 그리고 이번에도, 그들이 농장에 도착했을 때, 밍고는 노예 마을을 비켜나서 멀찌감치 돌아가는 길을 택했다.

키지는 조지의 손바닥에 쌓인 지폐와 동전을 보고 눈이 튀어나올 정도로 휘둥그레졌다. 「맙소사, 얘야, 너 어디서 그렇게 많이 났니?」 그녀가 묻고는, 한번 구경이라도 좀 하라고 세라 언니를 불렀다.

「그거 대체 얼마나 되니?」 세라가 물었다.

「몰라요, 아줌마. 그렇지만 이 돈 나온 곳 가면 더 많이 있어요.」

세라 아줌마는 조지의 한쪽 손을 잡아끌고 팜피 아저씨한테 이 횡재를 보여 주려고 데려갔다.

「보아하니 나 수탉 한 마리 구해야 되겠구나.」 노인이 말했다. 「그렇지만 얘야, 그거 쥔님 돈이야!」

「쥔님 나한테 절반 줘요!」 조지는 자랑스럽게 설명했다. 「사실 나 지금 쥔님한테 쥔님 몫 주러 가야 해요.」

조지는 부엌에 나타나서 말리지 아줌마에게 돈을 보여 주고는 쥔님을 만나겠다고 얘기했다.

리 쥔님은 딴 돈 가운데 그의 몫 9달러를 호주머니에 넣으면서 웃었다. 「제기랄, 밍고가 너에게는 가장 좋은 닭들을 몰래 빼주고, 나에겐 버림닭만 남겨 놓은 모양이구나!」

조지는 제정신이 아니었다!

다음번 뒷전 닭쌈에서 조지는 전에 이겼던 두 마리의 수탉으로 또다시 이겼고, 리 쥔님은 조지가 거둔 연승에 대한 호기심을 이기지 못해서, 마침내는 뒷전 닭쌈은 구경조차 하지 않겠다던 자신의 계율을 깨뜨리기에 이르렀다.

쥔님의 예기치 않았던 참석은 흰둥이와 검둥이 뒷전 닭쌈꾼들 사이에서 황급히 팔꿈치로 찌르고 귓속말을 주고받는 동요를 당장 불러일으켰다. 밍고 할아버지와 조지마저도 어쩔 줄 모르고 불안해서 당황하는 모습을 보고, 리 쥔님은 자신이 잘못 왔다고 후회하기 시작했다. 하지만 그는, 먼저 이런 분위기를 깨뜨려야 할 사람은 자신임을 깨닫고, 나이 많은 가난 횐둥이 한 사람에게 웃으면서 손을 흔들어 보이기 시작했다.「어이, 짐.」그러고는 다른 사람에게,「아, 피트도 왔군!」그들은 그가 자신들의 이름까지 기억해 주었다는 데 놀라서 웃음으로 답례했다.「잘 지냈나, 데이브!」그는 계속해서 아는 체를 했다.「자네 보아하니 마누라한테 맞아서 나머지 이빨이 몽땅 다 빠져버린 모양이군그래— 아니면 싸구려 위스키 때문인가?」떠나갈 듯한 폭소 속에서 그들은, 자기들처럼 가난한 사람으로 시작해서 전설이 되어 버린 사나이의 주위에 몰려들었고, 닭쌈 따위는 까맣게 잊어버린 듯싶었다.

기세가 등등해진 조지는, 닭을 한쪽 옆구리에 끼고는, 밍고 할아버지와 리 줸님까지도 깜짝 놀라게 할 노릇이었지만, 갑자기 투계장 가장자리를 활개 치며 한 바퀴 돌기 시작했다.「좋아요, 좋습니다!」그가 큰 소리로 외쳤다.「누구든지 돈 있으면, 어서 걸라고요! 아무리 많이 걸어도 문제없고, 만일 나 그 돈 감당하지 못하면, 돈 많은 부자 우리 줸님 대신 낸다 합니다!」줸님이 빙그레 웃는 모습을 본 조지는 더욱 목소리가 커졌다.「나 여기 가져온 닭 줸님 버림닭이지만 이걸로 싸운다 하면 여기 어떤 닭 뭐든지 다 이깁니다! 덤비라고요!」

한 시간 후에, 두 번째로 시합에서 떠들썩하게 이긴 조지는 22달러를 땄고, 리 줸님은 따로 건 곁다리 내기에서 40달러를 땄다. 그는 자기가 한때 그러했던 것처럼 째어지게 가난한 사람들의 돈을 뜯어내기가 정말로 싫기는 했지만, 그들이 톰 리와의 내기에서 실제보다 열 배는 더 잃은 듯 앞으로 1년 내내 자랑스럽게 허풍을 치면서 보내리라는 사실을 잘 알았기 때문에 그냥 받아 두었다.

밍고 할아버지가 또다시 심한 기침 발작을 일으켜 병석에 눕는 바람에 조지가 캐스웰 군에서 벌어진 다음 네 차례의 뒷전 닭쌈터에 나타나지를 않았더니, 사람들은 뻐기고 뽐내는 그의 모습을 보지 못해서 아쉬워했다. 조지는 기침 발작이 아무런 예고도 없이 밍고에게 느닷없이 찾아와서는, 한참 동안 지속된다는 사실을 잘 알았고, 그래서 그의 늙은 선생을 쌈닭들과 혼자 지내게 내버려 두어서는 안 된다고 느꼈으며, 혼자 시합을 하러 가고 싶지도 않았다. 그러나 어느 정도 회복된 다음에도 밍고는 다음 닭쌈이 벌어지는 곳까지 먼 길을 걸어

갈 만큼 기운을 차리지를 못했다고 말했지만, 조지에게는 그래도 가야 한다고 권했다.

「넌 어린애가 아냐! 거기에 계집들만 있다면 넌 벌써 달려갔을 거 아니냐!」

그래서 조지는 양손에 버림닭이 담긴 불룩한 자루를 들고 혼자서 갔다. 요즘 그의 멋진 모습이 보이지 않아 서운했던 닭쌈꾼들 앞에 그가 나타나자, 한 사람이 큰 소리로 외쳤다. 「조심하시라! 여기 그 유명한 〈치킨 조지〉께서 나타나셨다!」 그들은 일제히 폭소를 터뜨렸고, 조지도 기분이 좋아서 덩달아 웃어 젖혔다.

(또다시 딴 돈을 호주머니에 두둑하게 넣고) 집으로 돌아가면서, 그는 생각하면 할수록, 그 별명의 어감이 점점 더 마음에 들었다. 그것은 어딘가 멋이 담긴 별명이었다.

「사람들이 닭쌈터에서 나한테 무슨 별명 붙였나 분명히 아무도 생각 못할 걸!」 그는 노예 마을에 도착하자마자 말했다.

「그래? 무슨 별명인데?」

「치킨 조지!」

「세상에!」 세라 아줌마가 외쳤다.

키지의 두 눈에서는 사랑과 자부심이 빛났다. 「맞아.」 그녀가 말했다. 「요즈음 너한테 더 잘 어울리는 별명 따로 없겠구나!」

별명을 듣고는 쿈님까지도 재미있다고 생각했는데, 그 소식을 전해 주면서 밍고 할아버지는 빈정대는 듯한 투로 덧붙였다. 「자기 닭이 싸우다 죽을 때마다 아직도 울음보 터뜨리는 꼴을 보면, 사람들 왜 그 녀석 〈울보 조지〉라고 별명 붙이지 않았나 이상해요. 요즈음 아무리 많이 이겨도 여전하거든요! 그의 수탉 쇠발톱 찔려 죽었다 하면, 마치 자기 자식처럼 껴안고는, 눈물 줄줄 흘리고, 울고불고 야단해요. 전에 그런 사람 애기 듣거나 본 적 있나요, 쿈님?」

리 쿈님이 웃었다. 「그래, 나도 무리하게 돈을 많이 걸었을 때 내 닭이 쇠발톱에 찍히는 꼴을 보면 울고 싶은 적이 많았지! 하지만, 아냐, 자네 말마따나 그만큼 열심인 녀석도 없다는 생각이 들어. 그저 닭에게 너무 애착을 느낀다는 것이 흠이기는 하지만.」

그로부터 얼마 지나지 않아서, 그해의 가장 큰 〈본시합〉 결승전에서 이제 막 우승을 차지한 쿈님이 그의 닭을 안고 마차를 세워 놓은 곳으로 돌아가던 길에, 누군가 〈안녕하시오, 리 선생!〉이라고 부르는 소리가 들려왔다. 시선을 돌린 그는 닭쌈 귀족이라고 알려진 조지 주잇이 미소를 지으며 그에게로 성큼성큼 걸어오는 모습을 보고 깜짝 놀랐다.

리 쥔님은 겨우 태연한 척하면서 말했다. 「아, 예, 주잇 선생님!」

그러고는 그들은 악수를 나누었다. 「리 선생, 신사이며 투계사끼리니까, 솔직하게 얘기를 하겠습니다. 난 최근에 훈련사를 잃었어요. 며칠 전 어느 날 밤에, 신분증도 없이 어디를 가던 그를 도로 순찰대가 적발했죠. 그런데 그만 그 사람이 도망을 치려다가 총을 맞았는데, 중상이었습니다. 보아하니 회복되기는 틀린 모양이더군요.」

「안됐군요— 제 얘기는, 그 검둥개가 아니라 선생님이 안됐다는 말입니다.」 리 쥔님은 주잇이 원하는 바가 무엇인지를 잘못 판단했던 자신의 어리석음을 꾸짖었다. 닭쌈 귀족이 원하는 사람은 밍고였다.

「그런 뜻으로 하신 말씀인 줄 알았습니다.」 주잇이 말했다. 「그래서 나는 임시 훈련사가 필요한 처지가 되었는데, 닭에 대해서 적어도 무엇인가는 좀 아는 사람이어야 하겠죠—」 그는 잠시 말을 멈췄다. 「닭쌈이 벌어지는 곳에서 알게 되었지만, 당신은 조련사가 둘이나 되더군요. 난 경험 많은 노인까지는 욕심을 부리지 않겠지만, 다른 쪽 조련사, 그러니까 우리 농장의 어느 처녀를 좋아한다고 내 검둥개들이 말하는 젊은이를, 서운치 않은 값으로 흥정해서 나한테 넘길 생각은 없는지…….」

치킨 조지가 배반했다는 이러한 증거를 접한 리 쥔님의 놀라움은 분노와 뒤섞였다. 그의 목소리는 숨이 막히는 듯싶었다. 「아, 그 얘기로군요!」

멋지게 골탕을 먹이는 데 성공했음을 깨닫고 주잇은 다시 싱긋 미소를 지었다. 「나로서는 귀찮게 흥정을 오래 끌고 싶지 않다는 점을 증명해 보이고 싶어요.」 그는 잠시 말을 멈추었다. 「3천이면 괜찮겠습니까?」

리 쥔님은 혹시 잘못 듣지 않았나 해서 비틀거렸다. 「미안합니다, 주잇 선생님.」 그는 단호하게 잘라 말했다. 그는 돈 많은 귀족을 퇴짜 놓는 짜릿한 기쁨을 맛보았다.

「좋습니다.」 주잇의 목소리가 긴장했다. 「마지막 제안인데— 네 장

드리죠!」

「전 그저 훈련사를 팔고 싶은 생각이 없을 뿐입니다, 주잇 선생님.」

돈 많은 닭쌈꾼은 얼굴을 떨어뜨렸고, 그의 두 눈은 싸늘하게 식었다.「알겠습니다. 자, 그럼 안녕히 가시오, 선생!」

「안녕히 가십시오, 선생님.」리 쥔님이 말했고, 그들은 서로 반대 방향으로 성큼성큼 걸어갔다.

점점 화가 치밀어 오른 쥔님은, 차마 뛰어가지는 않으면서도, 가능한 한 빨리 마차로 돌아갔다. 밍고 할아버지와 치킨 조지는 그의 얼굴을 보고는, 그들 자신의 얼굴은 조심스럽게 멍한 표정을 짓고 자리에 앉았다. 마차에 이른 그는 조지에게 주먹을 휘두르면서, 화가 나서 떨리는 목소리로 말했다.「네 이놈의 골통을 박살내고 말겠다! 도대체 넌 주잇 집에 가서 무슨 짓을 하고 다니느냐— 우리가 어떻게 닭을 훈련시키는지나 얘기하면서 말이야?」

조지는 얼굴이 파랗게 질렸다.「나 주잇 쥔님한테 아무 말 안 했어요, 쥔님, 쥔님!」그는 말도 제대로 나오지 않았다.「나 주잇 쥔님한테 한마디도 말하지 않았어요, 한마디 말도요, 쥔님!」기겁할 듯이 놀라고 겁에 질린 그의 표정을 보고 쥔님은 절반쯤이라도 조지를 믿어 주기로 했다.「그럼 넌 주잇네 계집년과 노닥거리기 위해서만 그곳에 간다고 우길 생각이란 말이지?」비록 그런 짓은 아무 잘못도 아닐지 모르지만, 한 번 그곳을 드나들 때마다 그의 훈련 조수로부터 주잇의 교활한 눈이 무엇을 알아내고, 그러다가 결국 무슨 일이 일어날지는 모를 일이었다.

「쥔님, 제발 용서해 주세요……」

이제는 다른 마차가 가까이 다가왔고, 사람들이 쥔님에게 손을 흔들며 소리쳐 불러 대었다. 그들에게 손을 흔들어 답례를 보내면서, 쥔님은 자기도 모르게 슬그머니 미소를 지었고, 마차의 마부석에서 가장 안쪽으로 올라가 앉으며, 겁에 질린 밍고 할아버지에게 입술을 뒤틀어 가며 소리쳤다.「가자고, 제기랄!」농장으로 돌아오는 길은, 영원히 끝나지 않을 듯싶은 여행 내내, 칼날처럼 날카로운 긴장감이 계속되었다. 밍고 할아버지와 조지 사이의 긴장감도 집으로 돌아온 다음 하루 종일 이어졌다. 그날 밤 조지는 앞으로 받게 될 처벌을 예상하면서, 진땀을 흘리며 잠을 이루지 못했다.

그러나 처벌은 없었다. 그리고 며칠 후 쥔님은 마치 아무 일도 없었다는 듯 밍고 할아버지에게 말했다. 「다음 주에 나는 버지니아의 주(州) 접경 지역에서 열리는 대회에 참가해 달라는 요청을 받았어. 먼 여행이 자네 기침병에 아무래도 좋지 않을 테니까, 난 저 녀석만 데리고 갈 생각이야.」

「알겠습니다, 나리.」

밍고 할아버지는 쥔님이 그를 대신하기 위해 조지를 훈련시켰으며, 결국 이런 날이 오리라고 오래전부터 예상했다. 그러나 그는 그날이 이렇게 빨리 오리라고는 꿈에도 생각하지 못했었다.

93

「뭘 그렇게 골똘히 생각하느냐?」

한 시간 이상이나 마차의 마부석에 나란히 앉아서, 따뜻한 2월 아침의 양털 같은 구름과, 앞으로 뻗어 나간 흙길과, 단조로운 움직임을 반복하는 노새 엉덩이의 근육을 쳐다보던 다음인지라 치킨 조지는 리 쥔님의 질문에 깜짝 놀랐다.

「아무 생각 안 해요.」 치킨 조지가 대답했다. 「나 아무 생각도 안 했어요, 쥔님.」

「너희들 깜둥이들은 도대체 알다가도 모르겠단 말이야!」 쥔님의 목소리에는 날이 섰다. 「점잖게 무슨 얘기라도 나눠야 하면, 금방 멍청이처럼 굴거든. 마음이 내키면 입이 닳도록 주절거리는 너 같은 검둥개가 그러면 특히 더 사람 미치게 만들지. 네가 좀 영리하게 굴면 백인들이 널 존경해 주리라고 생각하지 않니?」

평화롭던 치킨 조지의 마음은 당장 경계심으로 곤두섰다. 「그럴지 모르지만, 사람 따라 그렇지 않기도 해요, 쥔님.」 그는 조심스럽게 말했다. 「다 사람 따라 달라요.」

「또 그렇게 빙빙 돌리기만 하는 소리로구나. 사람 따라 무엇이 달라?」

쥔님의 의도가 무엇인지를 좀 더 잘 알아낼 때까지 눈치를 살피면서, 치킨 조지는 또다시 말꼬리를 돌렸다. 「그건요, 쥔님, 나 하는 애기 의미는, 어떤 흰둥 사람들에게 얘기하느냐 따라 달라진다는 뜻인데, 쥔님, 적어도 나 받은 인상은 그렇습니다.」

한심하다는 듯 쥔님은 마차 옆으로 침을 뱉었다. 「검둥개 한 놈 데려다 먹여 주고, 입혀 주고, 잠잘 곳을 마련해 주고, 이 세상에서 필요한 다른 모든 것 다 주어도, 그 놈의 검둥개 결코 똑바로 대답하는 법이 한 번도 없다니까!」

치킨 조지는 끝없이 계속되는 듯 여겨지는 지루한 마차 여행에 생기를 불어넣기 위해서 쥔님이 그냥 아무 대화라도 나누고 싶은 충동을 느낀 모양이라고 단순하게 판단했다.

리 쥔님의 짜증을 더 이상 자극하지 않기 위해서, 그는 시험 삼아 말했다. 「쥔님 까놓고 솔직한 대답 원하시니까 말하는데요, 쥔님, 나 생각에 대부분 검둥개들 흰둥 사람들이 무섭다 생각해서, 어쩌면 정말보다 미련한 행동 똑똑하다 믿는지 몰라요.」

「무섭다고!」 리 쥔님이 소리쳤다. 「검둥개들은 정말이지 미꾸라지 같은 놈들이야! 무섭다는 놈들이 우리가 잠깐 한눈만 팔았다 하면 당장 우릴 죽이려고 폭동을 꾸민단 말이냐? 백인들의 음식에 독약을 타고, 어린애까지 죽이잖아! 백인들이 나쁘다고 이러니저러니 말하지만, 알고 보면 항상 검둥개들의 탓이고, 그래서 백인들이 정당방위를 위해 무슨 행동을 취할라 치면, 검둥개들은 겁난다고 야단들이잖아!」

치킨 조지는 조금만 건드려도 폭발하는 쥔님의 성미를 건드리는 짓은 그만두는 편이 현명하리라고 생각했다. 「쥔님 농장에선 그런 일 전혀 한 번도 없었다 저 믿어요, 쥔님.」 그는 조용히 말했다.

「너희 검둥개 놈들이 만약 그 따위 짓을 벌였다가는 나한테 죽을 줄 알아!」 그들 뒤쪽의 닭장 속에서 쌈닭 한 마리가 울었고, 다른 닭들이 꾸룩꾸룩 응답했다.

조지는 아무 말도 하지 않았다. 그들은 커다란 농장을 하나 지나가는 중이었고, 그는 저 멀리 한 무리의 노예들이 다음 파종에 앞서 밭을 갈기 위한 준비 작업으로 죽은 옥수숫대를 두들겨 눕히는 광경을 곁눈으로 쳐다보았다.

쥔님은 다시 말을 시작했다. 「평생 동안 뭔가를 이룩해 보려고 열심히 일해 온 나 같은 사람을 검둥개들이 얼마나 괴롭히는가를 생각하면 난 속이 뒤집혀.」

마차는 잠시 동안 말없이 굴러 갔지만, 치킨 조지는 쥔님의 화가 점점 더 치밀어 오른다고 느꼈다. 마침내 쥔님이 소리쳤다.「야, 내 얘기 좀 들어 봐! 너는 우리 집에서 태어나서 여태까지 배부른 생활만 해왔어. 넌 열 명이나 되는 남녀 형제와 아귀다툼을 해가며, 늘 반쯤 굶주리면서 성장하고, 엄마 아빠까지 함께 모두가 후덥지근하고 비가 새는 두 개의 방에서 기거하는 인생이 어떤지 아무것도 몰라!」

치킨 조지는 쥔님의 이런 사실을 인정하는 고백에 놀랐고, 쥔님은 마치 고통스러운 기억을 그의 몸에서 몰아내 버려야만 한다는 듯 흥분해서 얘기를 계속했다.「내 기억으로는 우리 어머니의 배는 임신해서 항상 잔뜩 불러 있었지. 그리고 아버지는 담배를 질겅질겅 씹어 대고, 언제나 반쯤 술에 취해서, 나 같으면 1에이커에 50센트도 주지 않을 바위투성이 땅을 10에이커 겨우 마련해 놓고는, 그래도 농부랍시고, 우리들더러 아무도 열심히 일하지 않는다고 끝없이 고함을 질러 대면서 욕지거리를 퍼부었지!」그는 치킨 조지를 뚫어지게 노려보고 화를 내며 말했다.「너 무엇이 내 인생을 바꿔 놓았는지 알고 싶어?」

「네, 쥔님」조지가 말했다.

「대단한 신앙 요법사가 찾아왔어. 그 사람이 커다란 천막을 치는 동안 모두들 흥분해서 떠들고 돌아다녔지. 치료를 시작하는 첫날 밤에는 두 다리가 멀쩡해서 걸어다닐 만한 사람은 물론이고, 남들이 업고 와야 하는 사람들도 모두 몰려와 천막에 꽉 들어찼지. 나중에 사람들이 하는 얘기를 들어 보니, 그런 지옥불 설교와 그러한 기적 같은 치료는 캐스웰 군에서 난생처음이라고들 야단이었어. 수백 명의 백인들이 펄쩍펄쩍 뛰기도 하고, 비명을 지르고, 소리치면서, 간증하던 그 광경을 나는 결코 잊지 못하겠더군. 사람들이 서로 얼싸안고, 기절하고, 신음하고, 부들부들 떨면서 경련을 일으켰지. 어떤 검둥개 부흥회보다도 더 심했으니까. 그러나 그런 야단법석 난장판 속에서도, 어쨌든 나에게 커다란 감명을 준 게 하나 있었단 말이야.」리 쥔님은 치킨 조지를 쳐다보았다.「넌『성서』에 대해 좀 아니?」

「아뇨— 글쎄요, 쥔님, 별로 잘 몰라요.」

「넌 나도『성서』따위라면 아무것도 모른다고 생각하지는 않았겠지! 그건 〈시편〉에 나오는 말이었어. 난 그 대목을 내『성서』에다 표시해 두었어. 그건 이런 내용이야. 〈나는 한때 젊었지만, 이제 늙었도 다. 그러나 착한 사람 버림받거나 후손 구걸하는 거 나 젊어서도 늙어 서도 보지 못했다.〉

그 설교자가 가버린 다음 오랜 세월이 흐른 후에도, 그 말은 내 머 리에 박혀 떠나지를 않았어. 나는 그것이 나에게 무슨 의미인지를 알 아내려고 이리저리 곰곰이 따져 보았지. 내가 보기에는 우리 집에서 벌어지는 모든 일이 바로 빵을 구걸하는 짓처럼 여겨졌어. 우리는 가 진 것이 하나도 없었고, 아무것도 벌어들일 가능성 역시 없었어. 마침 내 나는 그 말이 내가 올바른 길을 찾기 위해 나선다면— 다시 말해 서, 만약 내가 열심히 일하고, 내가 아는 최선의 방식으로 살아간다 면— 결코 늙었을 때 빵을 구걸하지 않아도 된다는 뜻이라는 생각이 들었어.」 쥔님은 집어삼킬 듯이 치킨 조지를 노려보았다.

「알겠습니다, 쥔님.」 무슨 다른 말을 해야 좋을지 몰라서 치킨 조지 가 말했다.

「그래서 난 집을 떠나기로 했지.」 리 쥔님은 얘기를 계속했다. 「내 나이 열한 살 때였어. 나는 길을 떠나서, 누구에게서나 일거리를 찾았 고, 검둥개 일거리를 포함해서 무슨 일이건 닥치는 대로 다 했어. 난 거지꼴이었지. 쓰레기 같은 음식을 먹었고. 난 번 돈을 한 푼도 쓰지 않고, 몇 년 동안이나, 모두 저축했고, 그렇게 해서 마침내 25에이커 의 임야와 함께, 첫 검둥개를 샀는데, 이름이 조지였어. 사실은 그놈 의 이름을 따서 네 이름을 지었지만—」

쥔님은 무슨 대답을 기대하는 듯싶었다. 「팜피 아저씨 나에게 그 사람 얘기 해줬어요.」 치킨 조지가 말했다.

「그래. 팜피는 나중에 와서, 내 두 번째 검둥개가 되었지. 너, 내 말 잘 새겨들어야 하는데, 난 그 조지라는 검둥개하고 어깨를 나란히 하 고 노예처럼 일했는데, 가능한 일부터 시작해서 불가능한 일도 해냈 고, 나무 그루터기와 관목과 바위를 파내고는, 내 첫 농사를 위한 씨 를 뿌렸지. 나로 하여금 25센트짜리 복권을 사게 한 건 바로 하나님 이었고, 그 복권이 당첨되어 나한테는 첫 쌈닭이 생겼어. 그래, 그건 지금까지 내가 손에 넣었던 닭들 중에서 가장 훌륭한 놈이었어! 그놈 은 심하게 상처를 입었을 때도, 내가 상처를 동여매 주기만 하면, 계 속 싸움에 나가서, 수탉 한 마리로는 가장 많은 뒷전 닭쌈에서 이기는 기록을 세웠지.」

그는 잠시 말을 멈추었다. 「어쩌다 내가 이 모양으로 여기 앉아 검 둥개에게 이런 얘길 하게 되었는지 모르겠구먼. 하지만 사람이란 때 때로 누군가에게 꼭 얘길 하고 싶을 때가 생기는 모양이야.」

그는 다시 잠깐 뜸을 들였다. 「마누라하고는 별로 말이 통하지를 않거든. 보아하니 여자란, 일단 자기를 보살펴 줄 남편을 하나 잡아 놓으면, 여생은 병에 걸리거나, 쉬거나, 뭔가를 불평하면서, 검둥개들 의 극진한 시중이나 받으며 살아가도록 되어 있는 모양이야. 그렇지 않으면 유령처럼 보일 때까지 분이나 얼굴에 처바르든가…….」

치킨 조지는 그의 귀가 믿어지지 않았다. 그러나 쥔님은 말을 억제 할 수 없는 모양이었다. 「그렇지 않으면 우리 식구들 같은 종류의 인 간들도 있기 마련이지. 난 내 남녀 형제들이 왜 한 사람도 나처럼 제 길을 헤쳐 나가려고 하지 않는지를 늘 궁리해 보았어. 그들은 내가 집 을 떠났을 때나 마찬가지로 아직도 아귀다툼을 벌이고 배를 곯아 가 며 살아가는데 — 이제는 모두 저마다 제 식구까지 거느렸다니까.」

치킨 조지는 쥔님이 그의 가족에 대해서 어떤 말을 해도 〈네, 쥔님〉 이라고 맞장구를 치는 말조차 하지 않는 편이 제일 현명하겠다고 판 단했는데, 조지는 투계장이나 읍내에 갔을 때 쥔님이 짤막한 이야기 를 나누던 가족 몇 명을 본 적이 있었다. 쥔님의 남자 형제들은, 부유 한 농장주들뿐만 아니라 그들의 노예들까지도 코웃음을 치는 그런 지저분하고 가난한 사람들이었다. 쥔님이 그런 형제를 아무라도 마 주쳐서 당황해하는 모습을 조지는 여러 차례 목격했다. 그는 그들이 살기가 고생스럽다고 끊임없이 푸념을 늘어놓거나 돈을 달라고 구걸 하는 소리를 자주 들었으며, 그들이 그 돈을 받자마자 금방 술을 사 마시는 데 써버린다는 사실을 알고 쥔님이 그들에게 50센트나 1달러 를 줄 때, 그들의 얼굴에 떠오르는 증오심을 뚜렷이 보았다. 전에 쥔 님이 가끔 가족을 집으로 초대하여 저녁을 대접하면, 그들이 배가 터 지도록 보통 사람들보다 세 배는 더 먹고 마신 다음에, 쥔님이 안 보 이기만 하면 당장 마치 그가 개라도 되는 듯 잔뜩 코웃음을 치고 험담 을 늘어놓더라고 말리지 아줌마가 얼마나 여러 번 얘기했는지를 치 킨 조지는 똑똑히 기억했다.

「그들은 누구라도 나처럼 할 수가 있었어!」 쥔님은 마부석 옆에 앉아서 소리쳤다. 「하지만 아무도 배짱이 없었고, 그래서 그 신세를 못 면해!」 그는 다시 입을 다물었지만 ─ 잠시뿐이었다.

「어찌했거나 간에, 난 이제 제법 자리를 잡은 셈이어서─ 살 만한 집도 장만했고, 쌈닭도 백여 마리나 되고, 85에이커의 땅에서 절반은 소출을 내고, 말과 노새와 소와 돼지도 치지. 게다가 너 같은 게으름뱅이 검둥개도 몇 명 두었고.」

「네, 쥔님.」 치킨 조지가 말하고는, 조심스럽게 다른 견해를 표명해도 지금은 어느 정도 안전하리라고 생각했다. 「하지만 우리 검둥개들 쥔님 위해 열심히 일한답니다, 쥔님. 나 오랫동안 엄마하고, 말리지 아줌마하고, 세라 아줌마하고, 팜피 아저씨하고, 밍고 할아버지 알았는데─ 그들 모두 힘껏 쥔님 위해 일해 왔다 하지 않아요?」 그러고는 쥔님이 뭐라고 대답하기 전에 그는 지난 일요일 노예 마을에 갔을 때 세라 아줌마가 했던 말을 덧붙였다. 「사실 말씀인데, 쥔님, 우리 어머니 빼놓고 모두 쉰 살 넘었는데─」 그는 쥔님이 그냥 너무 구두쇠여서, 보다 젊은 노예를 한 명도 사들이지 않고, 현재 데리고 사는 몇 명의 노예들이 죽어 나갈 때까지 부려 먹으려는 속셈이 뻔하다는 세라 아줌마의 결론은 입 밖에 꺼내면 안 되겠어서, 말을 중단했다.

「넌 내가 지금까지 한 말을 통 귀담아듣지 않은 모양이구나! 내가 부리는 검둥개는 어느 누구도 나처럼 열심히 일한 놈이 없어! 그러니까 검둥이들이 열심히 일한다는 말은 나한테 하지 말라고!」

「알았습니다, 쥔님.」

「뭐가 〈알았습니다, 쥔님〉이야?」

「그냥 알았습니다, 쥔님. 쥔님도 분명히 일 열심히 한다고요.」

「그야 물론이지! 넌 내 농장의 모든 일과 모든 사람을 책임진다는 일이 쉬운 줄 알아? 그렇게 많은 닭을 키우는 게 쉽다고 생각해?」

「아닙니다, 쥔님. 쥔님 그런 일 힘들다 나 잘 압니다, 쥔님.」 조지는 그가 바친 7년은 말할 나위도 없고, 밍고 할아버지가 30년이 넘도록 날마다 쌈닭을 돌봐 왔다는 사실을 생각했다. 그러고는 수십 년에 걸친 밍고 할아버지의 공로를 완곡하게 강조하기 위해서 짐짓 모르는 체하며 물었다. 「나리, 밍고 할아버지 몇 살이다 혹시 아세요?」

쥔님은 턱을 만지면서 잠시 침묵했다. 「제기랄, 영 모르겠는걸. 가만 있자, 언젠가 한번 따져 봤을 때 그 영감이 나보다 열다섯 살가량

나이를 더 먹었다는 계산이 나왔었으니까— 그렇다면 영감이 예순 살 좀 넘었겠군. 그리고 날마다 점점 더 늙어. 그래선지 해가 갈수록 점점 더 병이 많아지는 것 같아. 네가 보기엔 어떻던? 넌 거기서 영감하고 같이 살잖아.」

치킨 조지는 밍고 할아버지가 최근에 일으켰던 기침 발작이 얼핏 머리에 떠올랐는데, 조지는 지금까지 할아버지가 그토록 심한 기침을 하는 것을 본 적이 없었다. 노예들이 어디 아프다고 하면 쥔님은 항상 꾀병으로 몰아붙인다고 말리지 아줌마와 세라 아줌마가 못마땅해하던 기억을 하면서, 그는 마침내 입을 열었다. 「글쎄요, 쥔님, 보통 때는 대부분 괜찮지만, 할아버지 가끔 한 번씩 아주 진짜 무서운 기침한다 쥔님 꼭 알아야 하는데요— 기침 진짜 너무 심해서 나한테 아버지 같은 할아버지 잘못된다 나 겁이 나요.」

뒤늦게야 그는 말이 헛나갔음을 깨달았고, 그는 당장 차가운 반응을 쥔님에게서 눈치 챘다. 길이 울퉁불퉁해서 마차가 덜컹거리자 닭장 속의 쌈닭들이 다시 꾸룩꾸룩거렸고, 마차가 얼마 동안 더 굴러 간 후에야 쥔님이 물었다. 「밍고가 너한테 뭘 그렇게 대단한 일을 많이 해주었지? 널 밭에서 빼내어 그곳으로 내려 보내고, 네 오두막집까지 마련해 준 게 그 영감이란 말이야?」

「아닙니다, 쥔님. 그거 다 쥔님 해준 거예요, 쥔님.」

그들은 잠시 침묵을 지키며 계속해서 길을 갔고, 그러더니 쥔님이 다시 말을 하기로 작정했다. 「난 네가 조금 아까 했던 얘기에 대해서 전에는 별로 생각해 보지 않았지만, 네 말을 듣고 보니, 정말 난 늙은 검둥개들만 데리고 사는구나. 몇 명은 언제 쓰러질지도 모르잖아, 제기랄! 요즘은 검둥개들 값이 꽤 비싸기는 하지만, 한두 명 좀 젊은 밭 일꾼을 사들여야 되겠는걸!」 그는 치킨 조지에게 인사라도 하는 듯 몸을 돌렸다. 「내가 뭐라고 그랬지? 이렇게 난 걱정이 끊이지를 않는단 말이야.」

「그래요, 쥔님.」

「〈그래요, 쥔님〉이라니! 검둥개들은 그 대답밖에 모른다니까!」

「하지만 쥔님은 검둥개가 반대한다 하는 얘기는 듣기 안 기쁘잖아요, 쥔님.」

「좌우간 〈그래요, 쥔님〉 말고 뭐 다른 말 좀 할 수 없어?」

「예, 줸님— 그러니까 나 하려던 말은, 에, 줸님, 적어도 줸님 검둥개 살 돈 좀 생겼죠, 줸님. 이번 닭쌈철 줸님 많이 돈 땄잖아요.」치킨 조지는 화제를 좀 더 안전한 쪽으로 돌리기를 희망했다.「줸님.」그는 아무것도 모르는 체하며 말했다.「농장 전혀 갖지 않은 닭쌈꾼 없나요? 뭐냐 하면, 농작물 키우지 않고 닭만 치는 사람요.」

「흠. 도회지 미꾸라지들 말고는 그런 사람 모르겠는데, 하기야 그런 미꾸라지들 가운데 진짜 닭쌈꾼이라고 할 만큼 닭을 많이 키우는 사람도 있다는 말은 못 들었어.」그는 잠시 생각해 보았다.「사실은 쌈닭을 많이 키우는 사람일수록 농장도 그만큼 크기가 보통이지…….네가 계집질하러 갔던 주잇 댁처럼 말이야.」

치킨 조지는 줸님에게 이런 말꼬리를 쥐여준 자신을 쥐어박고 싶었으며, 그래서 재빨리 그 말을 틀어막으려고 했다.「거기 다시는 한 번도 안 갔어요, 줸님.」

잠시 침묵을 지킨 다음 리 줸님이 말했다.「어디서 다른 계집을 하나 구한 모양이구먼. 안 그래?」

치킨 조지는 잠시 머뭇거리다가 대답했다.「전 이제 나가 돌아다닌다 안 해요, 줸님.」이것은 직접적인 거짓말을 피하기 위한 대답이었다.

줸님이 코웃음을 쳤다.「너처럼 건장한 스무 살짜리 수컷이? 야, 밤마다 몰래 빠져나가서 갖은 재미를 다 보면서, 그 따위 거짓말을 나더러 믿으라 이거지! 제기랄, 너 같은 녀석이라면 계집들 임신시키는 종마(種馬)로 내돌려 돈벌이를 해도 넉넉해. 그럼 너도 좋아하겠지!」줸님은 음흉하게 곁눈질을 했다.「나하고 친한 어느 친구 녀석이 그러던데, 검둥개 계집 맛이 기차다고 하더구먼. 그게 정말인지, 어디 애기해 봐.」

치킨 조지는 줸님이 그의 어머니에게 했던 짓을 생각했다. 속으로는 부글부글 끓으면서, 그는 느릿느릿, 거의 냉담한 목소리로 말했다.「아마 그렇다 하는 모양입니다, 줸님…….」그러고 나서 그는 변명하듯이 덧붙였다.「나 그렇게 여자 많이 잘 몰라서…….」

「그래, 알았어. 넌 네가 밤이면 내 농장에서 빠져나가고는 한다는 사실을 털어놓고 싶지 않은 모양인데, 그래도 난 그럴 만한 때가 왔다는 사실을 알고, 난 네가 어딜 가고 얼마나 자주 가는지도 다 알아. 나는 주잇 댁 검둥개 훈련사처럼 도로 순찰대가 너도 쏴버리는 일이 일어나기는 원치 않고, 그래서 내가 어떻게 할 생각인지를 말해 주겠어. 집으로 돌아가면, 난 네가 원한다면 매일 밤이라도 계집들 꽁무니를 쫓아다닐 수 있도록 여행 허가증을 내주겠어! 이런 일은 어떤 검둥개한테라도 내가 해줄 날이 오리라고는 꿈도 꾼 적이 없지만 말이야!」

쥔님은 상당히 당황한 눈치였지만, 그런 표정을 감추기 위해 다시 이맛살을 찡그렸다. 「그렇지만 너에게 한마디 해두겠어. 날이 밝기 전에 돌아오지 않는다든가, 너무 기운을 빼서 일을 못할 정도가 된다거나, 네가 주잇 댁 근처에 다시 얼씬거렸다는 걸 내가 알게 되거나, 그리고 해서는 안 될 다른 무슨 짓을 저질러서, 한 번이라도 말썽을 피웠다 하는 날에는, 내가 통행증을 발기발기 찢어 버리겠고─ 네놈도 함께 찢어 놓겠어. 무슨 말인지 알았어?」

치킨 조지는 믿을 수가 없었다. 「쥔님, 정말 감사합니다! 정말 감사합니다, 쥔님!」

쥔님은 느긋하게 손을 저어 공치사를 막았다. 「보라고, 넌 이제 내가 너희 검둥개들이 생각하는 반만큼도 나쁜 사람이 아니라는 걸 알았지? 나도 마음만 내키면 검둥개들한테 얼마나 잘해 주는지, 가서 얘기해 주라고.」

음흉한 미소가 다시 나타났다. 「좋아, 검둥개 계집들 맛이 어때? 넌 하룻밤에 몇 탕이나 뛸 수 있냐?」

치킨 조지는 어쩔 줄을 몰라 몸을 비비 틀었다. 「쥔님, 아까 말했을 때처럼, 나 그렇게 많은 여자 잘 몰라서…….」

그러나 그의 말을 듣지 못한 듯 쥔님은 하던 얘기를 계속했다. 「많은 백인들이 재미를 보기 위해 검둥 여자들을 찾아 간다는 얘길 들었어. 그런 얘기 너도 들었겠지?」

「그 얘기 들었어요, 쥔님.」 그는 아버지와 대화를 나누고 있다는 사실을 생각하지 않으려고 노력하면서 말했다. 그러나 농장의 여러 오두막에서 벌어지는 일은 제쳐 두더라도, 벌링턴과 그린즈버러와 더햄 같은 곳에 가면, 사람들이 말소리를 낮춰 속삭이듯 얘기하는 〈특별한 집〉이 있는데, 보통 해방 검둥이 여자들이 운영하는 그런 곳에서는 흰둥이들이 50센트에서 1달러 정도의 돈을 내면, 숯처럼 새까만 여자에서부터 누렁이에 이르기까지 마음에 드는 상대를 골라잡아

흘레를 한다는 소문을 들어서 조지는 훤히 알고 있었다.

「제기랄.」쥔님은 끈질기게 물고 늘어졌다. 「지금 이 마차엔 너하고 나 단둘뿐이고, 우리끼리만 하는 얘기란 말이야. 내가 듣기로는, 아무리 검둥개 계집들이지만, 누가 뭐래도 여잔 여자라는 거야! 특히 남자 못지않게 여자도 그걸 좋아한다는 사실을 남자한테 밝히는 그런 계집들 알잖아. 그런 것들은 흰둥이 계집들처럼 늘 아프지도 않고, 온갖 세상만사에 대해서 불평만 늘어놓지도 않고, 불꽃놀이처럼 뜨겁다고 하던데.」쥔님은 치킨 조지의 눈치를 살폈다. 「내가 잘 아는 친구한테서 들은 말로는, 너희 검둥개 사내놈들은 그런 화끈한 검둥개 계집은 감당하기도 힘들다던데, 너도 그런 경험 해봤어?」

「쥔님, 아닙니다, 쥔님…… 뭐냐 하면, 적어도 요즘엔…….」

「너 또 말을 빙빙 돌리려고 그러잖아!」

「빙빙 돌리겠다 하는 생각 없어요, 쥔님.」치킨 조지는 그의 태도가 진지하다는 사실을 납득시키려고 애썼다. 「나 다른 사람 아무한테 한 번도 안 한 얘기 쥔님께 할까 그래요, 쥔님! 닭쌈터에 번쩍거리는 노란 닭들 데리고 나오는 맥그리거 쥔님 아시죠?」

「물론 알다마다. 나하고 얘기도 많이 하는 편이지. 그 사람이 무슨 상관이냐?」

「그러니까 쥔님 나한테 여행 허가증 내주겠다 하셨으니, 이제 나 거짓말한다 필요가 없어졌어요. 그래요, 쥔님, 나 요즘 쥔님 말처럼 몰래 나가 맥그리거 쥔님 댁으로 여자 보러 다녔어요.」그의 얼굴은 한없이 진지했다.

「이거 나 정말 믿는 사람한테 진짜로 하고 싶은 무슨 얘긴데요, 쥔님. 그 여자 이해 전혀 안 가요! 여자 이름 마틸다이고, 밭에서 일하고, 필요하면 큰집일도 거들어요. 쥔님, 나 무슨 말 하고 아무리 애를 써도 신경 안 쓰기 그 여자 처음이고, 손가락 하나 못 건드리게 해요, 그럼요, 쥔님! 그 여자 기껏 나 좋아한다고 말하기가 전부인데, 나 하는 행동 못 참겠다 그러고…… 그래서 나도 너 같은 여자 필요 없다 말했어요. 나 원하면 여자들 얼마든지 구한다 말했더니, 그럼 가서 그런 여자들 상대하고 자기 혼자 내버려 둬라 그러는 말만 했어요.」

쥔님은 치킨 조지가 그의 말에 귀를 기울였던 이상으로 믿어지지 않을 만큼 열심히 귀를 기울였다.

588

「그거 전부 아녜요.」 그는 말을 이었다. 「나 다시 찾아갈 때마다 그 여자 언제나 나한테 『성서』 말씀 읊어 대요! 그 여자 어떻게 『성서』 읽게 됐느냐 하면, 목사 쥔님이 그 여자 키웠는데, 그러다가 쥔님 신앙 때문에 검둥개들 모두 팔아 버렸어요. 진짜 그 여자 얼마나 신앙심 깊은지 몰라요! 그 여자 해방 검둥개들 저기 숲 속 어딘가 모여 먹고 마시고 춤추고 굉장한 밤 보낸다 소릴 들었대요. 헌데, 이 여자, 겨우 열일곱 살밖에 안 된 여자가, 맥그리거 쥔님 댁 몰래 빠져나와서 한창 진하게 뜨거워지는 놀이판 가서 뒤엎어 버렸대요! 얘기 들으니까 그 여자 기세등등 들이닥치더니, 하나님 찾으며 죄악에 빠진 자들 마귀들한테 잡혀가 불태워 죽기 전 구해 달라 소리치는 통에, 해방 검둥개들하고 깡깡이까지하고 다리야 나 살려 고꾸라지며 모두 도망쳤다는 군요!」

쥔님은 떠나갈 듯이 껄껄대며 웃어 댔다. 「거참 굉장한 계집이로구먼! 정말 대단해!」

「쥔님!」 치킨 조지가 머뭇거렸다. 「그 여자 만나기 전에 나 쥔님 말대로 계집질 많이 했지만— 그 여자 만나니까 자빠트리기 이상 다른 기분도 느끼기 시작했어요. 남자란 좋은 여자 만나면 빗자루 뛰어넘기 생각하게 되는 모양 같아서—」

치킨 조지는 자기 자신이 한 말에 대해서 스스로 놀랐다. 「그러니까, 그 여자가 나 받아 주면 말이에요.」 그는 힘없는 목소리로 말했다. 그러더니 더욱 힘이 빠진 목소리로, 「그리고 쥔님 반대하지 않는다 하면요—」

마차가 삐걱거리고 암탉들이 꾸룩거리는 가운데 꽤 오랫동안 더 길을 간 다음에 이윽고 리 쥔님이 다시 말문을 열었다. 「맥그리거 씨는 네가 자기네 계집종을 쫓아다닌다는 사실을 알고 있냐?」

「글쎄요, 그 여자 밭일꾼이어서, 쥔님한테 직접 그런 얘길 했다 믿어지지 않아요, 그럼요, 쥔님. 하지만 큰집 검둥개들은 알기 때문에, 누가 얘기했겠다 생각 들어요.」

또다시 한참 침묵이 흐른 다음에 리 쥔님이 물었다. 「맥그리거 씨 댁엔 검둥개가 몇 명이나 되지?」

「그 쥔님 농장 꽤 커요, 쥔님. 아마 노예 마을 크기를 봐서, 스무 명 남짓 되겠어요, 쥔님.」 조지는 그 질문의 의도가 무엇인지 갈피가 잡히지 않았다.

「생각해 봤는데 말이다.」 또다시 침묵이 흐른 다음에 쥔님이 말했다. 「넌 태어났을 때부터 한 번도 큰 말썽을 부린 적이 없었고— 사실 넌 농장에서 돌아다니며 내 일을 많이 거들어 주기도 했고, 그래서 난 너에게 무엇인가를 해줄 생각이야. 넌 아까 내가 젊은 밭일꾼 검둥개 몇 명이 필요하리라고 했던 말을 들었겠지? 좋아, 만일 그 계집애가, 내 생각엔 죽을 때까지 여자들 꽁무니 쫓아다니는 짓을 절대로 그만두지 않을 것 같은 너 따위 바람둥이 사내와 빗자루 뛰어넘기를 할 만큼 한심한 바보라면, 내가 찾아가서 맥그리거 씨하고 얘길 해보겠어. 네가 얘기한 대로 맥그리거 씨가 그렇게 많은 검둥개를 두었다면, 적당한 값만 쳐주겠다고 하는 경우, 밭일꾼 하나쯤 없어진다고 해서 크게 아쉬워하지는 않을 거야. 그러면 넌 그 계집을 데려와도 되는데— 그 계집애 이름이 뭐라고 했지?」

「틸다— 마틸다예요, 쥔님.」 쥔님의 말을 그가 제대로 들었는지 믿어지지가 않아서, 치킨 조지는 숨을 몰아쉬었다.

「그러면 너는 그 애를 우리 농장으로 데려와서, 오두막을 하나 짓고…….」

조지는 입을 움직였지만, 말이 나오지를 않았다. 마침내 그는 와락 소리를 질렀다. 「진짜 일류 쥔님 아니면 그런 일 못해요!」

쥔님은 못마땅해하는 끙 소리를 냈다. 그는 손을 저었다. 「하지만 네가 가장 먼저 있어야 할 자리는 밍고 곁이라는 사실만큼은 잊으면 안 돼!」

「물론입니다, 쥔님.」

이맛살을 찌푸리면서 쥔님은 집게손가락을 칼끝처럼 내밀어 말을 몰고 가는 치킨 조지를 가리켰다. 「네가 장가를 가면, 그 여행증은 도로 회수하겠어! 그래, 그 애 이름이 뭐였더라— 그래, 그러면 마틸다가 너를 집에 붙잡아 두는 데 도움이 되겠지!」

치킨 조지는 할 말을 잃었다.

94

1827년 8월, 치킨 조지의 결혼식이 열리는 날 아침 태양이 떠오를 무렵, 신랑은 아직 완성되지 않은 방 두 개짜리 오두막에서, 연기에 그을린 참나무 문설주에다 쇠 경첩을 붙이느라고 정신이 없었다. 그 일이 끝난 다음 헛간으로 달려간 그는, 팜피 아저씨가 깎아서 만들어 호두 껍데기를 으깬 까만 즙으로 칠한 새 문짝을 머리에 이고 서둘러 돌아와서는, 그것을 제자리에 달았다. 그러고 나서, 솟아오르는 해를 걱정스럽게 한 번 쳐다본 다음, 한참 동안 미루고 딴청을 부리고 또 무슨 구실을 갖다 붙이고 이리저리 피하는 그의 짓거리에 불같이 화가 난 그의 어머니가 어제저녁 늦게 내던지다시피 그에게 주었던 소시지와 비스킷 샌드위치를 허겁지겁 삼키느라고 잠깐 일손을 멈추었다. 그가 너무나 오랫동안 기다렸고, 너무도 일을 꿈지럭거렸기 때문에, 그녀는 마침내 다른 모든 사람들에게 더 이상 그를 도와주지 말고 심지어는 그에게 격려조차 하지 말라고 명령했었다.

치킨 조지는 이어서 재빨리 커다란 나무통에 소화(消和) 석회와 물을 가득 채우고, 힘차게 휘저었고, (가능한 한 빠른 솜씨로) 커다란 붓을 그 속에 담가서는, 톱으로 거칠게 켠 나무판자의 바깥쪽에다 하얗게 칠하기 시작했다. 그가 오두막과 거의 맞먹을 정도로 하얗게 칠을 뒤집어쓴 다음에야, 마침내 뒤로 물러나서 끝내 놓은 일을 살펴보았을 때는, 시간이 열시쯤이었다. 아직 시간은 넉넉히 남았다고 그는 속으로 생각했다. 이제 그가 해야 할 일이라고는 목욕을 하고 옷을 차려입은 다음, 한시에 결혼식이 시작될 맥그리거 농장까지 두 시간 동안 마차를 타고 가는 것뿐이었다.

오두막과 우물 사이를 성큼성큼 뛰어 오가며, 그는 세 양동이의 물을 길어다가, 오두막의 앞방에 들여놓은 새로 도금된 목욕통 속에 쏟아 넣었다. 큰 소리로 콧노래를 불러 가며 몸을 북북 문질러 닦은 다음, 그는 부리나케 몸을 말리고는, 표백한 삼베 수건으로 몸을 감싼 채 침실로 뛰어 들어갔다. 면으로 된 긴 내복을 주워 입고 나서, 그는 가슴받이가 빳빳한 파란 셔츠와, 빨간 양말과, 노란 바지와, 노란 예대(禮帶)가 달린 양복을 입고, 마지막으로 번쩍거리는 귤색 새 구두를 신었는데, 이것들은 모두 지난 몇 달 동안에, 그가 쥔님과 함께 북캐롤라이나의 여러 도시를 여행하며 뒷전 닭쌈에서 딴 돈으로 한 번에 하나씩 사 모은 물건이었다. 빳빳한 새 구두를 신고 삐걱거리는 소리를 내면서 침실 탁자로 걸어가서, (밍고 할아버지가 결혼 선물로 만들어 준) 앉는 자리를 호두나무 조각으로 짜 맞추고 조각까지 곁들인 의자에 앉아서, 치킨 조지는 그가 마틸다를 깜짝 놀래 주기 위해 마련한 선물들 가운데 하나인, 기다란 손잡이가 달린 거울에 비친 자신의 모습을 보고 활짝 웃었다. 거울의 도움을 받으면서 그는 마틸다가 그를 위해 떠준 초록색 모직 목도리를 조심스럽게 목에 감았다. 멋지다고 그는 스스로 감탄하지 않을 수가 없었다. 이제 마지막으로 대관식만 남았다. 그는 침대 밑에서 둥근 마분지 상자를 끄집어내어, 뚜껑을 열고는, 거의 경건할 정도로 찬찬히, 리 쥔님의 결혼 선물인 검은 중절모를 꺼냈다. 그는 두 손의 집게손가락을 빳빳하게 펴서 모자를 올려놓고 천천히 천천히 돌려 가면서, 그 멋진 모양을 거의 관능적으로 감상하고 나서, 거울 앞으로 돌아가, 멋을 부려 한쪽 눈 위로 비스듬하게 모자를 눌러썼다.

「빨리 나와! 우리 벌써 한 시간째 마차에 앉아 기다렸어!」 창문 바로 바깥쪽에서 들려오는 어머니 키지의 외침 소리를 들어 보니 그녀의 화가 풀어지지 않았음이 분명했다.

「나가요, 어머니!」 그가 마주 소리쳤다. 마지막으로 거울 속에서 자신의 차림새를 한 번 더 감상한 다음, 그는 납작하고 작은 술병을 저고리 안주머니에 찔러 넣은 다음, 박수갈채를 기대하며 새 오두막에서 나왔다. 그는 입이 찢어질 듯 활짝 미소를 지으며 모자를 치켜들어 답례라도 할 생각이었지만, 가장 좋은 외출복을 차려입고 마차에 얼어붙은 듯이 앉아 기다리던 어머니와, 말리지 아줌마와, 세라 아줌마와, 잔뜩 화가 난 팜피 아저씨가 노려보는 눈초리를 확인하고는 그만두었다. 그들의 눈길을 피하며, 사정이 허락하는 한 쾌활하게 휘파람을 불면서, 그는 (주름을 망가뜨리지 않으려고 조심하면서) 마부석으로 기어 올라가서, 두 마리 노새의 등을 고삐로 찰싹 가볍게 두드렸고, 이렇게 해서 그들은 (겨우 한 시간 늦게) 길을 떠났다.

길을 가는 도중에 치킨 조지는 술병을 몰래 꺼내 몇 모금 마셔 기운을 북돋우었으며, 마차는 두시가 조금 지나 맥그리거 농장에 도착했다. 키지와, 세라 언니와, 말리지 언니가 마차에서 내리며, 하얀 예복

차림으로 초조한 기색을 감추지 못하고 어쩔 줄 몰라 하는 마틸다에게 입이 닳도록 용서를 빌었다. 팜피 아저씨는 그들이 가져온 음식 바구니를 내렸고, 치킨 조지는 마틸다의 뺨에 가볍게 입을 맞추고 나서, 손님들의 등을 두드리고 그들의 얼굴에 술 냄새를 내뿜고 자기소개를 하면서 뽐내고 돌아다녔다. (그가 이미 알고 지내던) 마틸다의 노예 마을에 사는 사람들을 제외하면, 나머지 대부분의 손님들은 마틸다가 근처의 두 농장 노예들 중에서 초대해도 좋다고 허락을 받은 기도회 회원들이었다. 그녀는 그들에게 신랑을 보여 주고 싶어 했고, 그들 역시 그를 만나 보고 싶어 했다. 비록 그들 중 대부분은 마틸다가 아닌 다른 소식통들로부터 그에 관해 많은 얘기를 들었던 터이지만, 치킨 조지를 실제로 처음 보게 된 그들의 반응은 수군거림에서부터 입이 딱 벌어지는 놀라움에 이르기까지 다양했다. 그는 으쓱거리며 결혼식장을 두루 돌아다니는 동안 키지와 세라 아줌마와 말리지 아줌마를 멀찌감치 슬금슬금 피했는데, 그들 세 여자는 어떻게 마틸다가 저런 신랑감을 골라잡았을까 의심스럽다는 말이 귓전에 들려올 때마다 칼날 같은 눈초리가 점점 더 날카로워졌다. 팜피 아저씨는 아예 누가 신랑인지도 모르는 체하면서 그냥 다른 손님들과 맞장구를 치는 편을 택했다.

마침내 돈을 주고 데려온 백인 목사가 큰집에서 나왔고, 두 명의 쥔님과 맥그리거 부인, 그리고 리 부인이 뒤따라 나왔다. 그들은 뒷마당에서 멈추었고, 목사는 방패처럼 『성서』를 움켜쥐었으며, 갑자기 조용해진 흑인 하객들은 백인들에게 존경을 표시하기에 넉넉할 만큼 거리를 두고 어색하게 무리를 지어 섰다. 마틸다의 쥔마님이 계획했던 대로, 결혼식은 백인 기독교도들의 혼배식에 이어 빗자루 뛰어넘기로 넘어갔다. 빠른 속도로 술이 깨어 가던 신랑의 노란 옷소매를 붙잡아 이끌고, 마틸다는 목사 앞으로 가서 나란히 자리를 잡았고, 목사는 목청을 가다듬은 다음 몇 구절의 엄숙한 『성서』 말씀을 낭독했다. 그리고 나서 그는 물었다. 「마틸다와 조지, 그대들은 슬플 때나 기쁠 때나 한평생 함께 살기로 엄숙히 맹세합니까?」

「예.」 마틸다가 조용히 말했다.

「그럼요, 쥔님.」 치킨 조지는 지나치게 큰 목소리로 대답했다.

움찔 놀라 목사는 잠깐 멈췄다가, 다시 말했다. 「이제 그대들은 부부가 되었음을 선언합니다.」

흑인 하객들 가운데 누군가 흐느껴 울었다.

「이제 신부한테 키스를 해도 좋아요!」

마틸다를 움켜잡은 치킨 조지는 으스러져라 힘껏 두 팔로 그녀를 껴안고는 요란한 소리가 나도록 입을 맞추었다. 놀라서 숨을 들이켜는 소리와 혀를 차는 소리가 들리는 가운데, 그는 사람들에게 자기가 썩 좋은 인상을 주지 못하는지도 모른다는 생각이 그제야 어렴풋이 들었고, 그들이 팔짱을 끼고 빗자루를 뛰어넘을 때가 되자, 이 자리를 품위 있게 해줄 무엇인가를, 그의 노예 마을 사람들의 마음을 달래 주고 나머지 예수쟁이들로부터 환심을 살 만한 멋진 말을 생각해 내려고 머리를 쥐어짰다. 그래서 마침내 그는 그럴듯한 말이 머리에 떠올랐다!

「여호와는 나의 목자로다!」 그는 부르짖었다. 「그는 내가 원하는 것을 주셨도다!」

그는 이 명언을 듣고 노려보거나 부라리는 눈초리들에 부딪히자, 그들을 아예 포기하기로 작정했으며, 그러고는 기회를 포착하자마자 그는 주머니에서 술병을 꺼내 바닥까지 비워 버렸다. (결혼 잔치와 피로연 같은) 나머지 행사들은 몽롱한 가운데 지나갔고, 황혼 녘에 리 농장으로 마차를 몰고 돌아온 사람은 팜피 아저씨였다. 망연자실하고 화가 머리끝까지 치민 어머니 키지와, 말리지 언니와, 세라 언니는 독살스러운 눈초리로 뒷자리의 한심한 몰골을 힐끔거렸는데 ― 눈물을 줄줄 흘리는 신부의 치마폭에 머리를 파묻고 곤히 잠들어 코를 골아 대던 신랑은 초록빛 목도리가 옆으로 비뚤어지고, 얼굴은 검은 중절모 밑에 거의 다 파묻혀 보이지도 않았다.

치킨 조지는 마차가 그들의 새 살림집 앞에 덜컹 멈춰 서자 콧바람을 불면서 깨어났다. 비틀거리는 속에서도 그는 모든 사람의 용서를 구해야 한다는 생각이 들었는지 뭐라고 말을 하려고 애썼지만, 세 오두막의 문은 벼락 치듯 차례로 요란하게 닫혀 버렸다. 그러나 그가 마지막 기사도를 발휘할 기회만큼은 박탈되지 않았다. 그는 신부를 안아 들고는, 한쪽 발로 문을 밀어 열고, 두 사람 다 부상을 당하지 않고 무사히 겨우 안으로 들여가는 데 성공했으나 ― 방 한가운데 물을 가득 채운 채 그대로 놓아두었던 목욕통 위로 그녀와 함께 고꾸라지고 말았다. 이것이 마지막 치욕이었지만, 마틸다가 멋진 결혼 선물을 보고 기쁨의 탄성을 지르던 순간, 모든 잘못은 잊혀지고 용서를 받았다. 치킨 조지가 마지막 뒷전 닭쌈에서 딴 돈을 저축해 두었다가 그린즈버러에서 사들여 머나먼 길을 마차 뒤편에 싣고 온 그 선물은, 고급 옻칠을 하고, 그녀의 키만큼이나 크고, 한 번 밥을 주면 여드레나 가는 괘종시계였다.

게슴츠레한 눈으로 그가 고꾸라진 자리에 주저앉아, 목욕물이 귤색 새 구두를 적시려니까, 마틸다가 그에게로 와서 그를 부축해서 일으켜 세웠다.

「자, 나 따라 저리 가요, 조지. 내가 저기 침대 당신 눕혀 줄게요.」

95

날이 밝을 무렵 치킨 조지는 벌써 쌈닭에게로 돌아갔다. 그리고 아침 식사가 끝난 지 한 시간쯤 지난 후, 말리지 아줌마는 그녀의 이름을 부르는 소리를 듣고 부엌문으로 가서, 새색시가 찾아와 서 있는 것을 보고, 깜짝 놀라 인사를 하고 안으로 들어오라고 권했다.

「아닙니다.」 마틸다가 말했다. 「나 그저 오늘 일하는 밭 어딘지, 그리고 괭이 어디 있는지 물어본다고 왔어요.」

잠시 후 마틸다는 키지와 세라 아줌마와 팜피 아저씨와 어울려 그날의 밭일을 시작했다. 그날 저녁 늦게 그들은 모두 노예 마을로 간 다음, 그녀 주위에 모여 남편이 돌아올 때까지 말동무가 되어 주었다. 얘기를 나누던 중에 마틸다는 노예 마을에서 기도회가 자주 열리느냐고 물었으며, 그런 일이 전혀 없다는 말을 듣고는 매주 일요일 오후에 기도회를 갖자고 제의했다.

「솔직히 말한다 하면, 나 마땅히 해야 하는 기도 근처에도 안 가봤어.」 키지가 말했다.

「나도 마찬가지야.」 세라 아줌마가 고백했다.

「나 생각에 아무리 기도 많이 해봤자 흰둥이들 바꿔 놓지 못한다 같아.」 팜피 아저씨가 말했다.

「『성서』 말씀하는데, 요셉 애굽 인들에게 노예로 팔렸지만, 하나님

595

요셉과 함께 계셨고, 하나님이 요셉 위해 애굽 인들 집에 축복 내리셨대요.」마틸다가 거침없이 말했다.

세 사람은 이 젊은 여자에 대해 점점 깊어지는 존경심이 담긴 눈길을 재빨리 주고받았다.

「조지가 우리한테 그러는데, 색시 첫 쥔님 목사였다던데.」세라 아줌마가 말했다.「색시 마치 목사처럼 말하는구먼그래!」

「나 그냥 주님의 종일뿐이에요.」마틸다가 대답했다.

마틸다가 마련한 기도회는 다음 일요일에, 치킨 조지와 리 쥔님이 열두 마리의 쌈닭과 함께 마차를 타고 떠나 버린 지 이틀 후 시작되었다.

「쥔님 말하기를, 큰돈 걸린 닭쌈에 내보낼 만한 좋은 닭 마침내 구했다 그랬어.」그가 설명하고는, 리 농장의 쌈닭들이 이번에는 골즈버러 근처 어딘가에서 열리는 중요한 〈본시합〉에 출전한다고 그랬다.

어느 날 아침, 그들이 들에 나가 일할 때 세라 아줌마는, 마흔일곱 살 먹은 여자가 열여덟 살의 새색시한테 보여 줌 직한 동정심이 담긴 부드러운 어조로 말했다.「이봐요, 마틸다, 신혼 생활 닭들한테 절반 빼앗긴다 하는 모양이야.」

마틸다는 그녀를 똑바로 쳐다보았다.「나 항상 듣고 믿는 말인데, 누구든 결혼 생활은 만들기 나름이다 그래요. 그리고 나 생각하기를, 우리 결혼 생활 남편 알아서 만든다 믿어요.」

그러나 결혼에 대한 태도를 확고히 정했으면서도, 마틸다는 참으로 특이한 남편에 관한 모든 대화는, 우스운 농담이든 진지한 얘기이거나 간에, 서슴지 않고 함께 나누었다.

「기어다니던 아기 때부터 벌써 싸돌아다니기 정신없었어.」어느 날 밤 그녀의 새 집을 찾아간 키지가 말했다.

「그래요, 어머님.」마틸다가 말했다.「저한테 찾아오기 자주 했을 때 나 그런 줄 알았어요. 그이는 닭쌈 얘기 하거나 쥔님하고 어디어디 돌아다닌다 빼놓고는 다른 얘기 거의 하지 않았어요.」그러고는 잠시 머뭇거리다가, 그녀는 솔직한 성격을 그대로 드러내며 덧붙여 말했다.「그러나 나한테 자기 마음대로 하면 어떤 남자도 나하고 빗자루 뛰어넘기 못한다 깨닫고는 막 화를 냈어요! 사실 나 다시는 조지 만나지 않는다 작정한 적도 한 번 있었어요. 그러다 무슨 심정 갑자기 바뀌었는지 모르지만, 어느 날 밤에 달려와 〈우리 결혼해 살자!〉하고 말했을 때 나 기절할 뻔했어요.」

「그 애가 그런 정신 차려서 나 정말 기뻐!」키지가 말했다.「그렇지만 이제 결혼 확실히 했으니까, 나 꼭 하고 싶은 얘기 하겠어. 나 손자 좀 생기면 좋겠다 생각해!」

「그거 잘못 생각 아녜요, 어머니. 다른 여자들 마찬가지로 나 똑같이 어린애 갖고 싶으니까요.」

두 달 후에 마틸다가 가족이 생기는 모양이라고 알려 주었을 때, 키지는 정신이 나갈 지경이었다. 아들이 아버지가 된다는 생각을 하니 그녀는 (오랜 기간 동안의 그 어느 때보다도 더 절실하게) 자신의 아버지가 머리에 떠올랐고, 또다시 치킨 조지가 집을 떠난 다음 어느 날 저녁에 키지는 〈그 애 혹시 너에게 자기 할아버지 얘기 조금이라도 한 적 있냐?〉고 물어보았다.

「아니요, 어머니, 안 했어요.」마틸다는 의아한 표정을 지었다.

「말 안 했어?」

시어머니가 실망했음을 깨닫고 마틸다는 재빨리 덧붙였다.「아마 그이 아직 그런 얘기 할 생각 미처 못한 모양이죠, 어머니.」

키지는 아무래도 아들보다는 그녀가 더 많이 기억하니까, 직접 마틸다에게 자신이 얘기를 해야 되겠다고 작정하고는, 리 쥔님한테 팔려 오기 전에 월러 쥔님 댁에서 보낸 16년의 세월에 대해서, 주로 아프리카에서 온 그녀의 아버지에 대해서 설명했다.「마틸다, 나 이 얘기 다 하는 까닭은, 너 배 속 아기하고 또 낳을 다른 아기들 모두 증조부 어떤 사람이다 알았으면 하는 마음 때문이라고 이해해 주기 바랄 뿐이다.」

「잘 이해하겠어요, 어머니.」마틸다가 말했고, 그러자 시어머니는 자기 기억을 더듬어 얘기를 더 들려주었고, 두 사람은 그날 저녁 내내 더욱 가까워지는 마음을 느꼈다.

치킨 조지와 마틸다의 아들은 1828년 봄에 태어났는데, 당황해서 어쩔 줄 모르는 키지의 도움을 받으며 세라 아줌마가 산파 노릇을 했다. 손자를 얻었다는 그녀의 기쁨은 또다시 쥔님과 함께 한 주일째 집을 떠나 지내던 아기의 아버지에 대한 노여움까지도 마침내 진정시켰다. 다음 날 저녁에, 산모가 몸을 추스른 다음, 노예 마을의 모든 사람들이 리 농장에서 태어난 두 번째 아이를 축하해 주기 위해 오두막 집에 모여들었다.

「마침내 〈키지 할머니〉 소리 듣게 됐어요!」 마틸다는 베개를 몇 개 받치고 침대에서 몸을 일으키고는 아기를 품에 안고 방문객들에게 힘없는 미소를 지으면서 말했다.

「그렇고말고! 할머니라는 소리 얼마나 듣기 좋으냐!」 키지는 싱글 벙글 웃으면서 소리쳤다.

「나 듣기에 키지 늙었다 소리밖에 아냐!」 팜피 아저씨가 눈을 반짝이며 말했다.

「흥! 여기 우리 여자들보다 훨씬 늙은이 따로 있다고!」 세라 아줌마가 코웃음을 쳤다.

마침내 말리지 아줌마가 명령했다. 「좋아, 산모하고 아기하고 쉬어라 할 때니까, 이제 모두 나가야지!」 그래서 그들은 키지만 남겨 놓고 모두 나갔다.

잠시 동안 곰곰이 무엇인가 생각해 본 다음에 마틸다가 말했다. 「어머니, 나 어머니가 해준 시할아버지 얘기 생각해 봤어요. 나 우리 아버지 얼굴 한 번도 본 적 없기 때문에, 아기 이름 우리 아버지 이름 으로 붙여 준다 하더라도 조지가 뭐라고 하지 않는다 생각해요. 우리 아버님 이름 버질이다 어머니가 말해 줬어요.」

집으로 돌아온 다음 그 이름을 듣고 즉각 흔쾌하게 받아들인 치킨 조지는 아들의 탄생으로 어찌나 기뻐했는지 정신이 나간 사람 같았다. 그는 검은 중절모를 비스듬히 쓰고는 큼직한 두 손으로 어린애를 높이 치켜들고 소리쳤다. 「어머니, 나 자식 생기면 어머니가 해준 얘기 그대로 해준다 그랬던 말 생각나요?」 그는 희색이 만면해서, 무슨 예식이라도 치르듯, 벽난로 앞에 자리를 잡고 앉아서는, 버질을 무르팍에 세워 앉히고는, 엄숙한 어조로 말했다. 「나 하는 말 잘 들어라, 아들아! 증조할아버지 얘기 나 해주겠다. 그 할아버지 이름이 〈쿤타 킨테〉라고 아프리카 사람이었지. 할아버지는 기타를 〈코〉라 불렀고, 강 이름 〈캄비 볼롱고〉라 불렀고, 다른 많은 물건 잔뜩 아프리카 이름 으로 불렀단다. 할아버지 얘기로는 동생한테 북 만들어 준다 하고 나 무 자르다가 뒤에서 덤빈 네 사람한테 붙잡혔다 그랬어. 그러고 나서 큰 배 실려 큰물 건너 나폴리스라는 곳 왔단다. 그리고 네 차례 도망

첬고, 할아버지 쫓아 잡은 사람들 죽일 뻔했다가 발이 절반 잘렸어!」

아기를 치켜들고 그의 얼굴을 조지는 키지 쪽으로 돌렸다. 「그리고 큰집 요리사 벨하고 빗자루를 뛰어넘었고, 두 분 예쁜 딸 하나 낳았는데 — 그 딸이 저기 너 보고 싱글벙글 웃는 할머니란다.」 사랑과 자부심으로 눈물을 글썽이는 키지 못지않게 마틸다도 흐뭇해서 활짝 웃었다.

남편이 워낙 자주 집을 비웠기 때문에, 마틸다는 저녁에 키지 할머니와 지내는 시간이 점점 많아졌고, 얼마 후에는 두 집이 배급 식량을 공동으로 관리하기 시작했으며, 저녁 식사를 함께 먹는 일도 잦아졌다. 식사 전에는 항상, 키지가 조용히 앉아 두 손을 모은 채 머리를 숙이고 기다리면, 마틸다가 감사 기도를 드렸다. 그런 다음에 마틸다는 아기에게 젖을 먹였고, 나중에 키지가 어린 버질을 꼭 껴안고 자랑스럽게 앉아서 앞뒤로 흔들어 주면서 콧노래를 불러 주거나 나직하게 노래를 들려주는 동안, 벽시계가 재깍거리는 소리를 들으며 마틸다는 그녀의 낡아 빠진 『성서』를 읽었다. 쿤님의 규칙에 어긋나는 일은 아니었어도 키지는 여전히 글 읽기를 좋다고 생각하지 않았지만 — 읽는 책이 『성서』이고 보니 나쁜 일이 생기지는 않으리라 싶었다. 아기가 잠들고 나서 얼마 되지 않아 키지는 꾸벅꾸벅 졸기가 보통이었고, 그렇게 졸면서 걸핏하면 뭐라고 혼자서 중얼거렸다. 잠자는 버질을 키지의 품 안에서 돌려받으려고 몸을 기울이다가 마틸다는 가끔 그녀가 중얼거리는 소리를 몇 마디씩 듣기도 했다. 잠꼬대의 내용은 항상 똑같았다. 「엄마…… 아빠…… 나 데려가지 말게 해요!…… 나 가족 잃어버렸어…… 이 세상에서 다시는 보지 못해…….」 마음이 아파진 마틸다는 〈이제 우리들이 가족이에요, 키지 할머니〉라고 속삭이고는, 버질을 잠자리에 눕힌 다음 (이제는 친어머니만큼이나 사랑하게 된) 그녀를 가만히 깨워서, 그녀의 오두막으로 데려다 주고는, 다시 돌아오는 길에 눈에서 눈물을 닦아 내는 경우도 적지 않았다.

일요일 오후면 처음에는 세 명의 여자들만이 마틸다의 기도에 참석했으나, 그러다가 세라 아줌마의 독설이 팜피 아저씨에게 무안을 주어 기도회에 함께 참석하도록 만들었다. 그러나 누구도 치킨 조지를 부를 생각은 하지 않았던 까닭은, 비록 집에 있을 때라고 해도 그는 일요일 정오가 되면 쌈닭 사육장으로 내려가 버리고는 했기 때문이었다. 저마다 집에서 가져온 의자를 밤나무 밑에 반원형으로 늘어 놓고, 다섯 사람이 작은 무리를 이루고 엄숙하게 둘러앉으면, 마틸다 는 그녀가 선택한 몇 군데의 『성서』 구절을 읽어 주고는 했다. 그러고 나서 그녀는, 진지한 갈색 눈동자로 한 사람씩 그들의 얼굴을 탐색하 듯이 살펴보면서, 기도를 인도하고 싶은 사람이 없느냐고 물어보았 으며, 아무도 그럴 생각이 없다는 판단이 서면 으레 〈그렇다면 다 함 께 무릎 꿇어요〉라고 말했다. 그들이 그녀를 마주 보고 무릎을 꿇으 면, 그녀는 감동적이고 꾸밈없는 기도를 드렸다. 그런 다음에 그녀는 그들을 이끌어 힘찬 무슨 노래를 부르도록 했으며, 〈여호수아는 여리 고의 전투에서 싸웠도다, 여리고! 여리고!…… 그리고 성벽이 무너졌 도다!〉와 같은 감동적인 영가가 노예 마을에 울려 퍼질 때면, 쇳소리 처럼 갈라진 팜피 아저씨의 저음까지도 함께 어울리고는 했다. 그러 고는 신앙을 전반적으로 다루는 집단 토론으로 이어졌다.

「오늘 주님의 날입니다. 우리 모두 하늘나라 경배하여 영혼 구제해 야 합니다.」 마틸다가 거침없이 열변을 토했다. 「우리 누가 우리들 창 조하셨나 명심해야 하는데, 그분 하나님입니다. 그리고 우리 죄 대신 하신 분 예수 그리스도입니다. 예수 그리스도 우리에게 가르치시기 를, 겸손해야 한다고, 남 생각해야 한다고, 우리 영혼이 다시 태어날 수 있다고 그랬습니다.」

「나는 누구 못지않게 주 예수 사랑합니다.」 키지는 겸손하게 간증 했다. 「그러나 모두들 알다시피, 비록 엄마가 나 아직 어릴 적 큰 부 흥회 가서 나 세례 시켰다 말해 주긴 했지만, 나 한참 자랄 때까지 별 로 많이 아무것도 몰랐어요!」

「나 생각하기에, 우리 어릴 적에 주님 옆 가까이 가도록 하면 가장 좋아.」 세라 아줌마가 말했다. 그녀는 할머니 무르팍에 안긴 버질을 가리켰다. 「그래야 일찍 신앙 받아들인다 시작해서 중요한 줄 알게 되니까 말이야.」

말리지가 팜피 아저씨에게 말했다. 「아저씨 일찍 시작했으면, 목 사가 됐을지 모를 일이죠. 사실 아저씨 정말 목사처럼 생긴 데 있으 니까요.」

「목사라니! 도대체 나 글 읽기도 모르는데, 어떻게 설교하나!」 그 가 소리쳤다.

「하나님 부름받아 아저씨 설교한다 그러면, 아저씨 입에 할 말 하나님 마련해 주세요.」마틸다가 말했다.

「마틸다 남편도 전에 이곳에서 설교한다 설쳤지!」말리지 아줌마가 말했다.「조지가 그 얘기 안 해줬어?」

그들은 모두 웃었고, 키지가 말했다.「그 아이 정말 대단한 목사 될 만 했어요! 으스대고 입 놀리기 그렇게 좋아하니 말이에요!」

「커다란 부흥회에서 재주 많고 신들린 그런 목사 되었겠지!」세라 아줌마가 말했다.

그들은 얼마 동안 그들이 모두 직접 보았거나 소문을 들어서 잘 아는 대단한 전도사들에 관해서 잠시 얘기했다. 그러고 나서 팜피 아저씨는, 그가 태어난 농장에서 어렸을 때 신앙심이 대단히 깊었던 그의 어머니에 대한 기억을 얘기했다.「어머니는 몸집 크고 뚱뚱해서, 나 지금까지 들어 본 중에 목소리 가장 크게 외쳤어.」

「그 얘기 들으니까 나 자란 농장에 살던 노처녀 베시 언니 생각나는데.」말리지 아줌마가 말했다.「그 여자 마찬가지로 목소리 크게 고함쳤지. 그 여자 시집 안 가고 나이 많이 먹었는데, 어느 날 커다란 천막 모임 부흥회 열렸어. 글쎄, 거기서 언니 어떻게 소리쳤다가 나중에 혼수상태 빠졌지. 언니 정신 차려 깨어나 한다는 소리 들어 보니, 조금 아까 하나님하고 얘기했다 그래. 그 언니 말하기를, 하나님이 그랬는데, 세상에서 맡아야 하는 사명이, 자기처럼 착실한 기독교인이 함께 빗자루 뛰어넘어야 착한 티먼스 형제 지옥 떨어지지 않도록 구원받는다 설명했어! 티먼스 얼마나 겁 많이 났는지 꼼짝 못하고 그냥 빗자루 뛰어넘었지!」

치킨 조지가 여행 중에 만난 사람들 중에는, 그의 행동거지를 보고 그가 빗자루를 넘었다고 (또는 죽기 전에 그러리라고) 추측하는 사람이 거의 없었지만, 그가 얼마나 결혼 생활을 소중하게 생각하고 아내와 가족에게 얼마나 잘해 주는지를 보고 노예 마을의 여자들은 놀라지 않을 수가 없었다. 그는 닭쌈에 나갔다가 (겨울이거나 여름이거나, 비가 오나 눈이 오나, 항상 그의 의상처럼 되어 버린 목도리와 중절모로 모양을 내고) 집으로 돌아올 때면, 투계에서 딴 돈을 저축하기 위해 가져오지 않는 적이 없었다. 대부분의 경우에는, 마틸다에게 몇 달러를 주고, 물론 마틸다와 그의 어머니뿐만 아니라, 말리지 아줌마와 세라 아줌마와 팜피 아저씨, 그리고 어린 버질을 위해서도 선물을 사와서 그에게는 별로 돈이 남지를 않았다. 그는 또한 항상 그가 여행 중 보았거나 들은 갖가지 사건에 대해서 적어도 한 시간 동안은 떠들 만큼 얘깃거리를 가지고 돌아왔다. 노예 마을 가족이 그의 주위에 모여드는 모습을 보면, 키지는 거의 언제나 그녀의 아프리카 아버지가 다른 노예 마을에서 대부분의 소식을 알아다 전해 주던 때를 생각하기 마련이었는데, 이제는 그녀의 아들이 그 역할을 대신했다.

언젠가 찰스턴까지의 먼 여행에서 돌아온 치킨 조지는 이런 설명도 해주었다. 「굉장히 큰 배들 어떻게나 많은지 돛대들이 숲 같아 보였어요! 그리고 검둥이들 개미처럼 커다란 담배 짐짝이니 뭐니 온갖 물건 포장하고 막대기로 밀어 실어서 물 건너 잉글랜드 뭐 그런 곳 보낸다 해요. 요즘 쥔님하고 나하고 가는 곳마다 검둥이들 운하를 파고, 자갈 덮어 도로 만들고, 철도 깔고 그래요! 마치 검둥이들 기운 가지고 이 나라 세우는 셈이죠!」

또 언젠가 그는 이런 얘기도 들었노라고 전했다. 「인디언들 보호 지역에 깜둥이들 많이 받아들인다 해서 흰둥이들이 인디언들 협박한대요. 크리크 족하고 세미놀 족하고 많이 검둥이들과 결혼했다고요. 인디언 추장 몇 명 검둥이가 되었다 그러더군요! 하지만 나 애기 들어 보니까, 촉토 족하고 칙카소 족하고 체로키 족 흰둥이들보다 더 검둥이들 미워한다는군요.」

그들은 정말로 대답을 듣고 싶은 것보다 훨씬 적은 질문만을 그에게 물었고, 곧 정중한 핑계를 대면서 키지와 말리지 아줌마와 세라 아줌마와 팜피 아저씨는 치킨 조지와 마틸다만 단둘이 남겨 놓기 위해 그들의 오두막 안으로 사라지고는 했다.

「조지, 나 당신더러 이런저런 불평 많이 하지 않겠다 나 자신 다짐했어요.」 그렇게 해서 단둘이 남은 어느 날 잠자리에 들어서 마틸다가 그에게 말했다. 「하지만 나 남편이 없다 하는 생각 많이 들어요.」

「당신 무슨 얘기 하는지 나 알아, 여보, 물론 다 알아.」 그는 친근하게 말했다. 「쥔님하고 멀리 여행 나다니고, 아니면 가끔 밍고 할아버지하고 병든 닭 돌본다 밤새도록 잠 못 자는 그런 때, 나도 당신하고 아이 생각만 해.」

마틸다는 그녀의 마음에 걸리는 의심을, 그리고 심지어는 그가 하는 말 중에서 몇 가지 의심스러운 점에 대해서는 입 밖에 말을 꺼내지 않는 편이 좋겠다고 판단해서, 입을 다물기로 작정하고 혀를 깨물었다. 대신에 그녀는 이렇게 물었다. 「조지, 앞으로 언젠가는 좀 나아진다 생각하나요?」

「쥔님 돈 욕심 끝이 나야 말이지! 쥔님 집에서 눌러앉아 지낸다 하고 싶어질 정도 되어야 하는데. 그렇지만 생각해 보면, 우리 손해다 할 일 없잖아, 여보! 나 지금처럼 계속 돈 벌어 오면 우리 앞으로 얼마나 저축 많이 한다고.」

「돈은 당신 아니잖아요!」 마틸다가 잘라 말했고, 그러더니 어조를 부드럽게 고쳤다. 「그리고 우리 훨씬 더 많이 저축하고 싶다면, 당신 한없이 선물 사는 짓 좀 줄이면 좋겠는 이유가, 나 언제 저렇게 마님들보다 좋은 비단옷 입고 나가 다니겠어요!」

「여보, 그 옷 여기 집 안에서 입었다가, 나하고 그거 하려면 그냥 벗으면 되잖아!」

「당신 형편없어요!」

적어도 그런 방면에서라면, 그는 그녀가 알게 되리라고는 꿈에도 생각하지 못했을 정도로 자극적인 남자였다. 그리고 그는 분명히 유능한 가장이었다. 그러나 그녀는 정말로 그를 믿지는 않았고, 그가 쥔님과 같이 나돌아 다니는 생활만큼 그녀와 아기를 사랑하는지도 자꾸만 궁금해졌다. 닭에 관한 『성서』 말씀이 어디에서 나오던가? 그녀는 어렴풋이 무엇인가를 기억해 냈는데, (그녀가 잘못 알지만 않았다면 「마태오의 복음서」에 나오는 내용으로서) 〈날개 밑에 병아리들을 거두어들이는 암탉〉에 관한 구절이었다. 그 대목을 꼭 찾아보겠다고 그녀는 자신에게 다짐했다.

그러나 남편이 집에 머물게 되기만 하면, 마틸다는 그녀의 의심과 실망을 묻어 버리고, 능력이 미치는 한 가장 좋은 아내가 되려고 노력했다. 만약 그가 집으로 온다는 사실을 알게 되면, 푸짐한 식사가 그를 기다렸고, 혹시 그가 갑자기 들이닥치는 경우에도, 밤이건 낮이건 가리지 않고, 그녀는 즉시 진수성찬을 차려 냈다. 얼마 동안 노력을 하던 그녀는 남편에게 식사 전에 감사 기도를 드리도록 유도하기를 포기하고, 그녀가 직접 간단한 기도를 하고 나서, 목에서 꼴깍거리는 소리를 내는 버질을 품에 안고 식사하는 남편을 지켜보며 기뻐했다.

그러고는 나중에, 아들을 잠재운 다음, 조지의 얼굴을 찬찬히 살피며 여드름을 짜거나, 물을 데워 양철 대야에 반쯤 채운 다음 그의 등을 밀어 주거나 머리를 감겨 주었고, 혹시 발이 아프다고 투덜거리며 집에 돌아오면, 그녀는 양파를 구워 만든 따뜻한 죽과 집에서 만든 세숫비누로 문질러 주었다. 마지막으로, 촛불을 입으로 불어 끄고, 그들이 다시 새 이부자리 속으로 들어가고 나면, 치킨 조지는 그동안 집을 비웠던 데 대한 보상을 아낌없이 해주었다. 버질이 걸음마를 시작할 무렵에, 마틸다는 다시 임신하여 배가 불렀는데, 더 빨리 임신이 되지 않았다는 사실이 오히려 놀라울 지경이었다.

손자가 하나 더 생길 무렵이 되자, 키지 할머니는 아들을 따로 불러 앉혀 놓고, 오래전부터 그녀가 염두에 두었던 얘기를 한두 가지 해줘야 할 때가 되었다고 판단했다. 어느 일요일 아침에 그가 여행에서 돌아와 보니, 마틸다는 곧 도착할 손님들의 저녁 식사를 준비하는 말리지 아줌마를 도와주기 위해 큰집으로 갔고, 키지가 버질을 돌보고 있었다.

「너 거기 좀 앉아!」 그녀는 조금도 시간을 낭비하지 않고 말했다. 그는 의아한 표정으로, 어머니가 시키는 대로 했다. 「나 네가 이제 어른 되었다 해도 조금도 상관하지 않겠고, 누가 뭐라 말해도 너 이 세상에 내보낸 사람 나이니까, 너는 내 말 잘 들어야 해! 하나님 너에게 정말 좋은 여자 보내 주셨는데, 너 요즘 그 애한테 제대로 잘 대해 주지 않는구나! 나 지금 너하고 농담하는 거 아냐! 내 말 알았니? 나 지금 당장이라도 네 볼기짝 몽둥이찜질할지도 몰라! 그 애 벌써 둘째 아기로 배가 이만큼 불렀다 하니, 너 아내하고 아기하고 더 많은 시간 같이 보내야 해!」

「어머니, 나더러 어떡하라 말인가요?」 그는 한껏 조심하면서도 화를 내며 말했다. 「쥔님 〈가라〉 말하면, 나 못 가겠다 말하나요?」

키지의 두 눈이 이글거렸다. 「그런 얘기 아니다 하는 거 너 다 알아! 그 불쌍한 애한테 병든 닭 돌보느라고 밤새우니 어쩌니 하는 소리 말이야! 너 도대체 어디서 다 그렇게 배워 거짓말하고, 술 마시고, 노름하고, 싸돌아다니고 그러니? 나 너한테 그렇게 해라 가르치진 않았어! 그리고 나 혼자 하는 얘기다 생각하지 마! 마틸다 바보 아니고, 그 애도 너 속 다 꿰뚫어 보지만, 그런 내색만 안 해!」 갑자기 얘기를 끝내고 키지 할머니는 화를 내며 오두막에서 휑하니 나가 버렸다.

리 쥔님이 1830년의 찰스턴 투계 대회의 출전자들 중의 한 사람이 었기 때문에, 아기가 태어났을 때 치킨 조지가 집을 떠나 있었다고 해서 그를 탓할 사람은 아무도 없었다. 그는 (마틸다가 자기 오빠의 이름을 따서 이미 애슈퍼드라고 이름을 지어 놓은) 둘째 아들이 태어났다는 소식을 듣고 미친 듯이 기뻐하기는 했지만, 자신이 거둔 행운에 대해서도 그에 못지않게 희색이 만면해서 집으로 돌아왔다. 「쥔님 천 달러 넘게 땄고, 나 뒷전 닭쌈에서 50달러 벌었어! 흰둥이들하고 검둥이들하고 모두 〈나 저기 치킨 조지에게 걸어!〉라고 외치는 소리 모두들 좀 들어 봐야 되는데!」 그는 앤드루 잭슨 대통령이 얼마나 그들과 비슷하게 살아가는 인물인가 하는 사실을 찰스턴에서 리 쥔님이 어떻게 알아냈는지를 마틸다에게 얘기했다. 「누구도 잭슨 대통령보다 닭쌈 더 좋아하는 사람 없다고 그래! 거물 하원 의원 쥔님들하고 상원 의원 쥔님들 잔뜩 불러들여, 바로 백악관 거기에서 테네시 쌈닭들 붙여 놓고 신나게 보여 줬다는 얘기야! 쥔님 말하기를, 잭슨 아무 나하고 노름하고 술도 마신다는군. 사람들 그러는데, 한 쌍의 밤색 말 끌고 가는 멋진 대통령 전용 마차에 앉을 때도, 바로 자기 옆에 벨벳으로 테를 두른 손가방 속에 술병 담아 가지고 다녀! 쥔님 말하기를, 남부 흰둥이들 마음으로는 잭슨 하기 싫어진다 할 때까지 대통령을 해먹는다 그랬어!」 마틸다는 별로 반응을 보이지 않았다.

그러나 치킨 조지가 찰스턴에서 목격했던 어떤 장면은, 그에게나 마찬가지로 그녀에게도 (그리고 노예 마을의 다른 사람들에게도) 심한 충격을 주었다. 「거짓말 안 보태고 1킬로미터나 되는 줄지어서 검둥이들 쇠사슬 묶인 채 끌려가는 광경 보았다니까요!」

「맙소사! 어디서 온 검둥이들이었는데?」 말리지 아줌마가 물었다.

「북쪽하고 남쪽 칼리니에서 팔려 온 사람들 좀 있다 했지만, 대부분 버지니아에서 팔렸다 하는 소리 나 들었어요!」 그가 말했다. 「찰스턴의 여러 검둥개들 나한테 말하기를, 앨라배마하고 미시시피하고 루이지애나하고 아칸소하고 텍사스하고 숲 속 계속 개간해서 만든 엄청나게 큰 목화 농장에 한 달 수천 명 검둥이들 실려 들어간다 그랬어요. 말 타고 다니던 구식 검둥이 상인들 없어졌고, 큰 호텔에 사무실 차린 큰 회사들 생겨났다 하더군요! 사람들 말하기를, 심지어 쇠사슬 묶은 버지니아 검둥이들만 잔뜩 실어 뉴올리언스 데려다 주는 커다란 기선들도 있다 그랬고요! 그리고 사람들이 말하기를……」

「그만!」키지가 벌떡 일어섰다.「그만 입 닥치라고!」그녀는 눈물을 흘리며 그녀의 오두막으로 도망쳤다.

「어머니 왜 저러지?」다른 사람들이 당황해서 모두 돌아간 후에 치킨 조지는 마틸다에게 물었다.

「당신 몰라요?」그녀가 쏘아붙였다.「어머니의 부모 마지막에 버지니아 살았다 알았는데, 당신 얘기 듣고 어머니 반쯤 죽을 정도 겁이 났어요!」

치킨 조지는 얼굴이 핼쑥해졌다. 그의 얼굴은 전혀 모르고 한 소리였다고 그녀에게 변명하려는 듯싶었지만, 마틸다는 그리 쉽게 그를 용서해 주지는 않았다. 그녀는 그가 세상물정을 그렇게 잘 알면서도 아직 너무도 많은 일에 대해서 눈치가 부족하다고 확신하게 되었다. 「어머니 팔려 왔다 하는 사실 나도 알 듯 당신도 알잖아요! 바로 나처럼 말이에요!」그녀가 그에게 설명했다.「한 번 팔렸던 경험 하면 영원히 그런 일 잊지 못해요! 그리고 다시는 옛날 같지 않아져요!」그녀는 의미심장한 표정으로 그를 쳐다보았다.「당신 한 번도 겪어 보지 않았죠. 그래서 당신 어떤 쥔님도, 여기 당신 쥔님까지 포함해서, 아무도 믿을 수 없다 하는 사실 이해 못해요!」

「당신 뭣 때문에 나 화나게 해?」그가 따졌다.

「당신 나한테 묻기를, 무엇 때문에 어머니 마음 상했느냐 그랬고, 나 그래서 얘기했어요. 나 더 할 얘기 없어요!」마틸다는 자제력을 발휘했다. 그녀는 남편과의 사이가 험악해지기를 원치 않았다. 잠시 침묵이 흐른 후, 그녀는 가까스로 어설픈 미소를 지었다.「조지, 어떻게 하면 어머니 기분 좀 좋아지는지 알아요! 가서 어머니 이리 모시고 와서, 당신 버질에게 그랬던 것처럼 이 아기한테 아프리카 할아버지 얘기 들려주는 거 보게 해요!」그리고 그는 그대로 했다.

96

동틀 녘이 다 되었고, 치킨 조지는 문간에 서서, 약간 비틀거리면서, 아직도 잠을 자지 않고 일어나 앉아 그를 기다리던 마틸다에게 미소를 지어 보였다. 그는 검은 중절모를 비스듬히 썼다. 「여우가 닭장 들어왔지 뭐야.」 그는 얼버무렸다. 「나하고 밍고 할아버지하고 밤새 그놈 잡느라고―」

마틸다는 입을 닥치라는 뜻으로 손을 들었고, 그녀의 목소리는 싸늘했다. 「아마 그 여우 당신한테 술 주고, 이렇게 냄새나는 장미 향수 뿌려 준 모양이군요…….」 치킨 조지의 입이 벌어졌다. 「그럼 말이에요, 조지, 내 얘기 잘 들어요! 여기 봐요, 나 당신 아내에 우리 애들 엄마로 남는 한, 나 당신 집 떠날 때 여기 있고, 나 당신 집 돌아올 때 역시 여기 있겠는데, 그러는 까닭은 당신 우리들만큼 당신 자신에게 나쁜 일 하기 때문이에요. 『성서』 말씀 〈뿌린 대로 거두리라〉 했는데, 하나 심으면 둘을 거둔다 그러는 말이에요. 그리고 「마태오의 복음서」 7장 보면 〈남 판단한다 마라. 그러면 너도 판단 안 받는다〉 그랬어요!」

그는 너무 화가 나서 말이 안 나오는 체했지만, 사실은 무슨 말을 해야 할지 생각이 나지 않기 때문이었다. 그는 휘청거리는 몸을 돌려 밖으로 나가서, 비틀거리며 길을 따라 걸어 내려가서 닭과 함께 잠을 잤다.

그러나 그는 다음 날, 중절모를 손에 들고 돌아와서는, 그해 나머지 가을과 겨울 동안, 그와 퀸님이 잠시 어디 여행길에 올랐던 며칠 밤을 빼놓고는, 줄곧 가족과 함께 얌전히 지냈다. 그리고 1831년 1월의 어느 날 아침 일찍, 마틸다의 진통 주기가 짧아지자, 비록 닭쌈철이 한창이던 무렵이었음에도 불구하고, 그는 퀸님을 설득하여 자기는 집에 남고, 병든 밍고 할아버지를 그날의 시합에 데리고 가도록 했다.

초조하게 그는 문밖에서 서성거리며, 마틸다의 고통스러운 신음과 비명 소리에 귀를 기울이며, 몸을 움츠리거나 얼굴을 찌푸렸다. 그리고 나서 다른 사람들의 목소리가 들려오자, 그는 까치발을 하고 조심스럽게 다가가서는, 어머니 키지가 격려하는 소리를 들었다. 「내 손 잡아― 힘껏, 그래!…… 다시 숨 내쉬고…… 깊이!…… 그렇지!…… 잡아!…… 잡으라니까!」 뒤이어 세라 아줌마가 명령했다. 「밑으로 힘써, 어서! 자, 이제 밀어내!…… 힘줘!」

그러더니 뒤이어 곧, 「자, 나온다……. 그렇지…….」

찰싹 때리는 소리와 더불어, 갓난애의 찢어질 듯한 울음소리를 듣고 치킨 조지는, 방금 들은 소리에 얼이 빠진 채로, 몇 걸음 뒤로 물러났다. 얼마 기다리지 않아서 키지 할머니가 얼굴에 온통 미소를 짓고 나타났다. 「그래, 너 모두 아들만 낳는 모양이구나!」

그가 펄쩍펄쩍 뛰고 고함을 치며 너무도 설쳐 대자, 말리지 아줌마가 큰집의 뒷문으로 달려 나왔다. 그는 그녀에게로 달려가서, 그녀를 번쩍 안아 들고는, 빙빙 돌리면서 소리쳤다. 「이번 놈 내 이름 따야 해요!」

다음 날 저녁에, 그는 세 번째로 사람들을 불러 모은 다음, 가장 최근에 새로 늘어난 그의 가족에게, 쿤타 킨테라는 아프리카 증조부 얘기를 해주었다.

그해 8월 말에, 캐스웰 군 법원 건물에서 지주(地主)들의 모임이 끝난 다음, 지역 농장주들은 잘 가라고 외치며 시끄럽게 작별을 고하고는 뿔뿔이 흩어져 집으로 향했다. (치킨 조지는 뒤 칸에서 쭈그리고 앉아, 쥔님이 방금 어느 행상에게서 산 손바닥만 한 민물 농어 한 줄을 접는 주머니칼로 다듬으며, 내장을 긁어내고 비늘을 벗겨 내는 동안) 리 쥔님이 마차를 몰고 갔는데, 갑자기 덜컥 멈춰 섰다. 조지가 몸을 일으키고 눈이 휘둥그레져서 살펴보니, 리 쥔님은 이미 길바닥으로 뛰어 내려가서, 다른 여러 쥔님들과 함께, 거품을 물고 숨을 헐떡이는 말에서 방금 내린 흰둥이를 향해 정신없이 달려가는 중이었다. 백인은 빠른 속도로 그의 주변으로 모여드는 군중에게 미친 듯이 소리를 질러 대었다. 그중 몇 마디가 치킨 조지와 다른 검둥이들의 귀에까지 들려왔고, 그들은 놀라서 입이 벌어졌다. 「얼마나 많은 가족이 죽었는지 모릅니다……. 여자들과 아기들까지…… 잠을 자는데 검둥 살인자들이 뛰어 들어와서…… 도끼와, 칼과, 몽둥이로…… 냇 터너라는 검둥개 전도사가……」

흰둥이들이 화를 내면서 상기된 얼굴로 욕설을 퍼붓고 손짓발짓을 하는 동안, 다른 검둥이들의 얼굴에도 치킨 조지나 마찬가지로 불길하고 무서운 예감의 그림자가 감돌았다. 그는 아무도 다치지 않은 채로 미수에 그치고 말았던 찰스턴의 반란 이후 몇 달 동안, 공포 속에서 지내야 했던 기간이 섬광처럼 머리에 스쳤다. 이제는 도대체 무슨 일이 일어나려는가? 사나운 눈초리로 쥔님이 마차로 돌아왔는데, 그의 얼굴은 분노로 얼어붙었다. 한 번도 뒤를 돌아보지 않고서 그는 미친 듯이 집으로 말을 전속력으로 몰았고, 치킨 조지는 두 손으로 마차 바닥에 달라붙어 버티었다.

큰집에 도착하자마자 리 쥔님은 마차에서 얼른 뛰어내렸고, 뒤에 남은 조지는 말끔히 손질한 생선을 멍하니 쳐다보았다. 잠시 후에 말리지 아줌마가 부엌문으로 뛰쳐나와서는, 수건을 두른 머리 위로 두 손을 휘저으면서, 뒷마당을 가로질러 노예 마을로 달려갔다. 그러자 쥔님이 엽총을 들고 다시 나타나 조지에게 거친 목소리로 외쳤다. 「네 오두막으로 가!」

노예 마을의 모든 사람에게 오두막에서 나오라고 명령한 다음, 리 쥔님은 치킨 조지가 이미 들었던 얘기를 그대로 되풀이했다. 쥔님의 화를 가라앉힐 수 있는 사람은 오직 자기뿐이라고 생각한 조지는 가까스로 용기를 내어, 떨리는 목소리로 말을 꺼냈다. 「쥔님, 제발……」 그러자 당장 엽총이 그를 겨누었다.

「내놔! 너희들 집에 있는 것 모두 끄집어내! 이 검둥개들아, 모두 꺼내 놓으라고!」 그로부터 한 시간에 걸쳐서, 쥔님의 날카로운 눈초리 밑에서, 어떤 무기나 의심스러운 물건을 숨기려고 하다가 들키면 어떤 일을 당할지 쥔님이 마구 욕설을 퍼붓는 동안, 그들은 하찮은 그들의 가재도구를 들고 나오고, 끌고 나와서 밖에다 쌓아 놓았고, 옷은 하나도 남기지 않고 모두 털어 보였고, 그릇을 모두 열어 보였고, 옥수수 껍질 이부자리도 모두 찢어 속을 보여 주었으나, 그의 분노는 여전히 가라앉을 줄 몰랐다.

그는 구둣발로 세라 아줌마의 약초 상자를 걷어차서, 말린 약초와 뿌리들이 사방으로 날아갔고, 그러면서 그녀에게 소리를 질렀다. 「이런 도깨비 같은 것들은 다 치워 버려!」 다른 오두막들 앞에서 그는 소중한 소유물들을 내팽개치고, 다른 물건들을 주먹이나 발로 마구 부숴 버렸다. 네 명의 여자들은 흐느껴 울었고, 늙은 팜피 아저씨는 넋이 나간 듯 보였으며, 겁에 질린 아이들은 눈물을 글썽이며 마틸다의 치맛자락에 매달렸다. 엽총 개머리판이 마틸다가 소중히 여기는 큰 괘종시계의 앞판을 부숴 버렸을 때, 마틸다는 거의 고통스러워 비명을 질렀고, 치킨 조지도 속으로 분노가 끓어올랐다. 「뾰족하게 갈아 놓은 못이라도 발견되면 어느 검둥개 놈인가 죽는 줄 알아!」

노예 마을을 쑥대밭으로 만들어 놓은 다음, 쥔님은 조지가 모는 마차의 바닥에 엽총을 움켜쥐고 앉아 쌈닭 훈련장으로 내려갔다. 모든 소유물을 끄집어내라는 호통과 총부리 앞에서 겁에 질린 늙은 밍고 할아버지는 〈아무 짓 안 했어요, 쥔님!〉이라며 애원하기 시작했다.

「검둥개들 믿었다가 이제는 일가족이 몽땅 죽음을 당하는 판이야!」리 쥔님이 소리쳤다. 도끼와 손도끼, 가느다란 쐐기와 금속 창틀, 그리고 두 사람의 주머니칼을 모두 압수한 다음 그는 치킨 조지와 밍고 할아버지가 지켜보는 가운데 그것들을 모두 마차에 실었다.「네놈 검둥개들이 혹시 몰래 침입하는 경우에 대비해 미리 말해 두겠는데, 난 이 엽총을 끼고 잠자리에 들 테니까 그렇게 알아!」그들에게 소리치더니 쥔님은 말에 채찍질을 해서 먼지구름을 일으키며 마구 달려 길을 올라가 사라져 버렸다.

97

「애길 들으니까 연달아 아들만 넷을 낳았다며!」쥔님은 쌈닭 훈련장에 도착하여 말에서 내렸다. (리 쥔님까지 포함해서) 남부 흰둥이들의 공포와 분노가 뒤섞인 감정이 완전히 가라앉는 데는 꼬박 1년이 걸렸다. 반란이 일어난 지 한두 달쯤 후부터 쥔님은 다시 치킨 조지를 닭쌈터에 데리고 다녔지만, 그의 노골적인 냉담함은 그해가 다 가도록 좀처럼 누그러지지를 않았다. 그러나 그들 두 사람이 모두 잘 알지 못하는 어떤 이유로 해서, 그때부터 그들의 관계는 전보다 더욱 가까워지는 듯싶었다. 두 사람 가운데 아무도 결코 입 밖에 꺼내려 하지는 않았지만, 그들은 더 이상 검둥이들의 반란은 일어나지 않기를 간절히 원했다.

「예, 쥔님! 큼직하고 통통한 녀석 날 밝기 전 태어 나왔어요, 쥔님!」치킨 조지가 말하고는, 쌈닭 수컷들에게 먹일 특별한 빵을 새로 만들기 위해서, 쌈닭 핏줄의 암컷들이 낳은 20여 개의 달걀흰자와, 맥주 한 조끼와, 귀리죽과, 빻은 밀과, 여러 가지 약초를 짓이겨 섞었다. 닭 모이를 만드는 이런 〈비법〉은, (점점 심해져서 언제 터질지 모르는 해수병이 좀 나아질 때까지 집에서 쉬라고 리 쥔님이 명령한 다

610

음에야) 늙은 밍고 할아버지가 바로 그날 아침에 마지못해서 겨우 가르쳐 주었다. 밍고가 앓는 사이에 치킨 조지는 혼자서, 최근에 노천 사육장에서 모아 들여온 새로 성장한 일흔여섯 마리의 닭 중에서, 거의 무자비할 정도의 선별 과정을 거쳐 고른, 가장 우수한 쌈닭 스무 마리가량을 맹렬히 훈련시켰다.

치킨 조지와 리 쥔님이 뉴올리언스로 떠날 날은 아홉 주일밖에 남지 않았다. 주(州) 전체 시합에서도 여러 차례 이기기는 했지만, 여러 해 동안 지역 시합에서 거둔 수많은 승리에 힘입어, 쥔님은 마침내 용기를 내서, 그가 키워 낸 최고 수준의 쌈닭 10여 마리를 뉴올리언스에서 열리는 유명한 신년 첫 〈본시합〉에 출전시키기로 했다. 만약 리 농장의 닭이 절반 정도만이라도, 그곳에 모여든 선수권 대회 출전자들을 상대하여 이긴다면, 그는 큰돈을 벌게 될 뿐만 아니라, 하룻밤 사이에 남부의 유명 닭쌈꾼들과 같은 수준으로 일약 인정을 받게 될 터였다. 그러한 가능성만으로도 치킨 조지는 너무나 흥분해서 다른 생각은 거의 할 수가 없을 지경이었다.

리 쥔님은 말을 끌고 걸어와서 굴레에 붙은 짧은 밧줄을 널빤지 울타리에 잡아매었다. 그는 치킨 조지에게로 한가하게 되돌아 걸어와서는, 장화의 코를 한 무더기의 풀에다 문지르며 말했다. 「아들이 넷이나 된다면서, 하나도 내 이름을 따르지 않았다니, 정말 이상하구면.」

치킨 조지는 놀랐고 기뻤으며 ― 당황하기도 했다. 「맞는 말 됩니다, 쥔님!」 그는 더듬거리는 말투로 소리쳤다. 「바로 그 이름 붙여야 맞아요― 톰이라고요! 그렇습니다, 쥔님, 톰입니다!」

쥔님은 흐뭇한 눈치였다. 그런 다음 그는 정색을 하고, 나무 밑 작은 오두막 쪽을 쳐다보았다. 「영감은 좀 어때?」

「솔직히 말씀드리면, 쥔님, 어제 한밤중 끔찍한 기침 터졌습니다. 그러고는 잠깐 다음, 사람들 팜피 아저씨 내려 보내, 마틸다 애 낳는다 나더러 오라 그랬어요. 하지만 오늘 아침 나 먹을 거 만들어 할아버지 주었더니, 일어나 앉아 다 먹었고, 그러더니 몸 괜찮다 맹세했어요. 쥔님 나와도 좋다 하실 때까지 자리에 누워 있어야 한다 나 그랬더니, 막 화냈어요.」

「어쨌든, 영감은 하루 더 푹 쉬라고 해.」 쥔님이 말했다. 「봐서 내가 의사를 불러 영감을 좀 자세히 살펴보라고 해야 될 모양이야. 가끔 한 번씩 터지는 기침이기는 하지만, 그렇게 오래가면 좋지 않아!」
　「그래요, 쥔님. 그렇지만 할아버지 의사 믿지 않아요, 쥔님…….」
　「영감이 믿든 안 믿든 상관없어! 하지만 병세가 어떻게 돌아갈지 이번 주일에는 좀 지켜보기로 해야 되겠어—」
　그러고는 한 시간 동안, 쥔님은 울타리를 따라 늘어선 우리들 속에 가둔 어린 수탉들과 젊은 수탉들을 돌아보고 나서, 마지막으로 치킨 조지가 몸의 상태를 조절해 가며 훈련시키던 멋진 쌈닭들을 찾아보았다. 리 쥔님은 닭들을 보고 결과에 만족했다. 그러고 나서 그는 잠시 동안 앞으로 하게 될 여행에 관해서 얘기했다. 그는 현재 그린즈버러에 주문해서 대형으로 새로 만드는 마차를 타고 뉴올리언스까지 가려면 거의 여섯 주일이 걸리리라고 말했다. 그 마차는 바닥을 넓게 확장해서, 조립이 가능한 열두 개의 이동식 닭장과, 여행 중에도 닭을 매일 훈련시키기 위해 특별히 받침을 댄 작업대와 더불어, 쌈닭을 데리고 어떤 장거리 여행을 할 때라도 필요로 하는 모든 물건과 일용품을 싣고 가기 위해 리 쥔님이 일일이 구체적으로 설계한 특수 선반과, 시렁과, 통들을 탑재하게 만들었다. 마차는 열흘 후면 완성될 예정이었다.
　쥔님이 돌아간 다음 치킨 조지는 그날 해야 할 나머지 일과에 몰두했다. 그는 쌈닭들을 한계점까지 몰아대었다. 모든 면에서 가장 완전 무결한 최정예 출전 닭들만이 뉴올리언스에서 그들을 기다리는 수준 높은 경쟁에서 이길 가능성이 있겠기 때문에, 쥔님은 조금이라도 어떤 결함이 발견되는 닭을 계속해서 제거하는 판단 과정에서 조지에게 모든 권한을 부여했다. 닭들을 데리고 작업을 하면서도 그는, 거리를 행진하는 대규모 취주악대의 연주를 포함하여, 그가 뉴올리언스에서 듣게 되리라는 여러 가지 음악에 관해서 자꾸만 생각했다. 그가 찰스턴에서 만난 검둥이 선원은 또한, 일요일이면 이른 아침에, 〈콩고의 길〉이라는 광장에 수천 명의 인파가 모여들어, 수백 명의 노예들이 그들의 고향 아프리카의 여러 지방과 여러 종족 특유의 춤을 추는 광경을 구경한다는 얘기도 했었다. 그리고 이 선원은 뉴올리언스의 부두는 그가 지금까지 본 다른 어떤 부두보다도 훌륭하다고 주장했다. 그리고 계집들! 그곳에 가면 〈크리올〉[17]이니 〈쿼드룬〉[18]이니

<옥토룬>[19]이니 하는 명칭으로 알려졌으며, 온갖 종류의 피부 빛깔에, 이국적이기만 할뿐 아니라 적극적인 계집들이 무진장이라고 선원은 말했다. 조지는 어서 그곳으로 가고 싶어 조바심이 날 지경이었다.

그날 오후 늦게, 치킨 조지는 전에도 여러 번 마음만 먹었다가 자질구레한 일 때문에 하지 못했던 일을 해치우기로 작정하고, 마침내 밍고 할아버지의 오두막 문을 두드린 후, 어지럽고 너저분한 집으로 들어섰다.

「기분 좀 어때요?」 조지가 물었다. 「나 도와 드릴 일 있나요?」 그러나 그는 대답을 기다릴 필요가 없었다.

노인은 충격적일 정도로 얼굴이 창백하고 쇠약했지만, 강제로 활동을 못하게 된 자신의 처지에 대해서 머리끝까지 치밀어 오른 화가 가라앉을 줄을 몰랐다.

「여기서 썩 나가! 가서 쥔님한테 나 기분 어떤지 물어봐! 쥔님 나보다 더 잘 아니까!」 밍고 할아버지가 혼자 있고 싶은 마음이 분명했기 때문에, 치킨 조지는 오두막을 나오면서, 밍고 할아버지가 질기고 앙상하고 늙은 닭잡이를 닮아 가는 인상이어서 — 많은 싸움을 이겨 낸 강인한 역전의 맹장이지만, 나이가 듦에 따라 주로 본능만 남고 시들어 가는구나 하는 생각을 했다.

마지막 쌈닭까지 날개의 힘을 키우는 특수 훈련을 시키고 닭장에 다시 집어넣었을 때는 해가 진 직후였고, 치킨 조지는 드디어 잠시 동안이나마 마음 놓고 집에 들를 여유가 생겼다고 판단했다. 오두막집으로 돌아간 그는, 키지가 마틸다에게 마실을 와서 함께 있는 모습을 보고 기분이 좋았으며, 자꾸만 킬킬거리고 웃어 대면서, 새로 태어난 아기의 이름을 톰이라고 붙이자던 쥔님과 그날 아침에 나눴던 대화에 관해서 그들에게 얘기했다. 설명을 끝낸 다음 그는, 그들이 자기처럼 좋아하는 기색이 아님을 깨닫고는 무척 놀랐다.

먼저 입을 연 사람은 마틸다였는데, 그녀의 말투는 무감각하고 객

<hr>

17 넓게는 스페인령 아메리카에서 태어난 백인을 뜻하나, 국한되어 프랑스 어와 스페인 어의 일종을 사용하는 흑백 혼혈 물라토를 일컫기도 함.

18 물라토와 백인과의 혼혈. 흑인의 피가 4분의 1 섞임.

19 쿼드룬과 백인의 혼혈. 흑인의 피가 8분의 1 섞임.

관적이었다. 「글쎄, 이 세상에 톰이란 이름 흔하다 나 생각해요!」

그의 어머니는 마치 잠시 후에 세숫비누 한 토막을 씹어 먹어야 할 사람 같은 표정이었다. 「마틸다하고 나하고 같은 기분이지만, 그 소중한 쥔님 대한 네 기분 마틸다 그냥 참고 넘어갈 생각이야. 톰이라는 이름 아무 잘못 없다. 다만, 이 아기 이름 따올 사람 다른 톰이었다 하면 좋겠어.」 그녀는 잠시 머뭇거리다 재빨리 덧붙였다. 「물론 이거 나 혼자 의견이고— 내 아기 아니어서 나 이래라저래라 그럴 일 아니지!」

「그래요, 하나님 알아서 하실 일이에요!」 마틸다가 쏘아붙이고는, 방을 가로질러 『성서』를 가지러 갔다. 「아기 태어나기 전에, 이름 대해서 뭐라고 말하나 알아보기 위해 나 『성서』 뒤져 보았어요.」 그녀는 서둘러 책장을 넘겨서, 그녀가 바라는 쪽과 장과 절을 찾아내어, 큰 소리로 읽었다. 「의로운 자의 이름은 복되도다. 그러나 사악한 자의 이름은 썩을 것이로다!」

「자비를 베푸소서!」 키지 할머니가 소리쳤다.

치킨 조지는 화를 벌컥 내며 일어섰다. 「그러면 좋아! 두 사람 가운데 누구 쥔님한테 싫다 말해?」 그는 버티고 서서 그들을 노려보았다. 그는 자기 집에서 이렇게 당해야 하는 갖가지 닦달에 넌더리가 났다! 그리고 그는 또한 끝없이 『성서』에서 인용하는 마틸다의 저주에 대해서도 참을성의 한계에 이르렀다. 그는 언젠가 그가 들었던 무슨 말을 기억해 내려고 머리를 쥐어짰고, 그러자 생각이 났다. 「그렇다면 세례 이름 따서 붙여 톰이라 부르면 되잖아!」 그가 너무나 큰 소리로 외쳤기 때문에 그의 세 아들이 침실 문간에서 얼굴을 내밀었고, 이제 태어난 지 하루밖에 안 되는 갓난아기가 울음을 터뜨렸고, 치킨 조지는 발을 구르며 휑하니 나가 버렸다.

바로 그 순간에, 리 쥔님은 큰집의 거실 책상 앞에 앉아, 펜에 잉크를 찍어, 그의 『성서』 겉표지 안쪽에다, 이미 그곳에 적어 놓은 (치킨 조지와 그의 세 아들의) 네 이름 밑에다 다섯 번째 생년월일을 조심스럽게 써넣었다 — 〈1833년 9월 20일…… 마틸다에게서 태어난 아들…… 이름은 톰 리.〉

치킨 조지는 화가 나서 길을 따라 되돌아 걸어가면서, 그가 마틸다를 아끼지 않아서 이런 일이 벌어진 것은 아니라는 사실에 약이 올랐다. 그녀는 그가 지금까지 만난 여자들 중에서 가장 훌륭하고 착실했다. 그러나 훌륭한 아내란, 남편이 단지 인간적이라고 해서 손 하나 까딱할 때마다 종교적인 마음으로 훈계를 꼭 해야만 하는 그런 여자는 아니었다. 남자란 가끔 한 번씩, 웃음과 술과 재치와 육체의 다급한 욕구를 즐기려고만 하는 그런 종류의 여자를 상대하며 즐길 권리를 누려야 마땅했다. 그리고 작년에 쥔님과 함께했던 여행들로부터, 그는 쥔님도 똑같은 생각을 하며 살아간다고 느꼈다. 웬만큼 큰 어느 도시 부근에서 닭쌈을 치른 다음이면, 그들은 항상 하루를 더 묵으면서, 노새들을 마구간에 맡기고 현지 닭쌈꾼의 조수에게 두둑이 돈을 주어 닭장 속에 들어 있는 닭들을 보살피게 하고는, 쥔님과 그는 잠시 헤어져 제각기 자기 갈 길로 찾아갔다. 다음 날 아침 일찍 마구간에서 만나서 그들은, 쌈닭을 거두어 집으로 돌아오면서, 제각기 간밤의 숙취(宿醉)를 다스리고, 서로 상대방이 계집질을 했다는 사실을 알면서도 그에 대해서 한마디도 얘기를 하지 않았다.

닷새가 지나서야 치킨 조지는 화가 어느 정도 풀려 집으로 돌아갈 생각을 하게 되었다. 그는 그들을 용서해 주겠다고 마음을 먹고는 노예 마을로 올라가 오두막집의 문을 열었다.

「하나님 굽어 살피소서! 이거 당신 아녜요, 조지?」 마틸다가 말했다.「애들이 아빠 다시 봤다 정말 기뻐하겠어요! 지난번 당신 여기 왔을 때 눈도 아직 뜨지 않았던 이 아기 특히 좋아하는군요!」

금방 화가 치밀어 오른 치킨 조지는 그 길로 발길을 돌려 휑하니 밖으로 나가려고 했지만, 바로 그때 (다섯 살과, 세 살과, 두 살짜리) 세 아들이 엉거주춤 모여 서서, 불안한 눈초리로 그를 멍하니 쳐다보는 모습이 눈에 띄었다. 그는 갑자기 아이들을 움켜잡아 꽉 끌어안고 싶은 충동을 느꼈다. 이제 그는 곧 뉴올리언스로 떠나면 3개월이나 아이들을 못 보게 될 터였고, 그래서 그는 정말로 멋진 선물을 아이들에게 사다 주어야 되겠다고 생각했다.

마지못해서 그가 식탁에 앉았더니, 마틸다가 그를 위해 음식을 차려 놓고는, 자리에 앉아 감사 기도를 드렸다. 그러고 나서 다시 일어난 마틸다가 말했다.「버질, 가서 할머니 이리 오셔라 말씀드려!」

치킨 조지는 입속에 든 음식을 씹기를 그만두고 그냥 삼켜 버렸다. 이제 둘이서 나를 어떻게 들볶으려고 이러나?

키지가 문을 두드리고 들어와서, 마틸다를 껴안고, 키스를 하고, 등을 두드려 주고, 혀를 끌끌거리며 세 아이들을 어르고 나서, 그제야 힐끗 아들을 쳐다보았다. 「잘 지냈니? 오래 못 봤구나!」

그는 속이 부글부글 끓어올랐으나, 어설픈 농담으로 넘기려고 애썼다. 「어머니도 오래 못 봤네요.」

어머니는 의자에 앉아 아기를 마틸다로부터 받은 다음, 다정한 대화에 가까운 투로 말했다. 「조지, 네 아이들 너한테 부탁한다 싶은 일 생겼단다—」 그녀는 시선을 돌렸다. 「그렇지 않니, 버질?」

치킨 조지는 맏아들 버질이 우물쭈물하는 모습을 지켜보았다. 두 여자가 이 아이에게 도대체 무슨 말을 하라고 부추겼을까?

「아빠.」 아이가 마침내 앳된 소리로 말했다. 「우리 증조할아버지 얘기 해주시겠어요?」

마틸다의 눈빛이 그에게 애원의 손을 내미는 듯싶었다.

「너 착한 남자야, 조지.」 키지가 부드럽게 말했다. 「누구도 너에게 다른 소리 하지 않게 해야 된다! 그리고 우리 널 사랑하지 않는다 그런 생각 절대로 하지 마라! 너 아마 네가 누구이다 혼동해서 때때로 모르는 모양이고, 또 우리들 누구이다 잘 몰라 하는 모양이야. 이 아이들 증조할아버지하고 한핏줄이다처럼, 우리들 너하고 한핏줄이야.」

「『성서』 말씀이—」 마틸다가 말했다. 불안해하는 치킨 조지의 눈초리를 알아차린 그녀는 이렇게 덧붙여 말했다. 「『성서』에 담긴 얘기다 그렇게 딱딱하지 않아요. 『성서』 말씀 사랑에 관해서도 많이 얘기해요.」

감격이 북받쳐 오른 치킨 조지는 의자를 난롯가로 가까이 끌어다 놓고 앉았다. 세 아들이 기대에 가득 차서 빛나는 눈으로 그의 앞에 쪼그리고 앉았으며, 키지는 그에게 아기를 건네주었다. 그는 마음을 가라앉히고 목청을 가다듬은 다음, 할머니에게서 들은 증조할아버지에 관한 얘기를 그의 네 아들에게 해주었다.

「아빠, 나 그 얘기 알아요!」 버질이 끼어들었다. 동생들에게 엄숙한 표정을 지어 보이고 나서, 그는 (아프리카 단어들까지 포함해서) 나머지 얘기를 대신했다.

「저 애 그 얘기 당신한테 세 번 들었고, 할머니 문지방 넘어설 때마

다 그 얘기 되풀이했어요!」마틸다가 웃으며 말했다. 조지는 생각했
다 — 아내의 웃음소리를 그가 마지막으로 들었던 때가 언제였던가?
　사람들의 시선을 다시 자기에게 집중시키려고 버질은 펄쩍펄쩍 뛰
었다.「할머니 말하기를 아프리카 할아버지 우리 모두 누구인지 알게
해준다 그래요!」
　「그래, 그렇고말고!」키지 할머니가 미소를 지으면서 말했다.
　오랜만에 처음으로 치킨 조지는 그의 오두막이 다시 그의 집이 되
었다는 느낌이 들었다.

98

　네 주일 후에, 마차를 그린즈버러에서 찾아올 때가 되었다. 마차를
새로 맞춘 줜님의 판단이 얼마나 옳았었느냐 하고 그린즈버러로 마
차를 찾으러 가는 길에 치킨 조지가 생각했던 까닭은, 삐걱거리고 덜
커덩거리는 이런 낡은 고물이 아니라, (위대한 닭쌈꾼과 그의 훈련사
라는 그들의 역할에 걸맞게) 돈으로 구할 만한 가장 멋진 마차를 타
고 그들이 뉴올리언스에 도착해야 했기 때문이었다. 같은 이유로 해
서, 그는 그들이 그린즈버러를 떠나기에 앞서, 마틸다가 거의 뜨개질
을 끝마친 새로운 초록색 목도리와 어울리는 새로운 검정색 중절모
를 사기 위해, 줜님한테서 1달러 50센트를 빌리지 않으면 안 되었다.
그는 또한 마틸다로 하여금, 그의 초록색과 노란색 신사복과, 널찍하
게 짠 빨간 바지 멜빵과, 여러 벌의 셔츠와 바지와 양말과 손수건도
틀림없이 챙기도록 시킬 참이었는데, 닭쌈이 끝난 후 그들이 시내로
나갈 때 제대로 품위를 갖춰야만 한다는 사실을 염두에 두었기 때문
이었다.
　그들이 마차 회사에 도착한 지 채 몇 분도 되지 않았는데, 바깥에서
기다리던 조지는 닫힌 문 안쪽에서 큰 소리로 다투는 소리를 간간히
몇 마디씩 듣기 시작했다. 그는 줜님을 오랫동안 워낙 잘 알았기 때문
에, 그런 일이 오히려 당연하다고 생각했으므로 싸우는 소리에 귀를
기울이려고 애를 쓰지 않았으며, 그보다는 그들이 떠나기 전에 집에
서 해결해야 할 여러 가지 일들을 따져 보느라고 마음이 너무나 바빴

다. 가장 힘든 일은 그가 이미 치명적일 정도로 무섭게 훈련시켜 놓은 열아홉 마리의 기막힌 쌈닭 중에서 일곱 마리를 다시 추려 내야 하는 과제임을 그는 알았다. 마차에는 열두 마리를 실을 여유밖에 없었으므로, 마지막 출전 닭을 선정하는 일은 조지 자신과 쥔님뿐만이 아니라, 다시 자리에서 일어나 전처럼 나와 돌아다니며 독설을 퍼부어 대는 밍고 할아버지의 판단력으로도 좀처럼 쉬운 도전이 아니었다.

공장 안에서는 리 쥔님의 목소리가 점점 높아지다 못해 고함 소리로 변했는데, 도저히 변명의 여지가 없는 마차 제작의 지연으로 인해서 금전상의 손해를 보았으므로, 마찻값을 깎아 줘야 한다는 주장이었다. 마차 회사 사장은 최대한 일을 서둘렀으며, 그가 데리고 일하는 해방 검둥이 기술자들이 터무니없는 봉급을 요구하는 데다가 재료비 인상까지 겹쳐, 가격을 더 올려 받아야 한다고 마주 소리를 질러 댔다. 그제야 귀를 기울여 본 치킨 조지는, 쥔님이 실제로는 그리 화가 나지 않았으며, 단지 그렇게 언쟁을 벌임으로써 마찻값을 적어도 몇 달러나마 깎아 볼까 싶어서 사장을 시험하는 듯한 인상을 받았다.

잠시 후에는 안에서 무슨 타협이 이루어지기라도 했는지 말다툼이 끝나는 듯싶었고, 곧 리 쥔님과 마차 회사 사장이 아직도 얼굴은 붉으락푸르락하면서도 이제는 태도와 말씨가 우호적으로 변해서 밖으로 나왔다. 사장이 공장 뒤쪽을 향해 고함치자, 곧 네 명의 검둥이가 허리를 거의 90도로 구부린 채 끙끙거리며 새로 만든 육중한 마차를 끌고 나타났다. 조지는 마차를 만든 정교한 기술과 아름다움에 두 눈이 휘둥그레졌다. 그는 참나무로 만든 마차의 뼈대와 몸체에서 힘이 느껴졌다. 호화롭고 기다란 바닥의 중앙 부분에서는 분리가 가능한 열두 개의 닭장 윗부분이 보였다. 쇠로 된 차축(車軸)과 바퀴통은 얼핏 보기에도 훌륭하게 균형이 잡히고 기름칠을 잘해 놓아서, 마차의 육중한 무게에도 불구하고 삐걱거리는 소리는커녕 마찰음조차 전혀 들리지 않았다. 그리고 그는 쥔님의 얼굴에서 그렇게 싱글벙글거리는 표정을 본 적이 없었다.

「이건 지금까지 우리 공장에서 내놓은 가장 훌륭한 제품입니다!」 사장이 장담했다. 「너무 멋있어서 타고 다니기가 아까울 지경이죠!」 쥔님이 유쾌한 목소리로 말했다. 「그런데 이 마차는 먼 길을 가야 할 운명이란 말입니다!」 사장이 머리를 설레설레 흔들었다. 「뉴올리언스라뇨! 그건 6주가 걸리는 길인데요. 동행은 몇 사람이나 되나요?」

쥔님은 몸을 돌려 낡은 마차의 마부석에 앉은 치킨 조지를 가리켰다. 「저기 저 내 검둥개와 열두 마리의 닭이 동행이랍니다!」

쥔님의 명령이 떨어지기도 전에, 치킨 조지는 땅으로 뛰어내려 그들이 끌고 온 세낸 노새 한 쌍을 마차에서 풀려고 뒤로 갔고, 그러고는 노새를 이끌고 새 마차로 갔다. 네 명의 검둥이 가운데 하나가 그를 도와 노새를 마차에 매주고는 일행한테로 돌아갔는데, 그들은 치킨 조지에게 아무런 관심도 보이지 않았고 치킨 조지 역시 그들에게 관심을 보이지 않았다. 누가 뭐라고 해도 그들은, 리 쥔님이 도저히 눈뜨고 못 보겠다고 가끔 말하던, 그런 해방 검둥이였다. 두 눈을 반짝이며 만면에 미소를 띤 채로 마차 주위를 서너 바퀴 돌면서 음미한 다음, 쥔님은 마차 회사 사장과 악수를 나누고, 그에게 고맙다는 인사를 하고, 그런 다음 새 마차의 마부석으로 자랑스럽게 기어 올라갔다. 사장이 그에게 행운을 빌어 주고 나서, 자신의 작품에 감탄하며 머리를 주억거리며 서서, 낡은 마차에 탄 치킨 조지를 이끌고 공장에서 마차를 몰고 나가는 리 쥔님의 뒷모습을 지켜보았다.

집으로 돌아오는 먼 여행에서, (그의 새로운 중절모와 함께 그에게서 1달러를 축낸 한 쌍의 우아한 회색 펠트 각반을 그의 옆 자리에 모셔 놓은) 치킨 조지는 그들이 뉴올리언스로 떠나기 전에 그가 처리해야 할 자질구레한 일들을 마음속으로 조목조목 꼽아 보았고, 그들이 집을 떠난 다음에도 만사가 순조롭게 돌아가도록 확실히 해두려면 어떻게 해야 할지를 생각하기 시작했다. 그는 비록 그가 떠나고 없는 동안 집안일을 꾸려 나가기가 어려우리라는 사실은 잘 알았지만, 그래도 마틸다와 키지가 나름대로 잘하리라고 믿었으며, 비록 밍고 할아버지가 몸놀림이 전처럼 민첩하지 못하고, 나이를 먹을수록 점점 건망증이 심해지기는 했지만, 조지는 노인이 그가 돌아올 때까지는 닭을 그런대로 잘 돌보리라고 확신했다. 그러나 조만간 그는 밍고의 도움만으로는 부족하게 될 날이 오리라는 사실도 알았다.

어떻게 해서든지 그는, 어린 버질한테 그가 열어 주려고 하는 모처럼의 기회에 대한 아내와 어머니의 우매함을 깨우쳐 주어야 했으며, 특히 버질이 이제 곧 여섯 살이 되어 밭에 나가 일을 시작하게 될 무렵인 지금은 그런 필요성이 더욱 절실했다. 조지는 그가 떠나고 없는 동안 버질에게 밍고 할아버지를 도와 닭을 보살피는 일을 맡기고, 그러고 나서는 그들이 돌아온 후에도 계속해서 그 일을 맡도록 하게 만들면 되겠다는 생각이 얼핏 머리에 떠올랐지만, 그가 그런 얘기를 입밖에 꺼내자마자 마틸다는 〈그럼 쥔님더러 도와줄 사람 사놓아라 하면 되잖아요!〉라고 화를 벌컥 냈으며, 키지는 〈그놈의 닭들 우리 집 그만큼 망쳐 놓았으면 충분해!〉라고 흥분해서 말을 거들었다. 그는 그들과 어떤 새로운 싸움도 벌이기를 원치 않았기 때문에, 쥔님을 설득하여 그 일을 억지로 밀고 나가려고 하지는 않았지만, 쥔님이 전혀 낯모르는 자를 사들여 그와 밍고 할아버지의 개인적인 영역을 침해하도록 내버려 둘 생각은 꿈에도 없었다.

비록 쥔님이 외부 사람을 불러들이는 짓을 할 만큼 생각이 짧지는 않다고 하더라도, 그의 첫 번째 조수가 자기 자신보다 훨씬 더 긴밀한 관계를 쥔님과 맺게 된 이후부터, 점점 더 원한이 마음에 사무쳐 가는 듯 보이던 밍고 할아버지가, 버질의 도움을 호락호락 받아들이려는지도 그는 장담하기가 어려웠다. 바로 며칠 전에만 해도, 밍고 할아버지는 그들과 함께 뉴올리언스로 가지 못하게 되자 화가 나서 〈너하고 쥔님하고 둘 다 떠나 없는 동안 나 닭 모이 제대로 다 먹인다 믿겠어?〉라고 쏘아붙이기도 했다. 조지는 쥔님의 결정에는 자신이 전혀 관여하지 않았음을 밍고 할아버지가 알아주기만 바랐다. 그러면서 또한 그는 밍고 할아버지가 70이 넘은 몸으로 어느 방향으로든 6주일 동안 여행을 할 만한 형편이 아니어서, 만약 길을 나섰다가는 거의 틀림없이 어딘가에서 병으로 쓰러져 그와 쥔님에게 여러 가지 부담만 잔뜩 안겨 주게 되리라는 사실을 왜 쉽사리 받아들이려고 하지 않는지 이해가 가지 않았다. 치킨 조지는 밍고 할아버지로 하여금 그런 모든 사실을 더욱 수월하게 받아들이도록 납득시키든가, 아니면 적어도 할아버지가 만사를 조지 탓으로는 더 이상 돌리지 않도록 할 만한 어떤 방법을 찾았으면 하고 간절히 바랐다.

마침내 두 대의 마차는 큰길을 벗어나 진입로를 따라 내려갔다. 그들이 큰집으로 향하는 길을 반쯤 갔을 때, 그는 놀랍게도 리 마님이 현관에 나타나 계단을 걸어 내려오는 모습을 보았다. 잠시 후 뒷문을 통해서 말리지 아줌마가 나타났다. 그러고 나서 그는 그들의 오두막에서 저마다 서둘러 나오는 마틸다와 아이들, 그의 어머니 키지, 세라 아줌마, 그리고 팜피 아저씨를 보았다. 들판에 나가서 바삐 일해야 할 목요일 오후에 그들이 도대체 집에서 무엇을 하는지 치킨 조지는 궁금했다. 그들은 이렇게 멋진 새 마차를 너무도 보고 싶은 나머지 쥔님의 분노를 무릅쓰고 이곳에 나타났을까? 그러자 그는 그들의 얼굴을 보았고, 어느 누구도 새 마차에 전혀 관심을 보이지 않음을 알아차렸다.

리 마님이 쥔님의 마차를 맞이하기 위해 계속 걸어왔기 때문에, 조지는 말고삐를 잡아당겨 마차를 멈춰 세웠고, 그녀가 쥔님에게 하는 말을 좀 더 잘 알아들으려고 그의 높직한 마부석에서 몸을 잔뜩 앞으로 기울였다. 조지는 쥔님이 몸을 벌떡 일으키고 마님이 집으로 되돌아 달려가는 모습을 보았다. 어리둥절해진 조지는 쥔님이 새 마차에서 내려와 천천히 무거운 발걸음으로 그를 향해 뒤쪽으로 걸어오는 것을 지켜보았다. 그는 충격으로 하얗게 질린 쥔님의 얼굴을 보았고 — 갑자기 무슨 일이 일어났는지를 깨달았다! 쥔님의 목소리가 멀리에서처럼 아득하게 들려왔다. 「밍고가 죽었어.」

마부석에 기대어 옆으로 몸이 늘어지면서, 치킨 조지는 한 번도 전에는 그랬던 적이 없을 정도로 마구 엉엉 울기 시작했다. 쥔님과 팜피 아저씨가 거의 씨름을 벌이다시피 해서 그를 땅으로 끌어내려도 그는 거의 의식하지를 못했다. 그러고는 팜피가 한쪽에서 그리고 마틸다가 다른 쪽에서 부축해서 그를 노예 마을로 이끌고 갔으며, 그가 슬퍼하는 모습을 보고 새삼 설움이 복받쳐 주변의 다른 사람들도 함께 다시금 흐느껴 울기 시작했다. 마틸다가 그를 부축해서 비틀거리며 오두막 안으로 들어섰고, 아기를 안은 키지가 뒤를 따라 들어왔다.

그가 어느 정도 마음이 진정된 다음, 그들은 그에게 무슨 일이 일어났는지를 얘기해 주었다. 「당신 일행 월요일 아침 떠났어요.」 마틸다가 말했다. 「그리고 그날 밤 여기 사람들 모두 잠 설쳤어요. 화요일 아침 우리들 밤새 수많은 올빼미 울고 개들 짖는 소리 들었다 느끼면서 일어났어요. 그때 우리 비명 소리 들었는데—」

「말리지 언니였어!」 키지가 소리쳤다. 「세상에, 정말 미친 듯 고함쳤어! 우리 모두 뛰어나가 말리지 언니 돼지한테 구정물을 준다 하고 갔던 곳 달려갔지. 그리고 거기서 영감님 봤어. 불쌍한 영감님 길바닥에 쓰러졌는데, 걸레 한 무더기 똑같은 모습이었단다!」

할아버지는 그때까지도 아직 살아 있었으나, 〈입 한쪽 귀퉁이 겨우 움직였어요〉라고 마틸다가 말했다. 「나 가까이 가서 무릎 꿇고 바짝 귀 갖다 댔더니, 희미하게 속삭이는 소리 겨우 알아들었어요. 〈나 또 발작 일으켰다 생각해〉하고 그가 말했어요. 〈나 대신 닭들…… 나 할 기운 없어서……〉라고요.」

「하나님 자비 베푸소서! 우리 아무도 어떻게 해야 할지 몰랐어!」 키지가 말했다. 그러나 팜피 아저씨가 힘이 빠져 무거워진 노인의 몸을 들어 올리려고 했다. 팜피 아저씨가 실패하자, 여럿이 한꺼번에 힘을 합쳐서야 밍고 할아버지를 노예 마을까지 끌고 와서, 가까스로 팜피의 침대에 눕혔다.

「조지, 영감님 속 뒤집히는 악취 굉장히 심했어요!」 마틸다가 말했다. 「우리들 영감님 얼굴에 부채질 시작했는데, 영감님 자꾸 〈닭들…… 닭들한테 돌아가야 해—〉하고 헛소리 계속했어요.」

「그래서 말리지 언니가 달려가 마님께 애기했지.」 키지가 말했다. 「마님 두 손 쥐어짜며 오더니, 울고불고, 자꾸만 소리를 질렀단다! 그렇지만 밍고 형제 때문 아니었어! 천만에! 마님 첫 마디 소리 지르기를, 쥔님 화내지 않도록 누가 닭장 가서 살펴보라 그랬어! 그래서 마틸다 버질을 불렀지…….」

「사실 나 그러고 싶지 않았어요!」 마틸다가 받았다. 「당신 그 문제 대해 나 생각 어떻다 잘 알잖아요. 우리 식구 가운데 한 사람 닭 때문 내려갔으면 충분해요! 게다가 떠돌이 개하고, 여우하고, 심지어 들고양이들 닭 잡아먹으러 돌아다닌다 당신 말하는 소리 나 들었어요! 그러나 우리 아이 참 기특해요! 눈 보니까 우리 아이 겁이 나 휘둥그레 졌지만, 〈엄마, 나 어떻게 해야 좋은지 몰라도, 가겠어요!〉라고 말했어요. 팜피 아저씨 옥수수 한 자루 가져다주고 말씀하셨어요. 〈너 이거 한 줌씩 눈에 띄는 닭들 주면, 나 틈나는 대로 금방 그곳 내려갈게—〉하고요.」

치킨 조지와 쥔님한테 연락할 방법이 없었고, 세라 아줌마는 밍고 할아버지의 병을 그녀의 약초 뿌리로는 고칠 가망이 없다고 했으며, 마님도 의사와 연락할 방법을 몰랐기 때문에, 〈그냥 두 사람 돌아오기 기다린다밖에 어쩔 도리 없었어요!〉라고 그들은 그에게 말했다. 마틸다가 흐느껴 울기 시작했고, 치킨 조지는 손을 내밀어 그녀의 손을 잡았다.

「저 애 우는 까닭 우리가 마님한테 말씀드리고 팜피 집 돌아와 봤더니 밍고 이미 세상 떠났기 때문이야!」키지가 말했다.「하나님 자비 베푸소서! 한눈 보고 당장 알았지!」그녀 역시 흐느껴 울기 시작했다.「불쌍한 늙은이 아무 없는 데 혼자 죽었지!」

마틸다의 설명을 들어 보니, 리 마님은 노인이 죽었다는 얘기를 듣고「죽은 사람 어떻게 하는지 모르겠다 난리 피우며 소리 지르기 시작했는데, 죽은 사람 하루 이상 그냥 놔두면 썩기 시작한다 줸님 하는 말밖에 생각 안 난다 야단이었어요. 마님 말하기를, 당신들 돌아올 때 기다리다 너무 늦는다 그랬고, 그래서 우리들 구덩이 파라 그랬어요…….」

「주여!」키지가 소리쳤다.「버드나무 숲 밑 땅바닥 조금 물렁물렁했어. 우리 삽 가지고 거기 가서, 팜피 아저씨하고 우리 여자들 교대로 한 사람씩 파고 또 파서, 결국 영감님 들여놓을 만큼 커다란 구덩이 만들었지. 그리고 우리들 돌아와서 팜피 아저씨 꼼꼼하게 목욕 씻었단다.」

「말리지 아줌마 마님한테 가져온 글리세린 팜피 아저씨 시체에 좀 발라 줬어요.」마틸다가 말했다.「그런 다음 당신 작년에 나한테 가져다 준 향수 약간 뿌렸고요.」

「그런데 영감님 입힐 마땅한 옷 하나도 없었어.」키지가 말을 이었다.「몸 걸쳤던 옷들 악취 너무 심했고, 팜피 아저씨 가진 옷 몇 가지 안 되고 너무 작아서, 그냥 홑이불 두 장 가지고 시신 둘둘 말았지.」그런 다음에 팜피 아저씨가 곧은 생나무 가지 두 개를 잘라 왔고, 그러는 동안 여자들은 낡은 널빤지들을 찾아내어, 가까스로 엉성한 들것을 하나 만들었다고 그녀는 말했다.「우리 모두 영감님 들고 구덩이 가는 광경 마님 보았기 때문에, 마님한테 얘기 안 할 수 없었어요.」마틸다가 말했다.「마님 자기『성서』가지고 달려 내려왔어요. 우리가 구덩이 도착하자 마님〈시편〉몇 구절 읽었고, 그런 다음 나 하나님께 밍고 할아버지 영혼 편히 쉬게 보살펴 주소서 기도드렸고—」그러고 나서 그들은 시체를 무덤에 안치하고 흙을 덮었다.

「우리들 할아버지에게 최선 다해 주었어요! 당신 화내도 상관없어요!」마틸다는 남편의 얼굴에 나타난 고뇌를 잘못 해석하고는 울컥 소리쳤다.

그는 그녀를 붙잡고는 힘껏 끌어안으면서, 자기 자신과 쥔님이 그 날 아침 집에 없었던 데 대한 분노를 말로 전달하기에는 너무 감정이 격해졌기 때문에, 볼멘 목소리로 울부짖었다. 「아무도 화 안 내…….」 그들이라면 할아버지의 생명을 구하기 위해 무엇인가 했을지도 모르는 일이었다.

잠시 후에 그는 오두막을 나서면서, 항상 밍고 할아버지를 싫어한다고 그렇게도 단언했던 사람들이 그에게 얼마나 커다란 관심과, 걱정과, 심지어는 사랑까지도 보여 주었는지를 생각했다. 팜피 아저씨를 본 그는 그에게로 가서 그의 두 손을 꼭 움켜쥐었고, 그들은 잠시 얘기를 나누었다. 밍고 할아버지만큼이나 나이가 많았던 팜피는, 방금 버질더러 돌보라고 닭을 맡겨 두고 쌈닭 사육장에서 올라오는 길이었다. 「자네 아들 아주 신통해!」 이어서 그는 말했다. 「저기 내려가며 보면, 그동안 비 안 왔기 때문에, 아직 길바닥 먼지에, 밍고 그 날 밤 여기까지 자기 몸 끌고 올라온다 하느라고 구불구불 자국 남았어.」

치킨 조지는 그것을 보고 싶지 않았다. 팜피 아저씨와 헤어진 그는 천천히 버드나무 숲 밑으로 걸어갔다. 얼마쯤 가니 새로 생긴 묘가 빤히 바라보였다. 마치 꿈속에서처럼 몽롱한 마음으로 돌아다니면서, 그는 돌멩이 몇 개를 주워 묘 주위에 배열해 놓았다. 그는 부끄러움을 느꼈다.

밍고가 흙길에 남긴 흔적을 피하기 위해서, 그는 옥수숫대를 꺾어 놓은 밭을 가로질러 쌈닭 사육장으로 갔다.

「너 착한 일 잘했다. 이제 너 엄마한테 가야 좋겠구나.」 그는 버질의 머리를 거칠게 쓰다듬어 주었고, 처음으로 아버지의 칭찬을 받은 아들은 신이 났다. 버질이 가버린 다음, 치킨 조지는 자리에 앉아 멍하니 허공을 쳐다보았고, 그의 머릿속에서는 지난 15년 동안에 일어났던 여러 사건들이 어른거렸으며, 그의 스승이자 친구이며 그가 가장 아버지와 가까운 존재라고 생각했던 노인의 목소리가 귓전에 메아리를 울렸다. 그의 귀에는 뭐라고 호통 치며 명령하던 날카로운 목소리와, 쌈닭 얘기를 할 때의 훨씬 은근한 목소리, 그리고 그를 제쳐놓은 데 화가 나서 불평을 털어놓던 할아버지의 목소리가 생생하게 들려왔다. 〈너하고 쥔님하고 둘 다 떠나 없는 동안 나 닭 모이 제대로 다 먹인다 믿겠어?〉 치킨 조지는 자신이 회한(悔恨)의 늪 속으로 점점 깊이 빠져 드는 기분이 들었다.

갖가지 의문이 그의 머리에 떠올랐다. 리 쥔님이 그를 사기 전에 밍고 할아버지는 어디에서 살았을까? 그의 가족은 누구였는가? 그는 가족에 관해서는 한 번도 얘기를 한 적이 없었다. 그에게는 아내와 자식이 어디엔가 있을까? 치킨 조지는 이 세상에서 그와 가장 가까운 사람이었음에도 불구하고, 그가 아는 모든 것을 가르쳐 준 사람에 관해서 그는 아는 바가 거의 없었다.

치킨 조지는 서성거리며 생각했다 — 하나님이시여, 이곳 낯익은 장소의 구석구석을 나와 함께 그처럼 여러 번 거닐었던 늙고 쇠약한 사랑스러운 친구는 어디로 갔습니까?

그는 다음 날 하루 낮과 밤을 줄곧 그곳에서 지냈다. 리 쥔님은 토요일 아침이 되어서야 모습을 보여 주었다. 그의 얼굴은 황량하고 음울했으며, 그는 곧바로 요점을 얘기했다. 「나는 이 문제를 차근차근 모두 생각해 봤어. 우선, 밍고의 오두막집부터 지금 당장 태워 버려. 그걸 없애 버리는 가장 좋은 방법이 그것이니까.」

몇 분 후에 그들은 40년이 넘도록 밍고 할아버지의 집이었던 작은 오두막을 삼켜 버리는 불꽃을 서서 지켜보았다. 치킨 조지는 쥔님이 무엇인가 다른 생각을 하고 있음을 눈치 챘지만, 막상 얘기를 들어 보니 전혀 뜻밖이었다.

「나는 뉴올리언스에 대해 생각해 봤어.」 쥔님이 말했다. 「모든 일이 제대로 되지 않았다가는, 손해를 봐야 할 일이 너무 많아…….」 그는 마치 혼잣말을 하듯 천천히 말했다. 「누가 여기서 닭들을 돌봐 주기 전에는 떠날 수가 없겠어. 적당한 사람을 찾자니 시간이 너무 걸리고, 누군가를 구해 처음부터 모두 가르쳐야 할지도 몰라. 열두 마리의 닭을 돌보면서 그렇게 먼 길을 마차를 몰아야 한다면, 나 혼자 가고 싶은 생각이 없어져! 이기리라는 승산이 없다면, 닭쌈에 나갈 필요가 없어지니까. 그래서 지금 길을 떠난다면 바보짓이겠고—」

치킨 조지는 치밀어 오르는 울화를 억지로 삼켰다. 몇 달 동안의 온갖 계획…… 쥔님이 지출한 모든 비용…… 남부의 최정예 투계사 집단에 들어가고 싶어 하던 쥔님의 희망…… 날개가 달린 어떤 상대라도 물리칠 만큼 기막히게 훈련이 잘된 닭들. 다시 마음을 진정시키면서 그가 말했다. 「알겠습니다, 쥔님.」

99

그곳으로 내려가 혼자서 쌈닭을 돌보는 일은 너무도 이상하고 외로워서, 치킨 조지는 도대체 밍고 할아버지는 그가 함께 일하러 가기 전 25년 이상을 도대체 어떻게 그런 생활을 견디어 냈을까 궁금한 생각이 들었다. 〈쥔님 나 사들이고, 닭들 자꾸 많아지니까, 나에게 조수 하나 사서 붙여 준다 말해 왔지만, 결코 그대로 해본 적 없어.〉 노인이 그에게 말했었다. 〈그러다 보니 나 사람들보다 닭과 함께 사는 편이 더 좋아졌나 봐!〉 비록 치킨 조지 자신도 다른 누구 못지않게 닭을 사랑한다고 믿었지만, 그의 경우에는 닭이 결코 사람의 자리를 대신하지는 못했다. 하지만 그는 함께 지낼 사람이 아니라, 그를 도와줄 사람이 필요하다고 스스로 생각했다.

그의 판단으로는 버질이 아직도 가장 적임자라고 여겨졌다. 그렇게 되면 만사가 다 집 안에서 이루어지겠고, 그는 밍고 할아버지가 그를 훈련시켰듯이 아들을 훈련시킬 마음이었다. 그러나 그는 버질을 끌어넣기 위해 마틸다와 키지를 상대하고 싶은 마음은 별로 내키지 않았기 때문에, 그가 아는 닭쌈 훈련사를 하나 골라 쥔님을 설득시켜 그를 현재의 쥔님으로부터 사오는 방법을 생각해 보았다. 그러나 진정한 닭쌈꾼이라면 누구라도, 어지간히 돈이 궁해진 처지가 아니고서야 자기 훈련사를, 특히 리 쥔님 같은 경쟁자에게, 팔아 버릴 생각은 아예 하지도 않으리라는 사실을 그는 알았다. 그래서 그는 검둥이 뒷전 닭쌈꾼들을 살펴보기 시작했으나, 그들 가운데 절반은 조지와 마찬가지로 쥔님의 버림닭으로 싸우는 자들이었고, 대부분의 다른 닭쌈꾼들은 그들의 닭이나 마찬가지로 삼류급이거나, 출처가 의심스러운 훌륭한 닭을 가지고 마을에 나오는 수상한 자들이었다. 솜씨가 훌륭하다고 그가 눈여겨보았던 여러 해방 검둥이 뒷전 닭쌈꾼들은 하루나, 1주일, 한 달, 심지어는 1년 동안은 고용이 가능했지만, 그는 아무리 북캐롤라이나에서 제일가는 해방 검둥이 훈련사라고 하더라도 리 쥔님이 그의 땅에 발을 들여놓도록 허용할 가능성이 전혀 없다는 사실도 잘 알았다. 그래서 조지에게는 다른 선택의 여지가 없었다. 그리고 어느 날 저녁에, 그는 마침내 마음을 단단히 먹고 집에서 애기를 끄집어냈다.

「뭣 때문에 안 된다 찬성 못한다 나에게 또 얘기하기 전에, 이 여자야, 우선 내 얘기 좀 들어 보라고. 다음에 쥔님 나하고 함께 어디 여행하게 된다 하면, 〈자네 큰아들 이리 내려 보내!〉 하고 말할 거야. 그리고 일단 그렇게 일이 일어나면, 쥔님 다른 얘기 하지 않는 한, 버질 닭과 함께 오래 지내야 하는데— 쥔님 마음 변한다 하는 그런 일 결코 없을 테니까, 당신하고 나하고 끽 소리 한마디 투덜거리지도 못해—」 그는 마틸다더러 말을 가로막지 말라는 시늉을 했다. 「기다려! 나 말대꾸 듣고 싶다 하지 않아! 나 당신에게 지금 그 애 내려 보내야 하는 필요 깨닫게 하려 설명하는 중이야. 만약 나 버질 데려가면, 오랫동안 머물러서 나 떠나야 할 때 어떻게 닭 모이 주는지 배울 시간 넉넉하고, 훈련 기간 동안에 닭 훈련시키는 나 도와주기도 하게 된다고. 그리고 1년 중 대부분 나머지 시간에 그 애 당신들하고 함께 들판에 나가도 좋아.」 마틸다의 긴장한 표정을 보고, 그는 일부러 머리를 젓고는 짐짓 체념한 듯 말했다. 「좋아, 그렇다면 나 그 문제 당신하고 쥔님하고 알아서 해라 맡기겠어.」

「나 화가 나는 까닭 당신이 버질 벌써 다 컸다처럼 얘기하는 이유예요.」 마틸다가 말했다. 「당신 그 애 이제 겨우 여섯 살밖에 안 되었다 알기나 해요? 당신 저기 끌려 내려가던 나이 열두 살에서 절반밖에 안 됐어요.」 그녀는 잠시 말을 멈추었다. 「그러나 그 애 여섯 살이니까 이제 일 시작해야 한다 나 알아요. 그래서 당신 얘기하는 방법이외 다른 무엇 못한다는 사실도 나 알지만, 닭들한테 당신 빼앗겼다 생각할 때마다 나 그냥 화가 막 나요!」

「당신하고 어머니하고 하는 얘기 다른 사람들 듣겠어! 둘이는 마치 닭들이 나 낚아채어 멀리 바다 건너 데려가 버렸다처럼 말하잖아!」

「사실 말이지, 당신 그렇게 오랫동안 떠나 지내면 없는 것 마찬가지 소리예요.」

「없다니! 지금 여기 앉아 당신한테 얘기하는 사람 누구야? 이번 달 매일 여기 앉아 지낸 사람 누군데?」

「이번 달 그럴지 모르지만, 당신 조금 지나면 어디 가서 살죠?」

「당신 닭쌈철 얘기 하려는 모양인데, 나 어디나 쥔님 가자 하는 대로 가야 한다 몸이야. 그리고 지금 얘기 하는 거라면, 나 식사 다 하고 살쾡이 따위 내려와 닭 몇 마리 잡아먹어라 그냥 두고 여기 앉아 놀면, 그러면 나 정말 멀리 가게 된단 말이야!」

「저런! 쥔님이 당신도 팔아 치울지 모른다 마침내 동의하는군요!」

「만약 닭 물어 가라 그냥 내버려 둔다면, 쥔님 마님까지 팔아 치울 사람이야.」

「보세요.」 그녀가 말했다. 「우리 버질 문제 크게 벗어난다 없이 넘어갔는데, 그러니까 다른 문제 시작하지 말기로 해요.」

「처음 싸움 시작한 사람 나 아니라 당신이야!」

「알았어요, 조지, 이제 나 얘기 끝났어요.」 김이 무럭무럭 나는 음식을 식탁 위에 차려 놓으면서 마틸다가 말했다. 「당신 어서 저녁 먹고 다시 내려가면, 아침에 버질 내려 보내 주겠어요. 지금 당장 데리고 내려가야 한다 그러면 몰라도요. 그렇다면 나 할머니한테 가서 버질 데려오고요.」

「아냐, 내일도 좋아.」

그러나 1주일도 채 안 되어서, 치킨 조지가 어렸을 적에 가졌던 쌈닭에 대해서 느꼈던 열광이 그의 맏아들에게는 전혀 없다는 사실이 분명해졌다. 아무리 여섯 살밖에 안 되었다고 하더라도, 시킨 일만 겨우 끝마친 다음에는 다른 데로 가서 혼자 놀거나, 그렇지 않으면 어딘가에 앉아서 아무것도 하지 않고 빈둥거리는 버질의 모습이 치킨 조지는 도대체 이해가 되지 않았다. 그러다가 아버지가 화를 내며 소리라도 지르면 버질은 벌떡 일어났다. 「거기서 일어나지 못해! 너 이거 뭐라 생각하느냐? 이거 저 밑에 사는 돼지들 아니라, 쌈하는 닭이야!」 그러면 버질은 새로 무슨 일을 시켜도 고분고분하게 곧잘 했으나, 조지가 곁눈질로 살펴보면, 아들은 곧 다시 주저앉거나 다른 곳으로 놀러 가버리기가 일쑤였다. 화가 잔뜩 난 그는, 자기가 소년이었을 때는, 조금이라도 틈만 나면, 어리거나 젊은 쌈닭들에 매혹되어 뛰어돌아다니든가, 닭에게 먹일 풀을 뜯거나 메뚜기를 잡으러 다녔으며, 그런 모든 일이 믿을 수 없을 만큼 신이 났던 시절을 기억했다.

밍고 할아버지의 훈련 방식은 (어떤 명령을 내리고, 조용히 지켜보고, 그런 다음에 다른 명령을 내리고 하는 식이어서) 냉정하고 사무적이었지만, 치킨 조지는 버질이 무관심에서 깨어나리라는 희망에서, 그에게 다른 접근 방식을 시도하기로 작정했다. 그는 〈대화〉로 문제를 해결해 보고 싶었다.

「너 저기서 무엇 했니?」

「아무것도 안 했어요, 아빠.」

「그런데, 너하고 동생들하고 사이좋다 잘 지내고, 엄마하고 할머니 잘 도와 드리니?」

「예, 아빠.」

「엄마하고 할머니하고 너 잘 먹이는 모양이지?」

「예, 아빠.」

「너 뭐 제일 먹고 싶니?」

「엄마 만들어 주는 모두요, 예, 아빠.」

아들은 조금도 상상력이 없어 보였다. 그는 다른 방식을 시도해 보기로 했다.

「너 요전에 했던 그렇게 증조할아버지 얘기 해봐라.」

버질은 순순히 그대로 따랐으나, 어딘가 딱딱하기만 했다. 조지는 가슴이 내려앉았다. 그러나 잠시 동안 서서 생각에 잠겼던 아들이 물었다.「아빠는 증조할아버지 봤어요?」

「아니, 못 봤어.」그는 희망에 차서 대답했다.「나 너처럼 할머니한테 얘기 들어서 그만큼만 알아.」

「할머니는 증조할아버지하고 함께 마차 탔대요.」

「그래, 그랬단다. 증조할아버지 할머니한테 아버지니까. 언젠가 너 역시 네 아이들한테 여기 아빠하고 함께 닭들 가운데 앉았다 말해 주는 것 똑같아.」

그랬더니 버질은 혼란에 빠진 듯 입을 다물어 버렸다.

이러한 서투른 노력을 몇 차례 더 해본 후에, 치킨 조지는 마지못해서 포기해 버렸고, 대신 애슈퍼드와, 조지와, 톰에게 희망을 걸었다. 누구에게도 버질에 대한 그의 실망을 털어놓지 않은 채, 낙심한 그는 자신이 처음에 의도했던 대로 본격적인 조수를 만들기 위해 훈련시키려는 헛된 시도를 포기하고, 대신 그가 마틸다와 상의했던 바와 같은 단순한 심부름만 시키기로 생각을 바꾸었다.

그래서 버질이 우리 속에 가둔 닭에게 하루 세 차례씩 모이를 먹이고 물을 주는 일에 익숙해졌다는 생각이 들었을 무렵, 조지는 그를 마틸다에게 되돌려 보내 그들과 함께 들에서 일을 시작하도록 했는데 — 그래도 아들은 별다른 불만이 없어 보였다. 치킨 조지는 한 번도 마틸다나 키지나 다른 사람에게 그런 내색을 털어놓은 적은 없었으나, 그가 보기에는 무자비하게 이어지는 계절에 따라, 뜨거운 땡볕에서 괭이를 휘두르고, 목화 자루를 끌고 다니거나, 끝없이 담배벌레를 잡고, 사료를 만들기 위해 옷수숫대를 두들겨 분지르거나 하는 힘든 일이란 한없이 반복되는 고역에 불과하다고 밭일을 항상 경멸해왔었다. 그는 밍고 할아버지가 킬킬거리며 하던 말을 기억했다. 〈나더러 훌륭한 옥수수밭이나 목화밭 갖겠나, 아니면 훌륭한 쌈닭 갖겠나 한 가지 택하라면, 나 언제나 닭 선택해!〉 (숲 속이든, 넓은 목초지든, 또는 어떤 쥔님의 헛간 뒤편이든) 어디에서나 간에 어쨌든 닭쌈이 개최된다는 발표가 되리라는 생각만 해도 그는 기분이 들뜨기 마련이었고, 승리나 죽음에 대한 열망으로 시끄럽게 울어 대는 닭들과 함께 닭쌈꾼들이 실제로 모여들기 시작하면, 하늘은 열기로 가득하기 마련이었다.

쌈닭들이 털갈이를 하느라고 요즘처럼 한가한 여름철에는, 일상적인 생활밖에는 없어졌고, 그래서 치킨 조지는 닭들 (그중에서도 특히 사실상 밍고 할아버지의 애완동물이나 마찬가지였으며 깃털이 가늘어진 백전노장의 닭잡이) 말고는 어느 누구하고도 얘기를 나누지 않으며 지내는 시간에 점차 익숙해졌다.

「이 못된 사팔뜨기 늙은이야, 너 영감님 얼마나 아픈지 우리한테 얘기해 줬으면 얼마 좋았을 텐데!」 그가 어느 날 오후 늙은 닭에게 말했더니, 닭잡이는 마치 저한테 하는 얘기임을 안다는 듯이 잠시 동안 고개를 갸우뚱거리더니, 만성적인 배고픔을 이기지 못하고 다시 부리로 쪼아 대고 발톱으로 땅바닥을 파헤치는 작업을 계속했다. 「너 내 말 안 들어!」 조지는 일부러 무뚝뚝한 목소리로 다정하게 말했다. 「너 할아버지 정말 몸 아프다 틀림없이 알았어!」 잠시 동안 그는 먹이를 찾는 닭의 모습을 따라가며 물끄러미 지켜보았다. 「그래, 이제 할아버지 돌아갔다 너 역시 알겠구나. 너 나처럼 할아버지 보고 싶은지 궁금해.」 그러나 늙은 닭잡이는 주둥이로 쪼아 보고 발톱으로 긁어

보기만 할뿐, 어느 누구도 보고 싶은 눈치가 아니었고, 결국 치킨 조지가 돌멩이를 집어던지자 닭은 꼬꼬댁거리며 도망가 버렸다.

1년 정도 더 지나면 저 늙은 닭도 아마, 늙은 닭쌈꾼들과 그들의 닭들이 죽어서 가게 되는 곳이 어딘지는 몰라도 어쨌든 그곳에서, 밍고 할아버지와 다시 만나리라고 치킨 조지는 생각했다. 그는 40여 년 전, 25센트짜리 복권으로 당첨된 쌈닭 — 닭쌈을 시작하게 만든 쥔님의 첫 번째 닭은 도대체 어떻게 됐을까 궁금했다. 마침내 치명적인 쇠발톱의 공격을 받았을까? 아니면 늙어서 영광스러운 닭잡이로서의 죽음을 맞이했을까? 왜 그는 밍고 할아버지한테 한 번도 그것을 물어보지 않았을까? 그는 잊지 않고 쥔님한테 꼭 물어봐야 되겠다고 생각했다. 40년이 넘었다니! 쥔님은 그 닭을 타게 되었을 때 겨우 열일곱 살이었다고 말했었다. 그렇다면 그는 지금 쉰여섯이나 쉰일곱이니까 — 치킨 조지보다 서른 살쯤 위였다. 쥔님을 생각하고, 그러고는 그가 어떻게 닭뿐 아니라, 사람들을 그리고 그들의 삶과 생명까지 모두 소유하게 되었을지 생각해 보던 그는, 어느 누구의 소유도 아닌 삶은 어떨지를 곰곰이 따져 보게 되었다. 〈자유〉가 되면 기분이 어떨까? 대부분의 흰둥이들이나 마찬가지로 리 쥔님도 해방 검둥이들을 그토록 증오하는 것을 보니, 그렇게 좋지도 않은 모양이었다. 그렇기는 하지만 그는 그린즈버러에서 그에게 어떤 밀주를 팔았던 어느 해방 검둥이 여자가 그에게 했던 말이 생각났다. 「우리들 해방 검둥이들 하나하나가 바로 너희들 농장 검둥개들에게 검둥이라 해서 꼭 노예로 살아야 한다 그런 뜻 아니라는 산 증거야. 너희 쥔님은 너 그런 생각 하면 결코 원하지 않아.」 닭쌈 사육장에서 오랫동안 고적한 시간을 보내는 사이에, 치킨 조지는 마침내 그런 생각을 한참씩 하기 시작했다. 그는 쥔님과 함께 도시에 나갈 때 늘 만나기는 하면서도 항상 무시하고는 했던 해방 검둥이들과 대화를 나눠 봐야 되겠다고 작정했다.

널빤지 울타리를 따라 걸어가며, 어리거나 젊은 닭들에게 모이와 물을 주면서, 치킨 조지는 항상 그렇듯이, 젊은 닭들이 마치 앞으로 닭쌈장에서 보여 줘야 할 그들의 야만성을 예행연습이라도 하는 듯, 그에게 성이 나서 아직 미숙한 목소리로 울부짖는 소리를 즐겁게 들었다. 그는 남의 〈소유〉가 된다는 상황에 대해서 자기도 모르게 많은 생각을 했다.

어느 날 오후, 노천 사육장에서 다 자란 닭들을 정기적으로 관찰하러 나갔을 때, 그는 도전하는 닭이 울어 대는 소리를 거의 완벽하게 흉내 낼 경지에 이른 그의 실력을 장난삼아 시험해 보기로 작정했다. 과거에는 그렇게 하기만 하면 거의 언제나, 노기등등한 방어자가 성난 소리로 마주 울어 대며 당장 나타나서, 그가 틀림없이 방금 울어 대는 소리를 들었던 적수를 찾으려고 이리저리 머리를 뽑고는 했었다. 오늘도 예외는 아니었다. 그러나 그의 부름에 반발하며 덤불 밑에서 튀어나온 멋진 한 쌈닭은 거의 30초 동안이나 폭발적으로 몸에다 날개를 치며 서서 버티더니, 우렁찬 목청으로 울부짖어 가을날 오후의 정적을 깨트리기 시작했다. 환한 햇살이 닭의 영롱한 깃털에서 반사되며 빛났다. 수탉의 모습은, 번쩍이는 두 눈에서부터 치명적인 발톱이 달린 튼튼한 노란 두 다리에 이르기까지, 강력하고 무시무시했다. 닭의 몸은 모든 부분이 저마다 대담성과, 기개와, 자유를 너무도 극적으로 상징했기 때문에, 치킨 조지는 이 닭은 결코 붙잡아서 훈련시키고 길들여서는 안 된다고 다짐하며 돌아섰다. 그 수탉은 그곳 소나무 숲에서, 그가 거느린 암탉들과 함께, 누구의 간섭도 받지 않고 자유롭게 살아야 마땅했다.

100

새 닭쌈철이 눈앞에 다가왔는데도, 리 쥔님은 뉴올리언스를 입에 올리지도 않았다. 치킨 조지는 그가 뉴올리언스로 가자고 하리라고는 사실 기대하지 않았던 노릇이, 어쩐지 그 여행이 결코 이루어지지 않으리라는 예감을 느꼈기 때문이었다. 그러나 막상 그들이 주문해서 만든 으리으리한 마차가 열두 개의 닭장을 싣고 나타나자, 지역 본시합에서는 아주 대단한 눈길을 모았다. 그리고 그들의 승운(勝運)도 좋았다. 리 쥔님은 평균 다섯 경기에서 네 번은 이겼고, 치킨 조지는 제일 우수한 버림닭들을 출전시켜 캐스웰 군의 뒷전 닭쌈에서 거의 비슷한 성적을 올렸다. 매우 바쁘고도 수입이 좋은 한철이었으나, 치킨 조지는 그해 연말께 다섯 번째 아들이 태어날 무렵에는 집에서 지

냈다. 마틸다는 이번 아들의 이름을 제임스라고 지었으면 좋겠다고
말했다. 그녀는 〈예수님 제자들 가운데 제임스[20] 나 아주 좋아하는
사람이에요〉라고 말했다. 치킨 조지는 속으로야 못마땅했지만, 겉으
로는 좋다고 했다.

　요즈음 그는 쥔님과 조금만 먼 거리를 나가도 어디에서나, 흰둥이
들에 대한 원한이 점점 더 커지는 듯한 소문만 들을 뿐이었다. 가장
최근의 여행 중에, 어느 해방 검둥이는 치킨 조지에게 플로리다라는
주(州)의 세미놀 인디언 부족의 추장 오세올라에 대한 애기를 해주었
다. 그의 검둥이 아내는 탈출한 노예였는데, 그녀를 흰둥이들이 다시
잡아가자, 그는 2천 명의 세미놀 족과 탈출한 검둥이 노예들을 모아
전투단을 만들어서, 아메리카 육군 파견대를 추적하여 매복 기습을
감행했다. 전해지는 애기를 들어 보면, 백 명이 넘는 군인들이 죽었
고, 훨씬 규모가 큰 육군 병력이 오세올라의 부하들을 맹렬히 추격했
는데, 인디언 용사들은 플로리다의 늪지대 도피로와 은거지를 따라
도망치고, 숨고, 저격을 계속했다.

　그리고 1836년 닭쌈철이 끝나고 얼마 안 되었을 무렵에, 치킨 조지
는 〈알라모〉라는 곳에서 한 무리의 멕시코 인들이 (인디언들의 친구
이며 옹호자로 이름난 데이비 크로켓이라는 산사람을 포함한) 텍사
스 흰둥이 수비대를 몰살시켜 버렸다는 소문을 들었다. 그해 늦게 그
는 더 많은 흰둥이들이 산타안나 장군[21] 휘하의 멕시코 인들에게 목
숨을 잃었다는 애기를 들었는데, 산타안나는 자신이 세상에서 제일
가는 닭쌈꾼이라고 자랑한다는 소문이 나돌았지만, 만약 그것이 사
실이라면 어째서 그가 아직까지 그런 애기를 듣지 못했을까 하고 치
킨 조지는 이상하게 생각했다.

　다음 해 봄에 치킨 조지는 어느 여행에서 돌아와 노예 마을 사람들
에게 또 다른 놀라운 소식을 전해 주었다. 「군청 소재지 재판소 수위
일하는 검둥개한테 들은 소식인데, 밴 뷰런 새 대통령이 인디언들 미
시시피 강 너머 서쪽으로 모조리 쫓아 버려라 군대에게 명령했다 그
랬어!」

　20 『성서』 이름은 야곱.
　21 Santa Anna(1794~1876). 알라모를 공격한 멕시코의 통치자.

「듣자니 이제 미시시피 강 인디언들에게 요단강 되는군요.」 마틸다
가 말했다.

「그거 다 바로 인디언들 처음 이 나라에 흰둥이들 들어오도록 내버
려 둔 죗값 치른다 대가지.」 팜피 아저씨가 말했다. 「나 클 때까지 몰
랐고, 굉장히 많은 사람들 다 모르는 사실인데, 처음 이 나라 인디언
들만 사는 곳이어서, 고기잡이하고, 사냥하고, 자기들끼리 서로 싸우
고, 그냥 자기네 할 일만 하며 살았어. 그런데 여기에 흰둥이들 작고
낡은 배 타고 와서 웃고 손 흔들었지. 〈안녕, 빨강개들!²² 우리들 여
기 와 너희들 함께 살고, 조금만 잡아먹고, 잠도 자고, 그래서 우리 함
께 친구 되면 좋겠다!〉 흥! 내 생각인데, 요즘에 인디언들 그 배를 화
살로 고슴도치같이 만들어 버렸더라면 좋았겠다 그럴 거야!」

쥔님이 다음번 캐스웰 군의 지주 회의에 참석한 후, 치킨 조지는 인
디언들에 대한 더 많은 소식을 가지고 돌아왔다. 「윈필드 스콧 장군
그랬다고 나 얘기 들었는데, 흰둥이들 기독교도이다 해서 더 이상 인
디언들 피 흘리기 원한다 않으니까, 조금이나마 눈치 말짱한 자들 어
서 서둘러 떠나면 좋다고 경고했어! 만약 어떤 인디언 싸우고 싶다
눈치만 보여도, 군인들 닥치는 대로 쫓아가 쏴 죽인다 그래! 그래서
군대가 수천 명 인디언들 오클라호마라는 곳으로 몰고 간다 시작했
대. 가는 길에 총 맞아 죽고 병 걸려 죽은 사람 얼마나 많다 모른다고
그러는데—」

「사악해요, 사악해요!」 마틸다가 소리쳤다.

그러나 몇 가지 좋은 소식도 생겼는데 — 이번에는 1837년의 어느
여행에서 돌아왔을 때, 연달아 여섯 번째로 아들이 태어났다는 낭보
가 그를 기다렸다. 마틸다는 그의 이름을 루이스라고 지었지만, 치킨
조지는 그녀가 제임스의 이름을 어디서 따왔는지를 알고 난 뒤부터
는 왜 그렇게 이름을 지었느냐고 물어보는 수고조차 그만두기로 결
심했다. 키지는 마틸다가 그보다 먼저 손자들을 줄지어 낳을 때보다
는 신이 나지 않는 듯 말했다. 「보아하니 너희들 사내아이밖에 낳을
줄 모르는 모양이다!」

「어머니, 나 여기 누워 이렇게 아픈데도 실망 얘기만 하시는군요!」

<hr>

22 백인들은 아메리카 원주민을 홍인종(紅人種)이라고 불렀음.

마틸다가 침대에 누워서 울었다.

「그렇지 않다! 나 손자들 사랑한다 너희들 다 알잖아. 그렇지만 너희들 딸 하나 낳았으면 그런 소리지!」

치킨 조지가 웃었다. 「우리 어머니 위해 당장 딸 하나 만드는 일 시작하겠어요!」

「당신 여기 썩 나가요!」 마틸다가 소리쳤다.

그러나 불과 몇 달도 지나지 않아서, 마틸다를 한 번 쳐다보기만 해도 치킨 조지가 약속을 얼마나 잘 지키는 남자인지가 분명해졌다.

「흠! 그 애 집에 지낼 때 어떻게 시간 보낸다 빤히 알 만해!」 세라 아줌마가 한마디 했다. 「보아하니 그 애 수탉보다 더 심하다 생각돼!」 말리지 아줌마가 맞장구를 쳤다.

그녀의 진통이 다시 시작된 다음, 초조하게 기다리며 바장이던 치킨 조지는 (아내의 고통스러운 신음과 비명 소리 속에서) 어머니가 〈감사합니다, 예수님! 고맙습니다, 예수님!〉이라고 외치는 소리를 들었고, 마침내 그가 딸을 하나 얻었음을 더 이상 누가 귀띔해 줄 필요가 없었다.

아기의 몸을 씻기도 전에 마틸다는 시어머니에게, 그녀와 조지가 벌써 몇 년 전부터 그들의 첫딸은 키지라고 이름 짓기로 합의해 두었다고 알려 주었다.

「이래서 오래 살고 볼 일이다그래!」 할머니는 그날 내내 걸핏하면 이렇게 소리치고는 했다. 그녀에게는 그만하면 그보다 더 기쁜 일도 없었겠지만, 다음 날 오후에 치킨 조지가 닭쌈 사육장에서 올라와서, 무릎에 앉힌 갓난아기 키지와 여섯 아들을 위해, 다시 한 번 아프리카인 증조할아버지 쿤타 킨테에 관해 얘기해 주었다.

두 달쯤 지난 다음 어느 날 밤에, 아이들이 드디어 모두 잠들고 나자 치킨 조지가 물었다. 「틸다, 우리 저축한 돈 얼마 모였지?」

그녀는 놀란 표정으로 그를 쳐다보았다. 「백 달러 조금 넘어요.」

「겨우?」

「겨우라뇨! 그 정도나마 된다 하는 거 오히려 신통하죠! 내가 몇 년 전부터 당신 씀씀이 대해 잔소리 많이 했지만, 아무리 아껴 써라 얘기해 봐도 소용없었어요!」

「알았어, 알았어.」 그는 미안해하며 말했다.

그러나 마틸다는 이왕 나온 얘기를 물고 늘어졌다. 「당신 혼자 따고 당신 혼자 썼다 하는 돈 나 구경한 적 없으니, 나 알아야 할 일 아니지만, 당신 우리 결혼한 이래 나더러 저축하라 주기는 주었다 다시 빌려 간 돈 얼마나 된다 알고 싶어요?」

「그래, 얼마야?」

마틸다는 효과를 높이기 위해서인지 뜸을 들였다. 「3천이나 4천 달러 사이요.」

「휘유!」 그는 휘파람 소리를 냈다. 「나 그랬어?」

달라지는 그의 표정을 지켜보면서, 그녀는 결혼 생활 12년 동안 조지가 이렇게 심각해진 모습을 본 적이 없다고 생각했다. 「저 밑에서 혼자 오래 지내면서 말이야.」 그가 마침내 입을 열었다. 「나 여러 생각 해봤어.」 그는 잠시 말을 멈추었다. 그녀는 그가 무엇인지는 몰라도 이제 얘기하려는 내용 때문에 당황한 모양이라고 생각했다. 「나 생각한 한 가지 일은, 만약 우리 앞으로 몇 년 동안 충분히 저축 많이 한다면, 우리들 자신 위해 자유를 사게 된다 하는 문제야.」

마틸다는 너무 놀라서 말문이 막혔다.

그는 성급하게 손짓을 했다. 「정신 나간 사람처럼 나 그렇게 멍하니 쳐다보지 말고, 어서 당신 연필 꺼내다 산수 좀 했으면 좋겠어!」

아직도 얼이 빠진 채 마틸다는 연필과 종이 한 장을 꺼내 가지고 식탁으로 돌아와 앉았다.

「우선 문제가 말이야.」 그가 말했다. 「쥔님 우리 모두의 몸값 얼마 요구할지 그냥 짐작 말고 하나도 모르겠어. 나하고 당신하고 우리 아이들 한 꾸러미가 말이야. 우선 당신부터 한번 따져. 군청 소재지 가면, 남자 일꾼 하나에 천 달러쯤 들어간다 나 잘 알아. 여자들 좀 값이 덜 나가니까, 당신 한 8백 정도라 그러면—」 그는 자리에서 일어나, 몸을 숙여서 마틸다의 움직이는 연필을 살펴보고 나서, 다시 자리에 앉았다. 「그런 다음, 쥔님이 우리 애들 여덟 모두 하나에 3백씩 받고 데려가게 한다 계산하면……」

「일곱밖에 없어요!」 마틸다가 말했다.

「당신 배 속에 새로 자란다 당신 얘기한 아이 합쳐서 여덟이지!」

「그렇군요!」 그녀는 미소를 지으며 말했다. 그녀는 한참 동안 계산에 열중했다. 「그러면 백이 스물넷이고……」

「아이들만 해서 그래?」 그의 어조에는 의심과 분노가 뒤섞였다. 마틸다는 다시 계산해 보았다.

「여덟이 셋이면 스물넷이고. 거기다가 나 8백 더하면 꼭 백이 서른이니까— 그러면 3천하고 똑같아요.」

「맙소사!」

「벌써 그렇게 주눅 마요! 진짜 큰돈 당신 남았어요!」 그녀는 그를 쳐다보았다.「당신 얼마짜리다 생각해요?」

워낙 심각한 문제였기 때문에 그는 아내에게 묻지 않을 수 없었다.「나 얼마다 하고 당신 생각해?」

「만약 나 그거 안다면, 나 쥔님한테 당신 사겠다 하겠어요.」 그들은 함께 웃었다.「조지, 나 도대체 우리 이런 얘기 해서 무슨 소용이다 모르겠어요. 쥔님 절대로 당신 팔지 않는다 너무 잘 알잖아요!」

그는 당장 대답을 하지는 않았다. 그러나 이윽고 그는 입을 열었다.「틸다, 당신 쥔님의 이름 듣는다조차 싫어한다고 나 알기 때문에, 한 번도 이 문제 입 밖에 내지 않았어. 하지만 쥔님 스물다섯 번도 더, 틈 날 때마다 나에게 말하기를, 돈 넉넉히 벌었다 그러면, 앞쪽에 나란히 기둥 여섯 개 늘어서고, 마음에 든다 하는 근사한 큰집 지어 놓고, 쥔님하고 마님하고 농사만 지어 살게 된다 된 다음, 닭쌈하는 일 손 털겠다 그랬는데, 점점 나이 들어 이제 그런 여러 가지 신경 쓴다 감당할 수 없어서라고 그랬어.」

「그 말 믿어도 되는지 두고 봐야 해요, 조지. 당신하고 쥔님하고 똑같이, 결코 닭들 인연 끊지 못해요!」

「나 그냥 쥔님 한 말 전한다 뿐이야! 그러니 잠자코 들어 봐! 이거 봐, 팜피 아저씨 그러는데, 쥔님 지금 대략 예순세 살 되었다 했어. 여기서 5년이다 6년이다 더 지나면— 그렇게 늙은 사람 여기저기 돌아다니며 닭쌈하기 절대로 쉬운 일 아니라고! 나 이런 생각 자꾸 하기 전에 쥔님 대해 많은 관심 갖지 않았었지만, 그래, 우리들 돈 내고 해방 사라고 쥔님 그냥 내버려 둔다 할지도 모르는데, 특히 쥔님 큰집 짓는 데 도움 된다 할 만큼 우리들 돈 많이 준다면 더욱 그래.」

「그래서요?」 마틸다는 아직도 믿기지 않는다는 듯이 투덜거렸다.「좋아요, 우리 그 애기 해봐요. 쥔님 당신 값 얼마 받는다 생각해요?」

「그야……..」 그는 자신이 하려는 말에 대해서 한편으로는 자랑스럽기도 하지만, 다른 한편으로는 고통스럽기도 하다는 표정을 지었다.
「그야— 돈 많은 주잇 쥔님 댁 검둥개 마차꾼 언젠가 나한테 귀띔했
는데, 자기 쥔님이 리 쥔님한테 나 몸값 4천 달러를 내놓겠다 누구한
테 하는 말 들었다고…….」

「세상에!」 마틸다는 입이 딱 벌어졌다.

「보라고, 당신 잠자리 같이하는 남자 얼마나 비싼 검둥개냐 전혀
몰랐겠지!」 그러나 그는 곧 다시 정색을 했다. 「나 그 검둥이 말 정말
이다 그대로 믿지 않아. 나 바보처럼 속아 넘어가나 보겠다 하려고 그
냥 지어 낸 거짓말 같아. 어쨌든 나 몸값하고 요즘 가장 시세 좋은 목
수하고 대장장이하고 같은 다른 기술자 검둥이들 값 비슷하겠다 나
믿어. 2천하고 3천 사이에 팔리는 정도라고 나 확실히 알고—」 그는
말을 멈추고, 아내가 들고 기다리는 연필을 쳐다보았다. 「3천이다 적
어…….」 그는 다시 말을 멈추었다. 「그러면 다 해서 얼마지?」

마틸다가 계산을 했다. 그러더니 그녀는 가족을 모두 사는 데 드는
비용의 총액이 6천2백 달러가 되리라고 말했다. 「그렇지만 어머님 어
떻게 해요?」

「이제 어머니 애기 하려던 차례야!」 그는 짜증스럽게 말했다. 그는
생각해 보았다. 「어머니 이제 꽤 늙어서, 몸값 덜 나갈 테니까—」

「올해 어머니 나이 쉰이에요.」 마틸다가 말했다.

「6백 달러다 적어 봐.」 그는 연필의 움직임을 지켜보았다. 「그러면
얼마가 되지?」

정신을 집중시키느라고 마틸다의 얼굴이 긴장했다. 「이제는 예순
여덟 백 달러예요.」

「세상에! 이제 깜둥이들 왜 흰둥이들한테 돈이다 깨닫게 되는군.」
치킨 조지가 아주 느릿느릿 말했다. 「그러나 나 틀림없이 뒷전 닭쌈
해서 그렇게 해내겠다 믿어. 물론 오랫동안 기다리고 저축해야 하지
만 말이야…….」 그는 마틸다가 당황한 기색임을 알아차렸다. 「나 당
신 무슨 생각 한다 알아.」 그가 말했다. 「말리지 아줌마, 세라 아줌마,
그리고 팜피 아저씨 생각하지.」

마틸다는 그가 그녀의 마음을 알아줘서 고마운 모양이었다. 그가
말했다. 「그들 모두 당신보다 나한테 더 가까운 가족이야…….」

「여보, 당신!」 그녀가 감탄했다. 「겨우 한 사람이 어떻게 모든 사람

다 사게 되는 일 가능한지 모르겠지만, 나 모른 척하고 그들 버리고 떠나기 힘들어요!」

「우리 시간 많아, 틸다. 일단 부딪히면 뭐나 하기 마련이야.」

「그래요, 당신 말 옳아요.」 그녀는 이미 써놓은 숫자를 들여다보았다.「조지, 나 도대체 우리 이런 얘기 나눈다 믿어지지 않아요…….」 그녀는 그들 두 사람이 이렇게 중대한 가족 문제를 상의하기는 이번이 처음이라는 사실을 자신이 감히 믿기 시작했음을 깨달았다. 그녀는 벌떡 일어나 식탁을 돌아가서 힘껏 그를 껴안고 싶은 강렬한 충동을 느꼈다. 그러나 그녀는 너무도 감정이 벅차올라서 몸을 움직이지 못했고 — 심지어는 잠시 동안 말도 나오지 않았다. 이윽고 그녀가 물었다.「조지, 당신 어떻게 이런 생각 하게 됐어요?」

그는 잠시 뜸을 들였다.「나 벌써 얘기했지만, 혼자 지내다 보니까 그냥 생각 더 많이 하게 됐어…….」

「그렇군요.」 그녀가 부드럽게 말했다.「정말 잘했어요.」

「우리 앞날 꽉 막혔어!」 그는 소리쳤다.「우리 지금껏 해온 일 모두 쥔님 출세시킨다 위해서였어!」 마틸다는 〈만세!〉 하고 소리치고 싶었으나, 꾹 참고 침묵을 지켰다.「나 쥔님 함께 도회지 갔을 때 해방 검둥이들하고 얘기 나눴지.」 치킨 조지는 말을 계속했다.「그들 말하기를 북부의 해방 검둥이들 제일 잘산다 그랬어. 얘기 들어 보니까, 거기 검둥이들 다른 사람들 똑같이 자기 집에 살고, 좋은 일자리 다녀. 그래, 나 틀림없이 좋은 일자리 구하게 돼! 북부 가면 닭쌈 굉장히 많거든! 나 이름 들어 본 유명한 검둥 닭쌈꾼들 바로 뉴욕 시에서 산다는데, 빌 로저 아저씨하고 피트 아저씨하고 많이 닭 기르고 커다란 도박장 주인이라며, 검둥이 잭슨이라 불리는 어떤 다른 사람 누구도 그의 닭 이기기 어렵다 그랬어.」 그는 더욱 놀랄 만한 얘기를 마틸다에게 했다.「또 다른 얘기 하겠는데— 나 우리 아이들 당신처럼 글 읽고 쓰기 배우게 한다 싶어.」

「하나님, 이왕이다 하면 나보다 더 잘해야죠!」 마틸다는 두 눈을 반짝이며 말했다.

「그리고 나 애들이 기술 역시 배웠으면 해.」 갑자기 그는 싱글벙글 웃으면서, 효과를 높이기 위해 잠시 말을 멈추었다.「만일 당신 자기 집에 앉아 살고, 푹신한 자기 가구들 들여놓고, 온갖 예쁜이 장신구

몸에 두르면 어떨까? 틸다 마님께서 다른 해방 검둥이 여자들 아침마다 차 마시자 초청해서, 모두 둘러앉아 꽃 얘기 잔뜩 하면서 간다 하면 말이야?」

마틸다는 거의 비명 같은 웃음을 터뜨렸다. 「세상에, 당신 정말 미쳤어요!」 웃음을 멈췄을 때, 그녀는 과거 어느 때보다도 그에게서 더 많은 사랑을 느꼈다. 「나 필요한 거 모두 하나님이 오늘 밤 내려 주셨다 생각해요.」 눈물을 글썽이며 마틸다는 그녀의 손을 그의 손 위에 포개 얹었다. 「우리 정말 그렇게 된다고 당신 생각해요, 조지?」

「나 지금 여기 앉아 무슨 얘기 한다 생각해, 이 여자야?」

「당신 우리 결혼하자 약속한 날 밤 나 당신한테 뭐라 그랬는지 기억해요?」 치킨 조지의 얼굴은 모르겠다는 표정이었다. 「나 당신한테 〈룻기〉 제1장 어느 구절 뽑아서 말했어요. 이렇게요. 〈당신 가는 곳 나 가겠고, 당신 머무는 곳 나 머물고, 당신 가족 내 가족 삼겠어요.〉 나 한 말 당신 기억 못해요?」

「그래, 생각나는구먼.」

「그래요, 나 지금 이 순간 바로 그런 기분 언제보다도 가장 깊이깊이 느껴요.」

101

한 손으로 중절모를 벗으면서 치킨 조지는 다른 한 손으로 쥔님에게 굵은 철사로 촘촘하게 엮어 만든 듯한 작은 물주전자를 내밀었다. 「쥔님 이름 딴 나 아들 톰, 그 아이 이거 할머니 준다 만들었지만, 쥔님 그냥 한번 보시라고요.」

이상하다는 듯이 리 쥔님은 소뿔을 깎아 만든 주전자의 손잡이를 잡고 대충 살펴보았다. 「으흠.」 그는 애매한 반응을 나타냈다.

조지는 좀 더 적극적으로 노력해야 되겠다고 깨달았다. 「그렇습니다, 쥔님, 녹슬어 못 쓰는 철조망 가지고 만들었어요, 쥔님. 진짜 뜨거운 숯불 피워 놓고, 철사 하나씩 하나씩 구부려 붙여다 이렇게 모양 만들고, 그런 다음 구석구석 땜질했어요. 나 아들 톰 정말 손재간 벌써부터 좋아요, 쥔님.」

그는 무슨 반응을 기다리며 다시 말을 멈췄으나, 이번에도 역시 아무런 반응이 없었다.

톰의 손재간에 대한 어떤 긍정적 반응을 사전에 얻는다는 전략적인 이점을 마련하지 못한 채로 그의 속마음을 털어놓지 않으면 안 되리라는 사실을 깨닫자, 치킨 조지는 단도직입적으로 털어놓았다. 「그렇습니다, 쥔님, 이 녀석 쥔님 이름 평생토록 달고 다닌다 자랑으로 여기고, 쥔님, 그 아이한테 기회만 준다 하면 쥔님 위해 훌륭한 대장장이 된다 우리 모두 믿어서―」

리 쥔님의 얼굴에서는, 반사 작용처럼, 금방 못마땅한 표정이 떠올랐고, 그래서 톰을 도와주겠다고 그가 약속했던 마틸다와 키지를 실망시키지 않겠다는 조지의 결의에 더욱 불을 붙였다. 그는 쥔님에게 (재정적인 이득을 설명해 주어서) 가장 강력한 방법으로 호소해야 하리라고 깨달았다.

「쥔님, 해마다 쥔님이 대장장이한테 쓰는 돈 절약하잖아요! 톰 벌써 쥔님 돈 얼마 절약했는지 아무도 말한다 않았지만, 괭이하고 낫하고 다른 여러 가지 농기구 갈았고― 부서진 물건 많이 고쳤어요. 나 이 얘기 꺼내는 이유, 마차 바퀴에 테 새로 바꿔 끼워라 쥔님 나 저 건너 검둥 대장장이 아이제이어한테 보냈을 때, 대장장이 나한테 하는 얘기가, 자기 일 아주 많이 하고 쥔님한테 돈 잘 벌어 준다 해서, 애스큐 쥔님 몇 년 전 벌써부터 손 모자라니 필요한 조수 한 명 구해 주겠다 약속했답니다. 그 검둥이 말하기를, 쓸 만하고 착한 아이 보이면, 당장 대장장이로 키우고 싶다 그러기에, 나 곧 톰 생각했어요. 만약 톰이 대장간일을 배우게 된다 하면, 쥔님, 여기서 우리 필요한 모든 일 다 할 뿐 아니라, 검둥개 아이제이어 애스큐 쥔님한테 그렇게 한다 그러하듯이, 톰 바깥일 얻어다 해서, 쥔님한테 돈 많이 벌어 온다 나 생각해요.」

조지는 그의 얘기가 먹혀 들어갔다고 분명히 느꼈으나, 쥔님이 조심스럽게 아무런 단서도 보이지 않았으므로, 확실하게는 알 길이 없었다. 「듣자 하니 네 아들 녀석 일은 하지 않고 이 따위 물건이나 만드는 데 더 많은 시간을 보내는 모양이군.」 리 쥔님이 말하면서 금속 주전자를 치킨 조지에게 도로 내밀었다.

「톰 쥔님 밭에 나가 일한다 시작한 후, 여태껏 하루나마 빠진 적 없

어요, 쥔님! 그 아이 일 안 하는 일요일에만 이런 거 만들어요! 톰 요
만큼 큰 다음부터 벌써, 물건 고치고 만드는 재주 천성적 타고나 보였
어요! 일요일 올 때마다 그 아이 제 손으로 헛간 뒤에 허름한 작은 오
두막 하나 붙여 만들어 놓고, 그 안에다 불 피우고 달궈 두드려 이것
저것 만들었어요. 사실 우리 그 녀석 쥔님하고 마님하고 시끄럽게 방
해한다 걱정했어요.」

「그래, 어디 한번 생각해 보지.」쥔님이 말한 다음, 휙 몸을 돌려 가
버렸고, 금속 주전자를 손에 들고 뒤에 남은 치킨 조지는 (쥔님이 일
부러 그랬으리라고 분명히 느꼈지만) 혼란과 좌절감에 빠졌다.

말리지가 부엌에 앉아서 순무 껍질을 벗기고 있는데 쥔님이 들어
왔다. 그녀는 조그만 무례쯤은 용서를 받을 만큼 나이도 들었고 또 오
랫동안 일해 왔으므로, 반쯤 몸을 돌리기만 했을 뿐, 전처럼 재빨리
벌떡 일어서지는 않았다.

리 쥔님은 단도직입적으로 물었다.「톰이라는 녀석 어때?」

「톰요? 틸다의 아들 톰요?」

「톰이 도대체 몇 명이나 된다고 그래? 내가 누굴 얘기하는지 알잖
아. 그 녀석 어때?」

말리지는 그가 무엇 때문에 묻는지를 정확히 알았다. 그의 제안에
쥔님이 보인 반응에 대해서 치킨 조지가 궁금하게 생각한다는 얘기
를 바로 조금 전에 키지 할머니가 그녀에게 했었다. 그리고 그녀는 지
금 쥔님의 마음을 알았다. (그가 S자 모양의 냄비 고리를 만들어 주
어서가 아니라) 그녀는 톰을 아주 높이 평가했던 터여서, 공정한 인
상을 주기 위해 잠시 머뭇거린 다음에 대답해야 좋겠다고 판단했다.

「글쎄요.」그녀는 마침내 말문을 열었다.「그 애 말 별로 많지 않다
하기 때문에, 여러 사람 가운데 아무도 톰 골라 말상대 삼지는 않아
요. 그래도 그 애 여기 젊은이들 중 가장 똑똑하고, 또 큰 녀석들 중
제일 착하다 확실하게 말씀드린다 하겠어요!」말리지는 의미심장하
게 잠시 말을 중단했다.「그리고 그 애 크면 여러 면에서 자기 아버지
보다 더 남자답게 된다 나 기대해요.」

「그건 또 무슨 얘기지? 어떤 면에서 그렇단 말이야?」

「그냥 남자다운 면요, 쥔님. 더 착실하고, 믿음직하고, 어떤 못된
버릇도 없다 뭐 그런 면요. 그 애 이다음에 크면 정말 훌륭한 남편감

될 거예요.」

「뭐야, 그 녀석도 살림을 차리겠다는 얘긴 아니기 바라.」 눈치를 살피느라고 쥔님이 말했다. 「바로 얼마 전에 제일 큰놈한테 그걸 허락해 주었으니까 말이야. 그 녀석 이름이 뭐더라?」

「버질요, 쥔님.」

「그래, 맞아. 그 녀석 매주 주말마다, 여기서 일해야 할 시간에도, 저 건너 커리 농장 계집과 뒹굴기 위해 정신없이 달아나 버린단 말이야!」

「아녜요, 쥔님, 톰 안 그래요. 그 애 그런 일 정신 팔기에 너무 어리고, 어른 된 다음이다 해도, 마음 꼭 드는 여자 만나기 전에는 쉽사리 그런 짓 안 한다 나 생각해요.」

「말리지는 너무 나이가 많이 먹어서 요즘 젊은 녀석들이 무슨 짓을 하는지 잘 몰라.」 리 쥔님이 말했다. 「어떤 녀석이 쟁기와 노새를 내팽개치고 계집의 꽁무니를 쫓아간다 해도 난 놀라지 않아.」

「쥔님 애슈퍼드 얘기 한다면 나 역시 같은 생각인데, 쥔님, 그 녀석 제 아비 똑같이 계집애 뒤꽁무니 쫓아다녀요. 그러나 톰 그런 애 정말 아니에요.」

「그래, 좋아. 말리지 말대로라면, 그 애는 뭘 좀 해낼 것 같은데.」

「우리들 중에서 누구 그 아이 얘기 한다 하면 다 믿어도 괜찮아요, 쥔님.」 말리지는 그녀의 뛸 듯한 기쁨을 숨겼다. 「쥔님 왜 톰 관해서 물었는지 모르지만, 큰 사내아이들 중 정말 가장 틀림없는 애예요.」

리 쥔님은 닷새 후에 치킨 조지에게 반가운 소식을 전했다.

「네 아들 톰을 애스큐 농장에 보내기 위한 조처를 마련했어.」 그는 엄숙하게 발표했다. 「그 깜둥이 대장장이 아이제이어 밑에서 3년 동안 도제 생활을 하도록 말이야.」

조지는 어찌나 기분이 좋았던지 쥔님을 번쩍 안아 한 바퀴 돌리고 싶은 심정이었다. 그러나 대신 그는 입이 찢어져라 웃으면서, 침이 튀길 정도로 고맙다는 말을 잔뜩 늘어놓기 시작했다.

「네가 그 녀석에 대해서 한 말에 틀림이 없어야 해, 조지. 네가 워낙 장담을 하기에 나는 애스큐 씨에게 아주 훌륭하다고 추천했으니까 말이야. 만약 그 녀석이 네 말처럼 그렇게 훌륭하지 않다고 밝혀지기만 하면, 나는 네 머리가 핑핑 돌아갈 정도로 재빨리 그 녀석을 이리로 다시 데려오겠고, 만일 그 녀석이 탈선을 하든가, 어떤 일이든 나의 신뢰를 저버린다면, 그 녀석은 물론 너도 껍질을 벗겨 버릴 테니까 그리 알라고. 알겠어?」

「그 녀석 절대 실망시키지 않아요, 쥔님. 그 점 나 약속해요. 그 녀석 아버지 그대로 빼다 박은 놈이지요.」

「바로 그게 걱정이야. 가서 그 녀석한테 짐을 꾸려 내일 아침에 떠나도록 준비시켜.」

「알았습니다, 쥔님. 정말 고맙습니다, 쥔님. 쥔님 절대 후회하지 않습니다.」

쥔님의 모습이 사라지자마자 노예 마을로 뛰어간 치킨 조지는, 자신이 해낸 일에 대한 자부심으로 터져 나갈 듯한 기분이어서, 이 대단한 소식을 마틸다와 키지에게 전할 때, (애초에 그에게 쥔님한테 접근하도록 부추긴 당사자들이었던) 그들 두 사람 사이에 오가는 쓴웃음을 알아차리지 못했다. 곧 그는 문간으로 가서, 〈톰! 톰! 야, 톰아!〉 하고 고함쳤다.

「예, 아버지!」 아들의 대답이 헛간 뒤에서 들려왔다.

「야, 이리 와!」

잠시 후에 톰의 입이 딱 벌어지고, 눈도 휘둥그레졌다. 그들의 노력이 실패로 돌아갔을 경우에 그가 실망하기를 아무도 원치 않아서 비밀로 해두었기 때문에, 믿어지지 않는 이 소식은 톰에게 너무나 의외였다. 뛸 듯이 기쁘기는 했지만, 어른들에게서 쏟아지는 축하의 말에 너무나 당황한 그는 틈을 봐서 얼른 밖으로 나갔는데 — 그랬던 이유 가운데 하나는 그의 꿈이 정말로 실현되었음을 인식할 기회를 갖기 위해서였다. 그가 오두막 안에 있을 때는 알아차리지 못했었지만, 그의 누이동생 키지와 메리가 밖으로 달려 나가 숨 가쁘게 뛰어다니면서 오빠들에게 소식을 전했다.

호리호리한 버질은 얼마 전에 맞아들인 신부가 사는 농장으로 떠나기 전에 헛간일을 끝내고 마침 총총걸음으로 올라오던 중이었는데, 그는 별다른 반응을 드러내지 않고 그냥 가볍게 투덜거리기만 하고 톰을 지나쳐 허둥지둥 달려갔으며, 빗자루를 뛰어넘은 이후 무엇에 홀린 듯 정신이 나간 버질을 보고 톰은 빙긋이 웃었다.

그러나 톰은 땅딸막하고 억센 열여덟 살의 애슈퍼드가 두 동생 제임스와 루이스를 꽁무니에 달고 오는 모습을 본 순간 긴장했다. 세상에 태어난 다음 거의 줄곧 그와 애슈퍼드 사이에는 미묘한 적대감이 지속돼 왔던 터여서, 톰은 그가 못마땅해서 으르렁거려도 놀라지를 않았다.

「너 언제나 귀염만 받았지! 누구한테나 알랑거려 덕 많이 봤어! 이제 너 아직도 밭일하는 우리를 비웃고 떠난다 됐겠구나!」 그가 날쌘 동작으로 톰을 치려는 시늉을 하자 제임스와 루이스는 놀라서 숨을 멈추었다. 「너 언제 맛보여 줄 테니까, 나 두고 봐라!」 그러고는 애슈퍼드가 여봐란 듯 뽐내며 걸어갔고, 톰은 그의 뒷모습을 노려보면서 언젠가는 애슈퍼드와 결판을 내야 할 날이 필연코 오리라고 생각했다.

톰은 〈리틀 조지〉에게서 또 다른 원한의 말을 들었다. 「아버지 나 여기서 죽도록 일만 시키니까, 정말이지 나도 형처럼 여기 떠난다 하면 좋겠어! 자기 자식이다 그래서 나 역시 닭들한테 미쳐라 생각하니 말이야. 나 더러운 닭 냄새 정말 싫어!」

열 살 먹은 키지와 여덟 살 먹은 메리는 소식을 다 퍼뜨리고 난 다음, 그날 오후 내내 톰의 뒤를 졸졸 쫓아다녔는데, 수줍어하는 두 아이의 표정을 보면 톰이야말로 그들이 가장 존경하고 좋아하는 오빠임이 분명했다.

다음 날 아침 버질과 함께 노새 수레를 타고 떠나는 톰을 전송하고 나서, 키지와 세라 아줌마와 마틸다가 밭에서 오늘의 낫질을 막 시작하려고 할 때, 키지 할머니가 말했다. 「저 위에서 우리 모두 질질 짜고 울고불고 하는 꼴 본 사람 누구나 우리 다시는 그 애 못 볼 거라고 생각했겠어요.」

「흠! 이제는 〈애〉가 아니야.」 세라 언니가 말했다. 「톰 이제 이곳 떠맡을 다음번 남자니까!」

102

리 줸님이 만들어 준 특별 여행증을 가지고 버질은, 아홉 달 동안 집을 떠나 애스큐 농장에서 지낸 톰을 추수 감사절 저녁 만찬 시간에

645

맞춰 데리고 돌아오기 위해, 노새가 끄는 수레에 등불을 밝히고는 어제 밤새도록 여행을 했다. 쌀쌀한 11월의 오후에 수레가 리 저택 진입로로 접어들자 버질은 노새를 더 빨리 몰았고, 낯익은 노예 마을의 풍경이 시야에 들어오고, 그토록 보고 싶었던 모든 사람이 바깥에 나와 서서 그를 기다리는 모습을 보고 톰은 솟아오르는 눈물을 억지로 삼켜야만 했다. 그러더니 그들은 손을 흔들고 소리를 지르기 시작했으며, 잠시 후에 톰은 그들에게 하나씩 나눠 주려고 스스로 만든 선물을 담은 가방을 들고 땅바닥으로 뛰어내렸고, 여자들이 달려들어 그를 껴안고 키스를 하며 법석을 피웠다.

「마음 착하지!」……「얼굴 정말 좋아졌어!」……「정말 그래! 팔뚝하고 어깨하고 떡 벌어진 거 보라고!」……「할머니, 나 톰하고 키스할래요!」……「얘야, 하루 종일 그렇게 껴안고 그냥 있지 말고, 나도 한번 안아 보자!」

그들의 어깨 너머로 톰은 감격한 표정을 짓는 두 동생 제임스와 루이스를 보았고, 리틀 조지는 아버지와 함께 싸움닭을 돌보러 내려갔으리라고 짐작했으며, 애슈퍼드는 쥔님의 허락을 받고 다른 농장으로 여자를 만나러 갔다고 버질이 그에게 이미 얘기해 주었다.

그리고 그는 보통 때면 침대에 누워 있을 팜피 아저씨가 오두막 밖으로 나와서, 두툼한 누비이불로 몸을 감싸고, 낡은 수숫대 의자에 앉은 모습을 보았다. 겨우 자유롭게 풀려날 틈이 보이자마자, 톰은 노인에게로 서둘러 가서 그의 푸석푸석하고 떨리는 손을 잡아 주고, 귓속말에 가까운 날카로운 목소리에 귀를 기울이려고 몸을 굽혔다.

「너 우리들 보러 정말 다시 왔다 알고 싶어 나왔단다, 애야…….」

「그럼요, 팜피 아저씨, 돌아오니 참 기뻐요.」

「그래, 그럼 나중 또 보자.」 노인의 목소리가 떨렸다.

톰은 자신의 감정을 가누기가 힘들었다. 이제 열여섯 살이 된 그는, 이렇게 어른 대우를 받아 본 적이 없었을 뿐 아니라, 노예 마을의 식구들이 쏟아 주는 사랑과 존경을 그토록 깊이 느껴 본 적도 없었다.

두 여동생이 그를 잡아당기며 법석을 부리려니까, 귀에 익은 목소리가 멀리서 들려왔다.

「맙소사, 수탉 선생 저기 온다!」 마틸다가 소리쳤고, 여자들은 추수감사절 식사를 차리려고 허둥지둥 달려갔다.

노예 마을 쪽으로 활기차게 걸어오던 치킨 조지는 톰을 보고 미소를 지었다. 「이런, 드디어 풀려나 집 오게 되었구나!」 그는 묵직한 손으로 톰의 어깨를 힘차게 두드렸다. 「이제 돈벌이 좀 하니?」

「아뇨, 아버지, 아직 못해요, 아버지.」

「돈 못 번다 하면 그거 무슨 대장장이야?」 조지가 짐짓 놀란 표정으로 말했다.

톰은 요란하게 자신의 느낌을 표현하는 떠들썩한 아버지와 가까이 있을 때면 항상 폭풍에 휩쓸리는 기분을 느꼈었던 일이 머리에 떠올랐다. 「대장장이 되려면 아직 멀었어요, 아버지, 이제 배우는 중이니까요.」 그가 말했다.

「그럼 검둥이 아이제이어더러 어서 너한테 뭐 가르쳐 달라 나 그랬다 전해!」

「알겠어요, 아버지.」 톰은 기계적으로 대답하면서, 아이제이어 아저씨가 정성껏 그에게 가르쳐 주려고 애쓰는 기술의 절반만큼도 그는 제대로 배우지 못하리라는 생각이 얼핏 머리를 스쳤다. 그가 물었다. 「리틀 조지 저녁 먹는다 안 올라와요?」

「제시간 올지 모르고, 안 올지 몰라.」 치킨 조지가 말했다. 「너무 게을러 때문에 오늘 아침 제일 먼저 시킨 일 아직도 못 끝내서, 그 일 끝날 때까지 나한테 얼굴 보이지 말라 말했지!」 치킨 조지는 팜피 아저씨에게로 갔다. 「오두막 밖 나온 모양 보니까 진짜 반가워요, 팜피 아저씨. 건강 어때요?」

「형편없어, 아주 형편없어. 늙으면 다 쓸모없어져.」

「그런 소리 한마디도 마요!」 큰 소리로 말하고 치킨 조지는 웃으면서 톰에게로 시선을 돌렸다. 「팜피 아저씨 늙은 도마뱀 같은 검둥 할아버지여서, 백 살까지 살 거야! 너 떠나간 다음 두 번 세 번 정말 심하게 앓아서, 그때마다 여자들 훌쩍거려 울고 장례식 준비한다 하면, 다시 벌떡 일어났어!」

셋이서 한참 웃어 대려니까 키지 할머니가 그들에게 날카롭게 소리쳤다. 「모두 팜피 아저씨 식탁 모셔 와!」 날씨가 싸늘하기는 했어도 여자들은 모든 사람들이 추수 감사절 만찬을 함께 즐기도록 밤나무 밑에다 기다란 식탁을 차려 놓았다.

제임스와 루이스가 팜피 아저씨의 의자를 잡았고, 세라 할머니는 걱정스럽게 그들의 뒤를 따라갔다.

「떨어뜨리지 말게 조심해라. 할아버지 너희들 볼기 칠 기운 없을 정도로 늙지 않았으니까!」치킨 조지가 소리쳤다.

그들이 모두 자리에 앉고 나자, 식탁의 상석은 치킨 조지가 차지했지만, 마틸다는 톰을 일부러 지적해서 말했다. 「애야, 식사 기도 드려라.」놀란 톰은 이런 상황을 예상하고, 가족의 온화함과 힘에 대해서 그가 느꼈던 바를 나타낼 어떤 기도를 미리 생각해 두었더라면 좋았으리라고 생각했다. 그러나 벌써 모두들 머리를 숙이고 기다리던 터여서, 지금 그의 생각에 떠오르는 기도라고는 이것뿐이었다. 「우리 먹을 이 음식 축복해 주시기 바랍니다. 성부, 성자, 성신의 이름으로 기도하나이다, 아멘.」

「아멘!」……「아멘!」식탁 여기저기서 사람들이 따라 했다. 그러더니 마틸다와 키지 할머니와 세라 자매가 왔다 갔다 하면서, 식탁을 따라 일정한 간격으로 김이 무럭무럭 나는 음식을 잔뜩 담은 그릇과 접시들을 늘어놓으며, 모두들 어서 들라고 권하고는, 마침내 그들도 자리에 앉았다. 모두들 유쾌하게 입맛을 다시고 끙끙거리며, 굶주리기라도 했다는 듯 열심히 식사를 하느라고 바빠서, 몇 분 동안은 얘기가 한마디도 오가지 않았다. 그러다가 잠시 후, 마틸다와 키지가 쉴 새 없이 그의 잔에다 신선한 발효 우유를 따르거나, 접시에다 따끈한 고기와 야채와 옥수수빵을 다시 담아 주는 사이에, 그들은 톰에게 이것저것 묻기 시작했다.

「가엾은 것, 거기선 끼니나 제대로 챙겨 주냐? 너 음식 요리는 도대체 누가 하지?」마틸다가 물었다.

톰은 입 안에 가득한 음식을 다 씹고 나서 대답했다. 「아이제이어 씨의 부인, 엠마 아줌마요.」

「그 여자 피부 무슨 빛이고, 어떻게 생겼지?」키지가 물었다.

「검둥이고, 뚱뚱한 편요.」

「그런 거 요리 솜씨하고 아무 관계 없어!」치킨 조지가 껄껄 웃었다. 「그 여자 요리 솜씨 쓸 만하냐?」

「아주 괜찮아요, 아버지, 그래요, 아버지.」톰은 긍정적으로 머리를 끄덕였다.

「글쎄, 아무리 그래도 너 엄마만큼 어림도 없지!」세라 할머니가 쏘아붙였다. 「그럼요, 아줌마.」 어물어물 그렇다고 중얼거리며 톰은, 그 소리를 들으면 엠마 아줌마가 얼마나 화를 낼까, 그리고 그녀가 더 훌륭한 요리사인 줄 알게 되면 이곳 여자들이 얼마나 약이 오를까 생각했다.

「그 여자 그리고 그 대장장이 남편 독실한 기독교 신자냐?」

「예, 그럼요.」 그가 말했다. 「특히 엠마 아줌마 무척 많은 시간『성서』읽어요.」

톰이 세 접시째 음식을 비우자 어머니와 할머니는 그래도 더 먹으라고 권했으며, 그는 머리를 마구 흔들었다. 그는 입에 음식을 가득 문 채로 겨우 항변했다. 「리틀 조지 오면 먹을 음식 남겨야죠!」

「그 애 먹을 음식 많이 남았다 너 알잖니!」 마틸다가 말했다. 「이 토끼고기 볶음 한 조각만 더…… 이 채소말이 조금 더…… 이 호박죽 조금 더 들어라. 그리고 말리지가 큰집 저녁상 올라가는 커다란 고구마빵 내려 보냈지. 그 맛 얼마나 좋은지 다 알잖아—」

톰이 포크로 고구마빵을 쑤시기 시작하려니까 팜피 아저씨가 얘기를 하려고 목청을 가다듬었고, 모두들 그의 말에 귀를 기울이려고 조용해졌다. 「애야, 너 노새하고 말하고 징 박는 일 시작했냐?」

「낡은 징 빼라 나더러 시키지만, 새 징 아직 하나도 못 박았어요.」 톰이 말했고, 그는 어제만 해도 자신이 징을 박기 전에 성미가 고약한 노새의 두 발을 밧줄로 묶어 꿇어앉히느라고 고생했던 일이 생각났다. 큰 소리로 치킨 조지가 빈정거렸다. 「제대로 일 배운다 하려면 아직 노새한테 심한 발길질 제법 많이 당해야 하겠지! 경험 많이 없으면 말들이 발 잘못된다 아주 쉬워! 얘기 들었는데, 어떤 검둥 대장장이 말 징을 거꾸로 박아서, 그 말 뒤로만 갔다 그러더라!」 자기가 한 농담을 두고 실컷 웃고 나서, 치킨 조지가 물었다. 「말하고 노새하고 징 박아 주면 얼마 받지?」

「사람들 애스큐 쥔님한테 징 하나 14센트 준다 그렇게 생각해요.」 톰이 말했다.

「그래 봤자 확실히 닭싸움만큼 돈 안 벌리겠다!」 치킨 조지가 의기양양하게 소리쳤다.

「그래도 닭보다 대장장이 훨씬 쓸모 많아!」 키지 할머니가 한마디 쏘아붙였는데, 그녀의 말투가 어찌나 사나웠던지 톰은 벌떡 일어나 그녀를 안아 주고 싶었다. 그러더니, 갑자기 부드러워진 목소리로, 그녀는 얘기를 계속했다.「애야, 너 대장장이 되라고 어떤 일 가르치냐?」

톰은 자기가 하는 일에 대해서 가족에게 조금이나마 알려 주고 싶었던 터라, 그녀의 질문이 반가웠다.「그러니까 할머니, 날마다 아침 일찍 아이제이어 아저씨 도착하기 전 나 대장간 풀무질 불을 피워야 하죠. 그런 다음 아저씨 일하는 데 필요할 연장들 꺼내 놓아요. 시뻘겋게 달군 쇠 다듬어야 하는데, 적당한 망치 갑자기 찾는다 하면 쇠가 식어 버리니까요.」

「어린것이 벌써 대장장이 다 되었구나!」세라 할머니가 감탄했다.

「아녜요, 할머니.」톰이 말했다.「사람들 나더러 〈쇠망치꾼〉이다 그래요. 아이제이어 아저씨 마차 굴대하고 보습하고 같은 무거운 거 무엇인가 만들 때, 아저씨 망치 대는 곳마다 나 큰 쇠망치로 때려요. 그리고 가끔 아저씨 다른 일 새로 시작할 때, 쉽고 간단한 일 나머지 처리만 나 맡겨요.」

「그 사람 너에게 언제 말 징 박아라 시작하게 할까?」마치 대장장이 일을 배우는 아들의 기를 죽이고 싶어 하는 듯 아직도 윽박지르면서 치킨 조지가 물었지만, 톰은 히죽 웃었다.「몰라요, 아버지. 하지만 아저씨가 도와주기 없이 나 혼자 할 수 있다 생각하면 시켜 주겠죠. 아버지 말하신 대로, 나 물론 여러 번 발길 채었어요. 사실 심한 놈들 발길질만 하지 않고, 조심 안 했다 하면 살점 물어뜯기도 해요.」

「흰둥이들 그 대장간 오냐?」세라 할머니가 말했다.

「그럼요, 할머니, 아주 많이 와요. 그들이 가져온 일 아이제이어 아저씨 다 끝내기 기다린다 하면서 모여, 둘러서서 얘기하는 사람 열 명 안 넘는 날 별로 없어요.」

「그렇다면 우리 여기 처박혀 살아 못 듣는 소식 그 사람들 얘기하는 데서 뭐 들었냐?」

아이제이어 아저씨와 엠마 아줌마가 최근에 흰둥이들로부터 들은 얘기들 가운데 무엇이 가장 중요했다고 그랬는지를 기억해 내려고 톰은 잠깐 생각에 잠겼다.「글쎄요, 얘기 하나는 사람들 〈전신〉이라 부르는 거 내용이었어요. 워싱턴에서 모스라는 어떤 쥔님 볼티모어 어떤 사람하고 얘기했대요. 〈하나님이 무엇을 창조했느냐?〉라고 그 사람 말했다는데요. 그게 무슨 소린지 나 아직 정확한 얘기 못 들었어요.」

저녁 식탁에 둘러앉은 모든 사람은 『성서』에 정통한 마틸다 쪽으로 머리를 돌렸지만, 그녀는 난감한 표정이었다. 「글쎄— 나도 확실하게 잘 몰라요.」 그녀는 어정쩡하게 말했다. 「하지만 『성서』 구절 나 그런 얘기 한 번도 못 읽었어요.」

「나 생각하기 말이에요, 엄마.」 톰이 말했다. 「『성서』하고 하나도 관계없는 말 같아요. 하늘 통해 멀리 사는 사람들 그냥 서로 하는 얘기겠죠.」

그리고 나서 그는 그들에게, 혹시 몇 달 전에 포크 대통령이 테네시 주 내슈빌에서 설사병으로 죽었으며, 그 뒤를 재커리 테일러 대통령이 이어받았음을 아는 사람이 있느냐고 물었다.

「그거 누구나 다 알아!」 치킨 조지가 큰소리를 쳤다.

「그래, 그렇게 많이 다 안다면서, 나 들을 때 절대 그 얘기 안 하더구나.」 세라 아줌마가 날카롭게 말했다.

톰이 말했다. 「흰둥이들, 특히 젊은 사람들, 우리들 흉내 낸 노래 부르고 돌아다니는데, 스티븐 포스터라는 쥔님 지었다더군요.」 톰은 「늙은 검둥이 조」나 「켄터키 옛집」 그리고 「쥔님은 차가운 흙 속에」에서 기억이 나는 대로 조금씩 노래를 불러 주었다.

「검둥이들 소리하고 진짜 비슷하구나!」 키지 할머니가 감탄했다.

「아이제이어 아저씨 그러는데, 포스터 쥔님 교회하고, 기선하고, 부둣가하고 찾아다니며 검둥이 노래 많이 듣고 자랐대요.」 톰이 말했다.

「그러니까 그렇지!」 마틸다가 말했다. 「그런데 우리 검둥이들 하는 일 대해 하나도 소식 못 들었니?」

「그야 들었죠.」 톰이 말했고, 아이제이어 아저씨에게 일감을 맡기던 해방 검둥이들이 자주 입에 올리는 유명한 북부의 흑인들이, 두루 여행을 다니면서 노예 제도와 맞서 싸우고, 흑인과 백인이 섞인 수많은 청중들 앞에서, 그들이 자유를 찾으려고 도망치기 전에 노예로 지내던 시절의 얘기를 해서 사람들이 눈물을 흘리거나 환호성을 지르게 만들었다는 소문도 전했다. 「프레더릭 더글러스 같은 사람 말이에요.」 톰이 말했다. 「얘기 들어 보면, 그 사람 메릴랜드에서 노예로 어린 시절 보냈고, 혼자 읽기하고 쓰기 배웠고, 일해서 돈 모아 결국 줘님에게 자유 샀다고 그랬어요.」 톰이 얘기를 계속하는 동안 마틸 다는 치킨 조지에게 의미심장한 눈길을 보냈다.「그 사람 어디 가서 얘기하거나 수백 명 사람들 모이고, 그 사람 책 쓰고, 신문 창간까지 했대요.」

「여자들 중 유명한 사람 있어요, 어머니.」 톰은 마틸다와 키지 할머니와 세라 할머니를 쳐다보았고, 그들에게 노예 출신인 소저너 트루스[23] 얘기를 했는데, 그녀는 키가 6척이 넘는다고 전해지며, 비록 글을 읽거나 쓸 줄은 몰라도 검둥이와 흰둥이가 잔뜩 모인 군중 앞에서 강연까지 한다고 했다.

자리에서 벌떡 일어나서 키지 할머니는 요란하게 손짓을 하기 시작했다.「나 당장 북부에 올라가 얘기 좀 해야겠다.」 그녀는 마치 많은 청중 앞에서처럼 말했다.「당신 흰둥이들 모두 여기 키지 얘기 들으시오! 이런 더러운 꼴 더 이상 못 보겠소! 우리 검둥이들 노예 노릇 하기 지치고 역겨워요!」

「어머니, 저 애 얘기가 그 여자 키 6척이 넘는대요! 어머니 키 모자라요!」 요란하게 웃어 대며 치킨 조지가 그런 말을 하자, 식탁에 둘러 앉은 다른 사람들은 화가 난 척하면서 그를 노려보았다. 속이 상한 키지 할머니는 다시 자리에 앉았다.

톰은 또 다른 어느 유명한 도망친 노예 여자의 얘기를 그들에게 해주었다.「그 여자 이름 해리엇 터브먼이에요. 얼마나 여러 차례 그 여자 자꾸 다시 남부로 와서 사람들 〈지하 철도〉[24] 태워 자유 얻게 북부 보냈는지 헤아리기 어려워요. 사실 그 여자 얼마나 많이 그렇게 했는지 지금 흰둥이들 생사불문 그 여자 잡기만 하면 현상금 4만 달러 준대요.」

「하나님 자비 베푸소서, 흰둥이들 세상 어느 검둥개 잡는다고 돈 그만큼 많이 내놓는다 결코 생각 못했어!」 세라 자매가 말했다.

그는 캘리포니아라는 아주 멀리 떨어진 주에서 흰둥이 두 사람이

23 Sojourner Truth(1797~1883). 노예 폐지와 여권 운동에 힘쓴 흑인 사회 개혁가.
24 *Underground Railroad.* 노예를 몰래 북부로 탈출시키던 점조직.

제재소를 세우다가 땅 속에 믿어지지 않을 만큼 많은 황금이 묻혔음을 발견하게 되었고, 그래서 수천 명의 사람들이 포장마차를 타고, 노새를 끌고, 심지어는 걸어서 긴 여행 끝에, 삽으로 황금을 푹푹 퍼 담는다고 소문이 난 곳을 찾아 마구 몰려든다는 얘기도 그들에게 해주었다.

마지막으로 그는 북부에서 노예 제도 문제를 놓고 스티븐 더글러스와 에이브러햄 링컨이라는 두 흰둥이 남자 사이에서 굉장한 논쟁이 벌어지는 중이라고 말했다.

「그중 누구 검둥이들 편이냐?」 키지 할머니가 물었다.

「들으니까 링컨 나리 내 생각에 그중 제일이다 같아요.」 톰이 말했다.

「그렇다면, 그 사람 하나님 가호 받아야지!」 키지가 말했다.

이빨 사이에 낀 음식을 빨면서, 치킨 조지는 잔뜩 부른 배를 툭툭 두드리며 자리에서 일어나 톰에게로 시선을 돌렸다. 「애, 말이다, 너하고 나하고 산책하면서 먹은 거 소화 좀 시킨다 어때?」

「그러죠, 아버지.」 톰은 놀라움을 감추지 못하면서도 태연한 척하려고 애쓰면서 더듬거리다시피 말했다.

마찬가지로 크게 놀란 여자들이, 영문을 몰라 의미심장한 시선을 주고받는 사이에, 치킨 조지와 톰은 같이 길을 내려가기 시작했다. 세라 자매가 나지막한 소리로 감탄했다. 「세상에, 저 애 아버지만큼 키 마찬가지 자랐다 모두들 눈치 챘나?」 제임스와 루이스는 샘이 나서 거의 속이 뒤집힐 듯한 기분으로 아버지와 형을 응시했지만, 그들의 뒤를 따라갈 만큼 눈치가 없지는 않았다. 그러나 보다 어린 두 여동생 리틀 키지와 메리는 벌떡 일어나서 열 발자국쯤 떨어져 신이 나서 돌차기를 하듯 깡충깡충 그들의 뒤를 따라가기 시작했다.

그들을 뒤돌아보지도 않으면서 치킨 조지가 명령했다. 「어서 저리들 돌아가 엄마 설거지나 도와줘!」

「아이, 아빠!」 그들은 이구동성으로 우는 소리를 했다.

「어서 가, 나 얘기했잖아!」

톰은 몸을 반쯤 돌려 사랑이 어린 눈으로 여동생들을 쳐다보면서 부드럽게 꾸짖었다. 「너희들 아빠 말 못 들었어? 이따가 보자.」

계집아이들이 투덜대는 소리를 뒤로하고, 그들은 침묵을 지키며 얼마쯤 걸었고, 치킨 조지는 퉁명스러울 정도로 갑자기 말했다. 「나 말 들어야 하는데, 저녁 먹을 때 사람들 모두 조금 놀렸다 할 때 나 일 부러 나쁜 뜻 그런 거 아니다.」

「그럼요, 아버지.」 사실상 사과 행위라고 할 만한 말을 아버지에게서 듣고 속으로 놀란 톰이 말했다. 「장난으로 그러신다 나 알았어요.」

끙 소리를 내더니, 치킨 조지가 말했다. 「우리 같이 내려가 닭 좀 구경한다 어때? 한심한 리틀 조지 뭐 그렇게 오래 걸린다 가서 보자고. 나 기껏 생각하기에, 지금쯤 혼자 추수 감사제 지낸다 닭 몇 마리 잡아 요리해 먹었는지 몰라.」

톰이 웃었다. 「리틀 조지 착한 아이예요, 아버지. 그냥 좀 느리다 뿐이죠. 그 애 나한테 그러는데, 아버지 마찬가지로 닭들 그렇게 좋아한다 아닐 뿐이라 그랬어요.」 톰은 잠깐 말을 멈추고는 그의 머리에 떠오른 생각을 마저 말해 버리기로 작정했다. 「세상에 아버지 똑같이 닭 좋아하는 사람 또 없어요.」

그러나 치킨 조지는 순순히 그렇다고 시인했다. 「적어도 우리 집안에선 그래. 너 하나 빼놓고— 모두 다 한 번씩 시켜 보았지. 나머지 아이들 모두 노새 볼기짝 올려다보며, 밭 한쪽 끝하고 다른 쪽 끝하고 사이 왔다 갔다 하며 한평생 보내겠다 그런 생각이야!」 그는 잠깐 생각에 잠겼다. 「너 하는 대장장이 일, 닭쌈하고 같다 어림없어서, 고급 생활이다 하기 어렵지만, 적어도 남자 하는 일이지.」

톰은 아버지가 쌈닭 말고도 진지하게 존중했던 대상이 정말로 하나라도 존재하는지 의심스러웠다. 그는 대장장이라는 견실하고 안정된 기술을 배우는 길로 어쩌다 빠져나오게 되었음을 무척 고맙게 여겼다. 그러나 그는 생각하던 바를 간접적으로 표현했다. 「농사일 나쁠 거 하나 없어요, 아버지. 농사짓는 사람 없다 그러면 사람들 아무것도 못 먹어요. 아버지 쌈닭 좋아한다 마찬가지 이유로, 나 대장장이 일 선택한 이유 보면, 나 그런 일 좋아하고, 하나님 나에게 그런 재주 주었기 때문이죠. 사람들 모두 서로 좋아하는 거 다르니까요.」

「그렇지만 너하고 나하고 적어도 좋아하는 일 하면서 돈 벌지.」 치킨 조지가 말했다.

톰이 말했다. 「아버지는 어쨌든 그렇죠. 나 견습 끝내고, 쥔님 위해 일하게 될 때— 그러니까 아버지 뒷전 닭쌈해서 돈 벌면 그럴 때처럼, 쥔님 나한테 돈 좀 줄 때까지, 앞으로 한두 해 나 돈 못 벌어요!」

「그렇게 되고말고다!」 치킨 조지가 말했다. 「쥔님 네 엄마하고 할머니하고 다른 사람들 하는 말과 달라서, 그렇게 나쁜 사람 아냐. 물론 성미 한심하지! 너 나처럼 그냥 쥔님 좋은 면 볼 줄 안다 하게 되어야 하고— 검둥이들한테 잘해 주는 훌륭한 쥔님이다 너 믿는다고 쥔님 생각하게 해야지.」 치킨 조지가 잠깐 말을 멈추었다. 「너 가서 일하는 곳 애스큐 쥔님 말이다— 그곳 쥔님 아이제이어에게 대장장이 일 했다 돈 얼마 주는지 너 짐작해?」

「한 주일에 1달러라고 생각해요.」 톰이 말했다. 「아이제이어 아줌마 하는 얘기 들으면, 아저씨 매 주일 그 돈 주고 저금하라 하면, 아줌마 한 푼 안 남기고 꼬박꼬박 다 저축하죠.」

「닭쌈하면 그런 돈 벌기 1분도 안 걸려!」 치킨 조지가 큰소리를 쳤지만, 곧 자제했다.

「그래, 아무튼, 너 여기 돌아와 쥔님 위해 대장장이 일 하게 되면, 돈 만지는 문제 나한테 맡겨. 애스큐 쥔님 자기 검둥이 어찌 형편없이 대접하나 나 우리 쥔님한테 다 얘기해 주지.」

「알았어요, 아버지.」

치킨 조지는, 그의 여섯 아들들 가운데 다른 다섯 아들의 어디가 못나서가 아니라, 이 톰이라는 아들이 기다란 깃털이 꽂힌 검은 중절모나 초록빛 목도리를 두르고 멋을 낼 턱이 전혀 없음에도 불구하고, 다만 이 아이만큼은 흔히 찾아보기 힘든 책임감뿐 아니라 끈기와 힘이라는 보기 드문 개성을 지녔기 때문에, 이토록 남다른 아들과의 유대를 확인하고 싶었으며, 심지어는 그의 공감조차 얻고 싶다는 묘한 기분을 경험하고 있었다.

그들이 얼마 동안 침묵을 지키며 걸은 다음, 치킨 조지가 갑자기 말했다. 「너 혼자 대장간 해보고 싶다 그런 생각 해봤냐?」

「그거 무슨 뜻이에요? 도대체 나 어떻게 그럴 수 있어요, 아버지?」

「너 자유 살 만큼 돈 벌어 저축하겠다 생각해 봤니?」

톰이 너무 놀라서 대답을 못하는 모습을 보고 치킨 조지는 혼자 얘기를 계속했다.

「몇 년 전, 리틀 키지 태어났을 무렵, 어느 날 밤 나하고 네 엄마하고 앉아, 당시 검둥개 값 따져서, 우리 식구 모두 자유 사려면 돈 얼마나 드는지 계산했어. 6천7백 달러쯤 되는데…….」

「어휴!」톰이 머리를 저었다.

「나 얘기 끝까지 다 들어!」조지가 말했다.「물론 그거 큰돈이지! 하지만 그때 이후 줄곧 나 똥줄 빠져라 뒷전 닭쌈 하고, 엄마는 딴 돈에서 나 받는 몫 몽땅 다 저축했어. 처음 시작할 때 생각했던 것보다 적게 이겼지만, 그래도 어쨌든 나하고 네 엄마하고— 그리고 이제는 너하고 — 말고는 아무도 모르는데, 엄마 뒷마당에 파묻은 단지 안에 모은 돈 천 달러가 넘어!」치킨 조지는 톰을 쳐다보았다.「애, 나 무슨 생각 했는데…….」

「나도 그런 생각 했어요, 아버지!」톰의 눈이 반짝였다.

「나 얘기 들어 봐, 애야.」치킨 조지의 목소리가 더욱 다급해졌다. 「지난 몇 번 닭쌈철같이 계속 이기면, 너 쥔님 위해 대장장이 일 시작할 무렵이면, 3백이나 4백 더 모으기 가능할 거야.」

톰은 열심히 머리를 끄덕였다.「그리고 아버지 말이에요, 우리 둘 같이 돈 벌면, 어머니 아마 한 해에 5백이나 6백 모을 수 있어요!」그는 흥분해서 말했다.

「그럼!」치킨 조지가 소리쳤다.「그리고 그 정도 속도이면, 노옛값 굉장히 많이 오르지만 않는다 그러면, 우리 식구 모두 자유를 사는 데 필요한 기간은…… 어디 따져 보자…….」

그들은 손가락을 꼽아 가면서 같이 계산했다. 잠시 후에 톰이 소리 쳤다.「15년쯤 돼요!」

「어디서 그렇게 빨리 계산하는 재주 너 배웠어? 내 계획 어찌 생각 하니, 애야?」

「아버지, 나 머리 깨져라 열심히 대장장이 일 하겠어요! 전에 이 얘기 미리 왜 해주지 그랬어요.」

「우리 둘 같이하면, 성공 분명히 한다 나 알아!」빙그레 미소를 지으며 조지가 말했다.「우리 집안 뭔가 이룩하자! 우리 모두 북쪽 이사 가서, 자식들 손자들 사람답게 자유로 기르자! 어떠냐, 애야?」

두 사람 다 같이 깊이 감격해서, 톰과 치킨 조지는 충동적으로 서로 어깨를 끌어안았고, 바로 그때 그들이 머리를 돌려 보니, 입이 찢어져라 잔뜩 미소를 짓고, 〈톰! 톰!〉소리를 지르며 달려오는 리틀 조지의 단단하고 작달막한 모습이 눈에 띄었다. 가슴이 들먹거릴 정도로 숨을 헐떡이며 그들에게로 온 그는, 톰의 두 손을 덥석 움켜잡고 마구 흔들고는, 그의 등을 두드려 주더니, 통통한 뺨에서 흘러내리는 땀을 반짝이며 서서, 식식거리고 히죽거리기를 반복했다. 「오래간만…… 보니…… 반가워…… 톰!」 그는 마침내 숨을 몰아쉬며 가까스로 말했다.

「좀 진정해라, 얘야!」 치킨 조지가 말했다. 「저녁 먹으러 갈 기운 안 남고 다 빠지겠다.」

「그…… 기운…… 절대…… 안…… 빠져요…… 아버지!」

「그럼 어서 가 먹지 그래.」 톰이 말했다. 「우리 곧 너 만나러 올라갈 테니까. 아버지하고 나하고 할 얘기 좀 남았어.」

「좋아…… 이따…… 다시…… 만나.」 더 이상 권할 필요도 없이 노예 마을 쪽을 향해 얼른 몸을 돌리면서 리틀 조지가 말했다.

「어서 빨리 가야 좋아!」 치킨 조지가 그의 등 뒤에 대고 소리쳤다. 「남은 음식 다른 애들 못 먹게 엄마가 언제까지 버틸지 몰라!」

리틀 조지가 뒤뚱거리며 뛰기 시작하는 모습을 보고 톰과 아버지는, 그가 점점 더 속력을 내어 구부러진 길을 돌아 모습이 사라질 때까지, 허리를 잡고 웃으며 서서 지켜보았다.

「우리 자유 사고 싶다 하면 16년 걸린다 생각해야 좋겠어.」 치킨 조지가 말했다.

「어째서요?」 어느새 걱정이 되어 톰이 물었다.

「저 애가 저렇게 먹어 대면, 그때까지 저 애 배 채운다 1년 수입 다 날아갈 테니까 말이다!」

103

치킨 조지가 기억하기로는, 1855년 11월 하순에, 갑부로 알려진 주잇 쥔님의 집에 그에 못지않게 부자이고 귀족인 잉글랜드의 닭쌈 선수가, 세상의 모든 쌈닭들 사이에서 가장 훌륭한 종자라고 일컬어지는 순종 〈올드 잉글리시 게임〉 닭 서른 마리와 더불어, 바다를 건너와서 손님으로 묵게 되었다고 순식간에 북캐롤라이나 닭쌈꾼들 사이에 퍼진 소식보다 더 많은 흥분을 불러일으켰던 사건은 없었다. 그 소식에 의하면, C. 에릭 러셀 경이라는 잉글랜드 인 귀족이 미국의 가장 우수한 닭들과 한번 겨뤄 보지 않겠느냐는 주잇 쥔님의 초청을 받아들였다고 했다. 오랫동안 친한 친구 사이였던 그들은 서로 싸우기는 바라지 않았으므로, 대신 그들은 한 사람이 스무 마리씩 쌈닭을 내놓고, 아무라도 마흔 명으로 구성된 단체 도전자를 맞아서, 그들로 하여금 내놓은 목돈 3만 달러의 절반까지 걸게 하고는, 개별 닭쌈마다 최소한 250달러의 추가 내기를 걸도록 할 계획이었다. 또 다른 부유한 지방 닭쌈꾼이 (자기 이외의 다른 일곱 사람들에게서 한 사람 앞에 다섯 마리씩만 접수를 받아서) 마흔 마리의 쌈닭을 모으겠다고 나섰다.

그토록 큰돈이 걸린 행사에 자기가 참여하리라는 사실쯤이야 리 쥔님은 그의 고참 훈련사에게 구태여 얘기해 줄 필요도 없었다.

「좋아.」천8백75달러의 보증금을 내기에 걸고 농장으로 돌아온 다음 그가 말했다. 「우린 다섯 마리를 여섯 주일 안에 훈련시켜야 돼.」「알겠습니다, 쥔님. 아마 그동안이면 되겠다 생각해요.」흥분을 감추려고 무척 애를 쓰면서 (하지만 표정을 제대로 숨기지 못하면서) 치킨 조지가 대답했다. 그런 대단한 시합을 생각하니 자기도 무척 신이 날 지경이었지만, 이 시합 때문에 더욱 기분이 좋아져 리 쥔님이 25년은 젊어진 듯싶어 보인다고, 치킨 조지는 노예 마을 가족이 모인 자리에서 열을 올리며 떠들었다. 「정말 닭쌈꾼들 다 들썩거린다 하게 생겼어!」그가 소리쳤다. 「쥔님 그러는데, 여태 참가한 시합 가운데 돈 가장 많이 걸렸고, 사실 여태까지 얘기로 들은 시합 모두 해서 둘째로 제일 큰 행사래!」

「세상에! 그럼 첫째 큰 시합 어땠었나?」팜피 아저씨가 감탄했다.

치킨 조지가 말했다. 「아마 20년쯤 전이었다 그러는데, 테네시 주 내슈빌 사는 지독한 부자 니컬러스 애링턴 쥔님 포장마차 열한 대에 남자 스물두 명 닭 3백 마리 태우고, 산적하고 인디언하고 온갖 고생 피해 가며, 모든 고생 무릅쓰고 수도 없이 많은 여러 주 지나서, 멕시코까지 갔대요. 그 사람들 거기 가서, 돈 어찌나 많은지 헤아릴 방법 없고, 세상에서 가장 훌륭한 쌈닭들 길렀다 장담하던, 멕시코 대통령 산타안나 장군 소유한 닭 3백 마리하고 싸움시켰답니다. 글쎄, 쥔님 얘기하기를, 그 두 사람 닭만 싸우는 데 꼬박 1주일 걸렸대요! 내기

건 돈 어찌나 많은지 본시합만 해도 한 궤짝 되었다 그러고요! 따로
건 내깃돈 역시 어찌 큰지 굉장한 부자들 파산할 지경이었어요. 다 끝
나 보니, 테네시 애링턴 쥔님 50만 달러나 땄다더군요! 그 사람 닭들
이름 뭔가 하면, 절름발이 검둥이 훈련사 토니 따라 〈절름발이 토니〉
라 이름 붙였어요. 멕시코 장군 산타안나는 씨받이로 〈절름발이 토
니〉 한 마리 너무 갖고 싶어 그 무게만큼 황금 주고 샀대요!」
　「나 지금 당장 닭 사업 시작하면 더 낫겠다.」팜피 아저씨가 말했다.
　그로부터 여섯 주일 동안, 치킨 조지와 리 쥔님은 농장에서 어느 누
구의 눈에도 거의 띄지 않았다. 「마님 화가 나고 난리다 하지만, 쥔님
저 아래 내려가 눈앞 안 보이니 참 좋구먼!」셋째 주일이 다 끝나 갈
무렵에 말리지가 노예 마을의 다른 사람들에게 말했다. 「은행에서 쥔
님 5천 달러 꺼냈다 마님이 소리 지르고 법석 부리는 거 나 조금 아까
들었어. 잘 들어 보니까, 그 돈 평생 모은 재산에서 절반이라며, 쥔님
보다 천 곱절 돈 많은 진짜 부자들 흉내 낸다 힘든다고 마님이 고함치
고 야단이야.」마님더러 입 닥치고 자기 일이나 걱정하라며 고함을
지른 다음에 쥔님은 집에서 화를 내면서 걸어 나갔다고 말리지 아줌
마가 말했다.
　마틸다와, 그리고 4년 전에 농장으로 돌아와서 헛간 뒤에다 대장
간을 짓고 리 쥔님의 고객들을 위해 바삐 일하며 지내 온 스물두 살
의 톰은, 음울하게 그 얘기에 귀를 기울이면서, 아무 얘기도 입 밖에
내지 않았다. 화가 나서 폭발할 듯한 마틸다는, 몰래 저축해 두었던
그들의 돈 2천 달러를 치킨 조지가 내놓으라고 마구 윽박질러 가져
갔는데, 그 돈은 리 농장의 닭들에게 걸도록 쥔님에게 넘겨줄 모양이
라고 아들에게 몰래 일러 주었다. 마틸다도 역시 치킨 조지를 설득하
려고 애를 쓰며 울고불고 했지만, 남편이 〈미친 사람 똑같이 행동하
더라!〉고 그녀는 톰에게 말했다. 「나한테 고함지르기를, 〈여편네야,
여기 닭 모두 달걀일 때부터 나 잘 알아. 그 가운데 거 서너 마리 보
면 세상에 날개 달린 어떤 새도 모조리 이겨! 우리 닭이 다른 닭 죽이
는 잠깐 동안만 지나면, 우리 저축한 돈 정확히 곱절 늘어난다 하는
이런 기회, 나 그냥 놓치지 않겠어! 2분이면 우리가 자유 사려고 푼
푼이 돈 긁어모으는 8년이다 9년이다 세월 절약하지!〉 그러면서 말
이야.」

「어머니, 닭쌈 지면 처음부터 다시 돈 모은다 시작해야 한다는 거 아버지한테 얘기했겠죠!」톰이 소리쳤었다.

「그 얘기만 한 줄 아니? 우리들 자유 걸고 도박할 권리 없다 납득시키려고 나 최선 다했어! 하지만 아빠 진짜 화내면서 소리 질렀어.〈우리 진다 할 이유 절대 없어! 내 돈 내놔, 여편네야!〉」그래서 그 말대로 했노라고, 마틸다는 굳어 버린 얼굴로 톰에게 말했다.

쌈닭 훈련장에서는 치킨 조지와 리 쥔님이 놓아서 키운 가장 훌륭한 닭 열일곱 마리 가운데 그들 두 사람이 여태껏 본 적이 없을 정도로 우수한 쌈닭 열 마리를 추려 냈다. 다음에 그들은 그 열 마리를 대상으로 공중 훈련을 시작해서, 점점 더 높이 닭들을 집어던져 결국은 그 가운데 여덟 마리가 10여 미터를 날아간 다음에야 땅에 내리게끔 되었다. 「마치 야생 칠면조 훈련시키는 기분이에요, 쥔님.」치킨 조지가 킬킬거렸다.

「주잇이나 잉글랜드 인의 닭들과 맞서려면 매처럼 훈련을 시켜야 해.」쥔님이 말했다.

닭쌈 대결전이 겨우 한 주일가량 남았을 때, 쥔님은 농장을 떠났다가 다음 날 저녁 늦게, 면도칼처럼 날이 예리하고 끝이 바늘처럼 뾰족한 최상급 스웨덴제 강철 갈고리 발톱을 여섯 벌 사가지고 돌아왔다.

싸움을 이틀 남겨 놓고 마지막으로 철저한 평가를 거치게 되었을 때는, 여덟 마리가 모두 너무나 완벽한 듯싶어서, 그들 가운데 가장 훌륭한 다섯 마리를 고른다는 일은 불가능해 보였다. 그래서 쥔님은 여덟 마리를 모두 데리고 가서, 마지막 순간에 고르기로 작정했다.

그는 치킨 조지더러, 일찍 목적지에 도착해서 쌈닭이나 그들이 다 같이 먼 여행의 피로를 풀고 휴식을 취한 다음 큰 싸움을 새로운 기분으로 맞기 위해, 다음 날 자정에 출발해야 되겠다고 말했다. 치킨 조지는 쥔님이 자기나 마찬가지로 어서 그곳으로 가고 싶어 온몸이 근질거리는 모양이라고 생각했다.

어둠 속의 먼 마차 여행은 무료했다. 노새 두 마리 사이에 뻗어 나간, 마차의 채 끝에서 너울대며 깜박이는 등불을 멍한 눈으로 쳐다보면서 마차를 몰던 치킨 조지는, 돈 때문에 최근에 자기와 마틸다 사이에 빚어진 불화에 대해서 애증이 뒤섞인 감정을 느꼈다. 그는 그 돈을 저축하기 위해 얼마나 여러 해 동안 끈기 있게 참아 왔는지를 그녀보다도 자기가 더 잘 알고, 누가 뭐라고 해도 그 돈은 자기가 해마다 수십 번씩 닭쌈을 해서 번 것이 아니었냐고 혼자 씁쓸하게 생각했다. 그는 마틸다가 어느 여자 못지않게 착한 아내임을 알았으므로, 큰집에서 쥔님 역시 피치 못해서 그랬듯이, 아내에게 큰 소리를 치고 꾸짖어 그토록 그녀의 마음을 심란하게 했던 일이 미안하다는 생각이 들기는 했지만, 그러면서도 다른 한편으로는 집안의 가장이라면 어렵고도 중요한 결정을 내려야만 할 때가 있는 법이었다. 그의 귓전에서는 마틸다의 울먹이는 소리가 다시 들려오는 듯했다. 〈조지, 우리 모든 사람 자유 걸고 당신 도박할 권리 없어요!〉 그들의 자유를 살 돈을 모으자는 계획을 처음 그녀에게 알려 준 사람이 뭐니 뭐니 해도 남편이었음을 그녀는 그토록 빨리 잊어버렸다는 말인가. 그토록 더디게 저축해 오던 여러 해가 지나고 나서, 쥔님이 그 돈 많고 속된 쥔님들 앞에서 본때도 보여 주면서 그들의 돈을 따오기 위해서는 앞으로 있을 시합 동안 곁내기에 걸기 위해 현금이 더 필요하다는 비밀을 털어놓았다는 사건은 하나님이 내려 주신 기회라고밖에는 얘기할 수가 없었다. 〈나 2천 달러쯤 돈 모아 두었는데, 그것 내기 걸어도 좋아요, 쥔님〉이라던 치킨 조지의 얘기를 듣고 완전히 놀라 버린 쥔님의 표정을 회상하면서, 그는 기분 좋게 혼자 미소를 지었다. 충격을 가라앉힌 다음에 리 쥔님은 훈련사의 손을 움켜잡고 흔들어 주기까지 하면서, 그가 건 돈으로 따들이는 수입은 한 푼도 빼지 않고 모두 치킨 조지에게 주겠다고 다짐했다. 「자넨 그 돈을 곱절로 불리게 될 거야!」 쥔님이 머뭇거렸다. 「그건 그렇고, 4천 달러를 모으면 넌 그 돈으로 무엇을 할 생각이지?」

그 순간에 치킨 조지는 (왜 그가 그토록 오랫동안 고생을 해가면서 돈을 모았는지 그 이유를 밝히겠다는) 훨씬 더 큰 도박을 감행하기로 작정했다. 「쥔님, 나 쥔님 대해서 정말 좋은 감정만 느끼고 살아가니까, 절대 오해 마세요, 쥔님. 하지만 나하고 틸다하고 어쩌다 얘기 나누다가 우리 결심했는데, 우리들하고 자식들하고 쥔님한테 돈 내고 우리가 사도 되나 알아보고, 그러면 우리 평생 자유 되어 살아가자 생각했어요!」 리 쥔님이 놀라는 기색이 뚜렷하자, 치킨 조지가 다시 애원했다. 「제발 우리 뜻 잘못 오해 마세요, 쥔님……」

그러자, 치킨 조지로서는 평생 동안 가장 따뜻한 순간을 리 쥔님 때문에 경험하게 되는 순간이 닥쳐와서, 줜님이 이렇게 말했다. 「좋아, 우리가 참석하는 이 닭쌈에 대해서 내가 어떤 생각을 했었는지를 너한테 말해 주겠어. 이건 내가 마지막으로 치를 큰 싸움이 되리라는 생각이야. 나도 모르는 사이에 내 나이가 어느새 일흔여덟이나 되었지. 난 이 닭들을 키우고 싸움을 붙이느라고 걱정만 하면서, 철따라 이리저리 끌고 다니며, 50년 이상을 보냈어. 난 이제 그런 일이 진저리가 나. 너는 내 말 알겠지! 이봐, 내가 한마디 하지! 본경기에 건 목돈에다가, 곁내기에서까지 내 몫을 계산하면, 내 생각에는 (한때 내가 꿈꾸던 그런 커다란 저택은 아니지만) 방이 대여섯 되는 새 집을 지어, 나하고 아내가 충분히 살아갈 만큼의 돈은 딸 터이고, 우린 그 정도면 만족해. 그리고 네가 얘기를 꺼낼 때까지는 전혀 생각을 안 해봤던 점이지만, 어쨌든 그렇게만 된다면 우리가 돌봐 줘야 할 검둥이들 그렇게 잔뜩 거느릴 이유가 없어질 거야. 우리가 편히 살아가도록 요리를 하고 정원을 가꿔 줄 세라하고 말리지만 있으면, 은행에 넣어 둔 돈으로 충분하니까 누구한테 가서 아쉬운 소리를 할 필요도 없어지겠고—」

　리 줜님이 얘기를 계속하는 동안 치킨 조지는 거의 숨을 멈춘 상태였다. 「그러니까 내가 하고 싶은 얘기가 생각났어! 너희들 모두 나를 위해 일을 잘해 주었고, 정말로 내 골치를 썩인 적도 없었지. 이번 닭싸움에서 크게 이긴다면, 우리 두 사람 다 돈이 곱절로 불어날 테고, 그래, 그러면 네 차지가 될 돈 4천 달러만 나한테 내놓고, 그러면 공평하게 계산이 끝난다고 치기로 해! 그리고 너희 검둥이들 모두 합치면 값이 그 곱절은 나가리라는 건 나 못지않게 너도 잘 알 거야! 사실은, 너한테 얘기를 한 적이 전혀 없지만, 그 돈 많은 주잇이 너 하나만 주면 4천 달러를 내겠다고 언젠가 제안을 해왔지만, 난 거절했어! 그래, 그것이 소원이라면, 너희들 모두 자유의 몸이 되라고!」

　갑자기 눈물을 흘리며 치킨 조지는 리 줜님을 껴안으려고 덤벼들었지만, 줜님은 당황해서 재빨리 옆으로 몸을 피했다. 「오, 하나님이시여, 줜님, 그 말 어떤 뜻인지 줜님 몰라요! 우리 정말 무척 자유 원해요!」 리 줜님의 대답은 이상하게도 거칠었다. 「글쎄, 돌봐 줄 사람이 없어지면, 자유를 찾아봤자 너희 검둥이들이 무엇을 할 수 있다는 얘긴지 난 모르겠군. 그리고 너희들 모두 풀어 준다고 하면, 우리 집 사람이 또 한 번 야단법석을 부리겠지. 염병할, 그 대장장이 녀석 톰하나만 해도 2천5백 달러는 나가겠는데, 거기다가 나에게 돈도 제법착실하게 잘 벌어 주니까 말이야!」

쥔님은 치킨 조지를 거칠게 떠밀었다. 「내 생각이 달라지기 전에어서 꺼져, 검둥개야! 제기랄! 내가 돌아 버린 모양이군! 하지만 난네 여편네하고 어멈하고 다른 모든 검둥개들이 생각하듯이 그렇게나쁜 톰이 아니라는 것만 알아주길 바란다!」

「아, 물론입죠, 쥔님, 물론입죠, 쥔님, 고맙습니다, 쥔님!」 그러고는리 쥔님이 큰집 쪽으로 황급히 올라가 버리자 치킨 조지는 발길을 서둘러 돌아갔다.

이제 치킨 조지는 그 어느 때보다도 더욱 마틸다와의 뼈아픈 충돌이 없었더라면 얼마나 좋았을까 후회가 되었다. 이제 그는 마틸다와,어머니 키지, 그리고 온 가족이 그들의 자유에 대해서 완전히 모르고지내다가, 알게 되는 순간 잔뜩 놀라게 하려고 이 승리의 비밀을 당분간 혼자만 간직하는 편이 좋겠다고 생각했다. 그렇지만 그런 비밀을마음속에 숨기고 지내기가 가슴이 벅차서, 몇 차례나 그는 톰에게 얘기를 털어놓을 뻔했지만, 아무리 믿음직한 사내아이라고 해도 톰은그의 어머니나 할머니와 사이가 너무나 가까워서, 비밀을 지켜 달라면서 그들에게 얘기를 털어놓아 만사를 망칠지 모를 일이었기 때문에, 그는 항상 마지막 순간에 입을 다물어 버렸다. 그리고 또한, 막상그런 얘기를 꺼냈다가는, 누구 못지않게 그들과 한식구인 세라 아줌마와 말리지와 팜피 아저씨는 뒤에 남아야 한다고 쥔님이 한 얘기도있고 해서, 무척 까다로운 문제가 그들 사이에서 야기될지도 모를 일이었다.

그래서 그간의 몇 주일 동안, 비밀을 혼자 간직하느라고 답답하기만 했던 치킨 조지는, 지금 어둠 속에서 외딴 길을 따라 굴러 가는(특별히 맞춰 만든 커다란) 마차에서 그와 쥔님의 뒤에 싣고 가는 우리 속에 들어앉아 조용히 여행하는 마지막 여덟 마리의 쌈닭을 완벽하게 훈련시키는 일에 모든 힘과 정신을 쏟으며 전념했었다. 문득문득 치킨 조지는 이상할 만큼 말이 없던 리 쥔님이 지금 무슨 생각을하는지 궁금해하고는 했다.

먼동이 터올 무렵에, 이렇게 이른 시간에도 투계장을 이미 가득 채우고 나서 부근의 목초지까지 넘쳐나는 마차와 수레와 쌍두마차와 짐차와 힝힝거리는 노새와 말들 그리고 수많은 잡다한 사람들의 모습이 그들의 시야에 들어왔다.

「토옴 리이!」 거대한 마차에서 내리는 쥔님을 보자 가난 흰둥이들 한패거리가 소리쳐 불렀다.「가서 해치워요, 토옴!」 검은 중절모자를 고쳐 쓰면서 치킨 조지는, 그들에게 고개를 끄덕여 아는 체 인사를 하면서도 걸음을 멈추지 않고 계속 걸어가는 쥔님을 보았다. 그는 가난 흰둥이들 사이에 널리 퍼진 그의 악명에 대한 자부심과 난처함 사이에서 쥔님이 중심을 잡지 못한다고 짐작했다. 사실상 닭쌈꾼으로 반세기를 보내고 난 리 쥔님은, 지방에서 닭쌈이 벌어지는 곳이라면 어디에서나 전설이 되었으며, 나이가 일흔여덟이 되었어도 투계장에서 닭을 다루는 그의 솜씨는 조금도 시들지 않는 듯싶었다.

치킨 조지는 싸움에 임하기 위해서 물건들을 풀어 놓기 시작하면서, 여태껏 들어 보지 못했을 정도로 시끄러운 쌈닭들의 소음을 들었다. 지나가던 검둥이 훈련사 한 사람이 걸음을 멈추고는, 모인 사람들 가운데는 플로리다처럼 머나먼 다른 주에서 며칠이나 걸려 여행을 한 끝에 도착한 사람들도 많다고 그에게 알려 주었다. 얘기를 나누면서 주위를 힐끗 둘러본 치킨 조지는 평상시의 관람석을 두 배 이상으로 늘렸지만, 그래도 벌써부터 자리를 확보하려는 남자들이 잔뜩 몰렸음을 알았다. 마차 옆을 계속해서 지나가는 사람들 가운데서 그는 낯익은 사람들만큼이나 많은 낯선 흰둥이와 검둥이들의 얼굴을 보았으며, 그는 수많은 검둥이와 흰둥이들이 그를 알아보고 서로 옆구리를 쿡쿡 찌르며 귓속말을 주고받는 모습을 보고는 으쓱한 기분이 들었다.

사방에 흩어져 넘쳐나는 많은 사람들이 흥분해서 웅성거리던 소리는, 심판 세 사람이 투계장으로 들어와서 출발점을 측정하고 표시하기 시작하자 더욱 높아졌다. 어떤 사람의 쌈닭이 퍼덕거리며 풀려나와, 미친 듯이 앞에 보이는 사람들에게 마구 달려들고, 개를 쪼아 캥캥거리며 달아나게 만들고는, 결국 구석으로 몰려 잡힐 때까지, 또 한 번 소동이 벌어졌다. 그리고 군중의 소음은 이 지역의 유명한 닭쌈꾼들이 (특히 주최자인 주잇과 러셀 쥔님들과 겨룰 나머지 여덟 명이) 나타날 때마다, 그들을 알아본 다음에는 다시 요란해졌다.

「난 아직 잉글랜드 사람이라곤 하나도 본 적이 없는데, 자넨 봤어?」 치킨 조지는 가난 흰둥이 남자 한 사람이 묻는 소리를 들었고, 다른 사람이 못 보았다고 대답했다. 그는 또한 귀족 잉글랜드 인의 엄청난 재산에 대해서 나누는 얘기도 들었는데, 그는 잉글랜드에 거대한 토지를 소유했을 뿐 아니라, 스코틀랜드와 에이레와 자메이카라는 곳에도 재산이 많다고 했다. 그리고 그는 주잇 쥔님이 그의 친구들 가운데 한 사람인 이번 손님은 언제, 어디서나, 얼마든지 돈을 걸고, 어떤 시합도 마다하지 않고 그의 닭들을 출전시킨다고 자랑스럽게 뽐내더라는 얘기도 들었다.

치킨 조지가 닭들에게 먹이려고 사과 몇 개를 잘게 썰고 있으려니까, 군중이 갑자기 함성을 올리는 소리가 났고 — 마차에서 재빨리 일어선 그는 (항상 변함없이 무표정한 얼굴을 보이는 주잇 쥔님의 검둥이 마부가 몰고 오는) 뚜껑을 씌운 낯익은 네 바퀴 마차를 보았다. 뒤쪽에는 돈 많은 두 쥔님이 앉아서, 군중을 굽어보며 미소를 짓고 손을 흔들어 주었으며, 사람들이 어찌나 몰려드는지 한 쌍의 멋진 말이 끌어 주던 마차는 앞으로 나아가기가 힘들 지경이었다. 그리고 조금 뒤에서는, 저마다 높다란 닭장을 가득 실은 마차 여섯 대가 따라왔는데, 선두 마차의 마부 노릇을 하는 주잇 쥔님의 흰둥이 훈련사 옆에 앉은, 깡마르고 콧날이 날카로운 흰둥이 남자에 대해서 근처의 어떤 사람이 감탄하는 소리를 치킨 조지가 들어 보니까, 닭을 돌보는 한 가지 일만을 맡기기 위해서 부유한 귀족 잉글랜드 인이 그를 바다 건너에서부터 데려왔다고 했다.

그러나 마구 밀리는 군중의 가장 큰 관심 대상은 묘한 옷을 입고, 키가 작고, 몸집이 단단하고, 혈색이 불그레한 잉글랜드 귀족이었으며, 나란히 앉아 마차에 함께 타고 오는 주잇 쥔님이나 마찬가지로 그는 어느 구석을 봐도 대단해 보였고, 영주처럼 당당했으며, 땅바닥에서 밀려다니는 사람들에 대한 경멸과 오만함을 일부러 과시하는 듯싶었다.

닭쌈에 참가한 경험이 워낙 많았던 치킨 조지는, 눈을 들어 쳐다보지 않더라도 군중의 소리만 들으면 지금 무슨 일이 벌어지는지를 경험으로 알았기 때문에, 닭들의 다리와 날개를 주물러 주는 일로 되돌아갔다. 곧 심판 한 사람이 나서더니, 벌써부터 술을 상당히 마신 듯한 많은 사람들의 환호와, 야유와, 아우성은 그만 집어치우라고 소리를 질렀다.

그러자 조지는 첫 발표를 들었다. 「윌리엄스타운 프레드 루돌프 씨의 붉은 닭이 잉글랜드 C. 에릭 러셀 경의 점박이 회색 닭과 겨룹니다!」

그러고는, 「준비하시오!」

그다음에는, 「붙여!」 그리고 군중의 아우성이 갑자기 놀란 듯 잠잠해지자, 그는 직접 구경을 하지는 않았어도, 잉글랜드 인의 닭이 곧 싸움에 이겼음을 분명히 알았다.

여덟 명의 도전자들이 차례로 다섯 마리씩 연달아 그들의 닭을 출전시켜 주잇 쥔님이나 잉글랜드 인의 닭과 싸움을 벌이는 동안, 치킨 조지는 따로 내기를 거는 사람들이 지르는 함성이 이토록 대단했던 때를 여태껏 들어 본 적이 없었고, 투계장 안에서의 싸움 못지않게 조용하라고 외치는 심판들과 군중의 말싸움도 격렬했다. 분주하게 일에 열중하던 치킨 조지는, 가끔 군중의 소음만 듣고도, 양쪽 닭이 너무 심하게 다쳐 심판이 싸움을 계속하기 전에 쥔님들더러 치료부터 하라고 싸움을 중지시켰음을 알았다. 그런 일이 자주 있지는 않았지만, 군중의 함성이 유난히 시끄러워지면, 치킨 조지는 돈 많은 사람들의 닭이 졌음을 알았고, 리 쥔님의 차례가 언제 닥칠지 초조하게 기다렸다. 조지는 심판들이 모자 속의 종이쪽지에 적힌 이름을 제비로 뽑아 도전자들의 순서를 결정하는 모양이라고 추측했다.

조지는 실제로 벌어지는 싸움을 적어도 몇 회전이나마 보고 싶었지만, 워낙 큰 내기가 걸렸기 때문에 닭의 근육 풀기를, 단 한순간이라도, 중단할 여유가 없었다. 그는 지금 자신의 손가락들이 부드럽게 문질러 주는 닭들의 바로 그 근육에 쥔님의 돈이, 그리고 몇 년 동안이나 열심히 저축한 그의 돈이, 얼마나 많이 걸려 있는지를 얼핏 생각해 보았다. 비록 다섯 마리만 골라서 싸움을 시키겠지만, 그 다섯 마리가 어떤 닭들이 될지 알 길이 없었으므로, 여덟 마리가 모두 최고의 상태로 준비를 갖추어야 했다. 치킨 조지는 평생 동안 기도를 별로 해 본 적이 없었지만, 지금은 기도를 드렸다. 그는 우선 그가 돌아가서 마틸다의 앞치마에 곱절로 늘어난 돈을 던져 줄 때, 그리고 다음에는 그녀더러 식구들을 모두 불러오라고 해서, 그들이 〈자유가 되었다〉고 그가 선언할 때, 그녀가 어떤 표정을 지으려는지 머릿속에서 그려 보려고 애썼다.

그러고 나서 그는 심판이 외치는 소리를 들었다. 「다음번에 도전할 다섯 마리의 닭들은 캐스웰 군의 톰 리 씨가 주인이며, 대전도 그가 맡게 됩니다!」

조지는 심장이 그의 목구멍까지 치솟아 오르는 듯싶었다! 중절모자를 머리에 더 꼭 눌러쓰고서, 그는 이제 첫 닭을 고르러 올 쥔님을 맞으려고 마차에서 뛰어내렸다.

「토오— 옴 리이!」 군중의 소음 속에서, 가난 흰둥이들이 외치는 이름을 그는 들었다. 그러자 시끄러운 함성이 터졌고, 한 무리의 남자들이 군중으로부터 몰려나와 쥔님을 에워쌌다. 그들에게 둘러싸인 채 마차로 온 그는 입에다 두 손을 대고 조지에게 소리쳤다. 「투계장까지 닭을 모두 옮기도록 이 친구들이 도와줄 거야!」

「알겠습니다, 쥔님.」

조지는 다시 마차로 뛰어 올라가서, 여덟 개의 닭장을 쥔님의 가난 흰둥이 친구들에게 내려 주면서, 37년 동안이나 닭쌈을 치러 오면서 결코 한 번도, 지금처럼 긴장된 순간까지도, 리 쥔님이 철저하게 초연한 표정을 잃지 않았다는 생각이 머릿속에 문득 떠올라 참으로 신기하다는 기분을 느꼈다. 그러자 그들은 군중을 헤치고 다시 닭쌈터로 줄지어 나아갔는데, 리 쥔님은 첫 싸움을 위해 선택한 멋지고 짙은 담황색의 닭을 들고 앞장을 섰으며, 치킨 조지는 응급 치료 약품과, 토끼의 아랫배 털과, 신선한 담쟁이 잎사귀 몇 장과, 글리세린과, 거미줄 한 덩어리와, 송진을 담은 바구니를 들고 맨 뒤에서 따라갔다. 닭쌈터에 점점 가까워질수록 밀고 밀리는 사람들의 소란이 더욱 심해졌고, 술 취한 사람들이 〈토옴 리이!〉라고 외치는 소리에 뒤섞여, 〈저 친구가 검둥이 치킨 조지야!〉라는 외침도 가끔 그의 귓전에서 울렸으며, 조지는 그들의 눈길이 손가락처럼 그의 몸을 더듬는다고 느꼈는데, 그 느낌은 기분이 좋기는 했지만, 그래도 그는 쥔님처럼 침착한 표정을 지으려고 애쓰면서 앞만 보고 나아갔다.

그리고 치킨 조지는, 키가 작달막한 잉글랜드 인 귀족이 왼쪽 팔꿈치 위에 멋진 닭을 앉히고, 투계장 근처에 느긋하게 서서, 도전하는 닭을 들고 도착하는 짤막한 행렬을 눈여겨 살피는 모습을 보았다. 리 쥔님과 짤막하게 무뚝뚝한 목례를 주고받고 나서, 러셀은 그의 닭을 저울 위에 올려놓았고, 부심이 소리쳤다. 「5파운드 15온스입니다!」 아름다운 닭의 푸르스름한 은빛 털이 햇빛을 눈부시게 반사했다.

그러더니 쥔님은 치킨 조지가 각별히 아끼는 쌈닭들 가운데 하나인 짙은 담황색 닭을 들고 앞으로 나섰다. 힘세고 난폭한 담황색 쌈닭은 목을 방울뱀처럼 이리저리 갑자기 뽑아 대며 흔들었는데, 눈에는 살기가 등등해서, 어서 풀어 주기만 흥분해서 기다렸다. 부심이 〈정확히 6파운드입니다!〉라고 소리치자, 술을 많이 마신 가난 흰둥이들은 마치 무게가 더 나간다는 사실이 곧 승리를 뜻한다는 듯, 이미 승리가 결정되었다는 듯 시끄럽게 아우성을 쳤다. 「토오— 옴 리이! 저 잉글랜드 사람 해치워라, 토옴! 저 친구 너무 잘난 척 으스대! 맛을 보여 줘라!」

리 쥔님의 열성 응원꾼들이 정말로 술에 흠뻑 취했음은 뻔한 사실이었고, 그 소리를 못 들은 척하면서 닭에다 강철 갈고리 발톱을 매려고 꿇어앉은 쥔님과 잉글랜드 인 두 사람의 얼굴에서 치킨 조지는 다 같이 어둡게 번져 나오는 초조함을 보았다. 그러나 야유하는 소리가 점점 더 요란하고 거칠어졌다. 「저게 닭이냐, 오리냐?」……「아냐, 물에 빠진 닭이다!」……「그래! 생선을 먹는 놈들이지!」 잉글랜드 인의 얼굴에는 분노가 서렸다. 부심은 미친 듯이 손을 휘젓고 소리를 지르면서 이리저리 뛰어다니기 시작했다. 「여러분! 제발 부탁이니 그러지 마십시오!」 그러나 비꼬는 웃음소리는 더욱 널리 퍼지기만 했고, 야유의 외침은 더욱 날카로워졌다. 「저 친구 빨간 외투²⁵ 어디 갔지?」……「저 친구 여우 싸움도 시키나?」……「아냐, 너무 느려서, 걸음걸이가 너구리 같아!」……「황소개구리를 더 닮았는데!」……「내 눈에는 사냥개처럼 보여!」

주잇 쥔님이 뚜벅뚜벅 걸어 나와서는, 화가 나서 심판에게 항의를 하느라고 두 손으로 허공을 난도질하는 시늉을 했지만, 그가 하는 말은 〈토오오옴 리이!〉……〈토오오— 옴 리이!〉라고 외치는 소리에 잠겨 버리고 말았다. 이제는 주심들까지도 부심들과 합세하여, 팔을 휘젓고 주먹을 휘두르면서, 거듭거듭 고함쳤다. 「조용하지 않으면 닭쌈

25 식민지 시절에 잉글랜드 군인들이 입었던 제복.

은 중단시키겠소!」……「그렇게 되기를 모두들 원한다면 계속해서 소란을 피우시오!」서서히 술 취한 고함과 웃음소리가 잠잠해지기 시작했다. 치킨 조지는 리 쥔님이 당황해서 못마땅한 표정을 지었고, 잉글랜드 인과 주잇 쥔님의 얼굴도 다 같이 완전히 납빛이 되었음을 알았다.

「리 선생!」잉글랜드 인이 큰 소리로 갑자기 쏘아붙이자, 순식간에 군중은 조용해졌다.

「리 선생, 우린 두 사람 다 이렇게 우수한 닭을 여기 내놓았는데, 이왕이면 나하고 부수적으로 곁내기를 할 의향은 없는지 모르겠소.」

치킨 조지는, 그곳에 모인 수백 명의 어느 누구나 마찬가지로, 잉글랜드 인의 겸손하고 귀족적인 태도의 밑에 깔린 경멸과 복수심의 어조를 의식했다. 리 쥔님의 목덜미에서 갑자기 분노로 달아오르는 기미를 조지는 눈치 챘다.

몇 초가 걸려서야 리 쥔님의 딱딱한 대답이 뒤따랐다.「그건 나도 좋다고 생각합니다. 어떤 제안을 내놓으시겠습니까?」

잉글랜드 인이 말을 멈추었다. 그는 입을 열기 전에 무엇인가 계산을 조금 해보는 듯싶었다.「만 달러라면 충분할까요?」

군중이 물을 끼얹은 듯 숨을 죽이자 그는 다시 말했다.「그러니까, 당신의 닭이 이길 승산이 없다고 생각한다면 그만 한 돈은 걸지 않아도 된다는 말입니다, 리 선생.」그는 노골적으로 경멸하는 엷은 미소를 띠고 서서 리 쥔님을 쳐다보았다.

군중이 잠깐 어수선하다가 곧 쥐죽은 듯한 고요함이 뒤따랐고, 앉았던 사람들도 이제는 자리에서 일어섰다. 치킨 조지의 심장은 고동이 멈춘 듯싶었다. 멀리서 들려오는 메아리처럼, 쥔님이 은행에서 인출한 5천 달러가 〈평생 저축한 돈의 절반이나 된다〉고 화가 나서 소리쳤다는 마님의 애기를 전해 주던 말리지 아줌마의 목소리가 그의 귓전에 들려오는 듯했다. 그래서 치킨 조지는 리 쥔님이 감히 내기를 받아들이리라고는 생각하지 않았다. 그러나 모르는 사람이 거의 없는 이 수많은 군중 앞에서 완전히 모욕을 당하지 않으려면, 그는 과연 무슨 대답을 해야 옳겠는가? 쥔님의 고민을 함께 느끼면서, 치킨 조지는 차마 그를 쳐다볼 엄두조차 나지가 않았다. 한없는 시간이 흐른 듯싶었고, 잠시 후 조지는 그의 귀를 의심했다.

리 쥔님의 목소리는 잔뜩 긴장했다. 「선생님, 그것을 곱절로 늘리고 싶은 생각은 없으신가요? 2만 달러로요!」

모인 사람들은 모두 믿어지지가 않는다는 듯한 경탄을 하며 어수선하게 술렁거렸다. 그 액수라면, 집과 땅과 노예들에다 치킨 조지의 저축한 돈까지 포함해서, 리 쥔님이 소유한 모든 재산을 뜻했으므로, 치킨 조지는 완전히 겁에 질렸다. 그는 무척 놀란 잉글랜드 인의 표정을 보았지만, 잉글랜드 인은 재빨리 침착성을 되찾았고, 그의 얼굴은 어느새 딱딱하고 음울한 표정을 지었다. 「참된 운동 정신을 아시는군요!」 그는 리 쥔님에게 손을 내밀면서 감탄했다. 「그러면 내기는 이루어졌습니다, 선생! 우리 닭들을 내보냅시다!」

그러자 갑자기 치킨 조지는 깨달았다 — 리 쥔님은 그의 멋진 담황 닭이 이기리라는 사실을 알았다. 쥔님은 순식간에 부자가 될 뿐 아니라, 이 한 번의 결정적인 승리는 그로 하여금 모든 가난 흰둥이들의 영웅적인 전설로 영원히 남고, 또한 속물적이고 돈 많은 귀족 쥔님들에게 도전해서 물리칠 가능성의 상징이 될 터였다. 그 어느 누구도 다시는 톰 리를 섣불리 깔보지 못하리라!

리 쥔님과 잉글랜드 인은 이제 투계장의 양쪽에서 마주 보고 몸을 구부렸으며, 그 순간 치킨 조지의 머릿속에서는 쥔님의 닭이 살아온 전체 과정이 번개처럼 스쳐 지나가는 듯했다. 수평아리일 때부터도 믿어지지 않을 만큼 재빠르던 그 닭의 반사 작용이 조지의 관심을 끌었고, 다음에는 젊은 수탉이 되자, 놀라운 사나움을 발휘하여 닭장 틈을 통해 다른 닭들을 공격하려고 달려들었으며, 최근에 노천 사육장에서 다시 잡아들였을 때는, 미처 말릴 틈도 없이 늙은 닭잡이를 거의 죽여 놓다시피 했다. 쥔님은 그놈이 얼마나 영리하고, 공격적이고, 믿음직스러운 닭인지를 알았기 때문에 골라냈다. 다음 순간 치킨 조지는 화가 난 마틸다의 목소리가 다시 귓전에 울리는 듯한 착각을 느꼈다. 〈당신 쥔님보다 더 미쳤어요! 나쁜 일 일어나도 쥔님 다시 가난 흰둥이 되고 말지만, 당신 모든 집안 식구 자유를 닭에 걸고 도박한다 셈이에요!〉

그러자 심판 세 사람이 앞으로 나와서, 일정한 간격으로 투계장 둘레에 자리를 잡았다. 주심은 달걀 위에 올라서기라도 한 듯 조심스럽게 몸의 균형을 잡았다. 앞으로 평생 동안, 죽을 때까지 얘기하게 될 어떤 사건을 목격하리라는 사실을 모든 사람이 의식하는 듯한 그런 분위기가 감돌았다. 치킨 조지는 그의 쥔님과 잉글랜드 인이, 긴장한 닭들을 손으로 누르며 잡은 채로, 주심의 입술을 잘 지켜보려고 두 사람 다 머리를 든 모습을 보았다.

「붙여!」

은청색 닭과 담황색 닭이 온몸을 퍼덕이며 순식간에 날아가 서로 난폭하게 부딪치더니 뒤로 떨어졌다. 발이 땅에 닿자마자 두 마리 다 즉시 공중으로 날아올라서 서로 급소를 찌르려고 발을 휘저었다. 부리를 맞부딪치고, 번쩍거리는 며느리발톱을 눈부신 속도로 놀리며, 그토록 포악하게 공격하고 맹렬하게 싸우는 두 마리의 닭을 치킨 조지는 지금까지 어느 투계장에서도 본 적이 없었다. 갑자기 잉글랜드 인의 은청닭이 쥔님의 닭에게 공격을 받아 날개뼈 깊숙이 발톱으로 찍히자, 그들은 균형을 잃고 쓰러져서, 박힌 발톱을 풀려고 버둥거리면서 사납게 서로 상대방의 머리를 쪼았다.

「잡아요! 30초 휴식!」 주심의 말이 떨어지자마자, 잉글랜드 인과 리 쥔님은 안으로 뛰어 들어가서, 발톱을 풀어 주고, 닭들의 흐트러진 머리 깃털에 침을 발라 매끄럽게 다듬은 후에, 이번에는 꼬리를 잡고 닭들을 출발점에 내려놓았다.「준비…… 붙여!」

또다시 수탉들은 똑같은 높이로 솟아올라, 치명적인 공격을 하려고 발톱을 휘둘렀으나, 뜻을 이루지 못한 채 다시 땅바닥으로 떨어졌다. 쥔님의 닭이 상대편의 균형을 잃게 해서 쓰러뜨리려고 달려들었지만, 잉글랜드 닭은 잽싸게 옆으로 몸을 피했고, 있는 힘을 다해서 몸을 던졌던 쥔님의 닭이 제풀에 헛걸음을 치자 군중은 놀라서 숨소리를 죽였다. 쥔님의 닭이 미처 몸을 돌리기도 전에 잉글랜드 닭이 달려들었고, 그들은 미친 듯이 땅바닥에서 뒹굴더니, 겨우 다시 몸을 일으켰고, 격렬하게 서로 부리를 부딪치며 싸우고, 잠깐 물러섰다가는, 밑에서 발로 정신없이 후려치면서 위에서는 힘찬 날개를 휘둘러 서로 때렸다. 다시 그들은 공중으로 솟아올랐다가, 다시 땅으로 떨어졌고, 그러고는 새로운 분노에 휩싸여 다시금 격렬한 지상전을 벌였다.

함성이 터졌다! 잉글랜드 닭이 상대방의 피를 보았다. 쥔님의 닭은 가슴에서 거무스레한 빛깔이 점점 퍼져 나갔다. 그러나 담황닭은 맹렬하게 날개로 적을 후려쳐서, 비틀거릴 때까지 몰아대고는, 죽음의 가격을 하려고 위로 뛰어올랐다. 그러나 이번에도 잉글랜드 닭은 영리하게 몸을 쪼그리고, 머리를 움츠리고, 재빨리 도망쳤다. 그토록 믿어지지 않을 만큼 재빠른 반사 운동을 치킨 조지는 본 적이 없었다. 그러나 쥔님의 닭이 힘차게 몸을 돌리며 덤벼들었고, 잉글랜드 닭이 나둥그러졌다. 쥔님 닭이 가슴을 두 차례 가격했고, 피를 보았지만, 잉글랜드 닭은 겨우 몸을 빼내어서 날개를 치며 공중으로 솟아올랐다가, 내려놓으면서 쥔님 닭의 목을 쳤다.

피를 흘리는 닭들이 머리를 나지막이 숙이고, 서로 빈틈을 노리면서 빙빙 돌기 시작할 때부터 치킨 조지는 숨을 멈추었었다. 눈 깜짝할 사이에 갑자기 쥔님의 닭을 압도한 잉글랜드 닭은, 날개로 마구 때리고, 며느리발톱으로 쳐서 피를 더 흘리게 했으며, 그러더니 믿어지지 않을 정도로 쥔님의 닭은 몸을 공중으로 날려 치솟았다가 내려오면서, 잉글랜드 닭의 심장에 발톱을 깊이 박았고, 잉글랜드 닭은 주둥이로 피를 내뿜으면서 깃털 덩어리처럼 털썩 나가떨어졌다.

너무나 순식간에 벌어진 일이어서, 잠깐 침묵이 흐른 다음에야 요란한 함성이 터져 나왔다. 얼굴이 벌게진 남자들이 일어났다 앉았다 법석을 부리며 소리를 질러 대었다. 「토옴! 토옴! 톰이 이겼다!」 너무나 기뻐서 어쩔 줄을 모르겠던 치킨 조지는 쥔님에게로 몰려들어, 등을 두드리고, 손을 잡아 흔드는 그들을 보았다. 「토옴 리이! 토옴 리이! 토옴 리이!」

우리는 이제 자유의 몸이다 ─ 치킨 조지는 자꾸 그 생각만 했다. 곧 식구들에게 그 얘기를 하게 되었다는 현실이 믿기지도 않고, 상상조차 하기가 힘들었다. 그는 불도그를 연상시키는 그런 표정으로 이를 악문 잉글랜드 인을 얼핏 보았다.

「리 선생!」 이 외침보다 군중을 더 빨리 잠잠하게 만들 수 있는 것은 아마도 없었으리라.

잉글랜드 인이 걸어 나오더니 쥔님에게서 3미터쯤 떨어진 곳에서 멈추었다. 그는 말했다. 「당신 닭은 아주 훌륭하게 싸웠소. 어느 쪽이 이길지 알 수 없을 지경이었죠. 그놈들은 여태껏 내가 본 적이 없을 만큼 잘 어울리는 한 쌍이었소. 내가 들은 얘기에 의하면, 당신은 우리의 닭들에게 다시 시합을 붙여서, 거기에 지금보다 두 배로 올려 돈을 걸 용의를 보여 줄 만큼 훌륭한 투계사라고 하더군요.」

리 쥔님은 얼굴이 파랗게 질린 채로 가만히 서 있었다.

승리자가 8만 달러의 내깃돈을 몽땅 차지하기 위해 쌈닭 두 마리를 대결시키는 장면을 구경하게 될지도 모른다는 가능성을 모든 사람이 가늠해 보는 사이에, 몇 초 동안, 들려오는 소리라고는 닭장에 갇힌 쌈닭들이 꼬륵대거나 우는 소리뿐이었다.

그들은 리 쥔님에게로 머리를 돌렸다. 그는 당황했고, 자신이 없어 보였다. 얼핏 그의 눈길은 다친 닭을 열심히 치료하는 치킨 조지를 스쳤다. 치킨 조지는 자기가 한 말에 다른 사람들 못지않게 놀랐다.「쥔님 닭들 날개 달린 거 뭐든지 다 물리칠 수 있어요, 쥔님!」하얀 얼굴들의 바다가 그에게로 쏠렸다.

「당신의 충직한 검둥이 훈련사가 최고 수준이라는 얘기를 듣기는 했습니다만, 나 같으면 그의 조언에 너무 의존하지는 않겠소. 나한테는 아주 훌륭한 닭들이 또 있으니까요.」

그 말은 마치 부유한 잉글랜드 인이 조금 전의 패배를 구슬치기 정도로 여긴다는 듯, 마치 리 쥔님을 놀리는 듯한 암시를 풍겼다.

그러자 리 쥔님은 짐짓 무척 예의 바른 투로 말했다.「좋습니다, 선생님. 제안하신 대로, 내깃돈을 기꺼이 배로 올리고 재시합을 하도록 하겠습니다.」

다음 몇 분 동안의 준비 작업이 치킨 조지에게는 몽롱하게 느껴질 정도로 정신없이 지나가 버렸다. 주변의 군중에게서는 아무 소리도 들리지 않았다. 이토록 엄청난 일은 처음이었다. 전에 치킨 조지가 별명을 붙여 준 닭이 들어 있는 닭장을 리 쥔님이 손가락으로 가리키자, 치킨 조지의 모든 본능이 동감했다.「독수리 말이죠. 알겠습니다, 쥔님.」부리로 적을 물고 놓지 않으면서 며느리발톱으로는 찢어 대는 그 닭의 버릇을 잘 알았던 그는 숨을 몰아쉬며 말했다. 조금 아까 치른 시합에서 밝혀졌듯이, 교묘하게 몸을 피하도록 훈련받은 잉글랜드 인의 닭들과 맞서 싸우기에는 그것이 훌륭한 대안이었다.

〈독수리〉를 품에 안고 리 쥔님은 잉글랜드 인이 단단하고 거무스레한 닭을 들고 기다리는 곳으로 나갔다. 두 닭은 정확히 무게가 똑같이 6파운드씩이었다.

〈붙여!〉소리가 들려오고, 달려들어 부딪히는 적의 충격을 예상하고 계산에 넣기라도 했는지, 두 닭은 묘하게도 공중으로 솟아오르지를 않고, 맹렬하게 날개 공격을 주고받았으며, 치킨 조지는 독수리의 부리가 제대로 상대방을 물지 못했기 때문에 나는 헛입질 소리를 들었고…… 서로 분주하게 치고받는가 싶더니, 잉글랜드 닭의 며느리 발톱이 무시무시하게 후려쳤다. 쥔님의 닭이 비틀거렸고, 머리가 잠깐 힘없이 축 늘어지더니, 벌린 입으로 피를 콸콸 쏟으면서 쓰러졌다.

「오, 하나님! 오, 하나님! 오, 하나님!」 치킨 조지는 번개처럼 몸을 일으키더니, 사람들을 밀치면서, 원형 투계장으로 뛰어 들어갔다. 어린아이처럼 엉엉 울면서, 그는 치명적인 부상을 입은 것이 분명한 독수리를 집어 들어서, 부리에 엉기는 피를 빨아 주었고, 닭은 힘없이 퍼덕이더니 그의 손에서 죽어 버렸다. 그는 비틀거리면서 일어섰고, 고통스럽게 울부짖는 그에게서 가까이 둘러섰던 사람들이 뒤로 물러났으며, 그는 사람들 사이를 고꾸라지듯 지나서, 죽은 닭을 안고 마차로 갔다.

투계장 언저리에는 농장주들이 모여들어서 잉글랜드 인과 주잇 쥔님의 등을 열심히 두드리며 축하해 주었다. 그들이 모두 등을 돌려 댄 리 쥔님은, 혼자만 남아서, 벼락이라도 맞은 듯 제자리에 얼어붙어서, 투계장의 핏자국을 멍한 눈으로 응시했다.

뒤늦게야 몸을 돌린 C. 에릭 러셀 경은 리 쥔님에게로 갔고, 리 쥔님은 천천히 눈을 들었다.

「뭐라고 그러셨나요?」 그는 입 안에서 우물우물했다.

「오늘은 댁에서 운수가 없는 날인가 보다고 그랬는데요.」

리 쥔님은 겨우 어렴풋한 미소를 짓는 시늉만 내었다.

C. 에릭 러셀 경이 말했다. 「내기에 건 돈 말입니다. 물론 호주머니에 그렇게 큰돈을 넣고 다니는 사람은 없겠죠. 그러니까 내일 마무리를 짓는 게 어떨까요? 글쎄요, 오후 언제쯤에…….」 그는 말을 멈추었다. 「차를 마실 시간이 지난 다음 주잇 선생 댁에서요.」

리 쥔님은 멍하니 머리를 끄덕였다. 「그러시죠, 선생님.」

집으로 돌아가는 데는 두 시간이 걸렸다. 쥔님이나 치킨 조지 두 사람 다 한마디도 얘기를 하지 않았다. 그것은 치킨 조지가 한 여행 가운데 가장 먼 길이었다. 그러나 결국은 끝이 나서, 마차는 진입로로 접어들었다…….

다음 날 해 질 녘에, 리 쥔님이 주잇 쥔님 댁에서 돌아왔을 때쯤에는, 밤이 새도록 마틸다가 소리를 지르며 울고불고 고함친 끝에 결국은 집에서 쫓겨난 치킨 조지는, 식량 창고에서 수평아리들에게 먹일 모이를 섞으며 대부분의 시간을 보내고 난 다음이었다.

「조지.」 쥔님이 말했다. 「너한테 좀 힘든 얘기를 하나 해야 되겠는데.」 그는 적당한 말을 찾느라고 잠깐 입을 다물었다. 「어떻게 얘기해야 할지 정말 모르겠어. 하지만 남들이 생각했던 만큼 내가 돈이 많지 않다는 사실을 넌 벌써부터 알았지. 사실 현금 몇천 달러 말고는, 내가 가진 재산이라면 집하고, 이 땅하고, 너희들 검둥이 몇 명이 고작이야.」

우리들을 팔아 치우려고 그러는구나, 조지는 눈치 챘다.

「문제는 말이야, 그런 거 다 합쳐도 그 개새끼한테 내가 빚진 돈의 절반 정도밖에는 되지 않아.」 쥔님이 말을 계속했다. 「하지만 그 친구가 나한테 해결 방법을 내놓았어……」 쥔님은 다시 머뭇거렸다. 「너에 대해서 그 사람이 어떤 소문을 들었는지 하는 얘기 너도 들었겠지. 그리고 오늘 그 사람 만났더니, 닭쌈에 내보냈던 두 마리를 네가 얼마나 잘 훈련시켰는지 알겠더라고 하면서—」

쥔님은 깊은 한숨을 지었다. 조지는 숨을 죽였다. 「그러니까 뭐냐, 그 사람은 얼마 전 잉글랜드에서 잃은 훈련사를 대신할 사람이 필요한 눈치이고, 검둥이 훈련사를 데리고 돌아가도 재미가 있으리라고 생각하는 모양이야.」 쥔님은 믿지 못하겠다는 듯한 조지의 눈을 마주 볼 염치가 없어서인지, 더욱 퉁명스러워졌다. 「이 난처한 문제를 질질 끌지 않기 위해서, 그 사람은 내가 보유한 현금 전액에다, 집에 대한 1차와 2차 담보를 잡아 두고, 그리고 다른 사람을 쓸 만한 수준으로 훈련시킬 때까지 너를 잉글랜드로 데려가 쓰게 해준다면, 군소리 않겠다고 했어. 2년 이상은 널 붙잡아 두지 않겠다고 하더구먼.」

쥔님은 마지못해서 치킨 조지의 얼굴을 마주 보았다. 「일이 이렇게 되어 내 마음이 얼마나 아픈지 모르겠어, 조지…… 난 달리 어쩔 도리가 없어. 그 사람이 날 봐주는 셈이지. 만일 그 말대로 하지 않으면, 나는 파멸이고, 내 평생 일한 모든 것도 수포로 돌아가.」

조지는 할 얘기가 없었다. 그가 무슨 말을 하겠는가? 누가 뭐라고 해도 그는 쥔님의 노예였다.

「이제는 너도 빈털터리가 되었다는 걸 나도 아니까, 난 너한테 보

상을 해줄 생각이야. 그래서 지금 당장 맹세를 하겠는데, 네가 없는
동안 마누라와 아이들은 내가 돌보겠어. 그리고 네가 집으로 돌아오
는 날…….」

리 쥔님은 말을 멈추고, 호주머니에 손을 집어넣더니, 접힌 종이를
한 참 꺼내서 펼치고는, 그것을 치킨 조지 앞에 내밀었다.

「그것이 뭔지 알아? 어젯밤에 내가 꼬박 앉아서 다 썼어. 네가 지
금 보고 있는 건 네 자유를 보장하는 법적인 서류야! 난 그걸 내 금고
에 넣어 두었다가, 네가 돌아오는 날 너한테 주겠어!」

그러나 하얗고 네모난 종이를 거의 다 덮다시피 써놓은 낯선 글자
들을 잠깐 동안 물끄러미 쳐다보고 나서, 치킨 조지는 아직도 그의 분
노를 억누르려고 계속해서 애를 썼다. 「쥔님.」 그는 조용히 말했다.
「나 우리 모두의 자유 돈 주고 산다 계획했었죠! 이제 나 가진 거 다
없어졌고, 쥔님 나 멀리 물 건너 어디로 보내, 아내하고 아이들로부터
갈라져라 하는군요. 적어도 식구들 지금 해방 주고, 나는 돌아온 다음
해방하면 안 되나요?」

리 쥔님은 눈살을 찌푸렸다. 「나더러 이래라저래라 기어오르지 마!
네가 그 돈 잃은 건 내 탓이 아냐! 내가 너무 선심을 쓰니까 이러는
모양인데, 검둥이들은 그게 탈이라니까! 너 입 좀 조심해야 되겠어!」
쥔님의 얼굴이 붉어졌다. 「네가 여기서 평생을 보내지만 않았다면,
난 당장 널 팔아 치웠을 거야!」

조지는 그를 쳐다본 다음, 머리를 저었다. 「내 평생 한 일 조금이라
도 소중하다 생각한다면, 쥔님, 왜 자꾸 더 고달프게 만든다 하시나
요?」

쥔님의 얼굴이 딱딱하게 굳어졌다. 「가져가고 싶은 물건은 다 꾸
려! 넌 토요일에 잉글랜드로 떠나니까.」

104

치킨 조지가 떠나가고, 그의 행운도 떠나가고, 배짱까지도 사라져
서인지, 리 쥔님의 재산은 계속해서 자꾸만 줄어들었다. 처음에 그는
리틀 조지에게 날마다 닭들을 맡아 돌보라고 명령했지만, 겨우 사흘

째 되던 날 저녁 무렵에 쥔님은 어린 수탉 우리의 물그릇이 비었음을 보고는, 살찐 느림보 리틀 조지에게 험한 욕설을 퍼부어 쫓아 버렸다. 열아홉 살로 가장 나이가 어린 사내아이 루이스가 그다음으로 밭일을 그만두고 이 일을 맡았다. 하지만 루이스가 워낙 아무것도 모르는 터여서, 이번 닭쌈철에 아직 남은 몇 번의 경기에 대한 준비로, 리 쥔님은 관리하는 잔일이나 훈련을 직접 맡아서 처리해야 했다. 루이스는 지방의 여러 시합에 쥔님을 따라갔으며, 그럴 때면 날마다 나머지 식구들은 저녁에 모여서 기다렸다가, 어떻게 되었는지를 그에게서 전해 들었다.

쥔님의 닭들은 이길 때보다 질 때가 더 많다고 루이스가 항상 말했으며, 얼마 후에 그는 톰 리가 내기에 걸 돈을 꾸려고 고생이 심하다며 남자들이 드러내 놓고 하는 얘기를 듣기도 했다. 「쥔님하고 같이 얘기하고 싶다 하는 사람 몇 사람 없다 싶어요. 쥔님 전염병 걸렸다 하는 식으로 잠깐 얘기하고 사람들 얼른 손 흔들고 그냥 지나가 버려요.」

「그래, 쥔님 가난뱅이 되었다 다 알았으니까 전염병 같다 하겠지.」 마틸다가 말했다. 「하기야 쥔님 언제 가난 흰둥이 아니었나!」 세라 아줌마가 쏘아붙였다.

리 쥔님이, 거의 날마다, 술을 심하게 마시기 시작했고, 그래서 걸 핏하면 마님과 서로 소리 지르기 시합을 벌인다는 사실은 노예 마을에 널리 퍼진 얘기였다.

「그 영감 언제보다도 최고 나빠졌어!」 어느 날 밤 음울하게 귀를 기울이던 사람들에게 말리지 아줌마가 말했다. 「집에 들어왔다 하면 뱀같이 행동해서, 마님이 쳐다봤다 하면 소리 지르고 욕하지. 그리고 쥔님 어디 나가 사라지면, 마님 하루 종일 안에서 울기만 하고, 닭 얘기 다시는 듣기 싫다 그래!」

치킨 조지가 떠난 이후로 울거나 기도만 해서, 감정이 메말라 버린 마틸다가 그 얘기를 들었다. 잠깐 그녀의 눈길은 처녀티가 나는 딸과 건장한 어른이 된 여섯 아들을 둘러보았는데, 그들 가운데 셋은 벌써 짝을 지어 아이들을 두었다. 그런 다음에 그녀의 시선은, 마치 무슨 말을 해주기라도 바라는 듯, 대장장이 아들 톰에게 머물렀다. 그러나 대신 입을 연 사람은, (근처의 커리 농장에서 살며 잠깐 들르러 온)

버질의 임신한 아내 릴리 수었는데, 그녀의 목소리는 두려움으로 울먹였다.「나 이곳 쥔님 대해서 여기 식구들만큼 잘 모르지만, 리 쥔님 틀림없이 뭔가 무서운 일 저지른다 확실하게 느낌으로 알아요.」그들 사이에 침묵이 흘렀으며, 그들 나름대로의 추측을, 적어도 말로는, 표현하고 싶어 하는 사람이 아무도 없었다.

다음 날 아침 식사가 끝난 다음, 말리지는 부엌에서 허둥지둥 뒤뚱거리며 대장간으로 내려왔다.「쥔님 그러는데, 말에 안장 채워 현관 앞 대라는구나, 톰.」그녀는 커다란 눈에 눈물을 비치면서 재촉했다.「하나님 맙소사, 불쌍한 늙은 마님한테 쥔님 도대체 말 안 된다 얘기 늘어놓아서 들어 보니까, 너 어서 서둘러야 옳은 눈치야.」톰이 아무 말도 없이 안장을 얹은 말을 문간에 매놓고 나서, 큰집의 모퉁이를 돌아가려고 하는데, 리 쥔님이 앞문을 열고 비틀거리면서 나왔다. 술에 취해 벌써부터 벌게진 얼굴로, 그는 낑낑거리며 말 등으로 겨우 기어 올라가서는, 안장 위에서 털럭거리며 달려가 버렸다.

반쯤 열린 창문으로 톰은 마님이 상심해서 흐느껴 우는 소리를 들었다. 마님이 난처해할까 봐 모르는 체하고 그는 뒷마당을 건너 별채 대장간으로 가서, 무디어진 쟁기의 날을 세우려고 두들기기 시작하려니까, 말리지가 다시 왔다.

「톰.」그녀가 말했다.「나 생각에 나이 여든 다 되어 저러면 쥔님 자살하는 꼴 같은 끝장 볼 거야.」

「사실 얘기하면요, 말리지 할머니.」그가 대답했다.「쥔님 아마 정말 어떤 식으로든 자살하고 싶어 해요.」

리 쥔님은 말을 탄 다른 흰둥이 한 사람과 함께 한낮에 돌아왔고, 부엌과 대장간에서 각각 말리지 할머니와 톰이 살펴보니, 두 사람은, 얼마 전까지만 해도 손님이 올 때마다 그랬듯이, 말에서 내려 큰집으로 들어가 숨을 돌리면서 술을 함께 마시지를 않았다. 대신에 그들은 말을 탄 채로 뒷길을 따라 계속 달려 쌈닭 훈련장으로 내려갔다. 반 시간도 안 되어서 톰과 말리지는, 겁에 질려서 꼬꼬댁거리는 쌈닭 암컷 한 마리를 겨드랑이에 끼고 혼자 서둘러 말을 타고 되돌아오는 손님을 보았으며, 바깥에 나와 있었던 까닭에 톰의 눈에는 말을 타고 지나가는 그 남자의 성난 표정이 상당히 잘 보였다.

그날 밤 노예 마을에서 평상시처럼 모였을 때, 루이스는 실제로 무슨 일이 일어났었는지를 얘기해 주었다. 「나 말들이 오는 소리 듣고, 쥔님 나 일하는 모습 분명히 보았다 확인한 다음, 얼른 도망가 두 사람 잘 보이고 잘 들리고 하는 덤불 뒤 어디 숨었어요.」 루이스가 말했다.

「그런데 상당히 심한 흥정 조금 하고 나서, 달걀 한 무더기 품고 앉은 쌈닭 암컷 값 백 달러다 합의했어요. 그리고 나 잘 보니까, 그 남자 돈 세는 거 봤고, 쥔님 그것 다시 세어 호주머니에 넣었어요. 바로 그다음 암탉 깔고 앉은 달걀 함께 계산했다 그 남자 말하자 말다툼 시작되었죠. 그래서 말이죠, 쥔님 미친 사람처럼 욕설 퍼붓기 시작했어요! 쥔님 뛰어가서, 암탉 손에 집어 들고, 둥지 가득 담긴 달걀을 발로 짓밟아 으깨서 엉망 만들었어요! 두 사람 주먹질까지 거의 다 벌였는데, 갑자기 다른 남자 암탉 낚아채고 말에 뛰어올라 타더니, 그렇게 너무 늦지 않았다 하면 쥔님 골통을 부숴 놨겠다 소리소리 질렀어요!」

하루하루가 지날 때마다 노예 마을 가족의 불안감은 더욱 깊어졌고, 다음에는 또 어떤 무서운 일이 벌어질까 걱정하느라고 뒤숭숭한 잠자리에서 밤들이 지나갔다. 1855년 그해 여름이 지나고 가을로 접어들 때까지, 쥔님이 화를 내어 소리를 지르기만 하면, 그리고 그가 집을 떠나거나 다시 도착하기만 하면, 나머지 식구들은 그의 지시를 바라기라도 하는 듯 스물두 살 난 대장장이 톰에게로 눈길을 돌렸지만, 톰은 그들에게 아무런 암시도 주지 않았다. 쌀쌀한 11월로 접어들어, 거의 65에이커에 달하는 쥔님의 땅에서 훌륭한 값을 받을 만한 목화와 담배를 거두어들이고 난 어느 토요일 저녁, 마틸다는 그녀의 통나무집 창문을 통해 톰의 대장간에서 마지막 손님이 떠나기를 지켜보고 기다렸다가, 서둘러 그곳으로 나갔으며, 그는 오랜 경험으로 그녀의 표정을 보고는 무엇인가 특별히 할 얘기가 생긴 모양이라고 생각했다.

「무슨 일인가요, 어머니?」 풀무에 불씨를 묻기 시작하면서 그가 물었다.

「나 이런 생각 했어, 톰. 너희들 여섯 아들 모두 자라 이제 어른 되었지. 너 장남 아니지만, 나 엄마이고, 그래서 네 머리 제일 차분하다 그런 줄 알아.」 마틸다가 말했다. 「거기다가, 너 대장장이 하고, 다른 애들 밭일꾼이야. 그래서 아버지 떠난 지 여덟 달 지났으니──」마틸다가 머뭇거리다가, 솔직한 어조로 말을 이었다. 「아버지 돌아올 때까지 집안에서 너 가장 노릇 해야 할 것 같아.」

어릴 적부터 식구들 가운데 가장 내성적이었던 톰은 그 말을 듣고 솔직히 놀랐다. 비록 그와 그의 모든 형제들이 리 쥔님의 농장에서 태어나고 자라기는 했지만, 우선 그는 대장장이 훈련을 받느라고 여러 해 떠나서 살았던 데다가, 어른이 되어 돌아온 다음에도 다른 형제들이 모두 들판에 나가 일하는 동안 그는 대장간에 틀어박혀서 지냈기 때문에, 누구하고도 가까운 사이가 되지 못했었다. 저마다 이유는 서로 달랐지만 그는 특히 버질, 애슈퍼드, 리틀 조지와는 사실 거의 접촉이 없었다. 이제는 스물여섯 살이 된 버질은 자유로운 시간만 나면 옆 농장에서 사는 그의 아내 릴리 수와 최근에 태어났으며 유라이어라고 이름 지은 아들과 함께 지냈다. 스물다섯 살이 된 애슈퍼드로 말하자면, 그는 톰과 항상 서로 싫어하고 피했으며, 애슈퍼드는 그가 결사적으로 결혼하고 싶어 했던 여자의 쥔님이 그를 〈건방진 검둥개〉라면서, 그들이 빗자루를 뛰어넘지 못하게 한 이후로 세상을 더욱 미워하게 되었다. 그리고 스물네 살이 된 리틀 조지는 이제 뚱뚱보가 되었는데, 나이가 두 배나 되는 옆 농장의 요리사의 꽁무니를 따라다녀서, 그의 배 속을 채워 줄 만한 여자라면 누구라도 쫓아다니겠구나 하고 식구들에게 놀림감이 되고 말았다.

그를 집안을 이끌어 갈 가장으로 생각한다고 마틸다가 톰에게 한 얘기는, 일부러 거의 접촉을 하지 않으려고 그가 피해 왔던 리 쥔님과 그의 가족 사이를 연결시키는 다리 역할도 해야 한다는 뜻이어서 그는 더욱 놀랐다. 대장간을 열려고 장비와 연장을 사들일 때부터, 쥔님은 톰의 조용한 성격과 더불어, 점점 더 많은 손님을 끌어 오게 하는 그의 두드러진 유능함을 어떤 이유에서인지 항상 존중하는 듯싶었다. 톰이 일을 해줄 때마다 그들은 큰집에 가서 항상 대가를 지불했고, 일요일마다 쥔님은 한 주일 동안 일한 보상으로 2달러씩을 그에게 주었다.

누구하고도 얘기를 별로 하지 않으려는 천성적인 과묵함과 더불어, 톰에게는 그에 못지않게 혼자 깊은 생각에 잠기는 경향도 뚜렷했다. 해방 검둥이들에게 〈북부〉에서 주어지는 기막힌 가능성들에 대해

아버지가 들려주었던 애기를 벌써 2년이 넘도록 그가 머릿속에서 거듭거듭 되새기면서, 노예 마을의 가족 모든 사람에게 돈을 주고 그들의 자유를 사기 위해 고생하면서 한없이 여러 해를 기다리는 대신, 북부로의 집단 탈출을 치밀하게 계획해서 시행에 옮기자는 제안을 해볼까 하며 상당히 오랫동안 톰이 궁리를 해왔으리라고는 아무도 상상조차 하지 못했다. 그는 키지 할머니가 60대에 접어들었겠으며, 한 집안 식구나 마찬가지인 늙은 세라 할머니와 말리지 할머니는 70대이리라고 깨닫고는 계획을 마지못해 포기했었다. 그는 그들 세 사람이 가장 먼저 떠나겠다고 나서겠지만, 그토록 필사적인 모험에 따른 위험과 고난을 그들 가운데 한 사람이라도 과연 이겨 내려는지가 무척 의심스러웠다.

보다 최근에 그는 쥔님이 얼마 전 닭쌈에서 보았던 손해가 스스로 밝힌 정도보다 훨씬 심각했으리라고 톰은 혼자 결론을 내렸다. 톰은 리 쥔님이 하루하루 날이 갈수록, 그리고 위스키를 한 병씩 비울 때마다, 점점 더 긴장하고, 야위고, 늙어 가는 모습을 눈여겨보았다. 그러나 톰은, 적어도 반세기에 걸쳐서 꼼꼼하게 키워 왔을 혈통을 자랑하는 쌈닭들 가운데 적어도 절반은 팔아 버렸으리라는 루이스의 말을 무엇인가 심각하게 잘못되었다는 상황의 증거로 받아들였다.

성탄절이 오고, 1856년 새해를 맞이하는 사이에, 무거운 먹구름이 노예 마을뿐 아니라 농장 전체를 뒤덮었다. 그러다가 이른 봄 어느 날 오후에, 말을 탄 사람이 또 하나 농장 진입로로 들어섰다. 처음에 말리지 할머니는 그를 닭을 사러 온 사람이겠거니 여겼다. 그러나 쥔님이 이 사람을 맞아들이는 태도가 워낙 유별났기 때문에 그녀는 점점 더 걱정이 되었다. 말에서 내리는 남자에게 미소를 짓고 농담을 하던 리 쥔님은, 근처에서 어물거리던 리틀 조지더러 손님이 타고 온 말에게 먹이와 물을 주고, 밤을 지낼 마구간을 내주라고 소리를 지르고는, 정중한 태도로 손님을 안으로 맞아들였다.

말리지가 큰집의 저녁상을 차리기도 전부터, 노예 마을에서는 식구들이 밖으로 나와서 걱정스러운 질문을 주고받았다. 「도대체 그 남자 누구지?」……「전에 그 남자 본 적 없어요!」……「쥔님 최근 저렇게 행동하는 거 보지 못했어!」……「글쎄, 왜 그 남자 여기 와 있다 생각해?」 그들은 나중에 말리지가 와서 알려 줄 때를 기다리기가 힘들

지경이었다.

「나 듣기에 두 사람 중요한 얘기다 할 만한 말 한마디 없었어.」그녀가 말했다.「마님 바로 곁에 있어 그랬나 봐.」그러더니 말리지 할머니는 힘주어 말했다.「하지만 어쩐 일인지 나 그 남자 아무래도 인상 안 좋아 보여! 눈알 자꾸 돌려 가며, 별거 아닌 사람인데 잘난 체하는 그런 남자 나 전에 많이 봤거든!」

마님이 남자들을 거실에 남겨 두고 2층 침실로 가느라고 등불이 움직이자, 노예 마을에서는 10여 명의 눈길이 큰집의 창문들을 지켜보았다. 노예 마을 가족의 마지막 사람이 망보기를 포기하고 새벽녘의 기상 종소리가 걱정되어 잠자리에 든 다음에도 거실의 등불은 아직 꺼지지 않았다.

마틸다는 아침 식사 전에, 기회가 나자마자, 대장장이 아들을 옆으로 끌어냈다.「톰, 어젯밤 너한테 따로 조용히 얘기할 기회 없었고, 모두들 놀라라 해주고 싶지 않아 입 다물었지만, 말리지 아줌마 쥔님 하는 얘길 들었다는데, 쥔님 저 집 이중 저당 잡힌 거 물어야 하지만, 돈 한 푼도 없다더라! 나 생각에 그 흰둥이 검둥개 사러 온 사람이야!」

「나 역시 그렇게 생각해요.」톰이 덤덤하게 말했다. 그는 잠깐 침묵을 지켰다.「어머니, 나 생각해 봤는데, 쥔님 바뀌면 우리 사정 조금 나아진다 할지 몰라요. 그러니까 우리들 모두 같이 살기만 한다 그러면 말이에요. 나 그것이 걱정거리죠.」

아침이 되어 다른 사람들이 그들의 오두막에서 나오기 시작하자, 마틸다는 대화를 계속하여 쓸데없이 그들을 걱정시키고 싶지가 않아서 서둘러 자리를 떴다.

마님이 말리지에게 두통이 나서 아침 식사는 들지 않겠다고 지시한 다음, 쥔님과 손님은 한껏 먹고 나서, 앞마당을 산책하며, 서로 머리를 맞대고 열심히 얘기를 나누었다. 얼마 안 있다가, 그들은 큰집의 옆을 따라 거닐었고, 뒷마당으로 가서, 결국 톰이 스스로 만든 풀무로 바람을 불어넣으며 바삐 일하는 대장간에 이르렀으며, 노란 불꽃들이 공중으로 날아오르는 용철로 속에서는 두 장의 철판을 경첩으로 변형시키기 위해서 가열 작업이 시작되려는 참이었다. 몇 분 동안 두 남자는 새빨갛게 달군 철판을 손잡이가 기다란 부젓가락으로 꺼내는 톰을 자세히 살펴보았다. 경첩에 못을 끼울 홈을 만들기 위해 피셔-노리스 모루의 단단한 구멍에 고정시킨 틀잡이 막대기에 철판 조각들의 중간을 걸어 민첩하게 접은 다음, 그는 조각마다 강철로 나사 구멍을 셋씩 뚫었다. 자루가 짧은 차가운 끌과 그가 마음에 들도록 스스로 만든 2킬로그램짜리 망치를 집어 든 그는 쇳조각들을 손님이 주문한 대로 H자 경첩 모양으로 잘랐으며, 그러는 동안 그는 마치 구경꾼들의 존재를 의식하지 못한다는 듯이 행동했다.

리 쥔님이 마침내 입을 열었다. 「내 입으로 이런 얘기 하면 어떨지 모르겠지만, 저만하면 상당히 훌륭한 대장장이죠.」 그는 느긋하게 말했다.

다른 남자가 그렇다는 뜻으로 힘주는 소리를 냈다. 그러더니 그는 작은 대장간 안을 돌아다니면서, 톰의 솜씨를 보여 주려고 못이나 고리에 걸어 놓은 여러 가지 견본들을 살펴보았다. 갑자기 남자가 톰에게 직접 말을 걸었다. 「너 몇 살이지?」

「곧 스물세 살 됩니다, 선생님.」

「아이는 몇이고?」

「아직 마누라 없습니다, 선생님.」

「너처럼 크고 튼튼한 놈이면 마누라 없이도 여기저기 아이들을 잘 뿌려 놓았겠지.」

톰은 노예 마을에 흰둥이들이 뿌려 놓은 아이들을 생각하면서, 아무 말도 하지 않았다.

「너 혹시 진짜 독실한 신자 검둥개 아니냐?」

톰은 그 남자가 자기를 (거의 틀림없이 사들이고 싶은 생각에서 가늠해 보기 위해) 여기저기 면모를 살피는 모양이라고 믿었다. 그는 확실하게 말했다. 「나 생각하기에 리 쥔님 선생님한테 말했겠지만, 여기 우리들 어머니, 할머니, 형제자매 모두 우선 한가족입니다. 우리 모두 하나님 믿고 『성서』 믿어라 가르침 받으며 자랐습니다, 선생님.」

남자가 눈살을 찌푸렸다. 「너희들 가운데 누가 다른 사람들한테 『성서』를 읽어 주지?」

톰은 이 불길한 낯선 사람에게 그의 할머니와 어머니가 글을 읽을 줄 안다는 사실을 알려 줄 생각은 없었다. 그가 말했다. 「나 생각하기에, 우리 모두 자라면서 『성서』 구절 너무 자주 들어서, 그냥 다 외우게 되었다 같습니다, 선생님.」

안심했다는 듯 남자는 하던 얘기로 되돌아갔다. 「너 여기보다 훨씬 더 큰 곳에서 대장장이 일을 해낼 자신 있어?」

톰은 자기를 팔아 버릴 계획이 이미 이루어졌음을 재확인하고는 속이 터질 지경이었지만, 혹시 가족이 모두 함께 가게 되는지부터 먼저 알아내야만 했다. 이렇게 아슬아슬한 상태로 분노를 자제하면서, 그는 다시 떠보았다. 「글쎄요, 선생님, 나하고 여기 나머지 우리 식구들하고, 어디서나 필요하면 같이 곡식 가꾸고 무엇이나 다 할 수 있습니다라고 생각하지만—」

화가 난 톰을 남겨 두고, 올 때나 마찬가지로 차분하게 쥔님과 그의 손님이 들판을 향해서 가버리자마자, 늙은 말리지 할머니가 부엌에서 부리나케 달려왔다. 「저 사람들 무슨 소리 했니, 톰? 마님 내 얼굴 마주 쳐다보지도 못하더라.」

목소리를 가다듬으려고 애쓰면서 톰이 말했다. 「누가 팔려 가는 모양인데요, 말리지 할머니, 우리 모두 다 팔릴지 모르고, 아니면 나 혼자 팔릴지 몰라요.」 말리지 할머니는 울음을 터뜨렸고, 톰은 그녀의 어깨를 붙잡고 거칠게 흔들었다. 「말리지 할머니, 울어서 아무 소용 없어요! 나 어머니한테 역시 얘기했지만, 나 생각하기에 새로운 곳 가면, 저 쥔님하고 여기 살기보다 좋을지 모를 일이죠.」 하지만 톰의 노력에도 불구하고 늙은 말리지의 슬픔은 풀어질 줄을 몰랐다.

그날 늦게 나머지 사람들이 밭에서 돌아왔을 때, 톰의 형제들은 충격을 받고 우울한 표정이었으며, 여자들은 큰 소리로 엉엉 울어 댔다. 그들이 모두 앞을 다투어서 하는 얘기를 들어 보니, 쥔님과 손님이 밭으로도 나와서, 일하는 그들을 둘러보았고, 낯선 사람이 그들을 하나씩 붙잡고 이것저것 물어보는 품이, 보나 마나 그들을 사려고 값을 정하기 위해 그랬다는 내용이었다.

노예 마을의 열일곱 사람이 한밤중까지 슬픔과 공포에 젖어 아우성치고, 대부분의 남자들도 결국은 여자들과 마찬가지로 발작적인 반응을 보여서, 아무나 가장 가까이 있는 사람을 닥치는 대로 붙잡고 껴안고는, 그들이 이제 다시는 서로 보지 못하게 되리라고 울부짖는 소리를 큰집에서 세 사람이 듣지 못했을 리는 절대로 없었다. 「하나님, 이 악에서 우리 건져 주시옵소서!」 마틸다가 찢어지는 소리로 기도를 드렸다.

다음 날 아침에 톰은 어두운 운명을 예감하면서 기상 시간을 알리는 종을 울렸다.

늙은 말리지 할머니는 그의 옆을 지나서 아침을 지으려고 큰집의 부엌으로 갔다. 10분도 안 되어서 그녀는 축 처져서 노예 마을로 돌아왔는데, 그녀의 검은 얼굴은 새로운 충격으로 긴장하고 다시금 흐르는 눈물로 반짝였다. 「쥔님 그러는데 아무도 아무 데도 가지 말라는구나. 그리고 쥔님 아침 식사 끝나면 한 사람 안 빼놓고 모두 여기 모이라고…….」

겁에 질린 그들이 모두 오두막 밖으로 나와 모였으며, 병들고 늙은 팜피 할아버지까지도 의자에 실려 나왔다.

쥔님과 손님이 큰집의 모퉁이를 돌아 나오자, 열일곱 사람의 눈은 리 쥔님의 비틀거리는 걸음걸이를 보고 그가 보통 때보다 훨씬 심하게 술이 취했음을 알았고, 두 사람이 노예 마을 사람들 5미터쯤 앞에서 걸음을 멈추자, 쥔님은 화가 나고 혀가 꼬부라진 커다란 목소리로 말했다.

「너희 놈 검둥개들은 항상 내 일을 염탐질만 하고 살아왔으니, 이 농장이 파산했다는 건 새로운 소식도 못 되겠지. 너희들은 모두 나에게는 더 이상 돌보기에 너무나 무거운 짐이어서, 난 여기 계신 이 양반에게 좀 팔아 치워야 되겠는데…….」

비명과 신음 소리가 한꺼번에 터져 나오자 다른 남자가 거칠게 손짓을 했다. 「닥치지들 못해! 어젯밤부터 이 따위 법석들이나 부리고 말이야!」 그는 줄지어 늘어선 사람들이 잠잠해질 때까지 아래위를 훑으며 눈을 부라렸다. 「난 평범한 검둥개 상인이 아니야. 나는 이 사업 분야에서 가장 규모가 크고 가장 훌륭한 회사들 중의 하나를 대표하는 사람이란 말이다. 우리 회사는 지점들을 두었고, 검둥개들을 주문에 따라 리치먼드나 찰스턴, 멤피스나 뉴올리언스로 실어 나르는 배도 여러 척이어서…….」

마틸다는 그들 모두의 머리에 가장 먼저 떠오른 걱정거리를 큰 소리로 외쳤다. 「우리 함께 다 같이 팔리나요, 쥔님?」

「닥치라고 했잖아! 그냥 기다리면 모두 알게 돼! 여기 계신 너희 쥔님은 참된 신사분이고, 저기 집 안에서 너희들 검둥개들 때문에 가슴이 터져라 울고 계신 마님도 그에 못지않은 훌륭한 부인이시라는 건 내가 새삼 얘기할 필요가 없어. 이분들은 너희들을 하나씩 따로 팔았더라면 더 많은 돈을, 훨씬 더 많은 돈을 받았을 거야!」 그는 덜덜 떨고 있던 리틀 키지와 메리를 힐끗 쳐다보았다. 「너희 두 계집년들은 하나당 4백 달러나 그 이상 나가는 검둥 애들을 지금 당장부터라도 낳기 시작할 나이로구면.」 그의 눈길이 마틸다에게서 멎었다. 「넌 상당히 나이가 많기는 하지만, 요리를 할 줄 안다고 했지. 남부에 내려가면 훌륭한 요리사는 요즈음 천2백에서 천5백 달러까지 받아.」 그는 톰을 쳐다보았다. 「요즈음처럼 가격이 치솟는 형편이라면, 한창 젊은 대장장이는 2천5백 달러쯤은 쉽게 값이 나가고, 여기에서처럼 네가 손님을 잘 끌어들여서 돈벌이를 하려는 사람은 3천도 성큼 내겠지.」 그의 눈은 나이가 스물에서 스물여덟 사이인 톰의 다섯 형제를 훑어보았다. 「그리고 너희들 밭일꾼들은 하나에 9백에서 천 달러는 나가겠고—」 노예 상인은 효과를 노리느라고 잠깐 말을 멈추었다. 「하지만 너희들은 모두 재수가 아주 좋았어! 너희 마님은 너희들을 꼭 한꺼번에 같이 팔아야 한다고 고집하셨는가 하면, 너희들 쥔님도 그 뜻을 따르기로 했으니까!」

「고맙습니다, 마님! 고맙습니다, 예수님!」 키지 할머니가 소리쳤다. 「하나님을 찬미하라!」 마틸다가 외쳤다.

「시끄러워!」 노예 상인이 화를 내며 손짓했다. 「난 이분들이 다시 생각해 보게 하려고 애썼지만, 뜻대로 되지가 않았어. 그리고 마침 우리 회사에서는 이곳에서 별로 멀지 않은 곳에서 담배 농장을 하는 어떤 고객들의 부탁을 받았지! 앨라맨스 군의 북캐롤라이나 철도 회사 바로 옆이야. 그들은 함께 살아왔기 때문에 도망이나 뭐 그런 일로 말썽을 피우지 않고, 그 농장에서 필요로 하는 일은 무엇이나 다 맡아서 처리할 만한 그런 검둥이 가족을 구하는 중이지. 너희들은 경매에 붙일 필요가 없게 되었어. 나한테 무슨 말썽을 피우지만 않는다면, 너희들은 쇠사슬을 채운다거나 그럴 필요도 없다는 설명도 들었고.」 그는 냉정하게 그들을 둘러보았다. 「좋다, 내가 너희들을 데리고 갈 목적지에 도착할 때까지, 지금 당장부터 너희들은 내 검둥개라고 생각해야 한다. 난 너희들이 짐을 꾸릴 4일 동안의 여유를 주겠다. 토요일 아침이 되면 우린 너희들을 몇 대의 마차에 태워서 앨라맨스 군으로 데리고 간다.」

충격을 받은 목소리로 처음 말문을 연 사람은 버질이었다. 「커리 농장에 사는 릴리 수하고 내 자식들 어떻게 되나요? 그들도 같이 사 가시겠죠, 안 그래요, 선생님?」

톰이 소리쳤다. 「그리고 우리 할머니하고, 세라 할머니하고, 말리지 할머니하고, 팜피 할아버지 어떻게 되죠? 선생님 애기하지 않았다 해도 모두 식구들인데―」

「그럴 생각은 없어! 어느 검둥이 녀석 심심해하지 말라고, 그 녀석이 같이 잔 계집들을 모두 다 살 형편은 아니니까!」 노예 상인이 비꼬는 말투로 소리쳤다. 「이 늙은 폐물들로 말할 것 같으면, 일은커녕 제대로 걷지도 못해서, 사겠다고 나설 고객이 없어! 하지만 리 선생께서는 워낙 마음이 선량하셔서, 그들이 여기서 빈둥거리며 살게 내버려 두기로 하셨지.」

개탄하고 흐느끼는 소란 속에서, 키지 할머니는 리 쥔님의 앞으로 불쑥 뛰어나갔고, 그녀의 목구멍에서 찢어지는 듯한 소리가 터져 나왔다. 「쥔님 자기 아들도 멀리 쫓아 보냈는데, 적어도 나 손자하고 같이 못 사나요?」 리 쥔님이 얼른 시선을 돌리자, 그녀는 땅바닥으로 힘없이 주저앉았고, 젊은 자식들의 힘센 팔이 그녀를 붙잡아 일으키는 사이에, 늙은 말리지 할머니와 세라 할머니가 거의 이구동성으로 고함쳤다. 「재들 나 유일한 가족이에요, 쥔님!」……「나도 그래요, 쥔님! 우리 50년 넘도록 같이 살았어요!」 거동이 힘들어진 늙은 팜피 할아버지는 의자에서 일어날 기운이 없어서, 그냥 앉은 채 뺨으로 눈물이 줄줄 흘러내렸으며, 멍하니 앞을 바라보면서, 기도를 드리느라고 입술만 움직였다.

「시끄러!」 노예 상인이 소리를 질렀다. 「마지막으로 한 번 더 얘기해 두겠어! 내가 검둥이들을 어떻게 다루는지 이러다간 곧 너희들도 알게 될 거야!」

노려보던 톰의 눈은 짧은 순간 리 쥔님과 시선이 마주쳤고, 톰은 목쉰 소리로 찬찬히 말을 골라 가면서 얘기했다. 「쥔님, 쥔님 운이 나빠 고생한다 우리 분명히 괴롭고, 쥔님 우리들 팔아 치운다 하는 유일한 이유 무엇인지 우리 역시 알기로는―」

리 쥔님은 거의 고마움에 가까운 표정이 스치는 듯한 눈을 다시 떨

어뜨렸고, 기운 없는 그의 목소리를 들으려고 그들은 귀에 신경을 집
중해야 했다.「그래, 너희들 누구에 대해서도 난 나쁜 감정은 없어—」
그가 머뭇거렸다.「대부분이 내 농장에서 태어나 자란 너희들은 사실
모두 착한 검둥이들이라고 생각해.」

「쥔님.」톰이 겸손하게 애원했다.「만일 앨라맨스 사람들 우리 가족
에서 노인들 안 받아 준다 그러면, 나 쥔님한테서 모두 사는 방법 없
을까요? 이 선생님 말하기를, 몇 푼 가치 없는 사람들이다 그랬는데,
나 가격 좋게 내겠습니다. 나 무릎 꿇고 새 쥔님께 빌어서, 나 철도 회
사 같은 곳에 나가 대장간 돈벌이 하고, 형제들 역시 일자리 얻어 도
움 보태게 해달라 부탁하겠어요.」이제는 두 뺨으로 눈물을 줄줄 흘
리며 톰은 넋이 나간 사람처럼 애걸했다.「쥔님, 할머니하고 여기 우
리 가족 똑같은 세 사람 값 쥔님이 달라는 액수 다 차도록 우리 버는
돈 모두 보내 드리겠습니다. 같이 지낸 오랫동안 시절 생각해서, 우리
들 같이 살게 해주면 고맙겠어요, 쥔님—」

리 쥔님은 온몸이 굳어버린 인상이었다. 그러나 그는 말했다.「좋
아! 한 사람에 3백 달러씩만 내면, 데려가도 좋아—」그들에게서 미
처 환호성이 터져 나오기 전에, 그는 얼른 손을 쳐들었다.「잠깐만!
돈이 내 손에 들어올 때까지는, 그들은 이곳에 머물러야 해!」

신음과 흐느낌 속에서 음울한 톰의 목소리가 들려왔다.「사정 생각
해서, 쥔님, 우리 그 이상 기대했는데요.」

「어서 모두 끌고 나가요!」쥔님은 상인에게 소리쳤다. 그는 돌아서
서 빠른 걸음으로 큰집을 향해서 걸어갔다.

한없는 절망으로 가득 찬 노예 마을로 돌아가서는, 말리지 할머니
와 세라 할머니까지도 키지 할머니를 위로해야 했다. 키지는 톰이
만들어 준 흔들의자에 앉아서, 온통 껴안고 키스하고 눈물을 흘리는
식구들에게 둘러싸여, 온몸이 눈물로 펑 젖을 지경이었다. 모두가
울었다.

어디선가 그녀는 기운을 차렸고, 용기를 내어 쉰 목소리로 말했다.
「모두 그렇게 법석 부리지 마라! 나하고 세라하고, 말리지하고, 팜피
하고 조지 돌아올 때까지 여기 그냥 기다리겠어. 벌써 간 지 두 해가
되었으니까, 머지않아 돌아온다. 조지 우리 살 돈 못 가져오면, 오래
기다리지 않아 톰하고 너희들이—」

애슈퍼드는 침을 삼켰다. 「그럼요, 할머니, 우리 꼭 그래요!」 그녀는 그에게, 그리고 그들 모두에게 창백한 미소를 지었다. 「또 하나 얘기해 두겠어.」 키지 할머니가 말을 이었다. 「나 다시 만나기 전 너희들 중 누구 혹시 새로 아이 낳으면, 그 애들한테 나 가족, 나 엄마 벨, 그리고 아프리카 인 나 아버지, 그러니까 그 아이들 고조부 쿤타 킨테 얘기 꼭 잊지 말고 다 해라! 나 얘기 잘 들어! 아이들한테 나 얘기, 나 아들 조지 얘기, 그리고 너희들 얘기 모두 해라! 그리고 여러 줜님 밑에 우리 겪은 얘기 다 하고. 우리들 누구이다 그 얘기 아이들한테 다 전해라!」

〈물론 그러죠〉…… 〈절대 안 잊어버려요, 할머니〉라고 훌쩍거리며 여러 사람이 한꺼번에 얘기하는 가운데, 그녀는 가까이 있는 얼굴들을 손으로 쓰다듬으면서 말했다. 「이제 그만들 해라! 모든 일 다 잘될 테니까! 조용들 하랬잖아! 이러다 홍수 져서 나 문밖으로 당장 떠내려 나가겠다!」

떠날 사람들이 짐을 꾸리는 사이에 나흘은 정신없이 지나갔고, 결국 토요일 아침이 되었다. 그들은 모두 밤을 꼬박 새우다시피 했다. 말이라고는 거의 한마디도 하지 않으면서 그들은 모여 앉아서, 서로 손을 맞잡고는, 떠오른 해를 지켜보았다. 드디어 마차들이 도착했다. 떠나야 할 사람들이 차례로 몸을 돌려서 남아야 할 사람들을 말없이 껴안았다.

「팜피 할아버지 어디 갔어!」 누가 물었다.

말리지 할머니가 말했다. 「가엾은 늙은이, 어젯밤 나한테 말하기를, 모두 떠나는 거 차마 못 보겠다 그러면서—」

「그래도 얼른 가서 인사해야 해!」 리틀 키지가 소리치고 오두막 쪽으로 뛰어갔다.

잠시 후에 그들은 리틀 키지가 지르는 소리를 들었다. 「엄마!」

그들은 길바닥에 서서 기다리다가 그리고 마차에서 뛰어내려 달려갔다. 노인은 의자에 앉아 있었다. 그리고 그는 숨을 거둔 다음이었다.

　새 농장으로 옮겨 와서는 다음 일요일이 되고, 머리 쥔님과 마님이 마차를 타고 교회로 예배를 보러 간 다음에야, 겨우 가족이 모여 앉아 얘기를 나눌 기회가 찾아왔다.

　「글쎄, 나 너무 빨리 판단하겠다 그러고 싶지 않지만, 한 주일 내내 나 머리 마님하고 부엌에서 요리하는 동안 얘기 많이 했어.」 자식들을 모두 모아 놓고 둘러보면서 마틸다가 말했다. 「나 생각하기에, 마님하고 새 쥔님은 착한 기독교인 같아. 아빠 아직 안 돌아왔고, 할머니 아직 리 쥔님 함께 살기는 하지만, 나 여기서 지내기 훨씬 좋아졌다 생각해.」 자식들의 얼굴을 다시 살펴보면서 그녀가 물었다. 「그래, 너희들 겪어 보고 얘기 들었다 하니 어떠냐?」

　버질이 말했다. 「글쎄요, 이곳 머리 쥔님 농사 잘 모른다 같고, 쥔님 노릇 역시 많이 못하는 것 같아요.」

　마틸다가 설명을 보태었다. 「그런 이유는 머리 쥔님 마님 벌링턴에서 상점 하던 읍내 사람들이었는데, 아저씨 죽어 유산으로 이곳 받아 왔기 때문이지.」

　버질이 말했다. 「나한테 얘기할 때면 쥔님 언제나, 우리 일시키게 흰둥이 감독 두겠다 그래요. 그래 나 자꾸 얘기하기를, 그 돈 낭비할 필요 없고, 감독보다 적어도 밭일꾼 대여섯 더 급하다 그랬죠. 또 우리한테 기회만 주면, 우리끼리 훌륭한 담배 키워 거둬 주겠다 그랬고——」

　애슈퍼드가 말을 가로막았다. 「나 가난 흰둥이 감독 하나하나 이래라저래라 하는 곳 어디도 오래 안 있겠어!」

　애슈퍼드를 날카롭게 노려본 다음에 버질이 말을 계속했다. 「머리 쥔님 그랬는데, 우리 얼마나 잘하나 얼마 동안 두고 보겠대요.」 그는 말을 잠깐 멈추었다. 「나 커리 쥔님한테 릴리 수하고 우리 아이 사서 이리 데려와 달라 빌면서 부탁했어요. 릴리 수 누구보다 일 열심히 한다 그랬죠. 쥔님 생각해 본다 했지만, 우리들 사려고 벌써 은행에 큰 집 저당 잡혔으니까, 금년 담배 얼마 많이 팔린다 봐야 되겠다고 그랬고요.」 버질은 말을 멈추었다. 「그래서 우리 모두 열심히 함께 일해야 해요! 검둥이들 자기들끼리 맡기면 일 절반도 안 한다 다른 흰둥이들 쥔님한테 많이 충고한다 나 알아요. 게으름 부리고 딴 짓 하다 눈에 띄었다 하면, 우리 틀림없이 감독 보게 되죠.」뚱한 표정을 짓는 애슈퍼드를 다시 힐끗 쳐다보고 나서 버질이 덧붙여 말했다.「사실 나 좋은 계획 생각했는데, 우리 일하는 곳 머리 쥔님 말 타고 나오면, 나 모두한테 좀 고함치고 욕하자는 제안이고, 그러면 왜 좋은지 모두들 알잖아요.」

「아무렴!」애슈퍼드가 버럭 소리를 질렀다.「너하고 또 누구하고 항상 쥔님 눈에 잘 드는 검둥이 되겠다 기를 쓰지!」

톰은 흥분했지만, 애슈퍼드의 말을 전혀 무시하는 듯한 태도를 보였고, 버질은 몸을 반쯤 일으키더니 일을 많이 해서 못이 박힌 검지로 삿대질을 했다.「야, 나 한마디 하는데, 아무하고도 사이 안 좋게 지내면, 뭐 잘못된 셈이야! 그러다 언젠가 혼날 테니 두고 보라고! 솔직히 얘기하는데, 나 아니면 누군가 버릇 대신 들인다 할 테니 그렇게 알아!」

「조용해! 너희들 다 쓸데없는 소리 그만 하라고!」마틸다는 그들을 둘 다, 특히 애슈퍼드를 노려보고 나서, 갑작스러운 긴장을 풀어 주기를 분명히 바라는 눈길로 애원하듯 톰을 쳐다보았다.「톰, 대장간 세우는 동안 머리 쥔님하고 너하고 같이 얘기 나누는 거 나 많이 봤어. 너 생각은 어떠니?」

천천히 생각해 가면서 톰이 말했다.「우리 여기서 더 잘 지낸다 얘기 동감이에요. 하지만 우리 어떻게 처신하느냐 앞으로 많이 달렸죠. 어머니 한 말처럼, 나 보기에 머리 쥔님 천하고 고약한 흰둥이 아닌 것 같아요. 나 버질 한 말처럼 믿는데, 쥔님 경험 너무 없어 아직 우리 믿지 못해요. 그것 말고도 중요한 일인데, 쥔님 우리가 우습게 여길지 모른다 걱정하고, 그래서 공연히 더 딱딱하게 말하고 행동해서, 감독 얘기 그렇게 나왔다 생각해요.」톰이 말을 멈추었다.「나 따져 보니까, 어머니 마님을 다루어야 좋아요. 우리 나머지 우리들 가만 내버려 두면 아주 좋다 하는 사실 쥔님 납득시키고요.」

그렇다고 여기저기서 웅얼거리는 소리가 난 다음, 마틸다는 가족의 장래에 대해서 확실한 기대를 품게 된 기쁨에 떨리는 목소리로 말했다.「그러니까 이제, 다시 정리한다 해보면, 너희들 말 그대로 해가면서, 머리 쥔님 설득하여 릴리 수하고 어린 유라이어 역시 사오도록 해야지. 너희들 아버지 대해서 우리 아무것도 할 도리 없고, 그냥 가만히 기다려야지. 그러면 어느 날 이곳 불쑥 나타나서⋯⋯.」

낄낄거리면서 메리가 끼어들었다.「초록빛 목도리 뒤에 길게 넘기고, 검정 중절모 머리 위 쓰고 말이죠!」

「그렇고말고, 얘야.」마틸다가 다른 아이들과 함께 미소를 지었다. 그녀는 말을 계속했다.「그리고 키지 할머니하고, 세라 할머니하고, 말리지 할머니하고 데려와야 한다 얘기 아직 꺼내지 못했어. 그 문제 도와주겠다 머리 마님한테 나 벌써 약속받았지. 할머니들 남겨 두고 왔다 해서 우리 모두 찢어진 가슴 얘기 아주 열심히 설명했어. 하나님 굽어 살피소서! 마님 나처럼 똑같이 막 울더구나! 마님 그러는데 머리 쥔님더러 정말 늙은 세 여자 사오라 하면 누구 얘기도, 마님 얘기까지도 듣지 않겠지만, 마님 진심으로 약속하기를, 톰하고 나머지 너희들하고 돈벌이 일자리 구해 줘라 쥔님한테 부탁하겠다더라. 그러니까 우리 여기 다른 쥔님 위해 일한다 전부 아니고, 우리 식구들 다시 찾기 위해 일한다 하는 거 모두 잊지 마라.」

그런 각오를 가지고 그들 가족은 1856년의 씨 뿌리는 철을 맞았고, 마틸다는 그녀의 명백한 충성심과 열성, 그리고 훌륭한 요리 솜씨와, 말끔한 집안 살림으로 머리 쥔님과 마님의 고마워하는 마음과 신용을 점점 다져 나갔다. 쥔님은 잎담배의 풍작을 이루기 위해서 그의 형제와 누이들을 계속해서 재촉하고 다그치는 버질을 눈여겨보았다. 그는 톰이 눈에 두드러질 만큼 농장을 흡족한 상태로 향상시켜 놓고, 대부분 스스로 집에서 만든 연장들을 사용해 가면서 빼어난 솜씨로, 여기저기서 주워 모은 낡고 녹슬고 버려진 고철을 녹여, 결국은 쓸모가 있으면서도 장식적인 집 안 물건들과 더불어, 튼튼한 새 농기구와 연장들로 다시 만들어 내놓는 재주를 확인했다.

일요일 오후면 거의 언제나, 머리 부부 자신이 어디로 나들이를 가지 않을 경우에는, 이 지역의 여러 농장 가족들이 벌링턴이나 그레이엄, 호 강이나 미베인, 그리고 주변의 다른 여러 읍내에 사는 옛 친구들과 함께 그들을 환영하려고 찾아오고는 했다. 손님들에게 큰집과 마당을 보여 주면서 머리 부부는 항상 자랑스럽게 톰의 솜씨가 담긴 여러 가지 물건을 소개하고는 했다. 농장이나 읍내에서 찾아온 사람들은 거의 누구나 다 그들을 위해서 톰에게 무엇인가 좀 일을 맡기면 안 되겠는지 허락해 달라는 부탁을 했고, 머리 쥔님은 그러라고 말했다. 톰에 대한 선전이 입에서 입으로 더욱 널리 전해지다가, 그가 주문을 맡아 만든 물건들이 점점 더 많이 앨라맨스 일대에 등장했고, 일자리를 구해 달라고 쥔님에게 했던 마님의 당초 부탁은 사실상 필요가 없어졌다. 얼마 안 지나서, 날마다, 젊거나 늙은 노예들은 걷거나 노새를 타고 찾아와서, 부러진 연장이나 다른 물건들을 가져다 고쳐 달라고 그에게 맡겼다. 어떤 쥔님이나 마님들은 그들의 집에 장식할 물건들을 그림으로 그려 보냈다. 그리고 어떤 때는, 현장에서 수리를 하거나 무엇을 설치해 달라는 고객의 주문에 따라서, 머리 쥔님은 톰이 노새를 타고 다른 농장이나 마을로 가는 여행 허가증을 써줘야 할 경우도 생겨났다. 1857년이 되자, 톰은 일요일만 빼고는 날마다 새벽부터 어두울 때까지 일을 계속해야 했고, 그가 해내는 일감의 전체 분량은 적어도 그를 가르쳐 준 아이제이어 아저씨의 작업량과 맞먹었다. 고객들은 큰집에서나 또는 교회에서 만날 때 머리 쥔님에게 요금을 지불했는데, 그 액수로는 말이나 노새나 소에게 박아 주는 징 하나에 14센트, 마차 바퀴의 테를 새로 하나 만들면 37센트, 쇠스랑을 고치면 18센트, 곡괭이의 날을 세우면 6센트를 받았다. 고객이 도안한 장식품을 만드는 일에 대한 보수는 따로 타협을 보아서, 참나무 잎사귀 장식이 담긴 격자무늬 앞문은 5달러를 받았다. 그리고 주말만 되면 머리 쥔님은 지난 주일 동안 그가 한 일로 벌어들인 돈에서 1달러마다 10센트씩 계산해서 톰에게 주었다. 쥔님에게 고맙다고 하고는 톰은 주일마다 받는 돈을 어머니 마틸다에게 주었고, 그녀는 톰과 자기만이 아는 곳에다 묻은 유리병 속에다 그 돈을 감추었다.

토요일 정오가 되면 한 주일 동안의 밭일이 끝났다. 이제는 열아홉 살과 열일곱 살이 된 리틀 키지와 메리는 재빨리 목욕을 하고, 짧고 헝클어진 머리카락을 끈으로 단단히 매고는, 얼굴이 새까맣게 반들거리도록 밀랍으로 문질렀다. 그러고는 물들인 면직 드레스를 가장 좋은 것으로 골라, 풀을 먹이고 다리미질해 입고서, 하나는 물이나 〈레몬달걀〉[26]을 담은 주전자를 들고, 하나는 바가지를 들고 곧 대장간에 나타났다. 톰이 일단 갈증을 풀고 나면, 그들은 다음 주말까지는

---

26 *lemonegg.* 레모네이드를 뜻함.

끝내 주겠다고 톰이 약속했던 물건들을 찾아오라고 쥔님이 보내서, 토요일 오후면 틀림없이 대장간에 찾아와 모여서 기다리는 노예 몇 명에게도 시원한 마실거리를 나누어 주었다. 톰은 그의 여동생들이 잘생기고 젊은 남자들과 훨씬 유쾌하고 즐겁게 농담을 주고받는 모습을 재미있어하면서 눈여겨보았다. 어느 토요일 밤에 그는 마틸다가 날카롭게 꾸짖는 소리를 듣고서도 별로 놀라지는 않았다. 「나 눈 멀지 않았어! 거기 내려가 남자들 앞에 너희들 꼬리 치는 꼴 다 보았다고!」리틀 키지가 열심히 반발했다. 「하지만 엄마, 우리들 여자예요! 리 쥔님 농장에서 남자라고 하면 구경도 못했어요!」마틸다는 톰이 알아듣지 못하겠는 무슨 말을 큰 소리로 투덜거렸지만, 그는 어머니가 사실은 겉으로 보여 주려고 애쓰는 만큼이나 속으로도 정말로 말리고 싶어 하지는 않음을 눈치 채었다. 얼마 후에 마틸다가 그에게 한 말을 들으니 그런 사실은 더욱 확실해졌다. 「보아하니 너 코앞에 서 두 계집애 바람 부려도 가만 놔두는 모양이구나. 너 적어도 그 애들 나쁜 녀석들한테 걸려들지 마라 감시 잘해야지.」

온 집안 식구가 깜짝 놀랄 일이었지만, 얼마 안 가서 미베인 마을 근처 농장에서 마구간 일꾼인 남자와 〈빗자루를 뛰어넘겠다〉라는 뜻을 조용히 밝힌 사람은 〈바람기〉가 상당했던 리틀 키지가 아니라, 훨씬 말수가 적었던 메리였다. 그녀는 마틸다에게 애원했다. 「어머니, 우리 같이 살도록 니코데무스의 쥔님 원하면 우리 쥔님 설득해 적당한 값 나 팔려 가도록 설득해 도와주세요!」그러나 마틸다는 막연히 투덜거리기만 해서, 메리는 울음을 터뜨리고 말았다.

「세상에, 톰 난 뭐가 뭔다 모르겠어!」마틸다가 말했다. 「저 애 저렇게 행복한 거 보면, 나 역시 행복해. 하지만 우리 누구라도 또 팔려 가는 꼴 보고 싶지 않아.」

「그건 잘못이에요, 어머니. 어머니 잘못이다 아시잖아요!」톰이 말했다. 「나 물론 다른 곳 떨어져 사는 사람이다 하면 아무도 결혼하고 싶지 않아요. 버질 어떻게 되었다 보세요. 우리 팔려 온 다음 줄곧 릴리 수 남겨 놓고 왔다 하는 생각에 병날 지경이죠.」

「애야.」그녀는 말했다. 「결혼한 사람 떨어져 거의 못 만나는 얘기 내 앞에 하지 마라! 너희들 아이들 쳐다봐야 겨우 나 남편 어디 있구나 알게 될 때 무척 많으니까…….」마틸다는 머뭇거렸다. 「하지만 메리 떠난다 얘기 다시 하면, 내 마음 걸리는 거 그 애뿐 아니라 너희들 전부란다. 너 하는 일 너무 바빠 신경 못 썼겠지만, 요즈음 일요일 되면 너하고 버질뿐 다른 녀석들 아무도 보이지 않아. 나머지 애들 모두 여자 꽁무니 쫓아다닌다 바빠서……」

「어머니.」톰이 날카롭게 말을 가로막았다.「우리 다 자란 어른이잖아요!」

「물론 그렇겠지!」마틸다가 말을 되받았다.「나 하려는 얘기 그거 아니다! 우리 다시 다 모이기 전 가족 모두 뿔뿔이 박살나 흩어진다 기분 들어!」

그들 사이에 잠깐 침묵이 흐르는 동안, 톰은 어머니가 최근에 걸핏하면 화를 내거나 어울리지 않게 울적해하는 숨은 이유가, 그의 아버지가 돌아왔어야 할 때가 벌써 몇 달이 지났기 때문임을 알았으므로, 무엇인가 안심을 시켜 줄 만한 말을 찾아내려고 생각했다. 그녀가 조금 아까 말했듯이, 어머니는 남편 없이 다시 살아가던 참이었다.

갑자기 마틸다가 그를 힐끗 쳐다보고 이런 말을 하자 톰은 깜짝 놀랐다.「너, 언제 결혼한다 작정이냐?」

「지금까지 그런 생각 많이 안 해봤는데—」당황한 그는 머뭇거리다가 말머리를 돌렸다.「우리 할머니, 세라 할머니, 말리지 할머니 다시 찾아오는 생각 했어요. 어머니, 우리 여태 모은 돈 얼마쯤 되나요?」

「얼마쯤 아니라, 정확히 얼마다 알려 주지! 지난 일요일 너 나한테 준 2달러 4센트 보태서, 87달러 57센트야.」

톰은 머리를 저었다.「나 더 열심히 일해야……」

「정말 바라는데, 버질하고 다른 애들 좀 더 도와줬으면 한다.」

「그 애들을 탓한다 못해요. 굶어 죽지 않겠다 해서, 하루 25센트 받고 죽어라 일하는 해방 검둥이들 고용하면 된다 대부분의 쥔님들 생각하기 때문에, 다른 곳 나가 돈벌이 밭일 구하기 정말 힘들어요. 그냥 나 더 벌면 돼요. 우리 할머니, 세라 할머니, 말리지 할머니 모두 많이 늙었으니까요!」

「너희 할머니 지금 일흔쯤 되었고, 세라하고 말리지하고 여든 다 가까웠어.」

갑자기 마틸다는 무슨 생각이 떠올라서인지, 몽롱한 표정을 지었

다. 「톰, 나 지금 금방 무슨 생각 들었다 너 아니? 너희 할머니 얘기했
는데, 아프리카 아버지 바가지에 조그만 돌멩이 넣어 나이 알았다더
라. 너 그 얘기 할머니한테 들은 생각나니?」

「예, 그럼요, 물론요.」 그는 잠깐 말을 멈추었다. 「증조할아버지 몇
살이었나 궁금해요.」

「나 그거 들은 기억 없어.」 그녀의 얼굴에는 당황한 기색이 떠올랐
다. 「언제 얘기 들었나에 따라 나이 달라. 키지 할머니 부모한테서 팔
려 갈 때 나이 하나 있어. 하나님께 불려 가셨다 할 때 나이 또 있
고―」 그녀는 머뭇거렸다. 「할머니 일흔 다 되었으니까, 할머니의 아
버지 죽은 지 벌써 꽤 오래 되었겠지. 증조할머니도 그렇고. 가엾은
사람들이야!」

「그래요―」 생각에 잠겨 톰이 말했다. 「가끔 나 궁금한데, 두 분 어
떻게 생겼나 싶어요. 얘기 무척 많이 들어서요.」

마틸다가 말했다. 「나 역시 그랬다, 애야.」 그녀는 의자에서 꼿꼿
하게 몸을 일으켰다. 「하지만 할머니, 세라, 그리고 말리지 얘기 다시
하면, 밤마다 나 무릎 꿇고, 하나님 그들 곁 함께하기 기도하고, 어서
너 아버지 돈뭉치 호주머니에 잔뜩 넣어 가지고 당장 나타나, 그들
모두 사오게 해달라 기도한단다.」 그녀는 환하게 웃었다. 「어느 날
아침, 머리 들어 보면, 네 사람 다 저기 모두 새처럼 해방되어 나타나
겠지!」

「그거 정말 볼만하다 광경이겠어요.」 톰이 싱글벙글 웃었다.

저마다 다른 생각에 잠기며 침묵이 그들 사이에 흘렀다. 톰은 그가
조심스럽게 어느 누구에게도 알리지 않았던 사실을, 더욱 발전시키
기에 앞서서, 어머니에게 털어놓을 시기와 분위기가 어느 때보다도
지금이 적당하다는 생각을 하던 참이었다.

그는 마틸다가 아까 했던 질문을 이용해서 말문을 열기로 작정
했다. 「어머니, 조금 아까 나 결혼 한 번이라도 생각해 봤느냐 물으
셨죠?」

마틸다는 얼굴과 눈빛이 밝아지면서 벌떡 몸을 일으켰다. 「그
래, 왜?」

톰은 쓸데없이 얘기를 꺼냈다 보다고 자신에게 발길질이라도 하고
싶은 심정이었다. 그는 어떻게 얘기를 계속해야 할지 몰라서 몸을 비

비 꼬았다. 그러더니 그는 단호하게 말했다. 「글쎄요, 뭐랄까, 나 여자 하나 만났는데, 우리 좀 의논하기를—」

「아, 하나님 감사합니다! 톰! 누구야?」

「어머니 모르는 사람이에요! 이름은 아이린이죠. 어떤 사람들 〈리니〉라 부르고요. 그 여자 에드윈 홀트 쥔님 소유이고, 큰집에서 일하는데…….」

「앨라맨스 강가에 솜 공장 주인이다 쥔님하고 마님하고 얘기한 돈 많은 홀트 쥔님 말이냐?」

「그래요, 어머니—」

「너 예쁜 창살 달아 준 그 큰집 말이지?」

「그래요, 어머니—」 톰의 표정은 과자를 훔치다 들킨 어린 소년과 같았다.

「세상에!」 마틸다의 얼굴에 미소가 번졌다. 「너 드디어 너구리 사냥 했구나!」 벌떡 일어나서 당황한 아들을 갑자기 끌어안으며 그녀는 두서없이 떠들었다. 「나 너 때문에 아주 기뻐, 톰, 정말 기뻐!」

「잠깐만요! 잠깐만요, 어머니!」 몸을 빼내고 나서 그는 다시 앉으라고 그녀에게 의자를 가리켰다. 「우리 그냥 얘기만 했다 그랬잖아요.」

「얘, 너 처음 세상 나왔을 때부터 제일 입 무거운 아이였지! 너 여자 만났다 시인하는 소리만 해도, 나 네 말 그 이상 뜻한다 알지.」

그는 어머니에게 눈을 부릅떴다. 「누구한테 수군수군한다 그러는 거 나 싫어요, 아시겠죠?」

「나 분명히 아는데, 쥔님 너 위해 그 여자 사서 데려올 거야! 그 여자 얘기 더 해봐라, 톰!」 온갖 생각들이 마틸다의 머릿속에서 마구 오가면서 밖으로 쏟아졌으며…… 자기 손으로 구울 결혼 케이크가 어느새 그녀의 눈앞에 어른거렸다…….

「늦었으니 가야겠어요—」 하지만 그녀는 아들보다 먼저 문으로 달려가 길을 막았다. 「머지않아 너희들 모두 짝 짓는다 생각하니 아주 기쁘다! 너 그냥 나한테 최고야!」 그토록 행복한 마틸다의 웃음을 톰은 오랫동안 본 적이 없었다. 「나이 먹으니까 나 키지 할머니처럼 되어, 손자 자꾸 더 보고 싶구나!」 톰은 그녀를 밀치고 밖으로 성큼성큼 나가면서 그녀가 등 뒤에서 하는 소리를 들었다. 「나 오래 살았다 하면 증손자 역시 보겠구나!」

106

　몇 달 전 어느 일요일에, 머리 쥔님과 마님이 교회에서 돌아오자마자, 쥔님은 당장 종을 울려 마틸다를 부르고는, 톰을 앞쪽 현관으로 불러오라고 시켰다.

　얼굴과 목소리에서 다 같이 기쁨을 드러내면서 쥔님은, 홀트 방적 공장의 사장인 에드윈 홀트 씨가 그에게 전갈을 보냈는데, 최근에 홀트 마님은 톰의 섬세한 철공 솜씨에 상당히 깊은 인상을 받아서, 〈왜나무 숲〉이라는 이름을 붙인 그들의 저택에 설치할 창틀을 톰이 직접 만들어 주기를 바라면서, 장식 창문의 도안을 그려 놓았다고 말했다.

　머리 쥔님에게서 여행증을 받아 들고 톰은 도안을 보고 창문을 재기 위해 이튿날 아침 일찍 노새를 타고 떠났다. 머리 쥔님은 대장간에 밀려 있는 일은 조금도 걱정하지 말라고 말했으며, 가장 편한 길은 호 강변길을 따라 그레이엄 읍내로 가서, 거기서부터는 그레이엄 길을 따라 벨몬트 교회까지 간 다음, 오른쪽으로 접어들어서 다시 3킬로미터만 가면 우아한 홀트 저택이 눈에 띄리라고 알려 주었다.

　목적지에 도착해서 자기의 신분을 검둥이 정원지기에게 밝히고 났더니, 톰은 앞쪽 계단 밑에서 기다리는 안내를 받았다. 곧 홀트 마님이 직접 나타나서는, 그녀가 전에 본 톰의 솜씨를 유쾌한 기분으로 칭찬하고 나서는, 그에게 도안을 보여 주었으며, 그는 덩굴과 잎사귀로 뒤덮인 듯한 시각적인 효과를 내도록 그려 놓은 쇠창살 그림을 조심스럽게 뜯어보았다.「나 이 일 하겠다 믿어지고, 적어도 최선 다하려고 합니다, 마님.」이렇게 말은 했지만 그는, 창살을 달아야 할 창문이 워낙 많은 데다가, 저마다 꼼꼼하게 끈기를 가지고 완성해야 하는 지루한 일이어서, 다 끝내려면 두 달은 걸려야겠다고 말했다. 홀트 마님은 그 기간 안에 끝내기만 한다면 좋겠다고 하고는, 참고로 삼아 일하라고 그녀의 그림을 넘겨주고는, 수많은 창문의 규격을 세밀하게 재는 준비 작업을 하도록 그를 혼자 내버려 두었다.

　이른 오후가 되자, 톰은 베란다로 열리는 위층 창문에서 일을 하다가, 본능적으로 누가 자기를 지켜보는 듯한 시선을 느꼈고, 주위를 둘러본 그는 옆의 열린 창문 안쪽에서, 총채를 들고 아무 소리도 없이 서서 지켜보는, 구릿빛 얼굴의 놀랄 만큼 아름다운 처녀가 얼핏 눈에 띄었다. 간단한 하녀 복장을 하고, 검고 곧은 머리카락[27]을 뒤에다 커다랗게 쪽을 지은 그녀는 톰의 응시에 대해 따스한 눈길을 마주 보냈다. 타고난 내성적인 성격에 힘입어 그는 겨우 어지러운 내면의 반응을 감추고, 정신을 가다듬고, 재빨리 모자를 벗으면서 불쑥 말했다. 「안녕하세요, 아가씨.」

「안녕하세요, 선생님!」 그녀는 환하게 미소를 지으면서 대답하더니 얼른 모습을 감추었다.

나중에 머리 농장으로 돌아가던 길에, 톰은 그녀를 머릿속에서 지워 버릴 수가 없음을 깨닫고는 놀라기도 했고, 불안하기도 했다. 그날 밤 잠자리에 누운 그는 그녀의 이름조차 물어보지 않았음을 깨닫고 깜짝 놀랐다. 그는 그녀의 나이가 열아홉이나 아마도 스무 살쯤 되었으리라고 짐작했다. 결국 그는 뒤숭숭하게 잠이 들었고, 그녀의 미모로 보아 틀림없이 결혼을 했거나 분명히 누구하고 사귀는 중이리라 괴로운 생각에 시달리며 잠에서 깨어났다.

미리 잘라 놓은 납작한 쇠막대기 네 개를 창문만 한 크기의 네모꼴로 붙여 땜질해서 기본적인 창틀을 만드는 일은 판에 박은 듯한 과정이었다. 엿새 동안 그 일을 하고 나서, 톰은 하얘질 지경으로 뜨겁게 달군 쇠토막을 점점 더 작아지는 강철 형판(型板)에다 계속해서 찍어 내어, 담쟁이덩굴이나 인동덩굴만큼 가느다랗고 기다란 막대기를 뽑아내었다. 시험 삼아 이것들을 달구어서 여러 가지로 휘어 보고 나서 만족할 수가 없었던 톰은, 이른 아침이면 산책을 나가서 실제로 자라는 덩굴들의 우아한 곡선과 연결 부분을 자세히 살펴보았다. 그랬더니 그것들을 재생시키려는 그의 노력이 훨씬 개선된 느낌이 들었다.

일은 순탄하게 진행되었고, 머리 쥔님은 날마다 (때때로 화를 내는 사람도 있었지만) 손님들에게 톰은 에드윈 홀트 씨를 위한 중요한 작업이 끝날 때까지는 가장 긴급한 수선 말고는 맡을 여유가 없다고 설명했으며, 홀트 씨 얘기를 들으면 대부분의 사람들은 화가 누그러졌

27 순수한 흑인 혈통은 직모(直毛)가 없음.

다. 머리 쥔님이, 다음에는 머리 마님이, 대장간으로 구경하러 왔고, 그러더니 그들은 찾아온 친구들을 데리고 와서, 어떤 때에는 여덟 명이나 열 명이 둘러서서 일하는 톰을 조용히 구경했다. 연장을 다루면서, 그는 자신이 하는 일에 열중한 대장장이들에게는 모든 사람이 무시를 당해도 당연히 여긴다는 사실이 그에게는 얼마나 큰 축복인가 하고 생각했다. 그는 쥔님들이 보내는 수리할 일감을 가지고 온 대부분의 노예들이 불평 불만투성이거나, 대장간에 모인 다른 노예들 앞에서 큰소리를 치거나 할 뿐이라는 사실을 깨달았다. 그러나 만일 흰둥이가 누구라도 나타나기만 하면 당장 모든 노예들은 선웃음을 치고, 비실비실하고, 아니면 다른 갖가지 광대 짓을 해서, 그들의 꼴을 보면 톰은 중절모를 쓰고 허풍을 떠는 그의 아버지 치킨 조지에 대해서 전에 그랬듯이 창피함을 느꼈다.

톰은 대장장이 일이라는 세계 안에서, 고립이 되었다 싶을 정도로, 자신이 완전히 일에 진심으로 몰입할 수 있어서, 더욱 큰 축복이라고 생각했다. 날이 밝아 올 때부터 더 이상 보이지 않을 때까지 창살 일에만 매달려 일하던 그는, 때때로 몇 시간씩이나 혼자 이런저런 생각에 잠겼다가는, 어느새 그가 만났던 예쁜 하녀에 대한 생각에 다시 정신이 팔리고는 했다.

창살에 잎사귀를 만들어 붙이기가 가장 어려운 일이라고 그는 홀트 마님이 처음 그림을 보여 줄 때부터 깨달았었다. 또다시 톰은 산책을 나가서 자연의 잎사귀들을 꼼꼼히 살펴보았다. 5센티미터쯤 되는 정사각형 쇠붙이들을 달구고 또 달구어서, 표면이 네모지고 무거운 망치로 두들겨 그것들을 섬세하고 얇은 판으로 만들어서는, 마지막으로 재단용 가위를 가지고 큼지막한 심장 모양의 무늬를 수십 개 잘라 냈다. 불길이 너무 세면 그렇게 얇은 금속이 곧 타고 망가질지도 모를 일이어서, 그는 집에서 직접 만든 풀무로 지극히 조심스럽게 바람을 넣으며, 새빨갛게 달구어진 얇은 철판을 재빨리 부젓가락으로 집어 모루에 올려놓고는, 끝이 뾰족하고 가장 가벼운 망치로 민첩하게 두드려서 잎사귀 모양을 만들어 냈다.

교묘하게 땜질을 해서 톰은 잎사귀에다 섬세한 엽맥(葉脈)을 새겨 넣고 나서, 그것들을 덩굴에다 줄기로 이어 붙였다. 그는 자연에서 확인한 바와 같이 잎사귀들이 서로 하나도 닮지 않았음을 보고는 기분이 좋아졌다. 일곱 주일 동안 정성 들여 일하고 난 톰은 잎사귀가 달린 덩굴을 준비를 끝내고 기다리던 창틀에다 점을 찍듯이 땜질해서 붙였다.

「톰, 나 맹세컨대, 어디 나무에 그냥 자라는 것 같다!」 아들의 솜씨에 놀라 휘둥그레진 눈으로 마틸다가 감탄했다. 이제는 젊은 시골 멋쟁이 노예 세 남자와 드러내 놓고 불장난을 벌이던 리틀 키지도 마찬가지로 놀라움을 나타냈다. 심지어는 톰의 형제들과 (지금은 애슈퍼드와 톰만이 독신이어서) 그들의 아내들까지도 모두 그에 대한 존경심이 더욱 깊어진 시선으로 그를 보았다. 머리 쥔님과 마님은 그런 훌륭한 대장장이를 소유했다는 사실에 대해서 자랑스러운 마음과 즐거움을 좀처럼 감추기가 힘든 모양이었다.

창살이 가득 실린 마차를 타고, 톰은 그것들을 설치하려고 홀트 큰 집으로 혼자 찾아갔다. 홀트 마님더러 검사해 보라고 그가 하나 집어 들어 보여 주자, 그녀는 손뼉을 치며 좋아했고, 어쩔 줄을 몰라서 감탄을 늘어놓더니, 다 큰 딸과 마침 근처에서 놀던 아들 몇을 불러 모았고, 그들은 모두 당장 톰을 칭찬하고 축하했다.

그는 당장 창살을 달기 시작했다. 두 시간 후에는 아래층 창살들이 모두 제자리에 달렸고, 홀트 집안 식구들과 노예 몇 사람이 다시 감탄을 늘어놓았으며, 마님이 기뻐한다는 소문이 포도넝쿨처럼 퍼져 나가기라도 했는지 모두들 직접 구경하려고 서둘러 몰려왔다. 하지만 그녀는 어디로 갔을까? 톰이 궁금해서 그렇게 잔뜩 긴장해 있는데, 홀트 집안의 어느 아들 하나가 그를 안내해서, 반들반들 윤을 낸 아래층 현관으로 들어가, 둥그런 곡선을 이룬 층계를 올라가, 2층 베란다 창문틀에 나머지 창살을 달라고 했다.

그곳은 전에 그녀가 모습을 보였던 바로 그 장소였다. 호기심 이상의 관심은 없다는 인상을 주면서, 그녀가 누구이고 어디에서 지내며 신분이 어떤지를, 그는 누구에게 어떻게 물어봐야 한다는 말인가? 답답한 마음에 그는 일을 더 빨리 진행했고, 어서 일을 끝내고 돌아가야 되겠다고 혼자 생각했다.

그가 위층의 세 번째 창살을 달기 시작하려니까, 잠깐 동안 황급히 서둘러 달려오는 발소리가 들렸고, 너무 서둘러 숨을 몰아쉬며 얼굴이 발갛게 달아오른 그녀가 나타났다. 그는 말문이 막혀 그대로 서 있기만 했다.

「안녕하세요, 머리 씨!」지금은 머리 쥔님이 그를 소유했으므로, 그녀는 〈리 쥔님〉에 대해서는 모르리라는 생각이 얼핏 그의 머리에 떠올랐다. 그는 더듬더듬 그의 밀짚모자를 벗었다.

「안녕하세요, 홀트 아씨…….」

「훈제실 내려가 고기에 연기 쐬었는데, 당신 여기 왔다 소리 방금 듣고—」그녀의 눈길은 그가 마지막으로 달아 놓은 창살로 옮겨 갔다. 「어머, 정말 예뻐요!」그녀는 숨을 몰아쉬었다. 「아래층에 에밀리 마님 방금 만났는데, 당신 기술 보고 정신없더군요.」

그는 밭일꾼처럼 머리에 두른 그녀의 머릿수건을 힐끗 보았다. 「나 생각하기에 당신 하녀라고—」그것은 참으로 멍청한 소리 같았다.

「나 이것저것 다 일하고 싶다 그러고, 그런 허락 받았어요.」주변을 둘러보며 그녀가 말했다. 「나 잠깐 여기 올라왔다 뿐이에요. 다시 가서 일해야 되고, 그리고 당신도—」

그는 그녀에 대해서 더 많이, 적어도 그녀의 이름만이라도 알고 싶었다. 그래서 물어보았다.

「아이린요.」그녀는 말했다. 「〈리니〉라고도 여기서 불러요. 당신 이름은요?」

「톰이에요.」그가 말했다. 그녀의 말마따나, 그들은 다시 일을 계속해야 했다. 그는 도박을 해야만 할 처지였다. 「아이린 아씨, 당신…… 당신 혹시 누구 사귀나요?」

그녀가 어찌나 오랫동안, 어찌나 뚫어져라 쳐다보았던지, 그는 대단한 실수를 저지른 모양이라고 생각했다. 「나 마음 솔직히 언제나 얘기한다 남들이 그래요, 머리 씨. 전에 당신 얼마나 수줍어하는지 보고 당신 다시 나에게 얘기하러 안 올까 겁났어요.」

톰은 베란다에서 떨어질 뻔했다.

그때부터 그는 일요일마다 하루 종일 여행해도 되는 통행증과 노새가 끄는 수레를 사용할 허락을 머리 쥔님에게 부탁하고는 했다. 그는 식구들에게조차 대장간에서 쓸 고철 더미에 보탤 버려진 쇳조각들을 길바닥에서 찾아보러 나간다고 말했다. 그는 아이린을 보러 두 시간씩 걸리는 길을 갈 때마다, 다른 길을 찾아 오가는 사이에 거의 언제나 쓸 만한 물건들을 주워 왔다.

그녀뿐 아니라 홀트 댁의 노예 마을에서 만난 다른 사람들도 그를 더할 나위 없이 따뜻하게 맞고 대접해 주었다. 「당신 그렇게 똑똑하다 하면서도 너무 수줍다 그래서 사람들 당신 좋아해요.」 아이린이 솔직하게 그에게 말했다. 그들은 상당히 가까운 곳이면서도 그런대로 제법 은밀한 곳으로 가서, 톰은 긴 고삐를 매고 노새를 수레에서 풀어 풀을 뜯도록 내버려 두었고, 그들은 산책을 했으며, 얘기는 대부분 아이린이 혼자서 했다.

「우리 아버지 인디언이었죠. 이름 힐리안이다 우리 어머니 그랬어요. 그래서 내 피부 빛깔 묘하죠.」 아이린은 아무렇지도 않다는 듯 서슴없이 털어놓았다. 「오래전 우리 어머니 진짜 흉악한 쥔님한테로부터 도망치고, 숲에서 인디언들한테 붙들려 마을 끌려가서, 우리 아버지하고 함께 되어 나 태어났다 했어요. 그러나 나 별로 안 컸다 했을 때 어떤 흰둥이 남자들 마을 공격했고, 한참 죽이기 하다가 어머니 붙잡아 우리들 쥔님한테 다시 끌고 갔어요. 어머니 그러는데, 아주 심하게 매 맞고 나서, 어떤 검둥개 상인한테 우리들 팔렸고, 홀트 쥔님 우리 샀는데, 그거 다행이었다 하는 이유는 새 쥔님 훌륭한 사람이었으니까요……」 그녀는 눈을 가늘게 떴다. 「어쨌든 대부분 좋은 사람들이다 했었죠. 우리 어머니 빨래하고 다리미질하고 그러는 여자였고, 4년쯤 전 병들어 죽은 다음에도 나 계속 여기 살아요. 나 지금 열여덟 살이고, 새해 맞으면 열아홉 살 되는데—」 그녀는 늘 그렇듯이 솔직한 표정으로 그를 쳐다보았다. 「당신 나이 얼마예요?」

「스물넷요.」 톰이 말했다.

이번에는 그의 식구들에 대해서 중요한 사실들을 알려 주면서, 톰은 그들이 팔려 온 이 새로운 지역 북캐롤라이나에 대해서 아직 그들은 거의 아는 바가 없다고 말했다.

「좋아요.」 그녀가 말했다. 「나 얻어들은 것 많은 이유는, 홀트 집안 대단한 사람들이다 해서, 유명한 사람 거의 누구나 다 찾아오고, 대부분 나 음식 시중 드는데, 나 귀가 멀쩡하거든요.

사람들 그러는데, 앨라맨스 지역 흰둥이들의 고조부들 독립 전쟁 오래전, 펜실베이니아에서 여기 왔다 그러고, 그때 이곳 시씨포우 인디언 말고 거의 아무 안 살았어요. 어떤 사람들 여기 인디언 삭사포우다 부르기도 했죠. 하지만 잉글랜드 흰둥 병정들 인디언 싹 쓸어 죽이고, 그 인디언들 지금 남은 거 삭사포우 강 이름뿐이에요——」아이린은 얼굴을 찌푸렸다. 「우리 쥔님 그러는데, 그 사람들 고생하다 물 건너 도망 와서, 펜실베이니아에 어찌 심하게 몰린다 하는지, 식민지 통치하던 잉글랜드 사람들 이곳 북쪽 칼리니 원하는 땅 얼마든지 1에이커에 2센트도 안 받고 팔겠다 발표했대요. 글쎄 쥔님 그러는데, 퀘이커교도, 스코틀랜드하고 에이레하고 장로교 사람들, 독일 루터 교회 신자들 한없이 끝도 없이 포장마차에 가진 물건 다 쑤셔 넣고 싣고, 컴벌랜드하고 셰난도 계곡하고 건너왔대요. 쥔님 그러는데, 5백 킬로미터 이상 넘었대요. 사람들 힘닿는 대로 땅 사서, 파헤치기 시작하고, 개간하고, 농사짓기 했는데, 이 지방 흰둥이들 아직 대개 그렇듯 작은 농장들 자신들 직접 일궜죠. 그래서 굉장히 큰 농장 많다 하는 곳하고 달라, 여기 검둥이 많지 않아요.」

다음 일요일에 아이린은 톰을 데리고 앨라맨스 강변에 위치한 방적 공장으로 가서, 마치 공장과 홀트 집안이 모두 그녀의 소유인 듯 자랑스러워하며 안내했다.

한 주일에 수십 가지씩 힘든 철공일을 맡아 처리하면서, 톰은 다음 일요일이 오기를 애타게 손꼽아 기다렸고, 그래서 일요일이 오면 수레를 타고 옥수수와 밀, 담배와 목화를 가꾸는 밭을 둘러싼 울타리와, 가끔 나타나는 사과나 복숭아 과수원과, 자그마한 농가들을 지나 몇 킬로미터나 되는 길을 갔다. 거의 대부분 그냥 걸어가는 검둥이들을 만나면, 서로 손을 흔들기만 했는데, 톰은 그들을 태워 주면 아이린과의 오붓한 시간이 박탈될 터여서, 그들이 이해해 주기만 바랐다. 가끔 갑자기 노새를 멈춰 세우고는 그는, 땅바닥으로 뛰어내려서, 수레를 몰다가 눈에 띈 녹이 슬고 버려진 쇳조각을 주워 뒤쪽에다 실었다. 한 번은 아이린이 함께 뛰어내려 들장미를 따느라고 그를 놀라게 했다. 「나 어릴 때부터 장미꽃 좋아했어요.」 그녀가 그에게 말했다.

마차나 말을 타고 역시 나들이를 나온 흰둥이들을 만나면, 톰과 아이린은 동상처럼 굳어져 버렸고, 그들과 흰둥이들은 다 같이, 서로 눈길을 피하느라고 곧장 앞만 보았다. 얼마쯤 시간이 지난 다음에 톰은 앨라맨스 지역에 와서 보니, 그가 전에 살았던 곳에서보다 가난 흰둥이가 눈에 덜 띈다는 얘기를 했다.

「말 많고 무식한 술주정뱅이 그런 사람 얘기 나도 알아요.」 그녀가 말했다.「그래요, 이 근처 얼마 없어요. 혹시 눈에 보인다 해도 거의 다 그냥 지나가는 사람들이에요. 점잖은 흰둥이들한테 그런 흰둥이들 검둥이만큼 소용없어요.」

아이린은 그들이 지나가는 모든 길목의 가게와 교회, 학교와 마차 상점 따위를 다 아는 듯싶어서 톰은 놀라움을 나타냈다. 〈글쎄요, 나 그냥 쥔님 손님들에게 하는 얘기 들었는데, 앨라맨스 군 거의 모든 일 쥔님 집안 모두 관계했대요〉라고 아이린이 설명했고, 그녀의 쥔님 소유라고 그녀가 알려 준 제분소를 지나가면서 그녀는 말했다.「쥔님 밀을 굉장히 많이 가루 만들고, 옥수수 가지고 위스키 만들어 파예트 빌에 팔아요.」

톰은 아이린이 그녀의 쥔님과 그의 가족에 대한 찬사의 연대기를 외우면서 즐기는 듯한 말투에 대해서 속으로는 은근히 점점 짜증이 났다. 군청 소재지인 그레이엄까지 용기를 내어 그들이 함께 나갔던 어느 일요일에, 그녀가 말했다.「캘리포니아에 노다지 터졌다 하던 그해, 우리 쥔님의 아버지하고 유지들하고 땅 사서 이곳 읍내 군청 소재지로 만들었대요.」 다음 일요일에, 솔즈베리 길을 따라가다가, 그녀는 눈에 잘 띄게 돌로 만들어 세운 이정표를 가리켰다.「바로 저 기 쥔님 할아버지 농장 땅에서 앨라맨스 전투 벌어졌었죠. 왕의 나쁜 대우 참지 못한 사람들 총 들고 잉글랜드 병정들 맞서 싸웠고, 쥔님 말하는데 그 전투 5년 후 벌어진 미국 독립 전쟁 도화선 되었다 그랬 어요.」

이때쯤에는 마틸다가 화를 냈다. 그렇게 오랫동안 신나는 비밀을 덮어 두고 지내려니까 그녀의 참을성도 한계점에 이르렀다.「너 어 떻게 된 셈이냐? 너 인디언 여자 아무도 안 보여 준다 작정한 모양 같구나!」

짜증스러움을 억제하면서 톰은 알아듣지 못할 말을 입 안에서 우 물거리기만 했고, 약이 오른 마틸다는 그의 약점을 찔렀다.「아마 그 여자 그렇게 대단한 사람들 소유라 우리 같은 사람 상대 안 하는 모양 이야!」

어머니의 말에 점잖게 대답해 주기는커녕, 여태껏 그런 일이 없었 던 톰이 아무 대답도 하지 않고 휑하니 나가 버렸다.

그는 아이린과 계속해서 사귀어야 하느냐 마느냐 하는 문제가 깊이 걸린 자신의 불안정한 감정에 대해서 같이 얘기를 나눌 사람이 누군가, 아무라도 있었으면 좋겠다고 바랐다.

그는 자기가 그녀를 무척 사랑한다는 사실을 마침내 인정했다. 검둥이와 인디언의 용모가 섞인 아름다운 그녀의 얼굴과 더불어, 아이린은 그가 꿈도 꾸지 못했을 만큼 매력적이고, 탐나고, 똑똑한 배필감이라는 점은 의심할 바가 없었다. 그러나 천성적으로 조심스럽고 생각이 깊었던 톰으로서는, 아이린에 대해서 그가 품게 된 두 가지 치명적인 걱정거리가 해결되기 전에는 그들은 절대로 참되고 성공적인 결합을 이루기가 불가능하다고 느꼈다.

한 가지는, 톰은 머리 쥔님과 마님을 포함해서, 어떤 흰둥이도 마음속 깊이 완전히 좋아하거나, 완전히 믿지를 않았다. 아이린은 그녀를 소유하는 흰둥이들을, 꼭 숭배한다고는 하지 않더라도, 정말로 존경하는 듯싶었으며, 따라서 아주 중요한 문제에 봉착하는 경우에 그들이 결코 핵심을 정면에서 직시하지 못하게 될 가능성이 아주 많아지리라는 의미였고, 이것이 심각할 정도로 톰의 마음에 걸렸다.

더욱 해결이 어려울 듯한 그의 두 번째 걱정거리는, 풍족한 어떤 쥔님 집안들이 아끼는 어떤 노예들에게 그러하듯이, 홀트 집안도 아이린을 누구 못지않게 아낀다는 점이었다. 그는 어떤 여자하고라도 관계를 한 다음에는, 다른 농장에 떨어져 살면서 가끔 부부가 만나기 위한 승낙을 제각기 쥔님들에게 받아야 하는 숨바꼭질은 견뎌 낼 자신이 없었다.

비록 그는 어떤 방법이나 다 심히 고통스러우리라고 알기는 하면서도, 다시는 아이린을 만나지 않기 위한 가장 명예로운 결별 방법까지 생각해 보았다.

「뭐 문제예요, 톰?」 잔뜩 걱정스러운 목소리로 다음 일요일에 그녀가 그에게 물었다.

「아무것 아녜요.」

그들은 얼마 동안 아무 얘기도 주고받지 않으면서 마차를 타고 갔다. 그러더니 그녀는 천성적인 솔직함과 개방적인 태도를 보이며 말했다. 「말 안 하겠다 싶어 한다면 억지로 묻지 않겠지만, 당신 무슨 걱정 심하구나 하는 사실 나 안다는 그거만 알아 둬요.」

손에 잡은 고삐는 의식조차 하지 않으면서, 톰은 아이린의 성품 가운데 자기가 가장 좋아하는 점이 솔직함과 정직함이면서도, 알고 나면 두 사람 다 무척 괴로운 일이 될지는 모르겠지만 그렇더라도 그의 참된 생각을 그녀에게 털어놓지 않았기 때문에, 여러 주일, 여러 달 동안 그가 그녀에게 사실상 정직하지 못했다고 생각했다. 그리고 더 지체한다면 거짓된 행동을 지속시키는 일이기도 하려니와, 그의 답답한 절망감만 자꾸 계속될 따름이기도 했다.

톰은 태연한 척하려고 애를 썼다. 「얼마 전 나 당신한테 했던 얘기 생각나겠지만, 나 형 버질의 아내 우리들 팔려 올 때 줜님한테 남아야 했어.」 그가 하려는 얘기와 관계가 없다고 판단해서 그는, 자기가 최근에 특별히 개인적으로 부탁해서 머리 줜님이 캐스웰 군으로 찾아가서 릴리 수와 그녀의 아들 유라이어를 사오는 데 성공했다는 말은 하지 않았다.

억지로 힘을 내어서 톰은 말을 계속했다. 「그냥 느끼는 기분인데, 나 누구하고 혹시 언젠가 짝 맺는다 그러면…… 그래요, 다른 줜님 농장에 떨어져 산다 그러면 못한다 믿어요.」

「못한다. 나도 마찬가지예요!」 그녀가 어찌나 힘을 주어 재빨리 대답했던지, 고삐를 떨어뜨릴 뻔했던 그는 자신의 귀를 의심했다. 그는 놀라서 입이 딱 벌어져 그녀에게로 몸을 돌렸다. 「무슨 뜻 말인데요?」 그는 말을 더듬었다.

「당신 방금 한 말 마찬가지예요!」

그는 그녀를 사실상 꾸짖다시피 말했다. 「홀트 줜님하고 마님하고 당신 팔지 않는다 당신 알잖아요!」

「나 준비 되었다 그러면 금방 팔려요!」 그녀는 차분하게 그를 쳐다보았다.

톰은 온몸에서 기운이 쭉 빠지는 듯한 기분이 들었다. 「무슨 뜻으로 하는 말이에요?」

「건방진 소리처럼 들리고 싶지 않지만, 그거 당신 걱정 아니라, 나 하는 걱정이에요.」

그는 얼이 빠져서 말했다. 「그렇다면, 그럼 왜 안 팔려 오고—」

그녀는 주저하는 듯싶었다. 그는 초조해서 발작을 일으킬 지경이었다.

그녀는 말했다. 「좋아요. 당신 특별히 맘먹은 때 언제예요?」

「그것 역시 당신한테 달렸다는 생각인데—」

그의 마음은 달음박질쳤다. 만일 이것이 모두 어떤 터무니없는 꿈이 아니라고 한다면…… 그녀처럼 훌륭한 여자에 대해서 그녀의 쥔님은 얼마나 엄청난 돈을 내라고 하려나?

「당신 쥔님더러 나 사가느냐 먼저 물어봐야죠.」

「쥔님은 당신 사요.」 그는 자신이 실제로 느끼는 것보다 훨씬 더 큰 자신감을 나타내면서 말했다. 그러자 그는 바보 같은 기분을 느끼면서 물었다. 「당신 가격 얼마쯤 된다 생각해요? 우리 쥔님 그거 대충 알아야 한다 생각해서요.」

「적당하다면 아무 가격 준다는 그대로 받고 나 내줄 거예요.」

톰은 그녀를, 그리고 아이린은 그를 빤히 쳐다보았다.

「톰 머리, 당신 어찌 보면 세상에서 나 가장 화나게 하는 사람이군요! 우리 만난 처음 날부터 나 그 말 하고 싶었어요! 당신 무슨 얘기 하나 나 오래 기다렸죠! 당신 나 손에 들어왔다 할 때까지 기다리고 보면, 그 고집 나 부셔 놓을 거예요!」 그녀가 조그만 주먹으로 그의 머리와 어깨를 마구 두들겨 대는 사이에 그는 그의 첫 여자를 품에 안았고, 노새는 이끄는 사람도 없이 멋대로 가고 싶은 길로 갔다.

그날 밤 잠자리에 누워서, 톰은 쇠로 만들어서 그녀에게 줄 장미를 머릿속에 그려 보기 시작했다. 군청 소재지로 가는 길에 그는 새로 뽑아낸 가장 훌륭한 단철(鍛鐵)을 한 토막 사올 참이었다. 그는 장미를 자세히 살펴 관찰해서, 줄기와 꽃이 어떻게 연결되었고, 꽃잎들이 어떻게 벌어졌으며, 어떻게 저마다 바깥쪽을 향해 곡선을 이루었는지 알아내고…… 쇠토막을 황적색으로 적절히 달구어서, 재빨리 망치로 두드려 종이처럼 얇게 펴서는, 장미 꽃잎 무늬를 장식해 넣고 다시 한 번 달구었다가, 사랑스럽게 모양을 가다듬고 나서, 꽃잎의 섬세한 결을 보존하려고 기름을 섞은 소금물에 부드럽게 담가서…….

107

처음에는 소리를 들었고, 그래서 황급히 달려간 에밀리 홀트 마님은, 반원형으로 구부러져 올라가는 아래쪽 계단 뒤에서 그녀가 아끼

708

는 하녀 아이린이 웅크리고 앉아 몹시 흐느껴 우는 굉장히 놀라운 광경을 보았고, 그래서 당장 긴장한 반응을 보였다.「아이린, 왜 그러니?」에밀리 마님이 몸을 숙이고는, 들먹이는 아이린의 두 어깨를 잡고 흔들었다.「어서 당장 거기서 일어나 나한테 무슨 일인지 얘기해! 뭣 때문에 그래?」

아이린은 비틀거리며 겨우 일어나서, 숨을 몰아쉬며 마님에게, 자꾸만 그녀를 쫓아다니며 치근덕거리는 어떤 젊은 쥔님들을 물리치느라고 늘 시달리느니보다는, 그녀가 사랑하는 톰과 어서 결혼하고 싶다는 얘기를 털어놓았다. 갑작스럽게 흥분한 홀트 마님이 누가 그런 짓을 하더냐고 다그치자, 아이린은 울먹이면서도 두 사람의 이름을 불쑥 말해 버렸다.

그날 저녁 식사를 하기 전에, 충격을 받은 홀트 쥔님 부부는 아이린을 머리 씨에게, 이왕이면 빨리, 팔아 버리는 편이 집안을 위해서 분명히 좋겠다는 데 의견을 모았다.

그렇기는 해도, 평소에 아이린을 너무나 마음에 들어 했고, 톰을 남편감으로 고른 아이린을 기특하게 생각한 홀트 쥔님 부부는, 아이린의 결혼식과 피로연만은 자기네 집에서 맡아 하겠다고 머리 쥔님 부부에게 떼를 썼다. 결혼식은 홀트 쥔님 큰집 앞마당에서 열고, 머리와 홀트 양쪽 집안의 흑인과 백인 가족을 모두 참석시키고, 주례는 홀트 집안의 목사에게 부탁하며, 신부는 홀트 쥔님 자신이 직접 데리고 입장하기로 결정했다.

그러나 멋지고 감동적인 결혼식에서도 가장 두드러진 애깃거리는, 신랑 톰이 저고리 호주머니에서 꺼내 눈부신 신부한테 다정스럽게 건네주었던, 단철로 만든 줄기가 길고 섬세한 철장미였다. 결혼식에 모인 손님들 사이에서 〈오!〉, 〈아!〉 탄성이 터져 나오는 가운데, 아이린은 그것을 감격한 눈으로 살펴보고는 가슴에 안고 감동한 목소리로 말했다.「톰, 이건 너무 아름다워요! 이 장미를 항상 가까이에 두고 살아가겠어요— 그리고 당신도요.」

백인 가족들이 흐뭇해서 미소를 지으며 식사를 하러 큰집으로 들어가고, 마당에서 푸짐한 피로연이 열리는 동안, 고급 포도주를 벌써 석 잔째 마시고 난 마틸다가 아이린에게 킬킬거리며 말했다.「아이린 예쁘기만 한 거 아냐! 톰 너무 수줍어 여자에게 청혼 못 하면 어쩌나 나 걱정거리 풀어 주어서—」아이린이 당장 큰 소리로 대답했다. 「그이 청혼 안 했어요!」그러자 이 말이 들릴 만큼 가까운 곳에서는 손님들이 그들과 함께 요란한 폭소를 터뜨렸다.

머리 농장으로 돌아와 1주일을 보낸 다음 얼마 안 가서, 그의 가족들 사이에서는 톰이 결혼식을 올리고 난 다음부터 모루에 대고 망치질을 하면 노래를 부르는 소리가 난다는 농담이 오갔다. 아이린이 들어온 뒤로, 톰은 분명히 말이 많아지고, 아무에게나 걸핏하면 미소를 지었으며, 일도 전보다 열심히 했다. 아이린이 소중히 여기는 철장미가 벽난로 선반을 장식한 오두막을 새벽녘에 나선 톰은 대장간으로 가서 불을 지핀 다음, 갖가지 모양을 만들어 내는 연장 소리가 그치는 일이 별로 없었고, 어두컴컴해질 무렵이면 마지막으로 빨갛게 달군 쇳덩어리가 냉각용 허드레 물통에 들어가 치직거리는 소리를 내고 물방울을 일으켰다. 무엇을 간단히 수리하거나 무슨 연장의 날을 갈기 위해 찾아오는 손님들에게 그는 으레 좀 기다려 달라고 부탁했다. 어떤 노예들은 한쪽에 들여놓은 통나무 토막들 위에 걸터앉기도 했으나, 대부분은 아무하고나 어울려 어슬렁거리고 돌아다니면서 공통된 관심거리에 대한 잡담을 나누기를 더 좋아했다. 반대편에는 일이 끝나기를 기다리는 백인 손님들이 앉도록 톰이 통나무를 쪼개어 긴 의자를 만들어 놓았는데, 그들의 대화를 그가 일하면서 엿듣는지도 모른다고 백인들이 의심을 갖지 않을 만큼 충분히 멀리 떨어졌으면서도 웬만한 얘기는 다 들릴 만한 위치를 잡아 세심하게 자리를 배치해 놓았다. 그들은 담배를 피우거나, 칼로 무엇인가를 깎거나, 휴대용 술병을 호주머니에서 꺼내 한 모금씩 마시기도 하면서 이야기를 나누었고, 그러다 보니 그들은 이제 톰의 대장간을 동네에서 만만한 회합 장소로 생각하게끔 되어서, 톰은 날마다 대수롭지 않은 자질구레한 얘깃거리를 그들에게서 들었고, 때로는 새롭고 중대한 소식을 알게 되면, 가족이 저녁 식사를 끝낸 다음 아이린과 어머니 마틸다, 그리고 노예 마을의 다른 가족에게 전해 주고는 했다.

톰은 북쪽의 노예 제도 폐지론자들이 펼치는 운동에 대해서 백인들이 드러내는 심한 반감을 가족에게 얘기해 주었다. 「그 사람들 얘기하기를, 뷰캐넌 대통령 이곳 남쪽에 조금이라도 지지 얻는다 하려면 검둥이 좋아하는 작자들 가까이 하지 마라 해야 좋다고 그랬어.」

그러나 톰은 그를 찾아오는 백인 손님들이 가장 증오하는 사람은 〈우리 노예들 해방시키자 얘기하는 에이브러햄 링컨 쥔님〉이라고 말했다.

「그거 정말 사실이에요.」 아이린이 말했다. 「나 생각에 벌써 1년 전부터 링컨 쥔님 입 다물지 않는다 하면 남쪽하고 북쪽하고 사이 꼭 전쟁 터진다 그런 얘기 들었어요.」

「우리 옛날 쥔님 큰 소리 떠들고 욕하는 소리 모두 들어 봐야 해요!」 릴리 수가 소리쳤다. 「옛 쥔님 하는 말 들으면, 링컨 쥔님 다리하고 팔하고 굉장히 길고, 털 난 얼굴 못생기고 길쭉하다 해서, 원숭이냐 고릴라냐 아무도 잘 구별 못한다 그래요! 얘기 들으면, 링컨 쥔님 통나무집 태어나고 자라난 가난 흰둥이여서, 곰하고 족제비하고 잡아먹었고, 틈틈이 검둥이 똑같게 통나무 잘라 울타리 만드는 일 했다 그래요.」

「톰, 링컨 쥔님 지금 변호사라 그러지 않았어?」 리틀 키지가 물었고, 톰은 그렇다고 고개를 끄덕였다.

「뭐냐, 나 백인들 하는 말 걱정 안 해!」 마틸다가 말했다. 「백인들 마음 언짢다 그러면, 분명히 링컨 쥔님 우리들한테 좋은 일 하는 셈이니까. 사실, 얘기 자꾸 들으니까 링컨 쥔님 이스라엘 백성 해방시킨다 애쓰는 모세 똑같다 생각이야!」

「하지만 우리 바라는 만큼 빨리 그런 일 해낸다 못해요.」 아이린이 말했다.

머리 씨는 농장 일꾼을 더 늘리려고 아이린과 릴리 수 두 사람을 모두 사들였고, 아이린은 처음에는 충실하게 밭일을 거들었다. 그러나 몇 달 안 가서 아이린은 그녀에게 흠뻑 빠진 남편에게 손으로 짜는 베틀을 하나 만들어 달라고 부탁했으며 — 톰은 그의 손재주를 최대한 발휘하여 지극히 짧은 기일 안에 만들어 주었다. 그때부터 덜커덩덜커덩 그녀의 베틀 소리는 다른 흑인 가족들이 잠자리에 든 한참 뒤까지, 세 집 건너에도 밤늦게까지 들리고는 했다. 얼마 안 가서 톰은 그녀가 직접 짜낸 옷감을 손수 마르고 바느질하여 만든 셔츠를 입고 다녔는데, 조금은 어색해하면서도 자랑스러워하는 마음이 역력했다. 칭찬을 받으면 그녀는 겸손하게 말했다. 「어머니 가르쳐 준 재주 그냥 좋아서 해봤다 뿐이에요.」 다음에 그녀가 다듬고, 짜고, 엮고, 바느질을 하여 주름 드레스를 한 벌씩 똑같이 만들어 주었더니 릴리 수와 리틀 키지는 뛸 듯이 기뻐했는데, 나이가 스무 살이 가까워 오던 리틀 키지는 시집가서 가정을 꾸리겠다는 생각은 조금도 하지 않고, 이 남자 저 남자와 어울려 다니기만 좋아하더니, 최근에는 북캐롤라이나 철도 회사가 본부에서 15킬로미터 떨어진 곳에 새로 지은 호텔에서 일하는 새 애인 에이머스와 사귀느라고 한창 바빴다.

그런 다음에 아이린은 톰의 형제들에게 셔츠를 하나씩 만들어 주어, (애슈퍼드를 포함해서) 그들 모두를 감동시켰으며, 마지막으로 마틸다와 그녀 자신이 쓸 앞치마와, 작업복과, 모자를 똑같이 만들어 나눠 가졌다. 그뿐 아니라 머리 마님 그러고는 쥔님까지도, 그들 자신의 농장에서 재배한 솜으로, 놀라운 바느질 솜씨를 발휘하여 기막히게 만든 셔츠와 드레스를 선물로 받고는 기뻐하는 마음을 좀처럼 감추지 못했다.

「세상에, 어쩌면 이렇게 예쁠까!」 빙그레 미소를 짓는 마틸다에게 그녀의 옷맵시를 보여 주려고 한 바퀴 돌면서 머리 마님이 감탄했다. 「홀트 댁에서 도대체 무슨 이유로 그 애를 우리 집에, 그것도 그렇게 싼 값에 팔았는지 아무래도 모르겠어!」 아이린이 털어놓은 진실을 슬그머니 감추고 마틸다가 둘러댔다. 「나 아무리 생각하기에도 말이에요, 마님, 그분들 톰 너무 좋아해서 그랬다 같아요.」

여러 가지 색채를 유난히 좋아했던 아이린은 옷감에 물감을 들이는 데 필요한 초목과 나뭇잎들을 열심히 주워 모았고, 1859년 이른 가을에는 주말이면 등나무 빨랫줄에 빨강, 초록, 자주, 파랑, 갈색 물감을 들인 자투리 옷감 조각들이 주렁주렁 내걸렸다. 어느 누가 그렇게 하도록 공식적으로 결정을 내리지도 않았고 아무도 그런 눈치를 채지도 못하는 사이에, 점차로 아이린은 밭일에서 손을 뗐다. 쥔님 부부에서부터 버질과 릴리 수 사이에 태어난 버르장머리 없는 네 살배기 유라이어에 이르기까지, 모든 사람들은 아이린이 갖가지 방법으로 그들의 생활 구석구석에까지 새로운 광명을 비춰 준다는 사실을 점점 더 깊이 의식하게 되었다.

「나 톰을 남편으로 맞기 그토록 원했던 이유 우리 둘 다 다른 사람들 위해 일하기 좋아한다 알았기 때문이에요.」 쌀쌀한 10월 하순 어느 날 저녁에, 불씨가 희미하게 빛을 내는 벽난로 앞에서, 흔들의자에 편안히 앉아 쉬던 마틸다에게 아이린이 말했다. 잠시 침묵을 지키던 아이린은 시어머니의 눈치를 슬금슬금 보면서 말을 꺼냈다. 「톰 성격 나 잘 아니까 말인데요.」 그녀가 말했다. 「우리들 뭐 또 다른 거 만든다 얘기 그이가 혹시 어머니한테 했나 물어볼 필요 없겠죠─」

그것이 무슨 뜻인지를 깨닫는 데는 시간이 좀 걸렸다. 환성을 지르며 벌떡 일어난 마틸다는 너무나 기뻐서 어쩔 줄 몰라 하며 아이린을 꼭 껴안았다. 「얘야, 나 인형처럼 안아 흔들어 주고 싶으니까, 먼저 딸 낳는다 해라!」

배가 불러 가면서도 아이린은 겨울철 몇 달 동안 놀라울 정도로 많은 일들을 했다. 그녀의 손은 마치 요술이라도 부리는 듯싶었고, 이러한 그녀의 손재주는 큰집 사람들뿐 아니라 노예 마을 모든 오두막에까지 골고루 즐거움을 주었다. 그녀는 옷감 조각들로 방석을 짜 만들었고, 성탄절과 신년맞이에 쓰라고 향기가 좋은 예쁜 색의 초를 만들어 내는가 하면, 말린 쇠뿔을 깎고 다듬어 예쁜 머리빗을, 그리고 조롱박으로는 물 뜨는 국자와 멋진 모양의 새둥우리를 만들어 냈다. 그녀는 끈질기게 마틸다를 졸라서 매 주일 한 번씩 모든 식구의 옷을 삶고, 세탁하고, 다림질하는 일도 맡아 하게 되었다. 그녀는 향기 나는 말린 장미 잎이나 달콤한 박하 잎을 옷 갈피에 넣어 두어서, 머리 농장 가족은 백인이건 흑인이건 향기를 풍겼고, 기분 또한 좋아졌다.

그해 2월에 아이린은 마틸다 때문에 세 사람의 음모에 말려들었는데, 마틸다가 이미 포섭해 놓았던 애슈퍼드는 이 계획을 재미있어했다. 마틸다는 아이린에게 계획을 설명해 준 뒤에 엄중한 경고령을 내렸다. 「너 알다시피 그 애 너무 깐깐하고 고지식하고 그러니까, 톰한테 이 얘기 한마디 입 밖에 내면 안 된다.」 시어머니의 명령을 실행해서 개인적으로 해로울 일이 하나도 없다고 생각한 아이린은, 다음에 기회가 나자마자, 그녀를 숭배하는 마음을 감출 줄 모르던 시누이 리틀 키지를 따로 불러서, 엄숙하게 말했다. 「아가씨 듣고 싶겠다 하는 무슨 얘기 나 들었어요. 애슈퍼드 수군거리고 돌아다니는 말 들으니까, 보아하니 어떤 예쁜 아가씨 철도 호텔 일하는 남자 에이머스 아가씨한테 빼앗아 가는 모양이라 그러던데─」 아이린은 리틀 키지가 질투심으로 눈살을 찌푸리는 기색을 확인하기에 충분할 만큼만 머뭇거리고 나서 다시 말을 계속했다. 「애슈퍼드 말 들으면, 그 여자 애슈퍼드하고 같은 바로 그 농장에 살아요. 오빠 하는 말이, 에이머스 아가씨 만나는 일요일 말고 사이사이 평일 밤에 가끔 그 여자 만나러 간다 그랬어요. 그 여자 한다는 얘기가 뭐냐 하면, 머지않아 틀림없이 에이머스 빗자루 뛰어넘자 하게 만들겠다 하더래요.」

리틀 키지는 굶주린 청메기처럼 미끼를 꿀꺽 삼켰고, (변덕스러운 딸이 사귀었던 애인들을 하나하나 은밀히 관찰해 본 결과, 키지가 들뜬 마음을 버리고 함께 정착하기에는 진실하고 든든한 에이머스가 가장 적격이라고 이미 결론을 내렸던) 마틸다는 이런 사실을 보고받고는 굉장히 흡족해했다.

다음 일요일 오후에 빌린 노새를 타고 에이머스가, 늘 그렇듯이 충실하게 다시 방문했을 때는, 늘 무표정한 톰까지도 웬일인가 싶어 하는 표정을 지어야 할 일이 벌어졌다. 전에는 상당히 따분한 태도를 보였던 에이머스에게, 리틀 키지가 온통 흥분과 즐거움에 들뜬 모습으로, 재치를 한껏 발휘하면서, 무엇인지를 암시하는 듯 묘한 말을 한꺼번에 쏟아 놓아 그를 거의 어안이 벙벙하게 만들어 놓았는데, 가족 가운데 어느 누구도 전에 리틀 키지의 이러한 면모를 전혀 본 적이 없었다. 이런 식의 일요일이 몇 번 더 지나자, 리틀 키지는 그녀가 영웅처럼 숭배하던 아이린에게 드디어 자기가 에이머스와 사랑에 빠졌다고 고백해 왔으며, 아이린은 이를 재빨리 마틸다에게 알려 큰 기쁨을 맛보게 해주었다.

그러나 몇 번의 일요일이 또 지나갔는데도 빗자루를 뛰어넘겠다는 말이 나오지를 않자, 마틸다는 아이린에게 속마음을 털어놓았다. 「나 걱정이다. 머지않아 두 사람 무슨 일 저지르고 만다 나 알아. 너 보았지만, 에이머스 올 때마다 두 사람 어느새 머리 맞대고 당장 우리들 눈 피해 사라져 버리지—」 마틸다는 잠깐 말을 멈추었다. 「아이린, 나 걱정 두 가지 생겼어. 하나는, 둘이 저렇게 붙어 다니다 보면, 여자 임신하기 마련이지. 또 하나는, 그 총각 철도 회사하고 여행하는 사람들하고 많이 보았다 하기 때문에, 혹시 둘이 북쪽으로 도망친다 궁리하는지 모른다 하는 거야. 리틀 키지 워낙 무슨 일이나 마음대로 하는 아이여서 때문이다 너도 알지?」

다음 일요일에 에이머스가 도착하자, 마틸다는 달콤한 케이크와 레몬수가 든 큰 주전자를 가지고 재빨리 나타났다. 마틸다는 일부러 큰 소리로, 비록 자기의 요리 솜씨가 리틀 키지만은 못하더라도, 혹시 에이머스가 그녀와 함께 약간의 대화와 케이크를 함께 나누는 고통을 감수하지 않겠느냐고 물었다. 「사실 요즘은 자네 통 보기 힘드니 말이야.」

리틀 키지가 불만이라는 듯 앓는 소리를 냈지만, 당장 톰의 눈총을 받고는 쏙 들어갔고, 에이머스는 달리 어쩔 도리가 없었던 터라, 마틸다가 권하는 자리에 앉았다. 곧이어 다과를 들면서 식구들끼리의 잡담이 시작되었고, 에이머스도 긴장감과 수줍음 속에서 몇 마디 거들었다. 얼마 후에는 리틀 키지가 그녀의 남자가 그녀 가족이 생각하기보다는 훨씬 재미있는 사람이라는 사실을 증명하기로 결심한 듯싶었다.

「에이머스, 철도 회사 흰둥이들 세운 그 높은 기둥하고 전깃줄하고 대한 이야기 왜 하지 않아?」 그녀의 어조는 요청이라기보다 요구에 가까웠다.

그러나 에이머스는 잠시 망설이더니 얘기를 시작했다. 「글쎄, 그거 뭔지 나 정확히 설명하기 잘 모릅니다. 하지만 바로 지난달 흰둥이들 아주 멀리까지 높은 기둥 잔뜩 세우고, 그 꼭대기들 사이 전깃줄 연결한다 하는 일 끝냈어요.」

「그런데 기둥하고 전깃줄 어디 쓰는 거지?」 마틸다가 물었다.

「그거 지금 얘기하겠다 그러잖아요, 엄마!」

에이머스는 당황한 듯이 보였다. 「전보라 그래요. 사람들 그거 그렇게 부른다 생각해요, 아주머니. 나 살펴보니까, 전깃줄 철도역 안으로 들어가고, 그 안에 역무원 책상 위에 옆으로 손잡이 달린 이상한 기계 차려 놓았어요. 그 사람 가끔 손가락으로 손잡이 딸깍딸깍 소리 나게 해요. 그런데 대부분 기계 저절로 혼자 소리 낼 때 더 많아요. 그 기계 보고 흰둥이들 굉장히 흥분해요. 이제는 매일 아침 많은 흰둥이들 와서 밖에 말 매놓고는, 기계 딸깍거리기 기다리고 그래요. 그 사람들 말하기를, 기둥 위 묶은 전깃줄 타고 여러 곳에서 소식 찾아온다 그래요.」

「에이머스, 잠깐만, 그러면―」 톰이 느린 말투로 입을 열었다. 「말하지 않고 그냥 딸깍거리기만 하고 소식 온다 그런 얘기야?」

「그렇습니다, 톰 선생님, 굉장히 큰 귀뚜라미처럼요. 나 생각해 보기에, 소리 끝날 때까지 역무원 기계에서 어떻게 얘기 듣나 보다 같아요. 그런 다음 역무원 곧 밖으로 나와 다른 사람들에게 그 소리 뭐라고 말했는지 알려 주죠.」

「그러고 보니 흰둥이들 대단하지?」 마틸다가 감탄했다. 「하나님 정말 얘기하는 모양이야!」 마틸다는 에이머스를 보고 리틀 키지 만큼이나 환하게 웃었다.

에이머스는 아까보다 마음이 훨씬 편해졌는지, 누가 시키지도 않았는데 또 한 가지 신기한 이야기를 그들에게 해주기로 작정했다. 「톰 선생님, 철도 수리하는 곳 혹시 가보신 때 있나요?」

톰은 여동생이 마침내 함께 빗자루를 뛰어넘기로 선택한 듯싶은 이 예의 바른 젊은이가 마음에 든다고 혼자 속으로 결정을 내리던 참이었다. 그는 착실하며 진지한 남자 같았다.

「아니, 가본 적 없어.」 톰이 대답했다. 「나하고 집사람하고 철도 회사 작업장 마을 옆 가끔 지나다니기 하기는 했지만, 건물 한 군데도 들어가 봤던 일 없어.」

「그런데요, 선생님, 나 열두 곳 다른 작업장 사람들 여러 차례 쟁반 들고 식사 배달했는데, 나 생각하기에, 대장간 작업장 가장 바쁘다 보였어요. 거기 사람들 하는 일 보니까, 굉장히 큰 기차 휘어진 바퀴 굴대 똑바로 펴고, 기차 여러 가지 고장 난 곳 모두 수리하고, 기차 움직인다 하는 데 필요한 각종 부속품 모두 만들어 내니까요. 그곳에 통나무만큼 큰 기중기 천장에 매달렸고, 보아하니 열두어 명인가 열 댓 명인가 대장장이 일하는데, 저마다 검둥이 조수 한 명씩 두었고, 조수들 휘두르는 쇠망치하고 나무망치하고 나 그렇게 큰 거 본 적 없어요. 또 두세 마리 암소 통째로 한꺼번에 구울 만큼 큰 용광로 만들었고, 검둥이 조수 한 사람 그러는데, 무게 5백 킬로그램 나가는 모루 있다 해요!」

「휘유!」 분명히 크게 감동해서 톰이 휘파람 소리를 냈다.

「당신 모루 무게 얼마 나가요, 톰?」 아이린이 물었다.

「백 킬로그램 되는데, 아무도 못 들어.」

「에이머스—」 리틀 키지가 말했다. 「당신 호텔 이야기 아직 안 했잖아!」

「잠깐만, 나 호텔 하나도 없어요!」 에이머스가 싱글벙글 웃었다.

「하나 있으면 참 좋겠다 하지만 말이에요! 그 사람들 정신없이 돈 많이 벌어들여요! 엄청나다고요! 글쎄요, 다들 안다 하시겠지만, 호텔 지은 지 얼마 되지 않아요. 사람들 말하는데, 철도 회사 사장 여러 남자 만났지만, 낸시 힐라드 마님한테 호텔 운영 맡겼다 그래서, 화 잔뜩 난 사람들 많다 그래요. 나 고용한 사람 바로 그 여자이고, 나 어릴 때 그 여자 집 열심히 일해 줬다 하고 기억하기 때문이었어요. 어쨌든 그 호텔 방이 서른 개에다, 뒷간 여덟 개 뒷마당에 지었어요. 사람들 하루 1달러 내면 세숫대야 하나하고, 수건 한 장하고, 방 하나하고에다 아침, 점심, 저녁 식사하고, 앞마당 나가 앉는 의자 하나 줍니다. 낸시 마님 철도 노동자들 깨끗한 하얀 새 홑이불 기름하고 검댕 얼룩 묻혀 놓고 간다 가끔 불평하는 소리 나 듣지만, 그러다가 금방 하는 말 들어 보면, 그래도 어쨌든 그 사람들 번 돈 모두 이곳에 쓰니까, 작업장 마을 점점 살기 좋아진다 그래요!」

리틀 키지가 또다시 에이머스를 위해 애기를 이끌어 주었다. 「열차 가득 실려 오는 손님들 어떻게 다 음식 먹여요?」

에이머스가 미소를 지었다. 「글쎄요, 그때 정신없이 바빠져요! 그러니까 손님 열차 하루 두 번 이곳 지나가는데, 하나는 동쪽 하나는 서쪽 갑니다. 어느 쪽 향해 가느냐 따라 매클린즈빌이냐 힐스버러냐 종착역인데, 열차 차장 미리 호텔에 전보 쳐서 손님 몇 명 승무원 몇 명이다 알려 줘요. 그래서 열차 우리 역 도착할 때쯤이면, 나 정말 말해 두고 싶은데, 낸시 마님 기다란 식탁 위에 뜨겁고 김 무럭무럭 하는 온갖 음식 잔뜩 차려 놓고, 우리 조수들 승객 모두 먹일 생각하면 막 신이 나요! 나 정말 애기하는데 식탁에 메추리고기하고, 햄하고, 닭고기하고, 뿔닭고기하고, 토끼고기하고, 쇠고기하고 다 나오고, 갖가지 샐러드 나오고, 사람들 아는 야채 모두 나오고, 디저트만 해도 식탁 하나 가득해요! 승객들 멋지고 큰 기차에서 줄줄이 내려와 식사하라 시간 주기 위해 열차가 20분 기다린 다음, 사람들 다시 승차했다 그러면 칙칙폭폭 떠나 다시 가버립니다.」

「떠돌이 장사치들 애기도 하세요, 에이머스.」 리틀 키지가 소리쳤고, 모두들 자랑스러워하는 그녀에게 미소를 지었다.

「그래요.」 에이머스가 말했다. 「그 사람들 호텔 묵으면 낸시 마님 진짜 좋아해요! 때로 두세 명 같은 기차 타고 오는데, 나하고 다른 검둥이하고 서둘러 달려가, 그 사람들 팔러 다니는 물건 견본 가득 담은 무겁고 검은색 가죽 상자하고 여행 가방 대신 들고, 앞장서 호텔에 데려옵니다. 낸시 마님 말하기를 그 사람들 항상 바늘처럼 깨끗한 진짜 신사들이다 그러는데, 심부름해 주면 정말 고마워해서, 나 역시 그 사람들 좋아합니다. 가방 날라다 준다 하거나, 구두를 닦아 준다, 그밖에 무슨 일 아무거나 해주면, 금방 10센트짜리 5센트짜리 동전 하나 줘요! 보통 그 사람들 목욕하고, 그런 다음 읍내 한 바퀴 돌면서 사람들하고 애기 나눠요. 저녁 먹고 나면, 앞마당 나와 앉아서, 담배 피우거나 씹고, 그냥 구경하거나 애기 나누다 위층 올라가 잠자리 듭니다. 다음 날 아침 식사 마친다 하고 나면, 그 사람들 우리 검둥이 견본 상자들 대장간에 갖다 달라 하고는, 거기서 하루 1달러 주고 마차 한 대하고 말 빌려 타고, 이 지방 도로변 모든 상점 찾아가 물건들 팔고 돌아다니죠—」

에이머스가 이런 신기한 사건들 속에서 살아가며 일한다는 사실에 감격해서, 리틀 조지가 자기도 모르게 소리쳤다.「에이머스, 그렇게 멋진 생활 한다 나 정말 몰랐는데!」

「낸시 마님 말하기를, 말 다음 철도 가장 굉장한 일이다 그랬어요.」 에이머스가 겸손하게 말했다.「그 여자 말 들으면, 곧 더 많은 철도 놓아서, 이 철도 서로 연결된다 하면, 세상 무척 달라진다 그래요.」

108

치킨 조지는 질주하던 속도를 늦추었고, 온몸에 땀거품을 뒤집어쓴 말은 큰길에서 샛길로 갑자기 꺾여 들어가는 길목에서 겨우 방향을 바꾸었으며, 그러자 그는 두 손으로 말고삐를 팽팽하게 냅다 잡아채었다. 분명히 제대로 찾아오기는 했지만, 그러나 마지막으로 그가 이곳을 본 뒤로 이렇게 달라지다니, 믿어지지가 않았다! 잡초 속에 파묻힌 채 앞으로 뻗어 나간 길 저쪽에는, 한때 담황색이었던 리 쥔님의 큰집이 지금은 칠이 군데군데 벗겨져 얼룩덜룩한 회색으로 변한 모습이었고, 유리창이 달렸던 곳 몇 군데는 헝겊으로 막아 놓았고, 심하게 땜질한 지붕 한쪽은 거의 무너져 내리는 중이었다. 집 주위의 논

718

밭까지도 황폐해져, 허물어져 가는 널빤지 울타리 안에는 옛날에 시들어 말라 죽은 줄기들뿐이어서, 아무것도 자라지 않았다.

놀라고 당황한 그는 고삐를 늦춰 주었고, 말은 이제 잡초 속에서 길을 찾으며 계속해서 나아갔다. 더 가까이 가서 보니, 큰집의 현관은 비스듬히 기울어졌고, 앞쪽 계단이 무너져 내려앉았으며, 노예 마을의 오두막집들은 모조리 지붕이 주저앉았다. 말에서 미끄러져 내려와, 고삐를 잡아 이끌며 걸어서, 집의 모퉁이를 돌아 뒷마당으로 가면서 둘러보니 고양이나, 개나, 닭은 한 마리도 눈에 띄지 않았다.

그는 몸집이 큰 노파가, 통나무 토막을 깔고 앉아 허리를 굽힌 채, 자리공 샐러드를 만들려고 나물을 뜯어, 줄기는 발치에 버리고 잎사귀만 녹슬고 깨진 세숫대야에 골라 담는 모습을 보았을 때도 마찬가지로 마음의 준비가 되어 있지 않았다. 그는 그녀가 말리지 아줌마이리라고 알아보았지만, 믿어지지 않을 정도로 달라진 모습이었다. 그는 〈여기 봐요!〉라고 필요 이상 큰 소리로 불러 그녀의 주의를 끌었다.

말리지 아줌마는 나물을 뜯던 손을 멈추었다. 그녀는 머리를 들어 이리저리 두리번거리다가 그를 쳐다보기는 했지만, 그가 누구인지를 알아보지 못하는 눈치였다.

「말리지 아줌마!」 그는 그녀에게로 달려가다가, 노파의 얼굴이 아직도 미심쩍어하는 표정이어서 자신이 없어져, 우물쭈물 멈추어 섰다. 그녀는 초점을 보다 확실히 맞추려는지 눈살을 찡그렸고…… 갑자기 한 손으로 무겁게 통나무를 짚고는 겨우 몸을 일으켰다. 「조지…… 너 조지 아니냐?」

「그래요, 말리지 아줌마!」 그는 이제야 그녀에게로 달려가, 두 손으로 노파의 투실투실한 거구를 잡고 포옹하며 울먹였다. 「하나님 굽어 살피소서, 이 사람, 도대체 그동안 어디 갔었나? 전에 늘 여기 돌아다니더니!」

거의 5년이라는 세월이 흘러갔음을 알지 못하는 듯, 그녀의 목소리와 말은 어딘가 공허하게 들렸다. 「큰물 건너 잉글랜드라 하는 곳 갔었어요, 말리지 아줌마. 거기서 닭쌈시키는 일 했는데— 말리지 아줌마, 나 아내하고, 어머니하고, 아이들 어디 갔어요?」

노파의 얼굴이 공허해 보였던 까닭은, 이제 더 이상 무슨 일이 일어난다 해도 아무런 감정을 느끼지 못하겠기 때문이었는지도 모를 일이었다. 「여기 더 이상 아무도 없어!」 노파의 말투는 그가 그런 사실을 모르다니 놀랍다는 듯이 들렸다. 「모두 갔어. 나하고 쥔님하고만 남았고—」

「갔다 하니 어디 갔다 말입니까, 말리지 아줌마?」 그는 노파의 정신력이 쇠약해졌음을 이제야 깨달았다.

노파는 부어오른 손으로 노예 마을보다도 더 아래쪽에 위치한 조그마한 버드나무 숲 쪽을 가리켰다. 「너 어머니…… 키지가 이름이었는데…… 저기 묻혔어—」

치킨 조지의 목구멍에서는 울컥 흐느낌이 북받쳐 올랐다. 그는 얼른 손을 들어 울음을 막았다.

「세라 역시 저기 묻었고…… 노마님은…… 앞마당 묻혔는데— 말 타고 여기 올라오다 마님 보지 못했어?」

「말리지 아줌마, 틸다하고 나 아이들하고 어디 갔어요?」

그는 노파의 마음을 어지럽혀 놓기를 원치 않았다. 그녀는 잠시 기억을 더듬어야 했다.

「틸다? 그래. 틸다 확실히 좋은 여자였지, 정말 그랬어. 아이들 모두 그랬어. 그럼. 쥔님 벌써 오래전 그들 모두 팔아 버렸다 하는 거 왜 몰랐나—」

「어디 갔어요, 말리지 아줌마, 어디로요?」 그는 분노가 치밀어 올랐다. 「쥔님 어디 있어요, 말리지 아줌마?」

노파의 얼굴이 집 쪽을 쳐다보았다. 「저 위에 아직 자나 보다 나 생각해. 너무 취해 늦도록 일어나지 않고, 배고프다 고함질렀는데…… 식량 거의 없어…… 뭐 요리할 거 자네 좀 가지고 왔나?」

「아뇨, 아줌마.」 어리둥절해하는 노파에게 이 한마디 대답을 던져 주고, 치킨 조지는 물건들이 어지럽게 널린 부엌을 서둘러 지나, 칠이 벗겨지는 복도를 따라 내려가서, 지저분하고 악취가 나는 거실로 들어가, 짤막한 계단 밑에 멈추어 서서, 분노에 찬 소리를 내질렀다. 「쥔님!」

그는 잠시 기다려 보았다.

「쥔님!」

충계를 성큼성큼 뛰어 올라가려는 순간 그는 무엇이 움직이는 소리를 들었다. 잠시 후에, 오른쪽 문간에, 머리가 헝클어진 사람의 모습이 나타나서, 아래쪽을 기웃거렸다.

격분한 속에서도 조지는, 그가 기억하던 쥔님이 껍질만 남아서, 수척하고 수염도 깎지 못한 데다가 머리도 빗지 않았으며, (보아하니 옷을 그대로 입은 채 잠을 잔 듯싶은) 몰라보게 달라진 지저분한 모습을 보고 아연하여 말문이 막혔다. 「리 쥔님이세요?」

「조지!」 늙은 남자의 온몸이 움찔했다. 「조지!」 그는 비틀거리며 삐걱거리는 계단을 내려와서, 계단 아래쪽에 우뚝 섰고, 그들은 그렇게 서서 서로 빤히 노려보았다. 리 쥔님의 얼굴은 움푹했고, 그의 두 눈은 질퍽했는데, 다음 순간 그는 찢어지는 듯 요란한 웃음을 터뜨리면서 달려와 치킨 조지를 껴안으려고 두 팔을 벌렸지만, 조지는 옆으로 비켜섰다. 그는 뼈만 앙상하게 남은 리 쥔님의 두 손을 잡고 힘차게 흔들었다.

「조지, 네가 이렇게 돌아오다니 정말 기쁘구나! 그동안 도대체 어디 갔었어? 벌써 오래전에 돌아왔어야 하는데!」

「네, 쥔님, 네, 쥔님. 러셀 경이 이제야 나 놓아줬어요. 그리고 리치먼드에서 배 타고 여기 오는 데 8일 걸렸습니다.」

「자, 저기 부엌으로 들어가자!」 리 쥔님은 치킨 조지의 손목을 잡아끌었다. 그리고 그들이 부엌에 이르자 그는 부서진 식탁 의자 두 개를 요란한 소리를 내며 끌어당겨 놓았다. 「앉아라! 리지! 내 술병 어디 갔어? 리지!」

「갑니다, 쥔님!」 노파의 목소리가 밖에서 들려왔다. 「네가 떠난 뒤로 말리지는 머리가 좀 흐려져서, 어제하고 내일도 구분을 못해.」 리 쥔님이 말했다.

「쥔님, 나 가족 어디 갔어요?」

「이봐, 우리 이야기하기 전에 우선 한잔하지! 그렇게 오랫동안 함께 살았으면서도, 우리 함께 술을 마셔 본 적이 한 번도 없었잖아! 네가 이렇게 돌아와서 이제야 대화를 나눌 상대가 생겼으니 정말 기쁘다고!」

「대화 나눌 기분 아닌데요, 쥔님! 나 가족 어디—」

「리지!」

「네, 쥔님——」 거구의 노파가 문간에 나타나 안으로 들어와서, 술병과 유리잔을 찾아내어 식탁 위에 갖다 놓은 다음, 리 쥔님과 치킨 조지가 그곳에서 얘기를 나눈다는 사실을 의식하지도 않는 듯, 다시 밖으로 나갔다.

「그래, 네 어머니에 대해서는 진짜 미안하게 됐다. 네 어머니는 너무 늙었고, 별로 고통은 받지 않고 빨리 숨을 거두었지. 어머니 무덤은 좋은 자리를 골라서——」 쥔님은 그들이 마실 술을 따랐다.

틸다하고 아이들하고에 대한 얘기 일부러 입에 안 올린다 그러는 거야. 이런 생각이 치킨 조지의 머리를 스쳐 지나갔다. 조금 하나도 변하지 않았어…… 아직 뱀처럼 약고 위험해…… 진짜 화나게 쥔님 성미 건드려 놓는다 해서는 안 돼…….

「쥔님 나한테 마지막 한 말씀 기억하세요, 쥔님? 나 돌아오면 금방 해방시킨다고 말했어요. 그리고 나 돌아왔습니다!」

그러나 쥔님은 치킨 조지의 말을 들은 체도 하지 않고, 4분의 3쯤 술을 채운 잔을 식탁 건너 밀어 주었다. 그러고는 자기의 술잔을 들어 보이면서 말했다.「너를 위해서 한 잔. 돌아온 걸 축하하는 뜻에서——」

그래, 나 이거 좀 필요하겠어…… 하고 생각하며 치킨 조지는 술을 단숨에 한 모금을 들이켰고, 배 속이 찌릿하면서 온몸이 후끈거렸다.

치킨 조지는 이번에는 완곡하게 다시 시도했다.「말리지가 그러는 말 들었는데, 쥔님, 마님 돌아가서 안됐어요.」

뭐라고 투덜거리면서 술을 다 마신 다음 리 쥔님이 말했다.「그 사람은 어느 날 아침에 그냥 잠에서 깨어나질 않았어. 죽는 꼴 보고 싶지 않았는데. 그때의 닭쌈 이후에 아내는 나를 마음 편하게 놓아둔 적이 없었지. 그래도 죽는 건 싫었어. 누구라도 죽는 건 싫어.」 그는 트림을 했다.「우리 모두 언젠가 죽기는 죽어야 하지만——」

말리지 아줌마 말한 대로 그렇게까지 생활 형편없다 하지는 않지만, 갈 데까지 다 갔다는 했어. 치킨 조지는 이제 단도직입적으로 따졌다.

「우리 마틸다하고 애들하고 팔아 버렸다 말리지 아줌마 그러던데요…….」

리 쥔님이 그를 홀끗 쳐다보았다.「그래, 할 수 없었지. 어쩔 수가 없었다고! 운이 나빠 내가 이렇게까지 한심해진 거야. 거의 남김 없이, 내 땅뿐 아니라 모든 재산을, 쌈닭조차 다 팔아 치워야 했어!」

분통이 터지기 직전이었던 치킨 조지는 멈칫했다.

「그래, 내 꼴이 지금 얼마나 가난한지, 나하고 말리지는 풀을 뜯거나 무엇이든 잡아서 겨우 연명하는 형편이야!」 갑자기 그는 키득거렸다. 「제기랄, 하지만 달라진 건 없어! 나는 태어날 때부터 가난했으니까!」 그는 다시 심각해졌다. 「하지만 이젠 네가 돌아왔고, 나와 너는 이 집안을 다시 일으키면 된다고, 알겠어? 우린 다시 일어나리라는 걸 난 알아!」

치킨 조지는 리 줸님에게 달려들어 두들겨 패고 싶은 마음이 굴뚝같았지만, 흰둥이를 구타했다가는 자동적으로 어떠한 결과를 치르게 되는지에 대한 인식이 평생 몸에 배었기 때문에 겨우 참았다. 그러나 그는 속에서 이글거리는 분노 때문에 하마터면 일을 저지를 뻔했다. 「줸님 나 이곳에서 멀리 보낼 때 나 해방시킨다 약속했어요! 그런데 돌아와 보니, 줸님 나 가족조차 팔아 버렸습니다. 나 해방 증서 원하고, 아내와 아이들 지금 어디 사는지 알기 원해요.」

「그런 말 내가 아마 했겠지! 네 가족은 앨라맨스 군의 담배 농장주 머리 씨 집으로 갔는데, 철도 회사 작업장에서 그리 멀지 않은 곳이고—」 리 줸님은 눈을 가늘게 떴다. 「너, 나한테 큰소리 내지 마!」

앨라맨스…… 머리…… 철도 회사 작업장. 이런 몇 가지 중요한 내용을 머릿속에 새겨 두면서, 치킨 조지는 이제 겉으로나마 큰소리를 친 데 대한 잘못을 뉘우치는 척했다. 「진심 그럴 생각 아니었지만, 좀 흥분했나 그랬고, 그래서 죄송합니다, 줸님—」

그러자 줸님의 표정이 동요를 일으켰고, 그러고는 용서했다. 나 풀어 준다 글로 써놓은 증서 손에 넣으려면, 줸님 마음 풀어 줘야 하는데. 「이봐, 나 정말로 망가졌어.」 식탁 위로 몸을 내밀면서 줸님은 치킨 조지를 사납게 곁눈질해 보았다. 「내 말 들었지? 내가 정말로 얼마나 형편없이 망가졌는가는 아무도 몰라! 돈만 가지고 하는 얘기가 아니야—」 그는 자기의 가슴을 가리켰다. 「여기가 망가졌어!」 그는 무슨 반응을 바라는 눈치였다.

「예, 줸님.」

「나 진짜 고생했단 말이야. 내가 나타나면 개새끼들이 길 건너편에서 내 이름을 큰 소리로 불러 대곤 했지. 내 등 뒤에서 그놈들이 비웃는 소리도 들었어. 개새끼들!」그는 뼈마디가 앙상한 주먹으로 식탁을 내려쳤다.「이 톰 리가 본때를 보여 줘야 한다고 나는 마음속으로 맹세했지! 이제 네가 돌아왔어. 다시 쌈닭을 가져다 키워야 해! 내 나이 여든셋이지만, 상관없어…… 우린 성공한다니까!」

「쥔님—」

리 쥔님은 곁눈질로 찬찬히 살펴보았다.「네 나이를 잊어버렸는데, 지금 몇 살이지?」

「지금 쉰 넷이에요, 쥔님.」

「벌써 그렇게 됐나!」

「그럼요, 쥔님. 얼마 안 있으면 쉰다섯 됩니다.」

「제기랄, 네가 태어나던 바로 그날 난 너를 보았어! 온통 주름이 잡히고, 밀짚 색깔에, 귀엽고 작은 검둥이였지.」쥔님이 낄낄대며 웃었다.「제기랄, 이름도 내가 지어 주었고 말이야!」

치킨 조지가 싫다고 손을 저은 다음 자기의 잔에 술을 전보다는 조금 덜 따르면서, 리 쥔님은 엿듣는 사람이 없는지를 확인하려는 듯 사방을 둘러보았다.「다른 모든 사람들을 내가 속여 넘기기는 했지만, 너까지 속일 필요는 없겠지! 놈들은 내가 진짜 이제는 한 푼도 없는 줄 알아—」그는 함께 음모를 꾸미자는 듯한 눈길을 치킨 조지에게 주었다.「나 돈 있어! 많지는 않지만…… 숨겨 놓았지! 숨겨 놓은 곳은 나밖에 아무도 몰라.」그는 좀 더 오랫동안 치킨 조지를 쳐다보았다.「이봐, 내가 죽으면 내 재산 모두 누가 갖게 되는지 알아? 난 아직 땅도 10에이커나 있어. 땅은 은행에 맡겨 놓은 돈이나 다름없지! 내가 가진 재산은 모두 너한테 간다고! 넌 이제 나하고 가장 가까운 사람이니까.」

그는 마음속으로 무엇인가 고민을 하는 듯 보였다. 그는 은밀하게 더욱 가까이 몸을 내밀었다.「제기랄, 진실을 외면할 필요는 없겠지. 우리 두 사람은 같은 핏줄이잖아.」

이런 말 하다니, 분명히 갈 데까지 다 간 모양이다. 잔뜩 긴장한 채 치킨 조지는 침묵을 지키며 기다렸다.

「당분간만이라도 여기서 지내도록 해, 조지—」술기운에 달아오른 얼굴로 쥔님이 애원했다.「네가 이 세상에서 살아가도록 도와준 사람에게 등을 돌리는 그런 인간이 아니라는 걸 난 알아—」

나 떠나기 직전 쥔님 직접 써서 서명한 나 해방 문서 보여 주면서 금고에 보관하겠다 그랬었다. 치킨 조지는 쥔님을 아직도 더 취하도록 만들어야 되겠다고 깨달았다. 조지는 식탁 건너의 얼굴을 찬찬히 뜯어보면서 생각했다. 흰둥이다 하는 사실 빼놓고 그에게 남은 거 하나도 없구나…….

「쥔님, 나 길러 주셨다 하는 거 절대 잊지 않겠고— 쥔님 마찬가지 훌륭한 흰둥 사람 많지 않아서요—」

질퍽하던 쥔님의 두 눈에 불이 켜졌다. 「너는 그냥 쓸모없는 검둥개에 지나지 않았어. 내가 분명히 기억하는데—」

「예, 그래요, 쥔님. 쥔님하고 밍고 할아버지가—」

「아 밍고 영감! 참 안됐어. 가장 뛰어난 검둥개 쌈닭 훈련사였는데—」 그의 흐트러진 눈길이 치킨 조지에게 초점이 맞추어졌다. 「……네가 잘 배울 때까지 말이야……. 내가 너를 닭쌈에 데리고 다니고, 밍고를 뒤에 남겨 두기도 했지—」

〈……너하고 쥔님하고 나 닭들한테 모이 제대로 주기 바라니까 해〉 밍고 할아버지가 슬퍼하던 기억은 지금까지도 마음을 아프게 했다.

「기억하시나요, 쥔님, 우리 뉴올리언스 큰 닭쌈 경기 가려고 했는데요?」

「물론이지! 끝내 참가하지 못했지만 말이야—」 그는 이맛살을 찌푸렸다.

「밍고 할아버지 바로 직전 돌아가셔서서 그렇게 되었어요.」

「맞아! 밍고 영감 지금은 저기 저 버드나무 밑에 묻혔지.」 나 어머니하고, 세라 아줌마하고, 누가 먼저 간다 모르겠지만, 말리지 아줌마하고 역시 죽으면 모두 함께 묻히겠지. 그는 쥔님과 말리지 중 어느 한 사람이 죽으면 다른 사람은 어떻게 될지가 궁금했다.

「네가 여자 꽁무니 실컷 쫓아다니라고 내가 통행증을 만들어 준 것 생각나나?」

치킨 조지는 억지로 너털웃음을 웃어 대면서 주먹으로 식탁을 두드렸고, 쥔님은 말을 계속했다. 「너처럼 열심히 꼴리는 놈도 본 적이 없으니, 아무렴, 내가 그럴 수밖에. 그리고 우리 여행 갈 때마다 계집질 한번 신나게 했지, 안 그래! 너 무슨 짓 하고 돌아다니는지 나도 알았지만, 너도 나 어떤지 빤히 알았잖아—」

「그럼요, 쥔님! 그야 물론이죠, 쥔님!」

「그리고 네가 뒷전 닭쌈을 시작했을 때는, 내가 돈을 주어 네가 내기에 걸었고, 그래서 넌 정신없이 땄어!」

「그랬죠, 쥔님, 그럼요! 사실입니다!」

치킨 조지는 위스키를 마셔 조금 어지러워지기도 했거니와, 옛날 일들을 회상하는 흐뭇한 기분에 자기 자신도 빠져 든다고 깨닫고는 정신을 차리기로 했다. 그러나 그는 목적을 다시금 머릿속에 떠올렸다. 그는 식탁 위로 손을 뻗어서 술병을 집어 들고는, 그의 잔에다 조금만 따르고는 얼마나 부었는지를 감추기 위해 한 손으로 재빨리 잔을 감싸 잡았고, 술병을 식탁 저쪽으로 내밀어 쥔님의 술잔에는 거의 가득 따랐다. 두 손으로 술잔을 감싸서 치켜들고, 비틀거리는 체하면서, 치킨 조지는 혀가 꼬부라진 소리로 말했다. 「세상 최고 쥔님 위해 건배! 잉글랜드 사람들 말마따나, 〈수문(水門) 내리고 마셔!〉」

치킨 조지는 자기 술은 홀짝홀짝 조금씩 마시면서 쥔님이 단숨에 들이켜는 모습을 지켜보았다. 「자네 그렇게 생각한다니, 나 아주 기분 좋은데—」

「또 한 번 건배!」 두 개의 술잔이 올라갔다. 「너는 내가 소유했던 검둥개 중에 최고야!」 그들은 술잔을 비웠다.

핏줄이 드러난 손등으로 입을 닦아 내며, 위스키 기운에 기침을 하면서, 리 쥔님은 혀가 꼬부라진 목소리로 말했다. 「너는 그 잉글랜드 사람에 대해서 나한테 아무 얘기도 안 했는데— 그 친구 이름이 뭐였지?」

「러셀 경입니다, 쥔님. 셀 수 없을 만큼 돈 많은 사람이에요. 혈통 최고 좋은 쌈닭 4백 마리 넘고요—」 그러더니 치킨 조지는 일부러 잠깐 말을 끊었다가 계속했다. 「그러나 쥔님 같은 닭쌈꾼 못 돼요.」

「정말이냐?」

「우선 한 가지 보면, 쥔님만큼 똑똑하다 안 해요. 그리고 쥔님 같은 사나이 못 되고요! 그냥 돈 많고 운 좋다 그것 전부예요. 쥔님 같은 그런 흰둥 사람 상대 안 돼요, 쥔님!」 치킨 조지는 C. 에릭 러셀 경이 그의 친구들에게 했던 말이 생각났다. 〈조지의 주인은 뒷전 닭쌈꾼치고는 훌륭한 편이지.〉

리 쥔님의 머리가 축 늘어졌고, 그는 머리를 다시 번쩍 들어서, 치킨 조지에게 눈의 초점을 맞추려고 애썼다. 도대체 쥔님 금고를 어디 두었을까? 치킨 조지는 아직도 그가 생생하게 기억하는 사각형의 종이 한 장에 적힌, 여행증보다 세 배쯤 글씨가 많이 담겼고 그 밑에 서명을 해 놓은 서류를 손에 넣느냐 마느냐에 따라, 앞으로 남은 그의 여생에서 얼마나 중요한 조건이 판가름 나게 될지를 생각했다.

「쥔님, 나 술 좀 더 마신다 해도 될까요?」

「물어보나 마나지…… . 실컷 마셔—」

「나 아주 많은 잉글랜드 사람들한테 우리 쥔님 세상에서 제일 좋은 분이다 그랬는데…… 나 거기 살게 되었다 불평하는 소리 아무도 한 번도 못 들었고…… 저런, 쥔님, 술잔 비었는데요, 쥔님—」

「……조금만 따라도 괜찮아…… . 그럼, 너는 그런 애가 아니지…… . 나를 진짜 골치 아프게 한 적이 한 번도 없었으니까—」

「물론이죠, 쥔님…… 그럼 또 한 번 쥔님 위해 건배입니다, 쥔님—」

그들은 또 건배를 했고, 쥔님은 마시던 술을 조금 턱으로 흘렸다. 치킨 조지는 아까보다 더 술기운을 느끼다가, 쥔님의 머리가 식탁 위로 점점 수그러지는 광경을 보고는 얼른 몸을 꼿꼿이 세워 앉았다.

「쥔님 다른 검둥이들에게도 항상 잘해 주셨어요, 쥔님…… .」

쥔님의 머리가 흔들리더니, 밑으로 늘어져서는 다시 올라오지를 않았다. 「그렇게 하려고 노력은 했지…… 노력은 했어—」 그의 목소리에서는 힘이 빠졌다.

이제 완전히 취한 모양이야. 「그럼요, 쥔님. 쥔님하고 마님도 전에는…… .」

「좋은 여자였지…… 여러 면에서—」

쥔님의 가슴이 이제는 식탁에 닿았다. 가능한 한 소리를 내지 않으면서 의자를 집어 들고, 치킨 조지는 긴장된 기분으로 잠시 기다렸다. 입구 쪽으로 가서 멈춰 선 그는, 별로 크지 않은 목소리로 불러 보았다. 「쥔님!…… 쥔님!」

고양이처럼 갑자기 몸을 돌리더니, 어느새 그는 앞방 모든 가구의 서랍을 뒤지기 시작했다. 잠시 동작을 중단하고, 자신의 숨소리밖에 들리지 않자, 그는 서둘러서 계단을 올라가며, 삐걱거리는 소리를 저주했다.

감히 흰둥이의 침실로 들어간다는 생각이 그에게 충격으로 작용했다. 그는 멈춰 섰고…… 자신도 모르게 뒤로 몇 발짝 물러나서, 총체적인 난장판을 둘러보았다. 빠른 속도로 술이 깨면서, 그는 다시 침실 안으로 들어갔고, 김빠진 술과, 오줌과, 땀과, 빈 술병들 사이에 흩어진 세탁하지 않은 옷이 뒤섞여 풍기는 강한 악취가 그의 코를 찔렀다. 그러고는 무엇에 홀린 사람처럼 그는 잡아당기고, 열어젖히고, 물건들을 옆으로 팽개치면서 뒤져 보았으나, 헛일이었다. 침대 밑에 두었는지도 몰라. 미친 듯이 털썩 무릎을 꿇고 앉아 침대 밑을 들여다보니, 금고가 눈에 띄었다.

금고를 움켜잡고 그는 순식간에 다시 아래층으로 내려와서 까치발을 하고 복도로 들어갔다. 쥔님이 여전히 식탁 위에 고개를 처박고 엎어진 모습을 보고 그는 서둘러 앞문을 빠져나왔다. 집 옆으로 나간 그는 잠긴 금고를 두 손으로 비틀어 열어 보려고 했다. 때려 부숴 열어 본다 하는 거 나중에 하고— 지금은 어서 말 타고 달아나야지. 하지만 그는 해방 문서를 손에 넣었는지를 확인해야만 했다.

뒷마당에서 장작을 패는 모탕이 그의 눈에 띄었고, 그 옆 땅바닥에는 낡은 도끼 한 자루가 놓였다. 뛰다시피 그곳으로 달려간 그는 도끼를 집어 들고, 금고를 자물쇠가 있는 쪽을 위로 하여 세워 놓고 내리쳤으며, 금고는 한 방에 깨져 열렸다. 지폐와, 동전과, 접힌 서류들이 쏟아져 나왔으며, 황급히 하나씩 펼쳐 확인하던 그는 한눈에 해방 문서를 알아보았다.

「너 뭐하니?」

그는 놀라서 자빠질 뻔했다. 그러나 말리지 아줌마는 느긋하게 통나무 토막에 앉아 물끄러미 쳐다보기만 했다.

「쥔님 뭐라 그랬어?」 노파가 멍하니 물었다.

「말리지 아줌마, 나 가야 해요.」

「그래, 가야 하면 가야지—」

「틸다하고 아이들에게 안부 전하겠어요.」

「고맙구나……. 모두 몸조심해라—」

「알았어요, 아줌마.」 갈 길을 서두르며 그는 노파를 꼭 껴안아 주었다. 잠깐 들러 저 무덤들 봐야 좋겠는데. 그러나 그는 살았을 때의 모습 그대로 어머니 키지와 세라 아줌마를 기억하는 편이 더 좋으리라고 생각하면서, 치킨 조지는 그가 태어나고 자랐으며, 이제는 허물어

저 가는 집을 마지막으로 한 번 둘러보았고, 갑자기 엉엉 울면서, 해방 문서를 움켜쥐고, 달려가서 말에 뛰어 올라타고는, 그의 소유물이 든 두 개의 말안장 주머니를 펄럭이며, 무성하게 자란 잡초로 뒤덮인 좁은 길을 따라, 뒤도 돌아보지 않으면서 달려갔다.

109

큰길 옆으로 둘러진 울타리 가까이에서, 마른 향초(香草)를 만드는 데 쓸 잎사귀를 따 모으던 아이린은, 달려오는 말발굽 소리를 듣고 고개를 들었다. 바람에 날리는 초록색 목도리를 두르고, 휘어진 수탉 꽁지깃 하나를 띠에다 꽂은 검은 중절모를 쓰고, 말을 타고 달려오는 남자를 보고 그녀는 갑자기 숨이 막히는 기분이었다.

두 팔을 마구 흔들면서 그녀는 큰길로 달려 나가며, 목청껏 외쳐 대었다. 「치킨 조지! 치킨 조지!」 말을 탄 남자가 울타리 바로 너머에서 고삐를 잡아당겼고, 온몸이 땀거품으로 뒤덮인 말은 그제야 마음을 놓고 숨을 돌렸다.

「나하고 아가씨하고 아는 사이야?」 그녀에게 마주 미소를 지으며 그가 소리쳤다.

「아니에요, 선생님. 우리 서로 만난 일 한 번 없지만, 톰하고 어머니 틸다하고 다른 가족 모두 선생님 얘기 너무 많이 해서 나 선생님 어떻게 생겼다 그냥 알아요.」

그는 그녀를 빤히 쳐다보았다. 「나 아들 톰하고 틸다 얘기야?」

「네, 선생님. 선생님 부인이고 나 남편이고— 나 아기한테 아빠요.」

그는 이 말을 새겨듣는 데 한참 시간이 걸렸다. 「아가씨하고 톰하고 아기 가졌다 그랬어?」 그녀는 고개를 끄덕였고, 활짝 웃으며 불룩한 그녀의 배를 툭툭 두드렸다. 「한 달 있다가 나와요!」 치킨 조지는 머리를 절레절레 흔들었다. 「하나님 굽어 살피소서! 전지전능 하나님! 아가씨 이름 뭐지?」

「아이린요, 선생님!」

치킨 조지에게 말을 타고 계속 가라고 일러 놓고는, 낼 수 있는 속력을 다 내어 뒤뚱거리면서 허둥지둥 달려가던 그녀는, 농장의 다른 구역에서 담배를 심던 버질과, 애슈퍼드와, 리틀 조지와, 제임스와, 루이스와, 리틀 키지와, 릴리 수에게 그녀의 목소리가 들릴 만한 거리에까지 이르렀다. 그녀의 고함 소리를 듣고 걱정이 되어 어느새 달려온 리틀 키지는 놀라운 소식을 전하려고 다시 되돌아 달려갔다. 그들은 모두 헐레벌떡 노예 마을로 달려가서, 저마다 소리를 지르면서 아버지에게로 몰려들었으며, 어머니와 톰 그리고 모두들 한꺼번에 그를 껴안으려고 달려들자, 옷이 마구 헝클어지고 녹초가 된 치킨 조지는 이 요란스러운 환영에 완전히 압도되었다.

「나 생각하기에 나쁜 소식 먼저 듣는 편 가장 좋다 같은데.」 그가 그들에게 말하고는, 키지 할머니와 세라 아줌마가 죽었다고 얘기해 주었다. 「리 마님 역시 가셨고—」

죽은 자들에 대한 그들의 슬픔이 조금 가라앉은 다음에 그는 말리지 아줌마의 상태와 리 쥔님과의 사이에 벌어졌던 상황을 설명했고, 마지막으로 결론지어서 그의 해방 문서를 의기양양하게 보여 주었다. 저녁 식사가 끝나고 어둠이 깔리기 시작하자, 식구들은 황홀한 기분으로 그의 둘레에 모여 앉았고, 그는 지난 5년 동안 잉글랜드에서 지낸 이야기를 시작했다.

「사실 그대로 다 얘기해 줘야 되겠는데, 나 저 큰물 건너 땅에서 한 일하고 본 것들 다 말한다 하면 1년 걸려!」 그러나 그는 우선 C. 에릭 러셀의 엄청난 재산과 사회적인 명성, 그가 보유한 투계들의 오랜 순종 혈통과 끊임없이 승리를 거듭하는 쌈닭들, 미국에서 건너온 검둥이 쌈닭 전문 조련사로서 잉글랜드 닭쌈계 사람들을 그가 매료시켰던 과정, 그리고 어린 아프리카 소년들에게 비단과 우단 옷을 입히고, 목에는 금목걸이를 걸어 준 다음 데리고 산책을 나가는 잉글랜드 귀부인들에 관한 몇 가지 중요한 이야기를 골라서 해주었다.

「거짓말 안 하겠는데, 나 그런 경험 다 하게 되었다 하는 점 기쁘다 생각했어. 하지만 나 얼마나 너희들 다 보고 싶었다 하나님 잘 알아!」

「나 보기에 그렇다 생각 안 되어서— 2년 걸린다 하다가 4년 넘게 늘어났잖아요!」 마틸다가 쏘아붙였다.

「저 늙은 여편네 조금도 안 변했어, 그렇잖니?」 재미있어하는 아이들에게 치킨 조지가 한마디 했다.

「흥! 늙긴 누구 늙어요?」마틸다가 반격을 가했다. 「당신 머리 내 머리보다 더 허옇다 한데요!」

마틸다가 굉장히 화가 난 척하자, 치킨 조지는 웃으면서 그녀의 어깨를 토닥거려 주었다. 「나 돌아오고 싶지 않다 그래서 안 돌아오지 않았어! 2년 가까이 되자마자 나 러셀 경에게 기한 다 되었다 사실 상기시켜 주었어. 그런데 얼마 뒤 어느 날 러셀 경 나한테 오더니, 나 쌈닭들 너무 훌륭하게 훈련시켰다, 그리고 나한테 조수 하던 흰둥이 조련사 역시 훈련 잘 시켜 주었다 때문에 마음 결정했는데, 우리 리 쥔님에게 돈 얼마 더 보내 주고, 나 1년 더 데리고 지내게 해달라 그런다 말해서— 나 미칠 지경 되었지! 하지만 나 어떻게 할 도리 생기겠어? 그때 나 고작 했던 일이다 하면— 러셀 경 리 쥔님한테 보내는 편지에 나 그런 사정이다 가족 모두 설명해 줘라 부탁한다 말 써넣게 했는데—」

「쥔님 그런 말 우리에게 한마디 해주지 않았어요!」마틸다가 소리쳤다.

「왜 그랬나 아세요?」톰이 말했다. 「그때 우리들 벌써 팔아 치운 다음이었어요.」

「그거 맞는 얘기야! 그래서 우리들 소식 못 들었어!」

「그것 봐! 그것 봐! 알았어? 내 잘못 아냐!」치킨 조지는 그의 결백이 밝혀져서 기쁘다는 듯이 말했다.

치킨 조지는 이러한 쓰라린 실망을 겪고 난 뒤, 러셀 경에게서 이번 1년이 마지막이라는 다짐을 받아 냈다고 했다. 「그래서 나 일을 계속하여 그의 쌈닭들 그때 닭쌈철 가장 큰 경기에 이겨라 도와주었는데— 가장 큰 경기다 하는 얘기 러셀 경이 나한테 말했지. 그러다 마침내 러셀 경 말하기를, 젊은 흰둥이 조수 나 충분히 잘 가르쳤고, 그래서 이제 조수한테 일 맡겨도 괜찮다 생각한다고 그래서, 나 어찌나 기뻤는지 당장 그 자리 날아가는 기분 되었어!

너희들 모두 해주고 싶은 얘기인데— 나한테 그랬듯이, 마차 두 대 가득 탄 잉글랜드 사람들 서댐튼까지 따라와서 배웅한다 그렇게 되는 검둥이 세상 정말 몇 명 없다고. 서댐튼이라 하는 곳 큰물 언저리에 위치한 굉장히 큰 도시인데, 얼마나 많은 배 들어온다 나간다 하는지 세지도 못해. 러셀 경 그 배에다 손써 놓기를, 3등 선실 타고 나 큰물 건너가라 했어.

하나님 맙소사! 나 그렇게 무서운 일 난생처음이었어! 별로 나간 지 얼마 안 되었다 하는데, 우리들 탄 배 야생마처럼 이리 비틀 저리 껑충 마구 날뛰지 않겠어! 얼마나 열심히 기도드렸나 몰라! (마틸다가 〈흥!〉 하고 코웃음 치는 소리를 못 들은 체하면서 그는 얘기를 계속했다.) 바다 통째로 미쳤다 해서, 우리들 탄 배 산산조각 내는 줄 알았다니까! 그러나 결국 바다 가라앉아 상당히 잠잠해졌고, 우리 뉴욕 들어가 거기서 승객들 모두 배에서 내린다 할 때쯤에는 잔잔한 지경이었어―」

「뉴욕이라고요!」 리틀 키지가 소리쳤다. 「아빠 그곳에 뭐 했어요?」

「애야, 나 어떻게 더 빨리 얘기하겠니? 글쎄, 러셀 경 그 배 선원 한 사람에게 돈 맡겨 나 리치먼드 가는 배 갈아태워 줘라 벌써 부탁해 두었지. 그런데 선원이 알선한 배 5일, 6일 뒤라야 떠난다 그러더라고. 그래서 나 그동안 뉴욕이라는 곳 이리저리 다니면서, 얘기도 듣고 구경도 했는데―」

「어디 묵었어요?」 마틸다가 물었다.

「나 어디 가겠어? 흑인들 묵는 하숙집이었는데, 거기서는 검둥개들 〈흑인〉이다 그래. 나 돈 넉넉했거든. 바로 말안장 주머니 속에 나 지금도 돈 넉넉하단 말이야. 내일 아침 모두한테 보여 주지.」 그는 험상궂은 시선으로 마틸다를 힐끗 쳐다보았다. 「언행만 똑바로 한다 그러면, 당신한테 백 달러쯤 줄지도 몰라!」 그녀가 코웃음을 치자, 그는 말을 계속했다. 「러셀 경이다 하는 사람 알고 보니 정말 좋은 사람이야. 나 그곳 떠나기 직전 나한테 상당히 많다 하는 돈 줬어. 그러면서 말하기를, 이 돈 순전히 나한테 주는 거 맞으니까, 리 쥔님한테 말 꺼내지 말라 그랬는데, 다들 알겠지만, 나는 쥔님에게 그런 말 어림도 없지.

나 뉴욕에서 한 정말 대단한 경험 그곳 많은 해방 검둥이들하고 나눈 대화였어. 나 보기에 그들 대부분 그저 굶어 죽지 않겠다 애쓰는 눈치 같았고, 우리들보다 못사는 사람 많아. 하지만 우리 들은 얘기 그대로야. 잘사는 검둥이들 여럿이니까! 여러 가지 자기 사업 하거나, 돈 많이 주는 일자리 가졌지. 자기 집 소유 얼마 되지 않고, 대부분 아파트먼트[28]라고 하는 집 세 들어 살고, 어떤 검둥 아이들 학교

다니고, 등등이야.

그런데 나 만난 검둥이들마다 이주해 오는 흰둥이들 사방에 넘친다 하며 말벌처럼 굉장히 화내고 그러더라고.」「노예 폐지론자들 말이에요?」리틀 키지가 소리를 질렀다. 「너 무슨 말참견 하냐? 아니지! 물론 아니야! 나 알기로, 폐지론자들 적어도 검둥이들만큼 이 나라 오래 살아온 흰둥이들 많아. 그러나 나 말하는 사람들 뉴욕에, 그리고 북쪽 어디에나 줄 이어 배 타고 들어오는 그런 사람들이야. 그 사람들 대부분 에이레서 왔는데, 아마 너희들 그 사람들 하는 말 알아듣는다 힘들고, 아예 영어 할 줄 몰라 하는 다른 이상한 종류 사람들도 많이 들어오지. 사실 나 들은 얘기로는, 그 사람들 배에서 내렸다 하면 처음 배우는 말 〈검둥이〉라 하고, 그다음에 검둥개들 자기 일자리를 빼앗아 간다 떠들어 대기 시작한다 그래! 이런 사람들 늘 서로 싸움 벌이고 난동 부리고 그래서— 가난 흰둥이들보다 더 나쁜 사람들이야.」

「그렇다면, 하나님 맙소사, 제발 그런 사람들 여기 남쪽 오지 말았으면 좋겠어요!」아이린이 말했다.

「이것 봐, 모두들, 나 배 타고 리치먼드 오기 전 들은 얘기 본 얘기 절반만 한다 그래도 또 한 주일 걸리겠는데—」

「당신 그 배 제대로 탔다 하니 나 신기하다 생각해요!」

「이 여편네야, 제발 나 좀 가만히 놔두지 절대로 않는구나! 남자 4년이나 떠났다 돌아왔는데, 당신 마치 나 어제 떠난 사람처럼 잔소리하잖아!」치킨 조지의 말에서는 지극히 조금이나마 날카로움이 드러났다.

톰이 재빨리 질문을 던졌다. 「저 말 리치먼드에서 샀어요?」

「그래! 70달러 주었지! 정말 멋지고 빠른 암말이야. 자유인이다 하면 좋은 말 하나 필요하다 생각했지. 나 저 말 전속력 타고 달려 리 쥔 님 찾아가서—」

때가 4월 초순이고 보니, 다른 사람들은 모두 눈코 뜰 새 없이 바빴다. 가족들은 대부분 한창 씨를 뿌리는 일에 여념이 없었다. 큰집에서 세탁하고, 요리하고, 시중을 드느라고 마틸다도 자유로운 시간이 별

28 미국의 아파트먼트는 한국의 〈고급 아파트〉와는 달리, 〈셋집〉이라는 개념임.

로 없었다. 톰은 동틀 녘부터 땅거미가 짙어질 때까지 손님이 그칠 새가 없어 바쁘게 계속 일을 해야만 했고, 임신 8개월이 거의 다 된 아이린도 잡다한 여러가지 일 때문에 누구 못지않게 바빴다.

그래도 아랑곳하지 않고 다음 주일 내내, 치킨 조지는 그들을 모두 부지런히 찾아다녔다. 그러나 그가 들판으로 나올 때면, 밭과 연관된 모든 일이 그에게는 낯설다는 사실이 그 자신뿐 아니라 밭에서 일하는 식구들에게도 곧 너무나 분명하게 느껴져 서로 불편한 기분이 들었다. 마틸다와 아이린은 그가 다가오면 얼른 잠깐 동안 미소를 지어 보이고는, 다시 하던 일을 계속해야 한다는 사실을 그가 이해하리라고 믿기는 하지만 그래도 미안하다는 표정을 미소만큼이나 재빨리 그리고 잠깐만 짓고는 했다. 몇 번인가 그는 아들 톰과 잠깐 대화를 나누려고 그가 일하는 대장간에 들렀다. 그러나 그럴 때마다 분위기는 점점 긴장되어 갔다. 대장간에 맡긴 일이 아직 끝나지를 않아 바깥 통나무 의자에 앉아 기다리던 흰둥이 손님들이, 그가 나타나면 갑자기 하던 얘기를 중단하고, 침을 요란하게 뱉고는 몸을 거북하게 뒤틀면서, 초록색 목도리와 검은색 중절모를 쓴 그를 노골적인 의심의 눈초리로 말없이 흘겨보는 모습을 의식하고, 기다리던 노예들은 점점 더 불안한 빛이 역력해졌다.

이럴 즈음에 톰은 머리 쥔님이 대장간을 향해서 걸어 내려오다가 발걸음을 되돌리는 장면을 두 번이나 우연히 보게 되었는데, 그는 왜 그랬는지 그 이유를 잘 알았다. 언젠가 마틸다는, 치킨 조지가 돌아왔다는 소식을 처음 접한 쥔님 부부가, 〈우리들 앞에서 기뻐해 주는 듯 보였지만, 톰, 그 뒤로 머리 맞대고 무슨 말 나누다가도 나 들어가기만 하면 하던 얘기 얼른 그쳐 버려서 나 걱정이다〉라고 말했었다.

〈자유〉의 몸이 된 치킨 조지의 신분이 머리 농장에서는 어떤 의미를 가지게 되는가? 그리고 그는 무엇을 하려는 생각인가? 이러한 의문은 그들 모두의 마음속에 한 조각 구름처럼 걸렸지만…… 버질과 릴리 수의 네 살배기 아들 유라이어만은 예외였다.

「아저씨가 나 할아버지예요?」 며칠 전 이곳에 도착한 뒤로 줄곧 그들 가족 가운데 모든 어른의 마음속에 그토록 대단한 동요를 일으켜 온 사람에게 직접 말을 걸어 볼 기회를 모처럼 잡은 유라이어가 물었다.

734

「뭐라고?」

자신이 주변 사람들로부터 거부를 당했다는 기분에 마음이 무척 상해서 방금 노예 마을로 돌아온 치킨 조지는 깜짝 놀랐다. 그는 호기심에 찬 커다란 눈으로 그를 빤히 바라보는 유라이어를 마주 쳐다보았다. 「그래, 나 네 할아버지다 생각해.」 계속해서 그냥 가려던 조지가 다시 돌아섰다. 「너 이름 뭐냐?」

「유라이어요, 선생님. 할아버지 어디에 일해요?」

「너 무슨 소리야?」 그는 아이를 노려보았다. 「누가 너한테 그런 거 물어봐라 그랬어?」

「아무도 안 그랬어요. 나 그냥 물어봤어요.」

그는 아이가 사실대로 말했다고 판단했다. 「나 아무 데도 일 안 해. 나 자유야.」

아이가 망설였다. 「할아버지, 자유 뭐예요?」

그곳에 서서 어린아이에게 심문을 당한다는 사실이 한심하다고 느껴져서 치킨 조지는 자리를 뜨려고 했지만, 그러자 그는 지난번에 마틸다가 이 아이에 관해서 털어놓았던 얘기가 생각났다. 〈보면 병이 난 아이 같다 생각이 들고, 어쩌면 머릿속 좀 잘못되었나 그런지도 모르죠. 다음에 그 아이 보게 되면 주의 깊게 살펴보는데, 그러면 사람들 이야기 끝냈는데 자꾸만 계속 사람 얼굴을 빤히 쳐다보는 거 눈치챌 거예요.〉 치킨 조지는 돌아서서 유라이어의 얼굴을 유심히 살펴보았고, 그는 마틸다의 말이 무슨 뜻인지를 알게 되었다. 정말로 아이는 신체적으로 몸이 약하다는 인상을 주었고, 아이의 커다란 두 눈은 깜박거릴 때만 빼놓고는 치킨 조지에게 고정된 채, 그의 말과 움직임 하나하나를 평가하기 위해 뜯어보는 듯싶었다. 조지는 불안한 기분이 들었다. 아이가 같은 질문을 되풀이했다. 「선생님, 자유 뭐예요?」

「자유는 아무도 더 이상 너 소유하지 않는다 그런 뜻이야.」 그는 자기가 아이가 아니라 두 눈과 대화를 한다는 기분을 느꼈다. 아이는 다시 따지기 시작했다.

「엄마 그러는데, 할아버지 닭쌈한대요. 무엇으로 닭하고 싸워요?」

치킨 조지는 몸을 휙 돌리면서 야단을 치려고 말이 혀끝까지 나왔지만, 어린아이의 얼굴에서는 진지한 호기심밖에 보이지를 않았다. 그리고 그런 표정은 그의 마음속에서 뭉클한 무엇이 치밀어 오르게 했는데 — 〈손자〉라는 말이었다.

그는 이 아이에게 해줄 만한 적당한 말이 무엇일까 생각하면서, 유라이어를 차근차근 살펴보았다. 그리고 이렇게 물었다. 「엄마나 또 어느 누가 너 어디서 나왔는가 말해 주던?」

「나와요? 어디서 나와요?」 아무도 유라이어에게 얘기를 하지 않았고, 만약 했더라도 그가 기억하는 내용 그대로는 아니었으리라고 치킨 조지는 깨달았다.

「나하고 같이 저리 가자, 애야.」

그리고 또한, 그것은 그가 마땅히 해야 할 일이기도 했다. 유라이어를 이끌고 치킨 조지는 그가 마틸다와 함께 쓰는 오두막으로 갔다. 「자, 너 저 의자 앉아서, 너무 꼬치꼬치 묻지 말아야 해. 그냥 앉아서 나 하는 말 듣기만 하라고.」

「네, 선생님.」

「너 아빠 나하고 너 할머니 틸다한테서 나왔어.」 그는 아이를 유심히 쳐다보았다. 「그 말 너 알아듣겠니?」

「우리 아빠 할아버지하고 할머니한테 나온 아이라고요.」

「맞아. 너 보기만큼 바보 아니구나. 그리고 나 엄마 이름 키지란다. 그러니까 너 증조할머니지. 증조할머니 키지. 어디 말해 봐.」

「네, 선생님. 증조할머니 키지요.」

「그래. 그리고 키지 증조할머니의 엄마 이름 벨이야.」

그는 아이를 쳐다보았다.

「이름이 벨이에요.」

치킨 조지는 만족해하는 소리를 냈다. 「좋아. 그리고 키지의 아빠 이름 쿤타 킨테이고—」

「쿤타 킨테요.」

「그래 됐다. 그래서, 쿤타 킨테하고 벨하고 너 고조할아버지고 고조할머니다 되는 거야.」

거의 한 시간쯤 후에, 도대체 유라이어에게 무슨 일이라도 일어났는가 궁금해서 불안한 마음으로 허둥지둥 오두막으로 달려 들어온 마틸다는, 유라이어가 얌전히 〈쿤타 킨테〉, 〈코〉 그리고 〈캄비 볼롱고〉 따위의 말들을 되풀이하는 모습을 보게 되었다. 그리고 시간이 좀 나니까 잠시 앉아서 쉬어야 되겠다고 작정한 마틸다는 흐뭇한 미소를 지으면서, 황홀해하는 손자를 앞에 앉혀 놓고 치킨 조지가, 아프리카 고조부가 어느 날 마을로부터 별로 멀지 않은 곳에서, 북을 만들 나무를 자르다가, 네 사람으로부터 기습을 당하고, 상대편 숫자가 너무 많아 꼼짝도 못하게 되어, 강제로 끌려가서 노예가 되었으며, 〈그런 다음 배 실려 큰물 건너 나폴리스라는 곳 왔고, 거기서 존 월러 쥔님에게 팔려, 버지니아 주 스폿실베이니아 농장으로 가게 되었지〉라고 해주는 얘기를 함께 들었다.

다음 월요일에 치킨 조지는 톰과 함께 당나귀가 끄는 마차를 타고 물품을 구입하러 군청 소재지인 그레이엄으로 갔다. 두 사람은 제각기 자기의 생각에 대부분 몰두해서인지 별로 말을 주고받지 않았다. 이 상점 저 상점을 돌아다니는 사이에, 치킨 조지는 스물일곱 살 난 아들이 조용하고 품위 있는 태도로 흰둥이 상인들과 흥정하는 모습을 흡족한 마음으로 열심히 관찰했다. 그러다가 그들은 전에 이곳 지방 보안관을 지낸 J. D. 케이츠라는 사람이 얼마 전에 인수했다고 톰이 설명한 사료 상점으로 들어갔다.

몸집이 육중한 케이츠는 몇 안 되는 흰둥이 손님들을 접대하느라고 왔다 갔다 하면서, 두 사람을 무시하는 기미를 보였다. 톰의 마음 속에서는 조금쯤 경계해야 되겠다는 생각이 머리를 들었고, 힐끗 곁눈질로 살펴본 톰은 (초록색 목도리를 두르고 검은 중절모를 쓰고는) 건방진 태도로 요란하게 가게 안을 오가며 진열된 물건들을 구경하는 치킨 조지를 케이츠가 은밀히 힐끔거리는 것을 보았다. 무엇인가 심상치 않은 기운을 직감한 톰이 빨리 가게에서 데리고 나가기 위해 아버지 쪽으로 가려니까, 케이츠의 날카로운 목소리가 점포를 가로질러 들려왔다. 「이봐, 저기 양동이에서 물 한 바가지만 떠가지고 와.」

케이츠는 조소하고 위협하는 눈으로 톰을 똑바로 노려보았다. 흰둥이가 직접 내린 명령이라는 위협적인 상황에 직면한 톰은, 뱃속이 뒤엉켜 응어리가 지는 기분을 느끼면서도, 무표정한 얼굴로 양동이가 놓인 곳으로 가서 물을 한 바가지 퍼가지고 돌아왔다. 케이츠는 물을 단숨에 꿀꺽 마시면서, 그의 작은 눈이 물바가지의 언저리 너머로 이번에는 고개를 천천히 저으며 서 있던 치킨 조지를 노려보았다. 케이츠는 조지를 향해 물바가지를 내밀었다. 「물을 더 마셔야겠어!」

치킨 조지는 조금도 서두르지 않고, 천천히 호주머니에서 정성스럽게 접은 해방 문서를 끄집어내어 그것을 케이츠에게 넘겨주었다. 케이츠는 문서를 펴서 읽어 보았다. 「이 지방에 와서 뭘 하는 거지?」 그는 차갑게 물었다.

「저분 우리 아버집니다.」 톰이 재빨리 끼어들었다. 무엇보다도 그는 아버지가 무슨 도발적인 말을 하지 않기를 바랐다. 「얼마 전 자유되었지요.」

「두 사람 다 지금 머리 농장에서 같이 사나?」

「그렇습니다, 선생님.」

그의 흰둥이 고객들에게 이리저리 눈길을 주면서 케이츠가 소리쳤다. 「머리 씨는 이 주의 법을 잘 모르는 모양이구먼.」

그의 말이 무슨 뜻인지를 분명히 알 길이 없었던 톰과 조지는 둘 다 아무 말도 하지 않았다.

갑자기 케이츠의 태도가 상냥해졌다. 「그래, 두 사람 집에 돌아가면 내가 머지않아 머리 씨를 찾아뵙겠다는 말을 꼭 좀 전해 줘.」 흰둥이 손님들의 웃음소리를 뒤로하고 톰과 치킨 조지는 얼른 상점에서 나왔다.

다음 날 오후에 케이츠가 말을 타고 머리 농장 저택의 진입로를 달려 올라왔다. 몇 분 뒤에 톰이 풀무에서 고개를 들어 얼핏 보니, 아이린이 대장간을 향해 달려왔다. 기다리던 몇 명의 손님을 지나쳐 톰은 아이린을 맞으러 나갔다.

「어머님 틸다 그러는데, 줜님하고 그 흰둥이하고 현관에서 한참 애기 계속한다 당신 알려 주래요. 남자 계속 말을 하고, 줜님 계속 고개 끄덕이고 또 끄덕이고 그런대요.」

「알았어, 여보.」 톰이 말했다. 「무서워하지 마. 이제 돌아가.」 아이린이 되돌아 달려갔다.

그러더니, 다시 반 시간이 지나간 다음, 그녀는 케이츠가 떠났다고 알려 주기 위해 다시 왔다. 「그리고 이제 줜님하고 마님하고 머리 맞대고 애기해요.」

그러나 아무 일도 없었고, 마틸다는 머리 줜님과 마님에게 저녁 식사를 차려 주었고, 그들은 긴장된 침묵 속에서 식사를 했다. 마침내, 그녀가 디저트와 커피를 들여가자, 머리 줜님이 굳어 버린 목소리로 말했다.「마틸다, 남편에게 내가 지금 당장 앞마루에서 좀 만나잔다고 전해.」

「예, 쥔님.」

그녀는 대장간에서 톰과 같이 있던 남편을 찾아냈다. 치킨 조지는 아내로부터 쥔님의 말을 전해 듣자 억지로 웃어 보였다.「쌈닭 몇 마리 나더러 구해 달라 물어보려는 거겠지!」

목도리를 고쳐 매고 중절모를 더욱 멋을 부려 삐딱하게 쓴 다음 그는 활기차게 큰집으로 걸어갔다. 머리 쥔님은 앞마루에서 흔들의자에 앉아 기다렸다. 치킨 조지는 계단 아래쪽 마당에서 걸음을 멈추었다.

「나 보자 그랬다 틸다 말하던데요, 선생님.」

「그래, 내가 보자고 했지, 조지. 단도직입적으로 얘기하겠네. 자네의 가족은 여기서 나하고 집사람에게 많은 기쁨을 가져다주었어—」

「그렇습니다, 선생님.」 조지가 말을 가로막았다.「그리고 나 가족 역시 쥔님 내외분 굉장히 좋다 말합니다, 쥔님.」

쥔님의 어조가 강경하게 변했다.「그러나 해결해야 할 문제가 하나 생겼는데— 자네에 대한 내용이야.」 그는 잠시 말을 끊었다.「내가 알기로는 자네가 어제 벌링턴에서 전에 보안관이었던 J. D. 케이츠 씨를 만났다던데—」

「그렇습니다, 쥔님, 만났다 하겠습니다, 쥔님.」

「헌데, 아마 자네도 알겠지만, 오늘 케이츠 씨가 나를 찾아왔어. 그 사람은 나한테 북캐롤라이나 주의 법에 의하면, 자유의 몸이 된 검둥이는 이 주에서 60일 이상 머무르지 못하게 금하고, 이 법을 어길 때는 그 검둥이가 다시 노예가 되어야 한다는 규정을 알려 주었어.」

치킨 조지가 사태를 파악하기 위해서는 시간이 좀 걸렸다. 그는 믿지 못하겠다는 듯이 머리 쥔님을 빤히 쳐다보았다. 그는 말이 나오지를 않았다.

「정말 안됐네. 그 법이 자네에게 불공평하다는 건 나도 알아.」

「쥔님한테는 공평하다 생각하십니까, 머리 쥔님?」

쥔님은 잠시 망설였다.「사실은 나도 그렇다고는 생각하지 않아. 하지만 법은 법이야.」 그는 잠시 말을 끊었다.「그러나 자네가 만일 여기 머무르는 길을 택하겠다면, 나는 자네를 잘 대우해 주겠다고 보장하지. 이 말은 믿어도 돼.」

「줜님의 말을요, 머리 줜님?」 조지의 눈은 냉담했다.

그날 밤 조지와 마틸다는 이불 속에 누워, 서로 손을 만지면서, 두 사람 다 천장을 물끄러미 바라보았다. 「틸다.」 조지가 한참 후에 말문을 열었다. 「머무는 수밖에 도리 없다 같아. 보아하니 평생 쫓겨 다니기만 했다 그런 생각이야.」

「안 돼요, 조지.」 그녀는 천천히 머리를 저었다. 「당신 우리들 중 처음 자유 찾은 사람이다 때문이에요. 당신 계속 자유로 살아야 하는 까닭, 그래야 우리 집안 한 사람이라도 해방되었다 할 테니까요. 당신 절대 다시 노예 생활 못 돌아가요!」

치킨 조지는 울기 시작했다. 그리고 마틸다도 그와 함께 흐느껴 울었다. 그로부터 이틀이 지난 다음 저녁에, 마틸다는 몸이 불편하다면서, 톰과 아이린의 작은 오두막으로 가서 남편과 함께 저녁 식사에 참석하지를 못했다. 그들의 대화는 앞으로 두 주일 후에 태어나게 될 아기에 관한 내용으로 돌아갔고, 치킨 조지는 점점 심각해졌다.

「너희들 아기 태어나면, 우리 가족 애기 꼭 들려줘야 한다, 알겠느냐?」

「아버지, 나 아이 하나도 안 빼고 모두 그 이야기 꼭 해주겠습니다.」 톰은 긴장된 웃음을 지어 보였다. 「생각하기에, 나 그 이야기 하지 않으면 키지 할머니 돌아와 나 꾸짖어요.」

세 사람 모두 벽난로의 불만 물끄러미 쳐다보았고, 한동안 침묵이 흘렀다.

이윽고 치킨 조지가 다시 입을 열었다.

「나하고 틸다 계산해 봤단다. 법 따른다면, 나 떠나야 할 날까지 아직 40일 남았어. 하지만 나 생각해 보니까, 떠나기 좋다 하는 때 따로 없더라. 자꾸 미룬다 해도 쓸데없는 일이고—」

그는 갑자기 의자에서 벌떡 일어났고, 톰과 아이린을 힘껏 껴안았다. 「나 꼭 돌아와!」 그는 감정이 격해져서 더듬거렸다. 「서로 보살피며 살아라!」 이 말을 남기고 그는 문을 박차고 나갔다.

110

때는 1860년 11월 초순이었고, 톰은 어둡기 전에 그의 마지막 대장간 일을 끝내려고 서둘렀다. 그는 겨우 일을 마쳤다. 그러고는 불씨를 화로 속에 묻어 놓고, 아이린과 저녁 식사를 하기 위해 지친 걸음으로 터벅터벅 집으로 돌아갔는데, 아이린은 이제 생후 6개월 된 딸 마리아에게 젖을 먹이고 있었다. 그러나 아이린은 무엇인가 깊은 생각에 잠긴 남편의 침묵을 깨뜨리지 않기로 작정했기 때문에, 그들은 아무 말도 없이 식사를 했다. 그러고 나서 그들은 나머지 가족들과 함께 마틸다의 오두막으로 몰려가서, 마틸다와 (다시 임신을 한) 아이린이 성탄절과 신년맞이를 위해 특별히 만들기로 한 케이크와 파이에 사용하려고 열심히 모은 호두의 껍데기를 두드려 깼다.

톰은 그들의 가벼운 잡담을 들으면서 (어쩌면 전혀 듣지도 않으면서) 아무런 말참견을 하지 않았고, 그러다가 마침내 떠드는 소리가 좀 잠잠해졌을 때, 의자에서 앞으로 몸을 내밀면서 말했다. 「나 전에 벌써 여러 번 흰둥 남자들 나 가게 주변 모여 링컨 쥔님 대해 토론 벌이고 말 많다 얘기했는데, 모두 기억하겠지? 그런데 오늘 링컨 쥔님 대통령 당선됐다 하는 얘기 모두들 들었더라면 좋았을 거야. 사람들 주장하기를, 링컨 쥔님 이제 백악관 올라갔으니까, 남부하고 노예 거느린 모든 사람하고 맞서게 된다 그랬어.」

「저런.」 마틸다가 말했다. 「그렇다면 나 머리 쥔님 무슨 말 할지 빤히 알아. 쥔님 항상 마님한테 하는 말이, 북쪽하고 남쪽하고 서로 어떤 수 내서라도 견해 차이 해결하지 않으면 커다란 골칫거리 겪는다 그랬어.」

「나 여러 얘기 들었어.」 톰이 얘기를 계속했다. 「우리 생각하기보다 훨씬 더 많은 사람들 노예 제도 반대한다 그래. 또한 북쪽 사람 모두 노예 제도 반대한다 아니야. 나 오늘 하루 종일 그런 문제들 곰곰이 너무 열심히 따진다 하느라고 일에 정신 집중 못했어. 믿기에 너무 어렵다 싶지만, 더 이상 노예 전혀 없다 하는 날 올 거야.」

「그렇다 해도, 우리 살아생전 그런 날 보지 못해.」 애슈퍼드가 못마땅해하며 말했다.

「그렇지만 이 애는 보겠지.」 버질이 아이린의 아기를 머리로 가리키며 말했다.

「그렇다 믿고 싶지만, 그렇게 되기 어렵다 싶은데요.」 아이린이 말했다. 「남쪽 사는 노예 모두 합쳐 놓고, 밭일꾼만 해도 한 사람당 8백 9백 달러씩 한다 계산하면, 그렇게 엄청난 돈 하나님도 없어요! 거기다가, 일은 모두 우리들 해요.」 그녀는 톰을 쳐다보았다. 「흰둥이들 그거 몽땅 포기하지 않는다 당신도 알아요.」

「고분고분하게 포기한다 그렇게는 안 되겠지.」 애슈퍼드가 말했다. 「그리고 저쪽 편 우리보다 훨씬 수 많아. 그러니 우리 어떻게 이겨?」

「그러나 나라 전체 놓고 보면, 노예 제도 찬성하는 사람만큼 반대하는 사람 똑같이 많을지 몰라.」 톰이 말했다.

「문제는 뭐냐 하면, 노예 제도 반대하는 사람들 우리 사는 여기에 없다 그거야.」 버질이 말했고, 늘 남의 말에 반대만 하는 애슈퍼드도 오래간만에 그렇다고 고개를 끄덕였다.

「그런데, 전쟁 대한 애슈퍼드 말이 옳다면, 모든 일 정말 빨리 변할지 몰라.」 톰이 말했다.

12월 초순에, 머리 쥔님과 마님이 어느 날 밤 근처의 어느 큰집에서 저녁 식사를 마치고 마차로 돌아온 지 얼마 안 되었을 때, 마틸다가 큰집에서 톰 내외의 오두막으로 허둥지둥 달려왔다. 「〈탈퇴〉가 무슨 뜻이냐 알아?」 그녀가 물었고, 그들이 모두 머리를 설레설레 흔들자, 그녀는 계속해서 말했다. 「어쨌든 쥔님 말하는데, 남쪽 칼리니가 바로 그거 했대. 쥔님 말 들어 보면, 그걸 하면 칼리니가 아메리카 합중국에서 빠져나온다 그런 뜻 같더라.」

「어떻게 자기들 사는 땅에서 빠져나와요?」 톰이 말했다.

「흰둥이들 못하는 거 없잖아요.」 아이린이 말했다.

톰이 그들에게 말해 주지는 않았지만, 그날 하루 종일 그는 흰둥 고객들이 흥분하여, 〈무릎까지 피 속에 잠기기 전〉에는, 그들이 〈주권〉이라고 부르는 무엇인가 하고 노예를 소유하는 권리를 절대로 북쪽에 내주지 않겠다고 떠들어 대는 소리를 들었다.

「아무한테 겁주고 싶지 않지만요.」 그는 마틸다와 아이린에게 말했다. 「나 정말 믿는데, 전쟁 터진다 생각해요.」

「아, 하나님 굽어 살피소서! 전쟁 어디서 벌어지겠니, 톰?」

「어머니, 전쟁하는 곳 교회나 들놀이 같이 따로 정한 장소 없어요!」

「그렇다면 이 근처에 전쟁 없었으면 좋겠어!」

아이린이 두 사람에게 코웃음을 쳤다.「흰둥이들 그래 검둥이들 때문에 서로 죽인다 그런 말 나 믿어라 하지 마요.」

그러나 날이 갈수록 톰은 작업장에서 주워들은 얘기들로 미루어 자신의 생각이 옳았다는 확신을 갖게 되었다. 그는 주워들은 얘기 중에서 일부는 가족에게 얘기했으나, 쓸데없이 그들에게 겁을 주지 않으려고 어떤 얘기는 하지 않았으며, 앞으로 닥칠 사건들을 두려워해야 하는지 아니면 희망을 가져야 하는지에 대해서는 아직 자신도 판단이 서지를 않았다. 그러나 어쨌든 그는 가족들의 불안이 점점 심해짐을 느낄 수가 있었고, 말이나 마차를 타고 점점 더 빨리 농장을 지나가는 흰둥이들의 숫자가 자꾸만 많아지면서, 큰길의 왕래도 부쩍 늘어났음을 의식했다. 거의 매일같이 누군가는 마찻길로 접어들어, 머리 쥔님을 붙잡고 얘기를 나누었으며, 마틸다는 그들의 얘기를 엿들을 만한 곳에서 걸레질을 하거나 먼지를 털기 위해 온갖 꾀를 다 동원했다. 그리고 서서히, 다음 몇 주일 동안, 밤마다 가족이 함께 모여 겁에 질리거나 성난 흰둥이들의 대화 내용을 주고받으면서, 모두들 만약 전쟁이 난다면 (그리고 〈양키〉들이 이기기만 한다면) 그들이 정말 해방될지도 모른다는 가능성을 점차 믿어 보려는 용기를 갖게 되었다.

대장간으로 일을 맡기러 오는 검둥이들 가운데 점점 많은 사람들이 톰에게, 그들의 쥔님과 마님이 점점 의심과 비밀이 많아져서, 가장 나이가 많고 친한 하인들이 방으로 들어가기만 해도 목소리를 낮추거나, 심지어는 알아듣지 못하게 단어의 철자를 풀어 대화를 주고받기도 한다고 말했다.

「큰집에서 어머니 옆에 있으면 조금이나마 이상하게 행동하나요?」톰이 마틸다에게 물어보았다.

「그렇게 자기들끼리 귓속말하거나 단어 풀어 얘기하지는 않아.」그녀가 말했다.「하지만 나 들어가자마자 갑자기 수확이다 만찬회다 따위로 얘기 바꾸기는 분명해.」

「우리 모두 가장 잘 하는 행동 뭐냐 하면 말이야.」톰이 말했다.「무슨 일 일어나는지 얘기조차 듣지 못한 것 똑같이 되도록 멍청하다 시늉하는 편 제일 좋겠어요.」

마틸다는 그러한 톰의 제안을 곰곰이 따져 보았지만 ― 그와 정반대로 행동하겠다는 결정을 내렸다. 그래서 어느 날 저녁, 머리 쥔님 내외에게 디저트를 올린 다음, 그녀는 식당으로 들어가서 두 손을 마주 잡고 비비 틀면서 말했다. 「하나님 굽어 살피셔야 하는 일인데, 쥔님하고 마님, 두 분 다 용서해 주시기 바라지만, 우리 아이들하고 나하고 사방 떠도는 얘기 다 듣고는, 그놈 양키들 때문 굉장히 무서워서, 만약 어려운 문제 생긴다 경우 쥔님께서 우리들 보살펴 준다 하면 좋겠어요.」 쥔님과 마님의 얼굴에서 그러겠다고 승낙하며 안도의 표정이 얼핏 스쳐가는 것을 마틸다는 만족스럽게 확인했다.

「그래, 양키들은 분명히 너희들 편이 아니니까, 그렇게 겁을 먹는 것도 당연하지!」 머리 마님이 말했다.

「그러나 걱정은 하지 않아도 괜찮아.」 쥔님이 안심을 시켰다. 「걱정할 만한 일은 하나도 생기지 않을 테니까.」

마틸다가 그 장면을 설명했을 때는 톰까지도 웃음을 참지 못했다. 그리고 그는 멜빌 마을의 어느 마부가 어떻게 그 까다로운 문제를 잘 처리했는지를 가족들에게 전해 주면서 또 한 차례 다 함께 폭소를 터뜨렸다. 만약 전쟁이 터지면 어느 편을 들겠느냐는 질문을 쥔님으로부터 받은 마부는 이렇게 대답했다. 〈뼈다귀 하나 놓고 싸우는 개 두 마리 보셨죠, 쥔님? 글쎄요, 우리 검둥이들 바로 그 뼈다귀입니다.〉

성탄절이 오고, 뒤이어 신년이 되었지만, 앨라맨스 군 어디에서도 거의 축제 기분은 엄두도 내지 못했다. 며칠에 한 번씩 톰의 손님들은 남부의 여러 주가 하나씩 (처음에는 미시시피, 다음에는 플로리다, 앨라배마, 조지아, 그리고 루이지애나가 모두 1861년 1월 한 달 동안에, 그리고 2월 1일에는 텍사스가) 탈퇴에 가담했다는 소식을 가져왔다. 그리고 이들 여러 주는 모두 줄지어서 남부 여러 주로 이루어진 〈연방〉에 가입했으며, 제퍼슨 데이비스라는 사람을 자기들끼리 독자적인 대통령으로 뽑아 지도자로 삼았다.

「그 데이비스 쥔님하고, 다른 남부 상원 의원에 하원 의원하고, 그리고 군대 높은 사람들 모두 떼 지어 사임하고 고향으로 돌아온다 그래.」 톰이 가족들에게 알려 주었다.

「톰, 사태가 그것보다 훨씬 더 우리들 가깝게 왔어.」 마틸다가 소리쳤다. 「어떤 사람 오늘 쥔님한테 와서 얘기하기가, 루핀 판사 영감

워싱턴에 열리는 큰 평화 회담 참석한다 위해 내일 호 강 떠난다 그
랬어!」

그러나 며칠 후 톰이 대장간 손님들로부터 들은 얘기로는, 루핀
판사가 돌아와서, 평화 회의가 실패로 돌아갔으며, 남부와 북부의
젊은 층 대표들 간의 격렬한 논쟁으로 끝을 맺었다는 슬픈 소식을
전했다고 했다. 그러자 어느 검둥이 마부가 앨라맨스 군 법원의 수
위한테서 직접 들었다면서, (톰이 알기로는, 머리 쥔님도 포함하여)
거의 천4백 명에 달하는 지역 흰둥이들이 참석한 대중 집회가 열렸
으며, 전에 아이린의 주인이었던 홀트 쥔님과 다른 주요 인사들이
전쟁은 피해야 한다고 소리치며, 남부 연방에 가담하는 사람은 모두
〈반역자〉라면서 책상을 쳤다는 얘기를 전해 주었다. 그 수위는 또
한, 자일스 미베인 쥔님이 합중국에 남아야 한다고 4대 1로 결정한
앨라맨스 군의 투표 결과를 주 탈퇴 협의체에 전하는 대표로 선출됐
다는 얘기도 했다.

가족들은 매일 밤 톰이나 마틸다가 전해 주는 그런 모든 소식을 소
화하기가 힘들었다. 3월 어느 날에는 단 하루 동안, 링컨 대통령이 취
임했으며, 앨라배마 주의 몽고메리에서 열린 대규모 기념식에서 남
부 연방기가 공개되었고, 남부 연방 대통령인 제퍼슨 데이비스가 아
프리카 노예 매매의 폐지를 선포했다는 소식이 한꺼번에 밀어닥쳤는
데, 데이비스가 노예 제도에 대해 어떤 태도를 취했는지를 잘 알았던
그들 가족은 도대체 무엇 때문에 그가 노예 매매를 폐지시켰는지 이
해할 길이 없었다. 불과 며칠 후에는 북캐롤라이나 주 의회가 즉시 2
만 명의 지원병 모집을 촉구했다고 발표하여, 열병과 같은 긴장이 극
도에 달했다.

1861년 4월 12일 금요일 이른 아침에, 머리 쥔님은 미베인 마을의
한 모임에 참석하기 위해 마차를 몰고 떠났으며, 루이스와 제임스와
애슈퍼드와 리틀 키지 그리고 메리가 들에 나가 담배 모종을 옮겨 심
느라고 바쁘던 무렵에, 보기 드물게 많은 흰둥이들이 무리를 지어 말
을 타고 큰길을 전속력으로 달려 지나가는 광경이 눈에 띄기 시작했
다. 한 사람이 잠시 말의 속력을 늦추더니, 화가 난 듯 그들을 향해 주
먹을 흔들어 보이면서, 그들이 알아듣기 힘든 무슨 말인지를 외쳤고,
그래서 버질은 리틀 키지더러 집으로 달려가 무엇인지 큰일이 일어

난 모양이라고 톰과 마틸다와 아이린에게 얘기하라고 보냈다.

늘 침착하던 톰도 키지가 영문도 모르면서 전하는 답답한 얘기에 화를 내고 말았다. 「너희들한테 뭐라 소리쳤다고?」 그가 물었다. 그러나 그녀는 말을 탄 사람이 너무 먼 곳에서 외쳤기 때문에 제대로 듣지 못했다는 말만을 되풀이했다.

「나 노새 끌고 직접 나가 봐야 되겠어!」 톰이 말했다.

「그렇지만 통행증 없잖아!」 톰이 노새를 타고 마찻길을 내려가자 버질이 소리쳤다.

「그런 모험 해야지!」 톰이 되받아 소리쳤다.

그가 큰길에 다다랐을 때는 마치 경마장 같은 광경이 펼쳐졌고, 그는 말을 탄 사람들이 기둥 높은 곳에 널린 전깃줄을 통해 중요한 소식이 들어오는 전신국이 위치한 철도 회사 작업장으로 향하고 있음을 알게 되었다. 말을 달려가면서 몇몇 사람은 서로 고함을 쳐서 얘기를 주고받았지만, 그들은 톰보다 별로 더 많이 아는 바가 없어 보였다. 말도 타지 않고 뛰어가는 가난 흰둥이들과 검둥이들을 추월할 때쯤에 그는 최악의 사태가 일어났음을 확신했지만, 철도 수리를 위한 작업장에 도착하여 전신국 주위에 모여 북적거리며 밀고 밀리는 엄청난 군중을 보았을 때는 마음을 단단히 먹은 상태였다.

땅으로 펄쩍 뛰어내려 노새의 고삐를 잡아맨 톰은, 마치 전선을 타고 달려오는 무엇인가를 찾아보려는 듯이 전선을 계속 힐끔거리고 올려다보면서, 성난 손짓을 하는 흰둥이 군중의 가장자리를 커다란 원을 그리며 달렸다. 그는 한쪽으로 좀 떨어진 곳에서 한 무더기의 검둥이들을 만났고, 그들이 떠들어 대는 소리를 들었다. 「링컨 쥔님 이제 진짜 우리 때문에 싸운대!」……「마침내 하나님 검둥개들 좀 신경 쓴다 하는 모양이군!」……「도저히 안 믿어져!」……「자유야, 하나님 살피소서, 자유라고!」

한 늙은 검둥이를 옆으로 끌어내어 톰은 무슨 일이 일어났는지를 알아냈다. 데이비스 대통령의 명령으로 남캐롤라이나 군대가 찰스턴 항의 연방 정부군 섬터 요새에 사격을 가했으며, 남부의 다른 29개 연방군 기지가 공략을 당했다는 내용이었다. 이제는 전쟁이 정말로 시작되었다. 톰이 그 소식을 가지고 (쥔님이 집에 도착하기 전에 무사히) 집으로 돌아온 후에도, 몇 주일 동안 검둥이들의 지하 통신망은 특보(特報)로 거의 폭주할 지경이었다. 이틀 동안의 공방전 끝에 섬터 요새는 쌍방에 열다섯 명의 전사자를 낸 후에 항복했으며, 천여 명의 노예들이 찰스턴 항으로 통하는 출입로를 모래 자루로 봉쇄한다는 소식도 그들은 들었다. 존 엘리스 주지사는 링컨 대통령에게 북 캐롤라이나 군대는 북부를 지원하지 않으리라고 통고한 다음, 보병총으로 무장한 병력 수천 명을 남부 연방군에 보내겠다고 약속했다. 데이비스 대통령은 18세에서 35세 사이의 모든 남부 백인들에게 적어도 3년 동안의 전투 복무를 자원하도록 요청했고, 모든 농장의 검둥이 남자 노예 열 명 가운데 한 명씩은 무보수로 부역을 내보내야 한다고 명령했다. 로버트 E. 리 장군은 미합중국 육군에서 사임하고 버지니아 군의 지휘를 맡았다. 그리고 워싱턴 D. C.의 모든 정부 건물은 남군의 침공에 대비하여, 철과 시멘트로 만든 방색(防塞)과 무장된 군인들로 겹겹이 경비해야 한다는 주장도 나왔다.

한편 앨라맨스 군 전역(全域)의 백인들은 전투병으로 자원입대하려고 수십 명씩 줄을 섰다. 톰은 한 검둥이 마차꾼으로부터 그의 쥔님이 가장 신임하는 하인을 불러들이고는 〈자, 이것 봐, 내가 돌아올 때까지 마님과 아이들을 자네가 잘 돌봐 주리라고 믿네, 알겠지?〉라고 부탁했다는 얘기를 들었다. 그리고 많은 인근의 흰둥이들은 그들을 샬럿의 훈련소로 데려가려고 대기하는 기차를 타기 위해, 새로 조직된 앨라맨스 군 〈호필즈 중대〉의 나머지 병력과 합류하려고 미베인 마을로 집결하기 전에, 말에 새 편자를 갈아 주려고 그의 대장간에 들렀다. 큰아들을 전송하는 쥔님과 마님을 그곳까지 태워다 주었던 한 검둥이 마차꾼은 톰에게 역에서 벌어진 장면을 설명해 주었는데, 여자들은 슬피 울고, 청년들은 기차 창문 밖으로 몸을 내밀고는, 남부 반란군의 함성으로 하늘을 뒤흔들고, 이렇게 소리치는 사람도 많았다고 했다. 〈양키 개새끼들 쫓아 버리고 아침 식사 전에 돌아올게요!〉 마차꾼이 말했다. 「젊은 쥔님 새로운 회색 군복 입었고, 늙은 쥔님하고 마님하고처럼 서럽다 울더니, 서로 붙들고 키스하고 포옹하고 그러다가, 마침내 간신히 서로 떨어져서는, 그냥 길바닥 서서 헛기침하고 훌쩍거리고 그랬어. 나 거짓말할 필요 없는데, 나 역시 울었다고!」

111

그날 밤 늦게까지 등불을 밝힌 그들의 오두막 안에서, 벌써 두 번째 톰은 침대 옆에 일어나 앉았고, 아이린이 발작적으로 그의 손을 움켜잡았으며, 갑자기 그녀가 진통에 시달리던 신음 소리가 찢어지는 비명으로 변하자, 그는 어머니를 찾으러 가려고 냅다 뛰어나갔다. 하지만 그토록 늦은 시간임에도 불구하고, 미리 직감으로 무슨 일이 닥칠지를 잘 알았던 마틸다는 아직도 잠자리에 들지 않았고, 비명 소리도 들었다. 그는 이미 오두막에서 달려 나오던 어머니를 만났고, 그녀는 눈이 휘둥그레진 리틀 키지와 메리에게 어깨 너머로 소리쳤다. 「주전자에 물 좀 끓여 얼른 나한테 갖고 와!」 잠깐 사이에 가족 가운데 다른 어른들도 자기 오두막에서 역시 뛰어나왔고, 그의 다섯 형제는 톰과 함께 아이린의 비명 소리가 계속되는 동안 밖에서 초조하게 서성거렸다. 새벽이 어슴푸레 밝아 올 무렵, 아기의 찢어지는 듯한 울음소리가 들려왔을 때, 톰의 형제들은 (애슈퍼드까지도) 그에게로 몰려들어 등을 두드리고, 그의 손을 꽉 잡아 주었으며, 그러고서 잠시 후에 희색이 만면한 마틸다가 오두막 문간으로 나오면서 소리쳤다. 「톰, 또 예쁜 딸 봤다!」

환하게 아침이 밝아 오는 동안 그곳에서 기다리다가, 톰이 먼저, 그러고는 나머지 식구들이 줄을 지어 들어가서, 창백한 얼굴로 미소를 짓는 아이린과 주름투성이의 갈색 아기를 보았다. 마틸다는 큰집으로 가서 소식을 전하고는, 서둘러 아침을 준비했으며, 식사를 마치자마자 쥔님과 마님도 자기들의 소유로 태어난 새로운 아기를 구경하려고 기쁜 마음으로 노예 마을로 내려왔다. 톰은 둘째 딸의 이름을 아이린의 어머니 이름을 따서 〈엘렌〉이라고 붙이고 싶다는 아이린의 소망을 기꺼이 받아 주었다. 그는 또다시 아버지가 되었다는 사실이 너무 기쁜 나머지, 자기가 얼마나 아들을 원했었는지는 나중에야 기억하게 되었다.

마틸다는 다음 날 오후까지 기다린 다음 대장간으로 찾아갔다. 「자, 톰아, 나 무슨 생각 하는지 너 아니?」 그녀가 물었다. 그녀에게 미소를 지으며 톰이 말했다. 「늦었네요, 어머니. 나 벌써 모두에게 얘기했고, 어머니한테 말하겠다 생각했었는데, 오는 토요일 밤 식구들 우리 집 와서, 마리아 태어났을 때 그랬던 것처럼, 나 아기한테 가족 얘기 하면 들어 달라 그랬어요.」 계획했던 대로 가족이 모두 모였고, 톰은 돌아가신 키지 할머니와 조지로부터 물려받은 전통을 그대로 따랐으며, 그러고 나서 그들은 만약 그들 가운데 누구라도 새로 태어난 아기에게 가족의 역사를 얘기하는 전통을 게을리 했다가는 틀림없이 키지 할머니의 귀신한테 혼이 나리라고 농담들을 했다.

그러나 톰과 아이린의 두 번째 아이로 인한 흥분도 전쟁에 따른 변화가 가속화되면서 곧 수그러들었다. 톰은 부지런히 말과 노새의 편자를 달아 주고, 연장들을 만들거나 수리하면서도, 대장간 앞에 모여든 흰둥이 고객들 사이에서 오가는 대화로부터 지극히 하찮은 내용이라도 놓치지 않으려고 바싹 귀를 기울였고, 연이은 남군의 승리를 알리는 소식에 대해서 그들이 환희하는 모습에 실망해서 몸을 움츠리고는 했다. 특히 흰둥이들이 〈황소 개울〉[29]이라고 이름을 붙인 전투는 흰둥이 고객들로 하여금 환호성을 올리고, 서로 등을 두드리고, 모자를 하늘 높이 던져 올리면서, 〈양키들 가운데 죽어 자빠지거나 부상을 당하지 않고 겨우 목숨만 건진 놈들은 모두 걸음아 나 살려라 도망쳤어!〉라거나, 〈양키들은 우리 애들이 오는 소리를 듣자마자 꽁무니를 뺐단 말이야!〉라고 떠들어 대게 만들었다. 미주리 주의 〈윌슨스 크리크〉에서 당한 양키들의 참패와, 얼마 후에 버지니아의 〈볼스 블러프〉에서 링컨 대통령의 가까운 친구이며 총알에 벌집 구멍이 나서 죽었다는 장군을 포함하여 수백 명의 양키들이 전사했다는 소식이 전해졌을 때도 이러한 환호는 되풀이되었다. 「링컨 대통령 그 소식 듣고 어린애처럼 엉엉 울기 시작했다 그러면서 흰둥이들 펄펄 뛰고 웃고 난리쳤어.」 톰은 슬퍼하던 그의 가족에게 전했다. (앨라맨스 군이 여러 전투에 12개 중대를 파병했던) 1861년 말에 이르자, 그는 계속해서 들려오는 얘기들을 자세히 전해 주는 일이 역겨워졌는데, 그것은 이런 얘기가 가족뿐 아니라 자기 자신도 더욱 우울하게 만들기 때문이었다. 「이런 식 계속된다 하면, 우리들 해방되지 않는다 하고 하나님도 알아!」 어느 일요일 늦은 오후에 머리를 떨어뜨리고 반원을 이루고 둘러앉은 식구들을 둘러보며 마틸다가 말했다. 한참 동

---

29 Bull Run. 버지니아의 작은 강 이름.

안 아무도 말을 꺼내지 않았지만, 그러자 병이 난 아들 유라이어를 보살피던 릴리 수가 말했다. 「그렇게 자유, 자유 많이 떠들더니 뭐예요! 나 이제 희망 포기했어요!」

그러다가 1862년 봄의 어느 날 오후, 남군 장교의 회색 군복을 걸친 남자가 말을 타고 나타나서 머리 농장의 진입로를 따라 달려 내려오자, 톰은 상당히 멀리서도 그가 어쩐지 낯설지 않다는 생각이 들었다. 더 가까이 오자 톰은 그 사람이 전에 보안관을 지냈으며, 머리 쥔님을 찾아와서 전한 그의 조언 때문에 치킨 조지가 이곳을 떠나게 되었던 사료 상점 주인 케이츠임을 깨닫고는 놀랐다. 점점 더 걱정스러운 마음이 들면서 톰은 말에서 내려 큰집 안으로 사라지는 케이츠를 지켜보았고, 그러고는 잠시 후에 마틸다가 걱정스레 이맛살을 찌푸린 채 대장간으로 달려왔다. 「톰, 쥔님 너 보겠다 그래. 쥔님 그 좋지 않은 사료 상점 주인 케이츠하고 얘기 중이야. 왜들 그런다 너 생각하니?」

많은 농장주들이 노예들을 데리고 함께 전쟁터로 갔다거나, 또 어떤 농장주들은 특히 목수나 피혁공이나 대장장이처럼 손재주가 좋은 노예들을 전쟁 부역자로 자진해서 내놓았다고 하던 손님들의 말이 생각나서, 톰의 마음속에서는 별의별 가능성들이 줄달음을 쳤다. 그러나 그는 한껏 침착한 태도로 말했다. 「그냥 모르겠어요, 어머니. 가서 알아본다 해야 제일 좋다 나 생각해요.」 톰은 마음을 가다듬고 무거운 발걸음으로 큰집을 향해 걸어갔다.

머리 쥔님이 말했다. 「톰, 너도 케이츠 소령님 알겠지.」

「네, 쥔님.」 톰은 케이츠를 쳐다보지 않았지만, 그의 시선을 온몸으로 느꼈다.

「케이츠 소령 나한테 얘기하기를, 지금 철도 회사 작업장에서 훈련 중인 새로운 기병대의 지휘를 맡았다는데, 그곳 말들에게 편자를 박아 주는 일을 너한테 맡기겠단다.」

톰은 긴장해서 침을 꿀꺽 삼켰다. 그의 귀에는 자신의 말소리가 들렸다. 「쥔님, 그럼 나 전쟁 나간다 그런 뜻입니까?」

이 말에는 케이츠가 비웃으며 대답했다. 「총소리만 들어도 혼비백산해서 도망치는 검둥개들은 한 놈도 내가 싸우는 곳에 데리고 가지 않아! 우리는 훈련장에서 말에게 편자를 달아 주기 위해 네가 필요할

뿐이야.」

톰은 마음이 놓여 다시 침을 삼켰다. 「알겠습니다, 쥔님.」

「소령님과 내가 그 얘기를 나누었어.」 머리 쥔님이 말했다. 「곧 끝날 것 같기는 하지만, 전쟁이 계속되는 기간 동안 너는 1주일간 소령님의 기병대를 위해 일하고, 다음 1주일 동안은 여기서 일하도록 결정을 보았어.」 머리 쥔님은 케이츠 소령을 쳐다보았다. 「일은 언제 시작하면 되겠습니까?」

「괜찮으시다면 내일 아침부터 하죠, 머리 씨.」

「아, 그러고말고요. 남부에 대한 우리들의 의무인데요!」 전쟁 수행을 도울 기회를 얻게 되어 기쁘다는 듯 쾌활하게 머리 쥔님이 말했다.

「나는 이 검둥개가 자기 분수를 알았으면 합니다.」 케이츠가 말했다. 「군대는 농장처럼 편한 곳이 아니니까요.」

「톰은 틀림없이 잘 알아서 처신하리라고 믿습니다.」 머리 쥔님은 톰을 신임한다는 듯이 쳐다보았다. 「오늘 밤 내가 여행증을 써놓고, 노새 한 필을 주어 톰으로 하여금 내일 아침 당신에게 신고하도록 하겠습니다.」

「좋습니다!」 케이츠가 말하고는 톰을 힐끗 쳐다보았다. 「편자는 우리한테 있지만, 연장은 가져와야 하고, 네가 일을 빨리 그리고 잘해주길 바란다는 말은 지금 해둬야 되겠다. 우리는 낭비할 시간이 없으니까!」

「알았습니다, 쥔님.」

서둘러 마련한 휴대용 편자 용구 일체를 노새 등에 싣고 철도 보수 작업장에 도착한 톰은 전에 드문드문 나무가 자라던 주변의 땅 몇 에이커에 길게 줄지어 질서정연하게 쳐놓은 조그만 천막들을 보았다. 좀 더 가까이 가자 나팔 소리와 보병총의 단조로운 총성이 들렸고, 그러자 말을 타고 그를 향해 달려오는 경비병을 보고 그는 잔뜩 긴장했다. 「여기가 군부대라는 게 안 보이나, 이 검둥개야? 넌 대체 어디로 가려고 그러는 거냐?」 군인이 물었다.

「케이츠 소령님 나더러 여기 와 말편자 달라 그랬어요.」 톰이 겁먹은 목소리로 말했다.

「그렇다면 기병대는 저쪽이야——」 경비병이 손으로 가리켰다. 「어서 가! 총 맞고 뒈지기 전에!」

노새를 발꿈치로 차서 몰아 그곳을 벗어난 톰은 곧 조그만 언덕을 넘었고, 네 줄을 이룬 기병들이 이동과 대형 훈련을 하는 모습을 보았고, 큰 소리로 명령을 내리는 장교들 너머에서 말을 타고 방향을 바꾸며 뻐기고 돌아다니는 케이츠 소령을 찾아냈다. 그는 노새를 타고 있는 자기를 소령이 알아보고 손짓하는 것을 보았으며, 그러자 말을 탄 다른 병사 한 명이 그를 향해 달려왔다. 톰은 고삐를 당긴 채로 기다렸다.

「네가 대장장이 검둥개냐?」

「예, 그렇습니다.」

경비병은 천막이 몇 개 모인 곳을 가리켰다. 「너는 저기 쓰레기 천막들이 있는 곳에서 기거하며 작업을 해야 한다. 네가 준비를 마치면 곧 우리가 말을 보내겠다.」

톰이 남군 기병대에서 일하던 첫 주일에는 당장 징을 갈아 줘야 할 한심한 상태의 말들이 끝없이 줄지어 들어왔고, 그는 꼭두새벽부터 어두워질 때까지 쉴 새 없이 편자를 박아 주어서, 나중에는 말발굽이 눈앞에서 아물거려 잘 보이지도 않을 정도가 되었다. 젊은 기병대원들이 하는 온갖 얘기를 주워들은 톰은 양키들이 모든 전투에서 패배만 거듭한다는 느낌이 더욱 확고해졌으며, 지치고 기가 죽은 그는 머리 쥔님을 위해 단골 고객들의 일을 1주일 동안 하려고 집으로 돌아왔다.

그는 노예 마을의 여자들이 극도로 불안한 상태임을 알았다. 전날 밤 내내 그리고 아침까지도 릴리 수의 병약한 아들 유라이어가 실종되었다고 모두들 생각했었다. 톰이 돌아오기 직전에야 마틸다가 큰 집 앞마루를 쓸다가 이상한 소리를 듣고는, 여기저기 찾아본 다음 마루 밑에 숨어 굶주린 채 울고 있는 아이를 찾아냈다. 「나 그저 쥔님하고 마님하고 우리 검둥이들 해방 얘기 무슨 말 하는지 엿듣는다 했지만, 마루 밑 거기에서는 소리 전혀 하나도 듣지 못했어요.」 유라이어가 말했고, 마틸다와 아이린은 항상 이상한 짓을 하는 아이 때문에 이러한 소동이 벌어지는 바람에 당황해서 정신이 어지러워진 릴리 수를 위로하느라고 바빴다. 톰도 그녀를 진정시키는 일을 거들었으며, 그러고 나서 그는 가족들에게 1주일 동안 겪은 자신의 경험을 얘기했다. 「보고 들은 모든 사정 생각하면, 나아진 사태 거의 없어.」 그는 결론을 내렸다. 아이린은 그들의 기분이 적어도 조금은 나아지게 하려고 노력했지만, 허사였다. 「우리 지금까지 자유롭다 했던 적 없으니, 앞으로도 자유 잃는다 하는 일 없겠어요.」 그녀가 말했다. 그러나 마틸다는 말했다. 「모두에게 사실 말하자면, 전보다 더 나빠진다 하는 일 될까 봐 나 정말 겁이 나.」

톰이 남군 기병대를 위해 말의 편자를 박아 주던 두 번째 주일에도 똑같은 불길한 예감이 엄습했다. 사흘째가 되는 날 밤에, 그가 생각에 잠겨 잠을 이루지 못한 채 누워 있으려니까, 옆의 어느 쓰레기 천막에서 무슨 소리가 들려왔다. 신경이 곤두선 톰은 손으로 더듬거려 대장간 망치를 움켜잡았다. 그는 무슨 소리인지 살펴보기 위해 까치발을 하고 희미한 달빛 속으로 살며시 나갔다. 무슨 쓰레기라도 뒤져 먹으려고 몰래 들어온 작은 짐승이 낸 소리인 모양이라고 막 단정을 내리려는 순간, 그는 쓰레기 천막에서 뒷걸음질 치며 두 손에 움켜쥔 무엇을 먹기 시작하는 사람의 시커먼 모습을 얼핏 보았다. 좀 더 가까이 조심스럽게 다가선 톰을 보고, 야위고 핼쑥한 얼굴의 흰둥이 청년은 완전히 기겁을 했다. 달빛 속에서 아주 짧은 한순간 동안, 그들은 서로 빤히 쳐다보았고, 그러고는 흰둥이 청년은 후다닥 뛰어 달아났다. 그러나 열 발자국도 채 못 가서 도망치던 그림자가 무언가에 발이 걸려 넘어져 요란하게 쨍그랑 소리가 났고, 그는 정신을 차린 다음 어둠 속으로 모습을 감추었다. 그러자 무장 경비병들이 보병총과 등잔을 들고 뛰어와서는 망치를 손에 들고 거기에 서 있던 톰을 보았다.

「뭘 훔치려고 그래, 이 검둥아!」

톰은 갑자기 그가 어떤 곤란에 빠졌는지를 알아차렸다. 그러한 트집을 정면으로 부인한다면 흰둥이를 거짓말쟁이라고 부르는 셈이고 ― 그것은 도둑질보다 더 위험한 짓이었다. 그는 그들이 자기를 믿도록 만들어야 한다는 절박함 속에서 정신없이 횡설수설했다. 「나 무슨 소리 듣고 살펴보러 나왔는데, 흰둥 남자 하나 쓰레기 근처에서 보았고요, 쥔님, 그러자 그 사람 얼른 도망쳤습니다.」

믿기지 않는다는 눈짓을 주고받은 두 명의 경비병은 코웃음을 쳤다. 「우리들이 그렇게 멍청해 보이냐, 검둥개야?」 한 경비병이 물었다. 「케이츠 소령님이 너를 특별히 잘 감시하라고 그랬어! 아침에 소령님이 기상하면 당장 너 가서 신고해야 해!」 톰에게서 눈을 떼지 않은 채로 두 명은 뭐라고 귀엣말로 의논을 했다.

두 번째 경비병이 말했다.「야, 망치 내려놔!」톰은 본능적으로 망치의 손잡이를 움켜쥐었다. 한 발짝 앞으로 나오면서 경비병은 그의 보병총을 톰의 배에다 겨누었다.「내려놔!」

톰의 손가락에서 힘이 풀렸고, 그는 망치가 땅으로 떨어지는 툭 소리를 들었다. 경비병들은 그에게 앞장서서 걸어가라고 손짓했으며, 상당한 거리를 이동한 후에 다른 무장 경비병이 보초를 선 커다란 천막 앞의 작은 공터에서 멈추라고 명령했다.「우리는 순찰을 돌다가 도둑질을 하는 이 검둥개를 잡았습니다.」처음 두 명의 경비병 가운데 하나가 말했고, 큰 천막 쪽을 고갯짓으로 가리켰다.「우리들이 알아서 처리하고 싶었지만, 소령님이 우리들더러 그를 잘 감시하고 그에 관한 모든 사항을 직접 보고하라고 명령했어요. 소령님이 기상하는 시간에 맞춰 다시 오겠습니다.」

두 경비병이 가버린 다음 새로운 경비병은 얼굴을 찡그리며 톰에게 소리쳤다.「땅바닥에 똑바로 드러누워, 검둥이야! 몸을 움직이기만 하면 너는 죽은 목숨인 줄 알아.」톰은 시키는 대로 드러누웠다. 땅바닥은 차가웠다. 그는 무슨 일이 일어날지를 곰곰이 생각했고, 도망에 성공할 확률을, 그러고는 만일 도망에 성공한 경우에 닥쳐올 결과에 대해서 깊이 따져 보았다. 그는 동이 터오는 새벽을 지켜보았고, 그러자 천막 안에서 케이츠 소령이 일어났음을 알려 주는 소리가 났고, 처음의 두 경비병이 돌아왔다. 경비병 한 명이 소리쳤다.「소령님, 면담을 허락해 주시겠습니까?」

「무슨 일이냐?」톰은 안에서 으르렁대는 소리를 들었다.

「어젯밤에 대장장이 검둥이가 도둑질하는 현장을 붙잡았습니다, 소령님!」

잠시 침묵이 흘렀다.「그놈 지금 어디 있나?」

「바로 여기 대령했습니다, 소령님!」

「곧 나간다!」

잠시 후에 천막 자락이 열리고, 케이츠 소령이 걸어 나와서는, 고양이가 새를 노려보듯이 톰을 노려보았다.「이런, 건방진 검둥개야, 도둑질을 하셨다고! 군대에서 그런 짓을 어떻게 생각하는지는 너도 잘 알겠지?」

「쥔님 —」 톰은 사건의 진상을 열심히 얘기하고는 이렇게 결론을 내렸다. 「쓰레기 뒤진다 하는 거 보니까, 쥔님, 그 사람 몹시 배고팠다 같아요.」

「넌 지금 백인이 쓰레기를 먹는다는 얘기를 하잖아! 우리가 전에 만났었고, 그뿐 아니라 너 같은 족속을 내가 잘 안다는 사실을 넌 잊은 모양이구나! 나는 그 못된 해방 검둥이 네 아비한테 버릇을 제대로 가르쳐 주었지만, 너는 잘도 빠져나갔지. 좋아, 이번에는 널 전쟁법에 따라 다스려 주마.」

근처의 기둥 위에 얹어 놓은 안장으로 성큼성큼 가서 손잡이에 걸린 채찍을 낚아채는 케이츠를 톰은 믿기지 않는 눈으로 지켜보았다. 톰은 도망칠 생각으로 주위를 재빨리 훑어보았지만, 세 명의 경비병이 모두 톰에게 총을 겨누었고, 케이츠는 얼굴이 일그러지면서 앞으로 나와서, 여러 가닥으로 엮은 가죽 채찍을 치켜들었다가 내려치고, 또 내려쳤고, 톰은 어깨가 불이라도 붙은 듯 화끈거렸다.

톰은 모욕감과 분노에 휘말려 말편자를 박던 곳으로 비틀거리며 돌아가서는, 보초에게 수하를 당하고 붙잡히면 무슨 일을 겪게 될지는 아랑곳하지도 않고, 연장 상자를 집어 들고, 노새 위로 뛰어올라 큰집에 도착할 때까지 멈추지를 않았다. 머리 쥔님은 톰의 얘기를 자초지종 다 듣고 나서 노여움으로 얼굴이 상기되었고, 톰은 마지막으로 잘라 말했다. 「무슨 일 생기더라도, 쥔님, 나 돌아가지 않아요.」

「이제는 괜찮아, 톰?」

「몸 괜찮다 알고 싶어 물어본 말이라면, 쥔님, 마음만 아프고, 나머지 아무렇지도 않아요.」

「그렇다면 좋아, 내가 너한테 약속하마. 만약 소령이 트집을 잡으려고 여기 나타난다면, 난 필요한 경우 그의 상관을 찾아갈 작정이야. 이런 일이 일어나서 정말 마음이 아프다. 어서 대장간으로 돌아가 네 일이나 해라.」 머리 쥔님이 머뭇거렸다. 「톰, 네가 제일 연장자는 아니지만, 마님과 나는 너를 네 가족의 가장이라고 생각해. 그러니까 우리들이 너한테 부탁하는 바인데, 이 양키들을 물리치고 나면 우리 모두 함께 여생을 같이 즐기면서 지내게 되기를 바란다고 네가 식구들한테 전해 주었으면 좋겠어. 양키들이란 인간의 탈을 쓴 악마들에 지나지 않으니까!」

「알았습니다, 쥔님.」톰은 말했다. 그는 남의 소유물로 살아가는 삶이 결코 즐길 만한 인생이 아니라는 사실을 쥔님이 실감하기란 불가능하리라고 생각했다. 몇 주일이 흘러 1862년 봄으로 접어들자, 아이린은 다시 임신을 했고, 그의 고객인 지방 흰둥이들로부터 날마다 주워들은 얘기들로 미루어 톰은, 앨라맨스 군이 다른 여러 곳에서 벌어지는 전쟁 태풍의 고요한 눈과 마찬가지라는 느낌이 들었다. 그가 얘기를 전해 들은 샤일로 전투에서는 양키와 남군이 서로 거의 4만 명에 달하는 전사자와 부상자를 냈으며, 살아남은 사람들이 시체 더미를 헤치고 나와야만 했고, 사지를 절단해야 하는 부상자가 어찌나 많았는지 가장 가까운 미시시피 병원의 마당에는 잘라 낸 팔다리가 산더미처럼 쌓였다고 했다. 얘기를 들어 보면 그 전투는 무승부 같았지만, 양키들이 대부분의 주요 전투에서 패배를 거듭한다는 사실은 의심할 여지가 없었다. 8월 말이 가까웠을 무렵 톰은 두 번째 황소 개울 전투에서 양키 측에서 두 명의 장군이 목숨을 잃고 퇴각했으며, 수천 명의 병력이 워싱턴 D. C.로 패주하고, 그곳 민간인들이 공포에 질려 도망을 다니는 사이에 공무원들이 연방 정부의 관공서 건물마다 방어용 장애물을 쌓아 올리고, 재무성과 여러 은행의 돈을 뉴욕 시로 옮기는 동안 포토맥 강에서는 링컨 대통령과 그의 참모진을 철수시킬 태세를 갖추고 포함(砲艦)이 발동을 걸어 놓고 대기 중이라는 둥 신나게 떠들어 대는 흰둥이들의 얘기를 들었다. 그러고는 채 두 주일도 되지 않아 하퍼스 나루에서 스톤월 잭슨 장군 휘하의 남군 병력이 만천 명의 양키를 포로로 잡았다.

「톰, 나 더 이상 끔찍한 전쟁 얘기 듣고 싶다 하지 않아요.」9월 어느 날 저녁에 아이린이 말했다. 앤티텀이라는 곳에서 남군과 양키 군이 4~5킬로미터나 길게 마주 늘어서서 서로 죽였다는 얘기를 톰이 방금 하고 나서 두 사람이 벽난로 속을 물끄러미 들여다보던 참이었다. 「나 지금 아기 때문에 배 잔뜩 불러 앉았는데, 우리 이제 싸운다 죽인다 말고 더 이상 다른 얘기 하나도 안 하니까 어쩐지 좋지 않다 같아요.」

그러자 그들은 무엇인가 소리를 듣고 동시에 문을 뒤돌아 쳐다보기는 했지만, 너무나 희미한 소리였기 때문에 더 이상 신경을 쓰지 않았다. 그러나 소리가 다시 들려왔고, 분명히 가볍게 문을 두드리는 소리였기 때문에, 보다 가까운 자리에 앉았던 아이린이 일어나서 문을 열었고, 톰은 애원하는 흰둥이의 목소리를 듣자 이맛살을 찌푸렸다. 「실례합니다. 뭐 좀 먹을 게 없을까요? 배가 고파서요.」 뒤를 돌아다 본 톰은 기병대의 쓰레기통들 사이에서 느닷없이 마주쳤던 흰둥이 청년의 얼굴을 알아보고는 의자에서 굴러 떨어질 정도로 놀랐다. 재빨리 자신을 가다듬으면서, 혹시 어떤 계략은 아닌가 의심하면서, 톰은 긴장해서 뻣뻣하게 굳어진 자세로 앉아, 아무것도 모르는 아내가 하는 말을 들었다. 「글쎄요, 우리 저녁 먹다 남은 차가운 옥수수빵 말고 없는데요.」

「난 이틀 동안 아무것도 먹지 못했기 때문에, 그거라도 감사히 받겠습니다.」

이것이 단지 기묘한 우연이리라고 판단한 톰은 의자에서 일어나 문 쪽으로 갔다. 「당신 전에 구걸보다 조금 심한 뭐 다른 일 하지 않았나요?」

잠깐 동안 젊은이는 톰을 이상하다는 듯 쳐다보았고, 그러더니 그의 눈이 휘둥그레졌고, 그가 어떻게나 빨리 사라져 버렸던지 아이린은 어안이 벙벙해서 멍하니 서 있었으며 — 그리고 그녀가 먹을거리를 주려고 했던 사람이 누군지를 톰이 설명하자 그녀는 더욱 놀랐다.

노예 마을 전체가 이런 믿어지지 않는 사건을 알게 되었던 것은 다음 날 밤, (톰과 아이린 두 사람도 다 같이 참석한 가족 모임에서) 마틸다가 그날 아침 식사를 막 끝낸 후에, 〈뼈만 남았다 보이는 가난 흰둥이 청년〉이 부엌 덧문 앞에 느닷없이 나타나서는, 처량하게 음식을 구걸했다는 얘기를 했을 때였는데, 먹고 남은 식어 버린 스튜 한 그릇을 마틸다가 그에게 주었더니, 청년은 입이 닳도록 고맙다고 인사를 한 다음 사라졌으며, 나중에 보니 깨끗이 비운 그릇을 부엌 계단에 갖다 놓았더라고 했다. 톰은 그 청년이 누구인가를 설명하고 나서 말했다. 「어머니 음식 주었으니까, 그 사람 아직 이 근처 어정거린다 나 생각해요. 아마 숲 속 어딘가 잠자기 쉽겠어요. 나 아무래도 그 사람을 전혀 믿지 않아서, 영문 하나 모르는 사이에 우리 누군가 곤란한 입장 될지 모른다 싶어요.」

「맞는 소리야!」 마틸다가 소리쳤다. 「좋아, 나 한 가지 얘기 하겠는데, 내 앞에 그 사람 다시 얼굴 내밀면, 나 잠시 기다려라 말하고, 그에게 음식 마련해 준다 믿게 만든 다음 틈타서, 쥔님한테 가서 보고하겠어.」

청년이 다음 날 아침에 다시 나타났을 때, 덫은 완벽하게 작동했다. 마틸다의 연락을 받은 머리 쥔님은 급히 앞문으로 나와 큰집의 모퉁이를 돌아서 들이닥쳤고, 그러는 사이에 마틸다는 재빨리 부엌으로 돌아가서, 기다리던 청년이 완전히 기습적으로 붙잡히는 소리를 들었다.「여기서 뭘 하는 거야?」머리 쥔님이 물었다. 그러나 젊은이는 겁을 먹지도 않았고, 심지어 당황하지도 않았다.「선생님, 저는 그저 여행으로 지치고 굶주렸을 뿐입니다. 어떤 사람에게도 그 정도는 죄가 되지 않으리라는 생각이 들고, 그리고 선생님 댁 검둥이들은 마음이 착해서 저한테 먹을 걸 주기도 했어요.」머리 쥔님은 잠시 머뭇거리다가 말했다.「그래, 나도 사정은 이해하지만, 지금이 얼마나 어려운 때인지는 자네도 잘 알겠고, 그래서 우린 한 사람도 군식구를 먹여 살릴 여유가 없어. 그러니까 다른 데로 가보도록 하게.」그러자 마틸다는 젊은이가 역겨울 정도로 비굴하게 애원하는 소리를 들었다.「선생님, 제발 저를 좀 여기서 지내게 해주십시오. 저는 일쯤은 꺼려하지 않습니다. 저는 그저 굶주림만 면하면 됩니다. 무슨 일이든 시키는 대로 다 하겠습니다.」

머리 쥔님이 말했다.「여기엔 자네가 할 일이 없어. 밭일은 검둥이들이 하니까.」

「저는 들에서 태어나서 자랐습니다. 끼니만 거르지 않게 해주시면, 선생님, 전 검둥이들보다 더 열심히 일하겠습니다.」젊은이는 끈질기게 달라붙었다.

「자네 이름이 뭐고, 고향은 어딘가?」

「조지 존슨이라고 합니다. 남캐롤라이나에서 왔고요, 선생님. 제가 살던 곳은 전쟁으로 인해서 거의 초토화되었습니다. 저도 전쟁에 나가려고 했지만, 너무 어리다고 받아 주지를 않더군요. 전 갓 열여섯 살이 되었습니다. 전쟁으로 우리의 농사랑 모든 것이 완전히 망해 버렸고, 이제는 잡아먹을 토끼조차 안 남은 것 같아요. 그래서 저도 어딘가 가면— 아무 곳이나 다른 데로 가면 좀 살기가 낫겠지 하고 고향을 떠났어요. 그러나 저에게 뭐라도 조금 베풀어 준 사람은 선생님 댁 검둥이들뿐이라는 생각이 들어요.」

마틸다는 청년의 얘기에 머리 쥔님의 마음이 움직였음을 알아차렸다. 그러더니 그녀는 귀를 의심할 만한 말을 들었다. 「자네 혹시 감독이 하는 일에 대해서 뭔가 좀 아나?」

「그런 일은 한 번도 해본 적이 없는데요.」 청년 조지 존슨의 목소리에서는 놀란 기색이 역력했다. 그러더니 그는 머뭇거리며 덧붙였다. 「하지만 저는 어떤 일도 가리지 않겠다고 말씀드렸는데요.」

겁에 질린 마틸다는 이제 얘기를 좀 더 잘 듣기 위해 문으로 살그머니 더 다가갔다.

「비록 우리 집 검둥이들이 농사일을 잘하긴 하지만, 난 벌써부터 감독을 두면 좋겠다는 생각을 해왔어. 나는 침식만 제공하는 조건이라면 자넬 한번 시험 삼아 써보겠고— 그 결과는 나중에 판단하겠어.」

「선생님— 선생님, 성함이 어떻게 되십니까?」

「머리라고 하네.」 쥔님이 말했다.

「좋습니다, 머리 선생님, 이제 선생님은 감독 하나를 얻으셨습니다.」

마틸다는 쥔님이 킬킬 웃는 소리를 들었다. 그가 말했다. 「저기 광 뒤에 빈 오두막이 하나 남았으니까 거기서 기거하게. 짐은 어디 있나?」

「선생님, 제가 가진 짐이라고는 몸에 걸친 것뿐입니다.」 조지 존슨이 말했다.

이 충격적인 소식은 청천벽력같이 가족들 사이에 퍼졌다. 「나 그 얘기 들으면서 정말 믿어지지 않았어!」 마틸다는 얘기를 전하고 나서 소리쳤고, 가족들은 거의 폭발 직전의 상태로 흥분했다. 「쥔님 틀림없이 미쳤어!」……「우리 스스로 농장 잘 꾸려 나갔다 하잖아요?」……「그냥 둘 다 흰둥이다 하기 때문이야!」……「우리들 머리 짜서 일부러 일 엉터리 하면, 쥔님 가난 흰둥이에 대한 생각 다르다 하겠지!」

비록 그렇게 화가 나기는 했어도, 다음 날 아침 들판에서 처음 대면하게 된 순간부터, 그들은 새 감독에 대한 그들의 분노를 격앙된 상태로 유지하기가 당장 어려워지기 시작했다. 버질의 인솔하에 그들이 밭에 도착했을 때쯤에는 비쩍 마르고 혈색이 누런 조지 존슨이 이미 나와서 그들을 맞아 주었다. 여윈 얼굴은 붉히고 후골(喉骨)을 오르락내리락하면서 그가 말했다. 「난 당신들이 모두 날 싫어한다고 탓할 수야 없는 처지이지만, 당신네들이 생각하는 만큼 과연 내가 나쁜 사람인지는 좀 두고 봐달라고 부탁은 하고 싶어요. 당신들은 내가 접하게 된 첫 검둥이들이지만, 내가 보기에 당신네들이 검은 살빛으로 태어난 까닭은 내가 희게 태어난 이유하고 다를 바가 없다는 생각이 들고, 나는 사람을 그가 하는 행동을 보고 판단합니다. 내가 굶주렸을 때 배고픈 나에게 당신들이 음식을 주었다는 한 가지 사실만큼은 난 아는데, 상당히 많은 백인들에게는 그런 성품이 없어요. 머리 선생님은 이제 감독을 두기로 작정한 듯싶고, 당신네들이 모두 합심하여 설득하면 나를 쫓아내기가 어렵지 않으리란 사실도 난 알지만, 만일 당신들이 그렇게 하면 다음번에는 나보다 훨씬 더 나쁜 사람이 올지도 모른다고 난 생각해요.」

식구들은 아무도 뭐라고 대꾸해야 좋을지 모르는 것 같았다. 그저 한쪽 귀로 흘려버리고 일을 시작하는 수밖에 없을 듯싶었고, 그들이 모두 조지 존슨을 몰래 지켜보았더니, 그는 자기들보다 더 열심히는 아니더라도, 조금도 뒤처지지 않고 열심히 일을 하려 덤볐고 — 실제로 그는 자신의 성실성을 증명하기 위한 집념에 사로잡힌 사람처럼 보였다.

톰과 아이린의 세 번째 딸(비니)은 새로 감독이 들어온 첫 번째 주말에 태어났다. 이 무렵에는 들판에 나가면 조지 존슨은 점심때마다 대담하게 검둥이 가족과 자리를 함께했으며, 애슈퍼드가 티를 내며 박차고 일어나 얼굴을 찡그리고 다른 곳으로 가버려도 모른 척했다. 「모두 알다시피 나는 감독일에 대해서는 아무것도 모르니까, 날 좀 도와줘야 해요.」 조지 존슨은 그들에게 솔직히 털어놓았다. 「머리 선생님이 여기 나와서 보고는, 자기가 바라는 만큼 내가 일을 제대로 하지 않는다는 인상을 받으면 좋지 않으니까요.」

그날 밤 노예 마을에서 토론이 벌어졌을 때는, 그들의 감독을 훈련시킨다는 생각은 항상 근엄하기만 한 톰까지 웃음을 짓게 만들었고, 항상 밭일을 이끌어 온 버질이 그런 일에 대해서는 책임을 져야 한다고 모든 사람이 뜻을 같이했다. 「우선 당신 일하는 방식들부터 완전히 뜯어고쳐야 맞는다 싶어요.」 그는 조지 존슨에게 말했다. 「물론 우리들 늘 주위 살피다가, 쥔님 가까이 오기 전 당신에게 신호하겠어요. 그러면 당신 서둘러 우리한테서 너무 가깝지 않도록 얼른 좀 멀리 떨어져야 옳아요. 아마 당신 역시 알다시피, 흰둥이들하고 그중에서 특히 감독하고 검둥이들 가까이 해서는 안 된다 그러니까요.」

「글쎄요, 내 고향 남캐롤라이나에선 검둥이들이 흰둥이들을 가까이 하지 않는 것 같던데요.」 조지 존슨이 말했다.

「저런, 거기 검둥이들 똑똑하군요!」 버질이 말했다. 「다음으로, 쥔님이라면 감독 오기 전보다 검둥이들 더 열심히 일하게 만들었다 느끼기 원해요. 당신은 〈어서어서 일해, 검둥개들아!〉라든가 뭐 그렇게 호통 치기 같은 거 배워야 해요. 그리고 근처에 쥔님이나 다른 흰둥이들 왔다 했을 때 지금처럼 우리들 이름 부르면 절대 안 돼요. 당신 호락호락한 사람 아니고 우리를 잘 부린다 쥔님 느끼게 만들도록, 호통 치고 욕설 퍼붓고 진짜 흉악한 소리 지르는 방법 배워야 해요.」

머리 쥔님이 다음번에 밭을 둘러보러 나왔을 때, 조지 존슨은 버질을 비롯한 모든 밭일꾼들에게 호통을 치고, 욕지거리를 퍼붓고, 위협을 하는 솜씨를 맹렬히 발휘했다. 「그래, 일들 잘하나?」 머리 씨가 물었다. 「자기들끼리 일하도록 내버려 둔 검둥개들치고는 꽤 잘하는 편입니다.」 조지 존슨이 점잖게 말했다. 「그렇지만 녀석들을 제대로 길들이려면 앞으로 한두 주일은 더 필요합니다.」

그날 밤 검둥이 가족은 조지 존슨의 흉내뿐 아니라, 흐뭇해하는 머리 쥔님의 모습을 흉내 내면서 한바탕 웃어 젖혔다. 그리고 그러한 즐거운 분위기가 수그러지고 난 다음, 조지 존슨은 그들에게 전쟁으로 인해서 그들의 농토가 황폐해져서 가족이 뿔뿔이 흩어지기 전부터 이미 째어지게 가난했던 그의 어린 시절 얘기를, 그러고는 전쟁이 터지자 비로소 무엇인가 새롭고 보다 나은 삶을 찾아 나서게 된 사연을 조용한 목소리로 들려주었다. 「자기 자신 대해서 저렇게 솔직한 흰둥이 만나기 힘들어.」 버질이 그들 모두의 집단적인 평가를 대변했다.

「나 솔직히 말하는데, 그 사람 얘기 들으면 즐거워요.」 릴리 수가 말했고, 리틀 조지는 코웃음을 쳤다. 「그 사람 말하는 거 다른 모든 가난 흰둥이 똑같아. 다른 점 찾아본다 하면, 별로 아닌 사람이면서 잘난 체하지 않는 흰둥이 처음이다 뿐이야. 대부분 가난 흰둥이 자기들 신세 창피하다 생각해.」 메리가 웃었다. 「글쎄, 그렇게 열심히 먹어 대는 모양 보니까 창피 진짜 모르는 사람 같아.」

「나 듣고 보기에 너희들 모두 올드 조지 좋아하게 된 모양 같구나 생각해.」 마틸다가 말했다. 그들이 직접 붙여 준 감독의 새로운 별명 〈올드 조지〉에 비하면 그의 나이가 너무도 한심스러울 정도로 어렸기 때문에 그들은 또다시 한바탕 웃었다. 그리고 마틸다의 관찰은 정확했으니, 참으로 믿어지지 않을 만큼 그들은 그를 진심으로 좋아하게 되었다.

112

북부와 남부는 목숨을 건 싸움에서 뿔이 엉킨 수사슴들처럼 맞물려 떨어지지를 않는 것 같았다. 어느 쪽도 상대편을 밀어 버릴 만큼 성공적인 전략을 구사할 능력이 없는 모양이었다. 톰은 고객들의 대화에서 점점 더 낙심한 기색을 느끼기 시작했다. 그런 낌새는 그의 마음속에서 아직도 힘찬 자유에 대한 희망을 끌어올리는 일종의 부표(浮漂) 노릇을 했다.

그들 가족은 올드 조지 존슨이 애매하게 〈머리 선생님이 무슨 일을 좀 해결하고 오도록 허락했어요. 최대한 빨리 돌아오도록 노력할게요〉라고 말했을 때, 갖가지 추측을 하느라 법석을 피웠다. 그러고 나서 다음 날 아침 그는 떠나갔다.

「무슨 일 같아?」

「항상 말하는 투 들어 보면, 떠나온 고향에는 해결한다 하는 일 하나도 남지 않았다 싶은데.」

「혹시 집안에 무슨 일 생겼나 아닌지─」

「그렇지만 가족 얘기 못 들었는데─ 아무 대단한 얘기 말이야.」

「가족 어딘가 있긴 있다 싶어.」

「아마 전쟁에 나간다 작정했나 몰라.」

「뭐야, 나 분명히 생각하는데, 올드 조지 총으로 아무도 쏘겠다 못하는 사람 같아.」

「어쩌면 못 참겠다 싶어 떠나 버렸나 보다 하는지도 모르지.」

「아니, 그런 소리 마, 애슈퍼드! 너 언제 올드 조지나 다른 사람이

나 대해서 좋게 말한 적 한 번도 없어!」

거의 한 달쯤 지난 다음 어느 일요일에, 고함 소리와 왁자지껄한 소란이 일어났는데 — 올드 조지가 부끄러운 듯 싱긋이 웃으면서 돌아왔고, 올드 조지 못지않게 비쩍 마르고 얼굴색이 누렇게 떴으며, 가엾을 만큼 수줍음을 타는 어린 여자가 그와 함께 나타났는데, 임신 8개월째인 그녀의 배는 마치 큰 호박을 통째로 삼킨 듯 보였다.

「이 사람이 내 아내 마사예요.」 올드 조지 존슨이 그들에게 설명했다. 「내가 떠나기 직전에 우리는 결혼했고, 나는 어딘가 자리만 잡으면 데리러 돌아가겠다고 약속했었죠. 내가 왜 아내 얘길 안 했느냐 하면, 나 혼자 몸이라고 해도 기꺼이 받아 줄 곳을 찾기가 힘들었기 때문이었어요.」 그는 마사를 보고 싱긋 웃었다. 「왜 이 사람들하고 인사를 나누지 않는 거야?」

마사는 그들 모두에게 얌전히 인사를 했고, 〈조지한테서 여러분 얘기 많이 들었어요〉라고 한마디 보태는 말이 그녀에게는 일장연설처럼 여겨졌다.

「글쎄요, 무슨 말 했는지 모르지만 당신 좋은 말만 들었다 했으면 좋겠군요.」 마틸다가 유쾌하게 말했고, 올드 조지는 만삭이 된 마사의 배에 그녀가 두 번째로 힐끗 던지는 시선을 의식했다.

「내가 떠나올 때는 우리가 애를 갖게 되리라고는 알지도 못했어요. 나는 그저 돌아가야 좋겠다는 생각만 자꾸 했죠. 그런데 가서 보니 마사가 아이를 가졌지 뭡니까.」

몸이 연약한 마사는 올드 조지 존슨에게는 정말 완벽하게 어울리는 짝으로 보였기 때문에, 그들은 마음속으로부터 두 사람에게 축복을 보내고 싶었다.

「그럼 머리 쥔님에게도 말 안 했다 그런 말인가요?」 아이린이 물었다.

「그래요, 말 안 했어요. 여러분에게 말한 것처럼, 무슨 일이 좀 생겼다고만 했죠. 만약 우리가 떠나 주기를 선생님이 바란다면, 우리는 떠나야 하고, 별다른 수가 없어요.」

「글쎄요, 쥔님은 그렇게 말하지는 않을 거예요.」 아이린이 말했고, 마틸다가 맞장구를 쳤다. 「물론 그렇고말고예요. 쥔님 그런 분 절대 아니거든요.」

「그럼, 틈나는 대로 선생님한테 내가 만나고 싶어 한다고 전해 줘요.」 올드 조지 존슨이 마틸다에게 말했다.

일이 잘못될까 걱정이 된 마틸다는 먼저, 상황을 약간 과장해 가면서, 머리 마님에게 사정 얘기를 했다. 「마님, 그 사람 감독이다 뭐 그런 거 다 나 잘 알지만, 감독하고 불쌍한 어린 아내하고 겁 잔뜩 집어먹은 사정 뭐냐 하면, 아내 있다는 소리 안 했고, 살기도 아주 좋지 않은 때이다 해서, 쥔님 두 사람한테 가라 말하실까 봐 이거든요. 그리고 몸 풀어야 하는 때 얼마 안 남았답니다.」

「어쩌나, 물론 바깥어른 대신 내가 결정할 일은 아니지만, 내쫓는 일은 분명히 없도록 하겠고—」

「알겠습니다, 마님, 그렇게 하신다 나 특별히 믿는 까닭이라면, 나 생각하기에 그 여자 나이 기껏 열셋 아니면 열넷밖에 안 보이고요, 마님, 곧 아기 낳을 몸인데 여기 도착한 지 시간 얼마 안 되고, 아는 사람이라 하면 우리밖에 없고— 쥔님하고 마님하고밖에 없거든요.」

머리 마님이 말했다. 「글쎄 내가 벌써 얘기했지만, 그런 문제는 내가 상관하는 일이 아니고 머리 쥔님이 알아서 결정할 일이야. 그렇지만 그들이 그냥 머물러 살아도 된다고 난 꼭 믿어.」

노예 마을에 돌아온 마틸다가 아무 문제가 없으리라고 머리 마님이 다짐했으니까 안심하라는 말을 전하자 올드 조지 존슨이 고마워했다. 그런 다음에 그녀는 아이린의 오두막으로 서둘러 가서, 잠깐 의논을 하고는, 헛간 뒤쪽에다 작은 창고를 개조하여 올드 조지 존슨 부부가 거처하기 마련한 집으로 둘이 함께 찾아갔다.

아이린이 문을 두드렸고, 올드 조지 존슨이 문으로 나오자 그녀가 말했다. 「당신 부인 걱정되어서요. 아기 낳을 때 위해 힘 아껴야 한다 그래서, 밥 짓고 빨래한다 하는 일 우리 모두 해주겠다 일러 주어요.」

「아내는 지금 잠들었어요. 정말 고마워요.」 그가 말했다. 「여기 도착한 이후 아내는 입덧을 꽤 많이 했거든요.」

「그럴 만해요. 부인 새 한 마리만큼 기운조차 없어 보이던데요.」 아이린이 말했다. 「하필 지금 이런 판에 부인 데리고 그렇게 먼 길 오면 옳지 않아요.」 마틸다가 꾸짖었다.

「돌아가서 만났을 때 나도 아내에게 그렇게 설득하려고 최선을 다했어요. 하지만 아내는 막무가내였어요.」

「도중 무슨 일 일어났다 했으면 어쩔 뻔했나요. 아기 어떻게 받아야 한다 당신 하나도 모르잖아요!」 마틸다가 혀를 찼다.

「내가 어쨌든 아버지가 된다니, 정말 믿어지지 않아요.」 그가 말했다.

「그럼요, 하지만 곧 아버지 돼요!」 올드 조지의 걱정스러운 표정을 보고 아이린은 웃음을 터뜨릴 뻔했고, 그녀와 마틸다는 함께 발길을 돌려 그들의 오두막으로 돌아갔다.

그녀와 시어머니는 은근히 걱정이 되었다. 「나 보기에 그 불쌍한 산모 온전하다 생각되지 않아.」 마틸다가 걱정을 털어놓았다. 「뼈 다 보일 정도 말랐어. 지금 체력 제대로 키운다 하기도 너무 늦었고.」

「나 보기에 꽤 고생 많이 한다 같아요.」 아이린이 예언했다. 「세상에, 나 언젠가 끝에 가서라도 가난 흰둥이들 좋아하게 된다 절대 생각조차 못했는데요!」

그리고 채 두 주일도 되지 않아서 어느 날 한낮에 마사의 진통이 시작되었다. 노예 마을의 모든 가족이 창고 건물 안에서 고통스러워하는 그녀의 소리를 들었고, 마틸다와 아이린은 밤을 꼬박 새우고 이튿날 정오 조금 전까지 산모와 함께 욕을 보았다. 아이린이 마침내 밖으로 나왔을 때는, 미처 말을 한마디도 하기 전에, 핼쑥해진 올드 조지 존슨은 그녀의 얼굴만 보고도 사태를 알아차렸다. 「마사 아가씨 무사하다 믿어져요. 아기는 딸인데— 죽었어요.」

113

1863년 새해 첫날 늦은 오후에, 마틸다는 거의 날듯이 노예 마을로 달려왔다. 「조금 아까 저쪽 말 타고 들어간 흰둥이 모두 보았지? 아무도 믿지 않는다 할 거야! 그 사람하고 쥔님하고 한참 하는 얘기 들었는데, 링컨 대통령 우리를 모두 해방시키는 노예 해방 선언문 서명했다 하는 소식 철도 회사 전보 통해 들어왔다 그랬어!」

정신이 번쩍 나게 하는 이 소식은, 수백만 명에 달하는 똑같은 처지의 사람들과 더불어, 머리 집안의 검둥이 가족으로 하여금, 남들이 보지 않는 그들의 오두막 안에서나마 감격으로 환희하게 만들었지만…… 한 주일 그리고 또 한 주일 시간이 갈수록, 기뻐하며 기다리던 자유는 차츰차츰 멀리 사라져 없어지고, 끊임없는 살육과 파괴에 시달린 남부 연방에서는 링컨 대통령의 명령이 더욱 심한 경멸만을 자극한다는 사실이 점점 더 분명해짐에 따라, 마침내 새로운 절망 속으로 사라지고 말았다.

머리의 노예 마을에서는 그 절망이 어찌나 깊었던지, 양키들이 여러 주요 전투에서 승리를 거두었다거나 심지어는 애틀랜타 시를 함락시켰다는 소식을 이따금 톰이 전해 주는 데도 불구하고, 아무도 자유에 대한 희망을 더 이상 키우려고 하지 않았는데, 1864년 한 해가 다 갔을 무렵에, 거의 2년 동안 사람들이 보지 못했던 그런 흥분한 모습을 톰이 보여 주었다. 흰둥이 고객들이 설명한 내용을 그가 그대로 옮긴 바에 의하면, 셔먼 장군이라는 어떤 미치광이가 거느린 수천수만 명의 양키들이, 옆으로 7~8킬로미터에 달하는 대열을 이룬 채로, 살인과 약탈을 자행하면서 조지아 주를 온통 쑥대밭으로 만들어 놓았다고 했다. 온 가족의 희망이 지금까지 여러 차례 무산되기는 했었지만, 그때부터 밤마다 계속해서 톰이 가져오는 소식을 들으면서 그들은 다시 솟아오르는 자유에 대한 희망을 억누르기가 힘들어졌다.

「애기 들어 보면, 양키들 하나 안 남기고 모조리 때려 부순다 하는 모양이야! 흰둥이들 욕하고 말하기를, 밭하고 큰집하고 창고하고 닥치는 대로 불 지른대! 노새들 죽이고, 소하고 다른 가축 모조리 때려잡아 요리해 먹는다 그래! 불 지르지 않고 먹어 치우지 않는다 하는 나머지도 그냥 다 부셔 버리고, 짊어지고 갈 만하다 하는 물건 몽땅 훔쳐 간다 그랬어! 그리고 또 애기 들으니까, 쥔님 버리고 농장 버리고 양키들 따라 나선 검둥이들 숲하고 길하고에 개미 떼처럼 꽉 메워 버리고 마니까, 결국 셔먼 장군 직접 나서 검둥이들한테 떠나온 곳 돌아가 달라 사정사정한다는구먼!」

그러다가 승리를 거듭하며 진격하던 양키들이 바다에 다다른 지 얼마 안 되어서, 톰은 숨이 턱에 차서 〈찰스턴 함락됐어!〉라는 소식을 가져왔고…… 다음에는 〈그랜트 장군 리치먼드 빼앗았다!〉…… 그러고는 드디어 1865년 4월에는, 〈리 장군 남부 연방군 모두 항복했어! 남부 손들었다고!〉

노예 마을의 환희는 걷잡기 힘든 절정에 달해서, 검둥이들이 쏟아져 나와, 큰집 앞마당을 가로질러, 진입로로 몰려나가, 큰길에서 이미 모여든 수백 명의 검둥이들과 어울려, 이리저리 떼를 지어 돌아다니고, 사방에서 길길이 뛰고, 함성을 지르고, 소리치고, 노래하고, 설교하고, 기도를 드렸다.「자유입니다, 주여, 자유입니다!」……「전지전능 하나님 감사합니다, 드디어 자유 왔습니다!」

그러나 며칠 후에는 링컨 대통령의 암살이라는 청천벽력과 같은 소식으로 인해서 축제 분위기는 갑자기 깊은 고통과 슬픔으로 빠져버리고 말았다.「사악한 자들아!」마틸다가 소리를 질렀고, 그녀를 둘러싸고 가족이 통곡했으며, 이들 가족과 마찬가지로 죽어 간 대통령을 그들의 모세처럼 존경했던 수백만 명이 함께 울었다.

그러고는 5월로 접어들면서, 패전한 남부 전역에서 똑같은 상황이 진행되었듯이, 머리 쥔님이 큰집과 마주 보는 앞마당으로 그가 소유한 노예 전원을 집합시켰다. 모두가 한 줄로 길게 정렬한 검둥이들은 충격을 받고 야윈 쥔님과, 흐느껴 울던 마님, 그리고 역시 흰둥이인 올드 조지 존슨의 얼굴을 차마 빤히 쳐다볼 용기가 나지 않았다. 그러자 고뇌에 찬 목소리로 머리 쥔님은 남부가 전쟁에 졌다는 내용이 담긴 종이를 손에 들고 천천히 읽어 내려갔다. 그의 앞 흙바닥에 늘어선 검둥이 가족을 마주하고 자기도 모르게 목이 멘 그는 말했다.「그러니까 너희들은 이제 모두 우리들이나 마찬가지로 자유가 되었다는 뜻이라고 생각한다. 떠나고 싶으면 떠나고, 계속 남고 싶으면 남아도 되는데, 남겠다는 사람들에게는 우리가 무언가 보상을 하겠고——」

검둥이 머리 가족은 다시금, 〈우리는 자유다!〉…… 〈드디어 자유다!〉…… 〈예수님, 감사합니다!〉 마구 소리치고, 뛰어오르고, 노래하고, 기도하기 시작했다. 미친 듯이 환희에 들떠 외치는 소리가 작은 오두막의 열린 문을 통해서 안으로 들어갔고, 그곳에는 이제 여덟 살이 된 릴리 수의 아들 유라이어가 열병으로 의식이 몽롱한 채로 지난 수주일 동안 누워 있었다.「자유다! 자유다!」그 소리를 듣고 유라이어는 펄펄 끓는 몸으로 자리를 박차고 일어나서는, 잠옷 자락을 펄럭이며 가장 먼저 돼지우리로 달려가서 소리쳤다.「착한 돼지들아, 꿀꿀거리며 불평하지 마라. 이제 너희들 자유 되었다!」그는 헛간으로 달려가서 소리쳤다.「착한 암소들아, 이제 너희들 자유 되었으니까, 젖 안 내줘도 된다!」아이는 그다음에 닭들에게로 달려가서 외쳤다.

「착한 암탉들아, 이제 너희들 자유 되었으니까 알 안 낳아도 된다! 그리고 나 역시 자유 되었다!」

그러나 들뜬 분위기 끝에 그들이 떠들썩하기에도 지쳐 버렸을 즈음인 그날 밤, 톰 머리는 그의 대가족을 모두 헛간으로 모이게 해서 그들이 그처럼 오래 기다렸던 〈자유〉가 마침내 찾아왔으니 앞으로 어떻게 해야 할지에 대한 토의를 벌였다. 「자유 우리에게 밥 먹여 주지는 않고, 자유 우리 먹고 산다 위해 무엇 해야 하나 스스로 결정하라 합니다.」 톰이 말했다. 「우리 가진 돈 별로 없고, 나 대장장이 일 하고, 어머니 요리하는 일 빼놓고, 우리들 할 줄 아는 일 밭 노동 전부야.」 그는 가족이 당면한 문제를 이렇게 분석했다.

마틸다는 머리 쥔님이 그녀더러 온 가족에게 그냥 농장에 남아서 농토를 나눠 농사를 짓도록 권하면서, 소작농에 관심을 가진 모든 사람에게는 소출의 절반을 주겠다고 제의했다는 말을 전해 주었다. 한바탕 격론이 벌어졌다. 가족의 성인들 가운데 몇 사람은 되도록 빨리 그곳을 떠나고 싶다고 했다. 마틸다는 그 말에 반박했다. 「나 이 가족 한데 붙어 살아간다 하기 바란다. 지금 이곳 떠난다 얘기 생각하면, 너희들 아버지 치킨 조지 돌아왔다 해도, 우리 어느 곳 떠났다 아무도 알려 준다 못해!」

톰이 발언을 하겠다는 뜻을 밝히니까 모두 잠잠해졌다. 「왜 우리들 이곳 아직 떠나지 못한다 나 얘기하는데― 그거 그냥 우리들 아직 떠날 준비 안 되었다 때문이야. 언제라도 우리 떠날 준비 충분하다 그러면, 이곳 제일 먼저 떠나는 사람 바로 나야.」 가족의 대다수가 톰의 말이 〈타당〉하다고 확신하게 되었으며, 가족회의는 끝났다.

아이린의 손을 잡은 톰은 그녀와 함께 달빛이 교교한 들판으로 산책을 나갔다. 울타리 하나를 가볍게 뛰어넘은 그는, 성큼성큼 얼마쯤 걷다가, 우향우를 하여 직각으로 방향을 바꾸더니, 똑같은 거리를 걸어 결국 정사각형을 만들고는, 울타리를 향해서 다시 성큼성큼 되돌아 걸어왔다. 「아이린, 이만큼 우리 땅 된다고!」 아이린이 나지막하게 그의 말을 되풀이했다. 「우리 땅 돼요.」

채 한 주일이 안 되어 가족은 모두 독립된 단위를 이루어 저마다 밭을 맡아서 일하게 되었다. 어느 날 아침 대장간을 잠시 비우고 형제들을 도와주러 나갔던 톰은, 혼자서 말을 타고 길을 따라 오는 사람을 만났는데, 자세히 보니 그는 기병대의 소령이었던 케이츠였고, 그의 군복은 너덜너덜하고 말은 비절내종(飛節內腫)에 걸려 절뚝거렸다. 케이츠도 톰을 알아보고는, 울타리 가까이 말을 몰고 와서 고삐를 당겨 세웠다.「야, 검둥개, 나 물 좀 마셔야 되겠으니까 한 바가지 떠 와!」그가 소리쳤다. 톰은 근처에 놓인 물통을 쳐다보고, 잠시 동안 케이츠의 얼굴을 살펴보고는, 물통으로 걸어갔다. 그는 바가지로 물을 떠서 케이츠한테 갖다주었다.「케이츠 씨, 이제 세상 달라졌어요.」톰이 차분한 목소리로 말했다.「나 당신한테 물 떠다 준 이유 목마른 사람이라면 아무나 물 떠다 주기 때문이지, 당신 소리 질렀다 그래서 아녜요. 그냥 나 하는 말 뜻 알기 바라요.」

케이츠가 바가지를 돌려주었다.「한 바가지 더 가져와, 검둥개야.」

톰은 바가지를 받아 물통 속에 도로 집어넣고는 뒤를 돌아다보지도 않으면서 그 자리를 떠났다.

하지만 또 한 사람이 말을 타고 길을 따라 달려오면서 소리를 질러대자, 밭에 나가 일하던 사람들은 그의 낡아 빠진 검은 중절모와 빛이 바랜 목도리를 알아보고 마치 달리기 경주라도 벌이듯이 한꺼번에 모두 노예 마을로 달려갔다.「엄마, 왔어요! 아빠 돌아왔어요!」치킨 조지의 말이 뜰로 들어서자, 아들들은 아버지를 어깨에 들쳐 메고, 흐느껴 우는 어머니 마틸다에게로 몰려갔다.

「왜 찔찔 짜면서 이래?」그는 짐짓 화난 사람처럼 물었고, 다시는 놓아주지 않을 듯 그녀를 꼭 끌어안았지만, 결국 아내를 품에서 풀어주며, 그의 가족에게 모두 모여 조용히 말을 들으라고 소리쳤다.「너희들하고 마지막 헤어진 다음 나 돌아다닌 모든 곳 겪은 모든 일 대해서 나중 천천히 얘기해 주마.」치킨 조지는 목소리를 높였다.「하지만 지금 당장은 우리 모두 어디 함께 가는지 그곳 설명해 주겠어!」바늘이 떨어지는 소리가 들릴 정도로 조용해진 분위기에서, 치킨 조지는 타고난 극적인 감각을 발휘해서, 그가 서쪽 테네시 주에서 가족을 위해 정착지를 찾아 놓았으며, 그곳 흰둥이들은 함께 힘을 모아 마을을 건설하기 위해 우리들이 오기를 손꼽아 기다린다고 설명했다.

「나 이야기 좀 하지! 우리 찾아가는 곳 농토 어떻게나 까맣고 비옥한지, 돼지 꼬리 땅에 심으면 곧 그 자리에 통돼지 주렁주렁 매달리고…… 수박들 밤새 빨리 자란다 하여 불꽃놀이처럼 쩍쩍 터지고 벌

어지는 소리 시끄러워 밤 되면 잠 못 잘 지경이야! 나 진짜 얘기하는
데, 감나무 밑 뒹구는 주머니쥐들 어찌나 살 많이 쪘다 하는지 움직
이지 못하고, 감나무에서 엿물처럼 걸쭉한 단물 주머니쥐들 몸에 뚝
뚝 떨어진다고!」

가족은 미친 듯 흥분해서 그의 말을 도중에 막아 버리고 말았다. 가
족 가운데 몇 명이 이웃 여러 농장으로 달려가 다른 사람들에게 자랑
을 늘어놓는 사이에, 톰은 오후 내내 어떻게 하면 농장에서 쓰는 마차
를 개조하여 포장을 씌운 〈흔들마차〉를 열 대쯤 만들어서, 모든 단위
의 가족을 새로운 정착지까지 이동시킬까를 궁리했다. 하지만 해 질
녘까지 갓 해방된 다른 10여 가족의 가장들이 찾아와서, 그들도 함께
가겠다고 (부탁하지를 않고) 요구했는데, 그들은 홀트, 피츠패트릭,
펌, 테일러, 라이트, 레이크, 맥그리거 그리고 다른 앨라맨스 군 지역
농장의 흑인 가족들이었다.

그로부터 두 달 동안 남자들은 〈흔들마차〉를 만드느라고 정신이 없
었다. 여자들은 여행을 하면서 먹을 음식을 장만하기 위해 가축을 잡
고, 요리하고, 통조림을 만들고, 훈제하는 틈틈이 가져갈 중요한 물건
들을 챙겼다. 늙은 치킨 조지는 활개치고 돌아다니며, 모든 준비 작업
을 감독하면서, 영웅의 역할을 누렸다. 새로 자유를 얻은 더 많은 다
른 가족들이 자진해서 일을 거들어 주겠다며 톰 머리에게 몰려들었
고, 그들은 저마다 짐마차를 곧 구해서 가족을 위한 〈흔들마차〉를 만
들겠다고 다짐했다. 결국 그는 원하는 사람은 누구라도 다 함께 따라
와도 좋지만, 한 가족 단위에 〈흔들마차〉 한 대씩으로 제한하겠다고
발표했다. 마침내 스물여덟 대의 포장마차가 완성되고, 내일 해뜰 녘
이면 출발하도록 준비도 모두 마치게 되자, 이상하게 차분하고도 슬
픈 기분을 느끼면서 자유의 몸이 된 그들은 빨래통과, 울타리 말뚝 같
은 정든 물건들을 가만히 쓰다듬으면서, 이것이 마지막 이별이라고
생각하면서, 여기저기 거닐었다.

며칠 동안 흑인 머리 가족은 백인 머리 가족의 모습을 잠깐씩만 보
았다. 마틸다는 눈물을 흘렸다. 「하나님 굽어 살피시어, 마님하고 쥔
님하고 얼마나 마음 아플까 나 정말 생각하기 싫어!」

톰이 잠을 자려고 그의 포장마차로 들어간 다음, 마차의 뒷문을 가
볍게 두드리는 소리가 났다. 직감적으로 그는 뒤 포장 자락을 열어 보

기도 전에 누가 찾아왔는지를 알았다. 올드 조지 존슨이, 감정이 넘쳐 뒤틀린 얼굴로, 모자를 두 손으로 쥐어짜며 밖에서 기다렸다. 「톰— 혹시 시간 좀 나면, 잠깐 얘기를 나누고 싶은데요—」

마차에서 내려온 톰 머리는 올드 조지 존슨을 따라 달빛에 젖은 길로 조금 벗어났다. 이윽고 올드 조지가 발걸음을 멈추었는데, 너무나 감정이 북받치고 당황한 나머지, 말을 제대로 못했다.

「나하고 마사하고 한참 의논해 봤는데…… 당신들만이 우리들한테 가족 같다는 결론을 내렸어요. 톰, 당신들이 가는 곳에 우리들도 따라가면 안 될까요?」

잠시 생각해 본 다음에 톰이 대답했다. 「우리 가족만 간다 하면 나 당장 대답해요. 하지만 다른 가족 아주 많아요. 그들 모두하고 다 상의해 봐야 한다는 생각이에요. 결과 내가 알려 줄 테니까—」

톰은 포장마차를 하나하나 찾아가서, 가볍게 두드리고는, 남자들을 불러냈다. 그들이 모두 모인 후에 그는 사정을 얘기했다. 한동안 무거운 침묵이 흘렀다. 톰 머리가 말문을 열었다. 「나 얘기 듣고 알기로, 그 사람 우리한테 가장 좋은 감독이었고, 따져 보면 진짜 감독 아니라, 우리들하고 어깨 나란히 함께 일했어요.」

흰둥이를 무조건 싫어하는 몇몇 사람이 심한 반대 의견을 내놓았다. 하지만 잠시 후에 한 사람이 조용히 말했다. 「살빛 하얗다 그 사람 마음대로 한 거 아녜요—」 마지막에는 투표를 했는데, 대부분의 사람이 존슨 가족을 데리고 가도 좋다고 결정했다.

올드 조지와 마사가 타고 갈 〈흔들마차〉를 하나 더 만드느라고 그들은 출발을 하루 더 연기했다. 그러고는 이튿날 해돋이를 맞으면서, 스물아홉 대의 포장을 씌운 〈흔들마차〉는 길게 줄을 지어 삐걱거리는 바퀴 소리를 울리며 머리 농장을 떠나 새벽길로 나아갔다. 마차 행렬의 맨 선두에는 〈올드 밥〉이라는 이름을 붙인 그의 말을 타고, 늙은 애꾸눈 쌈닭 한 마리를 들고, 중절모에 목도리를 두른 예순일곱 살의 치킨 조지가 길을 잡았다. 그의 뒤에는 톰 머리가 아이린을 옆 자리에 앉히고 첫 마차를 몰았으며, 그들의 뒤에는 흥분해서 눈이 휘둥그레진 그들의 아이들이 탔는데, 제일 어린 아이는 두 살짜리 딸 신티아였다. 그러고는 검둥이나 트기 남자들과 그들의 아내가 앞자리에 앉은 스물일곱 대의 포장마차가 줄을 이었고, 행렬의 끝 후미 마차에는 올

드 조지와 마사 존슨이 마부석에 나란히 앉아서, 치킨 조지가 약속의
땅임에 틀림없다고 다짐한 곳을 향해 나아가는 앞 마차들의 모든 바
퀴와 말발굽이 일으키는 먼지구름 속에서 앞이 잘 보이지를 않아 눈
을 부릅뜨고 쫓아갔다.

114

「여기가 거기예요?」 톰이 물었다.
「약속된 땅요?」 마틸다가 물었다.
치킨 조지가 고삐를 당겨 말을 세우자 아이 하나가 물었다. 「통돼
지 자라고 수박 튀어나오는 땅 어디예요?」
그들의 앞에 펼쳐진 숲 속의 개활지에는, 그들이 따라온 마차 바퀴
자국이 깊이 팬 길과 직각으로 만나는 교차로에 나무로 지은 가게 몇
채뿐이었다. (못 상자를 깔고 앉은 한 사람, 흔들의자에 앉은 다른 남
자, 그리고 의자의 뒷다리로만 버티고 몸을 세운 채로 등을 판자벽에
대고 발은 고삐를 묶어 두는 말뚝에 얹은 세 번째 사내 이렇게) 세 명
의 흰둥 남자가 서로 옆구리를 찌르며, 먼지를 뽀얗게 뒤집어쓰고 당
도한 마차와 거기에 탄 사람들을 머리로 가리켰다. 굴렁쇠를 굴리던
흰둥이 소년 두 명이 우뚝 멈춰 서서 그들을 빤히 쳐다보았고, 굴렁쇠
는 혼자서 계속 길 한가운데까지 굴러 가서는 몇 바퀴 제자리에서 돌
고는 땅바닥으로 쓰러졌다. 앞마루를 빗자루로 쓸던 늙은 검둥이 남
자가 무감각한 얼굴로 잠시 그들을 쳐다보다가, 어설프게 천천히 작
은 미소를 지었다. 빗물을 받는 통 옆에서 커다란 개 한 마리가, 몸을
긁다 말고 다리 하나를 들어 올린 채 잠깐 동작을 멈추더니, 그들을
보고 고개를 갸우뚱했고, 그러더니 다시 긁적이기 시작했다.
「나 말했듯이 여기 이거 새 정착지 마을이야.」 치킨 조지는 빠르게
말했다. 「아직 이 근처 사는 흰둥이들 백 명쯤뿐이어서, 여기까지 오
는 길 도중 중간에 정착한다 여러 곳 떨어져 나간 열다섯 마차 제외하
고 우리만 합쳐도, 이곳 인구 우리들 때문 두 배 늘어나. 우리들 자라
나는 새 마을 한복판 차지한다 셈이라고.」
「마을 너무 작아 더 작아지기 힘들어서, 자라나는 것 말고 아무것

못 하겠어요.」리틀 조지가 웃지도 않으면서 말했다.

「조금 후에 최고 비옥한 농토 너희들이 보게 될 거야.」기대감에 차서 두 손을 마주 비비면서 그의 아버지가 환한 얼굴로 말했다.

「보나 마나 늪지대겠죠.」애슈퍼드가 투덜거렸지만, 그는 치킨 조지의 귀에 들릴 정도로 큰 소리로 떠들지 않을 만큼은 똑똑했다.

하지만 그의 말대로 농토는 비옥해서 — 북쪽으로 10킬로미터 떨어진 해치 강변을 따라 로더데일 군의 가장 좋은 땅을 이미 차지한 흰둥이들의 농장 경계에 이르기까지, 마을 외곽으로부터 펼쳐졌으며, 모든 가족에게 저마다 30에이커씩 바둑판처럼 잘라 할당한 땅은 기름진 양토(壤土)였다. 흰둥이 농장은 그들의 토지를 모두 합친 면적보다 넓은 곳이 여럿이었지만, 그들 어느 누구도 30에이커의 땅을 가져 보기가 평생 처음이었고, 그만 한 땅을 관리하기도 쉽지 않을 판이었다.

아직도 비좁은 마차 속에서 생활하면서도, 그들 가족들은 이튿날 아침부터 당장 나무 그루터기를 뽑아내고 잡목을 제거하는 개간 작업에 들어갔다. 곧 땅을 쟁기질하고 첫 씨를 뿌렸는데 — 대부분은 목화를 심었고, 어떤 사람들은 옥수수를 심었고, 야채밭과 약간의 꽃밭도 가꾸었다. 나무를 톱으로 자르고 통나무를 갈라 오두막을 짓는 다음 작업으로 들어가자, 치킨 조지는 말을 타고 이 농장 저 농장 돌아다니며, 집짓기에 관한 조언을 제공하는가 하면, 그들의 삶을 자기가 어떻게 고쳐 놓았는지 보라고 큰소리를 치고는 했다. 헤닝의 흰둥이 정착자들한테 가서도 그는, 자기가 데리고 온 사람들이 어떻게 마을이 성장하고 번창하도록 돕게 될지를 두고 보라며 자랑했고, 그의 가운데 아들 톰이 곧 이 고장에서는 처음으로 대장간을 열 계획이라는 말도 빼놓지 않았다.

그로부터 얼마 안 되어서 어느 날, 톰이 아들들을 데리고 반쯤 완성한 통나무집 벽의 벌어진 틈을 메우려고 돼지털과 진흙을 섞고 있으려니까, 세 명의 흰둥이가 말을 타고 톰의 집터로 들어왔다.

「너희들 가운데 누가 대장장이냐?」흰둥이 하나가 말 위에서 소리쳐 물었다.

대장간을 차리기도 전에 첫 손님들이 벌써 찾아왔구나 싶어서, 톰은 자랑스럽게 생각하며 한 발 앞으로 나섰다.

「듣자 하니 자네가 대장간을 이곳 마을에다 열려고 한다면서?」한 남자가 물었다.

「그렇습니다, 선생님. 대장간 짓는 제일 좋은 터를 찾는데요. 다른 사람 아무도 탐내지 않는다 하면, 제재소 옆 공터 좋겠다 생각했습니다.」

세 남자는 서로 눈길을 주고받았다. 「헌데 자네 말이야!」두 번째 남자가 말을 이었다. 「시간 낭비하지 말라고 우리들이 단도직입적으로 요점부터 말하겠네. 자네가 대장장이 일을 하겠다면, 그야 좋은 일이겠지. 하지만 이 마을에서 그렇게 하려면, 이미 대장간을 차린 백인 밑에서 일해야만 해. 그런 생각 안 해봤나?」

톰의 마음속에서는 어찌나 심한 분노가 치밀어 올랐는지, 1분이 다 지난 다음에야 그는 차분함을 되찾아 말을 할 자신이 겨우 생겼다. 「그렇습니다, 선생님, 그런 생각 안 해봤어요.」그는 천천히 말했다. 「나하고 우리 가족하고 이제 자유 신분이고, 우리 그냥 다른 사람들 똑같이 우리 할 줄 아는 일 열심히 해서 살아갈 계획합니다.」그는 남자들의 눈을 똑바로 쳐다보았다. 「내 손으로 하는 일을 내 마음대로 못 한다 그런다면, 그럼 여기 우리들 살 곳 아닙니다.」

세 번째 남자가 말했다. 「자네 생각이 정 그렇다면, 이 주(州) 안에서는 상당히 먼 길을 가야 할 걸.」

「글쎄요, 하기야 우리들 먼 길 가는 이력 들었어요.」톰이 말했다. 「어디 가서라도 나 말썽 피울 생각 없지만, 나 사람답게 산다 하고 싶습니다. 당신들 이곳 사람 모두 어떻게 생각하는지, 미리 알았다 했으면 우리 가족 구태여 여기서 가는 길 끝낸다 생각하지 않았을 텐데요.」

「좋아, 잘 생각해 봐.」두 번째 흰둥 남자가 말했다. 「자네한테 달린 문제이니까.」

「자유니 뭐니 떠드는 얘기로 너무 머리가 돌아 버리지 않도록 너희들 세상물정을 좀 깨달아야 되겠어.」첫 번째 남자가 말했다.

그들은 타고 온 말을 돌려 세우더니, 더 이상 아무 얘기를 하지 않고 가버렸다.

이런 소식이 순식간에 밭마다 퍼져 나가자, 가족 대표들이 모두 톰을 보려고 서둘러 모여들었다.

「아들아.」치킨 조지가 말했다. 「흰둥이들 어떻다 하는 얘기 너 옛날부터 잘 알잖아. 너 그냥 그 사람들 하라 그대로 하면 안 되겠니? 그러면 너 대장간 솜씨 뛰어나니까, 조금 시간만 지나간다 하면 사람들 생각 돌아설 거다.」

「그 먼 길 왔는데 다시 짐 꾸리고 또 길 떠난다니!」마틸다가 소리쳤다. 「애야. 너 가족한테 고생 그만 시켜라!」

아이린이 그들과 합세했다. 「톰, 제발이에요! 나 이제 지쳤어요! 지쳤다고요!」

하지만 톰의 얼굴은 험악했다. 「스스로 좋은 세상 만들지 않으면, 세상 절대 좋아지는 법 없어요!」그가 말했다. 자유로운 사람 하고 싶은 일 못하는 곳이다 하면 나 거기 살 생각 없습니다. 다른 사람 아무도 같이 떠나자 하지 않겠지만, 우리 식구 포장마차 챙겨 내일 떠나겠어요.」

「나도 가겠어.」애슈퍼드도 화가 나서 말했다.

그날 밤 톰은, 그의 가족에게 그가 가져다줄 새로운 고통에 대해서 심한 죄의식을 느껴서, 밖으로 나가 혼자 산책을 했다. 그는 포장마차를 타고, 때로는 몇 주일이나 쉬지도 못하면서, 끝없이 계속된 여행에서 모두들 겪었던 시련을 머릿속에서 되새겨 보았고…… 마틸다가 자주 하던 말이 생각났다. 〈아무리 고생스럽다 할 때도, 열심히 찾아보면 좋은 일도 보이기 마련이야.〉

그러다가 묘안이 머리에 떠오르자, 그는 한 시간 동안 더 산책하면서, 그 계획을 구체적으로 구상해 보았다. 그러고 나서 그는 가족들이 잠든 마차로 곧장 되돌아가 잠자리에 들었다.

아침에 톰은 제임스와 루이스에게, 마차는 자기가 써야 할 일이 생겼으니까, 아이린과 아이들이 잠을 자도록 간이 거처를 하나 만들도록 지시했다. (애슈퍼드는 믿어지지 않는다는 듯 점점 더 화를 냈고) 가족들이 둘러서서 놀란 눈으로 지켜보는 가운데, 톰은 버질의 도움을 받아, 무거운 모루를 내려서, 새로 톱으로 잘라 온 나무 밑동 위에 얹었다. 정오가 될 무렵까지 그는 임시 철로(鐵爐)를 만들었다. 모든 사람이 아직도 빤히 지켜보는 가운데, 다음에 그는 마차에서 포장을 걷어 내고, 옆막이 나무들도 다 떼어 내서 썰렁한 맨바닥만 남겨 놓고는, 그 위에서 가장 무거운 연장들을 가지고 일을 계속했다. 그제야 사람들은 톰이 어떤 계획을 실천으로 옮기려고 하는지 조금씩 파악하기 시작했다.

주말이 되자 톰은 그가 만든 바퀴 달린 대장간을 몰고 마을 한복판으로 들어갔으며, 마차 바닥을 튼튼한 목재로 보강한 위에다 모루와, 불화로와, 냉각통을 올리고, 대장장이의 연장들을 가지런히 선반에 진열해 놓은 마차를 보고 남녀노소 입이 벌어지지 않는 사람이 없었다.

(검둥이건 흰둥이건 가리지 않고) 만나는 사람마다 공손하게 머리를 끄덕여 인사하면서, 그는 저렴한 가격으로 대장장이에게 시켜 먹을 일이 없는지를 물어보았다. 검둥이가 마차를 몰고 다니며 대장장이 노릇을 하면 안 된다는 마땅한 이유를 제시할 사람이 아무도 없었던 터여서, 새로운 정착촌 주변의 여러 농장에서 그에게 일을 부탁하려는 사람이 불과 며칠 사이에 수없이 늘어났다. 그가 한곳에 자리를 잡고 일하기보다 굴러다니는 대장간이 훨씬 더 돈벌이가 잘 된다는 사실을 사람들이 깨닫게 되었을 무렵에는, 톰은 마을에 없어서는 안될 존재가 되어 버렸기 때문에, 그를 보기 싫다고 반대하는 견해를 드러내기도 쉽지 않아졌다. 하지만 정말로 그를 마다하고 싶은 사람도 없어졌던 까닭은, 그들이 보기에 톰은 자신이 해야 할 일만 열심히 하고 남의 일에는 참견하지 않는 그런 부류의 사람이었고, 그런 면모는 누구나 다 존경하지 않을 수가 없는 일이었다. 사실 그의 온 가족은 내야 할 돈은 언제나 제대로 내면서 주제넘지 않게 행동하는 점잖은 기독교인들이라는 평판을 굳히게 되었으며 — 잡화점에 나갔다가 올드 조지 존슨이 우연히 듣게 된 흰둥이들의 대화에서는 그들을 〈분수를 지킬 줄 아는 사람들〉이라고 했다.

하지만 올드 조지도 〈사람들〉 가운데 한 사람 취급을 받아서 — 사회적으로 따돌림을 받았고, 가게에서 물건을 사려고 하면 다른 흰둥이들이 모두 구매를 끝낸 다음에야 상대해 주었으며, 심지어 모자 하나를 사려고 써보았다가 너무 작아서 다시 선반 위에 올려놓았는데도 가게 주인으로부터 한 번 만진 물건은 〈구입한 셈〉이라며 돈을 내라고 강요를 당했었다. 나중에 그는 가족들에게 이 사건에 관한 얘기를 들려주면서, 모자를 그의 머리 위에 달랑 올려놓고 구경까지 시켜 주었으며, 마구 웃어 대는 그들을 따라 올드 조지도 웃어 버리고 말았다. 「그 모자 머리에 안 맞아 나 놀라요.」 리틀 조지가 놀려 댔다. 「아무리 멍청하다 그래도 그 가게 가서 모자 써보면 어떡해요.」 물론 애슈퍼드는 그 말을 듣고 너무나 화가 나서, (빈말이기는 했지만) 〈거기 가서 그 딱따구리 같은 주인 목구멍에 그걸 쑤셔 넣어 주겠어요〉라고 다짐했다.

제아무리 흰둥이 집단은 그들을 필요로 하지 않았어도, (그리고 검둥이들 역시 흰둥이들을 필요로 하지 않았지만,) 검둥이들로 인해서 활발하게 불어난 장삿속으로 마을의 상인들이 신이 나서 어쩔 줄 모른다는 사실을 톰이나 다른 사람들은 잘 알았다. 검둥이들은 비록 대부분의 옷을 직접 지어 입고, 그들이 먹는 식량을 대부분 스스로 재배하고, 그들이 쓰는 목재를 스스로 잘라 조달해 왔지만, 그 후 2년 동안 그들이 구매한 못과 주름함석 그리고 철망의 양은 그들 자신의 공동체가 성장하는 속도를 잘 증명해 주었다.

1874년까지 집과, 창고와, 헛간과, 울타리를 모두 다 지은 다음, (마틸다가 거느린) 가족은 그들의 평온한 삶을 위해서 마찬가지로 중요한 사업으로 관심을 돌려서, 그들이 임시 교회로 써오던 초당(草堂) 대신 번듯한 교회 하나를 세우고 싶어 했다. 거의 1년이라는 기간이 걸리고 그들이 저축했던 돈을 많이 축내기는 했지만, 톰과 그의 형제들과 그의 아들들이 마지막 신도석(信徒席)을 완성하고, 아이린이 (보랏빛 십자가로 장식하여) 손으로 짠 하얗고 아름다운 천으로 설교단을 덮고, 그 뒤에는 시어스 로벅에서 250달러나 주고 주문해 온 색유리 장식창까지 달고 난 다음에는, 새 희망 흑인 감리 교회는 그만한 시간과 노력과 경비를 들인 보람이 있었다고 모든 사람이 입을 모았다.

(사방 30킬로미터 이내에서 사는 거의 모든 검둥이가 걷거나 실려 와서) 첫 주일날 예배에 참석한 사람이 어찌나 많았는지, 인파가 교회의 문과 창문들로 넘쳐 나와서 주변의 잔디밭까지 가득 메웠다. 하지만 마을 주위에 광활한 땅을 소유한 지주일 뿐 아니라 일리노이 센트럴 철도 회사의 중역인 D. C. 헤닝 박사의 노예였던, 사일러스 헤닝 목사의 쩌렁쩌렁 울려 퍼지는 설교를 한 마디도 빼놓지 않고 모든 사람이 알아듣는 데는 전혀 불편이 없었다. 한참 그의 열띤 설교가 진행되는 동안 리틀 조지는 버질에게, 목사가 마치 자신이 헤닝 박사라

고 착각하는 듯한 인상을 준다고 귀엣말을 소곤거렸지만, 아무도 그의 설교에 담긴 열성만큼은 의심하지를 않았다.

(지금까지 그토록 기뻐하는 모습을 치킨 조지가 본 적이 없을 만큼 환한 표정으로 마틸다가 선창한)「고난의 십자가」를 비통하게 마지막으로 함께 부른 다음, 교회에 모인 사람들은 다시 한 번 눈물을 닦고 줄지어 교회에서 나오며 목사와 힘차게 악수를 나누고 그의 어깨를 쳐주었다. 앞마루에 놓아두었던 들놀이 바구니를 저마다 되찾은 그들은, 잔디밭에 자리를 펴놓고는 닭튀김과, 돼지고기를 썰어 넣은 샌드위치와, 맵게 양념해서 구운 고기와 달걀, 감자와 양배추 샐러드, 절인 오이와, 옥수수빵과, 레몬수, 그리고 갖가지 과자와 파이로 한껏 배불리 식사를 시작해서, 리틀 조지마저도 마지막 한 쪽을 먹고 나서는 배가 너무 불러 숨도 쉬기 거북할 지경이 되었다.

(남자들은 어른이나 아이 모두 정장을 하고, 나이 든 여자들은 온통 흰 옷을 입고, 계집아이들은 허리끈을 맨 밝은 빛 드레스를 입고) 그들이 모두 앉아서 얘기를 나누거나 산책하는 동안, 마틸다는 슬하에서 태어난 손자와 손녀들이 술래잡기 놀이를 하느라고 지칠 줄 모르고 뛰어다니는 모습을 지켜보면서 눈앞이 흐려졌다. 이윽고 남편을 돌아보며, 쌈닭들이 할퀸 상처투성이에 뼈마디가 튀어나온 남편의 손을 살그머니 잡고서, 그녀는 조용히 말했다.「조지, 나 오늘 결코 잊지 않아요. 그 중절모 쓰고 나한테 청혼한다 찾아왔던 날 이래 우리 많은 고난 이렇게 겪으며 왔어요. 우리 가족 늘어났고, 애들 모두 자라 자기 애들 낳았고, 가족 모두 함께 살아라 지켜 주신 주님 감사할 따름이에요. 나 아쉬운 오직 한 가지 키지 어머님 여기 와서 우리들 모습 보셨으면 해요.」

눈물을 글썽거리며 치킨 조지는 아내를 뒤돌아보았다.「보고 계셔, 여보. 보고 계시고말고!」

115

월요일 정오가 되자 서둘러서, 밭일을 하다가 휴식 시간을 얻은 아이들이, 실내에서 첫 수업을 받기 위해 줄지어 교회로 모여들었다. 테네시 주 잭슨의 레인 대학 제1회 졸업생이 되어 마을로 온 이후 지난 2년 동안, 캐리 화이트 자매는 아이들을 초당에 모아 놓고 가르쳐 왔는데, 이렇게 교회를 쓰게 되었으니 대단한 경사였다. 새 희망 흑인 교회 집사들(치킨 조지, 톰, 그리고 그의 형제들)이 기부한 돈으로는 읽기와, 쓰기와, 산수를 가르치는 교과서와, 연필과, 필기판을 구입했다. 학령기의 아이들을 모두 한자리에 모아 놓고 가르쳤기 때문에 캐리 자매가 맡은 여섯 학년 학생들은 나이가 다섯 살부터 열다섯까지 다양했으며, 톰의 아이들만 해도 위로부터 열두 살인 마리아 제인, 엘렌, 비니, 리틀 마틸다, 그리고 여섯 살인 엘리자베드가 함께 학교를 다녔다. 그보다 아래인 어린 톰은 그 다음 해에 입학했고, 제일 어린 신티아가 그다음이었다.

1883년 신티아가 졸업했을 무렵, 마리아 제인은 학교를 중퇴하고, 결혼하여 첫아이를 낳았으며, 가족 가운데 제일 총명한 학생이었던 엘리자베드는 아버지 톰 머리에게 이름을 어떻게 쓰는지를 가르쳐 주었고, 대장간의 경리도 담당하게 되었다. 이때쯤에는 이동 대장간이 어찌나 대성공을 거뒀는지, (반대하는 불평 소리를 전혀 듣지 않으며) 고정 대장간도 하나 마련하여 사실 경리가 한 사람 필요했었으며, 톰은 이제 마을에서 보다 넉넉하게 사는 사람들 축에 끼였다.

아버지의 경리 사원으로 일을 시작한 지 1년쯤 지난 다음, 엘리자베드는 존 톨런드라는 청년과 사랑에 빠졌는데, 그는 헤닝 마을로 이주해 온 지 얼마 안 된 남자로서, 해치 강에서 가까운 백인 소유의 6백 에이커짜리 농장에서 소작인으로 농사를 지었다. 그녀는 어느 날 마을 잡화점에서 그를 만났으며, 잘생긴 용모와 건장한 체격뿐 아니라, 점잖은 몸가짐과 한눈에 드러나는 지적인 면모 때문에 그에게서 좋은 인상을 받았노라고 그녀는 어머니 아이린에게 말했다. 영수증에 서명을 하기까지 했으니 글도 좀 쓸 줄 아는 모양이라고 그녀는 판단했다. 그로부터 몇 주일 동안, 매주 한두 차례 함께 숲 속을 산책하는 사이에, 그녀는 또한 그가 평판이 좋으며, 독실한 교인인 데다가, 자기 농장을 장만하려고 돈을 저축할 만큼 야심적이며, 강한 면 못지 않게 부드러움도 갖춘 청년임을 알게 되었다.

그렇게 거의 두 달 동안 정기적으로 두 사람이 만나고 나서, (그리고 몰래 저희끼리 결혼 얘기를 입에 올리기 시작하던 무렵이 되어서야) 처음부터 그들의 사이를 알았던 톰 머리는 딸에게 남들의 눈을 피해 다니는 짓은 이제 그만두고 다음 일요일 교회에서 돌아오는 길에 청년을 집에 데려오라고 명령했다. 엘리자베드는 아버지가 시키는 대로 했다. 톰 머리가 소개를 받은 존 톨런드는 더할 나위 없이 상냥하고 공손했지만, 톰 머리는 평상시보다도 훨씬 말수가 적어졌고, 고통스럽게 격식을 갖추며 몇 분을 보낸 다음에는 실례한다면서 자리를 떠나 버리고 말았다. 존 톨런드가 돌아간 다음, 엘리자베드를 불러들인 톰 머리는 근엄하게 말했다. 「너 그 청년 옆에서 하는 행동 보니 너 분명히 마음 빼앗긴 것 알겠더라. 너희 두 사람 무슨 작정 안 했냐?」

「아빠, 무슨 말이에요?」 뜨겁게 얼굴을 붉히며 그녀가 더듬거렸다.

「결혼 말이다! 그거 너희 생각이지, 안 그래?」

그녀는 말을 못했다.

「그만하면 알겠다. 글쎄, 너 생각하는 만큼 나 역시 너 행복하기 바란다 때문에, 너한테 허락해 주고 싶기는 해. 좋은 사람 같다 하지만— 나 너희들 결혼하라 내버려 두지 못해.」

엘리자베드는 이해가 안 간다는 듯 아버지를 쳐다보았다.

「그 사람 너무 하얀 누렁이야. 흰둥이 행세해도 거의 되겠다 정도인데— 그냥 조금 그러기 부족할 정도겠어. 그 사람 이쪽 아니고 저쪽도 아냐. 나 얘기 무슨 말인지 알아듣겠어? 검둥이치고 너무 살빛 하얗고, 흰둥이치고 살빛 너무 검은 편이지. 그렇게 생겼다 하는 사실 자기 잘못 아니겠지만, 아무리 노력한다 그래도 이쪽 못 되고 저쪽도 되지 못해. 너희들 사이 태어난 아이들 어떨까 생각해야지! 너 그런 인생 살게 되기만 바라지 않아, 엘리자베드.」

「하지만 아빠, 모든 사람 존 좋아해요! 우리들 올드 조지 존슨 함께 잘 지내는데, 왜 존하고 같이 못 지낸다 그러세요?」

「문제가 같지 않아.」

「하지만 아빠!」 그녀는 필사적이었다. 「아빠 말하기를, 사람들 존 안 받아들인다 그래요! 안 받아들인다 하는 사람 아빠라고요!」

「그만 해! 너 할 말 들을 만큼 들었어. 너 그런 불행 스스로 피할 분별 없으니까 너 대신 나 판단하는 거야. 다시 그 청년 만나지 마라.」

「하지만 아빠……」 그녀는 흐느껴 울었다.

「끝났어! 더 이상 할 얘기 없다!」

「나 존하고 결혼 못하면, 아무한테 절대 시집 안 가요!」엘리자베드가 소리쳤다.

톰 머리는 돌아서서 방을 나가 문을 쾅 닫았다. 옆방에서 그는 걸음을 멈추었다.

「톰, 당신 뭐라고……」아이린이 흔들의자에서 뻣뻣하게 일어나 앉으면서 따지려고 했다.

「그 문제 대해서 할 말 더 없어!」앞문을 박차고 나가면서 그는 쏘아붙였다.

마틸다가 그 얘기를 듣고는 어찌나 심하게 화를 내는지, 톰에게 따져야 되겠다는 그녀를 아이린은 겨우 말렸다.「그 애 아버지도 흰둥이 피 타고났어!」그녀는 소리쳤다. 갑자기 몸을 움츠리고, 그러고는 가슴을 움켜쥐면서, 마틸다는 기우뚱 탁자 쪽으로 쓰러졌다. 마룻바닥으로 고꾸라지려는 그녀를 아이린이 가까스로 붙잡았다.

「아, 하나님 굽어 살피소서!」얼굴이 고통으로 일그러지면서 그녀는 신음했다.「고마운 예수님, 오, 하나님, 안 됩니다!」그녀는 눈두덩에 경련을 일으키다가, 눈을 감았다.

「할머니!」아이린이 그녀의 두 어깨를 감싸 안으며 소리쳤다.「할머니!」그녀는 가슴에 귀를 대고 심장의 고동을 들어 보았다. 심장은 아직 뛰었다. 그러나 이틀 후에는 멎었다.

치킨 조지는 울지 않았다. 돌처럼 굳어 버린 그의 얼굴, 죽은 듯한 그의 눈에서는 애절한 무엇이 느껴졌다. 그날부터 그가 웃는 모습을 보았거나, 누구에게 친절한 말을 하는 소리를 들었다고 기억하는 사람은 아무도 없었다. 그와 마틸다는 살아생전에 정말로 가깝다고 여겨졌던 적이 전혀 없었지만 — 막상 그녀가 죽고 나니까, 그의 따뜻한 마음도 어쩐지 함께 죽어 버린 듯싶었다. 그리고 그는 쪼그라들기 시작했고, 거의 하룻밤 사이에 말라붙어 버렸고, 삽시간에 늙어서 — 몸이 쇠약해지거나 마음이 나약해지지는 않았지만, 성격이 까다롭고 고약해졌다. 마틸다와 함께 살았던 통나무집에는 더 이상 들어가 살지 않겠다고 고집을 부리며, 그는 이 아들 저 딸의 집을 전전하며 돌아다니기 시작했으며, 그러다가 백발의 치킨 조지와 자식들이 서로 신물이 날 지경이 되면 다시 거처를 옮기고는 했다. 어쩌다가 잔소리를 늘어놓지 않을 때면, 그는 앞마루에 나가서, 항상 끌고 다니는 흔들의자에 앉아, 몇 시간씩이나 계속해서 매서운 눈매로 들판 저편을 노려보았다.

1890년 늦겨울 그는 여든세 살이 되었고, (그를 위해 마련한 생일 케이크를 한 쪽도 안 먹겠다고 짜증을 부리고 난 다음) 큰손녀인 마리아 제인의 집 불가에 앉아 있었다. 그녀는 할아버지더러 꼼짝도 하지 말고 가만히 앉아서 아픈 다리를 편히 쉬게 하라고 잔소리를 하고는 텃밭에 나가 일하는 남편에게 점심을 가져다주려고 서둘러 나갔다. 그녀는 한껏 빨리 돌아온다고 했지만, 돌아와서 보니 할아버지는 그사이에 불 속으로 엎어졌다가 몸을 끌고 간신히 기어서 벽난로 위에 쓰러져 있었다. 마리아 제인이 지르는 비명 소리를 듣고 남편이 달려왔다. 중절모와 목도리와 스웨터에서는 연기가 모락모락 피어올랐고, 치킨 조지는 머리에서 허리까지 끔찍한 화상을 입었다. 그날 밤 늦게 그는 숨을 거두었다.

헤닝에 사는 검둥이들은 거의 다 그의 장례식에 참석했고, 그의 자식과 손자와 증손자의 수는 수십 명이나 되었다. 마틸다와 나란히 묻어 주려고 그의 시신을 묘혈로 내리는 동안, 그의 아들 리틀 조지는 버질에게로 몸을 기울이며 속삭였다. 「아버지 워낙 강인한 사람이어서, 자연사할 줄 정말 생각 안 했어.」

버질은 슬픈 얼굴로 그를 쳐다보았다. 「나 아버지 사랑했어.」 그가 조용히 말했다. 「너 역시 그랬고, 우리 그랬어.」

「물론 그랬지.」 리틀 조지가 말했다. 「닭쌈 말고 모르는 늙은 악당하고 함께 살기 좋다고 한 사람 아무도 없었는데, 이제 죽고 나니까 모두 훌쩍이는 꼴 보라고!」

116

「엄마!」 신티아가 숨을 몰아쉬며 아이린에게 말했다. 「윌 파머가 다음 일요일 교회부터 집까지 나를 데려다 준다 그랬어요!」

「그 청년 일 서둘러 한다 그러는 성미 아니구나, 안 그러니? 일요일마다 교회에서 너 쳐다보기만 하는 눈치 나 적어도 2년 동안 보았으니까—」 아이린이 말했다.

「누구 얘기야?」 톰이 물었다.

「뭘 파머요! 그 청년 신티아 집까지 데려다 준다 그러면 괜찮겠어요?」

잠시 속으로 무엇인가 따져 보더니 톰 머리는 무뚝뚝하게 대답했다. 「생각해 보겠어.」

신티아는 칼을 맞은 듯한 표정으로 자리를 떴고, 아이린은 남편의 얼굴을 살펴보았다. 「톰, 당신 딸들 어울린다 하는 사윗감 하나도 없다 그러는 소리예요? 마을에 사는 사람 누구나 다 아는 일인데, 주정뱅이 제임스 씨 대신 젊은 윌 거의 혼자 목재 회사 대신 운영하다시피 해요. 헤닝 어디 사는 사람도 모두 봤지만, 화차에서 목재 내리는 사람 그 총각이고, 목재 팔고, 배달한 다음 계산서 쓰고, 수금한 다음 은행 가서 예금시킨다 하는 사람 그 총각이라고요. 손님들 원한다 그러면 대패질까지 좀 이리저리 해주고, 돈 달라 그러지도 않아요. 그런 일 다 혼자 맡아 하고 받는 돈 아무리 적어도, 제임스 씨 나쁘다 그런 소리 한 번 안 하고 말이에요.」

「나 보기에, 자기 일 잘하고 딴 사람 일 참견 안 하지.」 톰 머리가 말했다. 「교회도 잘 나오는데, 거기 가면 여자들 절반은 그 청년한테 눈독들이더군.」

「그야 당연해요!」 아이린이 말했다. 「헤닝 최고 신랑감이니까요. 하지만 지금까지 아무한테 집 데려다 줘도 좋으냐 물어보지 않았다 그래요.」

「그 친구가 꽃다발 주었다 그러는 룰라 카터는 어쩌고?」

톰이 그런 소문까지 안다는 사실에 놀라면서, 아이린이 말했다. 「그거 벌써 1년 넘는 얘기이고요, 톰, 그리고 당신 그렇게 아는 일 많다 하면, 그러고 나서 그 계집애 얼마나 바보처럼 하고 돌아다니며, 그림자처럼 아양 부리고 쫓아다니는지, 꼴 보기 싫다 아예 말도 안 하는 사이 됐다 그것도 당신 알겠군요!」

「한 번 그랬으면, 또 그럴지 몰라.」

「신티아한테는 어림없어요. 우리 아이 얼굴 예쁘고, 얌전하게 자랐고, 똑똑하기도 하니까요. 그 애 윌 좋아한다 그런 말 나한테 하면서도, 자기 느낌 남자 절대로 못 알아차리게 처신하니까요! 그 애 그냥 간단한 인사말 말고 얘기한 적 없고, 월 먼저 웃으면 겨우 대답 미소 보내고 그만이에요. 제아무리 많은 계집애들 월한테 벌 떼처럼 붕붕거려도, 월이 쫓아다니며 붕붕거리는 사람 하나뿐이에요!」

「당신 뒷조사 많이 한 모양 같아.」톰이 말했다.

아이린이 부탁했다. 「여보, 톰, 월더러 우리 애 집까지 바래다줘라 내버려 둬요. 서로 사귀게 그냥 두라고요. 계속 사귀냐 마냐 자기들끼리 알아 할 테니까요.」

「그리고 나도 알아서 해!」톰이 엄격하게 말했다. 그는 어느 딸에게도, 그리고 아내에게도 우습게 보이기를 원치 않았다. 무엇보다도 그는 자신이 이미 월 파머의 잠재력을 알았고, 이모저모 따져 본 끝에, 때가 오면 그를 전적으로 지지하리라고 마음먹었다는 사실을 아내가 눈치 채기를 원하지 않았다. 젊은 월이 헤닝에 온 다음부터 그를 유심히 지켜본 톰은 그의 두 아들이 월의 반만큼만이라도 진취적인 기상을 보였더라면 얼마나 좋을까 하고 속으로 바랐던 터였다. 사실 은밀할 만큼 진지하고, 야심적이고, 대단히 유능한 월 파머는 톰 자신의 젊은 시절 모습을 연상시켰다.

두 사람의 사이가 그토록 빨리 발전하리라고는 아무도 예상하지 않았었다. 10개월 후에, 방이 네 개나 되는 톰과 아이린이 새로 지은 집의 응접실에서, 월은 신티아에게 청혼을 했고, 신티아는 그의 말이 다 끝나기를 기다리지도 못하고 〈그래요!〉라고 말했다. 그로부터 세 번째 일요일에, 그들은 새 희망 흑인 교회에서 식을 올렸으며, 결혼식에는 2백 명이 넘는 하객이 모여들었는데, 그들 가운데 절반가량은 북캐롤라이나에서 마차 행렬을 이루고 찾아온 사람들 — 그리고 로더데일 일대에 흩어져 사는 그들의 후손들이었다.

월은 자신의 연장과 손으로 작은 집 한 채를 지었고, 1년 후인 1894년에는 그들의 첫아이가 거기서 태어났지만, 이 아들은 며칠을 살지 못하고 죽었다. 그때쯤에는 주정뱅이 목재 회사의 사장이 술독에 빠져 살다시피 해서 월 파머는 평일이면 단 하루도 쉴 수가 없었고, 사실상 회사를 직접 운영하는 처지가 되었다. 폭우가 쏟아지던 어느 금요일 늦은 오후에, 회사의 장부를 살펴보던 월은 그날 주민 은행에 입금해야 할 만기가 닥친 돈이 있음을 깨달았다. 그는 비에 흠뻑 젖으면서 말을 타고 12킬로미터나 되는 길을 달려가 은행장 집의 뒷문을 두드렸다.「본 선생님.」그가 말했다.「이 돈 납입 날짜 제임스 사장님 깜빡 잊었다 한 모양인데, 월요일까지 밀리게 하지 않는 사장님이다 하는 사실 저는 압니다.」

안으로 들어와서 몸을 말리라는 말을 듣고 윌은 대답했다.「고맙습니다만, 선생님, 제가 어디 갔나 신티아 걱정합니다.」그리고 은행장에게 편히 주무시라는 인사를 남기고 그는 그 길로 비를 맞으며 말을 몰아 돌아갔다.

크게 감명을 받았던 은행장은 그 사건을 모든 마을 사람들에게 얘기했다.

1894년 가을에, 어떤 사람이 찾아와서 윌에게 은행으로 나와 달라는 말을 전했다. 은행까지 몇 분쯤 걸리는 길을 걸어가며 무슨 일일까 궁금해하던 윌이 안으로 들어가서 보니, 헤닝의 손꼽는 백인 사업가 열 명이 그를 기다렸는데, 그들 모두가 얼굴을 붉히고 당혹스러운 표정이었다. 은행장 본은 다급한 목소리로, 목재 회사 주인이 파산 선고를 했으며 가족과 함께 다른 곳으로 이사를 갈 계획이라는 사실을 설명해 주었다.「헤닝에서는 그 목재 회사가 필요해요.」은행장이 말했다.「여기 모인 여러분은 이 문제를 놓고 몇 주 동안 토의를 해왔는데, 월, 우리는 당신보다 그 회사 경영을 더 잘 해낼 사람이 없다고 생각합니다. 당신이 새 주인으로 회사를 물려받도록, 우리 모두가 회사의 부채를 대신 갚겠다는 각서에 공동으로 서명하겠다는 합의도 했고요.」

두 뺨으로 눈물을 줄줄 흘리며 윌 파머는, 아무 말도 못하면서, 줄지어 늘어선 백인들 앞으로 지나갔다. 두 손으로 한 사람씩 손을 굳게 움켜쥐며 그는 악수를 했고, 그러면 악수를 나눈 남자가 얼른 문서에 서명했고, 그러고는 눈물을 머금은 채 황급히 자리를 떴다. 그들이 모두 나간 다음 윌은 은행장의 손을 오랫동안 쥐고 놓을 줄 몰랐다.「본 선생님, 저 한 가지 더 부탁할 일 있는데요. 제가 저금한 돈 절반을 제임스 사장님에게 수표로 끊어 주시고, 그 돈이 어디서 나왔는지 절대 비밀로 해주시겠습니까?」

채 1년이 안 되어서, (최고의 물건을 최고의 정성으로 가장 염가에 제공하자는) 윌의 사업 방침에 힘입어 여러 이웃 마을에서까지 손님이 모여들기 시작했고, 대부분이 흑인이었지만 (남쪽으로 70킬로미

터나 떨어진) 멤피스에서까지 사람들은 마차를 타고 무리를 지어 찾
아와서, 서부 테네시에서 그런 사업체로는 처음으로 흑인이 직접 경
영하는 회사를 그들의 눈으로 직접 확인했으며, 그곳 창문에는 풀을
빳빳하게 먹인 주름 커튼을 신티아가 걸어 놓았고, 회사 정면에는 월
이 직접 그린 〈W. E. 파머 목재 회사〉라는 간판을 내걸었다.

117

　신티아와 월의 소망이 이루어져서, 1895년에 그들은 건강한 딸을
얻었고, 이름을 버타 조지라고 지었는데 — 〈조지〉는 월의 아버지 이
름을 따온 것이었다. 신티아는 집 안 가득히 가족들을 불러 모아 놓
는, 톰 머리가 그의 자식들이 어렸을 때 간간이 그랬듯이, 아프리카
사람 쿤타 킨테까지 거슬러 올라가는 집안 얘기를 아직 말도 못하는
갓난아기에게 들려주었다.
　월 파머는 조상들의 추억에 대한 신티아의 정성은 존중했지만, 자
기가 신티아의 집안으로 장가를 온 것이지 그녀가 자기한테 시집온
것 같지 않다는 생각이 들어 그의 자존심이 상처를 받기도 했다. 아마
도 그런 이유 때문에서였는지 그는 딸이 걸음마를 시작하기도 전부
터 어린 버타를 독점하다시피 했다. 그는 일을 하러 나가기 전까지는
매일 아침 딸을 안고 돌아다녔다. 밤마다 그는 자기 손으로 만든 작은
요람에 딸을 안아다 눕히고 잠자리를 여미어 주었다.
　버타가 다섯 살이 되었을 때는, 그들의 가족은 물론이요 마을에 사
는 많은 흑인들이 신티아의 말을 인용하면서, 그녀의 견해로 그들의
생각을 대변했다. 「월 파머가 딸 버르장머리 망치겠어요!」 그는 헤닝
에서 사탕이나 과자를 파는 모든 가게에 딸이 외상을 달도록 부탁해
놓고는, 매달 돈을 갚았으며, 그러면서도 아이에게 〈사업 가르치겠
다〉고 딸에게 외상 내역을 따로 기록하게 하고는 그 장부를 엄격하
게 확인했다. 열다섯 살이 된 그녀에게 생일 선물로 그가 시어즈 로
벅 택배 계좌를 딸의 이름으로 열어 주었을 때는, 사람들은 놀라기도
하고, 기가 막히기도 하고, 그리고 자랑스럽기도 해서 갈피가 잡히지
않는 기분으로 고개를 설레설레 흔들었다. 「그 애는 그림 목록 나온

물건 마음에 든다 하면 그냥 골라 주문서 빈 칸에 써 보내기만 하면 된다 하고, 그러면 금방 저 멀리 시카고의 시어즈 로벅 흰둥 사람들 물건 보내고— 나 이 두 눈으로 보았는데…… 그러면 아빠가 모두 돈 내고…… 나 하는 얘기 무슨 말인가 알어? 버타 원하면 무엇이나 다 산다고!」

　같은 해 말에, 윌은 멤피스에서 버타에게 피아노를 가르치러 1주일에 한 번씩 먼 길을 찾아와야 하는 선생을 고용했다. 그녀는 소질이 뛰어난 제자였고, 얼마 안 가서 그녀는 (윌이 수석 재산 관리인이고 신티아는 종신 여간사장으로 일하던) 새 희망 흑인 교회의 합창단을 위해 피아노를 치게 되었다.

　1909년 6월 버타가 그 고장 초등학교에서 8학년을 마치게 되었을 때는, 테네시 주 잭슨에서 동쪽으로 50킬로미터 떨어진 곳에 위치하며 흑인 감리교파가 후원하는 레인 학원에 진학하여 9학년부터 대학 2년 공부를 하기 위해 헤닝을 떠나게 되리라는 사실을 의심하려는 사람이 아무도 없었다.

　「애야, 너 알 길 없다 나 생각하는데…… 너 우리 집안 처음으로 대학 간다 의미하는 사실 얼마나 중요하다 하면—」

　「엄마, 엄마하고 아빠하고는 도대체 언제쯤 문법에 맞춰 제대로 말을 하게 될까 모르겠군요! 얼마나 더 제가 얘기해야 알아들으시려는지요! 대학은 그래서 생겨나지 않았나요? 사람들이 들어가 공부하라고 말이에요.」

　남편과 단둘이 남은 다음에 신티아는 울음을 터뜨렸다. 「하나님 굽어 살피시어, 우리 아이 세상물정 몰라도 너무 몰라요, 윌.」

　「아예 모른다 하는 편 더 좋을지 몰라.」 그는 아내를 위로하려고 했다. 「나 마지막 숨 거둔다 할 때, 그 애가 우리보다 좋은 기회 잡았다 하고 알게 되겠지.」

　당연히 그러리라고 사람들이 기대했던 대로, (선생이 되기 위해서 교육학을 공부한) 버타의 성적은 계속해서 우수했으며, 학교 합창단에서는 피아노도 치고 노래도 불렀다. 매달 두 번씩 고향을 찾아오는 길에, 그녀는 아버지를 설득해서 목재 배달 트럭의 양쪽 문에다 〈헤닝 121번은 목재의 번호〉라는 선전문을 써넣도록 했다. 얼마 전에 전화가 헤닝에 들어왔고, 버타의 재치와 순발력을 잘 보여 주는 이 선전문은 마을에서 사람들의 입에 곧잘 올랐다.

나중에 다시 집에 돌아왔을 때, 그녀는 대학교 합창단에서 만났다는 청년 얘기를 자주 했는데, 테네시 주의 서배너라는 곳에서 왔다는 그의 이름은 사이먼 알렉산더 헤일리였다. 그는 너무 가난해서 학비를 벌기 위해 네 가지나 되는 잡일을 해야 했고, 전공은 농업이라고 그녀는 말했다. 1년이 지나도 버타가 그 젊은이 얘기를 계속하자, 1913년에 윌과 신티아는 직접 그의 사람 됨됨이를 보고 싶으니까 한 번 헤닝으로 데리고 오라는 제의를 했다.

〈대학에서 버타가 만난 애인〉이 예배에 참석한다는 소문이 알려지자, 그 일요일에는 새 희망 흑인 교회가 대만원을 이루었다. 그는 윌과 신티아는 물론이요 흑인 사회 전체의 까다로운 시선을 온몸에 받으며 도착했다. 하지만 그는 아주 자신만만한 젊은이 같았다. 버타의 피아노 반주에 맞춰 바리톤 목소리로 「꽃밭에서」를 독창하고 난 그는, 나중에 교회 마당에서 그의 주위에 몰려든 사람들과 느긋하게 얘기를 주고받았으며, 어느 누구의 시선도 피하지 않았고, 모든 남자들과는 힘찬 악수를 나누고, 여자들에게는 모자를 살짝 기울여 인사했다.

버타와 그녀의 애인 사이먼 알렉산더 헤일리(그의 정식 이름)는 그날 저녁 버스를 타고 레인 대학으로 돌아갔다. 그 이후에 마을에서 오간 대화나 토론에서는 그를 (공개적으로) 헐뜯는 사람은 아무도 없었다. 하지만 개인적으로는 그의 피붓빛이 거의 누렁이에 가깝다고 조금쯤 의아하고 불쾌하게 여기는 사람도 없지 않았다. (피붓빛이 흑갈색으로 짙은 버타에게 그가 고백한 바로는, 두 사람 다 노예였던 그의 부모가 그에게 알려 주기를, 외할머니와 친할머니 둘 다 노예였으며 에이레계 백인과 피를 섞었는데, 친할아버지는 별로 알려진 바가 없는 짐 보라는 농장 감독이었으며, 외할아버지는 앨라배마 주 매리언의 대지주였고 나중에 남북 전쟁에서 대령으로 활약한 제임스 잭슨이라는 사람이었다.) 그렇지만 그가 노래를 잘 부르고, 훌륭한 가정 교육을 받았으며, 공부를 좀 했다고 해서 티를 내려고 들지도 않았다는 점에 대해서는 모두 이견이 없었다.

헤일리는 풀먼 열차의 짐꾼으로 여름 방학 동안 일해서 번 돈을 한 푼도 쓰지 않고 저축하여, 북캐롤라이나 주 그린즈버러의 4년제

A&T 대학으로 전학하고는, 매 주일 버타와 편지를 주고받았다. 제1차 세계 대전이 발발하자, 그는 4학년 동급생 남자들 전원과 함께 단체로 육군에 지원 입대했고, 얼마 후에는 버타에게 프랑스에서 편지를 보냈으며, 1918년 아르곤 숲에서 독가스 공격을 받았다. 수개월 동안 해외의 병원에서 치료를 받은 그는, 요양을 위해 본국으로 후송되었고, 1919년 완쾌한 그는 다시 헤닝에 돌아왔으며, 그와 버타는 약혼을 발표했다.

1920년 여름 새 희망 흑인 교회에서 거행된 그들의 결혼식은 (이제는 윌 파머가 마을에서 가장 저명한 명사 가운데 한 사람이었기 때문만이 아니라, 우수하고 당당한 재원이었던 버타 또한 나름대로 헤닝 사람이라면 누구나 자랑거리로 여겼기 때문에) 흑인과 백인이 다 함께 참석한 가운데 열린 헤닝에서의 첫 친목 행사였다. 피로연은 음악실과 도서실까지 포함하여 방을 열 개나 갖추도록 파머가 새로 지은 집의 넓고 비탈진 잔디밭에서 벌어졌다. 푸짐하게 음식이 나왔고, 보통 결혼식에서보다 세 배나 되는 선물이 들어와 쌓였으며, (지금 한없이 황홀해하는 한 쌍의 남녀가 처음 만난) 레인 대학 합창단이 윌 파머가 잭슨에서 전세 낸 버스로 도착하여 공연까지 마련했다.

그날 늦게 인파로 붐비는 헤닝의 작은 역에서, 사이먼과 버타는 일리노이 센트럴 열차를 탔고, 시카고까지 가서는 기차를 갈아타고 뉴욕 주의 이타카라는 도시로 갔다. 사이먼은 〈코넬 대학교〉라고 하는 곳에서 농학 석사 학위 과정을 밟을 계획이었고, 버타는 그곳에서 가까운 〈이타카 음악 학교〉에 입학할 작정이었다.

9개월 동안 버타는, 그처럼 멀리 떨어진 타향에서 보고 들은 신나는 경험들을 전하고, 둘이 무척 행복하게 지낸다는 사연을 담아, 집에다 꼬박꼬박 편지를 써 보냈다. 그러더니 1921년 초여름부터 버타의 편지가 점점 뜸해졌고, 신티아와 윌은 딸이 그들에게 알리기가 거북한 무슨 일을 당하지나 않았는지 크게 걱정이 되었다. 윌은 5백 달러를 신티아에게 주면서, 사이먼에게는 얘기하지 말고 급한 일이 생기면 쓰라면서 버타한테 보내라고 지시했다. 하지만 딸의 편지는 더욱 뜸해졌고, 마침내 신티아는 직접 뉴욕으로 찾아가서 사정을 알아봐야 되겠다고 윌과 친한 친구들에게 얘기했다.

신티아가 떠나기로 한 이틀 전, 한밤중에 앞문을 두드리는 소리에 그들은 놀라서 깨어났다. 신티아가 먼저 자리에서 일어나 욕의를 아무렇게나 걸쳐 입었고, 윌이 그녀의 뒤를 따랐다. 침실 문간에서 그녀는 유리창이 달린 거실 짝문을 통해서, 앞마루에서 달빛을 받으며 서서 기다리는 버타와 사이먼의 모습을 보았다. 신티아가 소리를 지르며 달려 나가서 문을 활짝 열었다.

버타가 침착하게 말했다. 「편지를 드리지 못해서 미안해요. 깜짝 놀랄 선물을 마련해 오느라고요—」 그녀는 품에 안고 있던 담요 뭉치를 신티아에게 넘겨주었다. 믿을 수 없다는 듯한 표정으로 윌이 아내의 등 뒤에서 넘겨다보는 사이에, 두근거리는 가슴으로 신티아가 담요의 윗자락을 젖혔고 — 동그란 갈색 얼굴이 하나 드러났다…….

생후 6주밖에 안 된 그 사내아이는 나 알렉스 헤일리였다.

118

나는 훗날 아버지가 그 놀라운 사건이 일어났던 밤에 대해서 웃으며 즐겨 회상하는 애기를 자주 들었다. 「그때 잠시 동안 나는 아들을 잃어버린 줄 알았지—」 아버지의 주장을 들어 보면, 할아버지 윌 파머가 할머니의 뒤에서 돌아 나와 그녀의 품에서 나를 집어 들고는 〈한마디 말도 없이 너를 안고 마당으로 나가 집 뒤쪽 어디론가 사라졌어. 아마 내 생각에는 반 시간가량이나 모습을 보이지 않더니〉 할아버지가 돌아왔는데, 「신티아나, 버타나, 내가 할아버지에게 왜 그랬는지를 물어보지 않았던 한 가지 이유는, 윌 파머가 본디 그런 분이었기 때문이었고, 두 번째 이유는 오랜 세월 동안 할아버지가 아들 하나를 얻어 키우기를 얼마나 갈망했었는지를 우리 모두 잘 알았던 터였는데— 내 생각엔 버타의 아들인 네가 그 소망을 이루어 준 셈이었지.」

1주일쯤 후에 아버지는 헤닝에 어머니와 나를 남겨 둔 채 이타카로 혼자 돌아갔는데 — 그들은 그가 석사 학위를 받을 때까지는 그렇게 하는 편이 더 나으리라고 결정했던 것이다. 할아버지와 할머니는 (특히 할아버지는) 나를 마치 그들의 아들로 입양시키기라도 한 듯싶었다.

여러 해가 지난 다음 할머니에게서 들은 얘기이지만, 할아버지는 내가 말을 배우기도 전부터 품에 안고 목재 회사로 데려가서는, 그곳에 마련해 놓은 아기 침대에 눕혀 놓고 사무를 보았다. 내가 걸음마를 배우고 난 뒤에 우리들은 함께 시내로 나가고는 했는데, 할아버지가 한 걸음 옮길 때마다 나는 그가 뻗은 커다란 왼쪽 검지를 내 조그만 주먹으로 단단히 움켜잡고는 세 발자국씩을 걸어야만 따라잡을 수가 있었다. 시커멓고, 크고, 튼튼한 나무처럼 내 앞에 치솟은 할아버지는 길을 가다가 아는 사람을 만나면 발걸음을 멈추고 서서 잡담을 나누기도 했다. 할아버지는 나에게 어떤 사람이라도 상대방을 똑바로 쳐다보고, 또렷하고도 공손하게 말을 해야 한다고 가르쳤다. 사람들은 때때로 내가 아주 훌륭한 가정교육을 받았으며 훌륭하게 자란다고 감탄하고는 했다. 「글쎄요, 저만하다 그러면 쓸 만한 아이 된다 하겠어요.」 할아버지의 대답이었다.

W. E. 파머 목재 회사에 도착하면 할아버지는 내가 길이와 폭이 저마다 다른 널빤지로 만들어 높다랗게 쌓아 올린 떡갈나무, 삼나무, 소나무, 호두나무 더미들 사이로 돌아다니면서 마음껏 놀게 해주었으며, 여러 목재의 향기로운 냄새가 뒤섞인 속에서 나는, 거의 언제나 까마득한 장소와 시대에서 벌어지는 온갖 신나는 모험에 뛰어드는 나 자신의 모습을 상상하고는 했다. 그리고 할아버지는 이따금 사무실에서, 등받이가 높고 커다란 회전의자에 내가 앉아서, 초록색 챙이 달린 눈가리개를 머리에 쓰고, 의자를 앞뒤로 흔들거나 돌려 대며 장난을 쳐도 그냥 내버려 두어서, 결국 나는 현기증을 일으켜서, 의자를 멈추었어도 내 머리는 계속해서 빙빙 도는 듯한 착각을 일으키고는 했다. 나는 할아버지와 함께 가는 곳이면 어디에서나 재미있게 놀았다.

그러다가 내가 다섯 살이 되던 해에, 할아버지가 돌아가셨다. 나는 얼마나 충격이 심했는지 그날 밤 딜라르 의사 선생님은 내가 잠을 자도록 우유처럼 뿌연 무엇을 한 잔 나에게 먹였다. 그러나 나는 잠들기 전에 집 근처를 지나는 흙길을 따라 구불구불 줄을 지어 모여들던 많은 사람들을 졸린 눈으로 보았던 기억이 나는데, 흑인과 백인이 뒤섞인 그들은 모두 머리를 숙였으며, 여자들은 머리에 목도리를 걸쳤고, 남자들은 손에 모자를 벗어 들었다. 그 후 며칠 동안 나는 세상의 모든 사람이 울기만 한다는 인상을 받았다.

이 무렵 석사 논문을 거의 끝낸 아버지는 코넬로부터 집으로 돌아와 목재 회사를 인수했고, 어머니는 고향의 시골 학교에서 선생님이 되었다. 할아버지를 무척이나 사랑했던 나 자신과 엄청난 슬픔에 빠진 할머니는 곧 대단히 가까운 사이가 되었으며, 할머니는 어디를 가더라도 거의 언제나 나를 데리고 갔다.

내 짐작으로는 아마도 할아버지의 빈자리로 인한 공허감을 대신 채워 보려는 생각에서였겠지만, 할머니는 매년 봄이 되면 머리 일가의 여자 친척들 가운데 여러 사람을 초청했으며, 그들 가운데 전부는 아닐지언정 몇 사람은 여름을 우리들과 함께 보내기도 했다. 할머니와 비슷한 연령층으로 40대 후반이나 또는 50대 초반이었던 그들은 테네시 주의 다이어스버그, 미시건 주의 잉크스터, 또는 세인트루이스나 캔자스시티처럼 내 귀에는 이름이 사뭇 이국적으로 들리는 곳에서 왔으며 — 그들은 플러스 아줌마, 리즈 아줌마, 틸 아줌마, 비니 아줌마 그리고 조지아 고모 같은 이름으로 통했다. 저녁 식사의 설거지를 마치면 그들은 모두 앞마루로 나가서, 등나무 줄기로 바닥을 간 흔들의자에 둘러앉았고, 나도 곧잘 그들 틈에 끼여서, 하얗게 칠한 흔들의자 뒤에서 할머니에게 매달려 삐걱대고는 했다. 시간은 땅거미가 지고 밤이 깊어 가려는 무렵이어서, 개똥벌레들이 인동덩굴 주위를 날아다니며 깜박거렸고, 내가 기억하기로는 저녁마다 그들은, 마을에 특별한 소문거리가 없으면, 항상 똑같은 얘기들을 주고받았는데 — 그런 내용이 여러 세대를 거쳐 전해 내려오는, 길게 이어지는 가족사의 편린들이었음을 나는 나중에야 깨달았다.

내가 유일하게 기억하는 어머니와 할머니 사이의 노골적인 마찰은 항상 그 이야기로 인해서 생겨났다. 가끔 할머니는 나이가 많은 여름 손님들이 없을 때도 그 얘기를 꺼내고는 했으며, 그럴 때마다 어머니는 얼마 견디지 못하고는 쏘아붙이기가 십상이었다. 「아, 어머니, 정말 듣기 거북하니까, 그 케케묵은 노예 이야기는 이제 그만 해요!」 그러면 할머니는 당장 반박했다. 「너 누구이다 그리고 어디서 왔다 그런 얘기 관심 없다 그래도, 나 관심 많아!」 그리고 할머니와 어머니는 하루 종일, 혹은 더 오랫동안 서로 말도 안 하고 피하면서 지내기가 일쑤였다.

그러나 아무튼 나는 할머니와 백발이 되어 가는 다른 여자들이 항상 주고받는 얘기가 아주 오래전으로 거슬러 올라가는 내용이라는 첫 인식을 갖게 되었으며, 그들 가운데 누가 소녀 시절에 겪은 무슨 일을 회상하다가 갑자기 나를 향해 손가락으로 밑을 가리키면서 이런 말도 자주 했다. 「나 저 아이보다 조금도 더 크지 않았다 할 때였지!」 그렇게 늙고 주름살투성이인 할머니가 언젠가 나처럼 어린 나이였다는 사실 자체가 나의 이해력에는 부담이 되었다. 하지만 바로 그런 부담이 나로 하여금 그들이 이야기하던 사건들이 매우 오래전에 일어났던 옛일임을 이해하게끔 깨우쳐 주었다.

나는 아직 어린 소년이었으므로 사실 그들이 말하는 내용을 대부분 알아듣지 못했다. 나는 〈쥔님〉이니 〈마님〉이 무엇인지를 알지 못했고, 〈농장〉이란 밭과 비슷한 무엇인 모양이려니 짐작은 갔어도 정확히 무슨 뜻인지는 알지 못했다. 그러나 서서히, 해마다 여름을 보내며 들었던 이야기로부터, 나는 차츰 그들의 이야기에서 자주 되풀이되는 이름들이 기억에 남았고, 그들이 겪은 사건들도 기억했다. 그들의 이야기에 나오는 가장 옛날 사람은 그들이 〈아프리카 인〉이라고 부르는 한 남자였으며, 아프리카 인은 배에 실려 이 나라에 와서 그들이 〈나폴리스〉라고 발음하는 어느 곳에 도착했다는 똑같은 내용이 항상 반복되었다. 아프리카 인은 그 배에서 버지니아 주의 스폿실베이니아라는 곳에 농장을 소유한 〈존 월러 쥔님〉이라는 사람에게 팔려 갔다고 그들은 이야기했다. 아프리카 인이 어떻게 자꾸만 탈출을 시도했으며, 네 번째 시도를 하던 그를 붙잡은 두 명의 전문 휜둥이 노예사냥꾼이, 보나 마나 본보기를 보여 주겠다는 생각에서였겠지만, 그에게 어떤 못된 짓을 했는지도 얘기했다. 아프리카 인에게는 거세를 당하든지 아니면 발이 잘리든지 양자택일을 하라는 선택이 주어졌고 (〈예수님 은혜로 그렇게 하지 않았다 했더라면, 우리 세상 태어나 여기 모여 이런 얘기 나누지 못했겠지만〉) 그는 발이 잘리는 쪽을 택했다. 나는 왜 백인들이 그토록 비열하고 잔인한 행동을 자행했는지 도저히 이해가 가지 않았다.

그러나 아프리카 인의 생명은 다행히도 존 쥔님의 형인 의사 윌리엄 월러가 구해 주었는데, 의사는 전혀 불필요한 일로 노예를 불구로 만든 행위에 대해 격분한 나머지 자신의 농장에서 쓰겠다며 아프리카 인을 샀다고 노부인들은 말했다. 비록 이제는 불구의 몸이 되기는 했지만 아프리카 인은 그런대로 제한된 일은 할 능력이 있었고, 그래서 의사는 아프리카 인에게 채소밭 일을 맡겼다. 그렇게 해서 (노예들, 특히 남자 노예들이 이곳저곳으로 끊임없이 팔려 다녀야 했기 때문에 노예 자식들은 부모가 누구인지조차 모르고 자라나야 했던 그런 시절에) 이 아프리카 인은 특이하게도 한 농장에서 상당히 오랫동안 살게 되었다.

할머니와 노부인들은 노예선에 실려 와서 갓 도착한 아프리카 인들은 쥔님이 이름을 붙여 주었다는 얘기도 들려주었다. 이 특수한 아프리카 인의 경우에는 〈토비〉라고 이름을 붙였다. 그러나 아프리카 인은 언제 어느 다른 노예들이 그를 토비라고 부르더라도, 자기 이름은 〈킨-테이〉라고 완강히 항변했다고 그들은 말했다.

절름거리고 돌아다니며 채소밭 일을 하다가 나중에 쥔님의 마차꾼이 된 토비(또는 〈킨-테이〉)는 할머니와 다른 노부인들이 〈큰집 요리사 벨〉이라고 부르던 여자를 만나 결국 짝을 지었다. 그들은 귀여운 딸을 낳아 이름을 〈키지〉라고 지어 주었다. 키지가 네댓 살이 되었을 때, 아프리카 인 아버지는 딸의 손을 잡고 여기저기 데리고 다니며, 기회가 날 때마다 딸에게 이것저것 손으로 가리키면서 그가 고향에서 쓰던 말로 그것의 이름이 무엇인지를 가르쳐 주고는 따라 하라고 시켰다. 예를 들면 그는 기타를 가리키고는 〈코〉라는 소리처럼 들리는 말을 했다. 그리고 또 농장 근처에서 흐르는 강을 가리키면서, (사실은 마타포니 강이었지만) 그것이 〈캄비 볼롱고〉라고 말했으며, 그 이외에도 여러 가지 사물과 소리를 가르쳐 주었다. 키지가 좀 더 성장하고 아프리카 인 아버지가 영어를 훨씬 잘하게 되자, 그는 자신과 같이 살던 사람들과 고향에 대해서 — 그리고 그가 어떻게 해서 그곳으로부터 끌려오게 되었는지에 대해서 애기하기 시작했다. 그는 마을에서 별로 멀지 않은 숲으로 북을 만들 나무를 베러 나갔다가, 네 명의 남자에게 기습을 당했고, 힘에 눌려 납치된 다음 노예 생활이 시작되었다고 말했다.

키지는 열여섯 살이 되었을 때 북캐롤라이나에서 훨씬 작은 농장을 경영하던 톰 리라는 새로운 주인에게 팔려 갔다고 파머 할머니와 다른 머리 집안 노부인들이 말했다. 그리고 이 농장에서 키지는 사내

아이를 하나 낳았고, 그의 아버지였던 톰 리는 그에게 조지라는 이름
을 지어 주었다.

　조지가 네댓 살 되었을 때, 그의 어머니는 아들이 완전히 알아듣고
기억할 때까지, 아프리카 인 아버지에게서 들은 소리와 이야기들을
그에게 해주기 시작했다. 그러고는, 할머니의 앞마루에서 내가 알게
된 바로는, 열두 살 되던 해에 조지는 주인의 투계들을 훈련시키던 늙
은 〈밍고 할아버지〉의 조수가 되었으며, 10대 중반에 이르렀을 무렵
에는 싸움닭 조련사로서의 명성이 얼마나 대단했던지, 다른 사람들
로부터 〈치킨 조지〉라는 별명을 얻었으며, 그는 이 별명을 무덤까지
가지고 갔다.

　치킨 조지는 열여덟 살쯤 되었을 때, 마틸다라는 한 노예 처녀와 알
게 되었고, 결국 그들은 짝을 맺어 여덟 명의 자녀를 낳았다. 할머니
와 다른 노부인들의 말에 의하면, 치킨 조지는 새 아이가 태어날 때마
다 통나무집에 온 가족을 모아 놓고, 아이들의 증조할아버지이며 이
름은 〈킨-테이〉였고, 기타를 〈코〉라고 말하거나 버지니아 주에서 흐
르는 어느 강을 〈캄비 볼롱고〉라 부르는가 하면, 다른 여러 가지 사물
을 아프리카식 이름으로 불렀고, 북을 만들 나무를 베러 갔다가 붙잡
혀 노예가 되었다는 아프리카 인에 관한 이야기를 다시금 해주었다
고 했다.

　여덟 자녀는 모두 성장하여, 짝을 찾아 결혼했고, 저마다 자식들을
두었다. 넷째 아들 톰은 북캐롤라이나 주 앨라맨스 군에서 담배 농장
을 소유한 〈머리 쥔님〉에게 그의 가족과 함께 팔려 갔을 때 대장장이
로 일하던 터였다. 톰은 그곳 담배 농장에서, 솜 공장을 운영하던 〈홀
트 쥔님〉의 농장에서 왔으며, 인디언의 피가 절반 섞인 혼혈 노예 처
녀 아이린과 짝을 지었다. 아이린 역시 결국 모두 여덟 명의 아이를
낳았고, 톰은 새 아이가 태어날 때마다 그의 아버지 치킨 조지가 시작
한 전통에 따라 온 가족을 불가에 모아 놓고는 아프리카 인 고조할아
버지와 그의 모든 후손에 관한 이야기를 전해 주었다.

　다음 세대의 여덟 아이 가운데 가장 어린 딸 신티아가 두 살이 되었
을 때, 그녀의 아버지 톰과 할아버지 치킨 조지는 노예 신분에서 얼마
전에 해방된 사람들을 태운 마차 행렬을 이끌고 서부로 향해 테네시
주 헤닝 마을로 이주했으며, 그곳에서 신티아는 스물두 살 되던 해에

월 파머를 만나 결혼했다.

아주 오래전에 살았던 사람들이어서 본 적이 없는 많은 옛사람들의 얘기에 완전히 몰입했던 나는, 기나긴 옛이야기가 마침내 신티아에 이르면 언제나 퍼뜩 놀라고는 했는데…… 내가 마주 보고 앉은 할머니의 얘기이기 때문이었다! 비니 아줌마, 마틸다 아줌마, 리즈 아줌마는 모두 신티아 할머니와 (그리고 그녀의 언니들과) 함께 마차 행렬에 실려 온 사람들이었다.

나는 두 동생 조지가 1925년에, 그리고 줄리어스는 1929년에 태어날 때까지 헤닝의 할머니 댁에서 살았다. 아버지는 할머니를 위해 목재 회사를 팔고, 농과 대학 교수가 되었으며, 어머니와 우리 세 형제는 아버지가 가르치는 곳으로 어디나 따라다니며 살아야 했고, 가장 오래 머물렀던 곳은 앨라배마 주 노멀의 A&M 대학이었으며, 그곳에서 1931년 어느 날 아침에 수업을 받던 중에 나는 급히 집으로 오라는 전갈을 누군가로부터 전해 받았고, 그래서 문을 왈칵 열고 집 안으로 달려 들어가면서 아버지가 고통스럽게 흐느끼는 울음소리를 들었다. (우리가 헤닝 마을을 떠난 이후 시름시름 앓아 온) 어머니가 침대에 누워 임종을 하던 중이었다. 어머니의 나이는 서른여섯이었다.

매년 여름이 되면 조지와, 줄리어스와, 나는 헤닝에서 할머니와 함께 지냈다. 할아버지와 어머니가 돌아가시고 나서, 할머니의 정정하던 모습은 눈에 띄게 사라져 갔다. 앞마루에서 하얀 칠을 한 흔들의자에 앉아 있는 할머니를 보고 지나가던 사람들이 〈신티 할머니, 어떻게 지내십니까?〉라고 인사를 하면 할머니는 〈그냥 앉아 지내〉 하고 대답하기가 보통이었다.

2년 후에 아버지는 재혼했는데, 상대는 오하이오 주 콜럼버스 출신의 제나 해처로서, 오하이오 주립 대학으로부터 석사 학위를 받은 동료 교수였다. 그녀는 무럭무럭 성장하는 우리들 세 아들을 키우고 가르치느라고 무척 바빴고, 나중에는 우리들에게 누이동생 로이스를 낳아 주었다.

제2차 세계 대전이 발발했을 때, 나는 대학 2학년을 마친 후 열일곱 살의 나이로, 해안 경비대에 취사병으로 입대했다. 남서태평양을 정기적으로 순항하는 화물 및 탄약 운반선에서 근무하며 나는 결국 이 『뿌리』를 쓰기에 이르는 기나긴 여정에 우연히 뛰어들게 되었다.

때로는 3개월 동안이나 바다에서 지내야 하는 우리 승무원들이, 정말로 끊임없이 맞서야 했던 가장 힘겨운 상대는 적의 폭격이나 잠수함이 아니라, 단순한 권태와의 싸움이었다. 고등학교에 다니던 시절 아버지의 강요에 따라 나는 타자기 조작법을 배워 두었고, 해상 생활에서 나의 가장 소중한 재산은 휴대용 타자기였다. 나는 내가 기억하는 모든 사람에게 편지를 썼다. 그리고 나는 (소년 시절부터 독서를 좋아했으며, 특히 모험 소설을 즐겨 읽었던 터여서) 배의 작은 도서실에 비치되었거나 동료 선원들이 대출했거나 소유한 책을 모조리 읽었다. 배에 실린 책을 모두 세 번씩 읽고 난 다음에, 아마도 단순히 답답한 좌절감에 빠졌기 때문이겠지만, 나는 무슨 얘기인가를 스스로 써봐야 되겠다고 작정했다. 타자기에 백지 한 장을 돌려 끼우고는 거기 다른 사람들이 관심을 갖고 읽어 줄 무엇인가를 써낸다는 생각은 나에게서 (지금도 역시 그렇지만) 도전과, 호기심과 환희를 자극했다. 다른 무엇이 나로 하여금 단 하루도 빼놓지 않고, 매일 밤 글을 쓰도록 충동을 일으켰는지, 그리고 내 첫 글이 팔릴 때까지 8년 동안이나 내 노력의 결실이 담긴 원고를 수없이 잡지사에 보내고는 그야말로 수백 통의 거절 통지서를 받으면서도 끈질기게 버티도록 해준 힘이 무엇인지를 나는 알지 못한다.

전쟁이 끝난 다음, 가끔 작품을 받아 주는 편집자가 간혹 나타나고는 하자, 미국 해안 경비대 계급 조직은 나를 위해 〈언론인〉이라는 새 명칭을 만들어 주었다. 나는 시간이 나기만 하면 글을 썼고, 게재도 점점 더 많이 되었으며, 마침내 내 나이 서른일곱이 되던 1959년에, 20년의 복무연한을 채우고 퇴역 자격을 얻었으며, 그래서 전업 작가로서의 새로운 활동을 하기 위해 제복을 벗었다.

나는 바다를 좋아했기 때문에, 처음에는 대부분 극적이고 역사적인 해상 사건을 다룬 글을 써서 남성 모험 잡지에 팔았다. 그러다가 『리더스 다이제스트』에서 극적인 경험을 했거나 흥미진진한 생애를 살았던 사람들의 전기를 쓰는 일을 나에게 청탁하기 시작했다.

그러고는 1962년에 나는 우연히 유명한 재즈 트럼펫 연주자 마일스 데이비스와의 대화를 기록했는데, 이것이 첫 번째 〈플레이보이 인터뷰〉가 되었다. 그 후에 내가 인터뷰에서 다룬 대상자들 가운데는 당시 이슬람 민족의 대변자였던 맬컴 X가 포함되었다. 그 글을 읽은 어느 출판사에서는 그의 생애를 담은 책을 써달라고 청탁했다. 맬컴 X는 나에게 공동 필자로서 함께 일하자고 부탁했으며, 나는 수락했다. 그 이듬해 나는 그와의 집중적인 면담으로 대부분의 시간을 보냈고, 그다음 해에는 『맬컴 X의 자서전』을 실제로 집필하게 되었는데, 원고가 완성된 지 2주일쯤 후에 암살되었기 때문에, 스스로 예언했듯이, 맬컴 X는 그의 자서전을 끝내 읽어 보지 못했다.

　얼마 후에 어느 잡지사에서 나에게 런던에서 취재를 해야 하는 일을 맡겼다. 사람들을 만나는 사이에 틈틈이, 도처에서 눈에 띄는 역사의 풍요로움에 완전히 매료된 나는, 런던 지역의 안내 관광을 거의 하나도 빼놓지 않고 며칠 동안 쫓아다녔다. 하루는 런던 박물관을 둘러보다가, 나는 전에 막연히 얘기로만 들었던 로제타 석판을 직접 보게 되었다. 어떤 이유로 그랬는지 모르지만, 그것은 나의 넋을 빼앗아 버렸다. 나는 로제타 석판에 관해 좀 더 알고 싶어서 박물관 도서관에서 책을 한 권 구했다.

　내가 알게 된 바로는, 나일 강 삼각주에서 발견된 석판의 표면에는 세 가지 다른 언어로 글을 새겨 놓았는데, 하나는 사람들에게 알려진 그리스 문자였고, 두 번째는 당시 아직 알려지지 않은 문자였으며, 마지막 세 번째 고대 상형 문자는 어느 누구도 풀어 내지 못할 문자라고 사람들은 믿었었다. 그러나 프랑스 학자 장 샹폴리옹이 알려지지 않았던 문자와 상형 문자의 문구를 이미 알려진 그리스 문자와 일일이 한 글자씩 대조해서 맞추어 나가는 데 성공했고, 결국 세 가지 문구가 똑같은 내용이라는 논문을 발표하기에 이르렀다. 인류 초기 역사의 많은 양을 기록했음에도 불구하고 지금까지 해독이 불가능했던 상형 문자의 신비를 그가 근본적으로 깨뜨렸던 것이다.

　과거로 들어가는 문의 열쇠는 나를 매혹시켰다. 나는 그것이 나에게 개인적으로 특별한 의미를 갖는다고 느꼈지만, 그것이 무엇인지는 알 길이 없었다. 어떤 생각이 내 머리에 떠오른 것은 미국으로 돌아오는 비행기 안에서였다. 석판에 새겨진 언어를 사용하여, 프랑스 학자는 아직 알려지지 않은 내용을 이미 알려진 내용과 대조해 봄으로써 역사적인 비밀을 해독해 냈다. 그 사실이 나에게 막연한 유추를 하나 제공했으니, 할머니와 리즈 아줌마와 플러스 아줌마와 조지아 고모 그리고 다른 사람들이 내 소년 시절에 헤닝의 앞마루에서 늘 들려주던 구전(口傳)의 역사에서는, 아프리카 인들 사이에 전해 내려오는 이상한 단어나 발음들이 어떤 밝혀지지 않은 비밀의 열쇠였다. 나는 그 단어들을 생각해 보았는데, 그는 〈킨-테이〉가 자신의 이름이라고 그랬다. 그는 기타를 〈코〉라고 불렀다. 그는 버지니아 주에서 흐르는 어떤 강을 〈캄비 볼롱고〉라고 불렀다. 그 단어들은 대부분 〈ㅋ〉 발음이 두드러지며, 강하고 모난 소리가 났다. 이들 발음은 아마도 여러 세대를 거쳐 전해 내려오면서 조금쯤 달라졌을지도 모르지만, 가문의 전설을 이룬 아프리카 인 선조가 사용했던 어떤 특별한 언어의 음성학적 특징을 아직도 틀림없이 그대로 간직했다. 나를 태우고 런던에서 날아온 여객기가 착륙하려고 뉴욕 상공에서 선회하는 동안, 나는 궁금한 생각이 들었다. 그것은 도대체 어떤 특별한 아프리카 언어였을까? 내가 그 비밀을 알아낼 길이 과연 있을까?

119

30년 이상의 세월이 흘러간 지금, 헤닝의 앞마루에서 가족사를 얘기하던 노부인들 가운데 유일하게 생존한 사람은 가장 나이가 어렸던 조지아 앤더슨 대고모뿐이었다. 할머니도 돌아가셨고, 다른 사람들 역시 모두 세상을 떠났다. 이미 팔순에 접어든 조지아 왕고모는 아들 플로이드 앤더슨과 딸 비아 닐리와 함께 캔자스 주 캔자스시티의 에버레트 가 1200번지에서 살았다. 나는 몇 해 전, 정치에 뜻을 두었던 동생 조지에게 도움이 될까 싶어서 자주 방문했던 때 이후로는 그녀를 찾아보지 못했었다. 미국 공군, 모어하우스 대학, 그러고는 아칸소 대학 법과를 거치며 성공적으로 살아온 조지는 캔자스 주 상원 의원 후보로 출마하여 열심히 유세 중이었다. 그가 선거에서 승리하여 축하 파티를 열던 그날 밤 그가 실제로 승리하게 된 원인이 바로 조지아 왕고모 덕이라는 얘기에 모두들 한바탕 웃었다. 그녀는 선거 사무장이었던 아들 플로이드가 널리 인정받은 조지의 꼿꼿한 성실성을 사람들에게 강조하는 얘기를 거듭거듭 새겨듣고 나서, 머리가 허옇고 허리가 구부정하면서도 생기가 넘치는 우리의 사랑하는 조지아 왕고모는 시골 길을 누비며 유세에 나섰다. 그녀는 지팡이로 집집마다 문을 두드리고는, 깜짝 놀란 얼굴로 내다보는 사람들 코앞에 조지 후보의 사진을 들이대고 선언했다. 「이 아이 지팡이보다 더 꼿꼿해요!」

이제 나는 다시 조지아 왕고모를 만나기 위해 캔자스시티로 날아갔다.

내가 가족사에 관한 이야기를 꺼냈을 때 왕고모가 보여 준 즉각적인 반응을 나는 결코 잊지 못할 듯싶다. 주름살투성이에 병을 앓던 왕고모는 침대에서 벌떡 일어나 앉더니, 내 소년 시절의 앞마루에서처럼 흥분해서 말문을 열었다.

「그래, 애야, 아프리카 사람 이름 〈킨-테이〉다 그랬어……. 기타는 〈코〉다 그랬고, 강은 〈캄비 볼롱고〉다 그랬고, 북 만든다 나무 자르다가 잡혔지!」

조지아 왕고모가 옛 가족사에 어찌나 흥분했는지 플로이드와 비아닐리, 그리고 나는 한동안 그녀를 진정시키느라 애를 먹었다. 나는 (우리 선조가 어떤 종족인지를 밝혀내기 위해) 우리의 〈킨-테이〉가 도대체 어디서 왔는지 밝혀낼 길이 없을지 알아보려 한다고 왕고모에게 설명했다.

「어서 그래, 애야!」 조지아 왕고모가 소리쳤다. 「너 다정한 할머니하고 모두들하고— 저 위에서 너 지켜보니까!」

그런 생각을 하니 가슴속으로부터 뭉클한 무엇이 치밀어 올랐다.

120

얼마 후에 나는 워싱턴 D. C.의 정부 공문서 보관국으로 찾아가서, 열람실 담당 직원에게 남북 전쟁 직후 북캐롤라이나 주 앨라맨스 군의 인구 조사 기록이 보고 싶다는 말을 했다. 마이크로필름 여러 통을 가져다주었다. 필름을 기계에 넣고 돌리기 시작한 나는, 1800년대의 여러 인구 조사 담당관이 저마다 다른 구식 필체로 써넣은 이름들의 끝없는 행진이 이어지는 사이에, 점점 호기심이 고조되었다. 기다란 마이크로필름을 몇 개 돌리고 나서 기운이 빠졌을 때쯤에, 나는 갑자기 눈앞에 나타난 내용을 내려다보고 소스라치게 놀랐다 — 〈톰 머리, 흑인, 대장장이—〉, 〈아이린 머리, 흑인, 가정주부〉…… 이어서 할머니의 언니들이 나타났는데, 대부분은 내가 할머니의 앞마루에서 수없이 들었던 이름이었다. 〈엘리자베드, 나이 6세〉 — 대고모 리즈[30]가 아니면 누구였겠는가! 인구 조사 당시에는 할머니가 아직 태어나지도 않았었다!

내가 할머니나 다른 노부인들의 이야기를 믿지 않았다는 뜻이 아니다. 할머니의 이야기는 믿지 않기가 힘들었다. 바로 눈앞에 펼쳐진 미국 정부의 공식 기록에서 실제로 그 이름들을 보니 그냥 신기할 따름이었다.

그러고는 뉴욕에서 살던 무렵, 나는 틈나는 대로 자주 워싱턴으로 가서, 정부 공문서 보관국이나 의회 도서실, 그리고 미국 독립 전쟁 부인회 도서관을 찾아다니며 자료를 찾아보았다. 어느 곳으로 찾아가든지, 내가 찾는 바가 무엇인지를 흑인 사서들이 파악하고 나면, 요청한 문서들이 신기할 정도로 빨리 나에게 배달되고는 했다. 1966년에 나는 어떤 통로를 거쳐서, 마음속 깊이 소중하게 간직했던 가족사 가운데 적어도 중요한 맥은 확인하게 되었으며, 할머니에게 그런 얘기를 전할 길만 마련된다면 나는 무슨 짓이라도 하고 싶었지만 — 그래도 나는 〈너 다정한 할머니하고 모두들하고 — 저 위에서 너 지켜보니까!〉라고 했던 조지아 왕고모의 말에서 위안을 받았다.

이제 눈앞에 닥친 문제는 우리 아프리카 선조가 항상 사용했다고 전해 오는 이상한 음성학적 소리들을 어디에서, 무엇을 대상으로, 어떻게 추적하느냐는 것이었다. 아프리카에서는 서로 다른 수많은 종족 언어가 사용되기 때문에, 최대한으로 다양한 아프리카 인들을 실제로 접촉해야 된다는 사실은 분명해졌다. 뉴욕 시에 살면서 나는 논리적이라고 여겨지는 일부터 시작해서, 근무가 끝나서 승강기마다 사람들이 쏟아져 나와 로비를 지나 퇴근하는 시간에 맞춰 유엔 본부로 찾아가고는 했다. 아프리카 인들을 찾아내기는 어렵지 않았고, 나는 닥치는 대로 그들을 붙잡아 세우고는 문제의 단어들을 들려주었다. 두 주일 동안 나는 20여 명의 아프리카 인을 붙잡고 물어보았으나, 그들은 한결같이 나를 재빨리 훑어보고, 잠시 얘기를 듣고는 얼

---

30 엘리자베드의 애칭.

른 가버리고는 했다. 내가 그들을 탓할 수도 없는 노릇이 ─ 테네시 억양으로 몇 마디의 아프리카 말을 들려주려고 서두른 내가 잘못이었다.

점차 좌절감에 빠진 나는, 헤닝에서 함께 성장했으며 조사 연구 솜씨가 탁월한 조지 심스와 긴 이야기를 나누었다. 며칠 후에 조지는 아프리카 언어에 대한 지식으로 학계에서 명성이 높은 10여 명의 명단을 나에게 가져다주었다. 그들 중에서 그의 배경 때문에 당장 내 호기심을 끈 사람은 벨기에 인 얀 반시나 박사였다. 반시나 박사는 런던 대학에서 아프리카-동양학 연구를 마친 다음, 초기에 아프리카의 여러 촌락들에서 생활하며 『구전(口傳, *La Tradition Orale*)』이라는 저서를 집필했다. 나는 반시나 박사가 교수로 재직 중인 위스콘신 대학으로 전화를 걸었고, 그는 나에게 시간 약속을 해주었다. 몇 가지 이상한 음성학적 소리에 대한 강렬한 호기심에 자극을 받아서, 어느 수요일 아침에 나는 위스콘신 주 매디슨으로 날아갔고…… 이제부터 무슨 일이 벌어지려는지 꿈도 꾸지 못한 상태였다…….

그날 저녁 반시나 박사의 거실에서, 나는 어렸을 때부터 들어 왔던 (그리고 최근 캔자스시티의 대고모로부터 다시 보충 설명을 들었던) 가족사로부터 내가 기억하게 된 모든 음절을 그에게 이야기했다. 처음부터 끝까지 나의 이야기를 주의 깊게 듣고 나서, 반시나 박사는 나한테 질문을 시작했다. 구전 역사학자로서 그는 특히 여러 세대에 걸쳐 전해 내려오는 줄거리의 구체적인 전달 방식에 관심을 보였다.

애기가 너무 길어지는 바람에 그는 나더러 하룻밤 묵어가라고 청했으며, 다음 날 아침 반시나 박사는 매우 심각한 표정으로 말했다. 「나는 밤새 그 문제를 생각해 보고 싶었어요. 당신 가족에서 여러 세대에 걸쳐 전해 내려오는 동안 그대로 보존되어 온 음성학적 발음들의 변화는 상당했을지도 모릅니다.」 그는 동료 아프리카 학자인 필립 커튼 박사와 전화로 이 문제를 상의했는데, 내가 전해 준 발음이 분명히 〈만딩카〉 언어이리라고 동의했다는 애기도 했다. 나는 그런 단어를 들어 본 적이 없었고, 그는 그것이 만딩고 사람들이 쓰는 언어라고 설명했다. 그러더니 그는 몇 가지 발음을 추측으로 해석했다. 그 단어들 가운데 하나는 서아프리카에서 바오밥을 의미하는 말로 널리 통용되었고, 다른 한 단어는 소나 가축을 의미하는 듯싶다고 했다. 그는 또 〈코〉라는 단어가 만딩고 사람들의 가장 오래된 현악기 중 하나인 〈코라〉를 가리키는지도 모르겠는데, 코라는 커다란 호리병박을 반으로 잘라 말린 다음에, 염소가죽을 씌워 만들며, 목이 길고, 스물한 개의 줄을 받침대에 걸어 놓은 악기라고 말했다. 노예로 잡혀간 만딩고 사람이라면 미국 노예들이 갖고 있던 현악기를 눈으로 보고는 〈코라〉를 연상했을지도 모르는 일이었다.

내가 들었던 소리 중에서 가장 궁금해하며 가져간 단어는 나의 선조가 딸 키지에게 버지니아 주 스폿실베이니아의 메타포니 강을 가리키면서 말했다는 〈캄비 볼롱고〉였다. 반시나 박사는 〈볼롱고〉가 의심할 여지없이 만딩카 말로 강처럼 흐르는 물을 의미하며, 그 앞에 붙은 〈캄비〉는 감비아 강을 가리키리라고 말했다.

나는 그 강에 대해서 전혀 들어 본 적이 없었다.

그렇다, (점점 더 많은 신기한 일이 일어날 때마다 그랬듯이) 다정한 할머니하고 모두들 저 위에서 정말로 지켜보는구나 하는 느낌을 내가 더 강하게 인식하게 만든 사건이 발생했다…….

나는 뉴욕 주 유티카의 유티카 대학에서 열린 한 세미나에 연사로 초청을 받았다. 나를 초청한 교수와 함께 복도를 걸어 내려가며, 나는 방금 워싱턴에서 날아왔는데, 왜 거기 갔었는지를 그에게 이야기했다.「감비아라고요? 내가 잘못 들은 게 아니라면, 그 나라 출신의 특출한 학생이 한 명 해밀턴에 다닌다고 최근에 누가 말하던데요.」

역사가 깊은 명문인 해밀턴 대학은 자동차로 반 시간가량 걸리는 뉴욕 주의 클린턴에 있었다. 내가 질문을 채 끝내기도 전에 찰스 토드라는 교수가 〈에부 망가 말씀이로군요〉 하고 말했다. 그는 수강 등록자 명단을 확인하더니, 그 학생이 농업 경제학 강의를 받는 교실을 나에게 일러주었다. 에부 망가는 작은 체격과 조심스러운 눈매에, 몸가짐이 차분하고, 숯검댕이처럼 피부가 검었다. 그는 먼저 내가 발음하는 단어들을 들어 보고, 내 입에서 그런 소리가 나왔다는 사실에 분명히 놀란 듯한 표정이었다. 만딩카 말이 그의 고향 말이었던가?「그 언어가 귀에 익었기는 하지만, 내 고향 말은 아녜요.」그는 월로프 사람이라고 말했다. 그의 기숙사 방에서 나는 내 탐색 작업에 관해 이야기를 했다. 다음 주말에 우리는 감비아로 떠났다.

다음 날 아침 세네갈의 다카르에 도착한 우리들은 경비행기로 갈아타고 감비아의 조그만 윤둠 공항에 내렸다. 영업용 승합차를 타고 우리들은 수도 반줄(당시 지명은 바터스트)로 들어갔다. 에부와 그의 아버지 알하지 망가(감비아 인들은 대부분 무슬림임)는 그들의 작은 나라에 대한 역사를 잘 아는 사람을 몇 명 모았는데, 나는 그들과 애틀랜틱 호텔의 휴게실에서 만났다. 위스콘신에서 반시나 박사에게 그랬던 대로, 나는 그들에게 여러 세대를 거쳐 전해 내려온 가족사를 얘기했다. 나는 이들에게는 순서를 바꾸어 할머니로부터 시작하여, 톰과 치킨 조지를 거치고, 그러고는 다른 노예들에게 자기 이름을 〈킨-테이〉라고 고집했다는 아프리카 인 아버지를 회고하던 키지에 관한 얘기를 하면서, 그녀의 아버지가 여러 가지 사물을 가리키면서 키지에게 되풀이해 말했던 발음을 설명했고, 그가 마을에서 그다지 멀지 않은 곳에서 나무를 자르다가 기습을 당해 노예로 붙잡혀 갔다는 이야기도 했다.

　내 얘기를 다 듣고 난 그들은, 한심하고 우습다는 듯 말했다.「그야 물론 〈캄비 볼롱고〉라면 감비아 강을 의미하고, 그건 세상 사람 누구나 다 알아요.」나는 화가 나서 그들에게, 아니다, 세상에는 그런 사실을 모르는 사람도 아주 많다고 따졌다. 그제야 그들은 1760년대에 살았던 나의 선조가 자기 이름은 〈킨-테이〉라고 고집했다는 사실에 대해서 보다 큰 관심을 보였다.「우리나라의 옛 마을들은 수백 년 전에 그 마을을 세운 가족의 이름을 따서 붙이는 일이 많아요.」그들이 말했다. 그들은 지도를 가져오라고 하더니, 손으로 가리키면서 말했다.「보십시오, 여기가 킨테-쿤다의 마을입니다. 그리고 거기서 별로 멀지 않은 곳에 킨테-쿤다 잔네-야 마을도 있군요.」

　그러고 나서 그들은 내가 전혀 꿈에도 상상하지 못했던 이야기를 해 주었는데, 〈그리오〉라고 하는 아주 나이가 많은 노인들을 미개하고 오래된 벽촌에 가면 아직도 만날 수 있는데, 그들은 사실상 살아서 걸어다니는 구전 역사의 기록 보관소나 마찬가지라고 했다. 고참 그리오는 보통 60대 후반이나 70대 초반의 남자로서, 그의 밑으로는 점점 나이가 적은 그리오들이 따르고, 심지어 소년 제자들도 있어서 ― 특별한 행사가 열릴 때마다 마을과, 부족과, 가문, 그리고 위대한 영웅들에 관한 수백 년에 걸친 역사를 얘기해 주는 고참 그리오가 되는 자격을 얻기까지, 소년 제자는 40년에서 50년 동안 그리오들이 들려

주는 옛이야기의 어느 특정한 대목을 접하고 익혀야 한다고 했다. 이러한 구전 연대기는 고대 조상들로부터 아프리카의 흑인 사회에 전체적으로 전수되어 내려왔음을 나는 알게 되었으며, 어떤 전설적인 그리오들은 아프리카 역사의 다양한 시대에 대해서 그야말로 한 마디도 똑같은 대목을 되풀이하지 않으면서 사흘 동안이나 계속 읊어댄다고 했다.

내가 얼마나 놀라는지를 보더니 이 감비아 인들은, 세상 사람이라면 누구나 조상을 거슬러 올라가다 보면 문자가 존재하지 않았던 시대와 장소에 이르기 마련이고, 그래서 그 당시에는 인간이 지식을 보존하고 전달하는 유일한 방법이 기억력과 입과 귀였음을 나에게 상기시켜 주었다. 서구 문화 속에서 살아가는 우리들은 〈활자의 손아귀〉에 너무 익숙해져서, 훈련이 잘된 기억력이 지닌 능력이 어느 정도인지를 이해하는 사람이 드물다고 그들은 말했다.

제대로 표기하면 〈킨테Kinte〉가 정확하리라고 그들이 말했지만, 어쨌든 나의 조상이 자신의 이름이 〈킨-테이Kin-tay〉라고 고집했으며, 킨테 가문은 감비아에서 오래되고 잘 알려진 집안이기 때문에, 그들은 나의 추적을 도와줄 만한 그리오를 찾기 위해 최선을 다하겠다고 약속했다.

미국으로 돌아온 나는 아프리카 역사에 관한 책을 탐독하기 시작했다. 지구상에서 두 번째로 큰 대륙에 관한 나의 무지를 바로잡으려는 노력은 어느새 일종의 강박관념으로 바뀌었다. 그때까지 아프리카에 대한 나의 인상이 대부분 타잔 영화에서 비롯되었으며, 매우 미미했던 참된 지식조차 기껏해야 가끔 『내셔널 지오그래픽』 잡지를 뒤적거려 얻은 단편적인 내용이었다는 사실을 생각하면 나는 부끄러움을 느낀다. 이제는 갑자기, 나는 하루 종일 책을 읽고 난 다음, 침대가에 걸터앉아서 아프리카의 지도를 살펴보고, 여러 다른 나라의 상대적인 위치와 노예선들이 활동했을 주요 강줄기들을 기억하려고 노력했다.

몇 주일 후에, 한 통의 등기 우편이 감비아로부터 도착했는데, 가능하면 나더러 어서 다시 와달라는 내용이었다. 그러나 당시에 나는, 특히 글쓰기 활동에 거의 시간을 투자하지 않았기 때문에, 완전히 무일푼의 신세였다.

언젠가 『리더스 다이제스트』의 잔디밭 파티에서, 공동 설립자인 드위트 월리스 여사는 내가 〈잊지 못할 인물〉 고정란에 기고했던 (해안 경비대 시절 나의 상관이었던 거칠고 노련한 선원 요리사에 관한 내용을 담은) 글이 무척 좋았다고 말하고는, 헤어지기 직전에 나더러 만일 도움이 필요한 일이 생기면 언제라도 알려 달라고 먼저 말을 꺼냈었다. 이제 나는 상당히 염치없는 편지를 월리스 여사에게 쓰면서, 내가 충동적으로 시작한 뿌리 찾기에 대해서 간단히 설명했다. 그녀는 몇 명의 편집자에게 나를 만나서 사정 얘기를 들어 보라고 지시했고, 그들과 함께 점심 식사를 하게 된 나는 숨도 안 돌리면서 거의 세 시간 동안 이야기를 해 주었다. 곧이어 얼마 후에 편지가 한 통 배달되었는데, 『리더스 다이제스트』에서 앞으로 1년 동안 매달 3백 달러씩 나에게 제공하겠으며, 거기다 (내가 정말로 절실히 필요로 했던) 〈적절하다고 생각되는 여행 경비〉를 제공하겠다는 내용이었다.

　(무엇인가 나로 하여금 그렇게 하도록 자극했기 때문이었지만) 나는 다시 캔자스시티의 조지아 대고모를 찾아갔는데, 그녀는 몹시 심하게 앓던 중이었다. 그러나 그녀는 내가 이미 확인한 내용과 앞으로 알아내고 싶은 바가 무엇인지 얘기를 듣고는 흥분했다. 그녀는 나에게 성공을 빌어 주었고, 나는 다시 아프리카로 날아갔다.

　전에 만나 이야기를 나누었던 사람들은, 이번에는 다소 사무적인 태도로, 벽촌 구석구석에 소문을 퍼뜨려 놓은 결과로, 킨테 가문에 관해서 아주 잘 아는 그리오를 정말로 찾아냈다며, 그의 이름이 〈케바 칸지 포파나〉라고 말했다. 나는 발작이라도 일으킬 지경이었다. 「그 사람 도대체 어디 있는데요?」 그들은 묘한 표정으로 나를 쳐다보았다. 「자기 사는 마을에요.」

　얘기를 들어 보니, 만일 이 그리오를 만날 생각이라면, 내가 죽을 때까지 그런 일을 하게 되리라고는 꿈에도 전혀 생각하지 못했던 무엇을 — 적어도 당시의 내 짐작으로서는, 일종의 소규모 탐험대(!)를 조직해야 된다는 사실을 알게 되었다. 익숙하지 못한 아프리카 원주민들과의 힘들고도 끝없는 협상을 꼬박 3일이나 벌인 끝에, 마침내 상류로 가기 위한 똑딱선 한 척과, 꾸불꾸불한 육로를 따라 보급품을 운반할 짐차와 랜드 로버 한 대를 세내었고, 통역 세 사람과, (벽지의 늙은 그리오들은 배경 음악이 없이는 옛이야기를 하지 않으리라고 나에게 일러 준) 악사 네 명을 포함하여 모두 열네 명의 인원도 고용했다.

똑딱선 바디부호를 타고 덜덜거리면서, 넓고도 물살이 빠른 캄비볼롱고를 거슬러 올라가는 동안, 나는 속이 상할 정도로 소외감을 느꼈다. 그들은 모두가 나를 또 한 사람의 만만한 백인 사냥꾼 정도로 취급하지는 않았던가? 마침내 눈앞에 나타난 제임스 섬은 2백 년 동안 잉글랜드와 프랑스가 노예무역의 이상적인 요충지를 장악하려고 밀고 당기는 싸움을 벌였던 요새가 위치했던 자리였다. 잠시 섬에 상륙하면 안 되겠느냐고 부탁한 나는, 유령 같은 대포가 아직도 지키고 있는, 무너져 버린 폐허의 한복판을 거닐었다. 나는 그곳에서 벌어졌을 온갖 잔학한 행위들을 마음속에 그려 보면서, 검은 아프리카 대륙 역사에서 그 시대로 거슬러 올라가 도끼를 휘둘러 대고 싶은 충동을 느꼈다. 나는 고대의 쇠사슬을 상징하는 어떤 상징적인 잔재라도 추억거리로 가져가려고 찾아보았으나 실패했고, 대신 회반죽 덩어리와 벽돌 하나를 주웠다. 바디부호로 되돌아가기 전 몇 분 동안, 나는 나의 선조가 저 멀리 대서양 건너 버지니아 주 스폿실베이니아에서 그의 딸을 위해 이름을 붙여 주었던 바로 그 강을 아래위로 물끄러미 둘러보았다. 그런 다음에 우리는 계속해서 물길을 올라갔고, 알브레다라는 작은 마을에 도착하여 강가에 정박시킨 다음, 우리가 찾는 그리오가 산다고 하는 목적지까지, 훨씬 더 작은 마을 주푸레까지 이제부터는 걸어서 가야 했다.

감동적인 면에서 평생 동안 어떤 다른 경험도 감히 능가하지 못하는 경우를 두고 〈절정의 체험〉이라는 표현을 쓴다. 바로 그런 경험을 나는 검은 서아프리카 벽지에서의 첫날 맛보았다.

주푸레 마을이 우리들의 시야에 들어올 무렵에, 밖에서 놀던 아이들이 경계의 신호를 알렸고, 사람들이 그들의 오두막으로부터 몰려나왔다. 주민이 70명 정도밖에 안 되는 마을이었다. 대부분의 오지 마을이나 마찬가지로, 주푸레는 2백 년 전의 모습과 별로 달라진 바가 없어서, 둥그런 흙집에는 원추형 초가지붕을 얹었다. 모여든 사람들 중에는 허여스름한 긴 옷을 걸치고, 독수리 인상의 검은 얼굴에, 챙이 없는 동글납작한 모자를 쓴 작은 남자가 눈에 띄었는데, 그에게서는 어떤 〈범상치 않은 인물〉다운 묘한 분위기가 풍겼으며, 그제야 나는 바로 이 사람이 우리가 찾아와 얘기를 들으려는 인물임을 알게 되었다.

세 명의 통역사가 우리 일행을 벗어나 그의 주변에 모여서자, 70여 명의 마을 사람들은 내가 팔을 내밀면 손가락이 어느 쪽이건 가장 가까운 사람에게 닿을 정도로 나의 주변에 바싹 모여서서, 서너 겹으로 편자와 같은 대형을 이루었다. 그들은 모두 나를 빤히 주시했다. 그들의 눈은 나를 샅샅이 훑어보았다. 어찌나 열심히 노려보는지 그들의 이마에 주름살이 잡힐 정도였다. 나의 내면 깊숙한 곳에서부터 휘젓고 솟구치는 듯한 흥분감이 일기 시작했고, 내가 도대체 왜 이런 기분을 느끼는지 의아해하려니까…… 잠시 후 마치 맹렬한 폭풍우가 나를 후려치는 듯한 깨달음이 나에게 밀어닥쳤으니, 지금까지 살아오면서 나는 수없이 군중들을 마주했었지만, 이렇게 모두가 하나같이 새까만 사람들만 모인 곳에 서기는 이것이 처음이었다!

정서적으로 뒤흔들린 나는, 사람들이 불안하거나 자신이 없을 때 흔히 그러는 경향을 보이듯이, 눈을 떨어뜨렸고, 그러자 나의 시선은 갈색 빛을 띤 내 손에 닿았다. 이번에는 아까보다 더 빨리, 그리고 더욱 강렬하게, 또 다른 폭풍의 감정이 나를 사로잡았는데 ― 나는 나 자신을 어떤 잡종 인간의 변형이라고 느꼈고…… 어쩐지 순수한 인간 속의 불순한 인간이라는 기분이 들었으며, 그것은 끔찍하게도 수치스러운 느낌이었다. 이때쯤 갑자기 노인이 통역사들의 곁을 떠났다. 마을 사람들도 역시 당장 내 곁을 떠나더니 그에게로 몰려갔다.

내가 데리고 간 통역사 한 사람이 얼른 나에게로 오더니 귀에다 대고 속삭였다. 「저 사람들이 선생님 그렇게 빤히 쳐다보는 까닭은 검은 미국인을 본 적이 전혀 없기 때문입니다.」 그 말의 진정한 뜻을 파악했을 때 내가 받은 충격은 더욱 심한 것이었다고 믿어진다. 그들은 나를 한 사람의 개인으로 보지를 않았고, 그들의 눈에 비친 나는 바다 건너에서 살고, 그들이 한 번도 본 적이 없는 2천 5백만 명의 미국 흑인을 대표하는 하나의 상징이었다.

사람들은 노인 곁으로 잔뜩 몰려들었고, 활기에 넘쳐 만딩카 말로 얘기를 주고받으며, 모두들 나를 가끔 한 번씩 흘깃거리며 쳐다보았다. 잠시 후에 노인이 돌아서더니, 부지런히 사람들 사이를 헤치고, 나의 세 통역사를 지나쳐, 곧장 나에게로 왔다. 노인은 내 눈을 뚫어

저라 들여다보더니, 마치 내가 그의 만딩카 말을 당연히 알아들으리라고 생각하는 듯, 노예선들의 기착지였던 그러한 곳에서 살아가고, 그들로서는 본 적이 없는 수백만 명에 대해서 그들 모두가 느끼는 바를 설명했으며, 통역이 뒤따랐다. 「이곳의 우리 종족 가운데 많은 사람들이 아메리카라고 불리는 곳 — 그리고 다른 여러 곳에서 유형 생활을 한다는 이야기를 우리들은 조상들로부터 들었습니다.」

노인이 나를 마주 보고 앉았으며, 마을 사람들은 황급히 그의 뒤로 모여들었다. 그러자 그는, 조상들의 시대로부터 수백 년에 걸쳐 입에서 입으로 전해진 그대로, 킨테 집안의 옛 역사를 나에게 암송해 주기 시작했다. 그것은 단순한 대화식의 이야기가 아니라, 마치 두루마리 책을 읽어 주는 듯한 분위기였으며, 꼼짝도 하지 않고 침묵을 지키는 마을 사람들에게는 그것이 하나의 공식 행사임이 분명했다. 그리오는 상반신을 꼿꼿하게 앞으로 내밀었고, 목의 핏줄은 불끈거렸으며, 그가 하는 말은 마치 어떤 형체를 갖춘 물건들처럼 입에서 튀어나왔다. 한두 구절을 얘기한 다음에는, 마치 맥이 빠지는 듯 노인은 몸을 뒤로 젖히고서, 통역하는 얘기에 귀를 기울였다. 그리오의 머릿속으로부터, (누가 누구와 결혼했고, 누가 어느 아이들을 낳았고, 그런 다음 어느 아이가 누구와 결혼했으며, 그들의 자손은 누구였는지) 믿어지지 않을 정도로 복잡하게 여러 세대를 거슬러 올라가는 킨테 집안의 족보가 술술 흘러나왔다. 모두가 정말로 믿어지지 않을 정도였다. 넘치도록 풍부하고 자세한 내용 못지않게 나를 크게 감동시켰던 점은 〈그리고 누가 누구를 아내로 삼았으며, 그래서 누구를 낳았고…… 누구를 낳았고…… 누구를 낳았고……〉라고 이야기를 전하는 성서식 서술 방식이었다. 그는 이어서, 낳은 자식들이 나중에 얻은 한 명이나 여러 명의 배우자와, 하나같이 숫자가 많았던 그들의 자손이 누구인지 이름을 계속해서 읊었다. 그리오는 시기와 연대를 설명하기 위해서는 〈큰물(홍수)이 넘쳤던 해〉라든가 〈그가 물소를 베어 죽였을 때〉라는 식으로 어떤 사건을 연결지어 얘기했다. 정확한 날짜를 알아내기 위해서는 노인이 말한 홍수가 언제 일어났던 사건인지를 알아야만 했다.

그리오가 나에게 들려준 백과사전식 서사사를 요점만 간추린다면, 킨테 집안은 옛 말리라고 하는 곳에서 시작되었다. 그 당시의 킨테 남자들은 전통적으로 〈불을 정복한〉 대장장이였으며, 여자들은 대부분 항아리를 만들거나 천을 짜는 일을 했다. 세월이 흐르는 사이에 킨테 가문의 한 집단은 마우레타니아라는 곳으로 이주했으며, 마우레타니아로부터 (이슬람교의 성자인 〈마라부트〉이며) 이 가문의 아들인 카이라바 쿤타 킨테가 감비아라는 지방으로 길을 떠났다. 그는 처음 파칼리 은딩이라는 마을로 가서 잠시 머문 다음, 다시 지파롱이라는 마을을 거쳐, 결국 주푸레 마을에 이르렀다.

주푸레에서 카이라바 쿤타 킨테는 첫 번째 아내로 시렝이라는 이름의 만딩카 처녀를 맞아들였다. 그녀에게서 그는 두 아들을 얻어 잔네와 살룸이라고 이름 지었다. 그리고 두 번째 아내를 맞았는데, 그녀의 이름은 야이사였다. 그리고 야이사에게서 그는 오모로라는 아들을 얻었다.

이들 세 아들은 주푸레에서 나이가 찰 때까지 살았다. 그러다가 잔네와 살룸 두 형은 주푸레를 떠나 킨테-쿤다 잔네-야라는 이름의 새 마을을 세웠다. 막내아들 오모로는 서른 장마철(살)이 될 때까지 주푸레 마을에서 그대로 살다가, 빈타 케바라는 만딩카 처녀를 아내로 삼았다. 그리고 빈타 케바에게서 1750년과 1760년 사이에 오모로 킨테는 네 명의 아들을 얻었는데, 그들의 이름은 출생순으로 쿤타, 라민, 수와두, 그리고 마디였다.

늙은 그리오는 여기까지 거의 두 시간이 걸려서 애기했는데, 아마도 그가 이름을 언급한 사람에 대한 자세한 이야기를 50가지 정도는 삽입했던 듯싶었다. 이제는 그 네 명의 아들 이름을 언급하고 나서 그는 다시 자세한 이야기를 추가했으며, 통역이 이를 받아 다시 설명했다 ─ 〈왕의 군사들이 왔던 무렵에─〉(라고 그리오는 다시 한 번 시기를 밝히고 나서) 「네 명의 아들 가운데 첫째인 쿤타는 나무를 베러 가려고 마을을 벗어났는데…… 다시는 돌아오지 않았고……」 그리고 그리오는 하던 얘기를 다시 계속했다.

나는 마치 석상처럼 꼼짝 않고 앉아 있었다. 나의 피는 얼어붙는 듯싶었다. 아프리카의 오지 마을에서 평생을 살아온 이 노인은 내가 소년 시절 테네시 주 헤닝에 사는 할머니의 집 앞마루에서 줄곧 들어온…… 자기 이름은 〈킨-테이〉라고 항상 고집했으며, 기타를 〈코〉라고 불렀으며, 버지니아 주에서 흐르는 한 강을 〈캄비 볼롱고〉라 불렀던 사람, 마을에서 얼마 떨어지지 않은 곳에서 북을 만들기 위해 나무를 베다가 납치되어 노예가 되었다는 한 아프리카 인에 관한 이야기를 그대로 방금 자신의 입으로 되풀이했다는 사실을 전혀 알 턱이 없었다.

나는 내 여행용 자루를 더듬어 공책을 꺼내서, 할머니에게서 듣고 첫 페이지에 적어 놓은 얘기를 통역에게 보여 주었다. 그는 적힌 내용을 잠시 훑어보고는, 깜짝 놀라서 공책을 늙은 그리오에게 보여 주며, 빠른 말로 무슨 설명을 했고, 그의 말을 들은 그리오는 불안한 듯 일어서더니, 통역이 손에 든 내 공책을 가리키면서 사람들에게 소리쳤고, 그들도 모두 불안한 듯 웅성거렸다.

나는 어느 누구도 명령을 내리는 소리를 듣지 못했고, 다만 70여 명의 마을 사람들이 나를 둘러싸고 커다란 원을 만들고는, 시계 반대 방향으로 움직이면서 나지막하게, 커다랗게, 나지막하게 무엇인가 읊조렸고, 그들이 몸을 서로 가까이 붙이고, 무릎을 높이 들었다가 발을 굴러 붉은 흙먼지를 일으키던 장면만이 기억날 따름이다…….

어린 아기를 끈으로 묶어 업은 10여 명의 여자들 가운데 한 사람이 움직이는 커다란 원에서 갑자기 벗어났다. 새까만 얼굴이 심하게 일그러진 채로, 여자는 맨발로 땅을 차며 나에게로 달려오더니, 업었던 아기를 얼른 내려서, 〈받아요!〉라는 듯한 몸짓으로, 아기를 거의 내던지다시피 나에게 내밀었고…… 그래서 나는 그 아기를 받아 품에 안았다. 그러자 여자는 아기를 다시 낚아채 가지고 물러갔으며, 그러자 다른 여자가 와서 나에게 아기를 내밀었고, 그러고는 다른 여자…… 그래서 결국 나는 열 명이 넘는 아기를 안았다가 내주었다. 나는 거의 1년이 지난 후에야, 그 같은 행동을 연구해 온 하버드 대학의 제롬 브루너 박사로부터 설명을 들었다. 「당신은 인류의 가장 오래전 예식 중의 하나인 안수례(按手禮)에 참여하면서도 그런 사실을 몰랐군요! 그들은 그들 나름대로의 방식으로 당신에게 〈우리들과 하나인 이 육신을 통해 우리는 당신이 되고, 당신은 우리가 됩니다〉라고 말했던 것입니다!」

나중에 주푸레의 남자들은 나를 대나무와 이엉으로 지은 그들의 이슬람교 사원으로 데리고 가더니, 나를 둘러싸고 아랍 어로 기도를 드렸다. 나는 무릎을 꿇고 앉아, 이런 생각을 했던 기억이 난다. 〈내가 어디에서 왔는지 뿌리를 겨우 알아냈는데, 그들이 하는 말을 나는 한마디도 알아듣지 못하는구나.〉 나중에 통역은 그들의 기도가 어떤 내용이었는지 나에게 요약해 주었다. 「오랫동안 우리가 잃어버렸던 사람을 되돌려 보내 주신 알라에게 영광을 돌릴지어다.」

　강을 따라 올라왔기 때문에, 나는 돌아갈 때는 육지로 가고 싶었다. 강인한 체격의 젊은 만딩고 운전사 옆에 앉아서 뜨겁고, 거칠고, 울퉁불퉁한, 오지의 시골 길을 따라 피어오르는 먼지를 뒤로 날리며 자동차가 반줄로 향하는 사이에, 마음을 뒤흔드는 어떤 인식이 내 머릿속에서 일어났는데…… 만일 어느 검은 아메리카 인이 나처럼 축복을 받아서, 겨우 몇 가지나마 조상이 물려준 수수께끼의 실마리를 알았더라면 — 그리고 그 남자나 여자가 아버지 쪽이거나 어머니 쪽의 아프리카 조상(들)이 누구였는지, 도대체 어디쯤에서 그 조상들이 살았고 잡혀갔는지, 그리고 결국 언제 끌려갔는지를 알아내었다면 — 그랬다면 미국의 흑인으로 하여금 어느 늙고 주름진 그리오를 찾아내어, 그에게서 조상의 족보를 알아내고, 그리고 어쩌면 조상들이 살았던 바로 그 마을로 찾아가게 만든 힘은 바로 그 몇 가닥 안 되는 단서였다.

　(마치 영사막에 안개처럼 부옇게 투사된 듯싶기도 했던) 마음의 눈으로 나는 수백만 명의 우리 조상들이 어떻게 집단적으로 노예가 되었는지를 책에서 읽었던 그대로 그려 보기 시작했다. 수천 명의 흑인들은, 나 자신의 조상 쿤타가 그랬듯이, 개별적으로 납치되었지만, 다른 수백만 명에 달하는 사람들이 한밤중에 습격을 당해서, 비명을 지르며 깨어나, 종종 불타는 마을의 아비규환 속을 헤매다가 집단으로 끌려갔다. 납치된 쓸 만한 사람들은 목과 목을 가죽 끈으로 묶여, 〈한 두름의 짐승*coffle*〉이라고 불리던 긴 행렬을 이루어 끌려갔으며, 때로는 이 행렬의 길이가 1킬로미터를 넘었다. 해안으로 가는 고통의 행진을 계속하기에는 너무나 약한 수많은 사람들이 죽어 가고, 길바닥에 버림을 받아서 죽기도 하고, 해안까지 다다른 자들은 몸에 기름칠을 당하고, 온몸의 털이 깎이고, 몸의 구멍이란 구멍은 하나도 빠짐없이 검사를 받고, 불에 달군 쇠로 낙인이 찍히는 장면을 나는 눈앞에 그려 보았으며, 그들이 채찍으로 맞으며 긴 배로 끌려가고, 발작적으로 비명을 지르며 바닷가 모래밭에 두 손을 찔러 박고, 그들의 고향이

었던 아프리카를 마지막으로 단 한 번만이라도 더 붙잡아 보려는 필사적인 노력으로 모래를 한입 잔뜩 물어 삼켜 숨이 막히기도 하는 장면을 나는 눈앞에 그려 보았으며, 떠밀리고 몽둥이로 맞으며, 악취가 지독한 짐칸으로 끌려 내려가 선반에 쇠사슬로 묶이고, 어찌나 차곡차곡 눕혔는지 찬장 서랍 속의 숟가락들처럼 나란히 모로 누워야 했던 조상들의 모습을 나는 눈앞에 그려 보았다……

휠씬 큰 다른 어느 마을이 가까워 오는 동안 이런 모든 장면을 생각하며 나는 마음이 비틀거렸다. 멍하니 앞만 쳐다보던 나는, 주푸레에서 일어났던 일들에 관한 소식이 나보다 휠씬 먼저 이곳에 다다랐다는 사실을 깨달았다. 운전수가 차의 속도를 늦추는 사이에, 나는 이 마을 사람들이 우리들 앞쪽의 길에 무리를 지은 모습을 보았는데, 그들은 손을 흔들며 알아듣지도 못할 불협화음의 소리를 질러 대었고, 나는 타고 가던 랜드로버에서 몸을 일으켜, 마치 차가 지나갈 길을 터주기를 못마땅해하는 듯한 그들에게 마주 손을 흔들어 주었다.

우리들이 마을을 3분의 1쯤 통과했을 무렵이었다고 생각되는데, 나는 그들이 소리치는 말이 무엇인가를 불현듯 깨닫게 되었으니……헐렁한 옷을 걸치고 쭈글쭈글 주름진 노인들과 보다 젊은 사람들, 어머니들과 벌거숭이 새까만 어린이들, 그들은 모두 나를 향해 손을 흔들면서, 들뜬 표정으로 미소를 지으면서, 모두가 함께 소리쳤다. 「미이이스터 킨테! 미이이스터 킨테!」

나는 그래도 남자라고, 여기서 한마디 꼭 해두고 싶다. 내 발목 어디쯤에서인가 흐느낌이 나를 쳤고, 그것이 위로 치솟아 오르자, 나는 어느새 두 손으로 얼굴을 가렸으며, 어린 아기였을 때 이후 처음으로, 그냥 정신없이 엉엉 울었다. 「미스터 킨테!」 나는 인류 최대의 오점이라고 여겨지는 만행, 나의 동족에게 역사가 자행한 모든 엄청난 만행 때문에 통곡한다는 마음일 따름이었다……

비행기에 몸을 싣고 다카르를 떠나 고향으로 돌아오면서, 나는 책을 쓰기로 결심했다. 나 자신의 조상들에 관한 책이라면, 자동적으로 모든 아프리카 후손들의 상징적인 일대기가 될 터였으니 — 그들은 모두가 예외 없이, 아프리카의 어느 흑인 마을에서 태어나고 자랐을 어떤 사람, 납치를 당해서 쇠사슬에 묶인 채 어느 노예선에 실려 같은 바다를 건너 항해했으며, 몇몇 농장을 전전하고, 그때부터 자유를 위한 투쟁을 계속했을 쿤타와 같은 어떤 사람의 씨앗들이기 때문이었다.

뉴욕에서 나를 기다리던 전화 연락 사항들 중에는 캔자스시티 병원에서 여든세 살의 나이로 조지아 대고모가 사망했다는 전갈도 있었다. 나중에, 시차(時差)를 계산해 보았더니, 왕고모는 내가 주푸레 마을에 발을 들여놓았던 바로 그 시간쯤에 세상을 떠났음을 알게 되었다. 할머니의 앞마루에서 우리 선조들의 얘기를 들려주었던 노부인들 가운데 마지막 사람으로서, 왕고모에게는 나를 아프리카에 보내는 일이 자신의 사명이라고 믿었으며, 일을 끝낸 다음 그녀는 저 위 하늘나라에서 나를 지켜보던 다른 사람들을 만나러 찾아간 모양이라고 나는 생각한다.

사실상 내가 생각하기에는, 나의 어린 시절부터 시작하여, 서로 연관된 일련의 사건들이 차례로 일어났으며, 그것들이 하나로 합쳐져 마침내 이 책을 만들어 낸 듯싶다. 할머니와 다른 사람들은 우리 가족사를 끈질기게 송곳으로 파넣듯 내 머릿속에 박아 넣었다. 그런 다음에는, 순전히 우발적인 여러 상황의 결과로, 미국 해안 경비대 해상 함정에서 요리를 하게 되었던 나는, 긴 시행착오를 거치면서 혼자서 글 쓰는 방법을 익히기 시작했다. 그리고 내가 바다를 사랑하게 되었기 때문에, 초기에 쓴 글은 미 해안 경비대 문서국의 퇴색한 옛 해양 기록들을 뒤져 엮어 낸 극적인 해양 모험에 관한 내용들이었다. 이 책을 쓰는 데 필요한 해양 기록 조사 작업을 위해서는 그보다 더 좋은 준비 과정이 없었을 터이다.

언제나 할머니와 다른 노부인들은 배가 아프리카 인을 싣고 와서 《나폴리스Napolis》라고 하는 곳〉에 내려놓았다고 말했다. 나는 그들이 메릴랜드 주의 아나폴리스Annapolis를 지칭했음을 알았다. 그래서 나는 이제, 그의 쥔님 존 월러가 〈토비〉라는 이름을 지어 준 다음에도, 〈킨-테이〉가 자기 이름이라고 고집하던 〈아프리카 인〉을 포함한 인간 화물을 싣고, 감비아 강으로부터 아나폴리스로 항해했던 노예선이 어떤 배인지 알아내야 되겠다고 느꼈다.

나는 이 배를 찾기 위해 과거의 어느 시간에 초점을 맞추어야 할지를 결정해야 했다. 몇 달 전 주푸레 마을에서, 그리오는 쿤타 킨테가 납치되었던 시기가 〈왕의 군사들이 왔던 무렵〉이라고 말했었다.

런던으로 돌아가서, 1760년대의 잉글랜드 군 병력 이동 명령에 관한 기록을 찾아보던 두 번째 주일 중간쯤 되는 어느 날, 나는 〈왕의 군사들〉이라는 것이 〈오헤어 대령의 부대〉라는 부대를 지칭한다고 마침내 확인했다. 런던에 주둔했던 이 부대는 잉글랜드 군이 활동 근거지로 삼았던 제임스 노예 요새를 수비하기 위해 1767년 감비아 강으로 파견되었다. 그리오의 기억이 너무나 정확했기 때문에 사실 나는 그의 뒷조사를 하다가 들키기라도 한 듯 당황했다.

나는 로이드 해상 보험 회사를 찾아갔다. R. C. E. 랜더스라는 고위 간부의 사무실에서 나는 내가 무엇을 할 작정인가를 두서없이 마구 떠들어 댔다. 책상 앞에 앉았던 그가 일어나더니 말했다. 「젊은이, 런던의 로이드 회사는 힘닿는 대로 당신을 위해 모든 도움을 아끼지 않겠습니다.」 그것은 축복의 약속이었으니, 로이드 회사를 통해서 엄청나게 많은 옛 잉글랜드 해양 기록을 조사하는 문이 나에게 열렸기 때문이었다.

잉글랜드, 아프리카, 그리고 미국 사이의 삼각 항해를 했던 수천 척의 노예선들에 관한 옛 기록을 담은, 산더미 같은 문서철과 다른 자료를 보관한 수많은 상자들을 뒤지면서, 어느 특정한 항해에 나섰던 어느 특정한 노예선을 가려낸 다음 확인하기 위해, 날이면 날마다, 끝없이, 헛수고처럼 여겨지는 조사를 하면서 보냈던 첫 여섯 주일처럼 피곤했던 경험은 내 생애에 다시없었다. 그런 좌절감은 젖혀 두더라도, 당시 대부분의 노예상들이 노예무역을 마치 오늘날 상인들이 가축을 팔고, 사고, 선적하는 행위처럼, 단순히 또 하나의 주요 산업 정도로 어느 정도까지 아무렇지도 않게 취급했는지를 점점 더 절실하게 깨달으면서, 내 마음속에서는 점점 더 격한 분노가 치밀어 올랐다. 많은 기록들이 처음에 보관시킨 이후 한 번도 열람된 적이 없는 듯했는데, 분명히 어느 누구도 이 문서들을 확인할 아무런 필요성을 느끼지 않았기 때문이었으리라.

감비아로부터 아나폴리스로 항해한 배를 한 척도 찾아내지 못한 채 7주로 접어든 다음 어느 날, 오후 두시 반쯤에, 나는 노예선에 관한 기록을 1,023장째 살펴보았다. 큼직한 직사각형의 종잇장에서, 1766년부터 1767년 사이에 감비아 강을 드나들었던 30척가량의 배에 관한 기록이 나타났다. 선박 명단을 훑어 내려가던 나의 눈은 제18

번 배에 이르렀고, 그 배에 관한 기록 사항들의 제목을 기계적으로 짚어 나갔다.

(《왕의 군사들이 왔던 무렵》인) 1767년 7월 5일, 토머스 E. 데이비스를 선장으로 한 로드 리고니어라는 이름의 배가 아나폴리스를 향해 감비아 강으로부터 출항했다.

어째서 그랬는지 모르겠지만, 이상하게도 나의 내적인 감정의 반응은 지연되었다. 나는 얌전히 필요한 정보를 기록한 다음, 문서를 반납하고, 밖으로 걸어 나왔던 기억이 난다. 길모퉁이에서 조그만 찻집이 눈에 띄었다. 나는 안으로 들어가 차와 꽈배기를 주문했다. 자리에 앉아서, 천천히 차를 마시는 동안, 바로 그 배가 쿤타 킨테를 실어 왔을 가능성이 크다는 생각이 갑자기 뇌리를 때렸다!

나는 아직도 차와 꽈배기 값을 찻집 여자에게 내지 못했다. 팬 아메리컨 항공사는 그날 뉴욕행 비행기에 마지막 남은 자리 하나를 전화로 확인해 주었다. 내가 묵던 호텔로 돌아갈 시간 따위는 없었고, 나는 택시 운전사에게 말했다. 「히드로 공항요!」그날 밤 대서양을 횡단하며 한숨도 잠을 이루지 못한 나는, 어서 내가 다시 펼쳐 보아야 했던 (워싱턴 D. C. 의회 도서관이 소장한) 책 한 권이 눈앞에 어른거렸다. 옅은 갈색 표지에 보다 짙은 갈색 글씨로 박힌 제목은 — 본 W. 브라운 저(著),『아나폴리스 항구의 운송업』이었다.

뉴욕에서는 이스턴 항공사의 정기 왕복편이 워싱턴으로 연결되었고, 택시로 의회 도서관에 도착한 나는 책을 신청했으며, 책을 찾아온 젊은 사서에게서 낚아채다시피 넘겨받아, 부리나케 책장을 넘겼으며…… 그렇게 해서 확인이 이루어졌다! 로드 리고니어호는 1767년 9월 29일 아나폴리스에서 통관 절차를 마쳤다.

차를 세내어 전속력으로 아나폴리스까지 달려간 나는, 메릴랜드 문서국으로 찾아가서, 기록 보관 담당 피비 제이콥슨 부인에게 1767년 10월의 첫 번째 주일 전후로 발간된 지방 신문 가운데 아무것이나 보여 달라고 요청했다. 그녀는 곧 「메릴랜드 가제트」의 마이크로필름 한 통을 내주었다. 투사기 앞에 앉아서, 10월 1일자 신문의 중간쯤을 읽어 내려가던 나는, 옛 활자체로 인쇄한 광고를 보았다 — 〈방금 입항. 아프리카 감비아 강으로부터 데이비스 선장의 로드 리고니어호 직수입. 아나폴리스에서 오는 10월 7일 수요일, 현금이나 신용 있는 환어음을 받고 계약 화물주들에 의해 판매될 예정임. 특급 건강한 노예가 화물칸 가득. 상기 화물선 톤당 6실링에 담배 런던까지 운송하겠음.〉 광고를 낸 화물주는 세인트토머스 제니퍼의 대니얼과 존 리두였다.

1967년 9월 29일에 이 세상에서 내가 찾아가 서야 할 자리는 당연히 아나폴리스라는 부둣가라고 나는 믿었으며 — 그래서 나는 그곳으로 찾아갔으니, 로드 리고니어호가 입항한 날로부터 꼭 2백 년이 지난 후였다. 나의 6대조 할아버지가 끌려온 바다를 물끄러미 쳐다보면서, 나는 다시 나도 모르게 눈물을 흘렸다.

감비아 강의 제임스 요새에서 작성한 1766~1767년의 문서에는, 로드 리고니어호가 140명의 노예를 짐칸에 싣고 항해했다는 내용도 기록해 놓았다. 그들 가운데 몇 명이나 살아서 항해를 끝냈을까? 이제 나는 두 번째 임무를 수행하기 위해, 메릴랜드 문서국에서 아나폴리스에 상륙했을 당시 그 배의 화물 목록을 찾아보았고, 기록을 발견했는데, 구식 글씨체로 적은 명세서의 내용은 이러했다 — 〈코끼리 이빨(상아를 뜻함) 3,265개, 밀랍 3,700파운드, 생목화 800파운드, 감비아산 황금 32온스〉 그리고 〈흑인 98명〉. 항해 도중에 아프리카 인 3분의 1에 해당하는 42명을 잃었는데, 이것은 노예 항해의 평균치 손실이었다.

이 무렵에 이르러 나는 할머니와, 리즈 아줌마와, 플러스 아줌마, 그리고 조지아 대고모 역시 그들 나름대로의 그리오였음을 깨달았다. 내 공책에는 우리의 아프리카 인이 〈존 월러 쥔님〉에게 팔렸고, 그 쥔님은 그에게 〈토비〉라는 이름을 지어 주었다는 2백 년 전의 애기가 적혀 있다. 그는 네 번째로 탈출을 시도하다가 궁지에 몰리자, 그를 붙잡은 두 명의 전문적인 노예사냥꾼 가운데 한 명에게 돌멩이로 부상을 입혔고, 그들은 그의 발을 잘라 버렸다. 〈존 쥔님의 형 윌리엄 월러 박사〉가 노예의 생명을 구해 주었으며, 발이 잘린 노예를 보고 분개한 그는 동생으로부터 그를 사들였다. 나는 실제로 이에 관한 기록을 찾아낼지도 모른다는 희망을 감히 품게 되었다.

나는 버지니아 주의 리치먼드로 갔다. 거기서 나는 로드 리고니어호가 상륙했던 1767년 9월 이후 버지니아 주의 스폿실베이니아 군에 접수된 법적 증서를 복사한 마이크로필름을 샅샅이 조사했다. 한참 걸려서야 나는 1768년 9월 5일자로 존 월러와 그의 부인 앤이 240에이커의 농토를 포함한 땅과 재산을 윌리엄 월러에게 양도한다는 장문의 증서를 찾아냈는데…… 두 번째 장에는 〈그리고 토비라는 이름의 흑인 남자 노예 한 명〉이 올랐다.

오, 하나님!

로제타 판석을 접한 이후 12년 동안, 나는 거의 백만 킬로미터를 여행하면서, 저마다의 구전 역사가 정확할 뿐만 아니라, 대양을 사이에 두고 서로 이어진다는 사실도 밝혀진 종족들에 관해서, 자료를 조사하고 추려 냈으며, 확인하고 재확인했다. 마침내 나는 실제로 이 책을 집필하는 계획을 추진시키기 위해 더 이상의 연구 활동을 중단하기에 이르렀다. 쿤타 킨테의 소년 시절과 청년기를 구성하는 기간은 오래 걸렸고, 그를 잘 알게 된 다음 나는 그의 납치에 대해서 고민했다. 쿤타와 그 모든 감비아 인들이 노예선에 실려 바다를 횡단하는 부분을 쓰게 되었을 때, 나는 마침내 아프리카로 날아갔고, 어느 검은 아프리카의 항구에서라도 미국으로 직행하는 첫 화물선을 타기 위해 각종 선박 회사들을 뒤지며 돌아다녔다. 나는 마침내 패럴 해운 회사의 아프리컨 스타호를 찾아냈다. 배가 출항하자 나는 선원들에게 나의 조상들의 대서양 횡단 항해에 관한 책을 쓰기 위해 도움이 될 만한 어떤 행동을 실제로 해보고 싶은지를 설명했다. 매일 저녁 늦게 식사가 끝난 다음, 나는 서로 연결된 여러 철사다리를 타고 내려가서, 깊숙하고 캄캄하고 한기마저 서리는 화물칸으로 들어갔다. 내의만 남기고 옷을 다 벗어 버린 다음, 나는 널따랗고 꺼칠꺼칠한 짐깔개 판자 위에 누웠고, 항해를 계속하는 열흘 밤 동안 그곳에서 지내며, 쿤타가 무엇을 보고, 듣고, 느끼고, 냄새 맡고, 맛보았는지를 ― 그리고 무엇보다도, 내가 잘 아는 쿤타였다면 무슨 생각을 했을지 상상해 보았다. 물론 나의 항해는 쿤타 킨테와, 그의 동료들과, 수백만 명의 다른 아프리카 인들이 견디어 낸 기막힌 시련에 비한다면 한심할 정도로 사치스러워서, 그들은 쇠사슬과 족쇄로 묶여 공포에 떨며, 자신의 오물과 뒤섞여 평균 80일에서 90일을 보내야 했고, 그런 다음에는 새로운 육체적, 심리적 공포만이 다시 기다릴 따름이었다. 그러나 어쨌든 나는 (인간 화물의 시각에서) 대양 횡단에 관한 내용을 써내었다.

마침내 나는 우리 가족 7대의 얘기를 여러분이 지금 읽는 이 책으로 엮어 냈다. 여러 해에 걸친 집필 기간 동안 나는 여러 청중 앞에서 어떻게 『뿌리』가 태어나게 되었는지를 얘기했고, 당연한 일이지만, 사람들은 가끔 이렇게 묻는다. 〈『뿌리』에서는 어느 만큼이 사실이고 어느 만큼이 허구인가요?〉 나의 노력에 대한 스스로의 판단에 의하면, 『뿌리』에서 묘사한 혈통에 관한 모든 얘기는 나의 아프리카 및 아메리카의 가족들이 간직해 온 구전 역사로부터 연유하며, 그 가운데 많은 부분을 나는 전통적인 방법으로 문서를 통해 확인했다. 그런 문서들과 더불어, 당시 사람들의 토속적인 생활양식과 문화적인 역사, 그리고 『뿌리』에 살을 붙여 준 다양한 세부적인 사항들은 내가 수년에 걸쳐 3개 대륙을 돌아다니며, 50여 곳의 도서관, 문서 보관소 및 기타 각종 문헌 창고 등을 뒤지면서 열심히 찾아낸 노력의 결실이다.

여기에 수록된 대부분의 얘기는 내가 태어나기 전에 벌어진 내용이기 때문에, 상당히 많은 대화와 사건들은 필연적으로, 실제로 일어났음을 내가 확실하게 아는 사실들과 나의 조사 활동의 결과로 아마도 틀림없이 일어났으리라고 내가 상상하는 내용들을 소설식으로 혼합한 것이다.

나는 이제, 할머니와 조지아 왕고모, 그리고 다른 노부인들만이 아니라, 쿤타와 벨, 키지, 치킨 조지와 마틸다, 톰과 아이린, 할아버지 윌 파머, 버타, 어머니 — 그리고 가장 최근에 그들에게로 간 아버지까지, 모두가 〈저 위 하늘나라에서 지켜보리라〉는 생각을 한다…….

아버지는 여든세 살이었다. (조지, 줄리어스, 로이스, 그리고 나) 그의 자식들이 아버지의 장례 절차에 관해 상의하던 중에, 우리들 가운데 누군가가 아버지는, 당신이 생각하는 그런 의미에서, 삶을 충만하고 풍요하게 살았다고 말했다. 더욱이 그는 임종에 앞서 아무런 고통도 받지 않고 빨리 돌아가셨으며, 아버지가 어떤 분인지를 우리 모두가 워낙 잘 알았던 터라, 우리들이 울기를 그가 원치 않으리라고 의견이 일치했다. 그래서 우리는 울지 않기로 합의했다.

나도 모르게 너무나 많은 추억에 젖었던 탓이었는지, 장의사가 〈고인〉이라는 말을 하자, 나는 그것이 자리를 함께하면 지루한 적이 별로 없었던 우리들의 아버지를 가리키는 말이라는 사실에 깜짝 놀라고 말았다. 워싱턴 D. C.의 어느 교회에서 가족과 친지들이 가득 모여 아버지를 위한 첫 예배를 드리기 직전에, 내 동생 조지는 예배를 집전하던 보이드 목사에게, 적당한 순간에 우리 형제들이 아버지에 대한 추억을 친지들과 나누고 싶다는 뜻을 전했다.

그래서 간단한 전통적인 의식을 치른 다음에, 아버지의 애창곡을 같이 불렀고, 조지가 일어나 뚜껑을 열어 놓은 관 옆에 섰다. 조지는 아버지가 어느 도시에 가서 가르치거나 간에, 우리 집에는 항상 적어도 한 명의 젊은이가 얹혀살고는 했던 사실을 생생하게 기억했는데, 그 젊은이의 아버지는 시골 농부여서, 아들을 대학에 보내라고 우리 아버지가 설득할 때 〈돈이 없다〉고 반대하는 경우, 〈우리 집에 와서 함께 살면 되죠〉라고 하는 바람에 늘 그렇게 되고는 했다. 그런 결과로 남부 각처에서 스스로 〈헤일리 교수의 아들〉이라고 당당하게 자처하는 군 농업 사무관, 고등학교 교장, 그리고 교사들이 열여덟 명이나 된다고 조지는 추정했다.

조지는 우리가 앨라배마에 살던 어린 시절 언젠가, 아침 식사 시간에 아버지가 이런 말을 했던 때도 회상했다. 〈애들아, 오늘은 너희들 내가 훌륭한 분 한 사람 만나게 해주겠다.〉 그러고는 당장 우리 세 형제를 차에 태우고 몇 시간 동안 달려 앨라배마 주 터스키기로 가서, 검은 피부에 키가 작달막한 천재 과학자 조지 워싱턴 카버 박사의 신비스러운 실험실을 방문했고, 카버 박사는 우리들에게 공부를 열심히 해야 하는 필요성을 설명하고는 작은 꽃을 한 송이씩 주었다. 조지는 아버지가 만년에 우리 가족이 1년에 한 번씩이라도 모두 한자리에서 만났으면 좋겠다고 생각했지만 그럴 기회가 없어서 못마땅해했다고 말하고는, 지금 이 자리가 바로 아버지가 생전에 원했던 그런 자리라면서 아버지와 함께 온 식구가 재회의 기쁨을 나누자고 했다.

조지가 자리에 앉자 내가 일어났으며, 나는 관 옆으로 가서 아버지의 얼굴을 잠시 바라보고는, 장남이기 때문에 나는 저기 누워 계신 분에 대해서 누구보다도 더 오래된 추억을 간직하고 있다는 이야기를 사람들에게 했다. 예를 들면, 내가 소년 시절 사랑이 무엇인지를 처음으로 분명하게 깨달았던 때는, 교회에서 노래를 부르려고 기다리는 아버지를 위해 어머니가 피아노를 치기 시작하면서, 두 분이 주고받던 눈길에서였다. 또 하나의 어린 시절 기억은 사람들이 아무리 세상살이가 힘들다고 늘 불평하던 시절에도, 내가 아버지한테서 5센트나 심지어는 10센트를 항상 뜯어내던 방법이었다. 나는 아버지가 혼자 계실 때를 노려서, 아버지가 소속됐던 미국 해외 파견군 제92사단 366보병 부대가 뫼즈 아르곤 숲 전투에서 어떻게 싸웠는지 꼭 한 번만 더 얘기해 달라고 하면 그만이었다. 〈아, 우리 얼마나 용감히 싸웠는지 알아?〉 아버지는 으레 그렇게 소리쳤다. 아버지가 나한테 10센트를 줄 때쯤 되면, 틀림없이 블랙잭 퍼싱 장군에게 전황이 정말로 심각한 상태에 이르고, 그러면 그는 다시 한 번 연락병을 보내 테네시 주 서배너 출신의 사이먼 A. 헤일리 병장(군번 2816106)을 불러오게 했으며, 일이 이렇게 되면 사방에서 눈치를 살피던 독일 첩자들은 최고 사령부에 사태의 진전을 보고하여, 황제 자신도 공포에 떨게 되었다.

그러나 내가 보기에는, 아버지가 레인 대학에서 어머니를 만난 다음, 우리들 모두에게 두 번째로 가장 중요했던 운명적인 만남은, 아버지가 북캐롤라이나 주 그린즈버러의 A&M 대학으로 전학했다가, 〈네 가지 허드렛일을 하다 보니, 도저히 공부할 시간이 나지를 않아서〉 중도에서 중단하고 소작농이 되기 위해 집으로 돌아오려던 참에 이루어졌다고 나는 사람들에게 말했다. 하지만 아버지가 출발하기 직전에, 풀먼 열차에서 임시 여름철 짐꾼으로 그를 받아 주겠다는 통지가 왔다. 버펄로에서 피츠버그로 가는 어느 야간열차에서, 새벽 2시쯤에 그를 찾는 신호가 울렸고, 잠이 오지 않아 고생하던 백인 남자와 그의 부인이 따끈한 우유 한 잔씩만 가져다 달라고 부탁했다. 우유를 가져다주었더니, 아버지의 애기로는, 〈내가 돌아오려고 하는데도 그 남자는 나를 붙잡고 자꾸 애기를 계속했는데, 내가 고학하는 대학생이라는 소리를 듣고 놀라더구나. 그 사람 굉장히 많이 질문을 하고는, 피츠버그에서 팁을 후하게 주었어.〉 한 푼도 쓰지 않고 저축해서 아버지가 1916년 9월에 학교로 돌아갔더니, 총장이 그에게 열차에서 만났던 사람(커티스 출판사에서 정년퇴직한 고위 간부 R. S. M. 보이스)이 1년 동안의 모든 학비가 얼마인지를 묻기 위해 보낸 편지 한 통과, 나중에 보낸 수표를 내놓았다. 〈등록금, 기숙사비, 식대, 그리고 책값까지 포함해서 약 5백3달러 15센트였지〉라고 아버지는 말했으며, 그는 좋은 성적을 받아서, 연방 정부에서 무상으로 토지 원조를 받은 여러 흑인 대학에서 최우수 농업계 학생 한 명씩을 선발하여 코넬 농과 대학이 그해부터 수여하기 시작한 대학원 진학 장학금을 타게 되었다.

그렇게 해서 아버지는 코넬에서 석사 학위를 획득하고, 교수도 되었으며, 그럼으로 해서 우리 자녀들은 그런 종류의 영향을 받으며 성장했을 뿐 아니라, 어머니 쪽에서도 역시 다른 많은 분들이 이룩한 갖가지 업적에 힘입어, 이제 나는 작가가 되어서, 그리고 조지는 미국 문화 홍보국 부국장이 되어서, 그리고 줄리어스는 미해군성 건축 기사가 되어서, 그리고 로이스는 음악 선생이 되어서 아버지를 떠나보내는 행운을 누리게 되었노라고 나는 사람들에게 설명했다.

그런 다음에 우리는 항공기편으로 아버지의 시신을 아칸소로 옮겨 가서, 아버지가 농과 대학장으로 무려 40년 동안이나 교육에 몸담았던 파인 블러프의 AM&N 대학에서 인연을 맺었던 친구들이 가득 모인 가운데 두 번째 영결식을 가졌다. 우리는 그러면 아버지가 좋아하리라고 생각해서, 시신을 싣고 대학 구내를 지나, 정년퇴직에 즈음하여 당신의 이름을 따서 〈S. A. 헤일리 거리〉라고 명명하여 팻말까지 세운 농과 대학 건물 옆길을 두 바퀴나 돌았다.

파인 블러프에서의 영결식이 끝난 후, 우리는 (아버지가 그곳에 묻히고 싶다는 뜻을 생전에 우리들에게 밝혔던) 리틀 로크의 재향 군인 묘지로 아버지의 시신을 가져갔다. 제16구로 운구되던 관을 따라간 우리들은 걸음을 멈추고, 제1249군 묘지로 내려가는 아버지를 지켜보았다. 그러고는 그를 아버지로 두었으며, 쿤타 킨테로부터 일곱 번째 세대인 우리들은, 빠른 걸음으로 뿔뿔이 흩어졌으며, 울지 않기로 약속했었기 때문에, 서로 시선을 피하느라고 얼굴을 돌렸다.

그리하여 아버지는 저 위에서 지켜보던 다른 사람들에게로 갔다. 나는 그들이 정말로 나를 지켜보고 이끌어 준다고 믿으며, 우리 집안의 역사가 담긴 이 이야기가, 역사란 승자들 쪽으로 심하게 치우친 시각에서 쓰였다는 과거의 유산을 보완하는 데 도움이 되기를 바라는 내 소망에 그들도 공감하리라고 생각한다.

어느 미국인 가족의 전설

〈뿌리〉 찾기

『뿌리』는 소설 형식을 취하기는 했어도 엄격히 얘기하자면 비소설로 분류해야 한다. 또한 알렉스 헤일리는 〈미국 전기 작가*biographer*〉나 〈저자*author*〉로만 지칭되며, 예를 들어 『베네 문예사전 *Benet's Reader's Encyclopedia*』에서도 〈글 쓰는 사람*writer*〔作家〕〉이라고 밝혔을 따름이지, 〈소설가*novelist*〉로 분류하지를 않는다.

그러나 알렉스 헤일리의 『뿌리』가 지닌 문학성은 의심할 여지가 조금도 없다.

그리고 알렉스 헤일리의 『뿌리』가 주는 감동은 미국에서 한 시대를 뒤흔든 사건이었으며, 자신의 뿌리를 찾으려는 욕구가 한때 유행이나 현상처럼 풍미(風靡)하여, 지금은 뉴욕 자유의 여신상 머리 속에 들어가면 미국인들이 자신의 성(姓)이 유래하는 뿌리를 찾아보는 안내판까지 등장했다.

〈어느 미국인 가족의 전설*The Saga of an American Family*〉이라는 부제가 달린 이 작품은 어느 흑인이 7대를 거슬러 올라가 아프리카에서 살았던 조상을 주푸레 마을로 찾아가는 대장정을 그리며, 그래서 117개의 장으로 구성된 소설적 전개 못지않게 마지막 3개의 명백한 비소설적 전개, 특히 마지막 120장의 감동은 대단히 핍진해 온다.

그러면서도 『뿌리』의 문학성을 간과해서는 안 되는 까닭은 알렉스 헤일리 자신이 이 책을 〈역사〉라기보다는 〈신화 만들기의 표본 *a study of mythmaking*〉이라고 스스로 밝혔기 때문이다.

1976년 『뿌리』가 출판되자마자 비평과 판매 양쪽에서 대단한 성공을 거두자, 이 책의 진실성과 독창성이 비판을 받았던 까닭 역시 소설이 아닌 기록으로서 보려는 시각에서 연유했다. 「뉴욕 타임스」는 알렉스 헤일리의 『뿌리』를 〈인간이 역사의 매체임을 증언〉한다고 평했으며, 비평가 마이클 알리드는 책과 텔레비전 연속물 *miniseries*이 〈고향 찾기*going home*〉에 대한 헤일리의 환상을 반영한다는 소수 견해를 대변하기도 했다. 심지어 회의론자들은 헤일리가 감비아로 찾아가 만난 늙은 그리오가 유명한 사기꾼으로서, 상대방이 듣고 싶어 하는 얘기만 해주었다는 주장까지 했다.

하지만 바로 이러한 극화(劇化) 작업이 〈작품성〉을 창조했기 때문에 『뿌리』는 1977년 미국에서 권위 있는 전국 도서상과 퓰리처상 특별상을 수상하고, 미국에서 흑인 문학의 고전으로서의 위치를 확고히 했으며 여러 대학에서 교재로까지 채택되기에 이르렀다.

흑인 문학이라고 하면 아프리카의 전통 문학 *African literature* 그리고 미국 문학에서 하나의 지류를 이루는 흑인 문학 *black literature* 으로 크게 분류가 가능하다. 알렉스 헤일리는 이 두 계열에 모두 속하면서도 독립된, 어떤 공백을 이어 주는 교량 역할을 한다.

마르셀 프루스트를 앞질러 아프리카 흑인으로서 1921년에 공쿠르상을 받았던 르네 마랑을 필두로 이른바 흑인 의식을 추구하던 유럽 중심적 네그리튀드 *Négritude* 문학이 사상적인 큰 줄기를 이룬다면, 토속적인 설화나 민요 같은 검은 대륙의 문학이 또 하나의 기둥으로서 과거에는 쌍벽을 이루었다. 그리고 현대 아프리카의 의식이 강한 작가들처럼, 미국의 흑인 작가들은 백인의 제국주의와 식민 정책, 그리고 노예사냥에서 비롯된 박해와 고난의 과거뿐 아니라, 현대라는 시점의 인종 차별에 이르기까지, 피부가 검기 때문에 겪어야하는 고뇌와 좌절감을 자주 주제로 다루고는 했다.

알렉스 헤일리는 물론 본격적인 의식을 추구하는 작가라고 보기는 어렵다. 『뿌리』는 (을유문화사를 위해 필자가 오래전에 번역했으나 끝내 출판은 되지 못한) 르네 마랑의 『바투알라 *Batouala*』와 전반부가 맥락이 사뭇 비슷하며, 말하자면 지방색 *local color*의 농도가 아주 짙은 설화 문학적인 분위기를 제공한다. 그렇기 때문에 어떻게 보면 헤일리는 현대 아프리카 작가들(예를 들어 치누아 아체베 Chinua

Achebe와 아마 아타 아이두Ama Ata Aidoo)보다 훨씬 더 토속성이 강한 아프리카적 작가인지도 모르겠다.

『뿌리』는 또한 수난의 애기이다. 필자가 1977년 번역하여 샘터사에서 출간했으며 1991년 밝은책이라는 출판사에서 재출간했던 앙드레 슈바르츠바르트의 『고독이라는 이름의 여인*La Mulatresse Solitude* (영어 제목 *A Woman Names Solitude*, 1972)』과 참으로 희한할 정도로 그 흐름이 비슷한 이 방대한 작품 『뿌리』는 인간이 같은 인간에게 사냥을 당하고, 그러고는 타인의 선택에 의해서 던져진 상황 속에서 삶이 소모된다는 주제를 담았다. 『고독이라는 이름의 여인』이 훨씬 신화적이고 투쟁적인 애기이기는 하지만 말이다.

그리고 후반부로 갈수록, 특히 치킨 조지와 대장장이 톰이 등장하는 대목에서부터, 헤일리는 『뿌리』에서 제임스 볼드윈이나 리처드 라이트 같은 현대 미국 흑인 작가들이 흔히 다루는 갈등의 주제를 곁들이는데, 향수적인 앞부분이 너무 두드러지게 아름답기 때문인지는 몰라도, 의식의 예리함에서는 좀 미진한 기분이다.

알렉스 헤일리의 『뿌리』가 지닌 한 가지 분명한 가치를 꼽는다면, 줄거리 자체에서 잘 나타나듯이, 흑인들이 아프리카를 떠나 현재에 이르기까지의 〈큰물〉이 갈라놓은 공백을 연결해 준다는 점이다. 말하자면 그는 현재라는 시점에 몰두하는 대부분의 미국 흑인 작가들과는 달리, 아프리카에서 아메리카까지의 머나먼 뱃길에서 바다에 가라앉은 역사를 건져 내어, 흑인 역사의 유기성을 폭넓게 파악하고 작품으로 구성한 작가이다.

『뿌리』의 작가 알렉스 헤일리는 1921년 8월 11일 미국 뉴욕 주의 이타카에서 태어났으며, 같은 해 테네시 주의 헤닝이라는 조그마한 마을로 가서 5년 동안 살았다. 이곳에서 헤일리는 외할머니 신티아 파머Cynthia Palmer에게서 아프리카로부터 노예로 잡혀 온 조상 〈킨-테이〉에 관한 이야기를 듣고 가문의 전통에 대한 공경심과 아프리카에 대한 향수를 느끼면서 자랐다.

그는 1937~1939년에 북캐롤라이나 주의 엘리자베드시티 사범대학을 다녔지만, 학교 성적이 별로 좋지 않았다고 하며, 제2차 세계 대전이 터지자 해안 경비대에 입대하여 탄약 운반선 취사실에서 근무했다. 이때의 권태로운 생활을 벗어나기 위해 그는 글을 쓰기 시작했으며, 동료 선원들이 애인이나 아내에게 보내는 사랑의 편지를 대필해 주기도 했다. 그는 여러 잡지사에 그의 글을 8년 동안 계속 투고했지만 거절을 당했고, 그래도 어쨌든 그는 이 좌절의 시기를 거치며 글쓰기의 기초를 다지기는 했다.

1959년 그는 20년이나 복무한 해안 경비대에서 나와 연금으로 근근이 살아가며, 뉴욕의 그리니치빌리지에서 어느 아파트먼트 지하에 기거하면서 오직 글 쓰는 일에만 전념했다. 그는 『리더스 다이제스트』에 여러 사람의 전기가 게재되면서 직업적인 글쓰기를 시작했고, 1962년에 『플레이보이』로부터 〈플레이보이 인터뷰〉라는 고정란을 맡아 집필하기에 이른다. 이때 그가 만난 맬컴 X와의 인연으로 해서 헤일리는 1965년 맬컴 X의 자서전을 집필했으며, 그 자서전은 5백만 부 이상이 팔렸고 우리나라에도 번역을 통해 소개되었다.

1965년에 헤일리는 워싱턴 D. C.의 정부 공문서 보관국에서 자신의 뿌리를 찾기 위해 남북 전쟁 직후의 기록들을 뒤지다가 증조부모의 이름을 발견한다. 그리고 런던으로 취재 여행을 가서 박물관에 들렀다가 로제타 판석을 보고는, 역사적으로 알려진 부분을 매체로 삼아 미지의 역사를 밝히려는 충동을 받는다. 이때부터 그는 10여년에 걸쳐 과거로의 여행을 시작하여 주푸레의 그리오를 찾아간다.

알렉스 헤일리는 미국뿐 아니라 유럽과 아프리카의 50여 곳의 문서 보관소들을 뒤져 자료를 찾아내고, 마침내 1976년 10월 1일에 『뿌리』를 발표하기에 이른다. 연대기적으로 재조립된 『뿌리』는 서아프리카 감비아의 조그마한 마을 주푸레에서 주인공 쿤타 킨테가 보낸 어린 시절을 작가적 상상력을 동원하여 향수적으로 재현하고, 그러다가 백인 사냥꾼들에게 붙잡혀 미국으로 끌려와서 노예 생활을 시작하는 과정이 전체 작품에서 절반을 차지한다.

백인 주인의 풍습과 습관을 받아들이기를 거부하고, 아프리카적인 전통을 버리지 않으려고 했던 쿤타 킨테가 잃어버린 자유를 찾기 위해 처절하게 저항하는 역정은 스탠리 엘킨의 『노예 생활Slavery』(1959)과 같은 저거에서 추적한 흑인 역사, 헤일리가 이 작품의 마지막 문장에서 〈승리자들의 기록〉이라고 표현한 논리에 대한 도전으로서, 노예들이 아프리카의 문화적인 배경을 버리지 않았음을 강조한다.

쿤타 킨테는 네 번째 도망에 실패하면서 발이 잘리기까지 하면서

도 자신의 정신적인 유산을 살려 나가기 위해, 맬컴 X가 백인의 성
리틀Little을 버리고 X를 성으로 선택했듯이, 주인이 그에게 지어 준
이름 토비Toby를 거부한다.

쿤타는 주인의 저택에서 요리사로 일하는 벨과 결혼하여 딸을 얻
자 〈키지〉라는 아프리카 이름을 지어 주고, 아프리카의 언어를 가르
치고, 과거를 상기시킴으로써 스스로 과거로 이어지는 매체인 그리
오의 역할을 시작한다.

쿤타의 딸 키지는 몰래 글쓰기를 배워 다른 노예의 탈출을 도와주
었다가 부모와 생이별을 하며 다른 곳으로 팔려 가고, 새 주인에게 강
간을 당해 아들 조지를 낳는다. 키지 또한 조지를 위한 그리오 노릇을
하여 투쟁하고 독립하려는 아프리카의 정신을 키워 준다.

쿤타 이후 헤일리 가문에서 가장 이채롭고도 유명한 인물로 부각
된 조지는 백인 아버지 톰 리Thomas Lea를 돕다가 유명한 투계(鬪
鷄) 훈련사가 된다. 그리고 〈치킨 조지〉는 자식을 얻을 때마다 집안의
내력을 아들딸에게 각인시키며 자신은 쿤타 킨테 못지않게 파란만장
한 생애를 살아간다.

치킨 조지의 넷째 아들 톰은 대장장이가 되어 투계사 아버지처럼
자신의 세계를 구축하고, 단순 노동을 하는 노예가 아닌 삶을 추구한
다. 그는 성인이 되어 담배 농장의 하녀인 혼혈 인디언 처녀 아이린과
결혼하여 여덟 자녀를 갖게 된다. 톰 역시 그리오의 역할을 게을리 하
지 않는다. 그러는 사이에 남북 전쟁이 끝나고, 치킨 조지는 해방된
노예들을 이끌고 새로운 〈약속의 땅〉으로 이주하여 백인의 개척사를
연상시키는 새 삶을 시작한다.

톰의 딸인 신티아는 알렉스 헤일리의 할머니로서, 헤일리가 『뿌
리』를 찾고 작품화하는 데 결정적인 역할을 한 인물로서, 윌 파머라
는 남자와 결혼하여 딸 버타를 낳는다. 버타는 사이먼 헤일리와 결혼
하여 아들 알렉스 헤일리를 낳는다. 헤일리의 할머니는 그녀의 시누
이들, 헤일리의 대고모 비니, 마틸다, 그리고 리즈와 함께 헤닝의 집
앞마루porch에 모여 앉아 쿤타 킨테 이후의 조상이 겪어 온 고난과
시련, 그리고 성공을 주제로 해서 자주 토론을 벌이고, 이러한 구전의
가족사는 어린 헤일리의 머릿속에 숙명으로서 각인되고, 결국 엄청
난 충격과 각성을 불러온 한 권의 책으로 태어나기에 이른다.

역자가 30년에 걸쳐 번역 활동을 해오는 동안, 책이 나오기 전부터 대대적인 사전 홍보*pre-publication publicity*를 가장 왕성하게 했던 영어권 책은 콜린 맥컬로의 『가시나무새*The Thorn Birds*』와 『뿌리』였다고 기억한다. 이러한 홍보 활동은 작품의 성공과 중요성을 가늠하는 척도가 되는데, 예상했던 대로 『뿌리』는 출간이 되자마자 대단한 호응을 받았고, 거기에다가 불에 휘발유를 끼얹는 듯한 영향을 주었던 사건이 텔레비전으로 제작된 연속물 『뿌리』였다. 1977년 1월 23일부터 30일까지 8일 동안 매일 밤 방영된 「뿌리」(연출/David Greene, John Erman, Marvin J. Chomsky, Gilbert Moses. 출연/Ed Asner, Chuck Connors, Carolyn Jones, O. J. Simpson, Ralph Waite, Lou Gossett, Lorne Greene, Robert Reed, LeVar Burton, Ben Vereen, Lynda Day George, Vic Morrow, George Hamilton, Ian MacShane, Richard Roundtree, Sandy Duncan, Lloyd Bridges, Doug McClure, Burl Ives)의 시청자는, 당시까지의 기록을 깨트린, 1억 3천만 명에 이르렀다. 우리나라에서도 처음 이 작품이 방영되었을 때는 서울 시내 길거리가 한산했을 정도로 대단한 반응을 보였다.

1970년대까지도 미국에서는 (4~14회로 구성되는) 〈미니 시리즈〉라는 형식이 공영방송(PBS, *Public Broadcasting Service*) 이외에는 별로 널리 제작되지 않았었다. 그러다가 ABC-TV에서 1975~76년에 「야망의 계절」로 큰 성공을 거두자 본격적인 미니 시리즈 제작이 시작되었고, 위에서 열거한 바와 같이 초호화판 배역진을 동원하여 제작한 「뿌리」가 방영될 무렵에는, 천우신조랄까, 미국의 3분의 1에 해당하는 지역에 엄청난 폭설이 내려 집 안에 갇힌 사람들이 텔레비전 앞에서 그들의 검은 역사를 보게 되었다.

책과 텔레비전이 담아낸 〈뿌리〉의 이야기는 인권의 천국을 자처하며 전 세계 각국의 인권 문제를 간섭하다가 이라크에서 최근 잔혹한 포로 학대를 자행하기도 했던 〈앵글로-색슨 아메리카 제국〉의 위선을 뒤집어 보여 주어, 〈역사란 승자들 쪽으로 심하게 치우친 시각에서 쓰였다는 과거의 유산을 보완하는 데 도움이 되기를 바란다*the hope that this story of our people can help alleviate the legacies of the fact that preponderantly the histories have been written by the* *winners*〉는 작가의 시각을 제시한다.

『뿌리』는 앵글로-색슨 기독교 백인들이 아프리카 이슬람 세계의 흑인들을 미국으로 잡아가서 노예로 만들어 하얀 제국의 영광과 부를 축적하기 위해 검은 노동력을 착취하는 비인간적인 학대 행위를 도덕적인 시각에서 조명하고 고발한다. 산업 혁명 시대의 잉글랜드에서나 마찬가지로 아동의 노동력 착취도 흑인 해방 이후의 새로운 노예 제도로 광범위하고도 악랄하게 진행되었던 미국의 숨겨진 현실과 더불어,『뿌리』가 발표될 당시에 터져 나온 각성과 비판의 소리 속에서는 미국의 백인들이 흑인 노예들에게 기독교를 전파한 이유가 고통스러운 영혼의 구제를 위해서가 아니라 고분고분하게 말을 잘 듣도록 순종의 미덕을 가르치기 위해서였다는 고발도 나왔었다.

그리고 참혹한 현실 상황 속에서 흑인들이 실체와 영혼을 지켜 내며 잃어버린 아프리카에서의 낙원을 신대륙에서 되찾기 위해 벌이는 처절한 노력은 치킨 조지Chicken George라는 인물을 통해서 조명된다. 자유를 돈으로 사기 위해 피땀 흘려 한 푼 한 푼 돈을 모으지만, 끝내 그들에게 자유를 가져다준 것은 〈링컨 쥔님Massa Lincoln〉이었고, 노예로 살아온 조상들에 대한 수치심으로 인해서 앞마루에서 벌어지는 토론을 두고 어머니 할머니가 갈등하는 장면은 역사의식의 괴리를 보여 주기도 한다.

『뿌리』는 작가 자신의 가족사를 사회사적인 맥락에서 이야기하지만, 그것은 미국 남부의 농경 사회가 산업화 과정을 거치면서 어떻게 자본주의 사회로 변천해 왔는지, 그리고 그 과정에서 미국인들이 어떤 행태를 보였는가를 생생하게 그려 냄으로써 흑백 미국의 의식에 동일시와 비판의 계기를 제공했다. 그러나 이러한 대립 의식을 투쟁적 반목의 차원이 아니라 공감의 문학으로 엮어 낸 힘은 작가가 구사한 소박함에 가까운 (약간은 일방적인) 감성과 극적인 상상력, 그리고 방대하면서도 절제된 언어의 구사력 때문이라고 하겠다.

1979년에서부터 1970년대까지의 얘기를 다룬『뿌리』의 두 번째 미니 시리즈는 96분짜리 6회로 1979년에 제작되었으며, 우리나라에도 수입 방영되었다.

『뿌리』이후 알렉스 헤일리의 작품 활동을 보면, 헤닝에서의 소년 시절을 소재로 삼아 제작자 노먼 리어와 함께 공동으로 집필한 텔레비전 연속물 「파머스타운」을 1980년에, 소년의 눈으로 노예 제도를 살펴본 중편소설 『어느 성탄절』을 1988년에 발표했고, 외가의 역사를 담은 『뿌리』와 짝을 지어 아버지 쪽의 역사를 다룬 대하소설 『여왕』에 착수했으나, 그가 세상을 떠난 다음인 1993년 다른 사람 데이비드 스티븐스의 손에 완성되었다. 그는 1992년 2월 10일 시애틀에서 심장마비로 사망했다.

역자가 『뿌리』를 처음 번역한 때는 1977년이었는데, 지금까지 (단행본으로 출판된 작품만 해도) 120여 권의 작품을 우리말로 또는 영어로 번역하면서 크고 작은 잘못을 많이 저지르기는 했지만, 그 가운데 필자가 가장 부끄럽게 생각했던 작업이 바로 『뿌리』의 번역이었다. 당시에만 해도 타이완과 더불어 해적 출판의 왕국으로서 세계적인 악명을 자랑했던 우리나라는 세계 판권 협약에는 가입조차 하지 않았던 터였고, 그래서 번역 출판의 거의 백 퍼센트가 지적 재산권을 침해하는 무허가 사례에 해당되었다. 그리고 『뿌리』가 미국에서 크게 화제가 되자, 노벨 문학상 발표나 화제작이 등장하는 경우와 마찬가지로, 국내에서는 10여 개 출판사에서 너도나도 번역에 착수했다. 필자가 번역 계약을 맺은 출판사는 알렉스 헤일리에게서 〈저작권 획득〉을 했다고 했으나, 그러한 설정은 아무런 법적인 구속력을 갖지 못했고, 그래서 다른 여러 출판사와의 번역 속도 경쟁이 불가피했다. 역자는 작품 전체를 혼자 번역하겠다고 고집했지만, 경쟁 출판사들이 한 권을 여러 명이 나눠 작업하는, 이른바 〈찢어번역〉을 하던 터였으므로, 시간적인 경쟁은 물론 불가능했다. 출판사에서는 나 혼자 번역을 끝낼 즈음이면 다른 출판사들이 〈이미 장사를 끝낸 다음〉이라면서 걱정했고, 거의 3분의 1가량 번역이 진행되었을 무렵 결국 출판사의 〈설득〉을 뿌리치지 못하고 책의 후반부 절반은 다른 사람(들)에게 일을 맡기게 되었다.

나에게는 이렇게 〈비양심적인 합동 번역〉은 『뿌리』가 처음이자 마지막이었다. 그리고 이제 모처럼 속죄의 기회가 주어져서, 참으로 다행이라고 생각하며 (특히 후반부의) 재번역을 거치게 되었다. 초판 작업 당시 편집장은 〈안 선생님 이름에 누를 끼치지 않도록 믿을 만한 사람에게 (나머지) 번역을 맡기겠다〉는 약속을 했지만, 나는 지금까지도 그 믿을 만한 사람이 누구였는지를 알지 못하고, 너무나 속이

상했던 나머지 사실 여태까지 이 책의 나머지 절반은 아예 읽어 본 적도 없었다. 그러다가 이번 작업을 위해 살펴보니, 초판 발행 시 편집부의 손을 거쳐 〈통일〉시킨 내용조차 중판을 거듭하는 사이에 모양이 많이 달라지고 망가져서, 120개의 장으로 이루어진 기본적인 구조까지도 무너뜨리고, 백 개가 넘는 소제목을 만들어 붙여 놓기까지 했다.

물론 그러한 훼손 행위는 이번 번역에서 모두 복원해 놓았으며, 왜 그랬는지 도대체 이해가 가지 않지만, 첫 번역에서의 〈홍수림 *mangrove*〉을 〈우림*rain forest*〉처럼 일방적으로 잘못 옮겨 놓은 부분들도 재확인을 거쳐 수정했다(홍수림과 우림은 전혀 같지 않다). 그런가 하면 90장이나 91장 같은 경우, 여기저기 듬성듬성 문장을 김매듯 뽑아 버리며 번역이 아니라 요약을 해놓은 곳들도 발견되어, 역시 모두 되살렸다.

문체(文體) 역시 재수정을 거쳤다. 『뿌리』는 옛날애기체이지만, 강물처럼 길게 흐르는 문장을 토막토막 잘라 놓은 곳이 많아 이 역시 다시 흐름을 원작대로 살렸고, 함부로 행을 바꾼 곳들도 모두 바로잡았다. 그리고 이 작품은, 그리오의 서술체처럼, 유난히 쉼표가 많아, 얘기를 하다가 숨을 돌리는 듯한 장단(長短)이 하나의 두드러진 특징인데, 어쩐 일인지 최근의 수정판을 보면 쉼표를 거의 하나도 남기지 않고 모조리 없애 버렸고, 이 또한 재수정을 했다.

『뿌리』의 번역에서 가장 큰 문제는 흑인 노예들의 〈무식한〉 말투이다. 끝 부분에서 등장인물 버타가 지적하듯이, 그들의 말은 문법도 맞지 않고, 표기도 소리 나는 대로 그냥 적어 놓았다. 이러한 흑인 언어의 특성을 표현하기 위해 『뿌리』가 처음 여기저기서 쏟아져 나올 당시에는 어떤 출판사의 책은 〈선상님, 그랬시유〉라는 식으로 충청도 방언을 쓰기도 했지만, 미국 남부의 흑인이 우리나라 충청도 말을 한다는 상황은 상상하기가 어렵다.

나는 흑인 노예의 언어가 단순한 방언이 아니라, 아프리카 문화권에서 갑자기 영어 문화권으로 휩쓸려 들어가 (적응하고 정돈할 시간이 없어서) 〈뭉개진 언어〉라는 생각을 했고, 우리나라의 화교들이 쓰는 언어에서 어느 정도의 유사성을 발견하여, 나름대로 망가진 언어를 새로 만들어야 되겠다고 생각했다. 그래서 우선 토씨〔助詞〕를 없애고, (예를 들어 문장 중간에서 종결 짓기를 자주 하는 등의) 몇 가지 원칙적 습성을 설정했다. 〈무식한 언어〉의 특성을 살리기 위해서는 존칭어와 존댓말을 가급적 제거하고, 호격도 그에 따랐다. 그러나 발음 나는 대로 적는 특성을 살려 예를 들어 〈밟아버려〉를 〈발바버려〉 식으로 모조리 바꿔 놓으면 혼란이 너무 심해 독자가 읽어 나가기 힘들겠다는 생각에, 아주 특이한 경우가 아니고는 그런 표기는 하지 않기로 했다.

그러나 밍고 할아버지나 신티아 같은 등장인물의 경우, 다른 사람들보다 훨씬 세련된 말투를 사용하기 때문에 조금씩 차별화를 했으며, 현대로 가까워질수록 전반적으로 흑인들의 언어가 표준말에 가까워지는 변화도 가급적 살려 보려고 노력했다. 호칭에서도 〈Uncle Mingo〉나 〈Sister Sarah〉의 경우, 등장인물들 간의 호칭과 화자(알렉스 헤일리)가 사용하는 호칭은 세대와 환경에 따라 달라지기 때문에, 밍고는 경우에 따라 (노예 마을의 어른들에게는) 〈아저씨〉가 되기도 하고 (나이 어린 치킨 조지에게는) 〈할아버지〉가 되기도 한다는 원칙에 따라, 일부러 달리했으므로, 태만한 오류가 아님을 이해해 주기 바란다. 같은 이유로 해서 동일한 인물이 〈세라 언니〉와 〈세라 아줌마〉와 〈세라 할머니〉로 호칭이 달라지기도 한다.

그러나 이러한 노력은 물론 과거에 출판된 『뿌리』에서는 수포로 돌아갔다. 후반부를 번역하는 사람(들)이 〈망가진 언어〉의 원칙을 따라오기가 어려웠던 탓으로, 별수 없이 모두 표준어로 편집부에서 〈통일〉시켰기 때문이다. 그러나 필자는 이러한 흑인 노예 언어의 번역 원칙을 훗날 마거릿 미첼의 『바람과 함께 사라지다(주우 세계문학 21~23권, 1982)』에서 다시 시도했으며, 2002년 앨리스 워커의 『더 컬러 퍼플 *The Color Purple*』 재번역에도 적용했고, 이제 드디어 『뿌리』에서도 되살리게 되었다.

안정효

알렉스 헤일리 연보

1921년 출생 8월 11일 미국 뉴욕 주의 이타카에서 사이먼 알렉산더 헤일리와 버타 조지 파머 사이에서 태어남. 아버지는 남부의 여러 대학에서 농업을 가르치는 교수였음. 태어나던 해 테네시 주의 헤닝이라는 작은 마을로 이주하여 다섯 살 때까지 그곳에서 성장. 아버지는 할아버지에게서 물려받은 목재소를 경영(1925년까지).

1931년 10세 초등학교 교사이던 어머니가 세상을 떠남. 아버지는 2년 후에 재혼. 많은 시간을 함께 보내게 된 외할머니 신티아 파머로부터 아프리카에서 노예로 붙잡혀 온 조상 〈킨테이Kin-tay(노예 명 Toby)〉에 대한 이야기를 듣고 훗날 『뿌리*Roots*』를 집필하게 되는 정신적인 자극을 받았음.

1937년 16세 노스캐롤라이나 주의 엘리자베스시티 사범대학을 다님. 성적은 별로 좋지 않아 교직을 포기함(1939년까지).

1939년 18세 제2차 세계 대전이 발발하여 해안 경비대에 입대. 탄약 운반선 취사실에서 근무. 군 복무의 무료함을 달래기 위해 모험담을 소재로 한 글을 쓰기 시작. 동료 선원들의 연애편지를 대필해 주기도 함. 8년 동안 그가 쓴 글을 여기저기 투고했으나 모두 거절당함. 글쓰기의 어려움에 대한 쓰라린 경험을 하지만, 이때 거친 글쓰기 훈련이 훗날 크게 도움이 됨(1947년까지).

1941년 20세 내니 브랜치와 결혼. 그들의 결혼 생활은 1964년에 이혼으로 끝남.

1959년 38세 20년 동안 근무하던 해안 경비대에서 전역. 연금으로 어려운 생활을 하면서도 글쓰기는 포기하지 않고, 그리니치빌리지 아파트먼트 지하실에서 집필을 계속. 결국 『리더스 다이제스트』에 여러 사람의 전기를 집필하기 시작.

1962년 41세 『플레이보이』에서 〈플레이보이 인터뷰〉라는 고정란을 맡아서 집필.

1964년 43세 줄리에트 콜린스와 재혼. 그들의 결혼 생활도 이혼으로 끝나고 헤일리는 로스앤젤레스 출신의 마이라 루이스와 세 번째 결혼.

1965년 44세 〈플레이보이 인터뷰〉를 통해 만나 인연을 맺은 맬컴 X의 자서전을 집필. 이 자서전이 미국에서만 5백만 부가 넘게 팔리고, 한국을 비롯한 여러 나라에서 번역되어 세계적으로 알렉스 헤일리라는 이름이 알려짐. 맬컴 X는 이 책이 출판되기 직전에 암살당함. 워싱턴 D. C.의 정부 공문서 보관국에서 자신의 뿌리를 찾기 위해 기록을 뒤지다가 증조부모의 이름을 발견. 런던으로 취재 여행을 갔다가 대영 박물관에서 유명한 로제타 판석을 보고 역사적으로 알려진 부분을 매체로 삼아 미지의 역사를 밝히려는 충동을 받음. 그로부터 10여년에 걸친 추적 조사 끝에 주푸레 마을의 그리오 (Kebba Kanji Fofana)를 만나게 됨(1974년까지).

1976년 55세 미국, 유럽, 아프리카의 문서 보관소 50여 개소를 뒤져 찾아낸 자료를 바탕으로 엮은 『뿌리』를 발표.

1977년 56세 『뿌리』가 전국 도서상과 퓰리처상 특별상을 받음. 1월 23일부터 30일까지 8일 동안 ABC TV에서 미니 시리즈로 방영한 「뿌리」가 1억 3천만 명이라는 시청률을 기록하며 미국을 휩쓴 다음, 세계 각국에서 비슷한 열광적인 호응을 받으며 소개됨. 「뿌리」는 「야망의 계절Rich Man, Poor Man」과 더불어 텔레비전 미니 시리즈의 독보적인 사건으로 기록됨.

1979년 58세 첫 미니 시리즈의 줄거리가 끝난 시기인 1882년부터 1970년대까지의 쿤타 킨테 후손들의 삶을 그린 두 번째 미니 시리즈 「뿌리의 후일담Roots: The Next Generation」이 제작 방영됨. 96분짜리 6회 분량이었음.

1980년 59세 헤닝의 역사를 집필하고, 워터게이트 건물에 침입한 자들을 처음 발견한 경비원 프랭크 윌스의 전기도 집필함. 이어서 헤닝에서의 소년 시절을 소재로 삼아 제작자 노먼 리어와 함께 텔레비전 연속물 「파머스타운 Palmerstown, USA」을 집필.

1987년 66세 캘리포니아 비벌리힐스의 집을 떠나 가족 소유의 땅이 있던 테네시 주로 다시 이주.

1988년 67세 소년의 눈을 통해서 노예제도를 살펴본 중편소설『어느 성탄절*A Different Kind of Christmas*』을 발표. 남부의 농장에서 노예 한 명이 도망친 다음 농장주의 아들이 노예 제도가 잘못이라는 사실을 서서히 깨달아 가는 과정을 그렸음.

1992년 71세 2월 10일 시애틀 스웨덴 병원 메디컬 센터에서 심장 마비로 사망.

1993년 아버지 쪽의 역사를 담은『뿌리』라고 할 대하소설『여왕*Queen*』을 1988년에 집필하기 시작했으나 1993년 그의 사후에 다른 사람(데이비드 스티븐스David Stevens)의 손에 의해서 완성됨. 1962년부터 1992년까지 〈플레이보이 인터뷰〉에서 알렉스 헤일리가 대화를 나눈 맬컴 X, 자니 카슨, 마틴 루터 킹, 마일스 데이비스 등의 인터뷰가 책으로 엮어져 나옴.

1998년 헤일리의 글을 기초로 하여 데이비드 스티븐스가 쓴『플로라 아줌마의 가족*Mama Flora's Family*』이 출간됨. 미시시피 주 흑인 소작농의 딸로 태어난 플로라가 소녀 시절을 거쳐 제1차 세계 대전을 겪고 현재까지 살아온 삶을 담은 내용임.

열린책들 세계문학 043 뿌리 하

옮긴이 안정효 1941년 서울에서 태어났다. 서강대학교 영문학과를 졸업한 뒤 「코리아 헤럴드」 기자, 한국 브리태니커 편집부장 등을 역임했다. 지은 책으로는 『하얀 전쟁』, 『은마는 오지 않는다』, 『헐리우드 키드의 생애』 외 다수의 소설 작품과 『걸어가는 그림자』, 『인생 4계』, 『글쓰기 만보』, 『신화와 역사의 건널목』 등이 있다. 니코스 카잔차키스의 『영혼의 자서전』, 『최후의 유혹』, 『오디세이아』, 『전쟁과 신부』, 『카잔차키스의 편지』, 가브리엘 가르시아 마르케스의 『백년 동안의 고독』, 버트런드 러셀의 『권력』, 조르지 아마두의 『가브리엘라, 정향과 계피』, 저지 코진스크의 『잃어버린 나』 등 150권가량의 작품을 번역했으며, 제1회 한국번역문학상을 수상했다.

지은이 알렉스 헤일리 **옮긴이** 안정효 **발행인** 홍지웅 **발행처** 주식회사 열린책들
주소 경기도 파주시 교하읍 문발리 499-3 파주출판도시
전화 031-955-4000 **팩스** 031-955-4004 **홈페이지** www.openbooks.co.kr
Copyright (C) 주식회사 열린책들, 2004, Printed in Korea.
ISBN 978-89-329-0960-8 03840 **발행일** 2004년 11월 10일 초판 1쇄 2006년 2월 25일 보급판 1쇄 2009년 1월 25일 보급판 4쇄 2009년 11월 30일 세계문학판 1쇄

이 도서의 국립중앙도서관 출판시도서목록(CIP)은 e-CIP 홈페이지(http://www.nl.go.kr/cip.php)에서 이용하실 수 있습니다. (CIP제어번호 : CIP2009003371)